荣如德译文集

III

上海译文出版社

狄更斯《雾都孤儿》

奥威尔《动物农场》

目录

雾都孤儿

[英] 狄更斯　著

译本序

一八三六年下半年，狄更斯的第一部长篇小说《匹克威克外传》取得了惊人的成功，匹克威克的名气一下子比英国首相还要大。出版商理查德·本特里约请声名大噪的博兹（狄更斯当时用的笔名）再写两部长篇，还聘他主编《本特里杂志》（《Bentley's Miscellany》）。其中的一部自次年二月起在该杂志连载达两年之久，并于一八三八年十月出版单行本。这就是全称为《雾都孤儿历险记》（《雾都孤儿》）的本书面世经过。

在狄更斯那个时代，英国是全世界军事上、经济上最强大的资本主义国家，而伦敦就像一面镜子反映着这个国家社会生活的种种矛盾。豪华的店铺里充斥着从大英帝国各殖民地运来的珍贵商品，供贵族资产阶级享用，而在危楼破屋栖身的工人和城市贫民生活却十分困苦。一八四二年末至一八四四年八月居住英国的恩格斯，根据亲眼观察和可靠材料于一八四五年完成并发表了《英国工人阶级状况》一书。他在书中写道："工人住宅……住得拥挤不堪，在大多数场合下是一间屋子至少住一整家人。至于屋子里有多少家具，那就随贫穷的程度不同而有所不同，最穷的连最必需的家具都没有。工人的衣服一般也是很糟糕的，在很多情况下只是一些破衣烂衫。食物一般都很坏，往往是几乎不能入口的，在许多场合下，至少是有时候，在量方面也不足，而在最坏的情况下就会饿死人。"

《雾都孤儿》发表之初，年仅二十五岁的狄更斯已通过《博兹特写集》和《匹克威克外传》树立了幽默作家的盛誉。那时的英国读书界曾掀起一股堪称空前的"博兹热"。诚然，《雾都孤儿》有若干章节再现了狄更斯创作上这一重要的特色，如班布尔先生与考尔尼太太结婚前后的关系描写，翟尔斯、布立特尔斯和流动补锅匠深夜捉贼时的心情刻画，既符合生活真实，又曲尽夸张之妙，滑稽突梯，妙趣横生，读来令人忍俊不禁，甚至捧腹绝倒。但是，狄更斯从他的第二部长篇小说开始，雄辩地向同时代人表明，他不仅仅具有出类拔萃的幽默感。掌握政权的资产阶级，施展济贫法、贫民习艺所这些招数，煞有介事地做出要帮助穷人的样子。狄更斯毫不留情而又令人信服地指出，这种“帮助”是彻头彻尾的伪善。一八三四年，英国议会通过了新的济贫法，取消了对穷苦百姓的一切金钱的或实物的救济，只承认一种救济方式——把穷人收容到习艺所去。读者从《雾都孤儿》中可以看到，千百座这样的习艺所就是千百座穷人的监牢。仅仅由于怕当倒毙街头的饿殍，失业者才不得不走进这人间地狱。英国政府对此了解得一清二楚，它正是指望穷人千方百计逃避进习艺所的命运，从而使当局可以假惺惺地宣称：是穷人自己不愿接受救济！

狄更斯笔下的贫民习艺所是英国社会的一大脓疮。在《雾都孤儿》问世之后过了不多几年，恩格斯尖锐地指出：“那里的伙食比最穷的工人吃的还要坏，而工作却更繁重……甚至监狱里一般的伙食也比这里好……而实际上习艺所也就是监狱。不做完分内的工作就不能吃饭……”然而，年轻的狄更斯在本书中并不局限于揭露贫民习艺所这种虚假的“慈善”机构的实质。他愤怒地抨击对童工的残酷剥削，抨击英国的法律坑害那些为一块面包卖命的孩子。一八二二年，作者的父亲约翰 · 狄更斯被关进债务监狱，家里吃尽当光，才十岁的小查理不得不进一家制造鞋油的小厂当童工。那地方名为“工厂”，其实只是坐落在河边的一座破旧、肮脏的棚屋，老鼠不分昼夜出没无常，空气里充满木头腐烂的臭味。这位未来的伟大作家干的活就是把一罐罐鞋油盖好封口，把蜡纸的边缘修剪齐整，再贴上印好的商标。对于被迫出卖劳动力的儿童的苦难，狄更斯有切身感受。恩格斯根据英国一个童工调查委员会报告中的材料这样描写过千万个小查理、千百个奥立弗的处境："孩子们总是半饥半饱，穿得破破烂烂。他们有一半人不知道什么叫吃饱，许多孩子一天只吃1个便士(10个普鲁士芬尼)的面包，或者在午饭以前一点东西也不吃；甚至还有一些小孩子从早晨八点到晚上七点连一点东西都吃不到。他们常常衣不蔽体：许多孩子甚至冬天还赤着脚。"

查尔斯·狄更斯在《雾都孤儿》中大声疾呼，抗议英国的法律置穷人和他们的孩子于不顾。为了使这种抗议具有生动的艺术形式，他在读者面前揭示了奥立弗无意中落入其间的伦敦黑社会。在那些阳光照不到的阴暗角落里，费根、赛克斯固然是十恶不赦的坏蛋，但像南茜、恰利·贝茨这样的男女青少年之所以会走上犯罪的道路，并非由于什么与生俱来的劣根性，而是因为当他们面临饿死与做贼的抉择时，没有人向他们伸出救援之手。他们在自己的生活道路上不像奥立弗那样幸运，没有遇上布朗劳先生或梅里太太。作者通过这部小说斥责了统治阶级不采取措施根除这种社会病毒。

世界文坛上一些名字与日月同辉的伟大诗人、作家，往往只有一两部，或者仅有一部最能代表作者风骨和成就的杰作，如屈原的《离骚》、但丁的《神曲》、塞万提斯的《堂吉诃德》，等等。不过，要举出一部——如果只举一部——最能代表狄更斯风骨和成就的作品，恐怕意见不那么容易一致。甲可以举《大卫·考坡菲》，乙也许提《董贝父子》，丙主张立《荒凉山庄》；不少英国人认为《远大前程》才是狄更斯最优秀的代表作，而特别推崇《双城记》或《老古玩店》的也大有人在。苏联有一套两百卷本的《世界文学丛书》数年前已经出齐，其中狄更斯的一卷选的却是《雾都孤儿》。很可能，在向世界揭示政治和社会真理方面，他后期的一些力作比《雾都孤儿》更尖锐、更深刻。但是，《雾都孤儿》为广大读者熟悉和喜爱的程度，在狄更斯如此丰富的文学遗产中，却称得上数一数二。像教区干事班布尔(Bumble)、犹太老贼费根(Fagin)的名字，在英语中已分别成为泛指骄横小官吏和幕后教唆犯的同义语，甚至还派生出 bumbledom(妄自尊大、官小架子大)这样的词来。至于奥立弗拿着碗走到大师傅跟前请求添粥时说的那一声“我还要”，更是被不同的后人出于不同的需要评论、借用、援引了一百多年。顺便告诉读者一个有趣的事实。狄更斯在本书中刻画得入木三分、令人切齿痛恨的贼首费根，却得名于作者在鞋油厂当童工时像大哥哥一样关心他、爱护他的同伴鲍勃·费根。狄更斯从小就经常闹肚子疼，他后来在回忆那段经历时写道：“当时我实在痛苦不堪，人家在我干活的小小凹室中用干草为我铺了一个临时床位。我疼得在地铺上打了半天滚，鲍勃用空鞋油罐盛了热水敷在我的腰部。我慢慢地觉得好了些，到傍晚疼痛完全消失，但鲍勃(他长我好几岁，个儿也高得多)不放心我一个人归去，提出要送我回家。可是，我们一家子都住在债务监狱里，怎么能让他知道？不行！我的自尊心不容许。我用种种借口想把他甩掉，但是生性善良的鲍勃·费根怎么也不听。于是我诡称家住色利岸滩的索思沃克桥边，并在一所房屋的大门口与鲍勃分手。记得为了提防他掉头回顾，我还装模作样地在门上敲了几下。人家闻声出来开门，我便问：‘罗伯特[①]·费根先生是住在这儿吗？’”

狄更斯曾多次为《雾都孤儿》的不同版本作序，置于这个译本卷首的是其中写得最好的一篇。读者如果把它跳过了，译者诚恳地请你们回过头去仔细读一读那篇不足三千字的短文。《雾都孤儿》批判的锋芒所向乃是用“济贫法”等遮羞布掩盖起来的资本主义社会的吃人实质，这是许多专家学者探讨研究的大题目，自非译者三言两语所能概括。不过，作者在序中批评有些作品把盗贼写得“丰采翩翩”、“情场得意”、“浑身充满着吸引力”，这番话却是发人深思、颇堪玩味的。特别是作者能赋予一个俗套的故事躯壳以全新的、蓬勃的生命力，向并

① 鲍勃是罗伯特的昵称。

不都有很高文化素养的广大市民读者提供他们容易接受的上等精神食粮，而不是去迎合低级趣味，这一点至今仍然值得我们认真思考、虚心学习。

荣如德

一九八四年二月二十九日

作者序

本书有若干人物选自伦敦居民中罪恶累累、堕落不堪之辈，这一点在一个时期内曾被视为是有伤大雅的。

我在写这本书的时候，觉得没有理由认为生活的沉渣不能像生活的浮沫和奶油一样被用来为道德目的服务（只要不让沉渣说不堪入耳的话），因而我斗胆相信，上述那“一个时期”未必就是永远，甚至也未必是一个很长的时期。我有充分的理由走我自己的路。我读过大量描写窃贼的书，他们大多丰彩翩翩，富于魅力；衣着无懈可击，钱包鼓鼓囊囊，还是挑选马匹的行家；他们胆大妄为，情场得意；放歌纵酒，斗牌掷色，无一不精；堪与最体面的人物为伍而了无愧色。可是，除了在霍格斯[①]的作品中以外，我从来没有看到过悲惨的现实。我觉得，描写这样一帮事实上存在的犯罪分子，刻画他们畸形的面目、顽劣的品质和可悲的生活，如实地表现他们老是怀着鬼胎潜行在最肮脏的生活小道上，无论他们转向哪一面，前景望到底只有黑漆漆、阴森森的巨大绞架；我觉得，反映这些情形也就是尝试做一件需要的、于社会有益的事情。于是我尽自己所能做去。

在我所知道的每一本写这类人物的书中，他们总是浑身充满着吸引力。即使在《乞丐歌剧》[②]中，窃贼的生活也被表现得令人歆羡不置：麦克希思具有支配一切的魔力，剧中最美丽的姑娘和唯一纯洁的人物对他一往情深，意志薄弱的观众对他像对伏尔泰所谓买得指挥并率领两千人与死神搏斗之权利的戎装豪杰一样钦佩之至，竭力仿效。约翰逊[③]提出的问题——会不会有人因为麦克希思得到缓刑处理而去做贼？——在我看来没有切中要害。我是这样问我自己的：会不会有人因为麦克希思被判死刑或者因为世界上存在着皮丘姆[④]和洛基特[⑤]而不敢做贼了？想到这个盗魁放荡的生活、潇洒的风度、辉煌的成就和可观的好处，我确信，任何有类似倾向的人都不会从他那里吸取任何教训，他们从这出戏里看到的只是一条鲜花铺就的坦途，而这条路迟早要把可敬的野心家引向绞架。

其实，盖伊这个机智横溢的剧本抱有讽刺社会这一总的宗旨，他着眼于其他更广泛的目标，完全没有考虑这方面的副作用。对于爱德华·布尔威爵士那部引人入胜、笔力遒劲的小说《保罗·克立福德》[6]也可以这样说；平心而论，不能认为该书与本题有多大关系，它的作者也没有这样的意图。

本书所描绘的窃贼的日常生活是一种怎样的生活方式呢？它对有不良倾向的青年有什么吸引力，对最愚蠢的少年有什么诱惑力呢？这里没有月下跃马荒原的画面，没有在最舒适的洞窟中寻欢作乐的场景，没有令人啧啧称羡的服装，没有锦绣，没有花边，没有马靴，没有猩红色的外套和裥饰，没有自古以来就是“江湖豪客”本色的那份帅劲和逍遥。寒冷潮湿、无处栖身的午夜伦敦街头，邪恶在里边挤得转悠不开的藏垢纳污之所，饥馑与疫疠出没无常的鬼地方，勉强缀连在一起的破衣衫——这一切有什么魅力可言？

然而，有些人生来就是那样文雅和娇弱，完全看不得这类可怕的现象。倒不是他们对罪恶怀有本能的反感，而是犯罪的人物必须经过精心的化装才能适合他们的口味，正如他们的吃食必须加上讲究的佐料一

---

① 威廉·霍格斯(1697—1764)，英国油画家、版画家。擅长风俗讽刺画。作品多以辛辣的手法揭露当时贵族与资产阶级的丑恶面目。

② 《乞丐歌剧》是英国诗人约翰·盖伊(1685—1732)所作的一部音乐讽刺喜剧(佩普什作曲)。剧中主人公麦克希思是个风流倜傥的强盗。

③ 塞缪尔·约翰逊(1709—1784)，英国字典编纂家、作家。

④ 皮丘姆，《乞丐歌剧》中专收贼赃的人物。因为麦克希思娶了他的女儿，他就去告发，致使麦克希思被捕。

⑤ 洛基特，《乞丐歌剧》中的狱吏。

⑥ 爱德华·布尔威-李登(1803—1873)，英国小说家、剧作家。《保罗·克立福德》是他早期的一部长篇小说，写主人公被环境推上犯罪的道路，但作者通过一段涤罪的恋爱经历使他幡然悔改，最后变成一个受人尊敬的慈善家。

样。裹着绿色丝绒的马萨罗尼[1]是个迷人的美男子；可是穿粗斜纹布的赛克斯却叫人不能忍受。马萨罗尼太太因为是一位穿短衬裙、服饰新奇的女士，便有人在造型剧中加以模仿，把她印在通俗歌本上；可是南茜因为穿的是棉布衣服，裹的是廉价披巾，便不值得考虑。德行看到了脏袜子立即别过头去；可是邪恶只要用缎带和艳丽的服饰装潢起来，像已婚女子那样换个姓氏，就变成了罗曼蒂克，你道怪与不怪?

但由于本书的宗旨包括反映严酷的真实，甚至描写在好多小说中被大事渲染的那类人物的衣着时也不偏离严酷的真实，我没有向那些读者隐瞒逮不着外套上的一个窟窿或南茜乱发中的一张卷发纸。我不信那些读者真的娇弱到看不得这种形象。我无意于从那些人中间争取几个改变他们原来的态度。他们的反应是好是坏，我并不看重；我既不妄想博得他们的赞许，也不为娱悦他们而写作。

有人指出，南茜对那个残暴的匪徒的痴情似乎不合情理。与此同时，对赛克斯这个人物也提出非难(恕我斗胆认为这种非难不大能够自圆其说)，说是把他写得过火了，因为从他身上看不到丝毫悔改的迹象；而这种迹象在他的情妇身上却又被指责为不合情理。对于有关赛克斯的非难，我只想谈一点意见：世上一些麻木不仁、全无心肝的人恐怕确实是彻头彻尾不可救药的坏蛋。不管是否如此，我在一点上深信不疑：赛克斯那样的人是有的，如果在同样的一段时间内和同样的一连串事态下对这等人进行周密的观察，绝不可能从他们的一举一动中发现善良本性的丝毫迹象。究竟是比较高尚的人性在这批家伙身上已经泯灭了呢，还是有待于触动的那根心弦生了锈不容易找到，我不敢不懂装懂；但是我敢肯定，事实就是我所陈述的那样。

没有必要争论那姑娘的行为和性格是否合乎情理，是否可能，是否

---

① 狄更斯可能把“马卡罗尼”错记成了“马萨罗尼”。马卡罗尼是十八世纪七十年代出现在英国“上流”社会的花花公子的泛称(下文的“马萨罗尼太太”则指女性)。他们以竞相仿效欧洲大陆的时尚为能事。

正确。反正这是真实的。任何人只要注意到生活中这些阴暗面，一定知道这是真实的。从这个可怜虫第一次出场到她把血淋淋的脑袋偎在那强盗怀里为止，没有一句话是夸大其词或故作惊人之笔。这是不折不扣的真实，上帝可以作证，因为这是上帝留在这种堕落和不幸的人胸臆中的真情实感，这是还残存在那里的一线希望，这是杂草蔓生的井底的最后一滴清水。这里包含着人类本性最好和最坏的方面；有许多色彩丑恶不堪，也有一些极其美丽。这是一种矛盾，一种异态，一种表面看来不可能的现象，然而这是真实。我高兴的是有人对它表示怀疑，因为那样一来，我就获得了充分的信心（如果我本来缺乏信心的话），认定此事确有述说之必要。

一千八百五十年，一位高级市政官在伦敦公然宣称雅各岛根本不存在，而且从来没有存在过，这实在令人吃惊。但是，雅各岛在一千八百六十七年依然存在（如这般罪恶的逋逃薮寿命都很长），虽则那里的情况已有所改善，而且发生了不少变化。

1867 年

第一章

谈谈雾都孤儿出生的地点和他降生时的情形

有那么一个市镇，由于种种原因，还是姑隐其名为妙，我也不打算给它虚构一个名字。在那里的一些公共建筑物中，也有一个历来普遍设立在各大小城镇的机构，即贫民习艺所。本章题目中有他名字的那个凡人，便在这贫民习艺所里出生；确切的日期我就不必赘述了，反正对读者说来无关紧要，至少在目前这个阶段还无关紧要。

在教区医生把那个婴儿接到这个充满愁苦和烦恼的世界上来以后，他能不能存活并获得一个名字，在相当长一段时间内曾经是个很值得怀疑的问题。很可能这本传记根本不会问世，或者即便问世也只有寥寥数页，不过它将具备一个无可估量的优点，即成为古往今来世界各国文献所载的传记中最简略而又最可信的一个典范。

虽然我无意断言，在贫民习艺所里出生这件事本身是一个人最幸运和最值得羡慕的机遇；但我确实认为，在当时的具体情况下，这对于雾都孤儿来说是再好不过的了。事实上，要雾都孤儿自己发挥呼吸的功能相当困难。呼吸本来是一桩麻烦的事情，而习惯偏偏使它成为我们得以自然地生存的必要条件。有一会儿工夫，他躺在一块小小的褥垫上喘个不停，在阳世与阴司之间无法保持平衡，因为重心决然倾向于阴司一边。在这短短的时间内，倘若奥立弗周围都是知疼着热的奶奶姥姥、忧心如焚的姑姑阿姨、经验丰富的保姆和学识渊博的大夫，他必定马上给整死，这是毫无疑义的。然而当时婴儿身边只有习艺所收容的一个老贫妇，她难得捞着点儿外快啤酒，喝得颇有些迷迷糊糊；还有一位按合约规定干这等差使的教区医生，此外一个人也没有。奥立弗和造化之间的较量见了分晓。结果是：奥立弗经过一番奋斗，一口气缓了过来。他打一个喷嚏，哭出声来，哭声之响自然是可以预料的，因为该男婴在大大超过三分十五秒的时间内，竟一直不具备嗓门儿这一非常有用的附件。就这样，他向贫民习艺所里的人们宣告：该教区又背上了一个包袱。

奥立弗刚以事实证明他的肺部功能健全、活动自如，胡乱扔在铁床上的一条拼布被子便窸窸窣窣地开始蠕动，一个年轻女子有气无力地从枕头上仰起毫无血色的面孔，用微弱的声音含糊不清地吐出这样几个字来：

“让我看一看孩子再死。”

医生面朝壁炉坐着，把两只手掌烘一会、搓一阵。听到那女子说话，他便站起来走到床前，态度意想不到地和善，说：

“哦，你还谈不上死呢。”

“上帝保佑，可不能让她现在就死，不能，”充当护士的老贫妇插嘴道。她刚才一直在角落里品尝一只绿色玻璃瓶中物，显然十分得意，这时急忙把瓶子塞进兜里去。“上帝保佑，可不能让她现在就死。先生，等她活到我这把年纪，自己生上十三个孩子，除两个外一个个都死掉，而且剩下的两个也跟我一起待在习艺所里，那时她就会懂得犯不着这样激动了，上帝保佑！姑娘，还是想一想做母亲的滋味吧。瞧，多可爱的小乖乖。想一想吧！”

看来，用做母亲的前景来安慰产妇的这番话并没有收到预期的效果。产妇摇摇头，向婴儿伸出两只手。

医生把婴儿放到她怀里。她用冰凉苍白的嘴唇热烈地吻婴儿的前额，双手抹了一下自己的脸，目露狂乱的异光向周围看看，打了一个寒战，身子朝后一仰——便死了。他们给她揉胸、擦手、搓太阳穴，可是血液已不再流动。他们说了几句想唤起希望和给予安慰的话。然而在这以前，她看不到希望、得不到安慰的时间实在太长了。

“完了，辛格米太太！”医生终于说。

“啊，真可怜，完了！”护士说着把绿瓶子的软木塞捡起来，那是她俯身去抱婴儿时掉在枕头上的。“真可怜！”

“护士，要是孩子哭闹，你尽管叫人去找我，”大夫说，一边慢条斯理地戴上手套。“这小家伙很可能不太安生。他闹得厉害，你就给他喂一点粥。”他戴上帽子，向门口走去的时候在床边立停片刻，又说：“这女的相貌长得倒不错；她是哪儿来的？”

“昨天晚上教区济贫专员吩咐把她送到这儿来，”老妇人答道。“人家发现她倒在街上，大概走了不少路，鞋底都磨烂了。不过她到底打哪儿来，上哪儿去，谁也不知道。”

大夫向死者俯下身去，举起她的左手。

“又是老故事，”他摇摇头说，“没有结婚戒指。唉！祝你晚安！”

可敬的大夫吃饭去了，护士又就着绿瓶子喝了几口，然后在炉前一张矮椅子上坐下，开始给婴儿穿衣服。

从小雾都孤儿这个例子可以看出，一个人的服饰真是法力无边！他本来裹在一条迄今为止是他唯一蔽体之物的毯子里，既可能身为贵胄，也可能是乞丐所生；旁人眼光再凶也难以断定他的身价地位。现在，一件旧的白布衫（因多次在类似的情况下用过，已经泛黄）套到他身上，他立刻就被贴上标签归了类。从此，他就是一个由教区收容的孩子、贫民习艺所的孤儿、吃不饱饿不死的卑微苦工，注定了要在世间尝老拳、挨巴掌，遭受所有人的歧视而得不到任何人的怜悯。

奥立弗哭得相当起劲。他要是知道自己是个孤儿，命运全视教会执事和济贫专员是否能发慈悲而定，恐怕还会哭得更响哩。

第二章

谈谈雾都孤儿的成长、教育和伙食情况

在此后的八至十个月内，奥立弗遭到一整套背信和欺诈行为的荼毒。他是用奶瓶喂大的。习艺所当局按规定把这个新生孤儿嗷嗷待哺

和一无所有的情况向教区当局报告。教区当局一本正经地询问习艺所当局，有没有一个眼下收容在所内的女人能为雾都孤儿提供他所需要的抚慰和滋养。习艺所当局谦卑恭敬地回答说没有。于是，教区当局慷慨而又仁慈地决定把奥立弗寄养出去，换言之，就是把他送到约三英里外的一个习艺所分部去，那里有二三十个违反济贫法的小犯人[①]整天在地上打滚，绝无吃得过饱或穿得太暖之虞，由一个上了年纪的女人给予“慈母般的关怀”；她是看在每个小孩每周七个半便士份上才接受这批小犯人的。一个孩子每周七又二分之一便士的伙食费简直太丰厚了；七个半便士可以买许许多多东西，足够把一只小肚子撑坏，反而不舒服。那个上了年纪的女人相当精明，办事老到，她知道怎样对孩子有利，至于怎样对她自己有利更是一清二楚。于是，她把每周生活费的大部分拨归自己受用，留给成长中的这一代教区孤儿的份额大大少于规定标准，从而在本来已经低得不能再低的深渊发现还有一处更深的，显示出她是一位伟大的实验哲学家。

大家都知道另一位实验哲学家的故事，他发明了一套能叫马儿不吃草的伟大理论，并出色地加以实施，竟把他自己一匹马的饲料减少到每天只给一根干草。毫无疑问，那位实验哲学家本可把它训练成一匹完全不吃草料的烈性子骏马，惜乎马在第一次享用完全由空气组成的美餐之前二十四小时即告倒毙。对于受托抚养雾都孤儿的那个女人的实验哲学来说，糟糕的是她的一套方法在实施中也往往得到类似的结果。正当一个孩子被训练得能靠数量少到极点、营养坏到极点的食物维持生存的时候，偏偏会有百分之八十五的机会发生这样的事：孩子在饥寒交迫之下病倒，或因照看不善掉进火里去了，或者稀里糊涂差点儿给闷死。在

---

① 根据英国政府一八三四年颁布的法律，凡“无业游民”或要求社会救济的贫民都要被送到贫民习艺所去从事强制性的劳动。狄更斯从同情孤儿和讥刺整个“济贫”制度的立场出发，故意把奥立弗等无辜的儿童称作“违反济贫法的小犯人”。

其中任何一种情况下，可怜的小生命一般总是被召往另一个世界去同他们在这个世界上从未见过的先人团聚。

在翻床架子的时候，竟没有发觉床上还有教区收养的一名孤儿而把他摔下来，或者在某一次集中洗刷的时候漫不经心地把孩子烫死了（不过后面这种情况难得发生，因为集中洗刷之类的事情在寄养所里简直绝无仅有）——对于这类事件，有时要举行审讯，那倒是有趣得少见的。逢到这种场合，陪审团也许会忽发奇想提一些讨厌的问题，或者教区居民会群情激愤地联名抗议。但这类不知趣的举动很快就会在教区的医生和干事的证词面前碰壁；因为尸体照例由教区医生进行解剖，他发现小孩肚子里什么也没有（这倒是非常可能的），而教区干事宣誓所供必定符合教区当局的需要（其忠诚之状可掬）。再者，理事会定期视察寄养所时，总是提前一天派干事去通知说：他们就要来了。每当他们莅临之时，孩子们个个收拾得干净齐整，使人悦目赏心；人们还有什么可挑剔的呢！

不能指望这种寄养制度会结出什么了不起或丰硕的成果。在雾都孤儿满九岁的那一天，他是一个苍白而瘦弱的孩子，身材既矮，腰围又细。然而，天性或遗传却在奥立弗的胸怀里播下一颗善良而坚毅的心灵。多亏寄养所里的营养太差，他的心灵反倒获得充分发展的天地。也许，他之所以能活到自己的九足岁生日还得归功于此。不管怎样，反正这天他正好满九岁，他在煤窖里过生日，客人是经过精心挑选的，只有另外两位小绅士，因为他们丧尽天良，居然胆敢叫饿，所以三个人共享了结实的一顿打之后，都被禁闭在那里。忽然，寄养所的好当家曼太太吓了一大跳，原来她意想不到会看见教区干事班布尔先生正在费力地拨开菜园大门上的小门。

“仁慈的上帝！是你啊，班布尔先生？”曼太太从窗子里伸出头去说，一副喜出望外的神情装得十分逼真。“（苏珊，把奥立弗和另外两个小鬼带到楼上去，立刻把他们洗洗干净。）我的老天！说真的，看到你我高兴极了，班布尔先生！”

班布尔先生是个胖子，性情很暴躁；对于曼太太如此亲昵的招呼他非但没有同样亲昵地答礼，反而把那扇小门恶狠狠地摇几下，然后再赏它一脚——除了教区干事，任谁也踢不出这样的一脚来。

“天哪，真糟糕，”曼太太说着奔将出去（这时三个孩子已经被打发走了），“真糟糕！我竟忘了大门从里边销着呢，这都是为了那些可爱的孩子！请进，先生；请进，班布尔先生；请，先生。”

尽管这番邀请还伴以能使教会执事也为之心软的屈膝礼，这位干事却丝毫不为所动。

“曼太太，教区的公职人员为了同区里收养的孤儿有关的教区公务到此地来，你竟把人家关在菜园门外让人家等着，这难道是有礼貌或得体的行为吗？”班布尔先生握紧藤杖提出质问。“曼太太，难道你忘了自己身负教区的委托，而且是领薪金的？”

“班布尔先生，我刚才只不过在告诉几个可爱的孩子，说你来了，因为他们都很喜欢你，”曼太太极其恭顺地回答。

班布尔先生一向认为自己口才出众，身价甚高。既然口才已经显示，身价又告确立，他的态度也就有所松动。

“好吧，曼太太，”他的语调已比较和缓，“也许真如你说的那样，也许如此。带路进屋里去吧，曼太太。我来有正经事，我有话要对你说。”

曼太太把干事引进一间方砖铺地的小客厅，为他摆好一个座位，殷勤地把他的三角帽和藤杖放在他面前的桌上。班布尔先生抹去走这一段路后额上沁出的汗水，洋洋自得地向三角帽看了一眼，面露笑容。是的，他露出了笑容。教区干事毕竟也是人，所以班布尔先生也会面露笑容。

“现在你听了我要说的话可别见怪，”曼太太的语调甜得迷人。“你走了好长一段路，否则我也不提了。班布尔先生，你要不要喝一口？”

“一滴也不喝，一滴也不喝。”班布尔先生说着，煞有介事、但是并不激动地摇摇一只右手。

“我劝你还是喝一口吧，”曼太太说，干事拒绝的口气和手势她都注意到了。“只喝那么一小口，掺点儿凉水，再加一块糖。”

班布尔先生干咳一声。

“怎么样，只来那么一小口？”曼太太殷勤相劝。

“那是什么？”干事问。

“就是我得常备一点儿在这里的那种东西，逢到那些有福气的孩子身体不舒服，我就加一点在达菲糖浆①里给他们喝，班布尔先生，”曼太太一边回答，一边打开屋角的食橱拿下一只瓶子和一只玻璃杯。“这是杜松子酒。我不骗你，班布尔先生。这是杜松子酒。”

“你给孩子们喝达菲糖浆吗，曼太太？”班布尔先生问，眼睛注视着有趣的调制过程。

“愿上帝保佑他们，虽然价钱很贵，我还是给他们喝的，”这位保育妇回答说。“你要知道，我不忍心眼看他们吃苦啊，先生。”

“的确，”班布尔先生表示称许，“你的确不忍心。你是个好心肠的女人，曼太太。”（这时她把杯子放到桌上。）“我一有机会就向理事会汇报，曼太太。”（他把杯子移到自己面前。）“你有一颗慈母的心，曼太太。”（他把掺水的杜松子酒调匀。）“我非常愉快地祝你健康，曼太太；”他一下子就喝了半杯。

“现在谈正经事，”干事掏出一只皮夹。“那个总算有个名字叫雾都孤儿的孩子今天九足岁了。”

“愿上帝保佑他！”曼太太插了一句，同时用围裙角把左眼揉得通红。

“尽管出了十镑赏格，后来还提高到二十镑，尽管教区当局作了最

---

① 达菲糖浆是治儿科常见病的一种药剂，得名于最早的配制者教士托马斯·达菲（十七世纪末）。

大的、甚至可以说是难以想象的努力，”班布尔先生说，“我们始终未能查明他的父亲是谁，也没有查明他的母亲的住址、姓名和身份。”

曼太太惊讶地举起两只手，但在寻思片刻之后说道：“那末，他又怎么会有姓的呢？”

干事十分自豪地挺起胸膛，说：“这是我发明的办法。”

“你，班布尔先生？”

“是的，曼太太。我们按字母顺序给我们收养的孩子命名。上一个轮到S，我管他叫斯瓦布尔（Swubble）。这一个轮到T，我叫他退斯特（Twist）。下一个将是昂温（Unwin），再下一个叫维尔金斯（Vilkins）。我想好了从A到Z二十六个不同的字母开头的姓氏。等到最后一个也用上了，再从头轮起。”

“你的文才真了不起，先生！”曼太太说。

“嗨，嗨，”教区干事听了这样的恭维话显然很得意，“也许如此。也许如此，曼太太。”他把一杯掺水杜松子酒喝完了，又说：“奥立弗现今长大了，留在此地已不合适，理事会决定把他领回习艺所去，所以我亲自来准备把他带走。你叫他立刻来见我。”

“我这就去把他叫来，”曼太太说完，便离开客厅去办这件事。在这段时间内，奥立弗被擦去了蒙在脸上和手上的一层垢（洗一次也只能擦下这么多），然后由他的善心女保护人带到小客厅里来。

“奥立弗，向这位先生鞠躬，”曼太太说。

奥立弗半向坐在椅子上的干事，半向放在桌子上的三角帽鞠了一躬。

“你愿意跟我去吗，奥立弗？”班布尔先生以庄严的语调问。

奥立弗正想说他十分乐意跟任何人离开此地，可是抬头一看，只见曼太太站在干事所坐的椅子背后，带着一脸凶相在向他扬拳头。他立即领会这一暗示的意思，因为拳头落在他身上的次数太多了，不可能不在他的记忆中留下深刻的印象。

“她是不是和我一起去？”可怜的奥立弗问。

“不，她走不开，”班布尔先生说。“不过有时候她会去看看你。”

这对那个孩子来说不是太大的安慰。他年纪虽小，却颇有灵性，会装出一副非常舍不得离开的样子。挤出几滴眼泪在他并不是件难事。如果要哭，饥饿和适才遭到的虐待是最好的帮手，所以奥立弗甚至哭得极为自然。曼太太把他搂在怀里上千次，并且给了他一片黄油面包(这对奥立弗要实惠得多)，免得他到达习艺所时的饿相过于难看。

奥立弗手里拿着一片面包，头上戴着教区施舍的棕色布帽，由班布尔先生带着离开了可憎的寄养所；他在这里度过的幼年是那样阴暗，始终没有被一句亲切的话语或一道亲切的眼光所照亮。然而，当那所房子的大门在他后面关上时，他却抑制不住一阵孩子气的伤悲。从此同他分手的那些共患难的小伙伴不管有多可恶，他们毕竟是他仅有的朋友。一种掉进茫茫人海的孤独感第一次渗入这孩子心中。

班布尔先生步子跨得很大；小奥立弗牢牢抓住干事金线饰边的衣袖翻口，在他身旁小跑步，走一英里大约要问四次，是不是“快到了”？对于这种问话，班布尔先生的回答很干脆、很生硬；因为掺水杜松子酒在某些人胸中只能唤起短时间的平和心情，此刻这种心情已经蒸发完了，他又是一位教区干事。

奥立弗跨进贫民习艺所还不到一刻钟，刚刚吃完第二片面包，这时，把他交给一个老妇人暂时照料的班布尔先生回来告诉他说，今晚正在开教区理事会，理事们要他即刻前去。

“理事”究竟是怎么回事，为什么是活的[①]，奥立弗对此没有十分明确的概念，所以听了这番话直发愣，自己拿不定主意该笑还是该哭。不过，他也没有时间考虑这个问题，因为班布尔先生已经用藤杖在他头

① “理事会”在原文中是 board。九岁的奥立弗当然只知道 board 是“木板”。

上敲了一下让他清醒清醒，另一下敲在背脊上叫他振作起来，然后命他跟在后面，把他带进一间墙壁粉刷过的大屋子，那里有十来位肥胖的绅士围坐在一张桌旁。首席的一张圈椅比其余的座位高出许多，上面坐着一位格外肥胖、脸盘子很圆很红的绅士。

“向理事会鞠躬，”班布尔说。奥立弗抹去了噙在眼眶里的两三颗泪珠，看见前面只有一张桌子，没有木板，便向桌子鞠了一躬，幸而这样倒也使得。

“你叫什么名字，孩子？”坐在高椅里的绅士问。

奥立弗看到这么多绅士，吓得直哆嗦；干事从后面又敲了他一下，于是他索性哭了。由于这两个原因，他回答的声音非常轻，而且很犹豫，以致一位穿白背心的绅士说他是个傻瓜。这是该绅士提神取乐的一种重要方法。

“孩子，”坐在高椅里的绅士说，“你听着。我想，你该知道你是个孤儿吧？”

“那是什么，先生？”可怜的奥立弗问道。

“这小孩定是个傻瓜。我早就料到，”穿白背心的绅士说。

“别打岔！”最先开口的绅士说。“你没有父亲或母亲，你是由教区收养的，你知道不知道？”

“知道，先生，”奥立弗回答时哭得很伤心。

“你哭什么？”穿白背心的绅士问。是啊，这实在太奇怪了。这孩子有什么可哭的呢？

“我想你该是每天晚上都做祷告的，”另一位绅士厉声说，“为养活你、照顾你的人祈祷，一个基督徒应该这样。”

“是的，先生，”孩子结结巴巴地回答。最后说话的那位绅士无意间讲出了一个正确的道理。如果奥立弗为养活他、照顾他的人祈祷，他的确很像个基督徒，而且可以说是一个出类拔萃的基督徒。可是他并没有这样做，因为根本没有人教过他。

“很好！现在把你带到这里来受教育，学一门有用的手艺，”高椅里的红脸盘绅士说。

“明天早晨六点钟，你就开始扯麻絮，”穿白背心的绅士绷着脸添上一句。

为了感谢他们通过扯麻絮这道简单的工序把施教和传艺这两项善举结合起来，奥立弗在干事指导下又深深地鞠了一躬，然后被匆匆忙忙带往一间很大的收容室；在那里的一张硬邦邦的床上，他抽抽噎噎地直哭到睡着为止。对于宽厚体贴的英国法律来说，这是多么精彩的写照啊！法律居然容许贫民睡觉！

可怜的奥立弗！幸亏他躺在那里睡觉，对于周围的一切毫无知觉。他压根儿没有想到，就在这一天，教区理事会作出了一项对他未来的命运影响至巨的决定。但他们已经议决了。事情是这样的——

该理事会的成员是一些练达、睿智的贤哲；当他们的关注落到贫民习艺所的时候，马上发现了寻常人永远不会发现的情况——贫民们喜欢习艺所！它简直成了贫苦阶级的公共娱乐场所：既是分文不取的饭馆——终年免费供应早餐、午餐、茶点和晚餐，又是砖头和灰泥砌就的乐园——那里只知玩儿，不知干活。“哦呵！”看来深知个中原由的理事们说，“这种状况就得靠我们来纠正；我们必须立即加以制止。”于是他们订下了规矩，让所有的贫民自行选择(他们决不强迫任何人，决不)：要末在习艺所里慢慢地饿死；要末在习艺所外很快地饿死。为此，他们分别与自来水厂订立无限制供水的合同，与谷物商订立定期供应少量燕麦片的合同；规定每天开三餐稀粥，每周两次发放葱头一个，星期日增发面包卷半个。他们还订下其他好多涉及妇女的规章制度，每一条都英明而仁慈，这里无须一一赘述。鉴于民法博士会馆①收费太贵，他们便大发慈悲，准许已婚的贫民离异；以前他们强制男方赡

① 民法博士会馆，最初是伦敦受理离婚、遗产等讼事的律师公会所在地，后来移用于审理这类案件的法院。

养家庭，现在却让他摆脱家累，使他变成光棍！单凭这最后两条，如果不是连带着一定要进习艺所的话，社会各阶层中不知有多少人会要求救济。但理事会里都是些老谋深算的人，他们早已考虑到对付这种局面的办法。你要得到救济，就得进习艺所，喝稀粥；这就把人们吓退了。

在雾都孤儿被领回来以后的最初半年，正是这项制度盛行之时。起初开支相当大，因为殡葬费用增加了，还得把收容的所有贫民的衣服改小——才喝了一两个星期的稀粥，衣服在他们骨瘦如柴的身上已开始哗啦啦地飘动。不过，习艺所贫民的人数也同他们的体重一样在减少，所以理事会得意非凡。

男童们吃饭的地方是一座石墙大厅，大厅尽头放着一口锅；开饭时，一位大师傅系上围裙，由一两个女的作助手，用长柄勺子从锅里舀稀粥。每一男童可以领到一小碗这样的佳肴，没有更多的了，除非逢到盛大的节日，那时才外加二又四分之一英两的面包。粥碗从来不需要洗。孩子们总是用汤匙把碗刮到恢复锃光瓦亮为止。刮完了以后(这件事照例花不了很多时间，因为汤匙同碗的大小差不多)，他们坐在那里，眼巴巴地望着粥锅，恨不得把砌锅灶的砖头也吞下去，同时十分卖力地吮自己的手指头，指望发现偶然溅在那上面的粥嘎巴儿。男孩子通常胃口都很好。雾都孤儿和他的伙伴们忍受了三个月这种慢性饥饿的折磨，最后实在被饿火烧得快发疯了。有一名个子长得比年龄大、没有过惯这种日子的男童(他父亲开过一家小饭馆)，阴郁地向他的伙伴们暗示，除非每天再给他一碗粥，否则难保某一天夜里他不会把睡在他旁边的一个幼弱孩童吃掉。他说时目露凶光，饿相吓人，大家都深信不疑。孩子们经过磋商，用抽签的办法决定由一个人在当天晚餐后去向大师傅要求添粥。中签的是雾都孤儿。

到了傍晚时分，孩子们纷纷就座。大师傅系着厨子的围裙在锅旁一站，充当助手的贫妇站在他后面；粥都分到了，毫不费时的食事之前冗

长的感恩祷告也做了。碗里的粥已一扫而光，孩子们开始交头接耳，向奥立弗挤眉弄眼；离他最近的就用胳膊肘碰碰他。他虽是个孩子，却已被饥饿和痛苦逼得不顾一切，铤而走险。他从饭桌旁站起来，拿着碗和汤匙走到大师傅跟前，对于自己这样胆大妄为自己也有些吃惊地说：

“对不起，先生，我还要。”

大师傅是个健壮的胖子，可是他竟顿时面色煞白，呆若木鸡。他向这个造反的小家伙凝视半晌，然后倚在锅灶上，靠它支住身子。那几名助手由于惊愕，孩子们则由于紧张，一个个都不能动弹。

“什么？！”大师傅终于开了口，声音相当微弱。

“对不起，先生，”奥立弗重复了一遍，“我还要。”

大师傅用长柄勺子对准奥立弗的脑袋猛击一下，抓住他的胳膊，尖声高呼，把干事叫来。

理事们正在隆重举行一次秘密会议，忽然班布尔先生气急败坏地闯进会议室，向坐在高椅里的绅士报告：

“林金斯先生，请原谅，先生！雾都孤儿还要！”

在座的人个个大吃一惊。每一张脸上都现出骇愕的表情。

“还要？！”林金斯先生说道。“班布尔，你定一定神，毫不含糊地回答我的问题。我是否应该这样理解：他吃了按定量发给他的晚餐还要添？”

“他还要添，先生，”班布尔答道。

“那小鬼将来准上绞架，”穿白背心的绅士说。“我知道那小鬼将来准上绞架。”

没有人反驳这位绅士的预言。接着进行了热烈的讨论。奥立弗立刻被禁闭起来；第二天早晨，大门外面贴出一张告示：任何人要是愿意解除教区的负担，把雾都孤儿领走，可得酬金五镑。换句话说，任何男人或女人，如果需要一名学徒从事任何手艺、任何买卖或行业，都可以来领五英镑和雾都孤儿。

“我一生在别的事情上从未这样确信不疑，”穿白背心的绅士第二天早晨敲着门板看了这张告示后说，“我一生在别的事情上从未这样确信不疑，唯独对这个小鬼，我断定他将来准上绞架。”

穿白背心的绅士的预言究竟能否应验，笔者打算以后再揭晓。如果笔者现在就贸然透露雾都孤儿会不会落得这般可怕的下场，那末，即使这个故事本来能引起一点兴味，恐怕也会给破坏的。

第三章

雾都孤儿差点儿有了一份差事，不过这也绝不是个闲职

自从犯下要求添粥这样逆天渎神的罪过之后，奥立弗被英明而仁慈的理事会在一间黑屋子里单独禁闭了一个星期。如果他能适度地尊重穿白背心的绅士的预言，只消将他的手帕一头缚住墙上的一只钩子，用另一头系住自己的脖子，便可一下子为那位贤哲永久确立未卜先知的声誉——设想奥立弗会这样做，乍看起来也不无理由。不过，要完成这番壮举有一个障碍，那就是：有鉴于手帕显系奢侈品之属，理事会在一次全体会议上通过一项经签字盖印后郑重宣布的特别命令，从此手帕便与习艺所贫民的鼻子永生永世绝了缘。而奥立弗的年幼无知还是一个更大的障碍。白天他只是伤心地痛哭，当凄凉的长夜来临时，他就张开两只小手遮住眼睛挡开黑暗，蜷缩在角落里，竭力想睡着。他不时战栗着惊醒过来，身子向墙壁愈贴愈紧，只要感觉到墙壁的表面，即使又冷又硬，仿佛也能抵御周围的黑暗与孤寂。

反对这套“制度”的人可不要以为，奥立弗在单独禁闭期间被剥夺了有益的身体锻炼、愉快的友好交往或可贵的宗教慰藉。说到锻炼，当时天气晴冷，他被允许每天早晨到围着石墙的院子里去在唧筒下举行净

体仪式，由班布尔先生在场照看不让他受凉，办法是不断用藤杖在他全身激起火辣辣的感觉。至于交往，他每隔一天要被带到男童们吃饭的大厅里去当众鞭笞，以儆效尤。每天晚祷时，他还被踢着押到大厅里去，让他听男童们集体祈祷，借以安慰他的灵魂，可见他远远谈不上被剥夺宗教慰藉的好处。祷告包括一段由理事会下令特地插入的内容，要这些孩子祈求上帝使他们变得品行端正、知足听话，保佑他们不犯雾都孤儿的罪过和恶行。祷词中明确宣布雾都孤儿处在邪祟的特殊庇护之下，他是直接从魔鬼的工厂里炮制出来的。

就在奥立弗如此万事亨通、一切如意的某一天早晨，本镇大街上来了一位以扫烟囱为业的甘菲尔德先生，他一路搜索枯肠盘算着用什么办法支付房东催得愈来愈紧的欠租。根据甘菲尔德先生的财政状况，即使作最乐观的估计也凑不齐所需要的五镑款子。他给这道算术难题逼得走投无路，忽儿敲敲自己的脑袋，忽儿用短棍打一下为他拉车的驴子。当他经过习艺所时，瞥见了贴在大门上的告示。

“喔——喔！”甘菲尔德先生向驴子吆喝一声。

驴子在冥思遐想中出了神，可能在忖度，等它把小小运货车上的两袋烟灰拉到了目的地，主人会不会赏它一两棵卷心菜吃；因此它未曾留意那一声吆喝，继续慢吞吞地前进。

甘菲尔德先生冲着驴子、特别针对它的眼睛发出凶狠的咒骂。他从后面赶上去，对准驴脑袋打了一下。这一下要是打在驴子以外的任何畜生头上，势必脑壳破裂①。接着，他抓住缰绳使劲一勒，算是客气地提醒驴子不得自作主张，并通过这样的办法让它掉过头来。然后他再一次猛击驴子的脑袋，叫那头畜生在他回来之前来不及清醒。如此安排好以后，他才走到大门跟前去看告示。

穿白背心的绅士正好背着手站在大门口，他刚在理事会议室里发了

---

①英语“厚脑壳”是“笨头笨脑”的意思。驴子被认为是极蠢的牲畜，大概脑壳特别厚。

一通高论。他先已目击甘菲尔德先生和驴子之间那一场小小的争端，现在见此人走过来读告示，不由得眉开眼笑；他一眼就看出，甘菲尔德先生正是雾都孤儿所需要的那样一类主人。甘菲尔德先生读了告示后也笑逐颜开，因为他不多不少正需要五镑钱用。至于作为附带条件的孩子，甘菲尔德先生了解习艺所的伙食情况，不问可知必定长得小巧玲珑，让他钻进有节气门的炉子烟囱正合适。所以，他把告示从头至尾又拼读一遍，然后，举手碰一下皮帽子行了个礼，跟穿白背心的绅士攀谈起来。

"先生，教区当局要让这孩子去当学徒？"甘菲尔德先生说。

"不错，朋友，"穿白背心的绅士脸带俯就的笑容说。"你觉得他怎么样？"

"要是教区当局愿意让他学一门轻松愉快的手艺，像扫烟囱这样受人尊敬的好行当，"甘菲尔德先生说，"那末，我倒需要一名学徒，我愿意要他。"

"进去谈吧，"穿白背心的绅士说。甘菲尔德先生在后面略事耽搁，以便再打一下驴子的脑袋，再勒一把缰绳嚼子，告诫它不要乘主人走开时跑了；然后跟随穿白背心的绅士走进雾都孤儿第一次见到那位预言家的会议室。

"那是一门脏得要命的手艺，"林金斯先生听了甘菲尔德重申自己的意愿后说。

"以前发生过多起孩子在烟囱里闷死的事，"另一位绅士说。

"那是因为他们在往烟囱里点一个草把叫孩子下来时先把草弄湿了，"甘菲尔德说，"这样就光冒烟，不着火。烟怎么能叫孩子从烟囱里下来呢？一点用处也没有，只能把孩子熏得昏昏欲睡，而他们正是喜欢睡觉。诸位先生，男孩子都很固执，又都很懒；要他们快快下来，没有比一把旺火更灵的了。这也是好生之德，诸位先生，因为他们万一在烟囱里卡住了，烤他们的脚能够迫使他们挣扎脱身。"

穿白背心的绅士听了这番解释，似乎觉得十分可乐，但他的兴头很快就被林金斯先生的目光所制止。理事们接着商量了几分钟，不过声音很低，除了“节省开支”、“账面上比较好看”、“公布一份铅印的报告”外，什么也听不清。而以上一些只言片语之所以能听出来，也是因为重复了好多遍和特别强调的缘故。

悄悄的讨论终于停止，理事们回到各自的座位上，恢复了庄重的神态。林金斯先生说：

“我们研究了你的申请，我们不能同意。”

“绝对不同意，”穿白背心的绅士说。

“坚决不同意，”别的理事也说。

由于甘菲尔德先生隐隐约约背着曾把三四名学徒毒打致死的恶名，他想到，也许理事们心血来潮，认为这一题外的情况足以影响他们正在进行的交易。若果真如此，这与他们办事的一贯作风却大不相同。不过，他并不希望重新提起那些流言蜚语，所以只是把帽子拿在手里扭过来转过去，从会议桌旁慢慢地退开。

“这么说，你们是不愿把他交给我喽，先生们？”甘菲尔德先生退到门口停下来问。

“是的，”林金斯先生答道，“至少，考虑到这是一种很脏的行当，我们认为必须降低补贴的金额。”

甘菲尔德先生的脸色豁然开朗，他三脚两步回到会议桌前，问道：

“你们给多少，先生们？说呀！不要过分卡一个穷人。你们到底给多少钱？”

“我认为三镑十先令已经够多的了，”林金斯先生说。

“十先令不必加上，”穿白背心的绅士说。

“这样吧，”甘菲尔德先生说，“算四镑，先生们。给四镑钱，你们就可以把他打发走，一去不回。怎么样？”

“三镑十先令，”林金斯先生重复了一遍，口气相当坚决。

“这样吧，我来折中一下，先生们，”甘菲尔德先生提议。“就算三镑十五先令。”

“一个子儿也不添，”这是林金斯先生毫不动摇的回答。

“你们卡得我太凶了，先生们，”甘菲尔德说，他显得有些犹豫。

“呸！呸！岂有此理！”穿白背心的绅士说。“即使没有一文钱补贴，谁要了他也已经拣了便宜。把他带走吧，你这个傻瓜！他给你做徒弟正合适。得有人经常赏他几棍子，这样对他有好处；管他饭也不用花很多钱，因为他生下来以后从来没有给撑大过肚子。哈哈哈！”

甘菲尔德先生以狡黠的目光扫视着会议桌周围的一张张面孔，发现每一张脸上都带着笑意，渐渐地他自己也绽开了笑容。这笔交易就此做成了。班布尔先生立刻接到命令，要他当天下午把雾都孤儿和学徒契约送到地方官那里去办理签署批准手续。

为了贯彻这一决定，小奥立弗给解除了禁闭，还奉命换上一件干净衬衫，弄得他怎么也摸不着头脑。他刚做完这套不习惯的体操动作，班布尔先生便亲自给他端来一碗粥，外加二又四分之一英两的假日面包。看到如此惊人的异象，奥立弗竟哀哀地哭了起来，他相当自然地以为理事会准是决定宰了他派什么用场，否则他们绝不会这样着手把他填肥。

“奥立弗，别把眼睛弄红了，好好吃东西，受惠不可忘恩，”班布尔先生拿着腔儿煞有介事地说。“你要去当学徒了，奥立弗。”

“当学徒，先生？”这孩子战战兢兢地问。

“是的，奥立弗，”班布尔先生说。“你没有父母，那些善心的好人一直把你当亲生孩子看待，奥立弗。现在他们要把你送去当学徒，让你自立成人，而且，教区还花费了三镑十先令呢！三镑十先令，奥立弗！也就是七十先令！也就是一百四十个六便士银币呐！这么一大笔钱都花在一个谁也不会喜欢的顽劣孤儿身上。”

当班布尔先生用令人肃然起敬的语调说完这番话、停下来喘一口气的时候，奥立弗脸上热泪滚滚，可怜的孩子抽抽搭搭地哭得相当伤心。

“行啦，”班布尔先生说，语气好像不那么郑重其事了，因为他已经满意地看到自己的口才所产生的效果；“行啦，奥立弗！用你外套的袖口擦擦眼睛，别让眼泪掉在粥里；那是十足的蠢事，奥立弗。”这话倒也实在，因为那粥本来就已经够稀的了。

在去见地方官的路上，班布尔先生叮嘱奥立弗，他该做的全部事情就是显得高高兴兴，等地方官先生问他愿不愿意当学徒时，他就回答说太愿意了。这两项命令奥立弗都答应照办，更何况班布尔先生还委婉地暗示：倘若任何一项出了纰漏，会怎样处置他——就难说了。他们到了地方官衙门，奥立弗被单独关进一间小屋子，班布尔先生命他等在那里，直到这位干事回来叫他。

这孩子怀着一颗扑腾扑腾直跳的心在那里待了半小时左右。过了这段时间，班布尔先生把脱去了三角帽的脑袋探进门来，大声说：

“奥立弗，我的好孩子，跟我去见长官先生。”他一边说，一边现出穷凶极恶的样子，接着又压低嗓门添加一句：“别忘了我对你说的话，你这个小流氓！”

这种忽阴忽阳的态度把奥立弗愣住了，他天真地凝视着班布尔先生的脸；但是那位干事先生不等他对此发表任何感想，就把他带到隔壁一间开着门的屋子里去。那是一个相当宽敞的房间，窗子很大。一张办公桌后面坐着两位头套上敷发粉的绅士：其中一位在看报；另一位正借助于一副玳瑁边眼镜端详着放在他面前的一小张羊皮纸。林金斯先生站在办公桌前的一侧，胡乱洗了把脸的甘菲尔德先生站在另一侧。两三个模样怪吓人的汉子足登长统马靴在踱去踱来。

戴眼镜的老绅士对着一小张羊皮纸渐渐打起盹来；班布尔先生让奥立弗在办公桌前立定之后，曾出现一阵短暂的冷场。

“就是这个孩子，长官阁下，”班布尔先生说。

正在看报的老绅士抬头瞧了瞧，扯一下另一位老绅士的衣袖；于是，后一位老绅士醒了过来。

“哦，就是这个孩子吗？”老绅士问。

“就是他，先生，”班布尔先生答道。“向长官鞠躬，我的好孩子。”

奥立弗抖擞精神，毕恭毕敬地鞠了一躬。他直勾勾地瞪着两位长官假发上的粉，心中直纳闷儿：是不是所有理事的老爷头上天生都有那种白色的玩意儿？是不是正因为这个缘故才从此成为理事的老爷？

“嗯，”老绅士说，“我想，他是喜欢扫烟囱的吧？”

“他对这一行喜欢极了，长官阁下，”班布尔答道，同时偷偷拧了奥立弗一把，示意他知趣些，不要说不喜欢。

“他愿意当一个扫烟囱的？他愿意吗？”老绅士问。

“要是我们打算明天送他去学其他任何行当，他一定马上逃跑，长官阁下，”班布尔回答。

“那末，他未来的主人——你，先生——是不是会好好待他，供他饭食，诸如此类的事情你能不能做到？”老绅士问。

“我说能做到，就一定做得到，”甘菲尔德先生回答的口气很犟。

“你说话粗鲁，我的朋友，不过看来像个直性子的老实人，”戴眼镜的老绅士说着把视线转向争取那笔附加于奥立弗的补贴的候选人；其实，甘菲尔德一脸凶相，明明打着心狠手辣的烙印。但这位地方官的眼力既不济，想法又幼稚，所以，别人能识别的事情，却不能指望他也辨得出来。

“但愿我是这样一个人，先生，”甘菲尔德先生说着眼睛一瞟，样子相当丑恶。

“我相信你一定是的，我的朋友，”老绅士说；他把眼镜在鼻梁上架稳些，向左右两边瞧瞧，想找墨水缸。

这对奥立弗的命运是个关键时刻。倘若墨水缸确实放在老绅士以为它所在的地方，他早就把笔尖伸进去蘸了墨水，在学徒契约上签好字，奥立弗马上就会被带走。可是，墨水缸恰恰就在他鼻子底下，而他照例满桌子都找遍了，还是没有找到。在寻找墨水缸的过程中，他无意间向自己正前方一看，视线落到雾都孤儿苍白而惊恐的脸上。尽管班布尔在一旁递眼色警告他，拧他，奥立弗瞧着他未来的主人那副可憎的面目，还是明白无误地现出交织着厌恶和害怕的表情，即使一位跟瞎子差不多的地方官也绝不可能看错。

老绅士顿了一下，放下笔来，视线从奥立弗脸上移向林金斯先生；后者故意作出高高兴兴、漫不经心的样子在嗅一撮鼻烟。

“我的孩子！”老绅士隔着桌子俯身向前说。奥立弗闻声吓了一跳。这也情有可原，因为那一声呼唤语气很亲切，而陌生的声调会叫人猛吃一惊。他剧烈地颤抖着，眼泪夺眶而出。

“我的孩子，”老绅士说，“你脸色难看，神态慌张。究竟是怎么回事？”

“干事，你不要那样贴近他站着，”另一位地方官说着放下报纸，带着好奇的神情向前探出身子。“孩子，告诉我们，是怎么回事？别害怕。”

奥立弗双膝跪下，两手紧紧握在一起，哀求把他送回到黑屋子里去；他宁可挨饿、挨打，甚至宁可给他们杀掉，就是不要让那个可怕的人把他带走。

“好哇！”班布尔先生作出最悲壮的表情朝天举起两只手，翻起一对眼珠子。“好哇！奥立弗，在我见过的所有阴险狡猾、心术不正的孤儿中间，你可算得最不要脸的一个。”

“闭上你的嘴，干事，”另一位老绅士在班布尔先生用末了那个形容词发泄怒气之后说。

“请长官阁下原谅，”班布尔先生简直不相信自己没有听错。“阁下是在对我说吗？”

“是的。闭上你的嘴。”

班布尔先生惊呆了。一位教区干事竟被命令闭嘴！这不是纲常大乱？！

戴玳瑁边眼镜的老绅士看看自己的同事；后者意味深长地点点头。

“这份契约我们拒绝批准，”老绅士说时把那张羊皮纸往边上一撂。

“我希望，”林金斯先生结结巴巴地说，“我希望两位长官不要听信一个孩子未经证实的陈述，认为本教区当局应负任何处置失当的责任。”

“地方官毋须就这个问题发表任何意见，”第二位老绅士尖刻地说。“把这孩子带回习艺所去好好对待他。看来他得到的待遇并不好。”

当天晚上，穿白背心的绅士斩钉截铁地断言，奥立弗不但将被绞死，还得外加挖出内脏，肢解尸体。班布尔先生阴郁而神秘地摇摇头，说他希望奥立弗能有好结果；对此，甘菲尔德先生接口说，他希望奥立弗落到他手里。虽然扫烟囱的在大多数问题上同意干事的看法，但他表示的愿望看来却属于完全相反的一类。

第二天早晨，公众再次获悉：雾都孤儿又在“招领”了；任何人只要愿意把他领去，都可以得款五镑。

第四章
另有所就的奥立弗初次踏进社会

大户人家如果不能为成长中的子弟谋到实有的、复归[①]的、指定[②]

① 授予的财产或名分在一定条件下（如被授予者死亡）复归原授予者或其继承人。

② 授予的财产或名分在原被授予者死亡或其他情况下转属指定的别人。

的或可望的优越位置，照例把他们送去航海。教区理事会仿效这个明智而有益的惯例，在一起商议是否可以打发雾都孤儿随一艘小商船前往某个对健康非常有害的港口。看来这是处置他的最好的办法，有可能，某一天饭后，船长在兴头上会把他鞭笞致死，或者用铁棒砸碎他的脑壳；上述两种消遣方式大家都知道在那一等绅士中间是被引为赏心乐事的，也是家常便饭。理事们愈是从这个角度看这件事，就愈是能发现此举好处之多。最后他们得出结论，为奥立弗提供生计的唯一有效办法便是毫不延宕地送他到海上去。

班布尔先生奉命预先去打听一下，看能不能找到一位船长需要一名没有任何亲人的房舱小厮。此刻，他正回到习艺所准备去汇报这次出勤的结果，却在大门口遇上了承办教区殡葬事务的索厄伯里先生。

索厄伯里先生是个粗手大脚的瘦高个儿，身上一套黑色常礼服已旧得经纬毕露，黑色的棉纱袜是织补过的，一双鞋也与之相配。他的相貌天生不宜含笑，但总的说来此人颇饶职业的风趣。他步履轻快，当他走到班布尔先生跟前同他亲切握手的时候，脸上洋溢着内心的喜悦。

“我给昨天夜里死去的两个女人量了尺寸①，班布尔先生，”这位殡葬承办人说。

“你要发财啦，索厄伯里先生，”干事说着把大拇指和食指伸进殡葬承办人递过来的鼻烟盒——那是一口小巧玲珑、独一无二的棺材模型。“我说你要发财啦，索厄伯里先生，”班布尔先生重复了一遍，同时用藤杖轻轻敲着殡葬承办人的肩膀表示友好。

“你是这样想吗？”殡葬承办人的语调表明他对这种可能性信疑参半。“理事会出的价钱太少了，班布尔先生。”

“棺材不是也很小吗？”干事回答时面带一丝笑意，然而，对这丝笑意他极有控制，以不失其要员身份为度。

---

① 量死者的尺寸做棺材，这也包括在殡葬承办人的业务范围之内。

这番话把索厄伯里先生逗得心里痒痒的，这也是情理中事。他笑了很长时间，简直欲罢不能。“真有你的，班布尔先生，真有你的，”他终于说。“不能否认，自从实行新的伙食制度以来，棺材确实比过去窄了些，也浅了些；不过我们总得要一点利润哪，班布尔先生。干燥的木材成本很高，先生；再说，铁的把手都是从伯明翰通过运河运来的。”

“不错，不错，”班布尔先生说，“三百六十行，行行有难处。公道的利润当然是无可厚非的。”

“当然，当然，”殡葬承办人应和着。“如果说，我在某一笔买卖上不赚钱的话，迟早要从别的买卖上捞回来，嘻嘻！”

“确实如此，”班布尔先生说。

“但是，我不得不说，”殡葬承办人把被干事打断的议论发挥下去，“班布尔先生，我不得不说，我必须面对十分不利的情况，那就是：胖子死得特别快。从前过好日子、多年来从不拖欠税款的人，一旦进了贫民习艺所，总是最先垮下来。我可以告诉你，班布尔先生，用料超过预计三四英寸就会大大影响我的利润，尤其是像我这样需要养家活口的人，先生。”

索厄伯里先生觉得吃了亏，因而愤愤不平，这是可以理解的；然则班布尔先生却感到这番话有损教区的声誉，故而认为还是换一个题目为宜。他最先想到的是雾都孤儿，便拿来作为话题。

“顺便问一下，”班布尔先生说，“你可知道有没有人要一个学徒？教区习艺所里有个男孩子，现在成了教区的累赘，简直像磨盘一样套在教区的脖子上。条件可是非常宽厚的，索厄伯里先生，非常宽厚！”班布尔先生一边说，一边举起藤杖指着他身旁大门上端的告示，在用巨型正体大写字母排成的“五英镑”字样上咚咚咚敲了三下。

“我的老天爷！”殡葬承办人说着一把扯住班布尔先生的制服外套的镶金边翻领。“这正是我要跟你谈的事情。哦，天哪，你的钮扣多漂亮哇，班布尔先生！我过去从来没注意到。”

“是的，我也觉得挺不错，”干事说着，眼朝下得意地看看装点着自己外套的铜质大扣子。“上面的图案跟教区的印徽一模一样——一个好心的撒玛利亚人正在救护一个身受重伤的人①。这是理事会在元旦早晨送给我的礼物，索厄伯里先生。我记得第一回穿上它是去参加半夜里死在大门口的一个破产商人的验尸审讯调查会。”

“我想起来了，”殡葬承办人说。“陪审团的结论认为他‘死于受冻和缺乏起码的生活必需品’，对不对？”

班布尔先生点点头。

“陪审团好像就这件事作出了专门的裁决，”殡葬承办人说，“他们添上这么几句，大意是：当时救济人员如能……”

“胡扯！瞎说！”干事截住他的话头。“要是理事会认真对待什么也不懂的陪审团所有的胡言乱语，那就够他们忙的了。”

“千真万确，”殡葬承办人说，“倒是够他们忙的。”

“陪审团，”班布尔先生说时紧握藤杖——他情绪激动的时候有这样的习惯，“都是些没有受过教育的、俗不可耐的卑劣小人。”

“的确是这样，”殡葬承办人说。

“无论是哲学，还是政治经济学，他们所知道的就那么点儿，”说到这里，干事轻蔑地打了个榧子。

“确实如此，”殡葬承办人表示同意。

“我藐视他们，”干事说；他的脸涨得通红。

“我也跟你一样，”殡葬承办人附和着。

“我只希望让一个自作主张的陪审团到习艺所里来住上一两个星期，”干事说，“理事会订下的规章制度很快就能把他们那股子神气劲

---

①据《新约·路迦福音》第十章第三十至三十四节，“耶稣回答说：有一个人……落在强盗手中，他们剥去他的衣裳，把他打个半死，就丢下他走了……一个撒玛利亚人，行路来到那里，看见他就动了慈心，上前用油和酒倒在他的伤处，包裹好了，扶他骑上自己的牲口，带到店里去照应他。”

儿煞下去。”

“别理他们，”殡葬承办人说着，面带赞同的笑容，以期消解这位愤慨的教区职员方兴未艾的怒气。

班布尔先生脱去三角帽，从帽顶夹层里取出一方手帕拭去额上因愤怒而冒出来的汗水，然后重新戴上帽子，向殡葬承办人转过脸去，用比较平和的口气说：

“你觉得那孩子怎么样？”

“喔！”殡葬承办人答道。“班布尔先生，你也知道，我缴纳的济贫税款是很可观的。”

“嗯！”班布尔先生从鼻子里发出一声响。“那又怎么样？”

“是这样的，”殡葬承办人答道，“我认为，既然我为他们付了那么多钱，我也有权利从他们身上得到尽可能多的好处，班布尔先生；所以……所以……我打算自己要那个孩子。”

班布尔先生一把抓住殡葬承办人的胳膊，拉着他走进屋里去。索厄伯里先生同理事们密谈了五分钟，商定当天晚上便由他把奥立弗带去“试教”。这个术语用之于教区习艺所的孩子，意思就是：经过一个短时期的试用，如果主人认为能叫学徒干相当多的活而在管饭方面所费不是太多的话，便可在若干年内把他留下，爱怎样使唤他都行。

傍晚，小奥立弗被带去见“绅士们”。理事会通知他：当夜他就要到一家棺材店去充当小厮；如果他对自己的境遇有所不满或者再次回到教区里来的话，他将被送到海上去，在那里总不外乎溺死或被砸破脑壳。他听了这番话，简直毫无反应，于是大家一致认为他是个毫无心肝的小流氓，并命令班布尔先生速速把他送走。

倘若任何人表现出哪怕是一点点缺乏感情的迹象，理事会十分自然地要比世上所有的人更有理由义愤填膺，更有理由感到震惊；然而，这一回他们却有些误会了。事实很简单：奥立弗非但不缺乏感情，相反是过于善感；由于遭到如此恶劣的待遇，他很有可能在麻木不仁和愁眉不展的状态中终其一生。他听了自己又要被打发到一个地方去的消息，一声也不吭，拿起人家塞在他手中的行李（拿起来并不费事，因为半英尺见方、三英寸高的一个牛皮纸包已容得下他的全部财产），把帽檐往眼前一拉，再次抓住班布尔先生的外套袖口，由这位大人物把他送往新的受难场所。

班布尔先生拖着奥立弗走了一程，对他总是不理不睬；因为干事认为按自己的身份必须把脑袋昂得笔直，再加这天风很大，不时吹开班布尔先生的外套衣裾，把小奥立弗整个儿掩盖起来，同时露出干事的翻领背心和褐色毛绒紧身短裤，显得十分体面。不过，当他们快到达目的地时，班布尔先生认为有必要俯视一下，以便确信那孩子的模样可以接受新主人的检验。于是他把这件事做起来，而且摆起相应的姿态，俨然是一位仁慈的保护人。

"奥立弗！"班布尔先生说。

"是，先生，"奥立弗用发颤的声音轻轻应道。

"帽子戴高一点儿，别遮住眼睛，头抬起来，先生①。"

虽然奥立弗立刻照办，并且用空着的一只手的手背很快地揉了揉眼睛，但他向这位带路人抬起头来的时候，眼睛里还残留着泪花。班布尔先生严厉地瞪了他一眼，一颗泪珠竟顺着他的脸颊淌了下来。第一颗之后又滚下第二颗、第三颗。这孩子作了极大的努力想忍住眼泪，但没有成功。他索性把另一只手从班布尔先生掌心里抽出来，用双手捂住面孔，直哭到眼泪从他瘦骨嶙峋的指缝中间涌出来。

"好哇！"班布尔先生突然止步，向奥立弗投了充满恶意的一瞥。"好哇！在我见过的所有忘恩负义、品性恶劣的孩子中间，奥立弗，你可算得——"

"不，不，先生，"奥立弗一边抽噎，一边牢牢抓住干事握着他非

---

①班布尔对孩子使用敬称，当然是有意挖苦对方。英语中在责骂男孩或类似的场合有这样的用法。

常熟悉的藤杖的那只手，“不，不，先生！我一定改好，一定改，一定，先生！可怜我年纪还那么小，先生，而且——”

“而且怎样？”班布尔先生惊讶地问。

“而且一个亲人也没有，先生！孤零零的一个人！”奥立弗放声大哭。“人人都恨我。哦！先生，你千万不要生我的气！”这孩子一只手捶着自己的心口，两眼因悲从中来而泪汪汪地瞧着带路人的脸。

班布尔先生怀着几分诧异的心情向奥立弗可怜巴巴的模样看了数秒钟，接着干咳三四声清清嗓子，又咕哝了一句，大概是“这咳嗽真讨厌”，随即叫奥立弗把眼泪擦干，做一个好孩子。然后，他重又拉起奥立弗的一只手，带着他继续默默赶路。

殡葬承办人刚刚安上铺子的窗板，正在与此地的气氛十分相称的昏暗烛光下把几笔银货出入登录在流水账上，这时班布尔先生走进了店堂。

“啊哈！”殡葬承办人一个字写到一半，从账本上抬起头来说。“是你啊，班布尔先生？”

“不是别人，索厄伯里先生，”干事回答。“瞧！我把这孩子带来了。”奥立弗鞠了一躬。

“哦！这就是那个孩子吗？”殡葬承办人说时把蜡烛举过自己的头，想把奥立弗看个真切。“索厄伯里太太！亲爱的，劳你驾来一下好不好？”

索厄伯里太太从店堂后面一间小屋子里出来；她长得又矮又瘦，干瘪得厉害，看模样是个刁恶的泼妇。

“亲爱的，”索厄伯里先生恭敬地说，“这就是我对你说过的习艺所里那个孩子。”奥立弗又鞠了一躬。

“我的天哪！”殡葬承办人的妻子说，“他只有那么一丁点儿大！”

“是的，他的个儿确实很小，”班布尔先生答道，同时向奥立弗瞪了一眼，仿佛责怪他不争气，没能长得高大些。“确实很小。这一点是不容否认的。不过，他还会长起来的，索厄伯里太太，会长起来的。”

“啊！他多半会长起来的，”那位太太没好气地说，“反正吃我们、喝我们的。我看，领教区的孩子就是划不来：供给他们的费用比他们本身的价值更大。可是男人们总以为自己懂得多。嗨！到下面去，你这皮包骨的小猴子！”殡葬承办人的妻子说着打开一扇边门，把奥立弗从一段很陡的阶梯往下推到阴暗潮湿的石窖里去。那是煤窖的前室，名为“厨房”，里边坐着一个仪表颇不整饬的姑娘，她的鞋跟都磨平了，一双蓝色的毛线袜子满是窟窿。

“喂，夏洛特，”跟在奥立弗后面走下地窖的索厄伯里太太对那姑娘说，“你把剩下给屈立普吃的东西给这个孩子拿一些来。屈立普打早晨起就没回过家，也许不必留着了。这孩子多半不会挑精拣肥的；是不是，小孩？”

奥立弗听见有东西吃，眼睛立刻闪闪发亮。他正馋得浑身发抖，对主母的问话作了肯定的回答。于是，一盘粗劣的剩余饭食放到了他的面前。

要是有这样一位吃得脑满肠肥的哲学家，肉和酒在他肚子里会变成胆汁，他的血冷如冰，他的心硬如铁；我希望他能看到雾都孤儿捧住连狗也不屑一顾的那盘美味的神态。我希望他能目睹饿得发慌的奥立弗把剩余食物一块块撕碎时那副馋得可怕的样子。而我更希望能看到的是，那位哲学家自己把同样的食物吃得同样津津有味。

殡葬承办人的妻子看着奥立弗吃晚饭，嘴上不说，暗里可吓坏了；她预见到这孩子的胃口之大，不由得忧心忡忡。等奥立弗吃完以后，索厄伯里太太问：

“怎么样，你吃好了吗？”

奥立弗看看左右前后已没有任何可吃的东西，便回答说吃好了。

“现在你跟我来，”索厄伯里太太说，顺手拿起一盏昏暗而肮脏的油灯，带路登上阶梯。“你的床铺在柜台底下。让你睡在棺材堆里，你大概不在乎吧？不过，你在乎也罢，不在乎也罢，反正没有别的地方给你睡觉。快一点，我可没工夫整夜守在此地。”

奥立弗不再迟疑，乖乖地跟着他的新主母走去。

第五章

奥立弗与新相识打交道。第一次参加葬礼，他就对主人的行业印象不佳

奥立弗独自留在殡葬承办人的店铺里。他把油灯放在坐凳上，怀着一种敬畏的心情怯生生地环顾四周；这种心情许多年纪比他大得多的人也很容易产生。搁在黑色支架上放在店堂中央的一口尚未完工的棺材，给人的感觉是那样阴森凄惨，每当他东张西望的眼睛看到这可怕的东西时，全身就会打一个寒战；他几乎担心会有骇人的怪物从里边慢慢地竖起头来，把他吓得发疯。靠墙齐齐整整地摆着一长排剖成同样形状的榆木板，在微弱的灯光下像一群肩膀高高耸起、手插在裤袋里的鬼魂。柩牌[①]、榆木刨花、平头亮闪闪的棺材钉和黑纱碎条散落满地；柜台后面的墙上栩栩如生地画着两个职业送殡人，颈项上系着浆得硬邦邦的领结，站在一座宽阔的便门旁守候由四匹黑毛骏马拉着自远而近的柩车。店堂里相当闷热，空气仿佛被棺木的味儿污染了。他的一条塞着棉屑的垫褥就扔在柜台下面凹进去的地方，那地方看上去犹如一座坟墓。

压在奥立弗心头的还不光是这些令人沮丧的感受。他孤零零一个人待在陌生的地方；我们都知道，处在这样的境地，即便是我们中间最达观的人也免不了产生凄凉孤寂之感。这孩子既没有亲人要他关心，也

---

① 钉在棺盖上刻死者姓名和生卒年月日的金属牌。

没有亲人来关心他。他并不是念念不忘最近的离愁别恨，也不是因为身边看不到亲爱和熟悉的面容而觉得心上沉甸甸的排遣不开。尽管如此，他的心情却是沉重的；当他钻进狭窄的铺位时，他但愿那就是他的棺材，但愿自己能在安静的长眠中被埋入坟场的地下，让蓬勃的青草在他头顶上轻盈地迎风摇曳，让深沉的古钟声抚慰他酣睡不醒。

早晨，奥立弗被店堂外面很响的踢门声所惊醒。在他匆匆忙忙穿好衣服之前，门上已被怒冲冲、不耐烦地踢了大约二十五下。在奥立弗动手拔去链条的搭钩时，踢门的脚才停下来，门外有人开始说话。

“快开门，听见没有？”与踢门的脚属于同一个人的声音叫道。

“来了，我这就来开，先生，”奥立弗应道，一边拔去链条搭钩并转动钥匙。

“你大概就是新来的学徒，是不是？”透过钥匙孔传来的声音说。

“是的，先生，”奥立弗回答。

“你几岁啦？”那声音问。

“十岁，先生，”奥立弗答道。

“那末我进了门非揍你一顿不可，”那声音说。“你瞧着，我不揍你才怪呢，你这个习艺所来的小杂种！”那声音许下这般客气的诺言之后，竟吹起口哨来了。

奥立弗对于富有表现力的一个“揍”字所包含的滋味领教得太够了，因而完全不存任何侥幸心理；他确信在门外说话的那个人(且不管是什么人)一定说得到做得到，决不食言。他的手哆嗦着拔闩开门。

奥立弗朝街的两头和对面望了几秒钟，还以为刚才从钥匙孔中跟他说话的那个陌生人为了要暖暖身子走开了几步，因为他没看见旁人，只有一个穿慈善学校制服的大个子少年坐在屋前的桩柱上吃一块黄油面包：那少年用折刀把面包切成楔形的一片一片，和他的嘴巴大小相仿，非常灵巧地送它们入口下肚。

“对不起，先生，”奥立弗看看再也没有别人出现了，终于开口说，“是你在敲门吗？”

“是我在踢门，”穿慈善学校制服的少年答道。

“你是不是要买棺材，先生？”奥立弗天真地问。

慈善学校出来的少年顿时怒容满面，并说，如果奥立弗再敢目无尊长开这样的玩笑，管叫他自己很快就需要一口棺材。

“你大概不知道我是谁吧，习艺所[①]？”那少年继续说，同时带着一副准备开导别人的神气从桩柱顶上滑下来。

“不知道，先生，”奥立弗承认。

“我是诺亚·克雷坡尔先生，”那少年说，“你得听我的。把窗板卸下来，你这个懒惰的小流氓！”

克雷坡尔先生说完，赏了奥立弗一脚，然后带着使他身价倍增的庄重神态进入店堂。一个大脑袋、小眼睛、体型粗笨、相貌鲁钝的少年要摆出庄重的神态在任何情况下都不容易；偏偏除了这些得天独厚的条件还加上一个通红的鼻子和一条黄色的短裤，那就益发难办了。

奥立弗把窗板卸下后，准备搬到屋旁的小院子里去（白天窗板就放在那里）；可是才搬起第一扇窗板，便不胜其重，结果打破了一块窗玻璃。诺亚安慰奥立弗说，待会儿一定让他“吃不了兜着走”，然后总算赏脸来帮他搬。不久，索厄伯里先生从楼上下来。紧接着，索厄伯里太太也来了。诺亚的预言完全应验，奥立弗果然“吃不了兜着走”，嗣后才跟随那位少年绅士下地窖去吃早饭。

“诺亚，你靠近炉火坐下，”夏洛特说。“我从老板的早饭里边克下极好的一小块熏肉留着给你。奥立弗，把诺亚先生背后那扇门关好，我放在面包盘盖子上那些吃剩的东西你拿去吃。这杯茶给你，你拿去放在那只箱子上喝。快一点，他们要你去看管店堂呢。听见没有？”

“听见没有，习艺所？”诺亚·克雷坡尔说。

---

①他觉得“习艺所来的小杂种”这个称谓太长，故而加以“简化”。

“天哪，诺亚！”夏洛特说。“你这个人真怪！你管他干吗？”

“干吗？”诺亚说。“正因为谁也不管他，我就得管管他。他的父母对他一向不闻不问。他的亲戚什么都由着他。这哪能行，夏洛特？嘻嘻！”

“哦，你这个怪人！”夏洛特说着纵声大笑，诺亚也跟着她笑。然后他们俩向雾都孤儿投了鄙夷的一瞥；这可怜的孩子给打发到屋里最冷的一个角落，坐在箱子上瑟瑟发抖，吃专门留给他的变质剩饭。

诺亚是从慈善学校来的，并不是习艺所的孤儿。他不是私生子；他能循着家世谱系追溯到住得不远的父母。他的母亲是个洗衣妇；父亲是一名酗酒的士兵，退伍时带回来一条木制的假腿和一份抚恤金，金额为每天两便士半，后面还挂有一个无法表述的尾数。邻近各家店铺的学徒一向在大街上当众用“皮短裤”、“慈善学校小瘪三”等难听的绰号辱骂诺亚，他一一照单全收，毫不还价。但如今命运让一个可以给最卑微的人指着鼻子骂的无名孤儿落到他的掌心之中，诺亚便把自己所受的气变本加厉出到他头上。这件事非常发人深省。它使我们看到：人的本性有时实在美妙；同样可爱的品质可以在最烜赫的显贵身上、也可以在最肮脏的慈善学校少年身上得到发展，决不厚此薄彼。

奥立弗在殡葬承办人那里住了有个把月。一天打烊以后，索厄伯里先生和索厄伯里太太在店堂后面的小客厅里吃晚饭，索厄伯里先生向太太恭敬地看了几眼，接下来说：

“亲爱的——”他正要往下说，可是索厄伯里太太眼睛往上一翻，势头十分不妙，他马上闭口不言。

“什么事？”索厄伯里太太厉声问。

“没什么，亲爱的，没什么，”索厄伯里先生答道。

“哼，你这个畜生！”索厄伯里太太说。

“真的没什么，亲爱的，”索厄伯里先生恭顺地说。“我以为你不愿意听，亲爱的。我只不过想说——”

“哦，不要把你想说的话告诉我，”索厄伯里太太把他的话打断。“请不要跟我商量，我算老几？我不愿过问你的秘密。”说罢，索厄伯里太太发出一阵预示着严重后果的歇斯底里狂笑。

“可是，亲爱的，”索厄伯里先生说，“我确实需要征求你的意见。”

“不，不，不用征求我的意见，”索厄伯里太太用一种悲怆的声调说，“你去征求别人的意见。”说到这里，又是一阵歇斯底里狂笑，把索厄伯里先生吓得魂不附体。这是一种很寻常而又被认为十分可取的御夫术，每每能奏奇效。它马上迫使索厄伯里先生恳求太太大开隆恩让他把话说出来，其实索厄伯里太太很想听个究竟。经过短短三刻钟不到的拉锯，索厄伯里太太总算大发慈悲，给予批准。

“亲爱的，我只不过想跟你谈谈小退斯特的事情，”索厄伯里先生说。“他是个很漂亮的孩子，亲爱的。”

“应该如此，他吃得够多的，”那位太太指出。

“他的面孔有一种忧郁的表情，亲爱的，”索厄伯里先生继续说，“那是很有意思的。他可以成为一个出色的送殡人，亲爱的。”

索厄伯里太太带着相当惊讶的表情抬头一看。索厄伯里先生注意到了这一点，他不让那位贤德夫人有时间发表任何意见，立刻往下说：

“我指的并不是那种参加成年死者葬礼的普通送殡人；我想把他专门用于办儿童的丧事。让孩子给孩子送殡，这该有多新鲜哪，亲爱的！你可以相信我的话，这肯定会收到最出色的效果。”

在办理丧事方面颇具鉴赏力的索厄伯里太太，听到这个新奇的主意大为震动。但是，眼下如果这样直说，将有损于她的尊严，所以她只是相当尖刻地问她的丈夫：这样明摆着的一个主意为什么他以前没有想到？索厄伯里先生正确地把这理解为对他出的点子表示赞许。他们于是迅速作出决定：立刻向奥立弗传授这一行当的秘诀，为此，在下一次承办丧事的时候就让他跟主人一起去。

这样的机会来得很快。第二天上午，早餐过后大约半小时，班布尔先生走进店堂。他把藤杖斜靠在柜台上，掏出他的大皮夹，从中拣出一小片纸交给索厄伯里。

“啊哈！”殡葬承办人看见那张纸后眉飞色舞地说。“是定棺材吧，啊？”

“先是一口棺材，接下来还要一场由教区出钱的葬礼，”班布尔先生答道，一面扣上同他本人一样大腹便便的皮夹的搭扣。

“贝顿，”殡葬承办人说着把视线从纸片移向班布尔先生。“以前我从来没有听见过这个姓。”

班布尔摇摇头答道：“那些人真顽固啊，索厄伯里先生，顽固极了。而且自尊心恐怕也很强，先生。”

“嗯，自尊心很强？”索厄伯里先生语带嘲讽表示惊异。“那未免太过分了。”

“是啊，简直令人恶心，”干事说。“Antimonial①，索厄伯里先生！”

“的确如此，”殡葬承办人表示同意。

“我们前天夜里才听说有这么一户人家，”干事说，“本来我们也不会知道有关他们的任何事情，可是住在同一所房子里的一个女人请求教区委员会派教区医生去看看他们家一个病得很重的女人。偏巧医生给人家请去吃饭了；他的徒弟（是个挺聪明的小伙子）随手把药装在鞋油瓶子里给他们捎了去。”

“这倒是够麻利的，”殡葬承办人说。

“确实麻利得很！”干事也说。“可是结果怎样呢？先生，你猜那些暴民竟干出什么没良心的事来？病人的丈夫捎话回来，说那药不对他老婆的病症，所以她不能喝。先生，他竟说不能喝！那么好的药，又灵

---

① 班布尔想说那些人不讲道德，简直是 Antinomian（认为道德律对于基督徒没有约束力的“道德律废弃论者”），但他把这个词同 Antimonial（“含锑的”、“含锑药剂”）混淆了。

验、又卫生，一星期前刚刚十分成功地治好了两名爱尔兰工人和一名扛煤夫的病，现在分文不取送给那户人家，还装在一只鞋油瓶子里；那男的竟捎话回来说女的不能喝，先生！”

班布尔先生对如此令人发指的行为愈想愈气，气得满脸通红，他用藤杖猛敲柜台。

“哦！”殡葬承办人说，“我从来没有碰到过这样——”

“从来没有碰到过，先生！”干事突然嚷道。“谁也没有碰到过；可是现在那女的死了，我们还得把她安葬。这是姓名地址，你去把这件事早早办妥，愈快愈好。”

说罢，班布尔先生由于为教区愤愤不平，竟把三角帽前后戴颠倒了，然后匆匆走出店门。

“你瞧，奥立弗，他气得甚至忘了问问你的近况！”索厄伯里先生一边说，一边目送干事在街上去远。

“是的，先生，”奥立弗应道。其实，当干事来访时，奥立弗避之唯恐不远；他只要一想起班布尔先生的声音，便会从头到脚浑身发抖。不过，他完全不必担心落在班布尔先生眼里。因为这位干事听了穿白背心的绅士的预言，留下十分强烈的印象。他认为，在殡葬承办人接受试用奥立弗期间，这个题目还是避开为妙，直到奥立弗按为期七年的契约被正式录用为止，那时才能有效而合法地彻底消除他被退回给教区的危险。

“既然如此，”索厄伯里先生说，顺手拿起自己的帽子，“事情办得愈快愈好。诺亚，你留下看店。奥立弗，把你的帽子戴上，跟我走。”奥立弗遵照吩咐，跟随主人去执行职业所规定的使命。

他们先是穿过该镇人口最稠密的部分，走了一段时间后，折入一条比他们刚才所经之处更脏、更穷的狭巷，不时停下来寻找他们此行的目的地。狭巷两旁的房子倒是又高又大，但已很旧，住户大都属于最贫困的阶层；要了解这一点，单看房屋的颓败景象便够了，不消由那些骼膊拳曲、身体几乎弯成两截、偶尔在巷里趔趄而过的男男女女的可怜相提供旁证。不少房屋的底层设有店面，但都紧紧关闭着任其腐朽崩坏，只有楼上住人。有几幢房屋因年久失修已摇摇欲坠，全靠几根大木头一端埋在路下、一端抵住墙壁得免坍倒。然而，即便像这样风雨飘摇的破屋，看来也被一些无家可归的可怜虫选作过夜的栖身之所，因为钉在门窗上的粗木板好多已被扳开，露出的空当钻得进一个人的身体。沟里的积水又脏又臭。甚至东一只、西一只在臭水沟里腐烂的老鼠，也是一副饿死的丑恶相。

奥立弗和他的主人在一座门户洞开的屋前站住。门上既无门环，又无铃绳拉手，殡葬承办人只得在黑洞洞的过道里小心翼翼地摸索着前进，一边叫奥立弗紧挨着他，不要害怕。他们登上二楼，一头撞在正对楼梯口的一扇门上。索厄伯里先生用指关节敲了敲门。

开门的是一个十三四岁的小姑娘。殡葬承办人一看房间里的东西，立即知道这正是他要找的那户人家。他跨进房门，奥立弗也跟着进去。

屋里没有生火，可是一个男人却呆呆地蹲伏在冷炉子旁边。一个老妇人也把一张矮凳子移到熄火的炉前，坐在男的一侧。房间的另一角有几个衣衫褴褛的儿童；面对房门一个小小壁龛的地上用旧毯子盖着一件东西。奥立弗朝那边一看，顿时不寒而栗，情不自禁地向主人挨近些。尽管上面盖着毯子，奥立弗仍能猜到那是一具尸体。

那男人瘦削的面孔毫无血色，头发和胡子俱已斑白，两眼充血。老妇人的脸上布满皱纹，她仅剩的两颗牙露出在下唇上边，一双眼睛很亮，目光犀利。奥立弗既不敢看她，也不敢看那个男人。他们实在太像他在外面看到的死老鼠。

“任何人都不许走近她，”那男的见殡葬承办人向壁龛走去，气势汹汹地猛然站起身来说。“不准前进！混蛋，不准前进！难道你不要命了？”

“别说蠢话，老兄，”对于形形色色的不幸都已司空见惯的殡葬承办人说。“别说蠢话！”

“告诉你，”那男的攥紧拳头，怒不可遏地跺着地板说，“告诉你，我不愿把她埋入地下。她在那里得不到安息。蛆虫会跟她捣乱——不是吃她——她只剩皮包骨头了。”

殡葬承办人对这番胡话并不搭理，只是从口袋里取出卷尺，在尸体旁边跪了一会儿工夫。

“啊！”那男的喊了一声。他泪如泉涌，在死去的女人脚边跪下来。“跪下，跪下，你们统统给我跪在她周围，听我说！我说她是饿死的。我一直不知道她的身体已坏到这个地步，直到她开始发烧；接着，她的骨头便隔着皮肤突出来。家里既不生火炉，又没有蜡烛；她是死在黑暗中的，在黑暗中死去！她连自己孩子的脸也看不见，虽然我们听到她喘吁吁地叫着他们的名字。我为了她上街求乞，结果被关进班房。我回来时她快要咽气了；我心中所有的血都已凝固，因为她是被活活饿死的。我敢向上帝起誓，这情景上帝都看见啦！她是被活活饿死的！”他用双手乱揪自己的头发，并且大声尖叫着在地板上打滚；他的眼睛发直，口吐白沫。

惊恐万状的孩子们放声痛哭；可是那老妇人始终不动声色，仿佛对于所发生的事情一概充耳不闻，还吓唬孩子们，使他们停止了啼哭。她给仍旧伸手挺足躺在地上的那个男人解去领带，然后步履蹒跚地走到殡葬承办人跟前。

“她是我的女儿，”老妇人向尸体那边摆一摆头说，她说时眼睛乜斜着，一副白痴相，在这样的场合显得比旁边的死人更令人毛骨悚然。“上帝啊，上帝！你说奇怪不奇怪：我生了她，当时我也不年轻了，如今我照样活着，而且很快活；可是她躺在那里，又冷又硬！上帝啊，上帝！想起来简直像在演戏！完完全全像演戏！”

那不幸的老妇人咕咕哝哝地正在自得其令人作呕之乐，殡葬承办人转身要走。

“等一下，等一下！”老妇人又像说悄悄话、但声音却又很响地把他叫住。“什么时候把她埋葬——明天、后天还是今晚？我已经把她收拾停当；你要知道，我得去为她送葬。给我捎一件大斗篷来吧，要厚一点、暖一点的，因为天冷得够呛。我们也得吃了蛋糕，喝了酒，然后出发！不用费心了，就捎点儿面包来吧——只要一只面包和一杯水。我们会有面包吗，先生？”看到殡葬承办人重又向门口走去，老妇人一把拉住他的大衣，急切地问。

“会有的，会有的，”殡葬承办人说，“当然有的。什么都有，样样都有！”他从老妇人手中脱出身来，拖着奥立弗匆匆离去。

第二天(这户人家此时已得到两磅面包和一块干酪的救济，是由班布尔先生亲自送去的)奥立弗和他的主人又到那可悲的住所去。班布尔先生已从贫民习艺所里带了四个准备抬棺材的人先到那里。老妇人和死者的丈夫在破衣服外面各披上一件旧的黑斗篷。毫无装饰的白木棺材拧上盖子后，由抬柩人扛上了肩抬到街上。

“老太太，现在你得加快脚步了！”索厄伯里先生凑在老妇人耳边说。“我们已经耽搁了些时间，让牧师久等可不像话。来吧，伙计们，能走多快就走多快！”

抬柩人肩上的分量本来就很轻，经此一说，便快步小跑，两个送葬的亲属竭力跟上。班布尔先生和索厄伯里健步走在前头，奥立弗的腿不及主人长，只得在旁边跑步。

其实，这样匆忙没有多大必要，情况并不像索厄伯里先生料想的那样。当他们到达坟场中划作教区义冢地的那个荨麻丛生的冷僻角落时，牧师还没有来呢。据坐在法衣室里烤火的教会文书估计，牧师很可能要过一个小时才来。于是他们把棺材停在一个墓穴边上。天下着蒙蒙寒雨，两个亲属耐着性子站在烂泥地里等候。被吸引到坟场里来看热闹的几个衣衫破烂的顽童，吵吵嚷嚷地在墓碑之间捉迷藏；玩腻了就换换花样，从棺材上跳过去又跳回来。索厄伯里先生和班布尔因与教会文书有私交，所以同他一起坐着烤火看报。

过了一个多小时，班布尔先生、索厄伯里和教会文书终于向墓穴这边跑来。紧接着，牧师也来了；他一边走，一边穿上白色的法衣。班布尔先生用藤杖抽打了一两个顽童做做样子；牧师先生选读了能在四分钟内念完的葬礼经文；念毕，把法衣交给教会文书后，又走了。

“喂，毕尔！”索厄伯里向掘墓人说，“盖土吧。”

这活并不十分费事，因为这个墓穴里已埋下许多棺材，最上面的一口距地面仅数英尺。掘墓人把土铲入穴中，再用脚稍微踩踩结实，然后把铁锹扛上肩走了。那些顽童跟在他后面大声抱怨这场热闹结束得太快了。

“走吧，老兄！”班布尔说着在死者的丈夫背上拍了几下。“坟场要关门了。”

那男的自从在墓穴边上站定后，始终没有移动，这时猛地一愣，抬头看看对他说话的人，接着向前走了几步，便昏倒在地。那个疯疯癫癫的老妇人只顾因失去斗篷而伤心(斗篷已由殡葬承办人收回)，对她的女婿全不在意。于是大伙向他泼一罐凉水；等他醒了过来，送他安然走出坟场以后，这才把大门锁上，各走各的路。

“奥立弗，”索厄伯里在回家的路上问道，“这一行你喜欢不喜欢？”

“还不错，先生，谢谢你，”奥立弗回答时颇费斟酌。“也说不上很喜欢，先生。”

“啊，慢慢会习惯的，奥立弗，”索厄伯里说。“等你习惯以后，就不在乎了，我的孩子。”

奥立弗暗自纳闷：索厄伯里先生自己对这一行不知费了多少时间才习惯下来。但他觉得这个问题还是不提为妙；就这样一路思索着他的所见所闻回店里去。

第六章

奥立弗给诺亚的嘲骂惹急了奋起抵抗，使诺亚大吃一惊

一个月的试用期已过去，奥立弗正式成为学徒。当时适值疾病流行的美妙季节。用商界的话说，棺材是热门货；在短短的几个星期里，奥立弗取得的经验着实不少。索厄伯里先生这个别出心裁的主意，效果之好甚至超过他最乐观的期望。当地年纪最大的老居民，也不记得有哪一个时期麻疹曾如此猖獗，如此严重威胁儿童的生命。小奥立弗先后率领好多次送葬的行列，他的帽带飘垂及膝，赢得了全镇做母亲的难以描摹的赞叹和感慨。由于奥立弗还经常陪同他的主人参加为成人送葬的行列，以便掌握一个完美的殡葬承办人不可或缺的沉着举止和高度自持力，他有很多机会观察到，某些意志坚强的人面对考验和悼亡表现出来的顺从和刚毅实堪称羡。

比方说，索厄伯里受托承办一位富有的老太太或老绅士的丧事。死者有许许多多侄儿、侄女和甥儿、甥女，他们在死者生前患病期间曾哀痛欲绝，甚至在大庭广众之中也完全无法抑制自己的悲伤，而在同侪之间他们却怡然自得、谈笑风生，仿佛根本没有发生任何足以使他们心烦的事情。做丈夫的遭到丧妻之痛，也会表现出英雄般的镇定。同样，做妻子的为丈夫戴孝时，穿着表示哀悼的丧服不但不悲痛，反而好像决意要使它尽可能合身并增添风韵。还可以看到，一些有身份的女士先生在参加葬礼仪式时可谓哀伤之至，然而一到家里立刻恢复过来，还没喝完茶便完全泰然自若了。所有这些情状看着既有趣、又有益，奥立弗对之十分佩服。

要断言雾都孤儿在这些好人的榜样影响下学会了逆来顺受，我实在没有任何把握，尽管我在为他立传；但我可以毫不含糊地说，接连好几个月，他一直卑顺地忍受着诺亚·克雷坡尔的欺凌和虐待。诺亚对奥立弗远远比以前更凶更坏，因为他见新来的学徒一下子就捞到了黑杖和帽

带，而自己资格比他老却依旧戴松饼帽，穿皮短裤，心生妒忌。夏洛特对奥立弗也不好，因为诺亚对他不好；索厄伯里太太更是与他势不两立，因为索厄伯里先生对他有好感。奥立弗处在这三个对头和忙得要命的葬礼之间，完全不像被错关在啤酒厂谷仓里的一口饿猪那样得其所哉。

下面我即将叙及奥立弗的经历中一个非常重要的关头。我要记述的一件事看来好像微不足道，其间接后果却使他未来的生活道路发生极其重大的变化。

一天，奥立弗和诺亚在通常的午饭时刻到地下的厨房里去享用一小块羊肉——那是最坏的一段羊颈子，大约一磅半重。夏洛特被叫出去了，他们得等一会儿。诺亚·克雷坡尔正饿得慌，加上品性恶劣，他认为这短短的一会儿工夫可以充分利用，最有意思的办法莫过于把小雾都孤儿捉弄一番，惹他发火。

诺亚一心一意要拿他取乐，便把两只脚往台布上一搁，忽而揪住奥立弗的头发，忽而拉拉他的耳朵，骂他是个“暗中捣鬼的孬种”，并且表示，将来不论什么时候奥立弗上绞架，他一定要去看这场好戏。他还说了其他许多不上台盘、一味发泄私愤的话，凡是像他这样一个口毒心坏的慈善学校出身的少年想得出来的都说了。然而，这些嘲骂都没有取得预期的效果——把奥立弗惹哭，于是诺亚试图发挥更杰出的恶作剧本领。有许多以卖弄聪明为能事的滥小人比诺亚的名气大得多，直到如今，当他们需要逗趣的时候，每每使出这样的招数。现在诺亚用上的便是这一招：他发动起人身攻击来了。

“习艺所，”诺亚说，“你的妈妈呢？”

“她死了，”奥立弗回答说，“不要对我提起她！”

奥立弗说时，脸涨得通红，呼吸急促，嘴唇和鼻翼奇怪地翕动起来，克雷坡尔先生满以为这是立刻就要号啕大哭的征兆。在作出这样的判断后，他重新发动攻势。

“她是怎么死的，习艺所？”诺亚问。

“我们那儿有一个老看护妇告诉我，她是心碎而死的，”奥立弗与其说在回答诺亚的问话，毋宁说是在自言自语。“我想我能懂得这是一种什么样的死法！”

“嘟噜噜噜，怎么啦，习艺所？”看见一颗眼泪从奥立弗腮帮上淌下来，诺亚说。“什么事情使你哭起鼻子来啦？”

“不是你，”奥立弗说着急忙把眼泪抹去。“别以为这是你的本领。”

“哦，不是我？真的？”诺亚用讥诮的口吻说。

“对，不是你，”奥立弗厉声回答。“够了，你最好不要再向我提起她！”

“最好不要提？！”诺亚叫道。“好哇！不要提！习艺所，别丢人现眼了。你妈也是个好样的！她是个规矩女人，真的。哦，天哪！”说到这里，诺亚表情十足地点点头，并且在肌肉伸缩作用许可的限度内把他那个通红的小鼻子尽量皱拢来，为他的话作插图。

“你听我说，习艺所，”诺亚看到奥立弗默不作声，更加放肆了，假意用同情的语调继续挖苦他——其实这种语调是最令人恼火的。“你听我说，习艺所，现在已经没有办法了。当然，即使在那个时候，你也没有办法；这使我心里很难过。我相信大家都很难过，都很同情你。不过你应该知道，习艺所，你的妈实在是个坏透坏透的贱货。”

“你说什么？”奥立弗立刻抬头问道。

“一个坏透坏透的贱货，习艺所，”诺亚毫不口软地说。“她死了倒是好得多，习艺所；要不然，她就得在布赖德威尔①做苦工，或者被流放，或者给绞死。这最后一条路可能最大，你说是不是？”

---

①布赖德威尔，旧时伦敦的一所“感化院”，其实同监狱差不多。一八六三年被撤销。

气得脸色血红的奥立弗霍地跳起来，一下子掀翻桌椅，掐住诺亚的脖子，怀着满腔怒火把他使劲地抖，直抖得诺亚的牙齿格格作响；然后，奥立弗使出全部力气，以沉重的一击把他打倒在地上。

一分钟以前，那孩子看上去还是一个因遭虐待而显得安分柔顺、垂头丧气的可怜虫。但他终于忍无可忍，诺亚对他死去的母亲的恶毒污蔑使他热血沸腾。他的胸部大起大伏，身子挺得笔直，目光炯炯。他站在那里，怒目俯视那个老是折磨他、此刻蜷缩在他脚边的卑怯少年，以从未有过的勇气向他挑战，同刚才简直判若两人。

“他要打死我了！”诺亚大哭大叫。“夏洛特！太太！新来的学徒要打死我了！救命啊！救命！奥立弗发疯啦！夏——洛特！”

诺亚的呼救得到了夏洛特的尖声大叫和索厄伯里太太声音更尖的大叫的响应。夏洛特从边门冲进厨房；索厄伯里太太先在楼梯上站了一会儿，直到肯定事情绝无人命出入，才继续往下走。

“啊，你这个小坏蛋！”夏洛特尖声喊着，使出全部力气把奥立弗抓住，这股劲头大约与一个体魄相当强健、特别勤于锻炼的男子不相上下。“你这个狼—心—狗—肺、杀—气—腾—腾、十—恶—不—赦的小流氓！”夏洛特每说一个字，就用全力把奥立弗打一下，还伴以一声尖叫，使在场的人十分称快。

夏洛特的拳头分量决计不轻；但是，索厄伯里太太还唯恐不足以制伏狂怒的奥立弗，便冲进厨房去，一只手帮着夏洛特扭住奥立弗，另一只手在他脸上乱抓。处在这样有利的形势下，诺亚从地上爬了起来，在奥立弗背后用拳头狠狠地揍他。

这样剧烈的运动不可能持续太久。等到他们三人都已筋疲力尽，再也打不动、抓不动了，便把拚命挣扎、不断叫喊、但丝毫没有被慑服的奥立弗拖进煤窖锁在里边。这件事干完以后，索厄伯里太太废然倒在一把椅子里，放声大哭。

“我的天，她又发病了！”夏洛特说。“去拿一杯水来，亲爱

的。快！”

“啊，夏洛特！”索厄伯里太太尽可能清楚地说；她只觉得空气太少，而诺亚劈头盖脸浇下来的冷水又太多。“啊，夏洛特，我们没有在睡着的时候统统被杀死在床上，真是大幸啊！”

“是啊，真是大幸，太太！”夏洛特应道。“但愿先生能记住这次教训，再也不要接受这些可恶的坏蛋；他们是天生的杀人犯和强盗，从他们躺在摇篮里的时候就已注定了。可怜的诺亚！太太，要是我迟进来一步，他就没有命了。”

“可怜的人！”索厄伯里太太说，同时以怜悯的眼光望着那慈善学校来的少年。

诺亚（他身上那件背心的上起第一颗纽扣大概与奥立弗的头顶差不多高）听到这番对他表同情的话，用手腕子的内侧揉揉眼睛，挤出几滴假泪、数声哼唧。

“现在该怎么办呢？”索厄伯里太太叹道。“你们的主人出去了，家里面一个男人也没有。这小鬼要不了十分钟就会把门踢下来的。”奥立弗对煤窖门发动的猛烈冲击，表明这种可能性极大。

“天哪，天哪！我也不知道怎么办好，太太，”夏洛特说，“除非去叫警察。”

“要不就去叫一队士兵，”克雷坡尔先生出了个点子。

“不，不，”索厄伯里太太说；她想起了奥立弗的老朋友。“诺亚，你跑去找班布尔先生，叫他马上到这里来，一分钟也不要耽搁。别找你的帽子啦！快去！你一边跑，一边用刀子捂住给打青的一只眼睛，这样可以消肿。”

诺亚二话不说，拔腿就奔。这个穿慈善学校制服的少年狂奔着穿过闹嚷嚷的街道，帽子也不戴，用一柄折刀捂住一只眼睛，行人见了都感到非常惊讶。

第七章
奥立弗仍然不屈服

诺亚·克雷坡尔以最快的速度在街上飞奔，一次也没有停下来喘口气，直到贫民习艺所大门前。他在那里稍稍休息片刻，以便准备精彩的抽噎、动人的眼泪和逼真的恐怖，然后重重地敲一扇小门。开门的一个老贫民见了诺亚这样一张哭丧脸，尽管在他一生的黄金时代所看到的也都是哭丧脸，仍不免吃惊地倒退几步。

“出了什么事，孩子？”老贫民问。

“班布尔先生！班布尔先生！”诺亚进门便嚷，他把气急败坏的神态演得唯妙唯肖，声调又高又激动，不但传到了凑巧正在附近的班布尔先生本人耳中，还吓得他居然忘了先戴上三角帽就匆匆跑到院子里来——这件非常值得一提的奇事表明，在突如其来的强烈冲动下，纵使是一位教区干事，也难免一时失去自持力，忘记个人的尊严。

“哦，班布尔先生，先生！”诺亚喊道。“奥立弗，先生，奥立弗他——”

“他怎么啦？怎么啦？”班布尔先生急切地问；他那双金属般的眼睛竟高兴得闪闪发光。“是不是跑啦？他是不是逃跑啦，诺亚？”

“不，先生，不。他没有逃跑，先生，不过他凶恶极了！”诺亚答道。“他想杀死我，先生；然后杀死夏洛特；然后再杀老板娘。喔！疼死我了！先生，你不知道这有多么痛苦！”说到这里，诺亚的身体像鳗鱼似的扭动、弯曲，作出种种姿态，好让班布尔先生明白，雾都孤儿的血腥暴行造成他严重的内伤，此刻他正忍受着无比剧烈的痛苦。

诺亚见他报告的消息把班布尔先生完全吓呆了，便以十倍高于先前的嗓门大叫他被打得遍体鳞伤，进一步加强效果。当一位穿白背心的绅士从院子里经过时，诺亚看准了吸引那位绅士的注意、激起他的义愤是个上策，于是哭得分外悲切凄惨。

那位绅士的注意力立即被吸引住了。他没走上三步路，就生气地掉转头来问：这条小野狗为什么这样嚎叫？班布尔先生为什么不给他点儿厉害瞧瞧(倘若果真如此，这种被称为嚎叫的声音就会弄假成真)？

“这可怜的孩子原先是免费学校的一名学生，先生，”班布尔先生说，“他险些被谋杀，几乎已经被谋杀了，先生。凶手就是小退斯特。”

“啊！”穿白背心的绅士骤然止步惊呼。“我早知道有这一天！从一开始我就有一种奇怪的预感，预感到那个无法无天的野小鬼将来准会被绞死！”

“先生，他还企图谋杀一个女佣人，”班布尔先生说时面如土色。

“还有老板娘，”克雷坡尔先生插嘴道。

“你好像说他还想谋杀老板，是不是，诺亚？”班布尔先生添上一句。

“不，老板不在家；要不然，退斯特早就把他杀死了。”诺亚回答说。“退斯特说要杀他。”

“啊！退斯特说要杀他，是吗，孩子？”穿白背心的绅士问。

“是的，先生，”诺亚答道。“对不起，先生，老板娘要我来问一声，能不能请班布尔先生抽空马上到那里去一趟，把他揍一顿，因为老板不在家。”

“当然要去，孩子，当然要去，”穿白背心的绅士说，一边带着慈祥的笑容拍拍诺亚的大约比他高三英寸的脑袋。“你是个好孩子，一个很好的孩子。这一个便士赏给你。班布尔，快到索厄伯里家去一趟，带着你的藤杖，你斟酌着该怎么办就怎么办。对他不能手软，班布尔。”

“是，我决不手软，先生，”干事应道，同时把专为笞责之用绕在藤杖末端的涂蜡麻线整一整好。

“叫索厄伯里也不要对他手软。不叫他身上带着鞭痕和青肿，就没法让他变老实，”穿白背心的绅士说。

“我会转告的，先生，”干事回答。班布尔先生这时已戴好三角帽，藤杖拿到手里，而且自己都认为满意了，便同诺亚·克雷坡尔一起全速赶奔殡葬承办人的店铺而来。

在这里，形势丝毫未见好转：索厄伯里还没有回来，奥立弗继续劲头十足地踢着煤窖的门。索厄伯里太太和夏洛特把奥立弗的凶猛劲儿描绘得如此令人咋舌，以致班布尔先生认为还是先谈判、后开门为宜。为此，他在门外踢了一脚作为开场白，然后把嘴对准钥匙孔，用深沉而且颇有分量的音调说：

“奥立弗！”

“开门，快放我出去！”奥立弗从里边应道。

“你听声音知道我是谁吗，奥立弗？”班布尔先生问。

“知道，”奥立弗回答。

“你难道不怕，先生？听到我说话你不发抖，先生？”班布尔先生问。

“不怕！”奥立弗大胆回答。

这一声回答与班布尔先生指望引出和惯于听到的回答完全是两码事。干事这一惊真是非同小可；他从钥匙孔前遽然倒退两步，挺直身子，在无语的骇愕中把在场的另外三个人一个个看过来。

“班布尔先生，我看他一定是疯了，”索厄伯里太太说。“只要不是完全失去理性，任何一个孩子都不敢这样对你说话。”

“这不是发疯，太太，”班布尔先生沉思片刻后说。“这是肉在作怪。”

“什么？”索厄伯里太太叫了起来。

“肉，太太，是肉在作怪，”班布尔严肃地重申。“你们给他吃得太饱了，太太。你们在他身上激发起了一颗并非浑成自然的灵魂，太太，那是一种同他的身份不相称的精神。教区的理事们都是些讲究实际的哲学家，他们一定会这样对你们说。灵魂或精神对贫民有什么用？我们让他们肉体保持不死已经足够了。如果你们只给那孩子喝稀粥，太太，就绝不会发生这样的事。”

“上帝啊，上帝！”索厄伯里太太失声惊呼，同时虔诚地翻起眼睛望着厨房的天花板。“好心竟得到这样的恶报！”

索厄伯里太太对奥立弗的好心就在于大方地向他提供别人谁也不要吃的残羹剩饭；所以，她心甘情愿地接受班布尔先生严厉的指责，可以说表现了极大的逆来顺受和自我牺牲的精神。其实，应该为她说句公平话，无论在思想上、言语上还是行动上，她都是无辜的，完全不应当遭到这样的非难。

“啊！”班布尔先生等那位太太的视线重又垂向地面后说。“我认为现在唯一的办法是让他在煤窖里待上一两天，饿他几顿，再放他出来，以后一直给他喝稀粥，直到学徒满师为止。他的出身不好，生来容易冲动，索厄伯里太太！当年护士和医生都说，他那个母亲在到这里来的路上熬过了种种艰难和痛苦，换上任何一个正派女人，早就活不成了。”

班布尔先生的议论发到这里，奥立弗根据所听到的话足以断定他的母亲接下来又将成为嘲骂的对象，于是重新使劲踢门，以致其他的声音一概无法听清。正在这个节骨眼上，索厄伯里回来了。他听了家里人历数奥立弗的罪状(两位女士少不得还要添加她们认为最能把他激怒的油和醋)，立刻用钥匙打开煤窖门，揪住那个造反的学徒的衣领，把他拖了出来。

奥立弗在先前的殴打中衣服被撕碎，脸上青一块、紫一块，抓破了好几处，头发披散在额上。虽然如此，满面通红的怒容却未消失。当他从禁闭的地方被拖出来时，照样无所畏惧地横眉怒视诺亚，丝毫没有垂头丧气的神态。

“好小子，你干的好事！”索厄伯里说着把奥立弗狠狠地摇了一阵，还给了他一个耳刮子。

“他骂我的母亲，”奥立弗说。

“他骂了又怎样，你这个没良心的小流氓？”索厄伯里太太说。“诺亚没有冤枉你母亲，她比诺亚说的更坏。”

“她不是那样的，”奥立弗说。

“她是的，”索厄伯里太太说。

“你撒谎！”奥立弗说。

索厄伯里太太顿时涕泗滂沱地大哭起来。

这一阵泪雨使索厄伯里失去了选择的余地。倘若他稍一迟疑，不马上对奥立弗施加最严厉的惩罚，那末，每一位有经验的读者都看得一清二楚：按照夫妻相争的一切先例，他势必成为一头畜生、一个悖情逆理的恶丈夫、侮慢妻子的坏东西、冒充男子汉的滥小人——由于本章篇幅有限，其他种种美誉恕不一一赘述了。说句公道话，在他权力所及的范围之内(这个范围并不太大)，他待奥立弗还是比较好的，也许因为这样于他自己有利，也许因为他的妻子不喜欢奥立弗。然而，一阵泪雨把他逼到了绝境；于是他立即把奥立弗打了一顿，这一顿打居然连索厄伯里太太都感到满意，班布尔先生也就大可不必再动用教区的藤杖了。天黑以前，奥立弗被关在厨房后间，让一台抽水机和一片面包给他做伴；晚上，索厄伯里太太先在门外说了不少对他母亲绝无恭维之嫌的话，然后探身进那间屋子，在从旁指指点点的诺亚和夏洛特的挖苦声中命令奥立弗回到柜台下阴森森的铺位上去。

直到凄凉枯寂的棺材作场兼店堂里剩下奥立弗一个人，他才让这一天的遭遇会在一个孩子心中激起的感受充分宣泄。他能带着蔑视的表情听他们的嘲骂，他忍受鞭笞不哭不喊，因为他感到有一种尊严沛然充塞在他心中，支持着他咬紧牙关，即使被活活地架在火上烤，也不吭一声。但此刻在无人看到或听见的情况下，他跪在地上，双手掩面，泪如泉涌——虽蒙上帝赋予我们哭的天性，但如此小小年纪有眼泪要在上帝面前倾泻究属仅见！

奥立弗一动不动地保持这样的姿势有很长时间。当他站起来时，烛台里的蜡烛只剩下很短的一截。他小心翼翼地四下环顾，侧耳谛听，然后轻轻拔销去闩，开门向店外望了望。

这是一个又冷又暗的夜晚。在奥立弗眼里，星星距离地面似乎从来没有像今夜这样遥远。外面没有风，树木投在地上的魆魆黑影毫无动静，显得鬼气森森。他轻手轻脚重新关上店门，借助于行将熄灭的烛光把他所有的寥寥几件衣裳用巾帕打成一个小包，然后在一条板凳上坐等天亮。

第一道曙光刚刚透过窗板的缝隙，奥立弗便站起来，再次拔去门闩。他向周遭投了胆怯的一瞥，经过一刹那的犹豫之后，随手把门关好，跨到街上。

他向左右两边张望，拿不准该往哪儿逃。他想起曾看见大车出城时走的是上坡路。他也朝上坡的方向出发；到了一条穿过田野的小道前（他知道离此不远又是大路），便折入这条小道快步走去。

奥立弗记得很清楚，当初班布尔先生第一次把他从寄养所带回习艺所时，他在干事身旁小跑步走的正是这条小道。现在他这样走，恰恰要在寄养所门前经过。想到这一层，他的心跳得很快，他几乎打算掉头转身。但他已经走了很长一段路，如果往回走，就要失去许多时间。何况此刻还早得很，几乎完全不必担心被人看见；于是他继续前进。

奥立弗来到寄养所门前。在这侵晨时分，看不出屋里的人有什么动静。奥立弗止步向菜园里窥望，见一个男孩正在给其中一小垄苗床除草。奥立弗站停时，那孩子抬头现出一张苍白的面孔，原来是奥立弗从前的一个伙伴。奥立弗在离开前能见到他，觉得很高兴；虽然那孩子年龄比他还小，但他们过去一直很要好，常在一块儿玩。他们曾有好多好多回一起挨打，一起挨饿，一起被关起来。

“嘘，狄克！”奥立弗说，这时那孩子跑到门旁，从木栅里伸出一条瘦小的胳臂来欢迎他。“有人起床了没有？”

“除了我还没有别人。”

“你可不能说瞧见我来着，狄克，”奥立弗说道。“我是跑出来的。他们打我，欺负我，狄克。我要远远离开这儿去寻找生路。我自己也不知道上哪儿。你的脸色真难看！”

“我听见大夫告诉他们，说我快要死了，”狄克回答时露出一丝淡淡的笑意。“看到你我很高兴，亲爱的奥立弗。不过你别耽搁，快走吧！”

“不，不，我要跟你告别了再走，”奥立弗说。“我还会来看你的，狄克；我知道我们一定能见面。你一定会好起来，你一定能幸福快乐。”

“希望能这样，”狄克说。“不过只能在我死了之后，不会在这之前。我知道大夫的话是对的，奥立弗，因为我老是梦见天国和天使，老是梦见我醒时从来看不见的和善的面孔。吻我一下吧，”狄克说着爬到矮门上，用两条细弱的胳臂搂住奥立弗的脖子，“再见，亲爱的奥立弗！愿上帝保佑你！”

这话出自一个幼童之口，但这是奥立弗生平第一次听到别人对他的祝福。从此以后，即使生活充满艰难困苦，无论命运如何多舛善变，他始终没有忘记这句话。

第八章

奥立弗步行上伦敦。在路上他遇见一位奇怪的小绅士

奥立弗走到小道尽头的挡畜梯栏那儿，重又上了大路。现在是八点钟。虽然他离镇已有将近五英里，但他每跑一阵，还是要在树篱后面躲一会，生怕有人追上来把他抓回去。直到中午，他才在一块里程碑旁坐下来歇息，同时第一次开始考虑到哪里去谋生比较好。

他旁边那块碑石上的大字标明，从此地到伦敦的距离正好是七十英里。这个地名在奥立弗心中唤起了一大串新的联想。伦敦！那可是个了不起的大地方！任何人，即使是班布尔先生，也绝不可能在那里找到他。他常常听贫民习艺所里的老人说起，好样的小伙子在伦敦衣食不用愁；在那个其大无比的都市里，有些谋生的手段是生长在外乡的人怎么也想象不出来的。对于一个无家可归、倘若没有人帮助只能死于街头的孩子来说，那是最合适的去处。想到这里，他立刻站起来重新登程。

他把自己与伦敦之间的距离又缩短了足足四英里，这才想起他必须熬过多少困难方能指望到达目的地。这一层考虑迫使他把步子稍微放慢了些，开始盘算自己具备哪些手段可以到那里去。他的包裹里有一块面包干、一件粗布衬衫和两双袜子。他口袋里还有一个便士，那是在某一次葬礼后索厄伯里给他的，因为他干得特别出色。“一件干净衬衫是很有用的，非常有用，”奥立弗寻思着，“两双补过的袜子和一个便士也用得着；但所有这些对于冬天步行六十五英里毕竟帮不了多少忙。”同其他大多数人的思想一样，奥立弗的思想在给他指出困难方面极其敏捷、活跃，但在提供任何可行的克服办法方面却一筹莫展。在冥思苦想不得要领之后，他把包裹换了一次肩，慢腾腾地重又上路。

这一天奥立弗走了二十英里地。整整一天，除了吃一点面包干和在路旁村舍门口讨几口水喝之外，再也没有任何东西下肚。夜幕降落时，他折上一片草地，钻到一个干草堆下面，打算在那里躺到天亮。起初他很害怕，因为旷野上空风声凄厉，身上又冷，肚子又饿，他从来没有觉得像现在这样孤单无依。然而，他走得实在太疲乏，所以不久就睡着了，把所有的烦恼都抛在脑后。

第二天早晨醒来，他简直冻僵了；肚子饿得实在难受，只得在接下来经过的第一个村子里将一个便士换了一只小面包。他只走了十二英里地，天又黑了。他脚酸腿软，站也站不稳。在阴冷潮湿的野外度过又一个夜晚之后，他更觉得周身乏力；因此，当他早晨继续踏上征途时，简直已经寸步难行。

他在一道陡坡脚下等一辆公共马车驶到近边，然后向外座的乘客求乞，可是几乎没有人理他。即便有人对他说等马车上了坡顶再给钱，他们也无非想看看他为了半个便士究竟能跑多远。可怜的奥立弗竭力想跟上马车，但由于腹空脚酸而力不从心。外座乘客看到这光景，把准备好的半便士铜币又重新塞进口袋，说他是条懒小狗，不值得怜惜。于是马车辚辚去远，只留下一团飞扬的烟尘。

某几个村庄里钉着油漆的大牌子，警告所有的人：若在境内行乞，便要被送进监狱。这可把奥立弗吓慌了，他总是尽快离开那些地方。在另一些村庄里，他站在客店的院子左近，以乞怜的目光望着每一个打他身旁经过的人，其结果往往是老板娘吩咐某个闲着没事的信差把这个野孩子赶走，因为她确信他是来偷东西的。如果他向一家农户求乞，十次有九次会得到要放狗咬他的警告；当他探头探脑出现在一家店铺里时，人们的谈话便会提到教区干事，从而使奥立弗的心好像通过喉咙跳到嘴里，而这常常是许多小时内唯一进入他口中的东西。

事实上，如果没有一个征收通行税的好心人和一位仁慈的老太太，奥立弗的苦难也许早已结束，得到同他母亲一样的下场；换句话说，他肯定会在官道上倒毙。但是，那个收税人用面包和干酪招待他吃了一顿饭；而那位有一个孙子因船只失事在天涯海角漂泊流浪的老太太，念这个孤儿可怜，把她拿得出的一点点东西都给了他；尤其可贵的是她还说了好些亲切而体贴的话语，流了不少同情和怜悯的眼泪，所有这些比奥立弗所尝到的全部苦楚更深地铭刻在他的心中。

奥立弗在离开出身地之后的第七天清晨，步履蹒跚地进入一个名叫巴涅特的小镇。店铺的窗板尚未卸下，街上空荡荡的，还没有一个人起来做生意。太阳正在升起，射出霞光万道，但朝晖只能让这个两脚渗血、满身尘土、在冰冷的门阶上坐下来的孩子看清楚，他自己是何等的孤独和栖遑。

窗板陆续卸下，遮阳先后卷起，街上开始有人来往。少数人停下来向奥立弗注视片刻，或在匆匆走过后对他凝神回顾，但没有人接济他或费神问一问，他是怎样来到这里的。他也无心求乞，仍旧坐在那里。

他在门阶上蜷缩了一段时间，对于这里的酒店之多颇觉惊异（在巴涅特，平均每两座房屋即有一家或大或小的酒店），一边百无聊赖地瞧着来往的马车，心想：真奇怪，他得拿出与他的年龄不相称的勇气和决心、整整花了一个星期才赶完的路程，这些马车走起来只消几个小时，而且非常轻松。忽然，他发现几分钟前打他身旁大大咧咧走过的一个少年又回来了，现在从街对面目不转睛地打量着他。起初他对此并不在意；可是少年保持这样的姿态仔细观察了半天，致使奥立弗抬起头来，同样以专注的目光回敬他。于是那少年穿过街道，走到奥立弗紧跟前，说：

“哈罗，小老弟，出了哪档子事儿？”

向徒步远行的奥立弗提出这个问题的少年同他差不多年纪，但这是奥立弗所看到过的样子最古怪的一个。他长着一个狮子鼻，额头扁平，其貌不扬，而且这少年的邋遢委实罕见，可是他偏要摆出一副十足的大人气派。按年龄来说，他的个儿较矮，两条罗圈腿弯得很厉害，一双鼠目尖利而讨厌。他的帽子在头顶上戴得极不牢靠，随时有掉下来的危险；若非戴帽子的少年掌握着一种诀窍，不时把脑袋骤然一晃，使帽子复归原位，它确实会经常跌落下来。他穿一件几乎拖到脚跟的大人外套，袖口翻到肘窝里，让一双手露在袖外，其根本目的显然是为了把它们插进灯芯绒裤子的口袋，现在他的手就插在那里。总之，这是一位少见的装腔作势、好拿架子的小绅士，身高四英尺六英寸，也许还不到，足登一双系带的高帮皮鞋。

“哈罗，小老弟，出了哪档子事儿？”这位陌生的小绅士向奥立弗招呼。

"我饿得慌，也累得很，"奥立弗答道，说时两眼饱含着泪水。"我走了很多路。这七天来我一直在走路。"

"走了七天路？"小绅士惊问。"哦，我明白了。那是喙子的命令，是不是？不过，"他发觉奥立弗现出莫名其妙的神情，又说，"你大概不知道'喙子'是什么意思吧，我的漂亮朋友？"

奥立弗温和地回答说，他一向听人家用"喙子"这个词儿来表示鸟的嘴。

"我的老天，多嫩哪！"小绅士惊叹道。"'喙子'就是地方法官。如果是喙子命令你走的，就不会一直朝前，总是只上不下[①]的。你从来没有上过踏车[②]？"

"什么踏车？"奥立弗问。

"什么踏车！当然是占地极少、装在石瓮[③]里开工的那一种。而且总是这样：老百姓日子愈不好过，那里就愈兴旺；要是老百姓日子好过，那里就找不到人手。噢，对了，"小绅士说，"你需要填填肚子；没问题。我自己的水位也不高——只有一吊零一只鹊儿[④]；不过，既然这样，就由我来请客。站起来。一——二——三！好嘞！开步走！"

小绅士把奥立弗扶起来，带他到附近的一家杂货食品店去，在那里买了不少熟火腿和两磅麸皮面包（或者用他的话叫做"四便士麸子"）。他用一个巧妙的办法使火腿保持洁净，不沾尘土：抠去一部分面包心，火腿就塞在面包的窟窿里。小绅士把面包夹在胳膊底下折入一家小酒店，并带路走进设在后面的酒吧间。神秘的少年要了一缸子啤酒，奥立弗在他这位新朋友的款待下开始进餐。他放开肚皮吃了很久；在此过程

---

① 指被绞死，系盗贼隐语（以下简作"隐"）。
② 一种惩罚犯人的苦工（隐）。
③ 指监狱（隐）。
④ "水位不高"即手头拮据；"一吊"即一先令；"鹊儿"即半便士（隐）。

中，那奇怪的少年不时以十分专注的目光打量着他。

“你想去伦敦？”等奥立弗终于吃好了以后，奇怪的少年问道。

“是的。”

“有住处吗？”

“没有。”

“有钱吗？”

“没有。”

奇怪的少年吹了一声口哨，尽那件大外套的衣袖所容许的程度把两只手往口袋里一插。

“你住在伦敦？”奥立弗问。

“是的，除非不在国内[①]，”那少年回答。“我想今晚你需要有个地方睡觉，是不是？”

“确实很需要，”奥立弗答道。“我离开乡下后还没有在屋子里睡过觉。”

“为这点小事犯不着揉你的眼睛，”小绅士说。“今晚我要到伦敦去；我认识住在那里的一位可敬的老先生，他会让你住下的，不要你花一文钱，也不要你报答；当然，得有一位他所认识的正人君子把你介绍给他。那末他是不是认识我呢？哦，不！完全不认识！根本不认识！当然不认识！”

小绅士脸带微笑，实即表示末了那几句是反话，是闹着玩儿的；说着，他把剩下的啤酒都喝了下去。

奥立弗意想不到会有人向他提供住处，这个建议太诱人了，拒绝是不可能的。何况少年紧接着还担保刚才提到的那位老先生一定马上会给奥立弗找到一份合意的差事。这就使他们的谈话朝着更加友好、更加推心置腹的方向发展，从中奥立弗了解到：这位新朋友名叫杰克·道金

---

①这句话除了夸耀他有时出国这一点外，还隐含“只要不被流放到海外去服苦役”之意。奥立弗当然不解。

斯，他深得上述那位老先生的宠爱和保护。

道金斯先生的仪表不大有助于说明：他的保护人给予被保护者的眷顾是十分周到的。但由于道金斯说话口没遮拦，如脱缰野马，加之又承认他在亲密朋友中间有一个更出名的诨号，叫做“逮不着的机灵鬼”，奥立弗认为，从他这种放荡不羁的性格看来，他的老恩公的教诲到目前为止在他身上都落了空。抱着这样的观念，奥立弗暗暗下决心：自己要尽快地给老先生留下一个好印象。倘若逮不着将来还是本性不改(料想也难改)，奥立弗决定放弃与他继续做朋友的荣幸。

由于杰克·道金斯反对在天黑前进入伦敦，两人到达伊兹灵顿关卡时已将近十一点钟。他们从安琪儿酒家拐向圣约翰路，沿着狭窄的街道直到它尽头的塞得勒泉水剧场，经由埃克斯茂思街和柯皮斯路，走过贫民习艺所旁边的小胡同，穿越一度名为洞中霍克利的古迹[①]，先过小红花山，再过大红花山。经过大红花山时，逮不着走得飞快，还叫奥立弗紧紧跟上他。

尽管奥立弗必须全神贯注，以免他的领路人从视野中消失，但他一路走，一路还是忍不住向两旁匆匆投上一瞥。他从来没有看到过比这更脏、更穷的地方。街道窄得要命、泥泞不堪，空气里充满臭味。小店倒有不少，但仅有的商品恐怕就是大量的小孩，他们这么晚还在门口爬进爬出，或者在屋里哭喊。在这满目凄凉的地方，独有酒店似乎生意兴隆，可以听到一些最下层的爱尔兰人在里边直着嗓子大吵大嚷。隔着从大街两侧某些地方岔开去的廊道和院落，看得见挤成一小堆一小堆的几间陋屋，那里一些喝得烂醉的男人和女人确确实实在污泥中打滚。从其中几家的门洞里，正鬼鬼祟祟地走出一些相貌凶恶的彪形大汉来，他们要去干的显然不是光明正大或无伤大

① 古时设奖比武、嗾狗逗熊、嗾狗逗牛的场所。

雅的事情。

奥立弗正在考虑要不要干脆溜之大吉，这时他们已走到山脚下。他的向导一手抓住他的胳膊，一手推开靠近田野巷的一所房子的门，拉着奥立弗走进过道，然后把门关上。

逮不着打了一声唿哨。马上有一个声音从下面喊道：

“喂！”

“呱呱叫和满贯！”逮不着应道。

这大概是表示一切正常的口令或暗号，因为接着就有微弱的烛光闪现在过道尽头的墙上，从年久失修的厨房楼梯栏杆缺口中探出一张男人面孔来。

“你们有两个人，”那人说着把蜡烛向前伸远些，另一只手给自己的眼睛遮光。“另一个是谁？”

“新伙伴，”杰克·道金斯回答，一边把奥立弗推向前去。

“他是哪来的？”

“格陵兰①。费根在楼上吗？”

“在，在整理抹嘴儿。你们上去吧！”蜡烛缩了回去，那张面孔也不见了。

奥立弗一只手摸索着，另一只手被他的同伴牢牢抓住，好不容易登上黑暗而危险的楼梯；而他的向导上楼却动作敏捷，毫不费力，可见这对他是熟路。他打开一间后室的门，把奥立弗拉进去。

这间屋子的墙壁和天花板因年深月久完全给尘垢染黑了。炉火前摆着一张松木桌子，桌上有一支插在姜汁啤酒瓶里的蜡烛、两三只白镴缸子、一只面包、一块黄油和一只盘子。火上的煎锅由铁丝固定在壁炉架下，锅内正在煎几条香肠。一个年纪很老的干瘪犹太人，手里拿着一把烤面包的长柄叉，俯身站在煎锅前面；他那可憎可厌的面孔被一头蓬

① 格陵兰在英语中意为“绿地”；“绿”也就是“嫩”。此处隐喻奥立弗从老远的地方来，还没有干过他们的行当。

乱披散的红发遮盖着。他身穿一件油光光的法兰绒长袍，领子敞开；他的注意力似乎徘徊在煎锅与挂着许许多多丝绸手帕的晾衣架之间。用旧麻袋胡乱堆就的铺位一张挨着一张排在地板上；围桌而坐的四五个男孩子岁数都不比逮不着大，却摆出中年人的架势抽抽陶制的长烟袋，喝喝酒。当逮不着向老犹太悄悄耳语几句的时候，那四五个少年纷纷围着他们这个伙伴，接着都转过脸来向奥立弗咧嘴怪笑。老犹太也是这样，手里仍然拿着烤面包的长柄叉。

“费根，他就是，”杰克·道金斯说，“我的朋友雾都孤儿。”

老犹太龇牙一笑，先向奥立弗深深鞠了个躬，然后同他拉拉手，表示希望有荣幸成为他的知交。经此一说，那些抽烟袋的小绅士便来围着他，十分热烈地握他的两只手——特别是他拿着小包裹的那一只。一位小绅士非常殷勤地给他把帽子挂起来；另一位更是招待周到，甚至把手伸进奥立弗的口袋，大概省得他就寝前把衣袋一一掏空，因为他太累了。要不是老犹太的长柄叉劈里啪啦敲在那些热心少年的脑袋上和肩膀上，他们可能还要卖更多的力气效劳。

“看到你我们都非常高兴，奥立弗；非常高兴，”老犹太说。“逮不着，把香肠拿下来，搬一只桶到炉子旁边让奥立弗坐。啊，你在瞧那些手绢儿！是不是，我的好孩子？手绢儿确实不少，可不是吗？我们刚刚把它们理出来，准备拿去洗；就这么回事儿，奥立弗，就这么回事儿。哈哈哈！”

这位快乐的老先生的末了几句话赢得了他全体高足的热烈欢呼。他们就在这兴高采烈的气氛中去吃晚饭。

奥立弗吃了分给他的一份，老犹太还为他调了一杯热的掺水杜松子酒，对他说：他必须立刻喝完，因为杯子别人要用。奥立弗当即照办。紧接着，他只觉得自己被小心地抬到一张麻袋铺位上，后来他就沉沉地睡着了。

第九章

本章进一步详细介绍有关那位可亲的老先生及其大有希望的高足们的一些情况

奥立弗这一觉睡得又香又长，第二天早晨很晚才醒来。屋子里没有别人，只有老犹太在平底深锅里煮咖啡作早餐。他一边用铁汤匙不住地搅着咖啡，一边轻轻地吹着口哨。只要楼下有一点点声响，他就停下来侧耳谛听；直要到完全放心之后，才继续搅他的咖啡，吹他的口哨。

奥立弗的睡眠虽然已经结束，但他还没有醒透。这是一种介于睡着与醒着之间的迷迷糊糊的状态，像这样眼睛半睁半闭、对周围发生的一切半知半觉的时候，五分钟内梦见的事情，比你完全合上双目、一切感官都停止工作的五个夜晚所梦见的还要多。在这样的时刻，一个人对自己的心灵活动的了解程度，适足以构成某种模糊的概念，认为它神通广大，一旦摆脱躯壳的束缚，便可脱离尘世，把时间和空间一脚踢开。

奥立弗正处在这样的状态。他从半开半合的眼皮底下看见那个老犹太，听到他轻轻地吹着口哨和汤匙擦着锅边的声音。然而与此同时，他的这些感官在想象中却忙于听、忙于看几乎所有他认识的人。

咖啡煮好了，犹太人把锅子移到炉旁的保温架上。他站在那里迟疑了一阵子，像是拿不定主意到底该做什么，然后转身对奥立弗看了看，叫他的名字。奥立弗没有回答，完全是一副还睡着的样子。

在这一点上放下了心，老犹太才悄悄地走到门旁，把销子插上。然后他(奥立弗觉得好像是从地板下面的暗门中)取出一只匣子，小心翼翼地放到桌上。当他打开盖子的时候，两眼闪闪发亮地向匣内望进去。他把一张旧椅子移到桌旁，自己坐下来，从匣子里取出一只豪华的金表，上面的宝石在熠熠发光。

“哦呵！”老犹太耸起肩膀说，并且扮了一个其丑无比的鬼脸，把五官的位置全扯歪了。“真是些聪明的小狗！真聪明！愣是顶到底！始终没有把来龙去脉告诉老牧师。始终没有供出老费根！而供出了又有什么用呢？这既不能松开他们脖子上的绞索套结，也不能推迟一分钟抽去他们脚下的活动踏板。一点用处也没有！好样的！真是好样的！”

老犹太独自喃喃地说出了这些以及其他类似的想法，然后把那只表重新放回可靠的藏处。他先后从同一只匣子里至少还取出半打表来同样爱不释手地把玩，另外还有指环、胸针、手镯等饰物，这些珠宝是那样贵重，工艺是那样精巧，奥立弗连名目都叫不出来。

老犹太把这些首饰放回原处，又拿出另外一件他掌心里容得下的小东西。大概上面镌有极细小的字样，因为老犹太把它平放在桌上，用手遮光仔仔细细地看了半天。最后他把那东西撂下，像是失望的样子，靠在椅背上嘀咕道：

“死刑这玩意儿真好！死人从不忏悔；死人决不会泄漏不便公开的事情。这对我们这一行是最合适的！他们五个人成一排统统给绞死了，一个也没被留下来钓鱼或者把胆小鬼拉过去。”

老犹太这样自言自语的时候，他的一双贼亮的黑眼睛视而不见地望着前方，视线落到奥立弗的脸上。奥立弗的一双好奇的眼睛正默默地注视着老犹太的面孔。尽管他们的目光相遇只是短得不能再短的一刹那工夫，但已足够使老头儿感到人家在观察他。他喀哒一声关上匣盖，抓起桌上一把切面包的刀子，怒冲冲地站起身来。他剧烈地哆嗦着，奥立弗纵使吓得要命，还是能看到那把刀子在空气中抖动。

“你要干什么？”老犹太问。“你干吗偷偷地看着我？你为什么不睡觉？你看见了什么？说，小鬼！快说，快！不然就要你的命！”

“我再也睡不着了，先生，”奥立弗柔顺地答道。“要是我打搅了你，我觉得很抱歉，先生。”

“你醒了有没有一个钟头？”老犹太恶狠狠地盯着奥立弗问道。

“没有，真的没有，”奥立弗回答。

“你能肯定吗？”老犹太大声追问，目光比刚才更凶狠，还作出咄咄逼人的姿势。

“我敢发誓不到一个钟头，先生，”奥立弗认真答道。“真的不到，先生。”

“啧，啧，我的乖乖！”老犹太说着，一下子恢复他的老样子，并且把刀子摆弄了一番，然后放下，似乎要让人相信他拿起刀子纯粹是玩玩的。“我当然明白，我的乖乖。我不过想吓唬你一下。你是个有胆量的孩子。哈哈！你是个有胆量的孩子，奥立弗！”老犹太吃吃笑着搓搓自己的一双手，但还是不大放心地向匣子瞥了一眼。

“那些可爱的玩意儿你瞧见了没有，我的乖乖？”老犹太稍停片刻后把一只手按在匣盖上问。

“是的，先生，”奥立弗答道。

“啊！”老犹太脸色变得煞白。“那些东西——那些东西是我的，奥立弗，是我的一点点财产。我晚年就全靠这些过日子了。人家叫我守财奴，我的乖乖，只不过是个守财奴，就这么回事儿。”

奥立弗心想，这位老先生有那么多的表，却住在这样肮脏的地方，可算得上一个地地道道的吝啬鬼。但想到他那么疼爱逮不着和另外一些孩子却要花不少钱，奥立弗只是怀着敬意向老犹太看了一眼，问他是不是可以起床了。

“当然可以，我的乖乖，当然可以，”老先生回答说。“等一下。门口角落里有一壶水。你把它拿来，我给你一只盆让你洗脸，我的乖乖。”

奥立弗起来走到房间的另一端，俯下身去提那只水壶。仅仅一眨眼的工夫，当他转过头来的时候，匣子已经不见了。

他刚洗完脸，按照老犹太的吩咐把水泼到窗外，把一切都收拾停当，逮不着回来了。跟他一起来的还有一位非常活跃的少年朋友；头天晚上奥立弗曾见他抽烟来着，现在经正式介绍知道他叫恰利·贝茨。四个人坐下来，用咖啡和逮不着放在帽子里带回来的一些夹肉热面包卷当早餐。

“怎么样？”老犹太向逮不着说，同时偷偷地对奥立弗瞟了一眼。“我希望今天早晨你们已经干过活了，对不，我的乖乖？”

“干得很卖劲，”逮不着答道。

“连筋带骨头都卖了，”恰利·贝茨添了一句。

“好孩子，好孩子！”老犹太说。“逮不着，你弄到了什么？”

“两只皮夹子，”那位小绅士答道。

“有衬儿没有？”老犹太急切地问。

“硬邦邦的，”逮不着答道，一边掏出两只皮夹子：一只是绿的，另一只是红的。

“好像还应当重一些，”老犹太把皮夹里面仔细看过后说，“不过做得很精巧、很漂亮。奥立弗，他的手艺不错吧？”

“是的，先生，很不错，”奥立弗说。

恰利·贝茨先生听了笑得前仰后合，这使奥立弗大惑不解，因为他看不出眼前发生的事情有任何可笑之处。

“那末，你弄到了什么，我的乖乖？”费根转而问恰利·贝茨。

“抹嘴儿，”贝茨哥儿回答，同时掏出四条手帕。

“唔，”老犹太把它们仔细看了一番，“不错，东西很好。不过，恰利，你的记号做得不好，得用针挑去。[①]我们来教奥立弗干这活。好吗，奥立弗，嗯？哈哈！”

“只要你吩咐，先生，”奥立弗说。

“我的乖乖，你愿不愿意像恰利·贝茨那样一下子就能做出几条手绢儿来？”老犹太问。

“非常愿意，只要你肯教我，先生，”奥立弗答道。

贝茨哥儿从这句答话中发现了不知什么异乎寻常的妙趣，所以又爆

---

①扒来的手帕往往绣有原主的标记，除去这些标记是为了便于销赃。费根欺骗奥立弗，诡称贝茨没有把记号做好。

发出一阵大笑；这一阵笑同他正在喝的咖啡中途相遇，把咖啡呛进气管去了，险些儿使他因窒息而夭折。

“他实在嫩得可笑！”恰利顺过气来以后说，聊以向在座各位为自己举止失礼解嘲。

逮不着没有搭茬儿，只是把奥立弗的头发往下扒到他的眼睛前边，说他不久会懂事的。这时老先生发现奥立弗脸红了，便把话题一转，问早晨在刑场上看热闹的人多不多。这使奥立弗更觉奇怪。听那两个少年的回答，他们俩都去了。他们怎么来得及干那么多的活，奥立弗自然感到惊讶。

早餐已毕，收拾停当，快乐的老先生和两个少年做了一场非常有趣而又不寻常的游戏。他们是这样玩的：快乐的老先生把鼻烟盒放在一只裤袋里，皮夹子放在另一只裤袋里，挂表放在背心口袋里，表链绕在脖子上，一枚水钻别针别在衬衫上，他把上衣的钮扣都扣得紧紧的，再把眼镜盒和手帕放在上衣口袋里，带着一根手杖在屋子里匆匆走来走去，摆出一副任何时候都可以看到在街上走的老绅士的神态。他时而在壁炉前逗留，时而在门口稍停，表示他正全神贯注于橱窗里陈列的商品。在这同时，他经常四顾张望，提防扒手，还轮番地拍着身上所有的口袋，看丢了什么东西没有；他的表演是如此滑稽而又逼真，笑得奥立弗脸上淌下了眼泪。在这段时间内，两个少年始终紧紧尾随着老犹太，每当他转身时就非常矫捷地避开他的视线，所以不可能盯住他们的一举一动。后来，不知逮不着踩了他的脚尖呢，还是无意间踹了他的靴子，恰利·贝茨乘势从后面撞了他一下。就在这一眨眼的工夫，他们以快得出奇的动作从他那里拿走了鼻烟盒、皮夹子、带链子的挂表、衬衫别针、手帕、连眼镜盒也拿走。倘若老先生感觉到有手伸进他的任何一只口袋，他就喊出手在哪一只口袋里，那时游戏就得从头做起。

如上的把戏反复玩了好多遍，这时有两位小姐来拜访两位小绅士，

一位叫蓓特，一位叫南茜。她俩都长着非常浓密的头发，在脑后不太齐整地向上卷起，鞋袜也颇不洁净。她们也许说不上漂亮，但脸色相当红润，看来都很结实、健康。见她们的举止洒脱大方，奥立弗心想，这一定是两位好姑娘。事实当然是这样。

这几位客人逗留很久。鉴于一位小姐抱怨她冻得体内冰冷，酒便拿了出来，于是谈话变得非常活泼而有教益。最后，恰利·贝茨表示现在是遛蹄的时候了。奥立弗猜想这一定是法国话“出去走走”的意思，因为紧接着，逮不着、恰利和两位小姐一起离去，临行之前由老犹太亲切地给了他们零花的钱。

“怎么样，我的乖乖？”费根问。“这样的生活挺可爱，可不是吗？他们要去玩一整天。”

“他们的工作都做完了吗，先生？”奥立弗问。

“是的，”老犹太说，“除非他们在外面意外地发现什么工作，那时他们一定不会放过机会的，我的乖乖，你可以放心。你就把他们当作你的榜样，我的乖乖。照他们的榜样做吧，”老犹太一边说，一边用煤铲在壁炉上敲敲，使他的话听起来更有分量，“他们叫你怎么干，你就怎么干。什么事情都要听从他们的指导，尤其要听逮不着的，我的乖乖。他将来会成为一个大人物，也能够把你造就成大人物，只要你学他的样。瞧，我的手绢儿不是露出在口袋外面吗，我的乖乖？”老犹太突然停下来问。

“是的，先生，”奥立弗说。

“你试试看，能不能把它抽出来不让我发觉，就像今儿早上我们玩把戏时你看到他们干的那样。”

奥立弗一只手把口袋底往上托，另一只手轻轻地把手帕从袋里抽出来，他看到逮不着就是这样干的。

“拿走了吗？”老犹太问。

“在这里了，先生，”奥立弗说着，把手帕拿在手里给他看。

“你是个聪明的孩子，我的乖乖，”这位爱开玩笑的老先生在奥立弗的头上轻轻拍几下表示赞许。“我还没见过这样机灵的孩子。这一个先令给你。照这样下去，你一定能成为当代最了不起的人物。现在你过来，我教你怎样挑去手绢上的记号。”

奥立弗弄不懂，做游戏扒老先生的口袋跟他能否成为大人物有什么相干。但是，考虑到老犹太既然年纪比他大得多，想必对这些事情更清楚，奥立弗就乖乖地跟着他走到桌子旁边，不久便专心致志埋头于这一新的作业。

第十章

奥立弗对他的新伙伴们有了更深一层的了解；他花了很高的代价取得经验。这一章虽短，但在本书中至关重要

奥立弗好多天一直待在老犹太屋子里挑去手帕上的记号(拿到这里来的手帕数量很多)，有时也参加前面已经描述过的游戏，那是两个少年和老犹太每天上午都要玩的，从不间断。后来，他开始感到闷得慌，想吸点新鲜空气，几次恳切地要求老先生让他出去跟他的两个伙伴一起干活。

奥立弗愈来愈急于得到一份差使，因为他看到老先生的性格是非常讲究道德的。每当逮不着和恰利·贝茨晚上空手回来时，他就要激昂慷慨地论述好逸恶劳之害，向他们灌输必须勤勉做人的道理，办法是不给他们吃晚饭，让他们空着肚皮睡觉。有一次，他甚至把他们俩打得从楼梯上滚下去；不过，他的这种道德教训是比较出格的。

某一天早晨，奥立弗总算得到了他孜孜以求的许可。已经两三天没有手帕需要挑去标记，伙食也相当清苦。也许这些正是老先生首肯的原

因。不管怎样，反正他告诉奥立弗可以去，并把他托付给恰利·贝茨和他的朋友逮不着共同照应。

三个少年一同出发。逮不着照例翻起外套袖口，歪戴着帽子；贝茨哥儿两手插在口袋里一路漫步闲逛；奥立弗夹在他们中间，既不知道他们去哪儿，也不知道先让他学哪一门手艺。

他们的步态是一种非常懒散、难看的荡马路架势，奥立弗不久就开始怀疑：他的两位伙伴也许想欺骗老先生，根本不去干什么活。而且，逮不着有一种坏习惯，专爱把幼童头上的帽子摘下来扔到阶下院子[①]里去；恰利·贝茨则对所有权表现出满不在乎的态度，他从路旁的货摊上捞了好几只苹果和葱头塞在口袋里——他的口袋容量大得惊人，似乎朝任何方向都通他全套衣服的夹层。奥立弗很看不惯这种行为，正想尽可能婉转地表示想要回去；忽然，他的念头由于逮不着的举止发生十分神秘的变化而被引向另一条渠道。

他们刚从克勒肯威尔广场附近一条小胡同里出来(这个广场还被叫做“绿草地”，名称的变易真有点莫名其妙)，逮不着突然停下，并且把一个手指头放到嘴唇上，极其小心谨慎地拉着他的两个同伴退后几步。

“什么事？”奥立弗问。

“嘘！”逮不着叫他别做声。“你瞧见书摊旁那个老家伙了没有？”

“是马路对面那位老先生吗？”奥立弗问道。“我瞧见了。”

“这老头合适，”逮不着说。

“这姿势妙极了，”恰利·贝茨哥儿评论道。

奥立弗万分惊讶地看看逮不着，又看看恰利，但他还来不及提任何问题，两个少年已鬼鬼祟祟地穿过马路，溜到逮不着要他注意的那位老绅士背后。奥立弗随后跟上去走了几步，不知道该进还是退，站在那里瞪着眼睛默默地发呆。

---

①英国旧式城市房屋的半地下室前的小片空地，有阶梯上通人行道。

那位老绅士头上扑着发粉，戴一副金边眼镜，模样端方可敬。他上身穿一件黑丝绒领子的墨绿色外套，下身是白裤子，腋下夹一根挺雅致的竹杖。他从书摊上拿起一本书，站在那边仔仔细细地看，就像坐在自己书斋里的圈椅上一般。很可能他的确以为自己坐在那里，因为从他出神的样子来看，此刻他眼睛里既没有书摊，也没有街道和那几个少年，总之什么都没有，只有他一字不漏地看着的那本书；他一页看到了底才翻过来，从下一页的第一行接下去，看得津津有味而又十分认真。

奥立弗站在几步路以外瞧着，眼睛睁得大到不能再大。逮不着一只手伸进老绅士的口袋，从那里掏出一条手绢，把它递给恰利 · 贝茨；最后，他们俩飞也似地绕过拐角逃跑。这一切奥立弗都看在眼里，可以想象他的恐惧和惊慌达到了何等程度！

霎时间，手帕、金表、珠宝、老犹太的全部秘密在奥立弗心目中都揭开了。有一会儿他站着动也不动，恐怖使血液在他所有的血管里如针扎火燎。然后，他在惶骇和惊骇之余掉头就跑，自己也不知道在干什么，反正尽他所能飞快地逃走。

这一切都是在一分钟之内发生的。恰恰在奥立弗开始逃跑的一刹那，那位老绅士把手伸到口袋里去，发觉手帕没有了，急忙转过身来。他看到一个孩子这样没命地奔跑，很自然地认定手帕是他偷的；于是老绅士直着嗓门大叫："抓扒手！"一边开始追赶，手里还拿着一本书。

但是，叫喊捉贼的不光是老绅士一个人。逮不着和恰利 · 贝茨不愿满街奔跑招人注意，所以一拐弯就躲进第一幢房子的门口。他们不久就听到喊声，接着看见奥立弗跑来，立即猜到是怎么回事。他们非常敏捷地从藏身的地方闪出来，也叫嚷着"抓扒手！"，以正直公民的姿态参加追捕。

尽管奥立弗受过好几位哲学家的教诲，他在理论上却不懂得一句绝妙的格言，即：保存自己是万物的首要法则。如果他懂得这个道理，思想上也许会对此有所准备。唯其毫无准备，就更加惊慌，所以他像一阵风那样在前面逃，而老绅士和两个少年大声嚷着在后面追。

“抓扒手！抓扒手！”这喊声有一股神奇的力量。商人们立刻离开柜台，车把式离开大车，屠夫扔下盘子，面包师扔下篮子，卖牛奶的扔下奶桶，跑腿的扔下要送的东西，学童扔下弹子，铺路工扔下洋镐，小孩子扔下羽球板。他们纷纷跑到街上，心急慌忙，乱冲乱闯；喊的喊，叫的叫；拐弯时把路人撞倒，直吓得鸡飞狗跳；一片喧嚷响彻大街小巷、庭院广场。

“抓扒手！抓扒手！”这喊声得到百把人响应，人群愈聚愈多。他们奔跑着，踩得泥浆四溅，蹬得人行道咚咚作响。窗户纷纷打开，人们从屋里跑出来，群众蜂拥向前；傀儡戏演到最精彩处，观众一齐撇下喷趣[1]，去投入人流，增强声势，给“抓扒手！抓扒手！”的叫喊加油打气。

“抓扒手！抓扒手！”兜捕围攻某个目标这种癖好在人类心中是根深蒂固的。一个可怜的孩子，累得上气不接下气，神情充满恐怖，目光溢出痛苦，大颗大颗的汗珠从脸上直往下淌，每一根神经都绷得紧紧的，为的是摆脱追捕的人群。人们紧追不舍，一秒钟比一秒钟逼得更近，见他力气不支就喊得更响，叫得更欢。“抓扒手！”啊，看在上帝分上，瞧他可怜还是抓住他吧！

总算抓住了！好漂亮的一拳！他倒在路面上，人们一拥而上把他围住，每一个刚到的人都要挤进人丛中去看一眼。“靠边站！”“让他喘一口气！”“扯淡！他不配！”“那位先生在哪儿？”“瞧，他沿着这条街正在过来。”“给那位先生让开一条路！”“先生，是不是这个孩子？”“是他。”

奥立弗躺在地上，沾了一身泥浆和尘土，嘴角淌血，眼睛惊恐地看着围住他的无数面孔；这时，那位老绅士由跑在最前头的追捕者殷勤地

---

①英国传统木偶剧中的驼背丑角。

BOOKS BOUGHT
LIBRARIES PURCHASED

前拖后推帮着挤进了人圈子。

“是的，”老绅士说，“恐怕是这个孩子。”

“恐怕？！”人群中起了一阵罗唣。“真是好样儿的。”

“可怜的孩子！”老绅士说。“他受伤了。”

“是我干的，先生，”一个粗手大脚的汉子跨前一步说，“我一拳打在他的嘴上，我自己的手也破了一大块。是我逮住了他，先生。”

那汉子露出尴尬的笑脸敬了个礼，指望得到一点酬劳；但老绅士带着不以为然的表情看了他一眼，焦急地四顾张望，仿佛他自己打算逃跑。他很可能真的会这样做，从而再次引起一场追捕，幸而一名警察（逢到这种场合他通常总是最后一个到场）在这当儿从人群中挤进来，将奥立弗的衣领一把揪住。

“喂，站起来！”他粗暴地说。

“不是我，真的不是，先生。是另外两个孩子干的，真的不是我，”奥立弗说着，一双手急切地紧紧握在一起，眼睛向四周环顾。“他们就在这里附近。”

“哦，没有的，他们不在这里，”警察说。他的本意是挖苦奥立弗，但这却是符合实际情形的，因为逮不着和恰利·贝茨一看到有个大杂院是条适当的退路，已经溜之大吉。警察向奥立弗喝道：“站起来！”

“不要难为他吧，”老绅士同情地说。

“放心，我决不难为他，”警察口头上答应，同时却把奥立弗的上衣几乎从他背上扯了下来，以此证明不打算难为他。“站起来，别跟我来这一套。你到底站起来不，小鬼？”

奥立弗勉强挣扎着爬起来，站都站不稳，立刻被揪住上衣领子很快地拖走。老绅士走在警察旁边，人群中凡是有能耐挤在前面的，则领先几步，不时回过头来盯着奥立弗。孩童们发出胜利的欢呼；他们就这样一路走去。

第十一章

本章介绍治安推事非恩先生；关于他执法的方式从中可窥见一斑

违法行为发生在首都一个赫赫有名的警察分局的辖区之内，而且出事地点与该分局相去仅在咫尺之间。人群得到的满足只能限于陪同奥立弗穿过两三条街和一处叫做羊肉山的地方，接着他往下被带入一条低矮的拱道，再往上经由一条肮脏的胡同从后路押进这个即决裁判所。他们折入一个地面铺石块的小院子，在那里遇见一个脸上蓄着络腮胡子、手里拿着一串钥匙的胖子。

“什么事？”那人漫不经心地问。

“一个捞丝手绢的小扒手，”押着奥立弗的那个警察回答。

“你是被扒的一方吗，先生？”手拿钥匙的那人问。

“是的，”老绅士答道，“不过我不能肯定手帕究竟是不是这个孩子拿去的。我——我看这件事还是不要追究算了。”

“现在只好去见推事了，先生，”那人道。“推事先生马上就有空。请吧，小绞刑犯。”

他一边说，一边用钥匙开了门请奥立弗进一间石室。奥立弗经搜身没有发现什么东西，就被关在里边。

这间小室的形状和大小有些像半地下室，只是没有那么亮。里边肮脏的程度实在是无法忍受的，因为现在是星期一上午，而从星期六晚上起这里曾拘留过六名醉鬼——此时已关到别处去了。但这还是小事。每天夜晚都有男男女女因遭到鸡毛蒜皮的*指控*——这个词儿值得一提——被拘留在我们好些警局的地牢里；与之相比，新门监狱[1]那些囚禁受过审讯、确认有罪和判了死刑的元恶大憝的牢房简直算得上是宫

① 著名的伦敦中央刑事监狱，一九〇二年撤销。

殿。任何人对此若有怀疑，不妨去比较一下。

当钥匙在锁孔中发出咔嗒一声响时，门外那位老绅士神态之沮丧不下于奥立弗。他叹一口气，视线转向无辜成为这场风波之祸端的那本书。

“这孩子的相貌有一种触动我、吸引我的力量，”老绅士在那里自言自语，慢慢走开去，一边若有所思地用书皮轻轻拍着自己的下巴。“他是清白的吗？看样子是的。对了，”老绅士骤然止步，仰望天空。“天哪！我从前在什么地方看到过同他有点相像的面容？”

想了一会儿以后，老绅士带着深思的表情走进一间有门与院子相通的迎接室。他独自来到那边的一个角落里，把多年来一直罩在暗沉沉的幕后的一大串面孔召唤到自己想象中的眼前。“不，”老绅士摇摇头说，“这一定是我的幻觉。”

他把那些面孔又回顾一遍。他揭开了曾遮蔽它们那么久的这道幕，但要重新拉上幕却不是件容易事。那里有朋友的面孔、仇敌的面孔，也有一些几乎不相识的人的面孔挤在其中干扰他的回忆；有几张脸当年是妙龄少女，如今她们都成了老太太；有几张脸被一抔黄土覆盖，早已变了样，但凌驾于死亡之上的记忆仍能使它们恢复昔日的娇艳，重现明亮的眼神、妩媚的笑靥，透过躯壳射出灵魂的光芒，仍能悄悄地述说，泉下的美虽然已无法辨认，却变得更加崇高，她离开尘世正是为了像一盏明灯那样以柔和的清辉照亮天国之路。

但老绅士想不起任何一张同奥立弗容貌有相似之处的面庞。于是他以一声长叹告别被他唤醒的回忆，好在他是一位心不在焉的老绅士，不久又把它们埋在发霉的书页之间了。

有人拍拍他的肩膀使他惊醒过来，原来那个拿着一串钥匙的人叫老绅士跟他到公堂上去。老绅士匆匆把书合上，立刻被带去见大名鼎鼎、威风凛凛的非恩先生。

公堂设在墙上有护壁板的前厅。非恩先生坐在尽里头的栏杆后面，门的一边用木栅圈出一块地方，可怜的小奥立弗已被置于其中，他看到这样森严的场面哆嗦得很厉害。

非恩先生是个中等身材的瘦子，腰板细长，脖子硬撅撅的，头发稀少，都长在后脑勺和两边太阳穴上。他面孔绷紧而且通红。倘若他事实上并非一贯饮酒超过有益身心的程度，他大可以控告自己的尊容犯有毁谤罪，狠狠敲它一笔罚款赔偿名誉损失。

老绅士恭恭敬敬鞠了一躬，走到推事公案前，呈上一张名片，说："这是我的姓名和住址，先生。"言毕，他退后两步，再次很有礼貌和风度地点点头，等候提问。

其时非恩先生偏偏正在细读当天早报的一篇社论，这篇文章谈到非恩先生在不久前作出的一次裁决，并且第三百五十次提请内务大臣对他特别加以注意。他心绪很坏，所以抬起头来怒目而视。

"你是什么人？"非恩先生问。

老绅士略感惊奇地指指他的名片。

"法警！"非恩先生用报纸把名片不屑地撂开，"这个家伙是谁？"

"先生，"老绅士的回答不失绅士风度，"敝姓布朗劳。我倒要请教这位利用执法者的身份平白无故侮辱好人的推事尊姓大名。"说着，布朗劳先生向公堂内环视一周，仿佛在寻找能给他答复的人。

"法警！"非恩先生把报纸扔在一边。"这个家伙被指控干了什么？"

"老爷，他没有受到任何指控，"法警说。"是他告那个孩子，老爷。"

推事老爷明知故问，这是一种激怒对方的妙法，而且不会授人以隙。

"他控告那个孩子，是吗？"非恩先生说时用鄙夷的目光把布朗劳先生从头到脚打量一番。"叫他宣誓！"

"在宣誓之前我要求讲一句话，"布朗劳先生说，"我要讲的是：

如果不是亲身经历，我无论如何不会相信——”

“住口，先生！”非恩先生命令道。

“我偏不住口，先生，”老绅士回答。

“马上给我住口，否则我就把你赶出公堂！”非恩先生说。“你是一个傲慢放肆的家伙。你竟敢藐视推事？”

“什么？”老绅士气得涨红了脸。

“叫这个人宣誓！”非恩向书记说。“我不愿再听到一句话。叫他宣誓。”

布朗劳先生火冒三丈，但考虑到发作起来也许只会对那个孩子不利，就按捺住自己的感情，当即宣了誓。

“我问你，”非恩说，“你以什么罪名控告这孩子？你有什么话要说，先生？”

“我正站在一个书摊旁——”布朗劳先生开始申述。

“住口，先生！”非恩先生说。“警察！警察在哪里？喂，叫这个警察宣誓。我问你，警察，是怎么回事？”

警察以应有的恭顺态度述说，他如何抓住了被告，如何搜了奥立弗的身，没有发现任何东西，此外他什么也不知道。

“有没有见证人？”非恩先生问。

“没有，老爷，”警察答道。

非恩先生坐着沉默有顷，然后转身向着原告，声势汹汹地说：

“喂，你这个家伙到底打算不打算提出你对这个孩子的控告？你已经宣了誓。如果你坚持拒不提供证词，我要以藐视法庭罪处罚你。我操你——”

操什么，或者操谁，没有人知道，因为书记和法警在这个当儿大声咳起嗽来；书记还把一本很重的书掉在地上(当然是无意的)，从而使这话的后半句没有被人听见。

在多次被打断话头和一再受到侮辱的情况下，布朗劳先生总算把这件事情的过程作了说明。他说，当时他大吃一惊，看见这孩子逃跑，就追上去。他表示，如果推事断定这孩子虽非直接行窃，但与窃贼有牵连，那末，希望推事能在法律许可的范围内从宽发落这个孩子。

“他已经受了伤，”老绅士临了说。“我担心，”他望着公案那边着重补充一句，“我确实担心他的健康情况很不好。”

“哦，当然，也许如此！”非恩先生用嘲弄的语调说。“喂，你这个小要饭的，别耍你那套把戏了，在这里吃不开。你叫什么名字？”

奥立弗想要回答，可是舌头不听使唤。他面色惨白，只觉得这地方整个儿都在旋转。

“你叫什么名字，你这个钝皮老脸的流氓？”非恩先生厉声问道。“法警，他叫什么名字？”

这话是向站在栏杆旁边一个穿条纹背心的热心肠老头说的。他俯身向奥立弗把推事的话重复了一遍，但发现他确实处于对问题不能理解的状态。老头知道，他不回答只能给推事火上添油从而加重判决，于是他胡乱代替奥立弗回答。

“老爷，他说他叫汤姆·怀特，”这位好心的公差说道。

“他不能说得响一点吗？”非恩说。“好极了，好极了。他住在什么地方？”

“没有固定的住处，老爷，”那公差又装作听到了奥立弗的回答。

“他有没有父母？”非恩先生问。

“他说他很小的时候父母就死了，老爷，”公差继续信口编造回答。

审讯到这里，奥立弗抬起头来，用乞怜的目光四顾张望，有气无力地喃喃央求给他一口水喝。

“胡说！”非恩先生喝道，“别在我面前耍花招。”

“我看他的确病了，老爷，”那公差从旁劝说。

“我知道得比你清楚，”非恩先生说。

“快扶住他，法警，”老绅士本能地伸出双手说。“他要倒下去了。”

“站开，法警，”非恩喊道，“他要是喜欢，就让他倒下去。”

奥立弗获此恩准，立刻扑通一声倒在地上人事不省。公堂上的人个个面面相觑，但谁也不敢动一动。

“我知道他在装腔，”非恩说，仿佛这句话就是无可辩驳的铁证。“让他躺在那里，他很快就会腻烦的。”

“你打算怎样处理这案子，先生，”书记低声请示。

“即决裁判，”非恩先生回答。“判他拘役三个月——当然是做苦工。退堂。”

门随即被打开，两个人准备把失去知觉的孩子带到囚室里去；这时，一个上了年纪的人急匆匆地闯进公堂径向裁判席走去。他穿一套旧的黑色常礼服，样子虽寒微，但看得出是个规矩人。

“等一等，等一等！不要把他带走！看在老天分上，请等一会儿！”刚来的这个人赶得上气不接下气地喊道。

虽然主管这类衙门的守护神拥有独断专行的权力，可任意摆布女王陛下[1]的臣民（特别是贫苦百姓）的自由、名节、声誉乃至生命，虽然在这种地方每天发生着足以叫天使哭瞎眼睛的咄咄怪事，这些情况对公众却是封锁的[2]，除非通过报纸泄露出去。因此，看到一位不速之客如此无礼地来扰乱秩序，无怪乎非恩先生要勃然大怒。

“怎么回事？这个人是谁？把这个人赶出去。退堂！”非恩先生大声叱喝。

“我要说话，”那人喊道。“你们不能把我赶出去。这件事我全看在眼里。我是书摊主人。我要求让我宣誓作证。你们不能不让我说话。非恩先生，你必须听我说。你不能拒绝我，先生。”

---

① 指一八三七年即位的维多利亚女王。

② 或者等于是封锁的。——作者原注

那人说得有理。他毫无惧色，态度坚决。事态的发展有点儿严重起来，硬压下去已不可能。

“叫这个家伙宣誓，”非恩没好气地喝道，一副老大不愿意的样子。“喂，你有什么话要说？”

“是这样的，”那人说。“我看见三个孩子：除了被抓住的这一个，另外还有两个。当这位先生在我书摊上看书的时候，他们在马路对面晃来荡去。扒东西的是另一个孩子。我亲眼看见的。我还看到这个孩子见状吓得完全发了呆。”这位可敬的书摊主人此时已缓过一口气来，能够比较有条理地叙述这件扒窃案的经过情形。

“你为什么不早一点到这里来？”非恩沉默片时后问。

“我找不到人帮我照看摊子，”那人答道。“能帮我忙的人都加入了这场追捕。直到五分钟以前我才托到人；而且我是一路直奔到这里来的。”

“原告当时在看书，是不是？”非恩又沉默了一会后问。

“是的，”那人回答。“那本书现在他还拿着。”

“哦，就是那本书？”非恩问。“钱付了没有？”

“没有，还没付，”摊主面带笑容答道。

“我的天，我忘得一干二净了！”心不在焉的老绅士天真地失声惊呼。

“原来是这么个大好人，居然还要控告一个可怜的孩子！”非恩说着做出滑稽的表情想显示他面慈心软。“先生，我认为你是在十分可疑和不体面的情况下得到这本书的。算你运气好，因为物主不准备提出控告。奉劝你记住这次教训，朋友，否则法律早晚会收拾你的。那孩子宣告无罪。退堂。”

“岂有此理！”老绅士强抑了那么多时间的愤怒终于爆发了。“岂有此理！我要——”

“退堂！”推事说。“法警，你们听见没有？退堂！”

命令被付诸执行，怒不可遏的布朗劳先生一手拿书、一手拿着竹杖被带了出去。他刚走到院子里，满腔怒火顿时消失。小雾都孤儿仰卧在地上，衬衫已被解开，两边太阳穴给洒了些凉水；他的面色惨白，寒战在他全身引起抽搦。

“可怜的孩子，可怜的孩子！”布朗劳先生向他俯下身去。“哪位劳驾给叫一辆马车，快！”

马车叫来了，奥立弗被小心翼翼地抬到一个座位上，老绅士自己上车坐在另一个座位上。

“我可以陪你一起去吗？”书摊主人探头进来问。

“哦，我的天，当然可以，亲爱的朋友，”布朗劳先生急忙说。“我把你给忘了。我的老天！这本倒霉的书还在我这儿呢！快上车。可怜的人！时间不能耽搁。”

书摊主人也上了车，于是马车就把他们载走。

第十二章

奥立弗得到了前所未有的悉心照料。笔者回过头来要交代快活的老先生和他的徒弟

马车在辚辚声中经过快乐岭和埃克斯茂思街，走的大体就是奥立弗跟随逮不着初进伦敦时走过的那条路。到伊兹灵顿的安琪儿酒家附近，马车折往另一个方向，最后在离彭冬维尔不远一条清静的林荫道上一所整洁的住宅前停下。进了房子，布朗劳先生立即吩咐准备好一张床铺，亲自看他带回来的孩子给小心翼翼、舒舒服服地安置停当。在这里，奥立弗得到了无微不至的关怀和照顾。

但是，一连好几天，奥立弗的新朋友们对他的一番好意，他还是不知不觉。太阳升起又落山，再升起再落山，如此反复多次，这孩子依然

昏昏沉沉地躺在床上，在耗损精力的高热干烤下愈来愈落形。蛆虫蚕食尸体也没有像这文火慢烤活人那样十拿九稳。

后来，他总算像从一场长久的噩梦中那样醒了过来，面色苍白、骨瘦如柴、虚弱不堪。他有气无力地在床上坐起来，脑袋斜倚着一支发颤的臂膀，不安地举目四顾。

“这是什么屋子？我给带到什么地方来了？”奥立弗问。“这不是我去睡觉的地方。”

他身体极度虚弱，所以说这几句话的声音非常轻，可是立刻有人听见了。床头的帘幔一下子被撩开，一位衣着十分整洁的慈祥老太太，从紧靠床边的一张圈椅里站起来，原先她坐在那里做针线活。

“轻点儿，我的好孩子，”老太太柔声说。“你一定得非常安静，要不然又会病倒的。这一阵你病得很重，重得不得了。还是躺下来，这才是好孩子！”老太太在说这些话的同时非常小心地让奥立弗的脑袋轻轻靠到枕头上，给他掠开耷拉在额上的头发，满怀慈爱和深情望着他的脸，使奥立弗忍不住将自己一只枯瘦的小手搭在她手上，还把她的手拉过来勾住自己的脖子。

“我的上帝啊！”老太太眼睛里噙着泪水说。“这乖孩子真有良心！多可爱的宝贝！要是他的母亲像我这样一直坐在他身边，现在又能看到他，不知会怎么想呢！”

“也许她确实看见我了，”奥立弗低声说着把两只手十指交叉合在一起，“也许她果真坐在我身旁。我简直感觉得到她坐在那儿。”

“那是因为你在发烧，我的好孩子，”老太太温柔地说。

“大概是的，”奥立弗应道，“因为天国离这儿太远，而他们在那边太快活了，哪儿顾得上到一个可怜的孩子的病床跟前来。其实，她要是知道我病了，即使在那边也会怜惜我的；要知道，她自己临死前也病得很厉害。不过，我的情形她不可能什么都知道，”奥立弗沉默片刻后又说。“要是她看到我被人欺负，她一定非常伤心，可是我梦见她的时候，她总是笑眯眯的快乐得很。”

老太太听了没说什么，只是先揉揉眼睛，接着擦了擦放在床罩上的眼镜，仿佛眼镜也在流泪似的。她拿来一杯清凉的饮料让奥立弗喝，然后拍拍他的腮帮子，对他说，他必须安心静卧，否则病又会重的。

奥立弗果然非常安静，一方面是他竭力要在每一件事情上都听老太太的话；另一方面，说实在的，刚才说了这些话他已经精疲力竭了。不久他就沉沉睡去，直到迷迷糊糊看见烛光才睁开眼睛。床畔已放好一支蜡烛，他看到一位先生手里拿着一块滴答滴答走得很响的大金表在给他诊脉，还听见那位先生说他好多了。

“你真的好多了，你说是不是，我的好孩子？”那位先生问。

“是的，谢谢你，先生，”奥立弗答道。

“对，我知道你好多了，”那位先生说。“你也许觉得饿了，是不是？”

“不，先生，”奥立弗回答。

“嗯！”那位先生说。“对，我知道你不饿。贝德温太太，他不饿，”那位先生显得十分高明地说。

老太太恭敬地点了点头，似乎表示她认为大夫确实很高明。看来那位大夫也认为自己很高明。

“你困了，想睡觉，是不是，我的好孩子？”大夫问。

“不，先生，”奥立弗答道。

“不困，”大夫带着颇为精明和得意的表情说，“你不想睡觉。你也不觉得口渴，对吗？”

“不，先生，我渴得很，”奥立弗回答。

“完全如我所料，贝德温太太，”大夫说。“他觉得口渴是很自然的。你可以给他一点茶喝，太太，再给他几片烤面包，可不要涂黄油。不要把他裹得太热，太太；但也要注意不能让他着凉。要你费神喽？”

老太太行了个屈膝礼。大夫把那杯清凉饮料尝了一下，表示还可以，然后匆匆离去；下楼梯时他的靴子发出吱吱嘎嘎的声响，很有气派。

奥立弗在这以后又打了个盹，醒来已将近午夜时分。不久，老太太亲切地向他祝了晚安，把他托付给刚来的一个胖老婆子——她在一个小包裹里带来一本小小的祈祷书和一顶很大的睡帽。老婆子把睡帽戴在头上，把祈祷书放在桌上，并且告诉奥立弗，说她是来陪伴他的；然后把椅子挪到壁炉跟前，开始打一连串短促的瞌睡，不时因上身前倾欲跌或被自己各种各样的哼哼和差点儿接不上气来的怪声吓得醒过来。然而，这一切对她毫无妨碍。她顶多使劲地揉揉鼻子，又睡着了。长夜漫漫，奥立弗睁眼躺了一段时间，数着灯草芯蜡烛的罩子投在天花板上的反光有多少个小光圈，或者以倦怠无力的眼神想看清墙上糊壁纸的复杂图案。房间里幽暗、岑寂的气氛庄严肃穆，使这孩子产生这样的念头：死神曾在这里徘徊了好多个日日夜夜，它的不祥的来临也许处处留下阴森可怖的痕迹。想到这里，他脸朝下紧贴在枕头上，热烈地祷告上苍。

渐渐地，他进入了宁谧的酣睡之乡，得到了安静和平的休息，只有大病初愈的人才能享受这份惬意，简直舍不得醒过来。如果这就是死亡，谁愿意复活过来面对生活的搏斗和纷扰，为今天操心，为未来焦虑？尤其是，谁还愿意陷入对往昔的痛苦回忆之中？

当奥立弗睁开眼睛时，天已大亮了好几个小时；他觉得神清气爽、心情舒畅。这场大病的危机已告安全度过。他又回到了人间。

三天以后，他已能坐在塞了许多靠垫的安乐椅里。由于他还太虚弱，不宜出去散步，女管家贝德温太太让人把他抱到楼下她一个人住的小房间里去。好心的老太太把他安置在壁炉旁边，自己也坐下来。看到奥立弗大有起色，老太太高兴得不得了，竟立刻号啕大哭起来。

“不要管我，我的好孩子，”老太太说。“我是高兴得哭的，我常常这样。好了，一切都已经过去，我心里松爽多了。”

“你待我太好啦，太太，”奥立弗说。

“快别这么想，我的好孩子，”老太太说，“你还是喝你的汤吧，现在喝正是时候。大夫说，布朗劳先生今天上午也许来看你。你得显出最好的气色来；因为你的气色愈好，他就愈高兴。”说罢，老太太着手把满满一碗清鸡汤放在小炖锅里热一下。这汤浓得可观，如果适当加以冲淡，可供三百五十个贫民饱餐一顿，那还是最低的估计。

“你喜欢图画吗，亲爱的？”老太太问，因为她发现奥立弗目不转睛地盯着正好挂在他坐的小四轮椅对面墙上的一幅画像。

“我自己也不大清楚，太太，”奥立弗说着，眼睛仍旧凝视着那幅油画像。“我看到的东西太少了，所以说不上喜欢不喜欢。那位女士的脸真美、真和顺！”

“啊！”老太太说。“画家总是把女士画得比她们本人更可爱，否则就没人要他们画像，孩子。发明照相机的人应当懂得，那玩意儿永远不会受欢迎，因为照相太逼真、太忠实，”老太太说到这里，觉得自己这话可谓一针见血，因此发出一阵由衷的笑声。

“那是一张像吗，太太？”奥立弗问。

“是的，”老太太眼睛暂时离开鸡汤，抬起头来说，“那是一幅画像。”

“谁的画像，太太？”奥立弗好奇地问。

“说真的，我也不知道，我的好孩子，”老太太和颜悦色地回答。“依我看，画上的人大概你我都不认识。它好像把你吸引住了，亲爱的。”

“这像画得真好看，”奥立弗应道。

“你是不是看着感到害怕？”老太太问，因为她十分诧异地注意到，那孩子带着一种敬畏的表情在看那幅像。

“哦，不，不，”奥立弗急忙回答。“不过这双眼睛是那么忧郁，从我坐的地方看上去，好像就在盯着我瞧，这使我的心怦怦直跳，”奥立弗低声添上一句，“那幅像就跟活的一般，它想跟我谈话，可是又不能开口。”

“我的上帝啊！”老太太吓了一大跳。“快不要说这样的话，孩子。你病后身体虚弱，神经还不健全。让我把你的椅子转一个方向，你就看不见那画像了。就这么办！”老太太说干就干，“现在你总该看不见它了。”

奥立弗想象中还是看得见那幅像，跟没有换过位置一样。不过他认为最好还是不要让那位好心的老太太不安，所以当老太太瞧着他的时候，他就露出斯文的微笑。贝德温太太见他不那么激动了，也就放了心，便往汤里加了些盐，把烤面包掰碎后泡在汤内，这样重要的事情自然有一番忙碌。奥立弗吃的时候快得出奇；他刚喝下最后一匙鸡汤，就有人轻轻叩门。“请进，”老太太说；走进房间的是布朗劳先生。

老绅士进来时步履轻快，这是可以理解的；但他刚把眼镜推到额上，两手反抄起晨袍后摆，准备把奥立弗好好看个仔细，顿时，他的面部肌肉开始作种种奇怪的牵动状。奥立弗病后显得很憔悴，似乎弱不禁风。出于对他的恩人的敬意，他尝试着想站起来，结果失败了，还是跌回到轮椅里。说老实话，布朗劳先生的心胸之宽广，抵得上六位慈悲为怀的一般老绅士；这颗心把两汪热泪通过某种水压作用泵进了他的眼眶。至于那究竟是怎样一种过程，由于我们没有足够的哲学头脑，恐怕无法提供圆满的解释。

“可怜的孩子，可怜的孩子！”布朗劳先生一边说，一边清清嗓子。“今儿早晨我说话瓮声瓮气的，贝德温太太，恐怕是伤了风。”

“我想不是的，”贝德温太太说。“你使用的东西都晒过，先生。”

“我不知道，贝德温，我不知道，”布朗劳先生说。“可能昨天吃饭的时候，我围了一方有点潮湿的餐巾；不过这没什么关系。我的好孩子，你觉得怎么样？”

“我很快活，先生，”奥立弗答道。“我非常感谢你，先生，感谢你对我的一片好心。”

“真是个好孩子，”布朗劳先生十分肯定地说。“贝德温，你给他吃过什么滋补的东西没有？流质之类的，嗯？”

“先生，他刚喝了一碗又浓又香的清鸡汤，”贝德温太太答道，一边把身子略微挺一挺直；她在最后三个字上特别加重语气，表示稀溜溜的流质同烹调得法的清鸡汤之间毫无共同之处。

“嚄！”布朗劳先生微微耸了耸肩膀。“两杯葡萄酒对他的好处会大得多。你说是不是，汤姆·怀特，嗯？”

“我叫奥立弗，先生，”小病人带着十分惊讶的神情回答说。

“奥立弗？”布朗劳先生问道。“奥立弗什么？奥立弗·怀特，是不是？”

“不，先生，是退斯特；雾都孤儿。”

“这个姓好奇怪！”老绅士说。“那你为什么向推事说你姓怀特？”

“我从来没向他这样说过，先生，”奥立弗感到莫名其妙。

这话听来很像撒谎，因此老绅士相当严厉地看着奥立弗的面孔。然而，对他表示怀疑是不可能的：他那清癯瘦削的面容每一根线条都显示着诚实。

“那准是搞错了，”布朗劳先生说。虽然他已没有必要对奥立弗定睛审视，但是奥立弗的面貌跟某一个熟人相似这个想法重又顽强地兜上他的心头，使他不能把视线移开。

“你不生我的气吧，先生？”奥立弗抬头用恳求的目光望着他说。

“不，不，”老绅士回答。“啊！那是怎么回事？贝德温，你瞧！”

说着，他急切地指指奥立弗头顶上方的一幅画像，又指指那孩子的脸。它活脱是画像上的面庞。眼睛、嘴型——头部五官无不酷似。而表情在这一瞬间更是一模一样，简直连最细微的线条都像是以惊人的工笔技法临摹下来的！

奥立弗不知道这突然发出的惊叹缘何而起，由于他还经不起这样的冲击，竟昏了过去。他这种身体虚弱的反应为笔者提供了一个机会，可以回过头来交代一下那位乐天派老先生的两个徒弟的去向，以释读者之悬念——

前文表过，由于逮不着和他那位技艺娴熟的朋友贝茨哥儿非法侵占布朗劳先生的私有财产，结果引起对奥立弗的一场大叫大嚷的追捕。两个少年也参加了这场追捕，当时指导他们行动的是一种非常值得称道而又合乎时宜的想法，那就是：只顾自己。鉴于国民自主和人身自由是地道的英国人自夸最甚的骄傲，笔者无须提请读者注意，这种行为有助于在一切急公好义的爱国者心目中抬高他们两人的身价。在同样的程度上，他们关心自身安全无虞的这个例子，可为一部小小的法典提供有力的佐证，该法典系某些深明事理的哲学家所厘定，作为自然本性一切行为的主轴。这些哲学家十分聪明地把自然本性的表现归纳成格言和理论，通过对它高度的智慧和悟性作一番悦耳动听的恭维，把涉及良心、崇高的冲动和情操的一切考虑统统排除干净，认为凡此种种一概有损它的尊严，因为举世公认自然本性比诸心灵冲动等等人所难免的瑕疵和弱点不知要高出多少。

如果我需要进一步证明在那十分微妙的困境中两位小绅士的行为含有严格的哲学道理，我立刻可以从前文也已表过的事实中找到证据，那就是：当群众的注意力集中在奥立弗身上的时候，他们两人便退出追捕，立刻抄最近的路回家去。虽然我不想断言那些德高望重、无所不晓的贤哲在走向他们伟大的结论途中也有取捷径的习惯（相反，他们的一贯作风却是用各种迂回曲折、东拉西扯的题外话把距离拉长，正像喝醉了酒的人思潮迸涌时滔滔不绝地说话一样），但我想说，而且毫不含糊地说，许多了不起的哲学家在实践他们的理论时照例都显示出伟大的智慧和远见，总是尽量排除任何想象得到的、可能于他们不利的偶然因素。如此说来，欲成大业便可不拘小节；只要目的正确，任何手段都能采用。至于什么叫大业，什么叫小节；或者什么是正确的，什么是错误的——一律由当事的哲学家头脑清新、通情达理、不偏不倚地分析自己的具体情况作出判断。

两个少年以飞快的速度穿过了迷魂阵似的无数狭街小巷，经一致同意才敢在一条又低又暗的拱道里停下来。他们在那里默默地待了一会，以便喘过一口气来恢复说话的能力；贝茨哥儿愈想愈滑稽，愈想愈可乐，不禁叫喊起来，接着发出一阵无法遏制的狂笑，同时扑倒在一座石阶上，乐不可支地打起滚来。

“你怎么啦？”逮不着问。

“哈哈！哈哈！”恰利纵声大笑。

“闭嘴！你嚷什么？”逮不着怀着鬼胎四顾张望。“你存心要被抓去还是怎么着，笨蛋？”

“我实在忍不住笑，”恰利说，“我实在忍不住。刚才他拔脚逃跑，拐弯时撞在路灯杆上，马上又往前飞奔，好像他跟路灯杆一样是铁打的；而我口袋里揣着抹嘴儿，却在他后面大喊捉贼——这能不笑吗？哦，我的妈呀！”贝茨哥儿的想象力绘声绘影地在他眼前再现的景象色彩实在太强烈了。他刚叫了这声“我的妈呀”，又开始在石阶上打滚，而且笑得更响了。

“费根会说什么呢？”逮不着利用他的朋友又一次笑得上气不接下气的间歇提出这个问题。

“什么？”恰利·贝茨反问了一句。

“是啊，我正要问什么？”逮不着说。

“你问他会说什么？”恰利一下子不再乐了，因为逮不着的神态相当正经。“他会说什么呢？”

道金斯先生吹了一阵子口哨，然后摘下帽子搔搔头皮，把头点了三下。

“你这是什么意思？”恰利问。

“嘟噜噜噜，瞎编乱扯，胡说八道，”逮不着说着，狡黠的脸上露出几分嘲弄的意味。

这算是解释，但不能令人满意。贝茨有此感觉，所以再次问道：

“你这是什么意思？”

逮不着不置一词，只是重新戴上帽子，把拖着长尾巴的外套下摆撩起来夹在腋下，舌头抵着一侧腮帮子，用习以为常但又富于表情的动作在自己鼻梁上弹了五六下，来一个向后转，折进一条胡同。贝茨哥儿若有所思地跟在他后面。

上述对话发生之后过了几分钟，叽叽嘎嘎的扶梯上的脚步声惊动了那位快乐的老先生；当时他正坐在火炉旁边，左手拿着一条干香肠和一只小面包，右手拿着一柄折刀，三脚架上搁着一只白镴缸子。他转过身来，灰白的脸上现出奸笑，从棕红色的浓眉底下射出犀利的目光。他向着门那边侧耳谛听。

“这是怎么回事？”老犹太嘀咕着变了脸色。“只回来两个人？第三个哪儿去了？难道他们失了风？听！”

脚步声愈来愈近，已经到了楼梯口。门慢慢地推开，逮不着和恰利·贝茨走进来，随手把门关上。

第十三章

向聪明的读者介绍几位新人，连带着叙述与这部传记有关的几件趣事

“奥立弗呢？”老犹太怒不可遏地问，一边带着威胁的神情站起来。“那孩子在什么地方？”

两个小扒手直勾勾地望着他们的师傅，似乎被他的汹汹气势所震慑；接着，他俩尴尬地交换了一下眼色，但是一语不发。

“那孩子出了什么事？”老犹太紧紧揪住逮不着的衣领，用一连串可怕的咒骂吓唬他。“快说，否则我掐死你！”

恰利·贝茨一向认为在任何情况下总是识时务者为俊杰，现在看到费根先生一点不像虚声恫吓的样子，估计下一个完全可能轮到他被掐死，于是立即跪下，扯开嗓门、拉长调子、持续不断地哀号起来——既不像发疯的公牛叫，又不像传声筒里的话音，大概介乎这两者之间。

“你到底说不说？”老犹太咆哮着揪住逮不着狠狠地摇撼；他居然没有从肥大的外套里被抖出来，那简直是奇迹。

“巡捕把他抓去了，就这么回事，”逮不着愤愤地说。“放开我，你放不放手？”说着，他自己晃动身躯使劲一扯，从肥大的外套里挣脱出来，让衣服留在老犹太手里。逮不着抓起烤面包的长柄叉，对准快活的老先生身上那件背心刺去。这一下要是刺中的话，他的乐天性格可能遭到的损失恐怕绝非一两个月轻易恢复得了的。

在这紧急关头，老犹太往后一闪，那股麻利劲儿在他这样一个外表衰朽的人身上谁也想不到；他抓起白镴缸子准备砸对方的脑袋。但在这个当儿，恰利·贝茨发出一声极度恐怖的号叫引起了他的注意。他突然改变主意，就把缸子对准那位小绅士扔过去。

“呸，你们搞什么鬼把戏？”有人瓮声瓮气地骂道。“谁把啤酒泼在我身上？还好是啤酒，不是缸子，否则我要给他点儿颜色看看。我知道，除了那个偷抢诈骗、十恶不赦的犹太老财，谁也不会那样阔气把啤酒乱泼，顶多只能泼水，即使这样也得每一个季度诓一下自来水公司才行。到底怎么回事，费根？妈的，我的围巾全给啤酒弄湿了！进来，你这个鬼头鬼脑的杂种，你站在外面做什么？难道为你的主人害臊不成？进来！”

恶狠狠地说这些话的是个三十五岁左右的粗壮汉子，他身穿平绒外套，一条土黄色的斜纹布紧身裤脏得可以，足登系带的半高统皮鞋，灰色的纱袜裹着两条非常结实的腿，肌肉发达的腿肚子鼓得高高的；这样两条腿，合着这样一身衣服，看起来总好像缺少点儿什么，非要配上一副脚镣才妥帖。他头戴一顶咖啡色呢帽，脖子上缠一条肮脏的杂色围巾，一面说话，一面用边缘已磨破的长长的围巾角抹着给洒了啤酒的脸。他抹完以后，现出一张浓眉大眼的宽脸膛，胡子已经三天没刮，两只凶光毕露的眼睛有一只周围青一块、紫一块的，表明前不久刚挨过一拳。

“进来，听见没有？”这位惹人注目的凶神没好气地说。

一只粗毛蓬松的白狗鬼鬼祟祟溜进了房间，它脸上抓伤和撕破的地方有二十来处。

“你干吗早不进来？”那汉子说。“你大概太神气了，不愿在人前承认我这个主子，是不是？躺下。”

在发出这道命令的同时，他一脚把那只畜生踢到房间的另一端。不过，狗对此好像习以为常，所以乖乖地蜷缩在角落里，一声不吱，两只贼眼一分钟要眨巴二十来次，大概在专心观察屋子里的情形。

“你在干什么？干吗欺负孩子，你这个吃贼赃的老守财奴？你也太贪心、太不知足了！”那汉子说着非常随便地坐下来。“我觉得奇怪的是他们为什么不宰了你！换了我，一定这样干。我要是当你的徒弟，早就把你干掉。不过，宰了你往后就不能出卖你了。其实，你顶个屁用！除非把你当一件丑得出奇的古董装在玻璃瓶里，我想这样大的玻璃瓶恐怕也吹不出来。”

“嘘！嘘！赛克斯先生，”老犹太战战兢兢地说。“不要这样大声说话。”

“别先生长、先生短的，”那凶神回答道。“你来这一套总不安好心眼。你只管叫我的名字，你又不是不知道我姓甚名谁！到时候我不会让这个名字丢人现眼的。”

“对，对，那末——比尔·赛克斯，”老犹太低声下气地说。“你像是心境不大好，比尔。”

“也许是的，”赛克斯应道，“我看，你的心境也不妙，除非你认为乱扔白镴缸子没什么了不起，就像你出卖——”

“你发疯啦？”老犹太扯了一把那汉子的衣袖，指指两个孩子。

赛克斯先生没再往下说，只是在左耳朵下面做了个打结的动作，脑袋一扭倒在右肩上——这类哑剧的含义老犹太看来完全懂得。接着，他打着切口要一杯酒喝——他说起话来满嘴都是切口，但如果我们在此照录不误，恐怕完全没法懂。

“注意，可不要在里边下毒，”赛克斯说，同时把帽子放到桌上。

这是一句戏言。但是，说话者如果看到老犹太咬着苍白的嘴唇向食橱转过身去时眼睛凶险地一瞟的样子，他可能认为这句警告不完全是多余的；或者，他会考虑到，好开玩笑的老先生心中至少不无这样的愿望，就是：给酿酒师傅的精心杰作来一个锦上添花。

两三杯酒下了肚，赛克斯先生方始垂询到那两位小绅士，从而引起一席对话。问答间，奥立弗被抓的原因和经过都讲得十分详细，叙述中对事实作了改动和加工，那是逮不着认为在这种场合极其必要的。

“我担心，”老犹太说，“他也许会说些什么给我们招来麻烦。”

“很可能，”赛克斯带着幸灾乐祸的冷笑表示同意。“他会把你供出来的，费根。”

“你要知道，我担心，”老犹太继续说，好像并不理会别人的插话，同时一眼不眨地盯着对方，“我担心，要是我们的锅砸了，还有好多人也难保太平；其结果对于你比对于我也许要坏得多，亲爱的。”

那汉子全身一震，猛然转脸向着老犹太。但老先生把肩膀耸得碰到了耳朵，眼睛视而不见地盯着对面的墙壁。

半晌谁也不作声。这可敬的一伙的每一个成员似乎都沉浸在自己的思绪之中，连狗也不例外；它怀着恶意舔舔嘴唇，仿佛在盘算着一到街上如何向遇到的第一位先生或女士的腿部发动猛攻。

“得派人去打听一下公堂上的情况，”赛克斯先生用他进来以后从未有过那么低的声音说。

老犹太点头赞成。

“只要他不招供，判了刑，在放出来以前便不用担心，”赛克斯先生说。“不过，放出来以后可要提防他。你得想个办法把他捏在手里。”

老犹太又点了点头。

很明显，这个行动方案堪称深谋远虑，但不幸的是：采纳这个方案有一个极大的障碍，因为逮不着、恰利·贝茨、费根以及比尔·赛克斯先生，对于不论用什么理由或借口到警局附近去，个个抱有十分强烈和根深蒂固的反感。

他们在这种吉凶莫测的不愉快状态中面面相觑地坐着，究竟会坐上多久，很难说。不过，在这个问题上作任何猜想都没有必要，因为上次奥立弗见过的两位小姐此刻飘然莅临，使谈话重新活跃起来。

“来得正好！”老犹太说。“蓓特会去的；你说是吗，我的乖乖？”

“到哪儿去？”那位小姐问。

“只不过到警察分局去走一趟，我的乖乖，”老犹太像哄小孩似地说。

应该为那位小姐讲句公道话，她并没有直截了当地说不愿意去，她只是热烈而恳切地表示：如果她去，宁可“永沉地狱”。这种客气而婉转地回避正面答复的办法表明，这位小姐天然具有良好的教养，不忍以斩钉截铁的拒绝伤他人之心。

老犹太拉长了脸，视线离开这位虽然说不上衣着华丽、可是打扮得挺花哨的小姐(红袍、绿鞋、黄色的卷发纸)，转向另一位小姐。

“南茜，我的乖乖，”老犹太用哄小孩的口吻说，“那末你说怎样呢？”

“我说不行，所以不用耍花招，费根，”南茜回答。

“你这是什么意思？”赛克斯先生皱眉蹙额问道。

“我就是这个意思，比尔，”那位小姐镇定地回答。

“这事派你去最合适，”赛克斯先生劝说道，“这一带没有人知道你的任何情况。”

“我也不愿让他们知道，”南茜还是那样不慌不忙地答道，“所以我的回答是‘不去’，不是‘去’，比尔。”

“她去，费根，”赛克斯说。

“不，不会去的，费根，”南茜说。

“不，她会去的，”赛克斯说。

赛克斯先生没有说错。在交替使用的威胁利诱夹击下，那位小姐终于被说服承担了这项使命。的确，她的好朋友蓓特为之裹足的缘由对她是不成问题的，因为她不久前刚从偏僻的、但相当体面的郊区拉特克立夫大道一带转移到田野巷附近，所以虽然她熟人很多，倒也不必像蓓特那样担心给其中什么人认出来。

于是，南茜小姐在长袍外面系上一条干净的白围裙，用一顶草帽罩住满头的卷发纸(围裙和草帽都来自老犹太取之不竭的库存)，准备去执行任务。

“等一下，我的乖乖，”老犹太说着把一只有盖的小篮子递给她。“你一只手拿着这个。这样更像个规矩人，我的乖乖。”

“费根，你把大门钥匙给她，让她拿在另一只手里，”赛克斯说，“这样就很自然，很体面。”

“对，对，亲爱的，的确是这样，”老犹太说着把楼下门上的大钥匙挂在这位小姐右手食指上。“行，很好！太好了，我的乖乖！”老犹太搓着手说。

“哦，我的弟弟啊！我那可怜的、亲爱的、清清白白的小弟弟啊！”南茜一下子涕泗滂沱地哭起来，同时伤心地把小篮子和钥匙扭个不停。“他到底怎么样了？他给带到哪儿去了？哦，行行好吧，请告诉我，诸位先生，他们把我那亲爱的弟弟怎样发落了？行行好吧，诸位先生！”

这番话说得凄楚动人，使听者极为满意。南茜这才停下来，向在场的人眏眏眼睛，朝四周含笑点点头走了。

“啊！她真是个聪明的姑娘，我的乖乖，”老犹太转脸向他的年轻朋友们说，一边煞有介事地晃着脑袋，像在默默地开导他们，要他们学刚才看到的好榜样。

“她是娘们中的尖子，”赛克斯先生说着给自己的杯子里注满酒，并用他的大拳头猛捶桌面。“我要为她干一杯，希望所有的人都像她一样。”

当他们纷纷用这些以及其他许多话赞美出色的南茜时，这位小姐正匆匆前往警察分局。虽然她无人护卫，独个儿在街上走不免有些胆怯，但总算不一会就平安到达目的地。

她抄后路进去以后，用钥匙在一间囚室门上轻轻敲了一下，侧耳静听。里边没有动静。接着，她咳一声嗽，又听了一会。还是没有人应声。于是她开口了。

“诺利①，亲爱的！”南茜柔声细气地叫道。“诺利！”

里边只有一个可怜的赤脚囚徒，他是因为吹笛子被捕的。由于他危害社会的罪证确凿，非恩先生判他在感化院关一个月，同时颇为中肯而又风趣地指出，既然他力气过剩，那末使在踏车上比使在乐器上要有益得多。那人因为笛子被没收充公而心疼万分，所以没有应声。于是南茜走去敲另一间囚室的门。

“什么事？”一个微弱的声音应道。

“有没有一个小孩关在这里？”南茜先把鼻涕一缩，抽搭着问。

“没有，”那声音回答。“求上帝饶了他吧！”

这是一个六十五岁的流浪汉，他被判监禁是因为不吹笛子，换句话

① 奥立弗的昵称。

说是因为他在街上行乞，不做营生。再往前一间囚室里关着的另一个人被判刑，是因为无照叫卖白铁长柄锅，换句话说是因为他做营生未曾通过印花税务局。

由于这些囚犯听见叫奥立弗没有一个人应声，也没有一个人知道他的下落，南茜便径向穿条纹背心的那个热心肠法警走去，哭哭啼啼向他要她的好兄弟。由于她把大门钥匙和小篮子运用得恰到好处，也就显得格外可怜。

“我这里没有你的兄弟，好姑娘，”老头说。

“他到哪儿去了？”南茜简直像发狂似地尖叫。

“一位绅士把他带走了，”法警答道。

“什么绅士？哦，我的老天爷！究竟是哪位绅士？”南茜嚷着问道。

老头为了回答这样没头没脑的询问，便告诉这位爱弟心切的“姐姐”，说奥立弗在公堂上晕倒了，由于有人证明东西是在逃的另一个孩子偷的，他被宣告无罪开释，并在昏迷状态中由原告带回自己的住所去了。至于原告住在何处，法警只知道在彭冬维尔一带，因为他听到那位绅士向马车夫说明地址时提到这个地名。

这个伤心万分的女子怀着满腹狐疑和悬念晃晃悠悠向大门外走去，然后把踉跄的步子换成健步如飞的奔跑，通过她所能想象的最曲折、最复杂的途径回到老犹太的巢穴。

比尔·赛克斯先生刚听完她报告探听到的消息，急忙把白狗叫起来，戴上帽子匆匆离去，一点点时间也不浪费在跟大家告别的繁文缛节上。

“我们必须知道他在什么地方，我的乖乖；一定得把他找到，”老犹太极为激动地说。“恰利，你什么也不要干，就给我到处去遛遛，直到带一点关于他的消息回来为止。南茜，亲爱的，我非把他找到不可。我相信你，亲爱的；对于你和机灵鬼，我什么都信得过！你等一下，等一下，”老犹太说着颤颤巍巍地用钥匙打开一只抽屉，“这点钱给你们，我的乖乖。我今晚就把这儿的摊子收起来。你们知道上哪儿去找我。这儿一分钟也不能再待下去，得马上走，我的乖乖！”

他说着就把他们从屋子里统统推出去，并特别谨慎地把门上的钥匙转了两下再上闩，然后从地板下面取出无意中在奥立弗面前露过眼的那只匣子，急急忙忙把表和首饰往怀里乱塞。

他正在这样做的时候，被敲门声吓了一大跳。

“是谁？”他用刺耳的声音猝然问。

“是我！”是逮不着的声音从钥匙孔中回答。

“什么事？”老犹太不耐烦地问道。

“南西问，要是把他拐到了手，是不是带到另一个窝里去？”逮不着问。

“是的，”老犹太回答，“不管南茜在哪儿把他弄到手都行。要把他找到，一定要把他找到！以后的事交给我来办，不用担心。”

那少年含糊应了一声“知道了”，便匆匆下楼去追赶他的同伙们。

“眼下他还没有说出来，”老犹太一边自言自语，一边继续忙他的。“要是他打算向他的新朋友泄漏我们的情况，我们还来得及堵住他的口。”

第十四章

本章续叙有关奥立弗住在布朗劳先生家里的详情以及他外出办事时一位格林维格先生发表的惊人预言

奥立弗给布朗劳先生突如其来的一声惊呼吓得昏厥以后，不久就苏醒过来。老绅士和贝德温太太此后在谈话中都小心翼翼地避开画像的事，不涉及奥立弗的过去和未来，总是尽量围绕着能使他快活而不让他激动的一些题目。奥立弗还没有力气起床吃早点，可是第二天，他来到楼下女管家房里时，第一件事便是急切地向墙上扫视，指望再看一下那位美丽的女士的面庞。然而，他的希望落了空，因为画像已被拿走。

“啊！”留心观察奥立弗的视线的女管家说。“你瞧，已经不见了。”

“我也发现它不见了，太太，”奥立弗发出一声叹息应道。“为什么要把它拿掉？”

“是这样的，孩子，那画像被拿下来，是因为布朗劳先生说它好像会惹你心烦，也许对你恢复健康不利，”老太太解释道。

“哦，不会的，真的不会。它不会惹我心烦的，太太，”奥立弗说。“我喜欢看它。我对那幅画像爱极了。”

“很好，很好！”老太太和蔼地说。“只要你尽早恢复健康，亲爱的，它又会挂上去的。一定挂上！我向你保证。现在我们来谈谈别的事情吧。”

当时关于那幅画像奥立弗所能了解到的仅止于此。看到老太太在他患病期间待他这样好，他竭力不再去想那件事。他注意听老太太给他讲的许许多多故事：她有一个可爱而漂亮的女儿，嫁给一个可爱而漂亮的男人，住在乡下；她有一个儿子在西印度群岛给一位商人当办事员，他也是一个挺好的年轻人，一年四次写回家来的信总是洋溢着一片孝心，每当她提起这些家信就热泪盈眶。老太太一五一十地讲了半天她的子女的好处，此外还讲到她那善良的好丈夫的美德（可怜他死了已经整整二十六年！）；讲完后已是茶点时分。吃罢茶点，她开始教奥立弗玩“克立别集”①。奥立弗一学就会，他们便津津有味而又认认真真地玩这种牌戏，直到病人应当喝一点掺水热酒，吃一片烤面包，舒舒服服地上床睡觉的时候为止。

---

①一种可供二至四人玩的纸牌游戏，用木钉及有孔的木板记分。

奥立弗养病期间过着非常幸福的日子。一切都是那么安静、整洁、井井有条，所有的人都是那么和蔼可亲，使一直生活在喧嚣和纷扰之中的奥立弗感到简直像在天堂里一样。他刚恢复到穿戴不要别人帮忙，布朗劳先生马上吩咐为他置办一套新衣服、一顶新帽子、一双新皮鞋。这里的人告诉奥立弗，他可以随心所欲地处置他的旧衣服；于是他将那些东西交给一名对他很好的女仆，要她拿去卖给收破烂的犹太人，卖得的钱归她。那女仆立刻照办；奥立弗从客厅窗子里望出去，看见一个犹太人把它们卷起来塞进麻袋走开以后，他高兴极了，相信这些东西总算得到了妥善的处置，相信现在他已摆脱重新穿上它们的危险。说老实话，那些衣服破得可真够瞧的；奥立弗过去从来就没有过一套新衣裳。

在画像的事过后大约一星期的一天傍晚，他正坐着跟贝德温太太闲谈，布朗劳先生差人来传口信：如果雾都孤儿精神好的话，希望能到他书斋里去一次，他要跟奥立弗谈谈。

“谢天谢地，天可怜见！把手洗一洗，我来给你把头发好好地分一下，孩子，”贝德温太太说。“我的天哪！早知道他要想见你，我一定给你戴上一条干净的领子，把你打扮得漂漂亮亮，像个六便士银币似的。”

奥立弗完全听从老太太安排。尽管她深表遗憾，因为连给他的衬衫领子上的褶边理出波纹来的时间都没有；尽管失去这样重要的优势，他的模样还是非常清秀，惹人怜爱，贝德温太太把他从头到脚打量一番后十分满意地说：即使早接到通知，恐怕也不可能把他打扮得更齐整了。

在这番话的鼓励之下，奥立弗便去轻轻地敲书斋的门。布朗劳先生叫他进去，于是他来到一间满是书籍的里屋，它的窗户朝着一座可爱的小花园。一张桌子放在窗前，布朗劳先生正坐在桌旁看书。他看见了奥立弗，便把一本书搁在一边，叫奥立弗走到桌子跟前坐下。奥立弗照办了，心中直纳闷儿：这些书看来都是为了让世人变得更聪明而写的，可是上哪儿去找人读这么多的书呢？直到现在，比雾都孤儿见多识广的人也仍然天天对此感到惊异。

“这里的书很多，是不是，我的孩子？”布朗劳先生问，他注意到奥立弗好奇地纵览着下起地板、上顶天花板的满壁书橱。

“的确很多，先生，”奥立弗答道。“我从来没有看见过这么多的书。”

“只要你品行端正，将来可以读这些书，”老绅士亲切地说，“你会比光看看外表更加喜欢它们。不过，也不可一概而论，因为也有一些书最有价值的就是书脊和封面。”

“我想大概就是那几本很重的书，先生，”奥立弗指着几册烫金封面的四开本大书说。

“不一定，”老绅士笑眯眯地轻轻拍着奥立弗的脑袋。“有些书虽然小得多，可是读起来同样费劲。你长大了愿意不愿意成为一个聪明人，愿意不愿意写书，嗯？”

“我想我更愿意读书，先生，”奥立弗答道。

“怎么？你不愿意成为一个写书的？”老绅士问。

奥立弗思索了一会，最后说恐怕还是当一个卖书的好得多。老绅士听了放声大笑，认为他说得很有意思。奥立弗为此感到很高兴，虽然他压根儿不知道究竟有意思在哪里。

“嗨，嗨，”老绅士敛容道，“不用害怕！只要有正当的手艺可学，或者去学制砖，我们决不叫你当作家。”

“谢谢你，先生，”奥立弗说。老绅士见他回答时态度这样认真，又笑了起来，并说了些关于某种奇怪的本能的话；奥立弗不解其意，所以没有十分注意。

“现在，”布朗劳先生尽可能以更和蔼的口气、同时又以奥立弗所从未见过的严肃态度说道，“我的孩子，我希望你十分注意听我要对你说的话。我要毫无保留地跟你谈一谈，因为我相信你能同许多年纪比你大的人一样明白我的意思。”

“哦，先生，请不要对我说你想把我打发走，我求求你！”奥立弗被老绅士这番一本正经的开场白吓得发了急。“不要把我赶出去，不要叫我再到马路上去流浪。让我留在这儿做佣人吧。不要把我送回我已离开的那个鬼地方。可怜可怜一个穷孩子吧，先生！”

“我的好孩子，”老绅士没有料到奥立弗会如此苦苦哀求，因而深受感动，“你不用担心我会把你抛弃，除非你自己不争气。”

“我决不会的，我一定争气，先生，”奥立弗急忙打断他的话。

“但愿如此，”老绅士说。“我想你决不会做出这样的事来。以前，我曾经努力救济过一些人，但他们都使我失望。不过，我还是非常愿意相信你； 我自己也不明白为什么这样关心你。我曾经把最珍贵的爱倾注在他们身上的人，如今已深深地埋在坟墓里；但是，尽管我的生活的幸福和欢乐也和他们埋在一起，我并没有把我的心变成一口枯井，并没有把我最真挚的感情永远封在这井里。深刻的忧伤使这种感情变得更加强烈、更加纯洁。”

老绅士的语调低沉，他这番话与其说是对奥立弗讲的，毋宁说是自言自语。当他随后沉默片刻的时候，奥立弗坐着一动也不动。

“好吧！”老绅士终于改用比较愉快的口吻说。“我讲这些话无非因为你有一颗少年的心；你如果知道我曾经忍受过极大的痛苦和悲伤，也许会多加小心，免得再次伤害我。你说你是个孤儿，世上没有一个亲人；凡是我能了解到的情况都可以证实这一点。现在让我听你自己讲一讲你的身世；你是从哪里来的；是谁把你抚养到这么大的；你又怎样会落到我见到你时跟你在一起的那些人中间去的。倘若你说实话，那末，只要我活着，你不会没有人照应。”

奥立弗抽抽搭搭地哽得有好几分钟说不出话。他正要想开始述说自己如何在寄养所里长大，如何被班布尔先生领回习艺所去，忽然有人在沿马路的大门上非常不耐烦地敲了短促的两下。接着，一名仆人跑上楼来通报：格林维格先生到。

“他上楼来了吗？”布朗劳先生问。

“是的，先生，”仆人答道。“他问家里有没有松饼什么的；我告诉他说有，他就说是来用茶点的。”

布朗劳先生微微一笑，转脸向奥立弗说，那位格林维格先生是他的老朋友，对他那种不太文雅的举止作风希望奥立弗不要介意；其实他是个很好的人，布朗劳先生这样说是有根据的。

“要不要我到楼下去，先生？”奥立弗问。

“不，”布朗劳先生回答，“我还是希望你留在这里。”

就在这个当儿，屋里走进一位胖胖的老绅士，拄着一根挺粗的手杖，一条腿颇有点儿瘸；他穿一件蓝色的外套、一件条纹背心和一条本色布马裤，下面裹一副皮绑腿，头戴翻起绿色镶边的宽檐白礼帽。从背心里面露出一条裥打得很密的衬衫褶边，背心的口袋外面晃荡着一条很长的怀表钢链，表链末端只有一把钥匙，别无他物。他的白围巾的边角卷成橘子般大小的一个球。至于他扭动面部作出的种种奇形怪状简直难画难描。他说起话来有把头转向一边的习惯，同时用眼角斜睨，旁人看了都会情不自禁地联想起一只鹦鹉。他刚走进来，便停下脚步保持这样的姿势，伸出一只拿着一小块橘子皮的手，用老大不乐意的口气嚷道：

“瞧！你看见没有？只要我去走访一户人家，总会在楼梯上发现这样的玩意儿，好像唯恐穷医生没有主顾；你说，这不是怪事吗？我已经给橘子皮弄瘸了腿，我相信橘子皮总有一天会要了我的命。这是毫无疑问的，先生；我一定死在橘子皮上头，否则我愿意把自己的脑袋吃下去，先生！”

最后那句精彩的口头禅差不多是格林维格先生斩钉截铁地发表每一项声明的结束语。然而，这话体现在他身上尤其不寻常。因为格林维格先生的头实在大得出奇，即使科学有可能发达到容许人在乐意时吃掉自己脑袋的程度，恐怕最自信的人也未必敢企望一顿把它吃掉，姑且不考虑上面还抹着厚厚的一层粉。

“我一定把自己的脑袋吃下去，先生，”格林维格先生重申着，一边用手杖敲着地板。“哟！这是怎么回事？”他望着奥立弗，不由得倒退两步。

“这就是我跟你谈起过的小雾都孤儿，”布朗劳先生说。

奥立弗鞠了一躬。

“难道你要我相信这就是那个害热病的孩子？”格林维格先生说着又退后几步。“等一等！别说话！站住！”格林维格先生突然若有所悟而得意非凡，一下子把对于热病的恐惧统统丢在脑后，他继续说，“吃橘子的就是这个孩子！如果不是这个孩子剥了橘子把这块皮扔在楼梯上，我一定把自己的和他的脑袋一起吃下去！”

“不，不，他没有吃过橘子，”布朗劳先生笑呵呵地说。“得了！快放下你的帽子，跟我的小朋友谈谈吧。”

“我在这个问题上敏感得很，先生，”这位容易恼怒的老绅士说，一边脱去手套。“在我们那条街上总是有或多或少的橘子皮，我知道那是拐角上一个医生的孩子扔在那里的。昨天晚上一个年轻妇女踩着了，摔倒在我家花园的栅栏上。她刚爬起来，我就看到她的眼睛望着那盏招徕生意的可恶的红灯①。我向窗外喊道：‘不要去找他！他是个害人精！他设下了圈套坑害人！’的确是这样。如果他不是的话——”说到这里，这位性情暴躁的老绅士用他的手杖在地上使劲敲了一下；他的朋友都懂得，那句口头禅如果不说出来，便用敲手杖表示。于是他坐下来，手杖仍执在手里，同时打开他用黑色的宽带子挂在身上的一片双光单照，开始打量奥立弗。奥立弗发现自己成了审察的目标，脸涨得通红，又鞠了一躬。

---

① 在狄更斯那个时代，医生诊所门前有红灯作标记。

“他就是那个孩子，真的？”格林维格先生终于问道。

“他就是那个孩子，”布朗劳先生回答说。

“你觉得怎么样，孩子？”格林维格先生问。

“好多了，先生，谢谢你，”奥立弗答道。

布朗劳先生似乎担心他这位脾气古怪的朋友就要说出什么不中听的话来，便叫奥立弗下楼去告诉贝德温太太，说他们要吃茶点了。奥立弗欣然从命，因为他实在不喜欢这位客人的作风。

“这孩子长得挺俊，可不是吗？”布朗劳先生问。

“我不知道，”格林维格先生气冲冲回答。

“不知道？”

“是的，我不知道。我从来看不出男孩子哪个俊，哪个丑。我只知道男孩子有两类：一类是粉脸；另一类是肉脸。”

“那末，奥立弗属于哪一类？”

“属于粉脸一类。我有个朋友的孩子是属于肉脸一类的，他们都说他长得好看：滴溜圆的脑袋、红通通的腮帮子、亮闪闪的眼睛。那孩子讨厌极了，身体和四肢像是要把他穿的一套蓝色衣裤的线缝挣断似的；嗓门粗得像领港员，胃口大得像饿狼。我对他很了解。是个小坏蛋！”

“不过，”布朗劳先生说，“这些可不是小雾都孤儿的特征；所以我认为他不会惹你发火。”

“那些的确不是他的特征，”格林维格先生答道。“他可能有更坏的。”

听到这里，布朗劳先生不耐烦地咳起嗽来，而格林维格先生看来却因此感到极大的欣慰。

“我说他可能有更坏的特征，”格林维格先生重复了一遍。“他从什么地方来？他是谁？他是什么东西？他是害了场热病。那有什么？热病又不是只有好人才会生的，你说是不是？有时坏人也会害热病，难道不是吗，嗯？我知道有个人因为谋杀他的主人被绞死在牙买加。他先后害过六次热病，但也没有因此而获得宽恕。呸！这些全都是胡扯淡！”

事实上，格林维格内心深处十分愿意承认：奥立弗的相貌和举止叫人看着颇有好感。但他生性酷爱抬杠，何况这一回还发现了橘子皮，便暗暗拿定主意：任何人说孩子长得好看不好看，他决不人云亦云。为此，他一开始就决意同他的朋友唱对台戏。布朗劳先生也承认，对格林维格先生刚才提的任何问题他目前无法作出令人满意的答复；因为他一直拖延着没有盘问奥立弗的身世来历，想等他的健康恢复到相当程度再说。格林维格听了冷冷地一笑。他带着嘲弄的表情问：女管家有没有每天晚上清点金银餐具的习惯？他敢担保，某一个早晨她一定会发现少了几把汤匙，否则他愿意把——如此等等。

布朗劳先生自己脾气也相当急躁，他却以少有的好性子听着这番话，因为他对老朋友的怪僻素来了解。由于格林维格先生用茶点时对松饼表示十分赏识，事态的发展总算很顺利，在座的奥立弗也觉得自在多了，不像刚看到这位样子很凶的老绅士的时候那样局促不安。

“你几时才能原原本本、详详细细地听到关于雾都孤儿的身世和奇遇的真情实况呢？”吃完茶点，格林维格问布朗劳先生；在重新提到这个话题时，他向奥立弗瞟了一眼。

“明天上午，”布朗劳先生回答。“那时我希望没有人打扰我和他的谈话。我的好孩子，明天上午十点钟你到楼上来找我。”

“是，先生，”奥立弗应道。他的口气略带几分犹豫，因为格林维格先生两眼盯着他，看得他很窘。

“我可以告诉你，”那位绅士向布朗劳先生悄悄地说，“明天上午他不会上楼找你的。我看见他在犹豫。他是在骗你，我的好朋友。”

“我敢起誓，他决不骗我，”布朗劳先生激动地说。

“如果他不骗你，”格林维格先生说，“我愿意——”这时，手杖敲了下去。

“我愿用我的生命担保这孩子说的是真话！”布朗劳先生拍着桌子说。

“我用我的脑袋担保他在撒谎！”格林维格先生同样拍桌回敬。

“我们走着瞧，”布朗劳先生按捺住上升的怒火说。

“走着瞧，”格林维格说着挑衅地一笑，“走着瞧。”

就像命运故意安排好似的，偏偏在这个当儿，贝德温太太拿进来一小包书；这是布朗劳先生当天上午向那位已在本书中露脸的书摊主人买的。她把书放在桌上，准备走出房间。

“贝德温太太，你叫送书人等一等！”布朗劳先生说。“我有东西要他带回去。”

“他已经走了，先生，”贝德温太太说。

“你去叫他回来，”布朗劳先生说，“这事不能马虎。人家是小本经营，我的书款还没有付。再说，有几本书还需要拿回去。”

大门被打开了。奥立弗朝一个方向追，一名女仆朝另一个方向追，贝德温太太站在台阶上高声叫喊；可是来人已经无影无踪。奥立弗和女仆跑得上气不接下气地回来，说没有看到送书人。

“哎呀，太遗憾了，”布朗劳先生叹道，“我非常希望那几本书今天晚上能还给他们。”

“你派奥立弗送去得了，”格林维格先生脸带讥诮的笑意说。“他一定能把书送到，万无一失。”

“对，请让我送去吧，先生，”奥立弗说。“我一定一路跑到那里去，先生。”

老绅士正想说奥立弗无论如何不能出去，可是格林维格先生一声不怀好意的咳嗽使他改变了主意。布朗劳先生心想：奥立弗若能迅速完成这趟差使，至少在这一点上立刻可以证明格林维格先生的疑心是没有根据的。

“好，那你就去吧，我的好孩子，”老绅士说。“书在我桌旁的椅子上。你去拿下来。”

奥立弗因为自己可以做点儿事而高兴非凡，急忙把书夹在胳肢窝里取下楼来，然后手拿帽子听候嘱咐。

“你告诉书摊主人，”布朗劳先生说，眼睛却留神看着格林维格，“你告诉他说，你走这一趟的目的就是送回那几本书，并且付清我该他的四镑十先令书款。这是一张五镑的钞票，你得把十先令找头带回来给我。”

“我不出十分钟就回来，先生，”奥立弗急切地说。他把钞票放在上衣口袋里并把扣子扣上，再把书小心地夹在腋下，然后恭恭敬敬鞠了一躬离开屋子。贝德温太太送他到大门口，详细指点他走哪条路最近，把书商的姓名和那条街的名称也告诉他，直到奥立弗说他一切都已清楚明白；老太太还千叮万嘱，叫他别弄错、小心着凉，这才放他走。

“愿上帝保佑他的俊脸庞！”老太太目送着他说。“我总不大放心让他走出我所能看到的范围。”

这时奥立弗高高兴兴地转过脸来向她点了点头，然后消失在拐角后面。老太太含笑回答了他表示的敬意，关好大门，回到自己房间里去。

“让我来看看，他顶多二十分钟就可以回来，”布朗劳先生说着把他的怀表掏出来放在桌上。“到那时天也快黑了。”

“哦！你真的还指望他回来吗？”格里维格先生问。

“你难道认为他不会回来了？”布朗劳先生微笑着反问一句。

此刻格林维格先生心中的抬杠意识相当顽强，而他的朋友脸上自信的微笑更加强了这种意识。

“是的，”他用拳头敲着桌子说，“我认为他不会回来了。这孩子身上穿着一套新衣服，胳肢窝里夹着一包值钱的书，口袋里揣着一张五镑的钞票。他一定回到他那些做贼的老朋友那里去笑你上了当。如果那孩子回到这房子里来，先生，我愿意把自己的脑袋吃下去。”

说完，他把椅子移到桌子紧跟前；于是，这两位朋友坐着默默地等待，一块表就放在他们之间。

为了说明我们对自己作出的判断是多么重视，为了看清楚我们冒冒失失遽下结论的时候是多么要面子，必须指出：尽管格林维格先生绝对不是个坏心肠的人，尽管他所尊敬的朋友如果受骗上当，他会由衷地感到遗憾；然而，此刻他还是极其真诚和强烈地希望雾都孤儿不要回来。

天色已经很暗，连表上的数字也几乎难于辨认了，但两位老绅士继续坐在那里，一块表就放在他们之间。

第十五章
本章表明快活的老犹太和南茜小姐是多么喜欢雾都孤儿

在小红花山最肮脏的地段一家下等酒馆昏暗的店堂里，冬季整天点着一盏煤气灯，夏季也没有一道阳光照进这个阴森森、黑洞洞的巢穴。一个穿平绒外套、土黄色紧身裤、半高统皮鞋和纱袜的汉子，浑身浸透了强烈的酒味，面对一把白镴小酒壶和一只小杯子坐在那里独酌。即使在那样微弱的光线下，任何一个有经验的警探都认得出他是比尔·赛克斯先生，绝不会有片刻的犹豫。蹲在他脚边的一条白毛红眼狗时而两只眼睛一齐眨巴眨巴望着它的主人，时而舔舔嘴角一道很大的裂口，看来是新近一次冲突造成的。

“放老实点儿，你这畜生！老实点儿！”赛克斯先生蓦地打破了寂静。是不是他的沉思紧张到了这样的程度，连狗眨巴眼睛都会干扰他，还是他因用脑过度而疲乏得需要对那只无辜的畜生踢一脚来舒缓一下神经，这就有待于专题讨论研究了。不管原因何在，反正结果是狗既被踢了一脚，同时又挨了骂。

狗遭到主人的虐待一般没有报复的倾向，但赛克斯先生的狗脾气跟它的主人一样坏，此刻也许强烈地感到自己受了侮辱，因而毫不客气地咬住他的一只皮鞋。它把那只鞋使劲抖了一阵，便狺狺地叫着退缩到一条板凳底下，及时躲开了赛克斯先生瞄准它的头部砸去的白镴酒壶。

“你还敢不敢咬我？”赛克斯说着，一手抓起一根拨火棒，另一只手不慌不忙地打开从口袋里掏出的一把大折刀。“过来，你这天生的魔鬼！过来！听见没有？”

那狗当然听得见，因为赛克斯先生把他已经够刺耳的嗓门扯到了最刺耳的音调上。可是，看来它对于脖子被割一刀抱有某种无法解释的反感，所以继续躲在板凳下面，而且比先前叫得更凶，同时还咬住拨火棒的一端，像只野兽似地乱啃乱嚼。

这种反抗行为使赛克斯先生更加怒不可遏；他跪下去向那畜生发动极其猛烈的攻击。狗从右边跳到左边，再从左边跳到右边，又是咬，又是叫。人一边戳，一边骂。一场鏖战正达到对双方都是紧急万分的关头，忽然门开了，狗立刻撇下手执拨火棒和大折刀的比尔·赛克斯蹿出去。

常言道，吵架总需要对手。赛克斯被狗撇下后感到扫兴，立刻把狗在争斗中所担当的角色交给刚来的人继续扮演。

“混蛋，谁叫你插到我跟我的狗中间来的？”赛克斯摆出很凶悍的架势说。

“我不知道啊，亲爱的，我不知道啊，”费根（来的正是这个老犹太）可怜巴巴地回答。

“你不知道，你这个贼孬种！”赛克斯咆哮着。“你没听见声音吗？”

“一点声音也没有，否则我就是个死人，比尔，”老犹太答道。

“嘿，没有声音！你当然什么也没听见，”赛克斯狞笑着用话刺他，“你偷偷地溜进溜出，谁也听不见你是怎么来或怎么走的！真可惜，费根，半分钟以前你要是那条狗就好了。”

“为什么？”老犹太强作笑容问。

“因为政府虽然关怀像你这号人的性命（其实你还没有癞皮狗的一半胆量），却不禁止人随意宰一条狗，”赛克斯答道，一边带着意味深长的表情把刀子折起来，“所以我觉得很可惜。”

老犹太搓搓手，在桌旁坐下，听了他的朋友打趣的话，假意呵呵地笑起来。然而，看得出他心神极不安宁。

“做你的怪样子吧，”赛克斯说时把拨火棒放回原处，并且带着露骨的轻蔑谛视对方。“不过你这辈子甭想笑我，除非戴上了睡帽①。你已经捏在我的手掌之中，费根，我要是松了手，就不是人！我落水，你也得落水；所以劝你还是在我面前留点儿神。”

“是的，是的，亲爱的，”老犹太说，“这些我都明白。我们有共同的利益，比尔，大家利害一致。”

“哼！”赛克斯从鼻子里发出来的声音表明，他认为老犹太沾的利益远远大于他的利益。“好吧，你有什么话要对我讲吗？”

“一切都顺利通过了坩埚②，”费根说，“这是你的份额。这比你应得的多得多，亲爱的；不过，我知道下一回你也不至于亏待我，所以——”

“废话少说！”那强盗不耐烦地打断了他的话头。“东西在哪儿？快拿来！”

“是，是，比尔；别着急，别着急，”老犹太竭力宽慰他说。“在这里！分文不少！”他说时从怀里掏出一方旧的纱手帕，把角上一个大结解开，露出一个牛皮纸小包。赛克斯从他手中把小纸包抓过来，迫不及待地打开，开始数里边的金镑。

---

① 指绞刑犯处决时所套的面罩。

② 指熔化偷盗来的金银餐具。

“都在这里啦?”赛克斯问。

“都在这里了,”老犹太答道。

“你在路上没有打开纸包吞下一两个吧?”赛克斯不大放心地问。“别装出一副委屈相，这等事你干过不止一回。你拉一下丁零儿。”

这末了一句用大家都懂的英国话讲就是要他打铃。应召而来的另一个犹太人，年纪比费根轻，但几乎同样面目可憎。

比尔·赛克斯光是指指空了的酒壶。那犹太人完全理解这个暗示的意思，当即退下去添酒，但先同费根交换了一个意味深长的眼色。费根似乎早有准备，所以有一刹那的工夫举目向他摇头作答;这个动作幅度极小，即使一个精细的旁观者也很难察觉。赛克斯此刻正弯着腰在系一条被狗扯散的鞋带，这一切全没注意。倘若两个犹太人交换眼色的短暂插曲给他发现，他也许会想到，这对他不是什么好兆头。

“有谁在这里吗，巴尼?”费根眼睛望着地上问，因为这时赛克斯已经抬起头来。

“一个人也没有,”巴尼答道。他的话不管是否发自内心，反正一概从鼻子里出来。

“没人?”费根用惊诧的语气问，这可能意味着巴尼不妨说实话。

“除了南茜小姐，没有别人,”巴尼回答。

“南茜?”赛克斯急忙问。“在哪儿?我对这姑娘的天才非常赏识，要是我撒谎，让雷把我的眼睛打瞎。”

“她在小吃部叫了一盆煮牛肉,”巴尼说。

“叫她到这里来,”赛克斯说，并从壶里倒出一杯酒。“叫她到这里来。”

巴尼胆怯地向费根瞅了一眼，像是要得到他的许可。老犹太不作声，眼睛仍望着地上。于是巴尼退下去，旋即带领南茜进来。她头戴软帽，腰系围裙，手里拿着篮子和钥匙——全副装束一件也不少。

“你发现了他的踪迹没有，南茜？”赛克斯问，同时把杯子推到她面前。

“是的，我发现了，比尔，”这位小姐答道，她把一杯酒喝了下去，“不过这份差使可累得我够呛。那孩子病了，一直没能起床，他——”

“啊，我亲爱的南茜！”费根抬起头来说。

老犹太奇怪地皱起他的红眉毛，把一双眍䁖的眼睛合上一半。是不是他的表情提醒了南茜小姐她过于心直口快，这一点无关紧要。我们需予注意的只是事实。事实是：她突然住了口，向赛克斯先生做出几个妩媚的微笑，把话题转到旁的事情上去。大约在十分钟以后，费根先生发出一阵很厉害的咳嗽；接着，南茜就把披巾裹在肩上，说她该走了。经问明，赛克斯先生发现他自己与南茜开始时有一段是同路，表示愿意送她一程；于是他们一同离去。狗等主人刚刚走出它的视野，立即从后院溜出来，保持一段距离跟在他们后面。

等赛克斯走后，老犹太把头探出房门，目送他经过暗沉沉的甬道，紧握拳头朝他的背影扬了扬，喃喃地发出一声诅咒，然后脸带狞笑重新回到桌旁坐下，不久就埋头阅读饶有兴味的《通缉公报》。

其时，雾都孤儿正在去书摊的路上，他做梦也没想到那位快活的老先生近在咫尺。他到了克勒肯威尔，无意间折上一条本来不需要经过的小巷，但直到走了一半才发觉错了。他知道这条小巷也能通往目的地，认为退回去没有必要，索性夹着书加快脚步继续走去。

他一路走，一路在想：自己是多么称心如意，要是能向可怜的小狄克看上一眼，无论花多大的代价他都愿意；忍饥挨打的小狄克此刻也许正哭得伤心哩。奥立弗想出了神，冷不防一个年轻女子大声哭叫起来：“哦，我的好兄弟啊！”他刚想抬头看个究竟，立刻被两条胳臂紧紧地搂住脖子。

“放开我！”奥立弗挣扎着喊道。“让我走。你是什么人？你拦住我做什么？”

他听到的回答只是那个手拿小篮和钥匙把他搂住的年轻女子的号啕痛哭。

“哦，我的天哪！”年轻女子连哭带嚷地说。“我总算找到他啦！哦，奥立弗，奥立弗！你这个淘气的孩子，我为你吃了多少苦头啊！回去吧，我的好兄弟，回家去吧。哦，我总算找到他啦！谢天谢地，我总算找到他啦！”那年轻女子没头没脑说了这些话以后，又是一阵号啕大哭，歇斯底里发作得厉害。这时有两个女人走过来，她们问一个头发用牛油搽得亮闪闪的肉铺学徒(他也在闲看)，他是不是认为跑去请一位医生来比较好。肉铺学徒的性格看来不说懒惰至少也是好闲，他回答说没有必要。

“哦，不用，不用，”年轻女子紧紧抓住奥立弗的手说，“我已经好些了。快跟我回去，你这个没良心的孩子！走！”

“到底怎么回事啊，小姐？”一个女人问。

“哦，太太，”年轻女子答道，“他的爹妈都是勤勤恳恳的正派人。将近一个月以前，他竟从家里逃出去，跟一帮小偷和流氓鬼混，把他的妈差点儿给气疯了。”

“真是个小坏蛋！”那个女人说。

“回家去，你这个小鬼！”另一个女人也说。

“我不去！”奥立弗答道，他觉得事情大大不妙。“我不认识她。我压根儿没有什么姐姐，也没有爹妈。我是个孤儿，我住在彭冬维尔。”

“哦，你们听听，他还嘴硬！”年轻女子叫道。

“怎么，你原来是南茜！”奥立弗惊呼，他这才看清她的面孔，并在抑制不住的骇愕之余往后倒退了一步。

“你们瞧，他不是认识我吗！”南茜向围观者发出呼吁。“他到底赖不掉啦。请善心的人们行行好，叫他跟我回家去，要不，他会把亲爱的爹妈活活气死的，我的心也要被他急碎！”

“究竟在搞些什么鬼名堂？”一个汉子说着从一家啤酒店里冲出来，后面跟着一条白狗。“小奥立弗！快回到你那可怜的妈妈身边去，你这只小野狗。马上回到家里去！”

“他们不是我的亲人。我不认识他们。救命啊！救命啊！”奥立弗呼叫着竭力想从那汉子强有力的手中挣脱出来。

“救命？”那汉子说。“好吧，我就来救你的命，你这个小流氓！这些书是哪来的？准是你偷来的，是不是？给我！”那汉子在说这些话的同时把奥立弗夹着的书夺过去，用它们猛敲奥立弗的脑袋。

“打得好！”一个看热闹的闲人从顶楼窗户里边喝彩。“只有这个办法能使他清醒过来！”

“说得对！”一个仿佛没有睡够的木匠喊道，同时向顶楼窗户那边投了赞同的一瞥。

“这对他有好处！”两个女人说道。

“错不了！”那汉子说着又敲了一下，并且揪住奥立弗的衣领。“走，你这个小坏蛋！喂，牛眼灯[1]，过来！看见没有，小鬼？你再不走，小心狗会咬你！”

奥立弗大病初愈元气未复，遭到这突如其来的袭击被敲得晕头转向，又慑于恶犬的狂吠和大汉的凶暴，加上围观者认定他确实就是被南茜描绘成的那样一个硬心肠小坏蛋——在这样的情势之下，一个可怜的孩子又有什么办法呢？天已经黑了，此地又不是讲理的所在，真是叫天天不应，反抗也无用。不一会，他已被拖进由许多又暗又窄的小胡同组成的迷宫。纵然他敢于发出几声呼叫，由于他被逼着走得那么快，那喊声也完全没法听清楚。其实，听得清听不清都无关紧要，因为根本没有人理会。

* * *

①这里是狗的名字。

煤气街灯已经点亮，而贝德温太太还焦急地伫立在门口。一名仆人已有二十来次跑到街上去看奥立弗是否在回来。两位老绅士依然坐在没掌灯的客厅里，固执地面对着放在他们之间的一块怀表。

第十六章

表一表雾都孤儿被南茜领回去以后的情形

狭街小巷最后通往一片宽广的空地，那里四散分布着圈牲畜的围栏等牛市场的设施。到了这个地方，赛克斯才放慢脚步，因为再要走得像先前那样快，南茜绝对跟不上。他转脸向着奥立弗，命他搀住南茜的手。

"听见没有？"赛克斯叱喝道，因为奥立弗在犹豫地四顾张望。

他们所在的地方是一处行人走不到的黑暗角落。奥立弗心里透亮：反抗是毫无意义的。他伸出一只手，立刻被南茜牢牢地握住。

"把另一只手给我，"赛克斯说着抓起奥立弗空着的一只手。"牛眼灯，过来！"

狗抬起头来，狺狺地叫了几声。

"乖乖，你看见没有？"赛克斯另一只手指着奥立弗的喉头对狗说。"要是他再敢吱一声，你就咬他这个地方！记住了吗？"

狗又狺狺地叫了一声，并且舔舔嘴唇端详着奥立弗，似乎巴不得马上向他的气管发动猛攻。

"它像基督徒一样招之即来，如果不是这样，就让雷把我的眼睛打瞎！"赛克斯一边说，一边带着狞恶的赞赏表情看看那条狗。"小少爷，现在你知道了等着你的将是什么结果，要是你喜欢的话，尽管叫喊吧。狗一下子就能叫你玩不成这出把戏。走，小孩！"

牛眼灯摇摇尾巴，对主人这番亲切得异乎寻常的话语表示感谢。它向奥立弗又汪汪地吠了一通作为警告，然后在前面开路。

他们穿过的这片空地就是斯米思菲尔德[1]；然而，即使这里是格罗夫纳广场[2]，奥立弗也一样不认识路。入晚，天又黑，雾又浓。店铺的灯火隔着一分钟厚似一分钟的雾幕几乎透不过光来，街道和房屋都被裹在一片幽暗中，使这个陌生的地方在奥立弗心目中显得更加陌生，使他忐忑不安的心情变得更加凄怆、更加沮丧。

他们匆匆走了不多几步路，深沉的教堂钟声当当地开始报时。奥立弗的两个带路人听到第一声"当"，便朝着传来钟声的方向转过头去。

"八点了，比尔，"南茜等钟声停下后说。

"用不着你告诉我。我自己能听到，我又不是聋子！"赛克斯说。

"不知道他们听不听得见，"南茜说。

"当然听得见，"赛克斯答道。"我是在巴托罗缪节[3]期给抓去的，集市上哪怕是一便士就买得到的小喇叭的哔哔声我也能听到。我被关在里边过夜。外面闹嚷嚷的声音愈大，那座老掉了牙的监牢就愈显得死气沉沉，我差点儿没把自己的脑袋在铁门上撞得粉碎。"

"真可怜！"南茜说，她的脸仍然朝着传来钟声的方向。"哦，比尔，那是些多好的小伙子哇！"

"你们娘们光想这些，"赛克斯答道。"多好的小伙子！我们只能算他们已经死了，所以没什么可说的了。"

赛克斯先生说这番劝慰的话时似乎竭力抑制着从胸中燃起的妒火。他把奥立弗的手腕子扼得更紧，命他继续往前走。

"等一下，"那姑娘说。"比尔，下一次钟敲八点的时候，如果轮到你要上绞架，我可不打算急急忙忙走开。我要在那个地方周围一圈又

---

① 斯米思菲尔德，伦敦著名的牛市场。原为游乐场，马利 · 都铎(1553 —1558年的英国女王)时代曾是焚烧新教徒的刑场。

② 格罗夫纳广场，伦敦最豪华的住宅区之一，在海德公园以东。

③ 巴托罗缪节，纪念使徒巴托罗缪的节日，在八月二十四日。十九世纪中叶以前，每年届时伦敦都有盛大的集市。

一圈地打转，哪怕地上都是雪，哪怕我肩上没有披巾，我也要走到走不动倒下来为止。”

“那有什么用呢？”不动感情的赛克斯先生问。“除非你能把一柄锉刀和二十码结实的绳子给我送进来，否则，你走五十英里或者一步也不走，对我完全一样。走吧，别站在这里婆婆妈妈唠叨个没完。”

姑娘纵声大笑，并把她的披巾裹紧些，然后他们继续前进。但奥立弗感觉到她的手在发抖；当他们经过一盏煤气街灯时，他向姑娘看了一眼，发现她的面色已变得煞白。

他们挑冷僻和肮脏的路径走了足足有半个小时，沿途绝少遇见行人；从所遇见的人的形迹看来，恐怕同赛克斯先生自己的身份不相上下。最后，他们折入一条很不干净的小街，那里几乎都是估衣铺；狗仿佛意识到不再要它担任警戒，所以直往前闯，到一家关着而且显然无人居住的铺子门前停下。那所房屋已东倾西圮，门上钉着一块招租的牌子，但看来像是钉在那里有好多年了。

“平安无事，”赛克斯大声说着，同时谨慎地四下看看。

南茜俯身到窗板下面，随即奥立弗听见铃声响。他们走到街的对面，站在那里的一盏路灯下。过了一会儿工夫，好像响起了框格窗被小心地推起的声音，紧接着，门轻轻地开了。于是赛克斯先生很不客气地揪住吓得魂不附体的奥立弗的衣领，三个人很快就进了那所房屋。

过道里伸手不见五指。他们等放他们进来的那个人把门加链上闩。

“里边有人吗？”赛克斯问。

“没有，”回答的声音奥立弗觉得以前在哪儿听到过。

“老头儿在不在？”那强徒问。

“在，”同一个声音答道，“他像个泄了气的皮球。你以为他见了你会高兴吗？才不呢！”

答话的腔调和那人的声音一样对奥立弗说来是耳熟的，但黑暗中连说话者的轮廓也无法辨认。

“给我们照一照路，”赛克斯说，“否则，我们不是把自己的颈骨摔断，就是会踹到狗身上去。别的不打紧，万一踹了它，可要小心你们的腿！”

“你们站在这儿等一会，我去拿个亮儿来，”那声音应道。说话者的脚步声渐渐去远，一分钟以后，杰克·道金斯先生——即逮不着的机灵鬼——出现了。他右手擎着一支插在开裂的手杖末端的蜡烛。

这位小绅士仅仅做了个诙谐的鬼脸，表示认出了奥立弗，接着就转过身去，叫刚来的三个人跟在他后面下楼梯。他们经过一间空荡荡的厨房，开门进入大概筑在后院小天井里的一间散发着泥土味的矮屋子，迎接他们的是一阵大笑声。

“哦，笑死我啦，笑死我啦！”恰利·贝茨哥儿嚷道，原来笑声就是从他的肺部发出来的。“他来了！哦，他到底来了！喂，费根，你瞧他；费根，你瞧呀！我简直笑不动了，这一出把戏实在滑稽，我简直笑不动了。喂，谁来扶我一下，索性让我痛痛快快笑个够。”

在一阵无法抑止的狂喜驱使下，贝茨哥儿躺倒在地上，乐不可支地双脚乱蹬乱踢有五分钟之久。然后他跳起身来，从逮不着手中夺过那根开裂的手杖，走到奥立弗跟前，把他前后上下看了一遍又一遍；其时老犹太摘去自己头上的睡帽，向目瞪口呆的奥立弗连连打躬。机灵鬼的性情比较阴郁，不大纵情作乐，如果这样对事情会有妨碍的话；此刻他正极其卖力地把奥立弗的口袋一一搜遍。

“费根，你瞧他这一身打扮！”恰利说着把蜡烛移得那么近，几乎燎着了奥立弗的新上衣。“瞧他这一身打扮！顶呱呱的料子，最时髦的款式！喔，我的天，太滑稽了！再加上他那些书，十足的上等人气派，没说的，费根！”

“看到你这样春风得意，我很高兴，我的乖乖，”老犹太点头哈腰地说，他假装谦恭，实则挖苦。“机灵鬼会另外给你一身衣裳，免得你把这一套节日礼服弄脏。你来怎么也不写封信告诉我们一声，我的乖乖？也好让我们准备些热汤热菜作晚饭。”

贝茨哥儿听了这番话又纵声大笑，不仅笑得费根面部的肌肉松弛，连逮不着也为之解颐。不过，因为机灵鬼恰恰在这个当儿从奥立弗身上搜出一张五英镑的钞票，所以他的开心究竟是老犹太的俏皮话引起，还是他自己的发现使然，只得存疑。

“嗨！那是什么？”赛克斯见老犹太抓住钞票，便跨前一步问。“那得归我，费根。”

“不，不，亲爱的，”老犹太说。“得归我，比尔，得归我。那几本书归你。”

“钞票非归我不可！”比尔·赛克斯说，一边戴上帽子，似乎下了决心。“钞票得归我和南茜，要不，我就把这孩子送回去。”

老犹太吓了一跳。奥立弗也全身一震，不过出于根本不同的原因：他希望争执的结果真的能把他送回去。

“拿来！你给不给？”赛克斯说。

“这不太公平，比尔；不太公平，你说是不是，南茜？”老犹太问。

“公平也罢，不公平也罢，”赛克斯不容他辩解。“反正得拿来，我已经对你说了！你以为我和南茜除了把我们宝贵的时间花在盯梢上，把托你的福给抓去的孩子重新拐回来，就没有别的事可干了吗？快拿来，你这个骨瘦如柴、可又贪得无厌的老鬼；拿来！”

赛克斯先生作了这番温和婉转的劝说之后，就把那张钞票从老犹太的食指与大拇指之间拽过来；他若无其事地望着老头儿的脸，一边把钞票折小了用围巾包起来。

“这是给我们的酬劳，”赛克斯说，“还不够我们应得的半数。书你可以留下，如果你爱读的话；要不，就卖掉。”

“这些书真好看，”恰利·贝茨说。他扮着各种怪相，装作在读其中的一本。“写得很美，可不是吗，奥立弗?”看到奥立弗垂头丧气面对这些折磨他的人，诙谐感得天独厚的贝茨哥儿又爆发出一阵比刚才更加猛烈的狂笑。

“那都是老先生的，”奥立弗绞着双手说，“在我害热病差点儿死掉的时候，是那位好心的老先生把我带到他家里去，照看我养好了病。哦，求求你们把这些都送回去，把书和钱还给他。你们要我一辈子待在这里都可以，我只求你们把书和钱送回去。不然，他一定以为我带着这些逃跑了；还有那位老太太和所有待我很好的人，他们都会以为我逃跑了！哦，你们可怜可怜我，把书和钱送回去吧！”

奥立弗声泪俱下地说到这里，跪倒在老犹太面前，两手合在一起拚命哀求。

“这孩子的话有道理，”费根说着，眼睛骨溜溜地一转，两道浓眉打成一个死结。“你的话有道理，奥立弗，有道理，他们的确会以为你卷逃了。嘿嘿！”老犹太搓搓手忍不住笑出声来。“即使让我们自己选择时机，也不可能这样凑巧。”

“当然不可能，”赛克斯表示同意，“我刚看到他夹着书经过克勒肯威尔，心里马上就透亮。事情再好也没有了。那些人准是生就慈悲心肠的善男信女，要不，怎会把他带到家里去？他们也不会再寻访他的下落，因为这样就少不得要惊动官府，还可能连累他吃官司。所以他现在很安全。”

在他们对话的过程中，奥立弗时而看看这个，时而望望那个，仿佛给弄得稀里糊涂，不大明白究竟是怎么回事。可是在比尔·赛克斯说完以后，他蓦地跳起身来从房间里往外猛冲，一边尖声呼救，喊得空荡荡的旧房子连屋顶都激起了回响。

“比尔，把狗喝住！”南茜嚷着抢步上前把门关上，而老犹太和他的两名徒弟已追了出去。“把狗喝住；要不然，它会把那孩子撕成碎片的。”

“活该！”赛克斯咆哮着要把拉住他的姑娘甩开。“滚开去，要不我就把你的头在墙上撞出脑浆来！”

“我不在乎，比尔，我不在乎，”姑娘喊叫着与那汉子奋力搏斗。“我决不让狗把小孩咬死，除非你先杀了我！”

“不让狗咬他？”赛克斯把牙齿咬得格格响。“你再不滚开，我马上放狗去把他撕成碎片！”

那强徒把姑娘扔向房间的另一端，正在这时，老犹太和两名徒弟已经拖着夹在他们中间的奥立弗回来。

“你们在干什么？”费根环顾室内问道。

“这小娘们准是发疯了，”赛克斯恶狠狠地回答。

“不，我没发疯，”南茜说；经过这一场搏斗，她面色苍白，气急败坏。“我没发疯，费根，你别听他的。”

“那你就安静下来，听见没有？”老犹太说着向她瞪了威胁性的一眼。

“不，办不到！”南茜高声回答。“你打算拿我怎么样？”

费根先生深知南茜这一类特定人物的脾性，所以有一点是拿得准的，即：此刻同她谈下去恐怕凶多吉少。为了把大伙注意的焦点引开去，他转而面向奥立弗。

“我的乖乖，你想逃跑，是不是？”老犹太一边说，一边从炉旁角落里拿起一根粗糙多节的木棍。“嗯？”

奥立弗不做声，但呼吸相当急促，并且留神注视着老犹太的一举一动。

“你想让人家来救你，你要叫警察，是不是？”老犹太狞笑着抓住奥立弗的胳臂。“我们会把你的这种毛病治好的，我的小少爷。”

老犹太用木棍在奥立弗肩背上狠狠地打了一下，正想打第二棍，忽然那姑娘冲上前去把棍子从他手中夺了下来。她将木棍往火中一扔，用力之猛，竟使几块烧红的煤从炉内飞出来撒了一地。

“我不能眼看你们这样干，费根！”姑娘喊道。“你们已经把孩子弄到手，还要怎么样？不许碰他，要不然，我会在你们某些人身上盖那么个戳儿，干脆让人家把我提前送上绞架了事。”

姑娘在如此扬言的同时，拼命用脚跺地。她嘴唇闭紧，双手握拳，交替瞧着老犹太和另一名强徒，脸上一丝血色也没有，那是她怒火中烧逐步到了白热的程度所致。

“啊，南茜！”老犹太在一阵沉默中同赛克斯先生交换了一个尴尬的眼色之后，以息事宁人的口气说。“今晚你比以往任何时候更懂事。哈哈！我的乖乖，你的戏演得好极了。”

“是吗？”姑娘问。“小心别让我演过了火。万一真的弄到那个地步，对你可没有好处，费根。我预先警告你，躲着我点儿。”

逢到一个女人发火，特别是她除开其他种种激情之外还处在不顾一切的强烈冲动下，那时她身上有一股男人通常都不敢惹的力量。老犹太意识到，再要假装没有理会南茜真的动了怒，已经不可能。他情不自禁地倒退几步，用央求和胆怯参半的目光望着赛克斯，仿佛在暗示：他是继续这次谈话最合适的人。

这番无言的呼吁也许使赛克斯先生感觉到，能不能立刻制伏南茜小姐，对他个人的尊严和威信至关紧要。他一口气发出了三四十种不同的诅咒和威胁，由此可见他的想象力之丰富。可是看不出这一切在恫吓的对象身上产生什么作用，于是他诉诸更为有效的手段。

“你这是什么意思？”赛克斯问时照例衬之以涉及人类五官中最美的一种器官的赌咒话[①]；如果在凡界说的这种话五万次中有一次上达天庭，尘世间的瞎子也许会像麻疹一样普遍。“你这是什么意思？天打雷劈的！你可知道自己是什么人，什么货色？”

“我当然知道，知道得很清楚，”姑娘说着发出一阵歇斯底里的笑

① 赛克斯赌起咒来常提到眼睛。

声，同时装做满不在乎的样子摇头摆脑，不过装得很不自然。

“既然知道，那你就放老实点儿，”赛克斯用他惯常向狗吆喝的腔调说，“要不然，我可知道怎样收拾你，叫你在未来很长一段时间不老实不行。”

姑娘又发出一阵甚至比刚才更加不自然的笑声，并且向赛克斯匆匆看了一眼，然后把脸侧向一边，咬住嘴唇直至出血。

“你可真是好样的，”赛克斯以轻蔑的眼光打量着她又往下说，“也想挤到慈悲心肠的上等人那一边去！你既然管他叫小孩，想必做他的朋友是再合适不过的了！”

“求万能的上帝保佑，我就是要做他的朋友！”姑娘声情激越地喊道。“早知如此，我宁可在街上给雷劈死，或者代替刚才我们曾在离他们很近的地方路过的那些人上绞架，也不愿意插手把他带到这儿来！从今晚起，他将成为一个贼、一个撒谎的骗子、一个魔鬼，反正要多坏就有多坏。难道老混蛋还嫌不够，非要揍他一顿不可？”

“得了，得了，赛克斯，”老犹太一边劝他，一边指指全神贯注地观察着这场风波的那两个少年。“大家说话得客气点儿；比尔，客气点儿。”

“客气点儿？！”姑娘厉声说，她的怒容令人望而生畏。“跟你这个流氓讲客气？我对你已经够客气了。在我是个小孩儿的时候，年龄还没有他一半大，”她指了指奥立弗，“我就为你做贼！从那时起，这一行我已经干了十二年，为你干了十二年。你知道不知道？说呀！你知道不知道？”

“算了，算了，”老犹太企图使她平静下来，“你干这一行也是一种生计！”

“当然是的！”姑娘应道。底下的话简直像一股激流从她口中滔滔不绝地涌出来。“这是我的生计；寒冷、潮湿、肮脏的街道就是我的家；在很久以前就把我赶上街头的正是你这个流氓，而且你还要我无日无夜地在那里干这一行，直到我死去！”

“我可要对你不客气了！”被骂得恼羞成怒的老犹太打断了她的话。“你要是再说下去，莫怪我比你所说的更不客气！”

姑娘没有再做声，但她在狂怒的冲动下把头发和衣服扯得一团糟，并向老犹太猛扑过去；若非赛克斯及时扭住她的手腕子，她很可能在他身上留下泄愤的痕迹。在作了一番徒劳的挣扎之后，她昏倒了。

“现在她老实了，”赛克斯说着让她在房间的一角躺下。“她发作的时候，两臂的力气非常大。”

老犹太抹抹自己的脑门子，露出笑容，似乎因这场风波已告平息而感到欣慰；但是，无论他自己还是赛克斯，无论狗还是那两个少年，似乎都认为这在他们的行当中不过是稀松平常的一支插曲罢了。

“跟娘们打交道就是有这点麻烦，”老犹太说着把木棍放回原处。“不过她们聪明伶俐，干我们这一行可少不了她们。恰利，你领奥立弗去睡觉。”

“我看，明天他最好不要穿这身漂亮衣服；费根，你说怎么样？”恰利·贝茨问。

“当然，”老犹太答道，同时也像恰利提问时一样扮了个鬼脸。

贝茨哥儿显然十分乐于接受这项使命，便拿起开裂的手杖，带领奥立弗走进隔壁的一间厨房，里边有两三张铺位，奥立弗以前曾在这样的铺位上睡过觉。到了那里，恰利又发出一阵阵控制不住的狂笑，随之取出一套旧衣服。这正是奥立弗在布朗劳先生家里庆幸自己得以摆脱的那身破衣裳。收破烂的犹太人把它买下来以后偶然给费根看到了，老犹太才获得第一个线索，进而打听到奥立弗的下落。

“把你的漂亮衣服脱下来，”恰利说，“我去交给费根保管。这太滑稽了！”

可怜的奥立弗不服从也得服从。贝茨哥儿把新衣裳卷起来往胳肢窝里一夹，从屋里走了出去，并随手把门锁上，留下奥立弗待在黑暗中。

凑巧这时来了南茜的朋友蓓特小姐，她给南茜洒了点凉水，还做了些男人不便做的事情促使她苏醒过来。蓓特的话声、恰利的狂笑本来会使处境比奥立弗好的许多人也睡不着觉。然而，奥立弗已是心力交瘁，所以不久便昏昏入睡。

第十七章

继续与奥立弗作对的命运把一位大人物带到伦敦来败坏他的名声

舞台上有一种规矩，凡是像样的命案情节剧，凄惨的和滑稽的场面总是安排得交替出现，犹同肥瘦相间、熏制得法的五花肉。如果主人公在铁镣和厄运的重压下倒在柴草铺上，下一场照例由他的忠心耿耿、但不明真相的随从唱一支滑稽小调来娱悦观众。我们提着一颗扑腾扑腾直跳的心看到女主人公落在骄横残暴的男爵手掌之中，她的贞操和生命都岌岌可危，她拔出匕首，不惜以生命为代价保全贞操；可是正当我们紧张的心情达于极点的时候，一声哨笛响，我们一下子被带进宫堡的大厅，听头发灰白的老总管领唱一首颇为可笑的歌曲，而参与合唱的一群家臣则更为可笑，他们从教堂的穹顶下到王侯的宫廷里随处都可能出现；凡是他们成群结队足迹所至的地方，总是可以听到欢乐的歌声。

这样大起大落的变化似乎迹近荒谬，但事实上却不像乍看起来那样不近情理。现实生活中从大张华筵到临终弥留、从黑色丧服到节日盛装的更迭同样令人吃惊；不过，在生活中我们不是置身事外的观众，而是粉墨登场的演员，这是大不一样的。在以模拟为能事的舞台生涯中，演员对七情六欲的急剧转换和强烈冲动往往麻木不仁，可是这一切到了观众眼里却立即被斥为荒诞不经。

鉴于场景的陡变、时间和地点的骤换不仅在书中长期相沿成习，而且认为这就是大手笔的也大有人在——这类批评家判断一个作者艺术技巧的高低，主要根据作者在每章末尾把他笔下的人物置于何种困境，——本章的这一段简短引论可能被目为多此一举。倘若如此，不妨把它看作笔者的一种委婉的提示，预告他即刻就要回到雾都孤儿出生的那个市镇去；读者当然可以认为此行大有必要，否则决不会请他们去走这一遭。

班布尔先生一清早跨出贫民习艺所的大门，神情端庄、步态威严地沿着本镇大街走去，充分显示一位教区干事的风采和气派。他的三角帽和外套在朝阳下熠熠闪光。由于意识到自己身体好、权力大，他握着藤杖的那股劲头可真不小。班布尔先生素来把头昂得高高的，但这天早晨比平时昂得更高。看他心不在焉的眼神和不同凡响的仪态，细心的旁观者也许可以猜到，盘旋在这位干事脑中的念头实在太了不起，以致无法形诸语言。

几家小店的掌柜等人在他经过时恭敬地跟他招呼，可是班布尔先生却不停下来与他们搭话。人家向他行礼，他只是挥挥手作答，一路并不放慢堂皇的步伐，直到曼太太在教区关怀下抚育幼小贫儿的寄养所门前。

“这干事真讨厌，这么一大早除了他还会是谁！”曼太太听到菜园门熟悉的摇动声后说。“啊，班布尔先生，是你啊！好极了，亲爱的，多么叫人高兴哪！客厅里坐，先生，请。”

上面第一句话是向苏珊说的，热情洋溢的欢迎词则是给班布尔先生听的。这位太太开了菜园门，十分殷勤而恭敬地把干事让进屋里去。

“曼太太，”班布尔先生说；他不是像一般不懂礼数的粗人那样一屁股坐下去，而是稳重而缓慢地在一张椅子里就位，“早上好，曼太太。”

“早上好，先生，”曼太太满脸堆笑还礼，“想来这一阵贵体安康，先生？”

“贱安，贱安，曼太太，”干事答道。“为教区办事可不是清闲舒服的生活，曼太太。”

“说得是，的确不清闲，班布尔先生，”那位太太连声应道。要是所有的贫儿听到这句答话，一定会很有礼貌地像合唱队那样齐声附和。

“太太，为教区办事，”班布尔先生用藤杖敲着桌子往下说，“既伤脑筋，又费精神，还得有胆量。不过，我认为一切社会活动家哪怕对簿公庭也义不容辞。”

曼太太不大明白干事的话何所指，她深表同情地举起双手，叹一口气。

“啊！确实可叹哪，曼太太！”干事说。

曼太太发现自己做得对，又叹了口气，显然使这位社会活动家大为满意。他严肃地看了一下自己的三角帽，借此忍住得意的笑容，说：

“曼太太，我就要到伦敦去。”

“真的吗，班布尔先生！”曼太太倒退一步大惊小怪地问。

“是的，上伦敦，太太，”立志不移的教区干事重申道，“我和两个贫民一起坐公共马车去，曼太太！有关定居资格[①]的一场官司就要开庭了，理事会指定我，曼太太，指定我到克勒肯威尔的季度法庭[②]去处理这件事情。我估计，”班布尔先生胸一挺接下去说，“克勒肯威尔法庭很可能在我身上碰钉子。”

“哦！你可不要过分顶撞他们，先生，”曼太太用哄小孩的口气说。

“是克勒肯威尔法庭自己找的麻烦，太太，”班布尔先生答道，

---

① 教区当局为了削减习艺所的开支，往往把不在当地出生、即没有“定居资格”的贫民遣送出境。

② 在英国，除初级地方法庭外，法院每年四次定期开庭审理案件，称为季度法庭。

“如果克勒肯威尔法庭发现结果比他们预想的糟得多，克勒肯威尔法庭只能怨自己。”

班布尔先生说这些话的强硬语气表明他决心大、意志坚，曼太太不由得肃然起敬。她过了半晌才说：

“你们坐班车去，先生？我还以为贫民照例都用大车送去的呢。”

“那是在他们生病的时候，曼太太，”干事说。“逢到下雨天，我们把有病的贫民装在敞篷大车上，免得他们着凉。”

“喔！”曼太太说。

“回伦敦的班车答应把他们两个带走，而且价钱也便宜，”班布尔先生说。“他俩都快不行了，我们算了一笔账：把他们打发走比安葬他们可以少花两英镑，这就看我们能不能把他们扔给别的教区。这一点我认为是办得到的，只要他们不跟我们作对死在半路上。哈哈哈！”

班布尔先生刚笑出声来，他的视线又落到三角帽上，于是面孔重新绷紧。

“我把正经事忘了，太太，”干事说，“这是教区发给你的月薪。”

班布尔先生从皮夹里取出用纸包起来的一卷银币，请曼太太写了收条。

“上面沾了好些墨渍，先生，”幼儿寄养所的当家人说，“不过写得大概还符合要求。谢谢你，班布尔先生；说真的，我对你十分感激。”

班布尔先生和蔼地点点头回答曼太太的屈膝礼，然后问孩子们的情况。

“求上帝保佑那些小宝贝儿！”曼太太满怀深情说道。“他们都很好，怪可爱的，再好也没有！当然啰，上星期死去的那两个除外。还有小狄克！”

“那孩子还是没有变好些？”班布尔先生问。

曼太太摇摇头。

“他是个心地邪恶、品行不端、劣性难改的小要饭的，”班布尔先生怒冲冲地说。“他在哪里？”

“我马上去把他叫来见你，先生，”曼太太答道。“狄克，到这儿来！”

她叫了好几声，才把狄克找到。他被放到水龙头下洗了一通脸，在曼太太的衣裾上擦干了，然后被带去见威严的教区干事班布尔先生。

这孩子面色苍白，骨瘦如柴，两颊凹了进去，眼睛显得又大又亮。拚命省料的教区施衣——他的贫儿号衣——在他弱不禁风的身上仍显得宽松肥大；他幼嫩的肢体却已像老人一般干枯了。

在班布尔先生逼视下站着发抖的便是这么一条小生命。他眼睛望着地上，不敢抬头；他甚至怕听教区干事的声音。

“你这个倔强的孩子，你难道不能抬头看看这位先生？”曼太太说。

这孩子柔顺地抬起头来，与班布尔先生目光相遇。

“你这是怎么啦，教区收养的狄克？”班布尔先生以颇合时宜的诙谐口吻问道。

“没有什么，先生，”孩子回答的声音微弱。

“我也认为没有什么，”曼太太说。班布尔先生的风趣话当然从她那里赢得不少笑声。“我相信你什么也不缺少。”

“我但愿——”孩子结结巴巴地刚想开口。

“啊？！”曼太太抢先说。“你大概想说你缺少什么，是不是？你这个小坏蛋！”

“别忙，曼太太，别忙！”干事以权威的姿态举起一只手。“你但愿怎样，先生，嗯？”

“我但愿，”孩子结结巴巴地说，“哪位会写字的能代我在一张纸上写几句话，把它折起来封好，等我被埋到地下以后为我收藏着。”

“嘀，这孩子想干什么？”班布尔先生吃了一惊。小狄克认真的神态和满面病容不能不给他以一定的印象，尽管这类事情他并不陌生。

"你想干什么?"

"我想,"狄克说,"告诉可怜的雾都孤儿我非常爱他,让他知道,一想起他在黑夜里流浪,没有亲人,没有依靠,我常常坐下来一个人淌眼泪。我想告诉他,"那孩子把两只小手紧紧握在一起,怀着炽热的感情说,"我宁可趁我年纪很小的时候死去;因为我要是长大成人,变成老头儿,我那进了天国的小妹妹也许会把我忘掉,或者不再像我。如果我们在那里见面还都是小孩,可就快乐多了。"

班布尔先生把说话的小孩从头到脚打量了一番,惊讶之状简直无法形容,随后,他转向寄养所的女当家,说:"他们都是一路货,曼太太。那个无法无天的奥立弗把他们全带坏了。"

"我简直没法相信,先生!"曼太太举起两只手,恶狠狠地瞪着狄克。"我从来没见过这样麻木不仁的小坏蛋!"

"把他带下去,太太!"班布尔先生傲慢地说。"这事必须向理事会报告,曼太太。"

"我希望理事先生们能谅解这不是我的过错。他们会谅解吗,先生?"曼太太悲愤地抽泣着说。

"会谅解的,太太;他们应当了解事情的真相,"班布尔先生说。"快把他带下去。我瞧着他,心里就有气。"

狄克马上被带下去锁在煤窖里。班布尔先生旋即告辞去收拾行装。

翌晨六点,班布尔先生把三角帽换上一顶圆礼帽,裹着一件带披肩的深蓝色大氅,在班车顶上就座,随同出发的是两名定居资格有争议的犯人。他们一行三人按时到达伦敦。一路无话,只有那两个贫民的乖戾行为给班布尔先生添了点麻烦。他们老是抖个不停,并且不住口地叫冷;据班布尔先生说,他们叫得他牙齿捉对儿厮打,周身非常不自在,虽然他裹着大氅。

班布尔先生为两个心术不正的人安置好宿处后,自己在门前停班车的房子里坐下,用了一餐清淡的晚饭——蚝油牛排和黑啤酒。餐毕,他把一杯热的掺水杜松子酒放在壁炉架上，将椅子挪到炉火前，在想象中就不知足和发牢骚这种过于普遍的罪过发表了一通大道理，然后安下心来看报。

映入班布尔先生眼帘的第一段文字乃是如下的一则启事：

悬赏五畿尼①寻人

上星期四傍晚，一男孩名雾都孤儿者，从彭冬维尔区家中潜逃或被拐走，此后音信全无。不论何人，凡能提供线索从而访得雾都孤儿之下落或有助于查明其身世者，即以五畿尼为酬，因登启事人出于种种原因亟欲了解该男孩之来历。此启。

底下是有关奥立弗的服装和外貌特征、出现和失踪经过的介绍，还有布朗劳先生的姓名全称和详细地址。

班布尔先生睁大了眼睛，逐字逐句、仔仔细细地把这则启事读了三遍。过了五分多钟，他已动身前往彭冬维尔；由于心情激动，一杯热的掺水杜松子酒甚至没有沾唇。

“布朗劳先生在家吗？”班布尔先生问开门的一名女仆。

女仆的回答虽然寻常，但语词闪烁：“我不知道；你是哪里来的？”

班布尔先生刚提到奥立弗的名字，打算说明自己的来意，贝德温太太在客厅门口听见了，立即喘吁吁地赶到过道里来。

“请进，请进！”老太太说。“我知道我们会听到他的消息的。可怜的孩子！我知道我们会听到的！我相信一定会有消息。求上帝保佑他！我早就说过，而且一直是这样说的。”

说完，这位可敬的老太太又匆匆回到客厅，坐在一张沙发上哭了起来。其时，感情不像她那么容易激动的女仆已跑到楼上去过，现在回来

---

① 英国旧金币，一畿尼合二十一先令。

请班布尔先生立即跟她上楼。教区干事照办了。

他被让进后楼一间小小的书斋，布朗劳先生和他的朋友格林维格先生坐在那里，他们面前放着几只玻璃瓶和杯子。格林维格先生一下子就大声嚷嚷：

“一名干事！他是一名教区干事，否则我愿意把自己的脑袋吃下去。”

“请先不要打岔，”布朗劳先生说，然后转向来客，“坐下谈好不好？”

班布尔先生坐了下来，他给格林维格先生的奇特作风弄得稀里糊涂。布朗劳先生把灯移动了一下，使视线不致被遮断，随时可以看清干事的面貌。他以略带焦急的语气问：

“先生，你是看到了启事才来的？”

“是的，先生，”班布尔先生答道。

“你确实是一名教区干事，对不对？”格林维格先生问。

“我是一名教区干事，先生，”班布尔先生回答，口气相当自豪。

“果然，”格林维格先生向他的朋友说，“我知道他一定是的。一名彻头彻尾的教区干事！”

布朗劳先生微微摇头，要求他的朋友保持沉默，然后继续与来客交谈：

“你是否知道那可怜的孩子如今在什么地方？”

“跟大家一样，我也不知道，”班布尔先生回答。

“那末，你知道有关他的什么情况吗？”老绅士问。“你有什么话尽说不妨，我的朋友。你知道有关他的什么情况吗？”

“你所知道的关于他的情况恐怕不会有什么好事吧，是不是？”格林维格先生刻薄地说，在这以前他先对班布尔先生的面貌仔细端详了一番。

班布尔先生一下子辨出了这话的滋味，便现出预兆不祥的严肃表情摇了摇头。

“看到没有？”格林维格先生以胜利者的姿态望着布朗劳先生说。

布朗劳先生担心地看看班布尔先生皱眉蹙额的脸，请他尽可能扼要地谈一谈他所知道的有关奥立弗的情况。

班布尔先生放下帽子，解开上衣的钮扣，交叉起两条胳臂，侧着脑袋作追忆状，在沉思片时之后开始讲他的故事。

在此照搬教区干事约莫说了二十分钟的原话，那是相当乏味的；归纳起来，大意如下：——奥立弗是个弃儿，父母都是出身低微、品行恶劣的人。从他出生之日起，除了不忠、忘恩和邪恶，就没有表现出任何较好的品质。他在出生地点的一段短短的经历是这样告终的：他竟残暴而卑怯地袭击一个无辜的少年，并从主人家中黉夜逃跑。为了证明自己的身份，班布尔先生把他带到伦敦来的文件拿出来放在桌上。然后他重又交叉起两条胳臂，等布朗劳先生过目。

“这一切恐怕都是事实，”老绅士看过文件后痛心地说。“对你提供的情况酬报不算丰厚，但如果是对那个孩子有利的话，我十分愿意给你三倍的钱。”

要是班布尔先生在这次来访的一开始就了解这一点，他十分可能为这段简短的故事添上与刚才完全不同的色彩。不过现在这样做已经来不及，于是他煞有介事地摇摇头，把五个畿尼放进了口袋，便起身告辞。

布朗劳先生在屋里来回踱了好几分钟，显然被教区干事的一番话搅得心烦意乱，连格林维格先生也克制住自己，不去给他火上加油。

最后，他停止踱步，暴躁地打了下铃。

“贝德温太太，”布朗劳先生对进来的女管家说。“奥立弗这孩子是个骗子手。”

“这不可能，先生。这不可能，”老太太坚定地说。

“我告诉你，他确实是个骗子手，”老绅士重申道。“你凭什么说他不是？我们刚才听到人家把他出生以来的情况从头讲了一遍，知道他从来就是一个地地道道的小恶棍。”

“我决不相信，先生，”老太太执拗地回答。“决不！”

“你们这些老太婆什么也不信，就是相信江湖郎中和瞎编的小说，”格林维格先生气鼓鼓地说。“我一向知道就是这么回事。你们为什么一开始不听我的劝告。如果他不害热病，你们也许会听从我的劝告，是不是，嗯？你们看他怪可怜的，是不是？可怜！呸！”格林维格用拨火棒做了个戏剧性的动作把炉火狠狠地捅了一下。

“他是个可爱的、感恩的、斯文的小孩，先生，”贝德温太太愤懑地反驳。“我了解孩子的心理，先生，在这方面我已经有四十年的经验。谁要是不具备这样的条件，那就请他不要随便下结论。这就是我的看法！”

这是针对独身的格林维格先生发动的一次猛攻。鉴于那位绅士的反应只是微微一笑，老太太便把头一昂，抻抻围裙，准备另发一通议论，但被布朗劳先生制止了。

“住口！”老绅士假装生气地说，其实他毫无怒意。“不要再让我听到那孩子的名字。我打铃叫你来就为了这个。记住，任何时候不得以任何借口提起他！你可以走了，贝德温太太。记住，我是十分认真的。”

这天夜里，布朗劳先生宅内有好几颗心都充满了忧伤。

奥立弗想到他那些好心的朋友，他的一颗心直往下沉；幸而他不可能知道他们所听到的情况，否则这颗心会彻底破碎的。

第十八章

奥立弗在那些循循善诱的良师益友中间如何度日

第二天中午时分，乘逮不着和贝茨哥儿出去干他们的本行之机，费根先生向奥立弗发表了痛斥忘恩负义的长篇演说。他十分清楚地证明，奥立弗在颇不寻常的程度上犯有这种令人发指的罪过，理由是：他竟忍心撇下为他焦虑万分的师友；更有甚者，在费了偌大的周折、花了偌大的本钱把他找回来以后，他居然企图逃跑。费根先生特别强调他曾收留并抚育了奥立弗这一事实；当初要不是他及时予以接济，奥立弗也许早已饿死。于是他讲了一个动人心弦的悲惨故事：他出于恻隐之心，曾在类似的情况下周济过一个少年，但这个少年辜负了他的信任，妄想同警方接头，不幸在某一天早晨被绞死在老寨子①。费根不打算掩饰，他对这场惨祸的酿成起了作用。但他眼泪汪汪地悲叹，那少年执迷不悟、背信弃义，使别人不得不向巡回刑事法庭提供某种佐证，让他充当牺牲品——就算所提供的不完全是真凭实据，但为他（费根先生）和少数至交的安全计，这样做却是绝对必要的。临了，费根先生就绞刑之难受描绘了一幅令人很不痛快的图画，并以十分友好和客气的态度表示殷切的希望，但愿他永远没有必要强迫雾都孤儿去领略那种不愉快的滋味。

听着老犹太的这番话，小奥立弗体内的血都凉了，他隐隐约约体会到其中包含着险恶的威胁。当青红皂白偶然交织在一起时，甚至司法当局也可能混淆是非，这一点他已经领教过了。他完全相信，对于知道得太多或过于爱说话的人，老犹太曾不止一次地策划并实施灭口的狡计；因为他回想起，这位老先生与赛克斯先生之间唇枪舌剑的对话看来同过去某一桩类似的阴谋有关。他怯生生地抬头一看，碰上了老犹太犀利的目光。他感觉到，这位心细如发的老先生不但注意到他面色苍白、手脚发抖，而且引以为乐。

老犹太堆起令人作呕的笑脸，轻轻地拍着奥立弗的脑袋说，只要他安分听话，心思用在买卖上，他们还是很好的朋友。然后，他拿起帽

① 伦敦中央刑事法庭所在地。执行死刑的地点应该在邻近的新门监狱院内。

子，穿上一件补丁累累的旧大氅，走了出去，同时把房门锁上。

这一整天和此后的大部分日子，奥立弗从清早到午夜看不见一个人影。在这许多漫长的时间内，与他做伴的只有他自己的思绪。他的思绪转来转去总是回到他那些好心的朋友以及他们对他必定早已形成的看法上。想到这里，他怎能不黯然神伤。

过了一星期左右，老犹太不再把房门上锁，奥立弗可以在整幢房屋内自由走动。

这是一个肮脏透顶的所在。楼上的房间都有高大的木制壁炉台和宽阔的门，墙壁镶着嵌板，天花板下有嵌线，装饰得五花八门，但都由于无人管理和尘垢厚积而变黑了。根据这种种迹象判断，奥立弗相信在很久很久以前，那时老犹太还没有出世，这座房子想必为身份较高的人所有，也许当年金碧辉煌，尽管如今是这样满目凄凉。

蜘蛛在墙壁和天花板相接的角上织了许多网；有几次奥立弗悄悄地走进一间屋子，会发现一群耗子在地板上四散奔跑，慌慌张张逃回洞里去。除此以外，这里看不到、也听不见任何有生命物体的动静。每当天黑下来的时候，他从一间屋子到另一间屋子游荡得疲乏了，常常蜷缩在沿街的大门里边过道的一角，尽可能靠近有血有肉的人们。他待在那里，注意听钟敲几点，直至老犹太或他的徒弟回来。

所有的房间里腐朽的窗板都关得严严实实，窗闩都用螺钉牢牢地固定在木头上；仅有的光线是从顶端的圆孔里溜进来的，这就使屋里充满了奇怪的暗影，益发显得阴森可怖。顶楼有一扇后窗没有用窗板遮住，装在外面的铁栅已经生锈，奥立弗经常一连几个钟头愁容满面地从这里向外凝望。但是，除了杂乱无章的房顶、熏黑的烟囱和山墙的尖端外，别的什么也看不见。诚然，从远处某一座屋顶平台的短墙后面偶尔会探出一个灰发蓬乱的脑袋来，但往往很快就缩了回去；由于奥立弗的瞭望窗是钉死的，又因多年雨淋烟熏而模糊不堪，他顶多只能依稀辨认外面各种物体的轮廓。至于想要被人看到或听见，那同住在圣保罗大教堂的圆顶里边想要被人看到或听见一样毫无希望。

一天下午，逮不着和贝茨哥儿两位小绅士晚上要外出，前面那一位忽然想到要把自己打扮一下(应该为他说句公道话，他平时绝无此种癖好)；为了这个目的，他居然赏脸吩咐奥立弗马上侍候他穿戴起来。

奥立弗十分愿意做一些有益的事情，只要能看到几张面孔——哪怕不是和善的面孔——也高兴非凡，一心企望通过老老实实的办法促使他们态度软化，因此对这一要求不提出任何异议。他立刻表示愿意效劳，然后跪下一条腿去，让坐在桌上的逮不着把脚搁在他的另一条大腿上，开始从事道金斯先生称之为"给他的脚壳上光"这道工序。这句话用明白的英语来讲，就是给他擦皮鞋。

一个人摆出悠然自得的姿势坐在桌子上，一边抽烟袋，一边无忧无虑地晃着一条腿，别人一直在给他擦鞋，自己甚至可以免去事前脱下来的麻烦，又无需为事后穿上去而苦恼，遥思遐想也不受干扰——这时，凡是有理性的动物照例会产生优哉游哉的感觉。究竟是这样一种感觉抑或醇厚的烟味使逮不着的思绪变得轻松，还是平和的啤酒使他的心情趋于舒畅；反正看得出他此刻罗曼蒂克的情趣颇浓、兴致正高，这与他平素的气质是大不相同的。他若有所思地朝奥立弗俯视片刻，然后仰首轻叹，不知是自言自语还是向贝茨哥儿说：

"可惜他不是一个剪绺党。"

"是啊！"恰利 · 贝茨哥儿说。"他真是不识好歹。"

逮不着再次叹息一声，重又抽他的烟袋；恰利 · 贝茨也跟着这样做。他俩默默地抽了几秒钟的烟。

"你恐怕连什么是剪绺党也不知道吧？"逮不着不胜遗憾地问。

"我大概知道的，"奥立弗抬起头来回答。"那是小——"奥立弗欲语又止，转而问道："你就是一个，对吗？"

"我就是，"逮不着回答说。"别的行当我还瞧不起哩。"提出了这样的看法之后，道金斯先生恶狠狠地把帽子弄歪，并且望着贝茨哥儿，表示自己非常欢迎他发表相反的意见。

“我就是，”逮不着再次重申。“恰利也是。费根也是。赛克斯也是。南茜也是。蓓特也是。我们都是，包括那条狗在内。它还是我们这一伙中间最机警的一个！”

“而且绝对不会告密，”恰利·贝茨补充了一句。

“它怕连累自己，所以到了法庭的证人席上也不会叫一声。即使你把它拴在那里，两星期不给它吃东西，也决不吱一声，”逮不着说。

“一声也不吭，”恰利也说。

“这条狗真怪。要是陌生人当着它的面大笑或唱歌，它是不是恶狠狠地瞪着人家？”逮不着继续说。“听到有人拉小提琴，它是不是拚命地叫？凡是跟它不同种的狗，它是不是一概看作仇敌？哦，才不呢！”

“它是个不折不扣的基督徒，”恰利说。

这纯粹是对那畜生的能耐的一句赞辞，然而这话在另一种意义上也是适用的，只是贝茨哥儿不知道罢了。有许多女士先生声称自己是不折不扣的基督徒，殊不知在他们与赛克斯先生的那条狗之间有着惊人的相似之处。

“好了，好了，”逮不着又言归正传，因为他的一言一行总是念念不忘他的本行，“反正跟这个毛孩子毫无关系。”

“的确是这样，”恰利说。“奥立弗，你为什么不拜费根为师？”

“一下子就可以发财，”逮不着添上一句，同时扮了个鬼脸。

“将来可以洗手不干，安享富贵。我自己就有这样的打算。等过了四个闰年，到再下一个闰年、第四十二个星期二，正好在过三一节的那一周[1]，我就洗手不干，”恰利·贝茨说。

“这事儿我不喜欢，”奥立弗胆怯地表示。“我希望能够放我走。

---

①三一节是教会纪念圣父、圣子、圣灵三位一体的节日，在复活节后第八周（五月份或六月份），不可能在一年的第四十二周。恰利完全是信口开河。

我——我——很想离开这儿。”

“可是费根很不想放你走哇！”恰利说。

奥立弗对这一点十分清楚，但考虑到把自己的心思表露得更加明白可能有危险，所以他只是叹一口气，继续擦他的皮鞋。

“离开？”逮不着喊道。“你究竟有没有志气？你怎么连一点自尊心都没有？难道你好意思去依靠你的朋友过日子？”

“喔，真是没羞没臊！”贝茨哥儿说着，从口袋里掏出两三条丝绸手帕，把它扔进食橱。“太没有出息了。”

“我可不干，”逮不着以高傲的轻蔑口吻宣称。

“但是你可以扔下你的朋友不管，”奥立弗似笑非笑地说，“让你的朋友为你干的事受罚。”

“那都是为费根着想，”逮不着摆一摆他的烟袋辩解道。“因为巡捕知道我们是同伙，万一我们失了风，会连累他的。道理就在其中，恰利，你说是不是？”

贝茨哥儿点头表示同意，正想开口说话。可是奥立弗逃跑的情景在他的记忆中出现得如此突兀，致使他吸的一口烟同笑声纠缠在一起，往上钻进了脑袋，朝下哽入了咽喉，憋得他又是咳呛，又是跺脚，足足折腾了五分钟。

“你瞧，”逮不着说着掏出一把一先令的银币和半便士的铜子。“这样的日子过着多有劲！钱从哪儿来问它干什么？拿去；在弄到这些钱的地方，还有的是钱。你不要？喔，你这个可爱的傻瓜蛋！”

“你是不是觉得这是要不得的，奥立弗？”恰利·贝茨问。“怕早晚要落得个勒脖子的下场，是不是？”

“我不知道这是什么意思，”奥立弗答道。

“就像这个样子，老弟，”恰利说。与此同时，贝茨哥儿抓起他的围脖的一端往空中拉直，并且把头侧靠在一边肩膀上，透过牙缝迸出一种奇怪的声音。他用富于表情的哑剧动作说明：所谓勒脖子同受绞刑是一码事。

“就是这个意思，”恰利说。“杰克，瞧他发呆的那副傻相！我从来没见过这样的好孩子，没治了；将来他迟早会把我笑死，我知道总有那么一天。”

恰利·贝茨哥儿又纵声大笑，直到笑出了眼泪才重新拿起烟袋来。

“你受的教育不好，”逮不着说。等奥立弗擦好了鞋，他左看右看，感到非常满意。“不过费根会把你栽培成材的，否则你将是从他手里出来的第一件废品。你还是马上干起来为好，因为将来你自己不觉得，其实早就干上了这一行。像现在这样，你只是白白浪费时间，奥立弗。”

贝茨哥儿也在一旁帮腔，从他自己的角度提出种种劝告向奥立弗晓以大义。教训已毕，他和他的朋友道金斯先生便开始眉飞色舞地描绘伴随着他们那种生活的大量享受，不时用这样或那样的方式向奥立弗暗示，最好的办法是不再拖延时间，立即采取他们用过的办法去博取费根的欢心。

“你得永远记住，诺利，”逮不着说，这时可以听到老犹太在用钥匙开上面的门，“要是你不去拿抹嘴儿和滴答盒儿——”

“你跟他打切口有什么用？”贝茨哥儿打断他说。“他不懂你的意思。”

“要是你不去拿手绢和怀表，”逮不着只得让他的话去迁就奥立弗的理解水平，“会有别人去拿的。这对失主不利，对你也没有好处。除了捞到东西的那些家伙，任何人都沾不了光。而你跟他们一样有权利得到这些东西。”

“一点也不错，一点也不错！”老犹太说，他进来时没有被奥立弗看见。“这道理很简单，我的乖乖，很明白。你可以相信逮不着的话。哈哈！他懂得这一行的基本原理。”

老头儿得意地搓搓手，证实逮不着言之有理。看到自己的徒弟如此能言善辩，他满心欢喜地抿着嘴笑。

这一回，谈话没有继续下去，因为和老犹太一同归来的还有蓓特小姐和另一位奥立弗未曾见过的先生(逮不着在招呼时管他叫汤姆·契特林)。来客在楼梯上稍停了一会，同蓓特小姐谦让一番后方始进来。

契特林先生年龄比逮不着大，也许有十八岁了，但他对那位小绅士保持着一定程度的敬意，这似乎表明他自知在机智和职业技能方面稍逊一筹。他有一双贼亮的小眼睛和一张麻脸，戴一顶皮帽，身穿深色灯芯绒上衣和油光光的粗布裤子，还系着一块围腰布。他的衣着实在需要好好加以修补，不过他向在场诸位表示歉意，说他在一小时前刚刚“出来”；由于在过去六个星期内一直穿的是制服，还没顾得上关心自己的便装。契特林先生非常恼火地补充说，那边新近采用的衣服烟熏消毒办法是严重违反宪法的，因为衣服给烧出了好些窟窿，可是跟官府没有什么道理可讲。他还就剃去头发的规定提出了同样的批评，认为这是绝对非法的。契特林先生在结束他的评论时指出，在长得要命、累得要死的四十二天内，他的嘴唇没有沾过任何一滴东西；说他“渴得简直像一只石灰篓子，要是撒谎宁愿炸成齑粉”。

“奥立弗，你猜这位先生打哪里来？”老犹太龇牙咧嘴地笑问。这时，另外两个少年把一瓶酒放到桌上。

“我——我——不知道，先生，”奥立弗答道。

“他是谁？”汤姆·契特林问，一边向奥立弗投了轻蔑的一瞥。

“亲爱的，他是我的一个小朋友，”老犹太回答。

“那他交好运了，”那个年轻人说着，意味深长地向费根看了一眼。“小老弟，不要管我打哪里来。我敢用五个先令打赌：你很快就会到那里去的！”

听到这句俏皮话，两个少年笑了起来。他们就同一题目又调侃了一阵，然后跟费根交头接耳简短地谈了几句，便告辞离去。

新来的那人同费根到一旁说了些什么，接着把椅子挪到炉火跟前，老犹太叫奥立弗走过去坐在他旁边，开始谈一些最能引起听众兴趣的题目。他谈到干这一行有哪些了不起的好处，谈到逮不着的技巧何等熟练，恰利·贝茨的性格多么随和，他老犹太自己又是怎样慷慨。最后，这些话题已有完全枯竭的迹象，而契特林先生的精力亦告枯竭，因为在感化院里只要待上一两个星期就已疲劳不堪。于是蓓特小姐也起身告退，让他们可以休息。

从这天起，奥立弗难得一个人留下，差不多经常同那两个少年待在一起；他俩每天跟老犹太玩老一套的把戏——究竟是为了精益求精地提高他们的技艺呢，还是供奥立弗观摩，那只有费根先生心里明白。在别的时候，老头儿给他们讲他自己年轻时做盗贼的故事，其中穿插了很多滑稽和奇妙的情节，听得奥立弗忍不住由衷地放声大笑，这说明他被逗乐了，尽管他的天良并未泯灭。

简而言之，狡猾的老犹太使那个孩子陷入了他的罗网。他先是通过幽闭的办法对奥立弗施加精神影响，使他感到同任何人为伍也比在这样阴郁的地方独自沉浸在忧思愁绪中强；现在又把毒素一滴一滴注入他的心灵，企图把那颗心染黑，永远不能恢复本色。

第十九章

一个了不起的计划在本章中经过讨论决定下来

在一个寒冷、潮湿、刮风的夜晚，老犹太把裹住他那干瘪身躯的大氅的扣子扣得严严实实，领子竖到耳朵之上，把面孔的下半部完全遮起来，然后离开他的巢穴。他在台阶上站了一会儿，听徒弟在他出去后把门上锁，链条搭上钩，种种安全措施都采取了，直至听不见他们在屋内渐渐去远的脚步声，这才沿着街道尽他所能快步溜走。

奥立弗被带进的那所房屋坐落在白教堂[1]左近。老犹太在街角上立定片刻，怀着鬼胎四顾张望，然后穿过马路朝斯皮泰尔菲尔兹的方向而去。

石子路面上积着厚厚一层泥浆，黑沉沉的雾幕低垂在街道上，天下着蒙蒙细雨，任何东西摸上去都是冷冰冰、黏糊糊的。看来这是像老犹太这号人外出最合适的夜晚。这个面目可憎的老头在墙壁和门洞的掩护下蜿蜒潜行，活像一条从他蠕动其间的泥浆和黑暗中产生的令人恶心的爬虫，夜里出来寻觅臭鱼腐肉，准备饱餐一顿。

他循着许多曲曲弯弯的小道走到倍思奈尔草地，随后突然向左拐弯，不久便进入在那个人口稠密的地区多如牛毛的陋巷之迷宫。

老犹太对这个地方显然熟极了，完全不会因夜黑路杂而感到困惑。他匆匆经过几条狭街小巷，最后折入其中的一条，那里仅有的亮光就是远处尽头孤零零的一盏灯。走到这条街上的一所房子前面，他敲了敲门，同开门的人说了几句含糊不清的话，便登上楼梯。

他刚摸到房门的把手，只听得一条狗汪汪地叫了起来，接着有一个男子的声音问是什么人。

“是我，比尔；不是别人，亲爱的，”老犹太说着朝里边张望。

“那就把你的尸体抬进来吧，”赛克斯说。“躺下，你这死脑筋的畜生！魔鬼穿上了大氅，你就认不出来啦？”

看来，狗有点被费根的外衣迷惑了；等老犹太解开扣子，把大氅扔在椅背上，它便回到原先躺着的角落里去，一边摇着尾巴表示现在它满意了，这也是它的本性使然。

“好！”赛克斯说。

“好，亲爱的，”老犹太应声道。“啊，南茜在这里！”

最后那一声招呼的语气多少有些尴尬，说明他拿不准对方会作出什

① 伦敦东北一地区名，那里的贫民窟特别多。

么反应，因为从南茜挺身卫护奥立弗那一天起，费根先生同他这个女徒弟还没有见过面。不过，那位小姐的态度很快就打消了他在这方面可能有的一切疑虑。她放下搁在炉档上的脚，把自己坐的椅子推后一些，让费根把他的椅子挪近炉火，别的没说什么，因为这天夜里冷得实在够呛，一点儿不假。

“真冷啊，亲爱的南茜，”老犹太一边说，一边就着炉火烘他瘦骨嶙峋的一双手。“简直刺到人的骨髓里，”老头揉揉自己的腰又添上一句。

“要刺透你的心，非用锥子不可，”赛克斯先生说。“南茜，给他喝点儿什么。快一点，天打雷劈的！瞧着他这堆老骨头哆嗦成这个样子，像刚从坟墓里爬起来的丑鬼似的，就叫人恶心。”

南茜很快从食橱里取出一只瓶子；橱中有好多瓶子，从它们形形色色的外表看来，大概盛着各种不同的饮料。赛克斯倒了一杯白兰地，叫老犹太喝下去。

“够了，够了，谢谢你，比尔，”老犹太刚一沾唇，就把杯子放下。

“怎么？你怕我们暗算你不成？”赛克斯问，眼睛直盯着老犹太。“哼！”

赛克斯先生从沙哑的喉咙里轻蔑地咕噜一声，拿起杯子，把剩下的酒泼在炉灰里，预示着准备往杯子里给自己斟酒。他果然当即这样做了。

老犹太趁他的同伙喝第二杯酒的时候，向屋子里环顾了一下——倒不是出于好奇，因为这间屋子他以前已看到过多次，而是出于好动和多疑的习惯。这是一个陈设简陋的房间，只有食橱里的东西表明住在这里的人不是做工为生的；除了倚在角落里的两三根沉重的大头短棒和挂在壁炉架上方的一根护身棍外，别无其他可疑之物。

“来吧，”赛克斯咂咂嘴唇说，“我听着。”

“谈买卖？”老犹太问。

“谈买卖，”赛克斯应道，“有什么话你就说吧。”

“商量一下在丘特西的那个囤子[1]，好不好，比尔？”老犹太把椅子向他那边移动了一下，用很低的声音说。

“可以。那囤子怎么样？”赛克斯问。

“啊！我的意思你知道，亲爱的，”老犹太说。“南茜，他明明知道我的意思，你说是吗？”

“不，我不知道，”赛克斯先生冷笑道。“或者不愿意知道，反正是一码事。你就直截了当地说出来吧，别坐在那里一个劲儿地眨巴眼睛，尽叫我猜哑谜。其实，头一个出点子偷盗那户人家的不就是你吗？你到底有什么打算？”

“嘘，比尔，小点儿声！”老犹太想阻止他发作已来不及。“当心给人听见，亲爱的，当心给人听见。”

“让人家听去吧，”赛克斯说，“我不在乎。”然而，赛克斯先生毕竟不能不在乎；他考虑过后，便把嗓门压低，不再那么冲动了。

“好了，好了，”老犹太哄他安静下来。“我不过是小心谨慎罢了。那末，亲爱的，我们就来谈谈丘特西的那个囤子。你看什么时候去干，比尔，嗯？什么时候去干？那些餐具呱呱叫哇，亲爱的，呱呱叫哇！”老犹太一边说，一边眉飞色舞地搓着手，仿佛东西已经到手。

“不干了，”赛克斯冷冷地回答。

“压根儿不干了？！”老犹太跟着重复一遍，身体后仰，靠到椅背上。

“是的，不干了，”赛克斯重申。“至少这档子事不可能照我们打算的那样里应外合来干。”

“那一定是下的功夫不到家，”老犹太说着气得脸色发青。“你什么也不必告诉我。”

---

① 被盗贼选为作案对象的人家（隐）。

“可我偏要告诉你，”赛克斯执拗地说。“你是什么东西，难道就不能告诉你？我告诉你，托比·克瑞基特在那一带已经转悠了两个星期，直到现在还没能搭上一个佣人。”

“你是不是想告诉我，比尔，那户人家的两个男佣人一个也拉不过来？”见对方又发起火来，老犹太改用缓和的口气问。

“是的，我正是要告诉你这一点，”赛克斯回答。“他们侍候那一家的老主母有二十年了，你即使给他们五百镑，他们也不会上钩。”

“不过，亲爱的，你是不是想说，”老犹太仍不以为然，“连女佣人也拉不过来？”

“一点办法也没有，”赛克斯答道。

“连花哨郎托比·克瑞基特也没有办法？”老犹太表示不信。“比尔，别忘了女人的心是什么做的。”

“不行，连花哨郎托比·克瑞基特也没有办法，”赛克斯回答。“他说他贴上了假鬓脚，穿着奶黄色的背心，在这一段该死的时间里一直在那儿转悠；可是一点用处也没有。”

“他应当试一试贴小胡子，穿一条军装裤，亲爱的，”老犹太说。

“他试了，”赛克斯辩解说，“可是同样白搭，并不比别的花招管用些。”

老犹太听到这里，不禁茫然失措。他把下巴颏儿埋在胸前沉思了半晌，然后抬起头来，长叹一声说，如果花哨郎托比·克瑞基特的报告属实，恐怕这趟买卖只好吹了。

“不过，”老头把自己的一双手放到膝头上说，“亲爱的，我们费了那么多心血之后不得不撂手，实在叫人心疼。”

“确实是这么一回事，”赛克斯先生说。“只能怪运气不好！”

接下来是一阵长久的沉默，老犹太陷入了深思，他的脸扭曲成一副十足恶魔般奸诈的怪样子。赛克斯不时偷偷地向他瞅上一眼。南茜显然怕触怒那个破门盗窃犯，所以坐在那里把眼睛对着炉火，仿佛完全没有听见他们两人之间的谈话。

“费根，”赛克斯骤然打破了沉闷的气氛，“要是不通过内线，从外面把这件事干得安全妥帖，另加五十个小太阳①值得不值得？”

“值得，”老犹太说着也一下子上了劲。

“那就一言为定？”赛克斯问。

“行，亲爱的，一言为定，”老犹太应道，赛克斯这一问，使他兴奋得眼睛闪闪发亮，脸上的每一条肌肉都活动起来。

“那末，”赛克斯说，同时有些不屑地把老犹太伸出的一只手搿开，“要什么时候干，就什么时候干。前天夜里，托比和我翻过花园的围墙去试探了一下门和窗板。那囤子到天黑就门户紧闭，像座监牢似的；不过那里有一个地方，我们有办法悄没声儿地把它撬开。”

“那是什么地方，比尔？”老犹太急切地问。

“我告诉你，”赛克斯低声说，“要是穿过草地……”

“嗯，嗯，”老犹太伸长了脖子，眼珠子几乎要从眼眶里跳出来。

“啐！”赛克斯一下子收住话头，因为这时南茜突然微微转过头来，示意他注意老犹太的面孔。“你不用管那是什么地方。反正没有我你干不了，这一点我知道。不过跟你这种人打交道总是小心为妙。”

“随你的便，亲爱的，随你的便，”老犹太说。“你跟托比不需要帮忙吗？”

“不用，”赛克斯说。“只要一把曲柄钻和一个小孩。钻子我们都有，小孩得由你给我们找来。”

“小孩？”老犹太惊问。“喔！这么说，是嵌板喽，嗯？”

“你不用管！”赛克斯答道。“我需要一个小孩，可不要胖的。唉！”赛克斯先生感慨地说。“要是我能把扫烟囱奈德的儿子弄到手就好了！奈德故意不让那孩子长胖，好放他出去干这一行。现在父亲吃官

---

① 钱币。尤指面值一英镑的金币。

司去了，少年罪犯教化会便把孩子带走，叫他丢掉本来可以挣钱的行当，教他读书写字，将来让他当一名学徒。他们到处插手管闲事，”赛克斯说着，想到自己吃的亏，火儿就上来了，“要是他们有足够的经费（谢天谢地，幸亏不是这样），再过一两年，干我们这一行的小孩剩下的恐怕不到半打。”

“恐怕是的，”老犹太胡乱应道。在赛克斯说刚才那段话的过程中，他在沉思默想，只听见末了那一句。“比尔！”

“怎么？”赛克斯问。

老犹太朝依旧目不转睛地望着炉火的南茜那边摆一摆头，示意赛克斯叫她离开这间屋子。赛克斯不耐烦地耸耸肩膀，似乎认为这是不必要的谨慎，但还是照办了：他叫南茜小姐去拿一壶啤酒来。

“你根本不需要啤酒，”南茜交叉着双臂，若无其事地坐在原位上说。

“告诉你，我要！”赛克斯喝道。

“胡说！”那姑娘沉着地顶了一句。“费根，说下去；比尔，我知道他打算说些什么，我又不碍他的眼。”

老犹太还在犹豫不决。赛克斯看看这个，又望望那个，有些莫名其妙。

“费根，难道你觉得这姑娘碍眼吗？”他终于问道。“你认识她这么久了，还信不过她？真是活见鬼！她又不是口没遮拦的人。你说是不是，南茜？”

“我想也不是！”这位小姐答道，同时索性把她坐的椅子移到桌旁，把胳膊肘搁在桌上。

“不，不，亲爱的，我知道你不是，”老犹太说，“只是——”老头儿欲语又止。

“只是什么？”赛克斯问。

“我不知道她会不会又发起病来，亲爱的，就像那天晚上一样，这你也知道，”老犹太回答说。

经他这样一说，南茜小姐爆发出一阵响亮的笑声；她一口气喝下一杯白兰地，摆出挑战的架势脑袋一甩，连声高叫：“来，我们继续斗牌！”“别泄气！”等等。这些十足的醉话看来立刻使两位先生放心不少，只见老犹太满意地点点头重新坐好，赛克斯先生也这样做了。

“喂，费根，”南茜笑着说，“你要谈奥立弗就干脆向比尔谈吧！”

“哈哈！你真聪明，亲爱的；你是我见到的最机灵的姑娘！”老犹太在她颈项上轻轻地拍了两下说。“我确实要谈奥立弗，完全给你猜到了。哈哈哈！”

“谈他做什么？”赛克斯问。

“他正是你所需要的小孩，亲爱的，”老犹太用沙哑的低语声回答，同时将一个指头按在鼻子的一侧，做出非常丑恶的鬼脸。

“他？！”赛克斯感到意外。

“把他要来，比尔！”南茜说。“我要是处在你的地位，就一定要。他的本领也许不如别的孩子，不过反正你所需要的不是本领，你只要他为你开一扇门。你放心，他一定干得了，比尔。”

“我相信他能行，”费根也说。“最近几个星期他受到了很好的训练，该让他开始自己养活自己了。再说，别的孩子个儿都太大。”

“不错，他的个儿正符合我的要求，”赛克斯先生若有所思地说。

“亲爱的比尔，你要他干什么都行，”老犹太插嘴说，“他不得不干；只要你好好吓唬他一下。”

“吓唬他？”赛克斯应道。“我向你言明在先，这可不是做做样子的吓唬。万一在我们干这活的时候，他闹些什么花样出来，莫怪我们横下心来一不做、二不休。你甭打算再见到他活着回来，费根。你先考虑考虑再把他送来。记住我的话！”说着，那强徒把他从床架子下面抽出来的一根撬棍扬了扬。

“这些我都想过，”老犹太劲头十足地说。“亲爱的，我对他做了非常仔细的观察。一旦让他感觉到他跟我们是一伙的，一旦往他的头脑里装进这样一个想法：他已经做了贼——他就是我们的了！一辈子都是我们的了。哦呵！这个机会真是再好也没有！”老头儿抄着手，脑袋和两肩缩做一堆，高兴得真的把自己紧紧抱住了①。

“我们的？”赛克斯说。“你的意思是想说：他就是你的了。”

“也许是这样，亲爱的，”老犹太格格地尖声笑道。“你认为这样也可以，比尔；他就是我的了。”

“你明明知道，”赛克斯向这位讨人喜欢的朋友恶狠狠沉着脸说，“每天夜晚大概有五十个男孩在大众公园附近打发时间，你尽可以从里边挑拣；为什么偏要在一个面色像粉笔的小要饭的身上花那么大的力气？”

“因为那些孩子对我都没有用，亲爱的，”老犹太多少有些窘迫地答道，“所以不值得培养。一旦发生麻烦，他们的相貌就可证明他们犯了罪，那时我岂不是前功尽弃？而这个孩子只要调理得法，亲爱的，我能叫他做二十个别的孩子所做不到的事情。何况，”老犹太逐渐恢复常态说，“如果他再从我们手中逃跑，我们就会栽在他的手中；所以一定得叫他上我们这条船。用什么办法叫他上船，这可以不管；我所需要的只是让他卷进一次盗窃——这样一来，我就能把他握在我的手掌之中。这比被迫干掉这个可怜的小孩不知要强多少倍；那样做有危险，再说对我们也是一项损失。”

“这事什么时候动手？”南茜问，从而阻止了赛克斯先生的怒骂——他正想以此表示他讨厌费根的假慈悲。

“是啊，我也想问，”老犹太说。“比尔，你打算什么时候动手？”

“我跟托比约好在后天夜里动手，”赛克斯没好气地说，“如果有变动，我会通知他的。”

“很好，”老犹太说，“后天没有月亮。”

---

① 英语 to hug oneself（沾沾自喜）按字面讲就是“把自己紧紧抱住”。

“对，”赛克斯也说。

“运行李包[①]的事都安排好了没有？”老犹太问。

赛克斯点点头。

“还有关于……”

“全都计划好了，”赛克斯打断他的话。“细节就不用管啦。明天晚上你把孩子带到这儿来就行了；我在天开始亮以后一个小时出发。那时你只要闭上你的嘴，准备好坩埚；旁的事情不用你做。”

三人经过一番热烈的讨论，决定第二天天黑以后由南茜到老犹太那里去把奥立弗带来。费根狡猾地插言道，万一奥立弗作出任何反抗的表示，他——费根——比别人更愿意给前不久卫护过奥立弗的南茜保驾。当下还郑重其事地商定，考虑到这次行动的需要，可怜的奥立弗将无条件地交给比尔·赛克斯先生照料看管；而且，赛克斯可随意处置奥立弗，不论那孩子遭到任何意外或必要的惩罚，老犹太均无权追究。为了使这项协定具有约束力，双方还达成谅解：赛克斯先生这次出马回来以后陈述的情况，在重要细节上均须由花哨郎托比·克瑞基特加以确认和证实。

这些问题预先谈妥以后，赛克斯先生便开始漫无节制地痛饮白兰地，令人胆战心惊地舞动撬棍，同时扯开没有半点音乐味道的破嗓子大唱其歌，还夹着粗野的詈骂。最后，在一阵职业本能的狂热冲动下，他坚持要去把他的撬窃工具箱拿来。他跌跌撞撞地搬着箱子回到房间里，刚刚把它打开，准备讲解箱内各种工具的功用、特性以及它们在构造方面的奥妙，突然抱着箱子趴在地板上睡着了。

“祝你晚安，南茜，”老犹太一面告辞，一面仍同来的时候一样把自己紧紧地裹起来。

“晚安。”

---

① 指赃物。——作者原注

他们四目相遇。老犹太盯着她细细观察，那姑娘毫无畏缩的表情。她对这件事的态度是真诚而热心的，恐怕托比·克瑞基特的态度也莫过于此。

老犹太再次向她道了晚安，乘她转身之机向仆倒在地上的赛克斯先生轻轻踢了一脚，然后摸索着下楼梯。

“这已经成了老套子！”老犹太在回家的路上自言自语嘀咕着。“这些女人最大的毛病在于一点点小事可以唤醒一种早已忘怀的感情；而她们最大的优点则在于这种感情照例不会持久。哈哈！一条汉子对付一个小孩，目的是为了一袋金币！”

费根先生这样愉快地思量着消磨时间，一路踩着污泥浊水回到阴森的寓所。逮不着还没有睡，正不耐烦地等着他回来。

“奥立弗睡了没有？我有话要跟他讲，”这是他们下扶梯时费根的第一句话。

“早就睡了，”逮不着回答，并把一扇门推开。“瞧，他在这里！”

奥立弗躺在硬邦邦的地铺上睡得很熟，由于焦虑和忧伤，再加幽禁在这样令人窒息的环境里，他的面色死一般惨白；这不是裹着尸衣、躺在棺材里的死者的模样，而是生命刚刚离开躯壳时的形象：幼小柔弱的灵魂飞往天国才一眨眼的工夫，尘世的俗气还没有来得及侵腐心灵所寓的形骸。

“今天不谈了，”老犹太说着轻轻地转身走开。“明天再说。明天再说。”

第二十章

奥立弗被交给比尔·赛克斯先生

奥立弗早晨醒来，发现一双底又厚又结实的新皮鞋摆在他的铺位旁边，一双旧鞋已被拿走，不禁大为诧异。起初他挺高兴，心想这也许预示着即将把他放走。但当他坐下来同老犹太两个人一起吃早饭的时候，这个希望顿告破灭；因为老犹太用一种使他平添不少疑虑的语调和神态告诉他，当天晚上要把他送到比尔·赛克斯的寓所去。

“要我去——去——一直住在那边吗，先生？”奥立弗忐忑不安地问。

“不，不，我的乖乖；不是一直住在那边，”老犹太说。“我们舍不得你。别害怕，奥立弗，你还要回到我们这里来。哈哈哈！我们不会那么忍心把你打发走的，我的乖乖。不，不，不！”

老头儿弯着腰在炉旁烤一片面包。他一边这样跟奥立弗打趣，一边回过头来抿嘴一笑，似乎表示他知道奥立弗十分愿意滑脚，可惜脱不了身。

“我猜想，”老犹太说，同时目不转睛地注视着奥立弗，“你大概想知道为什么要送你到比尔那里去，是不是，我的乖乖？”

奥立弗发现那老贼已经看透了他的心思，不由得涨红了脸；但他勇敢地说：是的，他想知道。

“你猜猜看，为什么？”老犹太反问他。

“我真的不知道，先生，”奥立弗答道。

“哼！”说着，老犹太把那孩子的脸仔细看了一下，带着不悦的表情扭过头去。“那就等比尔告诉你吧。”

老犹太似乎因奥立弗对此没有显示出更多的好奇心而很不高兴，然而事实上奥立弗虽然忧心忡忡，却被费根咄咄逼人的狡黠目光以及自己的种种思虑搅得六神无主，所以刚才顾不上进一步问长问短。此后他又没有别的机会，因为老犹太一直紧绷着脸不开口，直到晚上准备外出时为止。

“你可以点一支蜡烛，”老犹太把一支蜡烛放在桌上说。“这本书给你看，会有人来领你去的。祝你晚安！”

“晚安！”奥立弗轻轻地回答。

老犹太向门口走去，一边侧着头向背后的奥立弗看了一眼。他蓦地停下来叫那孩子的名字。

奥立弗抬起头，老犹太指指蜡烛示意他点上。奥立弗照办了；他把烛台放到桌上，发现老犹太皱眉蹙额地从屋子幽暗的一端盯着他瞧。

“留神哪，奥立弗，留神哪！”老头儿向他摇着右手作警告状。“他是个粗汉，逢到他自己的血往上涌、火往上冒的时候，压根儿不把别人的血当作一回事。不管发生什么情况，你都不要则声；他要你做什么就做什么。记住了！”他在末了一句话上特别加重语气，同时让绷紧的脸渐渐舒展开来，形成一副令人作呕的怪样子；然后点点头离开屋子。

老犹太出去以后，奥立弗一手支着脑袋，提心吊胆地细细咀嚼刚才听到的话。老犹太的告诫真正的用意和涵义何在，他愈想愈难以猜透。他想象不出为了什么不可告人的目的要把他送到赛克斯那里去，而这个目的又是留在费根这里所不能达到的。想了半天，最后他认为自己一定被选去给那个破门贼打打杂，直到有更合适的小厮可供使唤为止。他反正是逆来顺受惯了的，何况在这里也忍受得够了，对于换一个环境不会十分伤心。他迷惘地呆想了几分钟，然后长叹一声，剪去烛芯，拿起老犹太给他留下的那本书来看。

他翻了几页，最初并不怎么在意；但翻到其中一段，却被吸引住了，马上就全神贯注地读起来。这本书记述了若干赫赫有名的罪犯的生平以及有关他们所作案件的审讯经过，书页已给翻得很脏。他从这本书里读到足以使人血液变得冰凉的恐怖罪行，读到发生在冷僻路旁的无头命案。其中被害者的尸体或者埋入深坑，或者扔在井里，免得被人发现。但是坑和井再深也不能永远藏匿真相，许多年之后还是东窗事发；那时凶手见状吓得魂飞魄散，只得供认自己的罪行，宁可上绞架也不愿活受罪。奥立弗从书中还读到，有些人深夜躺在床上着了魔（据他们自己说），在他们自己的邪念驱使下作出骇人听闻的流血惨案，令人想起来便毛骨悚然、手脚发抖。恐怖场面被描写得活龙活现，以致泛黄的书页简直像凝结着血块似地变成红色，书上的话仿佛是由死者的鬼魂在他耳边喃喃地低声说出来的。

惊骇万状的奥立弗合上了书，把它扔开。接着，他双膝跪下，祈求苍天别让他去作这份孽；他宁肯立刻死去，也不愿活着去干如此令人发指的罪行。他渐渐地平静下来，用低沉的声音断断续续地恳求上帝救他脱离眼前的险境；一个无家可归的可怜孩子，从来没有领略过亲人的爱抚，如果能企望得到援助的话，最好援助即刻来到，因为他正孤苦无依地处在奸邪与罪恶的包围之中。

他做完了祷告，但继续把脸埋在手中，这时一阵窸窸窣窣的响声使他警觉起来。

“什么东西？”他惊恐地叫了起来，同时瞥见有一个人站在门口。“是谁？”

“是我，”一个发颤的声音回答。

奥立弗把蜡烛高举过头向门口望去。原来是南茜。

“把蜡烛放下，”那姑娘说着扭过头去。“烛光怪刺眼的。”

奥立弗看到她面色苍白，便关心地问她是不是病了。姑娘背朝着他倒在一把椅子里，扭绞着双手，但是没有答话。

“上帝饶恕我吧！”过了一会她才迸出声音来。“我怎么也想不到这一步。”

“出什么事了？”奥立弗问。“我能不能帮你的忙？我希望我能帮你的忙。我希望我能，真的。”

她晃晃悠悠地摆动身躯，抓住自己的脖子，发出咯咯的响声，拚命大口大口地喘气。

“南茜！”奥立弗惊问。“你怎么啦？”

姑娘双手拍打大腿，两脚跺着地板；随后突然停下来，用披巾裹紧身子，打了一个寒战。

奥立弗把炉火拨得旺一点。南茜把椅子移到炉子紧跟前，坐了一会儿，并不说话。最后，她抬头向周围看看。

“我不知道自己有时候是怎么搞的，”她说，一边装作在抻抻身上的衣服，“大概是这屋子潮湿、肮脏的缘故。诺利，亲爱的，你准备好了吗？”

“我是不是得跟你走？”奥立弗问。

“是的，我从比尔那里来，”姑娘答道。“你得跟我走。”

“去干什么？”奥立弗退缩着问。

“去干什么？”姑娘跟着重复一遍，同时抬头举目，但她刚看到奥立弗的脸，倏即把视线移开。“哦，不是去干坏事。”

“我不信，”奥立弗说，他始终密切注视着南茜。

“随你的便，”姑娘佯笑道。“就算不是去干好事。”

奥立弗看得出，他能在一定程度上唤醒姑娘的天良，有一瞬间曾考虑恳求姑娘可怜可怜他孤苦无援的处境。但继而一想，现在刚敲十一点，街上还有不少行人，其中肯定有人会相信他诉说的故事。主意既定，他便跨前一步，多少有些匆忙地表示他已准备好了。

他在片刻间所作的思考及其意图都没有逃过对方的眼睛。在他说话的时候，南茜一直留神观察，现在向他看了一眼，充分表明她对奥立弗的心思洞若观火。

“嘘！”姑娘俯身凑到他面前，向门那边指了指，警惕地环顾四周。“你没有办法可想。我为你费了好大劲儿，可是一点效果也没有。你的手脚都被束缚住了；即使你能从这里脱身，现在也不是时候。”

她的热切的态度使奥立弗受到很大的震动，他愕然仰望着南茜的脸。她不像在撒谎，她的面容苍白，神色紧张，身体哆嗦不已，看得出态度极其认真。

“我已经救过你一次，免了你一顿打；我还要救你，现在就是在这样做，”姑娘继续说，声音提高了些。“要不是我来，换了别人来领你，那要比我凶得多。我向他们作了保，说你一定依头顺脑、不声不响。你要是不听我的话，只会对你自己不利，连我也倒霉；也许还会送了我的命。你瞧！我已经吃了这么多苦头，都是为你吃的，上帝可以作证。”

她急忙把脖子上和臂膀上青一块紫一块的伤痕指给他看，并以极快的速度继续说：

“记住这一点！现在可不要叫我再为你吃苦头。我要是能够帮助你，我会这样做的；可是我没有力量。眼前他们并不打算收拾你；他们逼你做的事情不是你的过错。别开口！你只要漏出一个字来，我就大祸临头。把你的手给我。快！伸出手来！”

奥立弗本能地把自己的一只手放到她的手里，南茜一把捏住后，吹灭了蜡烛，拉着他上扶梯。躲在黑暗中的不知什么人很快地把门打开，等他们走了出去，又很快把门关上。一辆出租马车等在门外。姑娘像刚才跟奥立弗说话时一样急切地拖他上了马车，把帘子拉上。赶车的无须吩咐，一秒钟也不耽搁地在马身上抽了一鞭，赶着它全速奔驰。

姑娘还牢牢地握着奥立弗的手，继续往他耳朵里灌输刚才已经提出过的告诫和保证。事情来得这样快而又匆忙，奥立弗简直还没来得及想一想自己在什么地方，或者是怎样到这里的，马车已经在老犹太头天晚上光临过的那所房子门前停下。

在短短的一瞬间，奥立弗朝空巷内匆匆投了一瞥，呼救的喊声几乎就要脱口而出。但是姑娘要求别把她忘了的苦口叮咛言犹在耳，使奥立弗终于不忍喊出声来。就在他迟疑的当儿，机会错过了，因为他已被带到房屋里边，门已经关上。

“这里走，”姑娘说着，第一次松开一直抓住奥立弗的那只手。“比尔！”

“哈啰！”赛克斯应声出现在楼梯顶上，他擎着一支蜡烛。“哦！来了就好。上来吧！”

这话出自赛克斯先生这样性格的人之口，可说是十分热烈的赞许，异常真诚的欢迎。南茜似乎对此深感满意，所以兴冲冲地跟他招呼。

“牛眼灯跟汤姆回家去了，”赛克斯说着用蜡烛照他们上楼。“它在这里会添麻烦。”

“这倒是真的，”南茜表示同意。

“你把小家伙带来了，”赛克斯一边说，一边关上房门；这时他们都已到了房间里。

“是的；我把他带来了，”南茜回答道。

“路上他老实不老实？”赛克斯问。

“像一头绵羊，”南茜说。

“我听着很高兴，”说时，赛克斯阴沉地瞧着奥立弗，“这也是他这把嫩骨头的造化，否则可有他受的。过来，小老弟，让我来给你上课；这一课还是一下子上了的好。”

赛克斯先生对他的新徒弟发表了这一通开场白之后，把奥立弗的帽子摘下来往角落里一扔；接着按住他的肩头，自己在桌旁坐下，让奥立弗站在他面前。

“第一桩：你可知道这是什么东西？”赛克斯先生拿起放在桌上的一支手枪问道。

奥立弗作了肯定的回答。

“好，那末你瞧，”赛克斯继续说。“这是火药，这是一颗子弹，这是做填药塞的一小块旧帽毡。”

奥立弗轻声表示他明白这一件件东西的用途；于是赛克斯先生着手十分精细而且不慌不忙地给手枪装上弹药。

“现在弹药装好了，”赛克斯做完这件事以后说。

“是的，我看到了，先生，”奥立弗应道。

“听着，”那强徒紧紧扼住奥立弗的手腕子，用枪口抵着他的太阳穴；这时奥立弗禁不住吓得跳起来，“你跟我一起出去的时候，除了我

跟你说话以外，你要是胆敢开口说一句话，子弹立刻飞进你的脑袋，别怪我不打招呼。所以，你如果真的打算不得我的同意开口说话，我劝你先做祷告。”

为了加强这番警告的效果，赛克斯先生还向告诫的对象狠狠地瞪了一眼，并继续说：

“据我所知，你要是被干掉了，没有一个人会认真打听你的下落；所以，要不是为你着想，我用不着费这份鸟劲对你讲道理。我的话你听见了没有？”

“你的意思总括起来就是，”南茜插进来用很重的语气说，同时微露愠色向奥立弗看了一眼，仿佛示意他必须认真领会她的话，“他要是把你准备下手的这趟买卖给砸了，你就开枪打穿他的脑袋，叫他往后永远不能胡言乱语；你宁可为这事冒荡秋千的风险，反正干这一行你每年每月为旁的许多事情也在冒同样的风险。”

“正是这样！”赛克斯表示赞同。“娘们总是有这样的本领：三言两语就能把话说到点子上。除了她们发神经的时候——那时可就唠叨个没完。好了，现在一切都已经向他交代清楚，我们吃晚饭吧，在动身之前再睡一会。”

遵照他的吩咐，南茜迅速铺好桌布；她出去没几分钟，旋又带着一缸子黑啤酒和一盘羊头肉回来。赛克斯先生由此得到机会说了几句愉快的俏皮话，无非因为“杰米”这个词儿凑巧一语双关：它既可表示羊头肉这道菜，又可指干他那一行经常用到的一件挺灵巧的工具——撬棍。这位正人君子也许想到马上就可大显身手，因而大为亢奋，心境极好。谓予不信，这里不妨指出：他兴致勃勃地一口气把一缸子啤酒喝得干干净净；在一餐晚饭的整个过程中，按粗略的估计，他发出的诅咒竟没有超过八十次。

晚餐已毕（奥立弗没有多大食欲是不难理解的），赛克斯先生又灌下两杯掺水的烈酒，然后倒在床上，吩咐南茜五点整把他叫醒；为了防止南茜到时候不这样做，先飨以一顿臭骂。奥立弗按照同一权威的命令，铺一张垫子就在地板上和衣躺下。姑娘往壁炉里添上一些煤，自己坐在炉前，准备到指定时间叫醒他们。

奥立弗躺着，好久不敢入睡，心想南茜可能利用这个机会向他耳语，提出进一步的忠告。但是那姑娘在炉前郁郁沉思，除了隔一阵剪去一截烛芯外，始终一动不动地坐着。奥立弗一面守候，一面暗自心焦，结果困倦不堪，终于睡着了。

他醒来时桌上已摆好茶具，赛克斯正在把各种东西塞进椅背上一件大衣的口袋，南茜则忙着张罗早饭。天尚未大亮，蜡烛仍然点着，外面暗得很，加之骤雨敲窗，天空一片漆黑，看来乌云密布。

"嗨！"赛克斯吼了一声，这时奥立弗已跳起身来。"五点半了！快一点儿，要不然早点你就吃不成了，时间已经很晚。"

奥立弗要不了太多时间已梳洗完毕。他胡乱吃了些早点，当赛克斯没好气地问他时，便回答说全都准备好了。

南茜尽量不看奥立弗，只扔了一块手帕给他系在脖子上。赛克斯给他一件粗硬的斗篷，叫他披在肩上扣上扣子。这样打扮好以后，奥立弗把一只手伸给赛克斯。那强徒逗留片刻，为的是做一个威胁性的手势让奥立弗看到，他把手枪放在大衣插袋里；然后紧紧抓住奥立弗的手，跟南茜互相道了再见，把他带走。

他们走到门口，奥立弗曾回顾一刹那的工夫，指望与姑娘的视线相遇。但是南茜又回到壁炉前她的老位子上，一动不动地坐着。

第二十一章
出　　马

他们来到街上。这是一个令人沮丧的清晨：风急雨骤，黑云压城。

夜里下了不少雨，路上出现一个个很大的积水潭，阴沟都告泛滥。即将来临的白天在空中隐约透出的微明，非但不能缓和、反而加剧阴郁的气氛；昏暗的曙色适足以把路灯提供的亮光也衬得朦朦胧胧，而没有给潮湿的屋顶和凄凉的街道抹上任何较为温暖或明朗的色彩。在伦敦的这一地区似乎还没有人起床，因为房屋的窗户都紧闭着，他们经过的街巷无不是静悄悄、空荡荡的。

他们折上倍思奈尔草地大道的时候，这才真的开始破晓。许多路灯已经熄灭，几辆乡下来的大车朝着伦敦方向缓缓而行。偶尔有一辆溅满泥浆的班车辚辚驶过，驭者见哪个赶大车的动作迟缓，还走在逆向的一边，怕班车会因此比规定时间晚十几秒钟到站，就给他一鞭子以示教训。酒店已经开门，堂内点着煤气灯。其他店铺也陆续开始营业，路上也有零星的行人可以遇到。后来出现了三五成群去上班的工人；接着是头上顶着鱼篓的男人和女人、拉蔬菜的驴车、满载活的或宰好的整只猪牛羊的马车、手拿提桶送牛奶的女人以及把各种食品运往东郊的川流不息的人们。赛克斯带着奥立弗愈是临近老城[①]，人声就愈趋嘈杂，交通也愈趋繁忙；当他们穿过肖尔狄奇和斯米思菲尔德之间的一些街道时，车马和人声终于汇成一片喧嚷。天已经亮足，不会更亮了，直到黄昏重临之前大概就是这个样子。对于伦敦城的半数居民来说，忙碌的上午开始了。

经由太阳街和皇冠街，穿过芬斯伯里广场，赛克斯先生从契斯威尔街进入巴比坎，再折入长巷，然后来到斯米思菲尔德。从这里发出的一片纷乱的喧嚣使雾都孤儿心中充满惊讶和惶惑。

这天上午正值集市。地上的污泥浊水深可齐踝，不断从牛身上腾起的白茫茫的汗蒸气，同仿佛停在烟囱顶上休息的迷雾混合成低垂的浓云。广场中央所有的牲畜栏以及占去全部空地的临时围栏里，都挤满了

---

① 伦敦最古老的一部分，后为商业及金融中心。

羊群；沿水沟一边的界桩上拴着长长的三四排菜牛和牯牛。乡下人、屠户、牲口贩子、叫卖小贩、顽童、扒手、看热闹的和各色游民杂凑成密密麻麻的人群。牲口贩子的唿哨声、狗的吠声、牛的吼声和撒野声、羊的咩咩声、猪的咕噜声和尖叫声；小贩的叫卖声；四面八方的嚷嚷声、诅咒声和吵闹声；从每一家酒店里传来的铃声和嘈杂的话声；挤挤压压、推推搡搡、驱赶、打架、呐喊、号叫；来自市场每个角落的震耳欲聋的噪音；老是跑来跑去、奔出奔进于人群之间的那些不洗脸、不刮胡子、寒碜而邋遢的人们——所有这一切组成了一幅令人头晕目眩、手足无措的纷扰景象。

赛克斯拉着奥立弗用胳膊肘在人群密集处开路，对于使奥立弗惊讶万状的种种场面和声音毫不在意。有两三次他曾点头招呼遇见的熟人，每次都谢绝了喝一杯早酒的邀请。他这样不断地前进，直到他们脱离这个喧嚷的旋涡，然后沿着袜商巷向霍尔本走去。

“喂，小老弟，”赛克斯望着圣安德鲁教堂的大钟说，“快七点啦！你得加快脚步。别磨磨蹭蹭的老是迈不开腿，懒小鬼！”

赛克斯先生说话的同时使劲扯了一下他的小伙伴的手腕子。奥立弗加快脚步，达到介于快走与跑步之间的速度，竭力跟上那个破门贼迅速的步伐。

他们始终保持这样的速度，直至过了海德公园角，走上通肯辛顿的一条路，赛克斯才放慢步子，等走在后面不远的一辆空大车赶上来。看到车上有“杭斯洛”的字样，他装出尽可能客气的态度，问车把式能不能捎个脚儿把他们带到艾尔沃思。

“上来吧，”车把式说。“那是你的孩子吗？”

“是的，是我的孩子，”赛克斯回答说，眼睛盯着奥立弗，一只手像是不经意地伸进放着手枪的那只口袋。

“你爸爸走得太快了，你跟不上，是不是？”车把式见奥立弗喘得上气不接下气，便问道。

“一点儿也不，”赛克斯插进来代他回答。“他走惯了的。来，奈德，抓住我的手。上去！”

赛克斯向奥立弗这样说着，扶他上了大车。车把式指指车上的一堆麻袋，叫他躺在上面休息。

他们经过了好几处不同的路标，奥立弗愈来愈纳闷：他的带路人究竟要带他上哪儿去。肯辛顿、汉默斯米思、契息克、植物园桥、布伦特福德都过去了，可是他们照样继续向前，就像刚出发一样。最后他们来到一家名叫“车马”的酒店门口，再过去不远就要折上另一条大路了。大车到此停下。

赛克斯十分仓促地下了车，同时始终抓住奥立弗的手。他把那孩子抱起来放到地上，恶狠狠地瞪了他一眼，用拳头意味深长地拍拍大衣的口袋。

“再见，小家伙，”车把式说。

“他在赌气，”赛克斯说着把他抖了抖，“他在赌气。这狗崽子！你别见怪。”

“我才不呢！”车把式一边回答，一边爬上他的大车。“这天气可太好了。”说罢，就赶着车走了。

赛克斯等大车去远，这才对奥立弗说，他可以看看左右前后，如果他愿意的话；接着又带领他重新登程。

过酒店不远，他们向左拐了个弯，又折向右边一条路，走了很长一段时间，经过好多建造在道路两旁的大花园和阔人的住宅，除了停下来喝一点啤酒外，始终没有歇过脚，直到一个镇上。在那里一幢房屋的墙上，奥立弗看到写着“汉普敦”几个大字。他们在附近的田野里闲荡了好几个小时。后来又回到镇上，折入一家招牌已无法辨认的客栈兼卖酒饭的老店，叫厨下做一点午饭就在炉灶旁吃。

这家客栈的厨房是一间房顶很低的旧屋子，一根粗梁横在天花板的正中，炉前的高背长凳上坐着一些身穿农活罩衫的粗犷汉子，在那里喝酒抽烟，对奥立弗连正眼也不给一个，对赛克斯也不甚注意。赛克斯也不理他们，他和他的少年伙伴在一个角落里坐下，并不因为有那些顾客在座而感到不便。

他们吃了些冷的肉食当午饭。饭后还坐了很大一会工夫，赛克斯先生抽了三四袋烟，奥立弗确信他们不用再走。这一天他这么早就起身，又赶了好多路，已经很累，起先只想打一个盹，后来在疲劳和烟草味的影响下睡着了。

当他被赛克斯推醒时，天已经黑了。他驱散睡意坐起来举目四顾，发现这位可敬的先生正同一个庄稼汉模样的人在喝一品脱[①]啤酒，两人谈得十分投机。

“这么说，你还要赶路去下哈里福德，是不是？”赛克斯问。

“是的，”那人好像已有些醉醺醺的样子，但也许带着几分酒意更来劲了，“我立刻就要动身。我的马回去拉的是空车，不像今天早晨出来时那样拉得很重，所以要不了多久就能到家。来，为它干一杯！哦呵！它可是匹好马哇！”

“你给捎个脚把我和我的孩子带到那里去，行不行？”赛克斯问，同时把啤酒推到他的新相识面前。

“要是你们马上出发，我可以把你们带走，”那人从啤酒杯后面望着他答道。“你们也要去哈里福德？”

“去歇泼顿，”赛克斯回答说。

“那跟我是同路的，”对方说。“蓓基，账都付了吗？”

“那位先生都付了，”女侍应道。

“我说这可不行，”那人透过醉意正色道。

“干吗不行？”赛克斯说。“你帮了我们一个大忙，难道不能让我请你喝一品脱表示谢意？”

---

① 品脱——英国容量单位，合公制 0.568 升。

那个陌生人带着深思的表情把这句话玩味了一会，然后抓住赛克斯的手，称赞他确实够朋友。赛克斯先生回答说对方是在开玩笑；除非他醉了，否则就有充分的理由认为他是在说笑。

双方又客套几句之后，便向其余的人道了晚安，走出店堂。女侍等他们离座后把桌子收拾干净，拿着酒壶、酒杯走到门口目送他们出发。

刚才主人在背后为它祝过酒的那匹马，已经套上了车停在店外。奥立弗和赛克斯不再多谦让就坐到车上。马的主人逗留了一两分钟，“给它鼓鼓气”，并向客栈的骡马夫和全世界宣称没有一匹马比得上它，然后自己也上了车。他叫骡马夫给马松开缰绳；骡马夫照办了，那匹马的举止却极不可爱。它非常傲慢地把脑袋一昂，一头伸进对街一所房屋的窗口。它作了这样精彩的表演，又前蹄腾空竖立片时，然后拉着大车起步飞跑，在辚辚声中雄赳赳地离镇而去。

晚来天色很暗。潮湿的雾霭从泰晤士河以及附近的沼地升起，弥漫在凄清的田野上。寒气砭人肌骨；一切都笼罩在阴森的幽暗中。谁也不说一句话：赶车人昏昏欲睡，赛克斯也无意同他交谈。奥立弗满怀忧惧和疑虑蜷缩在大车的一角，把几株摇曳着枝柯的枯树当作了妖魔鬼怪，觉得它们面对周围荒凉的景色好像在狂欢中手舞足蹈。

他们经过森伯里教堂时，钟正敲七点。从对面渡工小屋的窗子里射出的灯光投在大路上，反而把一棵黑魆魆的紫杉和树下的墓穴裹在更浓的阴影中。从不远处隐约传来水流往下冲泻的哗哗声，老树的枝叶在夜风中轻轻摆动。这像是安详的音乐在抚慰地下的亡魂。

过了森伯里，他们重又来到冷落的大路上。车又走了两三英里，然后停下。赛克斯下了车，拉着奥立弗的手继续步行。

到了歇泼顿，他们并没有像疲惫不堪的奥立弗所期望的那样走进任何一户人家，而是继续踩着泥浆摸黑穿过阴郁的街道和寒冷的荒地，一直走到可以望见不太远处一座市镇的灯火。奥立弗定睛向前一看，发现水就在下面哗哗地流，这才明白他们正在走近一座桥的桥堍。

赛克斯头也不回地一直来到桥前，接着突然向左一拐，朝岸边走去。

“那边是水呀！”奥立弗心想，他吓得头都晕了。“他把我带到这样荒僻的地方来，八成是打算杀死我！”

他正想仆倒在地上，为自己这条小生命作一番挣扎，但发现他们已站在一所孤孤单单、东歪西倒的破房子前面。倾圮的台阶两边各有一个窗子，上面还有一层楼，可是看不到一点光亮。里边一片漆黑，空空如也，从一切迹象看来都不会有人居住。

赛克斯依旧拉着奥立弗的手，悄悄地走上并不高的台阶，把门闩抬起来。门推开以后，他们一同走了进去。

第二十二章
夜　盗

“哈啰！”他们刚一跨进过道就听到一条破嗓子大声喊道。

“别那么大叫大嚷，”赛克斯一边说，一边把门销上。“托比，给照个亮。”

“啊哈，是我的伙伴，”还是刚才那个声音，“巴尼，给照个亮！让那位先生进来，巴尼；如果方便的话，请你先醒过来，好不好？”

说话的人大概把脱靴器之类的东西扔到他称之为巴尼的那个人身上，促使他醒来，因为可以听到一件木头东西砰然落地的巨响，接着是嘟嘟哝哝的声音，好像一个人似醒非醒时不知在嘀咕些什么。

“你听见没有？”那第一个声音喝道。“比尔·赛克斯在过道里，连个接待的人都没有；你在那里睡大觉，像是吃饭时吞了鸦片酊似的，比什么药都灵。你是不是还迷迷糊糊的？要不要请你尝尝铁烛台的滋味，好让你彻底清醒过来？”

经此一问，光地上立刻响起踢里趿拉的脚步声，一个穿塌跟鞋的人急忙从屋子的另一头走过来。先是一支光线微弱的蜡烛，随后是一个人的轮廓，从右边一扇门里出现。前文对那人已作过描述，他就是红花山一家酒店里那个说话鼻音发不清的侍者。

“赛克斯先生！”巴尼高兴地（不知是真是假）叫了起来。“请进，先生，请进。”

“喂！你先走，”赛克斯说着把奥立弗拉到自己前头。“快一点！小心我踹你的脚跟。”

赛克斯嫌奥立弗动作缓慢，骂了一声，推着他往前走。他们走进一间又矮又暗的屋子，那里有一座冒烟的壁炉、两三把破椅子、一张桌子和一张很旧的沙发；一个男子挺直身体躺在沙发上抽陶制长烟袋，两条腿翘得比头部还高。他穿一件款式摩登、钉着铜质大钮扣的鼻烟色上衣，系一条橘黄色的围巾，内衬色彩同围巾一样触目的厚背心，下身是土黄色的紧身裤。托比·克瑞基特先生的头发不多，胡须也稀稀落落，仅有的一些被染成微微泛红的一种颜色，卷成瓶塞拔那样长长的螺旋状；他的手脏得要命，偏偏戴着好几枚不值钱的大戒指，不时要伸到头上脸上去摸摸那一绺绺卷曲的须发。他的身材略高于中等个子，两条腿显然是个大弱点，但丝毫也不妨碍他自鸣得意地欣赏高高翘起的那双翻口马靴。

“比尔，我的宝贝！”那人向门口转过头来说。“看到你我很高兴。我已经有些担心你打退堂鼓了。如果这样的话，我自己冒风险去干。啊！”

托比·克瑞基特先生看到了奥立弗，发出一声大出意外的惊叹，同时从沙发上坐起来问他是谁。

“一个小孩。不过是一个小孩！”赛克斯答道，一边将一把椅子拉到壁炉跟前。

“是费根先生的一个学徒，”巴尼咧嘴笑道。

“费根的，嗯？”托比问，同时打量着奥立弗。“让这孩子在教堂里掏老太太的口袋简直妙极了。凭他这模样就是费根的一棵摇钱树。”

“够了，够了，少啰嗦，”赛克斯不耐烦地把托比的话打断，然后弯身向他这位又横倒在沙发上的朋友附耳说了几句话；克瑞基特先生听了哈哈大笑，并以惊讶的目光向奥立弗注视良久。

“现在，”赛克斯重新坐到自己位子上说，“趁我们在这儿坐等的时候，给我们弄点儿吃的喝的来，让我们，至少让我提提精神。喂，小老弟，坐到炉子旁边来歇一会。今天夜里你还得跟我们出去，好在路不太远。”

奥立弗向赛克斯默默地看了胆怯而困惑的一眼，然后把一张小凳子搬到炉旁，双手支住发胀的脑袋坐在那里，几乎不知道自己身在何处，也不知道周围在发生什么事情。

“来，”托比说；这时，那个年轻的犹太人把一些零星食物和一只瓶子放到桌上，“祝这趟买卖成功！”为了祝酒，他特地站起来，先小心地把他的空烟袋在角落里放好，然后走到桌子跟前，倒一杯酒一饮而尽。赛克斯先生也如法炮制。

“让那孩子也来一口，”托比说着倒了半杯酒。“把这喝下去，纯洁的小天使。”

“说实在的，”奥立弗可怜巴巴地抬头望着那人的脸说，“说实在的，我……”

“喝下去！”托比又说了一遍。“你以为我不知道怎样对你有好处吗？比尔，叫他喝下去。”

“我看还是喝下去的好！”赛克斯说着，一只手拍拍他的口袋。“天打雷劈的，这小子比整整一大帮逮不着更难带。喝下去，你这个不识抬举的小杂种！喝！”

奥立弗慑于两个汉子咄咄逼人的架势，急急忙忙把杯子里的酒一口咽了下去，但立即猛烈地咳呛起来，把托比·克瑞基特和巴尼逗得不亦乐乎，甚至面孔绷紧的赛克斯先生也绽出一丝笑意。

随后，赛克斯满足了自己的食欲(奥立弗什么也吃不下，一小片干面包还是他们强迫他吞下去的)，两个汉子把椅子拼起来躺在上面打一会儿盹。奥立弗仍坐在炉旁的小凳上；巴尼用毯子裹住身体，在紧靠炉档外侧的地上躺下。

他们睡了(或者像是睡了)一段时间，谁也不动弹，只有巴尼起来往炉内添了一两次煤。奥立弗陷入昏昏沉沉的瞌睡，以为自己还在阴森的小路上踯躅，或者在黑暗的墓地里徘徊。过去的一天他所看到的情景有几幅又在他的头脑里浮现，这时托比·克瑞基特突然跳起来说，已经一点半了。奥立弗就这样被他叫醒。

另外两个人转眼间也站了起来，大家都忙于作各种准备。赛克斯和托比·克瑞基特用黑色大披巾裹住脖子和下巴，各自穿好大衣。在这同时，巴尼打开食橱，取出几件东西，匆匆塞进他们的口袋。

“巴尼，把大嗓门给我，”托比·克瑞基特说。

“在这里，”巴尼应道，并把两支手枪递给他。“弹药是你自己装的。”

“行！”托比说着把枪藏好。“你的家伙呢？”

“我带着，”赛克斯道。

“面纱、钥匙、曲柄钻、黑灯——什么也没有忘记吧？”托比问，同时把一根小撬棍拴在他的大衣内襟的扣环上。

“没问题，”赛克斯答道。“巴尼，把那几根木棒拿来。这下全妥了。”

他从巴尼手中接过一根很粗的木棒。巴尼把另一根递给托比，然后给奥立弗扣上斗篷的扣子。

“来吧！”赛克斯伸出一只手说。

奥立弗给这次对他来说是很不习惯的远行、此地的空气以及被迫喝下去的酒弄得晕头转向，他木然伸出一只手让赛克斯抓住。

“托比，你拉着他的另一只手，”赛克斯说。“巴尼，你到外面去看一下。”

巴尼向门口走去，回来说外面没有动静。于是两个窃贼把奥立弗夹在中间走出去。巴尼关好门，插好销子，然后同刚才一样裹在毯子里，不久又睡着了。

这时外面伸手不见五指。雾比上半夜浓多了，空气潮得厉害，虽然不下雨，可是从屋里出来才几分钟，奥立弗的头发和眉毛却已被充斥四周的近乎霜冻的水汽所沾湿。他们过桥朝着奥立弗先前已经看到灯火的那个方向走去。路并不太远，加上他们走得极快，所以不一会就到达丘特西。

“从镇上穿过去，”赛克斯低声说，“今夜路上不会有人看见我们。”

托比表示赞成，他们便开始匆匆穿过该镇的一条大街。在这更深夜静的时刻，那里呈现着一派冷落景象。间或从某一家的卧室窗里透出微弱的亮光，偶尔有沙哑的狗叫声划破深夜的岑寂，但是街上一个人也没有。当教堂的钟敲两点时，他们已经离开该镇。

他们加快步伐向左拐上一条大路，走了大约四分之一英里，在孤零零一幢四周围着墙垣的房屋前面站住。托比·克瑞基特几乎没有停下来喘一口气，一眨眼便爬到围墙顶上。

“现在你把那孩子举起来，”托比说，“我在上面拉他。”

奥立弗还没有来得及看清周围的环境，赛克斯已夹住他的两腋；三四秒钟以后，他和托比已躺在围墙里边的草地上。赛克斯随即翻过墙头。于是他们小心翼翼地向房屋那边潜行。

直到此时，奥立弗才恍然大悟，这次长途跋涉的目的原来是闯到人家屋内去谋财，如果不是害命的话。伤心和恐惧几乎使他失去了理智。他把两只手紧紧握在一起，情不自禁地压低嗓门发出一声惊慌的喊叫。他只觉得眼前一阵昏黑，他那死灰色的脸上直冒冷汗，两条腿再也不听使唤，一下子跪倒在地。

“起来！”赛克斯低声叱喝；他气得发抖，从口袋里掏出手枪。“你要是不起来，我就把你的脑浆洒在这草地上。”

“哦！看在上帝分上，放我走吧！”奥立弗苦苦哀求。“让我跑开去死在野地里。我永远不到伦敦附近来，永远不来！哦！请饶了我吧，不要逼我做贼。看在天国里所有光明的天使份上，饶了我吧！”

奥立弗求告的对象发出一声恶毒的咒骂，扳起手枪的击铁；就在这个时候，托比把枪从他手中击落，一只手捂住奥立弗的嘴，拖着他向房屋那边走。

“嘘！”托比不许他声张。“这在此地没用。你再吱一声，我也要收拾你，叫你来一个脑袋开花。不但没有一点儿响声，而且同样十拿九稳，也比较文雅。喂，比尔，把这扇窗板撬开。他现在胆大些了，我担保。我见过像他这样年纪、比他老练的孩子，在天气很冷的夜里，也会出这种洋相，过一两分钟就好。”

赛克斯把费根骂得狗血喷头，因为都是他出的主意派奥立弗来干这差使。他一边骂，一边使劲而又毫无声响地扳动撬棍。少停，经托比帮了点儿忙，他所指的那扇窗板通过转动铰链给打开了。

这是一扇离地五英尺半左右的小花格窗，位于房屋后部的走廊尽头，那里大概是洗碗间或小槽坊。窗洞很小，房子里的人大概认为没有必要在这里严加防范；但像奥立弗这样身材的孩子还是进得去的。赛克斯先生略施小技，便把窗格的钩子拔去，窗户立即洞开。

“听着，你这个小杂种，”赛克斯说时从口袋里取出一盏可以遮光的提灯，把灯光对准奥立弗的面孔，“现在我要把你塞进这个窗洞。你把这灯带去，悄悄地登上在你正前方的扶梯，穿过一间小前厅走到当街的大门跟前，你把那扇门打开，让我们进去。”

“门的顶端有一只销子你是够不到的，”托比插进来说。“你可以把前厅的椅子搬一把过去站在上面。比尔，那里有三把椅子，椅背上雕着一只很大的蓝色独角兽和一柄金草叉，那是这家老主母的纹章。”

“你不能少说两句废话吗？”赛克斯瞪了他一眼说。“通里屋的门是不是开着？”

“开得笔直，”托比先向窗内张望，然后回答。“真滑稽，他们老是把门开着，用搭钩撑住；因为狗在这里有一个铺位，让它睡不着的时候可以在走廊里走来走去。哈哈！晚上巴尼已经先把狗引开了。干得非常利落！”

虽然克瑞基特先生说得极轻，只是勉强可以听见，而且笑的时候也不出声，但赛克斯还是专横地命令他把嘴闭起来开始工作。托比便不做声。他先把自己的一盏灯拿出来放在地上，然后站稳身躯，头抵住窗下的墙壁，手放在膝盖上，让他的背脊充当梯阶。他刚摆好这个姿势，赛克斯便爬到他背上，把奥立弗脚朝前轻轻塞进窗洞，但没有松开揪住他衣领的手，让他在里边安全着地。

“把灯拿去，”赛克斯向屋里望了望说。“你看见你前面的扶梯没有？”

吓得半死不活的奥立弗勉强迸出声来回答：

“看见了。”

赛克斯用枪口朝当街的大门那边指了一下，简短地提醒奥立弗注意：他一路都在手枪的射程之内；万一他想退缩，管叫他立时倒毙。

“你得在一分钟内把门打开，”赛克斯继续低声说道。“我一松手放开你，你就去干你的活。听！是什么声音？”

“怎么回事？”他的同伙悄悄地问。

他们紧张地谛听了一会。

“没什么，”赛克斯说，这才松手把奥立弗放开。“去吧！”

在奥立弗得以集中思想的顷刻之间，他下决心要设法从前厅跑到楼上去向这户人家发出警报，哪怕这个企图将使他付出生命的代价也在所不惜。主意既定，他立刻往前走，但步子很轻。

“回来！”赛克斯突然大声喊道。“回来！回来！”

房子里本来声息全无，现在骤然被打破了寂静，随后又响起高声的喊叫，吓得奥立弗把灯掉落在地，不知道该往前走还是逃跑。

接着喊声又起——有人带着亮儿赶来——两个惊慌失措、衣履不整的男人出现在奥立弗眼前的扶梯顶上——火光一闪——一声巨响——一团烟雾——好像有什么东西破裂了，但到底发生在哪里，他不知道——他朝后打了个趔趄。

赛克斯霎时间不见了，但旋又出现在窗口，没等硝烟散去就揪住奥立弗的衣领。他用自己的手枪向那两个已经在后退的男人开火，并且把奥立弗提了起来。

“握紧你的胳臂，”赛克斯说，同时把奥立弗从窗洞里往外拉。“喂，把披巾给我。他挨了他们一枪。快！天杀的，这小鬼在拚命出血！”

这时传来一阵很响的铃声，其中交织着枪声和叫喊声。奥立弗感到有人踩着高低不平的地面很快地把他带走。混乱的声音逐渐变远，一种冰冷的感觉攫住了那孩子的心；后来他什么也看不出，什么也听不见了。

第二十三章

本章包含班布尔先生与一位太太之间一席愉快的谈话要旨，说明哪怕是一个教区干事在某几点上也会动情的

这天晚上酷寒难当。地面的雪已冻结成一层坚厚的冰壳，只剩下积聚在冷清小径和偏僻角落的雪堆承受如刀朔风的冲击和咆哮。风发现了这样的对象，仿佛变本加厉地把怒气都发泄在它们身上，凶猛地把它

们刮上云端，卷成千万团白茫茫的旋涡在空中飘散。在这样凄凉、黑暗、寒冷彻骨的夜晚，吃饱穿暖、身居安乐窝的人们围在熊熊的炉火旁，为他们此刻身在家中而感谢上帝；而饥寒交迫、无家可归的人们只得倒毙路旁。逢到这种时候，不知有多少见弃于社会的可怜虫饿扁了，在我们的冷街空巷里闭上眼睛，而不管他们是否罪孽深重，反正不会再睁开眼睛看到一个更加悲惨的世界。

户外的情况便是如此，而贫民习艺所的女总管考尔尼太太这时坐在她自己的小房间里（该习艺所就是雾都孤儿的出生地点，前面已向本书的读者作过介绍），看着一张小巧玲珑的圆桌，得意非凡。圆桌上摆着一只同样小巧的托盘，像她这样身份的人称心如意地享受一餐所需要的一切，盘子里应有尽有。考尔尼太太也确实打算喝一杯茶犒劳一下自己。当她的视线从小圆桌移到有一把小得不能再小的水壶在用它的小嗓门唱一支小调的壁炉那边时，她内心的满意显然更进了一层，以致考尔尼太太居然笑逐颜开。

“是啊！”女总管把胳膊肘支在桌上，眼望着炉火若有所思地说。“的确，我们每个人应当感恩的事情有许许多多！简直太多了，可惜我们并不都知道。唉！”

考尔尼太太无限伤感地连连摇头，似乎在叹惜那些贫民身在福中不知福。她把一只银匙（私人财产）伸进容量为二英两的茶叶听子深处，准备煮茶。

要搅乱我们脆弱的心灵的安宁真是太容易了！那把黑茶壶实在太小，一下子就会满起来；考尔尼太太正在思考道德问题，不料滚水溢出茶壶，稍微烫着了考尔尼太太的手。

“该死的茶壶！”可敬的女总管骂一声，急忙把它移到炉旁的保温架上。“这小玩意儿做得真缺德，只能盛两杯茶！谁要这样的无用东西？除了，”考尔尼太太顿了一下，“除了像我这样孤单寂寞的可怜虫。哦，我的天！”

说着，女总管废然倒在椅子里，再次把胳臂搁在桌上，思量自己孤独的命运。小茶壶和不成双的茶杯勾起了对考尔尼先生的伤逝之情（他死了才二十五年），使考尔尼太太悲不自胜。

“我永远不会再有了！”她懊恼地说。“我永远不会再有——像这样的了！”

这话究竟指她的丈夫还是茶壶，却不得而知。可能是指后者，因为考尔尼太太说时眼睛正望着茶壶，随后又把它拿起来。她刚品尝了第一杯，就被房门上的剥啄之声打断。

“进来！”考尔尼太太生硬地说。“大概是哪个老太婆快要死了。她们总是在我吃饭喝茶的时候咽气。别站在那里让冷气跑进来，听见没有？到底出了什么事，嗯？”

“没有什么，太太，没有什么，”一个男人声音回答说。

“我的天！”女总管的语调一下子变得柔和动听多了。“是班布尔先生吗？”

“正是敝人，太太，”班布尔先生说。他站在门口擦去鞋底的泥巴，抖去外套上的雪花，然后进来，一手拿着三角帽，一手提着一个包裹。“要不要我把门关上，太太？”

那位太太难为情地迟迟不置可否，唯恐关起门来接待班布尔先生有失体统。班布尔先生自己身上冷得要命，所以趁她还在犹豫不决，没有再征求同意就把门关上。

“天气真冷，班布尔先生，”女总管说。

“确实冷得厉害，太太，”干事应道。“这天气跟教区过不去，太太。单是这个该死的下午，考尔尼太太，我们就发放了重四磅的面包二十只和干酪一个大球再加半个；可是那班贫民还嫌少。”

“他们当然不会满足的。他们几时满足过，班布尔先生？”女总管一边说，一边啜饮香茗。

“确实是这样，太太！”班布尔先生表示同意。“刚才就有这么个人，我们考虑到他有妻子，家里人口多，就发给他整整一只四磅面包和足足一磅干酪，分量都是实足的。他是不是感激呢，太太？是不是感激呢？半点也不！你猜他怎么着，太太？他要求给他一点儿煤，他说哪怕只给包在手绢里那么一点点也好！煤！他要煤做什么？烘他的干酪，然后再来要。太太，那班家伙老是这样：你今天让他用围腰布兜几块煤去，他后天还会来再要一兜，真不害臊，就跟石膏像一样！”

女总管对这个精辟的比喻表示完全赞成，于是教区干事继续发表他的议论。

“真想不到他们会无耻到这种程度。前天，有一个人——好在你是结过婚的，太太，我可以对你讲——这个人身上的衣服破得几乎遮不住背脊(这时考尔尼太太低头望着地上)，他跑到我们的济贫专员家门口去要求救济，考尔尼太太。正好专员家里在请客；那人赖着不走，客人都觉得十分讨厌，我们的专员便给了一磅土豆和半品脱燕麦片把他打发走。可是那个没良心的混蛋竟说：‘我的天哪！这点点东西对我有什么用？这跟给我一副铁边眼镜没有什么两样！’我们的专员就把土豆和麦片收回，说：‘很好，你在这里什么也别想得到。’那个无业游民说：‘那我就去死在街上！’我们的专员说：‘放心，你死不了！’”

“哈哈！妙极了！这完全是格兰尼特先生的作风，难道不是吗？”女总管插言道。“后来怎么样，班布尔先生？”

“我再讲下去，太太，”干事说，“后来他走了，果然死在街头。你说，这样的贫民顽固不顽固？”

“我简直不敢相信，”女总管强调指出。“不过，街头救济这办法很不好，你认为怎么样，班布尔先生？你在这方面经验丰富，应该知道。你说说。”

“考尔尼太太，”干事说时脸带微笑，这是一个自知深谙内情的人的微笑，“街头救济如果安排得当，对教区大大有利；但要安排得当，考尔尼太太。街头救济最重要的一条就是：向贫民提供恰恰是他们所不需要的东西。这样，他们就不会再来了。”

“我的天！”考尔尼太太深表钦佩地说。“这可是一个好主意，太好了！”

“是的。你我之间说说无妨，太太，”班布尔先生表示，“这是最重要的一条。你要是读一读那些放肆的报纸登载的报道，就会发现，贫病交迫的家庭得到的救济照例都是几片干酪——其原因即在于此。考尔尼太太，这是目前全国普遍采用的办法。不过，”说到这里，干事俯身解开他带来的包裹，“这是公务秘密，太太，不能传出去，只能在你我这样的教区职员之间谈谈。这是理事会为习艺所附属医院订购的红葡萄酒，太太，这是真正的新酿纯葡萄酒；今天上午刚刚出桶，透明纯净，没有半点沉渣！”

班布尔先生把第一瓶酒拿到烛光前使劲摇了一阵，肯定了质量确属上品，这才把两瓶酒一起放在一口抽屉柜顶上。他把包酒瓶的一方巾帕叠好，小心地放在口袋里，然后拿起帽子作告辞状。

“班布尔先生，外面冷得很，这样走出去可真难为你啊，”女总管说。

“风实在厉害，太太，”班布尔先生应道，一边竖起外套领子，“简直能把耳朵割掉。”

女总管看看那把小茶壶，又看看似乎在向门口走去的教区干事；当干事咳嗽一声准备祝她晚安时，考尔尼太太忸忸怩怩地问他：要不要喝一杯茶？

班布尔先生马上重新翻下外套领子，把帽子和手杖放在椅子上，另外搬一把椅子到桌子跟前。他慢慢地坐下时，向那位太太瞥了一眼。考尔尼太太目不斜视地盯着那把小茶壶。班布尔先生又咳嗽一声，微微一笑。

考尔尼太太起身从壁橱里取出另一副杯碟。她坐下时与多情的干事再次目光相遇；她涨红了脸，只顾为他沏茶。班布尔先生又咳了一声，这一回比先前咳得更响。

“你爱喝甜一点儿的吗，班布尔先生？”女总管拿起糖缸问道。

“我爱喝很甜的，太太，”班布尔先生回答，同时一眼不眨地瞧着考尔尼太太。如果说，一名教区干事也有含情脉脉的时候，那末，此刻的班布尔先生即是一例。

茶已经沏好，糖也加了，考尔尼太太默默地把杯子递过去。班布尔先生把一方手帕铺在膝上，免得食品的碎屑弄脏了他那条漂亮的紧身裤，这才开始用茶点。为了调剂一下这样的赏心乐事，他有时发出一声深沉的叹息，但这丝毫不影响他的胃纳，相反好像促使他更轻松地把茶和烤面包片一一送下肚去。

“我发现你养着一只猫，太太，”班布尔先生说，眼睛望着被它的一家子围在壁炉前面烤火的一只猫，“还有一窝小猫！”

“班布尔先生，你不知道我是多么喜欢它们，”女管家说。“它们又快活、又调皮，怪讨人喜欢的，给我做伴解闷再合适也没有了。”

“真是些可爱的小动物，太太，”班布尔先生赞道，“多么驯良。”

“是啊！”女总管劲头十足地说。“它们对这个家很有感情，这对我说来确实是一种乐趣。”

“考尔尼太太，”班布尔先生说得很慢，一边用茶匙给自己打拍子，“我的意思是说：任何一只猫，不论大小，要是跟你住在一起而对这个家没有感情，那末，它肯定是头蠢驴，太太。”

“喔，班布尔先生！”考尔尼太太似乎不以为然。

“真人面前不讲假话，太太，”班布尔先生说，同时带着多情而又庄严的神态慢慢地舞动茶匙，使人产生加倍深刻的印象。“要是有这样的猫，我非亲手把它淹死方始称愿。”

“那你未免太残酷了，”女总管兴致勃勃地说，并伸手去拿干事的茶杯，“心肠也未免太硬了。”

“你说我心肠硬，太太？”班布尔问。“心肠硬？”班布尔先生没有再说别的话，就把茶杯递过去，并在考尔尼太太接过杯子时，在她的小指头上捏了一下。他张开手掌在镶有饰边的背心上猛拍两下，喟叹一声，把他坐的一把椅子从壁炉前稍微挪开一点点。

考尔尼太太和班布尔先生是隔着一张圆桌相对而坐的，两人间隔不远，大家都是脸朝壁炉。因此，班布尔先生在继续挨着桌子的同时从壁炉那边后退，势必拉开他和考尔尼太太之间的距离。这一行动无疑会得到持重的读者的赞赏，并被认为是班布尔先生的一大壮举；因为此时此地、此情此景无不在某种程度上诱使他倾吐若干表示柔情蜜意的废话。这些话从一班无头脑的轻薄之徒嘴里说出来还不打紧，倘若出自堂堂法官、议员、大臣、市长或其他高官要员之口就大大地有失尊严，尤其会损害一位教区干事的庄矜和稳重；大家知道，教区干事应当比所有那些大人物更加严肃，更加不苟言笑。

不管班布尔先生用意何在(我们确信他绝无歹心)，遗憾的是：他们坐的是一张圆桌(这点已一再指出)，因此随着班布尔先生一点一点地移动他的椅子，他与女总管之间的距离不久便开始缩短。班布尔先生如此沿着圆周的外缘继续绕行，终于使他的椅子紧紧靠拢女总管坐的那把椅子。直到两把椅子碰在一起，班布尔先生才停下来。

现在，女总管若是把她的椅子向右边挪，炉火会燎到她身上；若是往左边挪，她势必要倒在班布尔先生的怀抱里。这位谨慎稳重的女总管无疑一眼就预见到上述两种可能的结果，因此仍旧坐在原来的地方，并向班布尔先生敬第二杯茶。

“你说我心肠硬，考尔尼太太？”班布尔一边搅动他的茶，一边望着女总管的脸说。“那末你的心肠硬不硬呢，考尔尼太太？”

“我的天！”女总管大吃一惊地说。“一个单身汉怎么提出这样奇怪的问题！你问这个做什么，班布尔先生？”

教区干事把一杯茶喝得一滴不剩，再把一片烤面包吃完，然后抖去膝上的碎屑，抹抹嘴唇，不慌不忙地吻了一下女总管。

“班布尔先生，”谨慎稳重的女总管低声惊呼，她因骇异过度而失了音，“班布尔先生，我可要喊叫了！”然而班布尔先生并不作答，只是以缓慢而庄重的动作一只手搂住女总管的腰。

既然那位太太表明了叫喊的意图，她面对这样变本加厉的放肆行为无疑真的会喊叫起来。但是，一阵急促的敲门声已使这样做失去必要。班布尔先生一听到有人敲门，立即极其敏捷地跳到酒瓶前，装作十分卖力地掸去瓶上的灰尘。这时女总管厉声问门外是谁。值得一提的是，女总管的声音已完全恢复原来那种官腔——这是一个耐人寻味的实例，足见猛吃一惊能抵消极度恐惧的影响。

“对不起，太太，”一个丑得可怕的干瘪老贫妇从门外探头进来说，“老莎利快要动身了。”

“这跟我有什么相干？”女总管怒冲冲地责问。“难道我能留住她不死？”

“不，不，太太，”老贫妇回答说，“谁也留不住她，她早已救不过来了。我见过很多人死去，包括小孩和强壮的汉子；死神什么时候来临，我一看就知道。但老莎利心上好像有什么事情放不开，一口气很难咽下去，但是又难得有一会儿不发作的空当，那时她就说：她有些话非告诉你不可。要是你不去，她是决不会平静地死去的，太太。”

可敬的考尔尼太太听完这番报告，低声吐出一连串五花八门的诅咒，痛骂那些老太婆存心捣乱，临死还非要给她们的上司添麻烦不可。她匆匆拿起一条厚实的披巾把自己裹好，用三言两语请班布尔先生留在此地等她回来，因为没准儿会有什么不寻常的事情。她叫报信的老妇人快走，免得在楼梯上拖拖拉拉磨上一整夜；然后自己跟在她后面走出房间，脸色非常阴沉，一路骂不绝口。

班布尔先生独自留下时的举动实在令人费解。他打开壁橱，点了一下茶匙的数，掂掂方糖夹子的分量，仔细察看一只牛奶壶是否真是银子的。在这些问题上的好奇心得到满足以后，他把三角帽斜戴在头上，以端庄严肃的舞蹈动作围绕桌子转了四圈。做完了这番大大出格的表演，他重又摘下三角帽，背朝壁炉舒舒坦坦地坐下，看来开始在头脑里编制一份家具陈设的明细清单。

第二十四章

本章述及一个十足的可怜虫，但篇幅不长，也许在此书中具有一定的重要性

扰乱了女总管房间里静谧气氛的那个老婆子，担任报丧人的角色倒是挺合适的。她因为上了年纪而弓腰曲背，手脚颤颤巍巍地不由自主，她那变了形的脸现出一副努嘴斜眼的丑相，与其说这是造化之功，毋宁说像一张信笔乱涂的漫画草稿。

呜呼！造化创作的俏脸庞能保存下来供我们欣赏的何其少也！人世间的忧患、哀伤和饥馁能改变人们的心，同样也改变着人们的相貌，直要到种种烦恼归于死寂，永远失去其控制力的时候，愁云才告消散，天空方始见霁。往往可以看到，死人的脸即使已经僵化，也会恢复到早被遗忘了的睡婴的表情，重现降生之初的本相。这时，他们的面容又变得那么安详、平静，而那些从死者幸福的童年时代起就认识他们的人便会在灵柩旁边肃然下跪，仿佛看到了天使下凡。

那个干瘪老婆子步履蹒跚地穿过甬通，登上扶梯，一边咿咿唔唔地回答女总管的责骂；后来她不得不停下来喘一口气，把蜡烛交给考尔尼太太，让脚步较快的女总管先向女病人躺着的那间屋子走去，自己尽全力跟在后面。

那是一间光有四壁的顶楼，陋室深处点着一支昏暗的蜡烛。另一个老妇人守在床边；教区药剂师的徒弟正站在壁炉旁把一根鹅毛管削成

牙签。

“今儿晚上真冷啊，考尔尼太太，”当女总管进来时，那位小绅士招呼道。

“确实够冷的，先生，”那位太太用最客气的口吻回答，同时微微屈膝行礼。

“你们应当要承包商供应好一点的煤，”药剂师的徒弟一边说，一边用生锈的拨火棒把火堆顶上的一大块煤敲碎。“这种煤在寒冷的夜晚完全不顶用。”

“那是理事会选购的，先生，”女总管答道。“他们至少应当关心一下让我们保持暖和，因为我们的工作够苦的了。”

谈话被病妇的呻吟所打断。

“哦！”年轻人向床那边转过脸去，他刚才似乎把病人完全忘了，“她已经毫无希望，考尔尼太太。”

“真的吗，先生？”女总管问。

“她要是再能拖上两个小时，我将非常吃惊，”药剂师的徒弟说，他又全神贯注于牙签的尖端。“整个机体已经崩溃。老太，她是不是又睡了？”

看护妇在床前俯身看了一下，点点头作了肯定的回答。

“她也许就这样去了，如果你们不惊动她的话，”年轻人说。“把蜡烛放在地板上，这样不会刺她的眼。”

看护妇照办了，但一边摇着头，表示病人不会轻易这样死去。然后她在这时已回来的另一名看护妇旁边原位上坐下。考尔尼太太现出不耐烦的神情把披巾裹紧些，坐在床的下首。

药剂师的徒弟完成了牙签的制作，在壁炉前站定，足足剔了十来分钟牙；尔后显然愈来愈感到闷得慌，便向考尔尼太太祝一声工作愉快，蹑着脚悄悄地走了。

两个老婆子默默地坐了一会，然后从床前站起来，到壁炉旁蹲下，伸出她们枯瘦的手取暖。炉火将阴惨惨的微光映在她们皱缩的脸上，把她们丑陋的面貌越发照得森然可怖。她俩就这样蹲着开始低声谈话。

“安妮，我走开时她还说了些什么，亲爱的？”刚才去报信的那一个——老贫妇甲——问。

“一句话也没说，”老贫妇乙回答。“她把自己的胳臂拧了一会，抓了一阵，可是我把她的手按住，不久她就睡着了。她身上剩下的力气已经不多，所以我很容易叫她安静下来。尽管我靠教区的救济过活，可是在老太婆中间我还不算太不中用；不算，不算！”

“医生吩咐给她一点热的葡萄酒，她喝了没有？”老贫妇甲问。

“我本想给她灌下去，”老贫妇乙答道，“可是她的牙咬得紧紧的，手又死死地抓住杯子不放，我好不容易才夺回来。所以我自己把它喝了，倒是很受用！”

两个丑老婆子小心地四顾张望，断定没有被人听见，就往炉前挨得更近些，抿着嘴笑得挺乐和。

“我记得，”甲说，“当年她自己也会这样干，以后还拿来大大地开心呢。”

“是啊，她也会这样干，”乙接口道。“她很会找乐子。她经手打扮过许许多多漂亮的死人，一个个都收拾得齐齐整整、干干净净，跟蜡像差不多。我这双老眼还见过，这双老手还摸过；因为我给她做帮手有好几十次。”

老婆子说着，伸出颤巍巍的手在自己面前得意地晃了几晃；然后在口袋里摸索一阵，掏出一只旧得变了色的铁皮鼻烟盒，从里边抖出一小撮烟末子倒在同伴的手掌上，再往自己手掌上抖出一小撮。正在她们这样做的时候，等着垂死病人从昏睡中醒来的女总管已等得不耐烦了，也走到炉边来，厉声问究竟要等多久。

“快了，太太，”老贫妇乙抬头望着她的脸回答说。“我们谁也活不了多久。耐点儿烦，耐点儿烦！死神很快就会来把我们统统带走。”

“闭嘴，你这个老昏了头的白痴！”女总管向她怒喝。“玛莎，我问你：以前她是不是也有过这样的情形？”

“常常这样，”老贫妇甲回答。

“不过她再也不会这样了，”乙补充道，“我是说，她顶多再醒过来一回，而且时间不会长，以后再也醒不来了。”

“长也罢，短也罢，”女总管暴躁地说，“反正我不愿再等她醒过来。你们俩都听着，要是再这样无缘无故来打搅我，你们可要小心。我的职责不包括给习艺所里所有的老太婆送终；我也不愿这样做。记住了，你们这两个不知趣的老妖怪！要是你们再拿我开心，小心我收拾你们！”

她正想匆匆离去，这时两个老婆子向床那边转过脸去，发出一声惊呼，促使她回头一看。原来病人直挺挺地坐了起来，向她们伸出两条胳膊。

“那是谁？”病人以虚弱的声音问。

“别嚷，别嚷！”两个老婆子中的一个俯身到她面前说。“躺下，快躺下！”

“我决不再躺下，除非我咽了气！”病人挣扎着说。“我一定得告诉她。过来！走近些！让我凑在你耳边说。”

她一把抓住女总管的手臂，把她按在床畔一张椅子里，正要开口；这时她向屋子里扫视一周，发现那两个老婆子探出上半身作谛听状。

“叫她们走开，”病人有气无力地说。“赶快！赶快叫她们走开！”

两个干瘪老太婆这时齐声哀号起来，说可怜的老莎利头脑完全糊涂了，连她最要好的朋友也认不出了。女总管把她们撵出房间时，她们还是一百个不答应，声称决不把朋友撇下。但女总管终于把她们关在门外，自己回到床边。两位老太太被摈诸门外，便改变腔调向锁孔中叫喊说，老莎利醉了。这倒可能不是瞎说，因为除了药剂师开的少量鸦片酊外，她最近一次喝下的掺水杜松子酒尚未充分发散；这酒确是两位可敬的老太太出于一片好心私下给她弄来的。

“现在听我讲，”垂死的妇人大声说，她像是在作极大的努力企图重新吹旺生命的一星余烬。“就在这间屋子里，就在这张床上，我曾经看护过一个长得很美的年轻女子；她被送到习艺所里来的时候，两只脚全是尘土，血肉模糊，恐怕走了不少路，磨破了好几处，青一块紫一块的。她生下一个男孩以后就死了。让我想一想，这是哪一年的事？”

“别管哪一年，”不耐烦的听者说，“她到底怎样？”

“是啊，”病妇喃喃地说着又开始进入刚才那种半昏迷状态，“她到底怎样？她……啊，我想起来了！”她大叫一声，蓦然跳将起来，面孔通红，两眼凸出。“我偷了她的东西，我偷了！当时她的身子还没冷呢。我告诉你，当时她的身子还没有冷，我就偷了那件东西！”

“偷了什么？看在上帝分上，你说呀，偷了什么东西？”女总管急得直叫，并且做了一个好像要呼救的手势。

“就是*那件东西*！”病妇说着把一只手按在女总管嘴上。“这是她唯一的财产。她明明需要穿暖，需要吃饱，可是始终舍不得那件东西，一直把它藏在胸前。我告诉你，那东西是金的！是纯金，应当可以救她的命！”

“金子？！”女总管跟着说。她急切地俯身问仰面倒下的病人：“讲下去，讲下去，后来怎么样？产妇是谁？事情发生在什么时候？”

“她叮嘱我把那件东西保管好，”病妇呻吟着回答，“她信托我，因为当时只有我在她身旁。她头一回把挂在脖子上的那件东西给我看时，我就起了盗心。也许那孩子的死也是我作的孽！要是他们知道底细的话，一定会待他好些！”

“什么底细？”女总管问。“快说！”

“那孩子长得跟他的母亲一模一样，”病妇并不理会，径自讲下去，“我一看到他的脸，就不能忘记自己干的事情。可怜的女人！可怜的女人！她还那么年轻！真像一只依头顺脑的羔羊！等一等，我还有话要讲。我还没有把一切都告诉你，是吗？”

“是的，你还没有讲完，”女总管应道，她低下头去竭力想听清从那垂死的女人口中吐出的每一个字，因为病妇的声音愈来愈轻。“快讲，否则就来不及啦！”

“那母亲，”病妇作了一次比先前更惊人的努力说，“那母亲在刚感到临死的痛苦时，曾在我耳边有气无力地说，要是她的孩子生下来活得成，能长大，有朝一日听别人提到他那苦命而短寿的母亲，他不会感到太丢脸的。当时她把两只又细又瘦的手合在一起说：‘仁慈的上帝啊！不管那孩子是男是女，你得安排几个好心人在这乱纷纷的世界上照顾他，你得可怜可怜一个孤苦伶仃的孩子，不能把他扔在这个乱纷纷的世界上不管！’”

“那孩子叫什么名字？”女总管问。

“他们把他叫做奥立弗，”病妇用微弱的声音回答。“我偷的那件金首饰是——”

“是什么？说呀！”

女总管急切地凑到病妇面前听她回答；但是，当病妇再次慢慢地、直撅撅地坐起来的时候，考尔尼太太却本能地向后退缩。病妇用双手攥紧床罩，喉咙里发出一阵含糊不清的声音，然后倒在床上不再动弹。

* * *

“这下真的咽了气！”门一开就急急忙忙进来的一个老婆子说。

“结果她什么也没有讲出来，”说罢，女总管若无其事地走了。

两个干瘪老太婆显然都忙于准备履行她们那份讨厌的职责，所以顾不上应答。女总管走后，便剩下她们两人在尸体旁边张罗。

第二十五章

笔者回过头来交代费根先生一伙的情况

当某镇的贫民习艺所里发生上述那些事情之时，费根先生坐在他的巢穴里（也就是奥立弗被南茜从那里带走的地方），对着有烟无热的炉火出神。他膝上放着一只“皮老虎”——轻便扇风器，显然本想把火扇得旺一点，但不知不觉陷入了深思。现在他手臂搁在皮老虎上，用大拇指抵着下巴，眼睛视而不见地盯着生锈的铁栅。

他背后的一张桌旁坐着逮不着的机灵鬼、恰利·贝茨哥儿和契特林先生，他们正集中注意在玩惠司特①：机灵鬼同明手对贝茨哥儿同契特林先生。逮不着的面部表情一向很机敏，此时由于全神贯注于打牌并紧盯着契特林先生的手而显得分外微妙；他不时抓住机会向契特林先生的牌敏锐地瞥上一眼，根据偷看的结果精明地采取对策。这是一个寒冷的夜晚，逮不着按照其一贯作风在室内不脱帽子。他衔着陶制烟袋，难得把它放下一会儿工夫，从摆在桌上的酒壶里喝几口提提精神；那只容量为两品脱的壶里盛着供他们大家享用的掺水杜松子酒。

贝茨哥儿也全神贯注在牌上，但他生性比他那位圆熟老到的朋友易于兴奋，因而可以看到他喝掺水杜松子酒的次数比较多，还不住口地讲许多逗人发笑以及同认真打牌极不相称的粗话。诚然，机灵鬼凭至交的资格一再向他的朋友严肃地指出，他这些表现有失体统；而贝茨哥儿对这类规劝毫不见怪，只是请他的朋友去“见鬼”，或者请他用麻袋把脑袋套起来，或者用其他类似的精彩俏皮话回敬逮不着，有些妙语使契特林先生听了大为欣赏。应当指出，这位先生和他的搭档老是失利，这一点非但没有使贝茨哥儿恼火，好像反而给他带来极大的乐趣，因为每打

①惠司特——类似桥牌的一种纸牌戏，通常由四人分成两方对垒。三人玩时，两人组成甲方，一人与摊在桌上的明牌（明手）组成乙方。

完一手牌，他总是捧腹大笑，并声称他有生以来从来没有玩过这样滑稽的一场牌戏。

“两次加倍一盘就完啦，”契特林说时哭丧着脸从背心口袋里掏出半个克朗[①]来。“杰克，我从来没见过像你这样的家伙，总是你赢。恰利跟我即使拿到好牌也不顶事。”

究竟是这番话本身还是说这番话的沮丧的腔调把恰利·贝茨大大地逗乐了，反正他随之发出的一阵狂笑把冥想中的老犹太吓得急忙问是怎么回事。

“你不知道，费根？”恰利高声说。“可惜你没有看我们打牌。汤姆·契特林一分也没捞到，我同他搭档对逮不着和摊牌的明手。”

“喔，喔，”老犹太说着咧嘴一笑，表示个中原因他不问也知道。“再试试，汤姆，再试试看。”

“我再也不干了，谢谢，费根，”契特林先生回答。“我可领教得够了。逮不着今天不知交了什么好运气，谁也别想赢他的钱。”

“哈哈，亲爱的！”老犹太笑道。“你想赢逮不着的钱，非得大清早起床不行。”

“大清早？”恰利·贝茨说。“你得头天晚上就穿好鞋，每只眼睛上配备一具望远镜，脖子上再挂一架看戏用的，否则就休想赢他。”

道金斯先生以十足的哲学家风度接受这些溢美之辞，并建议在场的任何一位跟他赌谁先摸到有人头的牌，一先令一次。由于无人应战，加上他的一袋烟这时也抽完了，他便开始用代替筹码的一支粉笔在桌上画新门监狱的示意图，同时吹着异常刺耳的口哨。

“汤姆，跟你这个人在一起实在差劲！”在大伙沉默半晌之后逮不着突然停下来对契特林先生说。“费根，你猜他在想什么？”

“我怎么知道，我的乖乖？”老犹太回过头来答道，一边使劲扇

---

①一克朗为五先令。

风。“多半在想他输掉的钱，要不就是在想他刚离开不久的乡下那个洞天福地，嗯？哈哈！是不是这样，亲爱的？”

“完全不是那么回事，”逮不着抢在想要争辩的契特林先生之前插进来说。“恰利，你说呢？”

“我说，”贝茨哥儿咧嘴笑着应道，“他爱蓓特爱得快要发疯了。瞧，他脸都红啦！哦，我的天！这可是一台好戏啊！汤姆·契特林害相思啦！哦，费根，费根！太可乐了！”

想到契特林先生堕入情网，贝茨哥儿乐不可支地往椅背上一仰，由于用力过猛失去平衡，一个倒栽葱跌到地板上；但这一小小的意外丝毫没有扫他的兴，他直挺挺地躺在地上，直到这一阵大笑过后才起来重新坐好，接着又爆发出一阵狂笑。

“别理他，我的乖乖，”老犹太说着向道金斯先生眏了眏眼睛，并用皮老虎的喷气口敲敲贝茨哥儿作为惩戒。“蓓特是个好姑娘。你要盯住她不放，汤姆。你要盯住她不放。”

“我要告诉你们，费根，”契特林脸涨得通红答道，“这事你们谁也管不着。”

“当然，当然，”老犹太应道。“恰利就是喜欢说三道四。你别理他，亲爱的；别理他。蓓特是个好姑娘。她叫你做什么你就做什么，汤姆。这样你准能发财。”

“我正是什么都照她的意思做，”契特林先生说。“要不是听她的话，我也不会给关进班房。但结果还是便宜了你，费根，可不是吗？六个星期又算得了什么？反正迟早总要去的，冬天不大想在外面荡来荡去的时候，进去待六个星期不是挺好吗，费根？”

“说得对，亲爱的，”老犹太附和着。

“你再去待六个星期也不在乎，是不是，汤姆？”逮不着问，一边向恰利和老犹太丢了个眼色。“只要蓓特一句话。”

“我就是不在乎，”汤姆气呼呼地回答。“你们准备怎么样？我倒想知道，谁敢像我这样说话？费根，你看有没有人敢这样说？”

“没有，亲爱的，”老犹太答道，“一个也没有，汤姆。除了你，我不知道还有哪一个人这样说得出、做得到。一个也没有，亲爱的。”

“当时我要是供出她来，自己就可以脱身；难道不是这样吗，费根？”这个可怜的痴情傻瓜愤激地继续说。“我只要漏出一句就够了，是不是这样，费根？”

“一点也不假，亲爱的，”老犹太答道。

“可是我没有漏出一个字；是不是这样，费根？”汤姆接连不断地提出一个又一个问题。

“是的，是的，一点也不假，”老犹太应道，“你确实有胆量，决不会漏出半句话。你真是好样的，亲爱的！”

“也许是的，”汤姆说着举目四顾，“既然如此，这有什么可笑的呢，嗯，费根？”

老犹太看出契特林先生气得非同小可，急忙向他保证没有人认为可笑；为了证明大家都没有戏弄他的意思，便问罪魁祸首贝茨哥儿是否如此。但不幸的是：恰利正要开口表示自己一生从来没有像现在这样严肃，不料忍不住又纵声笑得前仰后合，以致自尊心受到伤害的契特林先生二话不说，从屋子的另一头冲过来对准肇事者一拳打去。恰利·贝茨哥儿躲避打击的功夫堪称到了家：他把身子一闪，而且时机的选择恰到好处，结果这一拳正好打在快活的老先生胸前，打得他踉踉跄跄退到墙边，站在那儿喘个不停。契特林先生望着他，愕然不知所措。

“别做声！”正在这个当儿，逮不着发出警报，“我听到丁零儿响。”说完，他拿起蜡烛悄没声儿地登上扶梯。

铃又响了，而且打得相当急躁。其余的人都待在黑暗中。少顷，逮不着重又出现，他向费根讲了几句神秘的悄悄话。

“什么？”老犹太惊问。“就一个人？”

逮不着点点头；他一只手遮住蜡烛的火焰，向恰利·贝茨做手势提出忠告，示意他暂时收敛一下为妙。他尽到了作为一个朋友的责任之后，便目不转睛地望着老犹太的脸，等候他的吩咐。

老犹太咬着发黄的手指考虑了一会，面部的肌肉急剧地牵动着，仿佛他担心发生什么事情，害怕得悉最坏的结果。最后他抬起头来。

“他在哪儿？”费根问。

逮不着指指上面，然后转身要走。

“好吧，”老犹太的话是在回答无言的征询，“你把他带下来。嘘！别做声，恰利。轻一点，汤姆。你们先避一避！”

恰利·贝茨和他刚才的对头立刻乖乖地服从这一简短的指示，没有一丝儿声响表明他们溜到哪里去了。这时逮不着手持烛台从扶梯上下来，后面跟着一个穿粗布工作罩衫的男人。来人向屋里匆匆扫视一周，取去遮住他下半边面孔的一方大披巾，露出了花哨郎托比·克瑞基特久未洗脸刮胡子的憔悴面容。

“过得好吗，费根？”这位可敬的先生向老犹太点头招呼。“逮不着，把这披巾塞在我的帽子里，免得我滑脚的时候找不到；对！将来你准能出挑成一个顶呱呱的梁上君子，比这老滑头要高明得多。”

说着，他把工作罩衫的下摆撩起来裹住腰部，把椅子挪到炉旁坐下，两只脚搁在保温架上。

“你瞧，费根，”他伤心地指着自己的翻口马靴说，“打从你也知道的那天起，我的靴子还没有擦过一回，还没有沾过一滴‘戴和马丁’①，真他妈——！喂，老兄，你别这样盯着我好不好？别着急嘛！我不吃不喝就没法谈正经事；把吃的东西拿来，让我先填满了已经三天没进货的肚皮再说！”

老犹太示意逮不着把吃的东西搬到桌上来，他自己坐在这位破门贼

① 指伦敦有名的戴和马丁公司出品的鞋油；该公司曾与狄更斯当过童工的沃伦公司竞争取得成功。

对面，等机会跟他谈话。

根据各种迹象判断，托比一点也不急于开腔。起初，老犹太耐着性儿观察他的面孔，似乎想从脸部表情获悉他到底带来什么消息；但是不得要领。托比的神色困乏不堪，然而仍保持着一贯的安闲自若，透过污垢、胡子和鬓脚依旧现出花哨郎托比·克瑞基特自得其乐的傻笑，分毫未改。于是老犹太迫不及待地注视着被他送入口中的每一块食物，同时掩饰不住焦灼的心情在屋子里走来走去。但一切都不起作用。托比继续摆出不紧不慢的姿态吃到再也吃不下了，这才打发逮不着出去，关上房门，调好一杯掺水的酒，定下神来准备谈话。

“费根，首先第一件事，”托比开言道。

“嗯，嗯！”老犹太一面应着一面把自己的椅子挪近些。

克瑞基特先生停下来喝一口掺水的酒，称赞这杜松子酒非常出色；接着把脚搁在不高的壁炉架上，与他的眼睛保持同一水平；然后不慌不忙地把开了头的话继续下去。

“费根，首先第一件事，”这个破门贼说。“比尔怎么样了？”

“什么？”老犹太从座位上跳起来尖声叫道。

“你的意思难道是——”托比没有说完，脸色顿时变白。

“你还问我？”老犹太暴跳如雷，顿足大叫。“他们在哪儿？赛克斯和那个孩子，他们在哪儿？他们到了什么地方？他们现在躲在哪儿？为什么他们不到这里来？”

“这趟买卖失了风，”托比低声说。

“这我知道，”老犹太从口袋里掏出一张报纸，指着它说。“后来怎样？”

“他们开枪打中了那孩子。我们把他夹在中间直接穿过屋后的田野逃跑，走的是最短的路线：见篱笆就钻，遇水沟就跳。他们追了上来。真该死！把周围的人家都惊动了，还放出狗来追我们。”

“那孩子呢？”老犹太气急败坏地问。

"起先比尔背着他像一阵风似地逃跑。后来我们停下来，开始抬着他走；他耷拉着脑袋，手脚冰冷。后面的人又紧追不放，这时谁都要为自己着想，谁也不愿上绞架！我们各奔东西，把那个孩子放在沟里，也不知道是活是死——关于他的事情我了解的就这么多。"

老犹太不再听他说下去，只是大吼一声，两只手揪住自己的头发，冲出房间，接着又跑出大门。

第二十六章

在这一章里有一位神秘的人物登场，还发生了许多与这部传记不可分割的事情

老犹太一直跑到街角上，才开始从托比·克瑞基特告诉他的消息造成的震惊中定下神来。他没有放慢脚步，而是以同样疯疯癫癫的姿态继续往前直闯，尽管这样的速度对他是不习惯的。突然，一辆马车从他身边疾驶而过，行人见他面临这样的危险都失声惊呼，这才吓得他退回到便道上。他尽可能避开通衢大道，专走狭街小巷，终于来到斯诺山。到了这里，他甚至走得更快了，哪儿也不停留，直到重又折入一条胡同，大概意识到进入了自己所熟悉的环境，这才恢复他习惯的拖着脚走的步子，呼吸也好像顺畅了些。

将近斯诺山与霍尔本山相交的地方，如果你从老城方向来，那末在你的右手有一条阴暗的小巷通往红花山。这条陋巷内好几家肮脏的铺子里都有一束束用过的丝绸手帕陈列出售，各种大小花色一应俱全；因为这里的商人专从扒手那里收这路货。几百条这样的手帕挂在窗外的木钉上或在门柱上随风飘荡，而铺子里边的货架上还堆着大批这类东西。田野巷范围虽小，照样有理发店、咖啡店、啤酒店和卖煎鱼的小店。这是一个自成一格的货物集散地、低档贼赃的市场。清晨或黄昏，

有一些沉默寡言的客户来到这里，在暗沉沉的后厢房里谈交易，走的时候也同来的时候一样行踪飘忽。估衣商、皮鞋匠和收破烂的陈列的商品对小偷说来可以代替招牌。这里，堆积如山的旧铁器和骨制品、发霉的毛麻织物零料，都在阴暗的地下室里生锈腐烂。

老犹太折入的就是这么一个地方。巷内那些面色蜡黄的老土地对他很熟悉，其中有些守在自己铺子门口做买卖的，见他经过都像老相识那样向他点头招呼。他也同样点头答礼，但不进一步搭讪。直到走进巷底，他才停下来同一个身材矮小的掌柜搭腔。后者把自己的身体尽可能塞在一张童椅里，坐在他的店门口抽烟袋。

"啊，费根先生，只要一看到你，连眼病也能治好！"这位可敬的商人在老犹太问起他的健康情况时答道。

"近来这一带风头比较紧，赖甫利，"费根扬起眉毛，两手交叉搁在肩膀上说。

"是啊，这样的抱怨我已经听到过不止一次，"商人回答说，"不过很快就会过去的。你说是不是？"

费根点头表示同意。他指着红花山的方向问：今晚那里有人没有？

"你说的是跛子店？"那人问。

老犹太点点头。

"让我想想看，"商人思索着说。"嗯，大约有六个人上那儿去，都是我认识的。你的那位朋友好像不在里头。"

"你是说，赛克斯不在里头？"老犹太问，神情显得很失望。

"Non istwentus①，就像法学家们所说的那样，"小个子商人摇摇头答道，同时现出异常狡猾的表情。"今天你有什么货要给我吗？"

"今天没有，"老犹太说着转身走开。

"你是不是去跛子店，费根？"小个子商人在他后面喊道。"等一

---

① 读错了的拉丁文法律用语，应为 Non est inventus，意即"并未发现"。

等！我想跟你一起去喝一杯！”

但是，老犹太回过头来摇摇手，表示他宁愿一个人前往，再加那位小个子商人要想从他坐的椅子里脱出身来实在不容易，所以这一次跛子店失去了接待赖甫利先生光临的荣幸。当他总算站起来的时候，老犹太已经去远。赖甫利先生踮着脚想要看到他的背影，也是徒劳，只得重新把身子挤进小椅子。他同对门铺子里一位太太互相点头致意，神态明显地交织着怀疑和不信任；然后摆出一副庄重的姿态继续抽他的烟袋。

“三个跛子”——乃是赛克斯和他的狗曾在那里出现的酒店字号，常客们习惯于管它叫跛子店。费根向酒吧柜后面的一个人做了个手势，便直接上楼，开了门悄悄地溜进一间屋子，一只手半罩在额前焦急地四顾张望，像要找某一个人。

屋里点着两盏煤气灯，强烈的灯光用窗板和褪了色的红窗帷遮得严严实实，外面是看不见的。天花板索性涂上黑色，别的颜色反正也要被灯焰熏黑；这地方弥漫着密度惊人的烟草浓雾，乍进来的人别的什么也看不清楚。不过，由于一部分烟雾从打开的门里散了出去，渐渐可以看到同充斥耳中的喧哗一样乱七八糟的一大堆人头。随着眼睛逐步适应这里的景象，旁观者慢慢地可以发现：这里有一大帮子男男女女挤在一张长桌周围；主席手执象征身份的小槌坐在首位上；一位鼻子有点发青、面孔因牙疼而扎起来的职业琴师坐在较远的角落里叮叮咚咚弹一架钢琴。

费根悄悄地走进去的时候，职业琴师的手指在琴键上奏出一串琶音作为引子，接着大伙叫嚷要求来一支歌。喊声停下来以后，由一位小姐唱了一首共有四节歌词的民谣以娱在座的听众；在每一节唱完时，伴奏的琴师总要把曲调从头再弹一遍，而且用他的全力尽可能弹得响。一曲方毕，主席发表他的评论；然后由坐在主席左右两边的职业歌手自告奋勇表演了一首二重唱，赢得满堂彩声。

观察一下这群人中间几张比较突出的面孔倒是颇有意思的。主席本人(即酒店主人)是个面目粗野、身材结实的大汉。在唱歌表演进行之际，他的眼珠子骨碌碌地转个不停。表面上他在寻欢作乐，其实始终留神看着发生的每一件事，用心听着所说的每一句话，而且他的眼睛又尖，耳朵也灵。他旁边的歌手以职业艺术家的淡漠态度接受大伙的恭维，并先后喝了十余杯由他们的狂热崇拜者奉敬的掺水烈酒。那些崇拜者的面孔呈现着几乎所有的邪恶处于几乎所有不同阶段时的表情，而每一种表情无不以其可憎可厌的特点强烈地惹人注目。这些面孔最明白不过地反映着狡诈、凶残和程度不同的醉态。女人中有一些还残留着几分早先的娇艳，尽管你差不多眼看着鲜花在凋谢；另一些则已完全丧失女性的特征和痕迹，仅仅为淫乱和犯罪提供令人作呕的靶子。她们有的还是少女，有的也只是少妇，没有一个过了盛年；她们组成了这幅可悲的画面上最阴暗、最凄惨的部分。

费根此时并非为严肃的感情而烦恼，当这些事情在进行的时候，他急切地把一张张脸都看过来，但显然没有遇到他所要找的那个人。后来他总算吸引住坐在主席位子上的那个人的目光，就向他微微招手，接着同进去时一样悄悄然溜出了屋子。

“费根先生，你有何吩咐？”那人跟在他后面出来走到楼梯口问道。“你愿意跟我们一起凑个热闹吗？大伙一定都很高兴。”

老犹太不耐烦地连连摇头，并且低声问道：“他是不是在这里？”

“不在，”那人回答。

“巴尼有没有消息？”费根问。

“没有，”跛子店的主人(他正是这家酒店的老板)答道。“在风头过去之前，他决不会动一动。我敢担保，他们那边已经发现了什么线索；他只要动一动，立刻会把事情弄糟。估计巴尼不会出事儿，否则我一定会听到有关他的消息。我敢打赌，巴尼的做法一定很稳当。这你不用为他操心。”

“今晚他会到这儿来吗？”老犹太和刚才一样在那个代词上特别加重语气问道。

“你是说蒙克斯？”店主犹豫地问。

“嘘！”老犹太说。“是的。”

“肯定要来，”店主一边回答，一边从表袋里摸出一块金表。“我一直在等他。你要是等上十分钟，他一定会——”

“不，不，”老犹太急忙说，他好像既想见那个人，又因为他不在而感到宽慰。“你告诉他，我上这儿来找过他，叫他今晚一定去找我。不，还是明天吧。既然他不在这儿，明天也还来得及。”

“行！”店主说。“还有别的事吗？”

“别的什么也没有了，”老犹太开始下楼。

“听我说，”店主靠在栏杆上探出上身用沙哑的嗓子轻声说，“这时候做交易正合适！菲尔·巴克在我这儿，他醉得连一个小孩子也能够摆布他。”

“啊！不过，现在还不是处理菲尔·巴克的时候，”老犹太仰面说。“菲尔还得做一些事情，然后我们才舍得和他分手。亲爱的，你回到里边去吧，告诉他们，叫他们快快活活过日子——趁现在还有快活日子过。哈哈哈！”

店主也跟着老犹太放声大笑，然后回到他的客人们那里去。费根刚和他分手，脸上又恢复先前那种忧心忡忡的表情。经过一番短暂的考虑，他雇了一辆出租马车，叫车夫驱车前往倍思奈尔草地。在离赛克斯先生的寓所大约四分之一英里的地方，他就下车打发开马车夫，余下的短短一段路是徒步走完的。

“哼，”老犹太在叩门的时候喃喃自语，“要是这里头有人弄鬼，我的姑娘，不管你多么狡猾，我也要从你这里打听明白。”

那女的在自己房间里。费根蹑手蹑脚走到楼上，不打任何招呼就推门进屋。姑娘披头散发独自趴在桌上。

"她八成是喝了酒，"老犹太冷静地猜想，"要不就是有什么伤心事。"

老头儿这样思忖着转过身去关门，响声惊动了姑娘。她精细地望着老犹太狡诈的脸，问有没有什么消息。听老犹太把托比·克瑞基特所讲的情况复述一遍以后，她又陷入刚才的状态，但是一句话也不说。她烦躁地推开蜡烛；仅有一两次，当她神经质地改变姿势的时候，脚在地板上摩擦作声；除此以外毫无反应。

乘冷场的机会，老犹太贼头贼脑地向房间里四下环顾，看有没有任何迹象表明赛克斯已偷偷地回来。他显然对观察结果感到满意，于是干咳了两三声，作了两三次努力企图打开闷葫芦；可是姑娘不理他，简直把他当做石雕。最后他又作了一次尝试，搓着手用最婉转的语调问：

"亲爱的，照你看，眼下比尔在什么地方？"

姑娘咕哝着回答说不知道，但是叫人很难听清楚。从她喉咙里发出的哽咽之声猜想起来，她是在哭。

"还有那孩子呢？"老犹太说时竭力想看一看她脸上的神色。"可怜的小孩！被抛在沟里，简直不能想象，南茜！"

"小孩在那个地方总比在我们一伙中间强，"姑娘蓦地抬起头来说，"我但愿他躺在沟里死掉，让他的嫩骨头在那里腐烂，只要不连累比尔。"

"什么？"老犹太失声惊呼。

"但愿他死掉，"姑娘顶着他的目光回答。"要是从此再也见不到那孩子，知道最坏的已成为过去，我将感到高兴。要是他在我身边，我反而受不了。一看见他，我就恨我自己，恨你们所有的人。"

"胡扯淡！"老犹太轻蔑地说。"你喝醉了！"

"我醉了？"姑娘痛心地喊道。"可惜我没有醉，这不能怪你。称你的心愿，最好我永远不清醒，但目前这个时候除外；我的脾气不合你的胃口，是不是？"

“是的！”老犹太发作了。“的确不合我的胃口。”

“那你改变我的脾气吧！”姑娘说完放声大笑。

“改变？”老犹太大声叫嚷；对方出人意料的倔强劲儿和自己这天晚上窝着的一肚子火终于使他忍无可忍。“我一定叫你改变！听着，你这个婊子！你听着，我只要三言两语就能把赛克斯送上绞架，这事如同我现在掐着他的牛脖子一样十拿九稳。要是他一个人回来，把孩子扔下；要是他自己脱身，不能把孩子还给我，不管死的还是活的；那末，你想救他逃脱杰克·凯奇[1]的手掌，除非你自己把他杀死！你得在他刚跨进这间屋子的时候就干掉他，否则后悔莫及，记住我的话！”

“这是什么意思？”姑娘情不自禁地叫了起来。

“什么意思？”费根气得像发狂一般。“那孩子对我说来价值几百英镑；机会让我稳稳坐享偌大一笔财产，我难道甘心让一帮我不费吹灰之力就能送他们上西天的醉鬼发酒疯把我的财运给断送吗？何况我还跟一个天生的恶魔已互相约定，只要这个人愿意，他有力量——”

老头儿喘吁吁地顿了一下，想找个适当的词儿，可是就在这顷刻之间，他刹住了自己那股暴怒的狂流，整个神态也蓦地变了样。一刹那以前，他的一双指头弯曲的手还在掐着空气，眼睛睁得老大，脸色气得发青；现在他却颓然倒在椅子里，缩做一团，生怕自己泄露了什么不可告人的秘密而浑身发抖。在沉默片刻之后，他鼓起勇气来望着对方。看到南茜仍然保持着最初未被他惊动之前那种百无聊赖的姿态，他才稍稍放心。

“亲爱的南茜！”老犹太恢复平时嘶哑的嗓音说。“我的话你可别往心里去，亲爱的，啊？”

“别跟我纠缠，费根！”姑娘没精打采地抬头答道。“要是这一回比尔没有得手，下一回总能得手的。他为你跑过多次好买卖，将来还能

---

①杰克·凯奇（？—1686），十七世纪六十至八十年代英国斯图亚特王朝复辟时期的绞刑吏。以后这个名字就用来泛指绞刑执行人。

跑好多趟，只要他办得到；要是办不到，那也无法可想。所以不必再提了。”

“那孩子怎么样呢，亲爱的？”老犹太心神不定地搓着自己的手掌问。

“那孩子只得跟大家一样碰运气，”南茜立即把他的话打断，“我再说一遍，我但愿他已经死了，不必再吃苦头，从此挣脱你的手掌，如果——如果连累不到比尔的话。既然托比能够脱身，比尔也一定平安无事，因为一个比尔任何时候都能顶两个托比。”

“那末刚才我说的事呢，亲爱的？”老犹太问，一双眼睛贼亮贼亮地紧盯着她。

“你若是要我做什么事情，你得从头再说一遍，”南茜答道。“要说也最好等到明天。你把我搅动了一阵子，可是现在我又提不起劲了。”

费根问了一些别的话，目的始终想要确定姑娘究竟有没有注意到他不小心露出的口风。但她的回答都是脱口而出，而且在老犹太犀利的目光下神情极为淡漠，于是费根最初觉得她颇有点醉意的印象完全被证实了。的确，酗酒在老犹太的女徒弟中间甚为普遍，在她们年纪更小的时候这一癖好非但没有受到制止，反而得到纵容；南茜也不例外。她那副蓬头垢面的模样、满室浓烈的杜松子酒味，无不为老犹太的猜测提供有力的佐证。在如上所述的一时冲动之后，她先是木然，后来又显得百感交集的样子：忽而痛哭流涕，忽而发出“别泄气！”之类的叫嚷，还有各种醉话，诸如“一位女士或先生只要快乐逍遥，别的统统都可以往脑后抛！”等等。费根先生在这类事情上过去积累了相当丰富的经验，看到她确实醉得厉害，心中十分满意。

这一发现使费根先生放下了心，他达到了上这儿来的双重目的：把今天晚上听到的消息告诉那姑娘，同时通过亲眼观察断定赛克斯并未回来。于是他打道回府，听任他的女徒弟把头搁在桌上入睡。

离午夜已不到一个小时。天色漆黑，冷透骨髓，他实在没有闲逛的雅兴。满街奔突的寒风像扫尘土和垃圾一般把行人扫除一空；路上绝少见人，而且看得出都是归心似箭。老犹太走的方向倒是顺风，背后的风每次粗暴地搡他一把，他就剧烈地哆嗦一阵。

到了他自己那条街的转角上，他已经在口袋里摸索着找大门钥匙，忽然从暗沉沉的门廊下闪出一条黑影，穿过街道，掠到他身旁而没有被发觉。

“费根！”有人在他耳边轻轻叫了一声。

“啊！”老犹太急忙转过头来。“你是——”

“对！”那人生硬地把他的话打断。“我在这儿泡了两个钟头。你到什么鬼地方去了？”

“干你交办的差使去了，亲爱的，”老犹太答道，他不安地向对方瞥了一眼，同时放慢脚步。“整整一个晚上都在为你的事跑腿。”

“喔，那当然啰！”那位陌生人冷笑着说。“有什么消息没有？”

“没有好消息，”老犹太说。

“但愿也没有坏消息？”说着，陌生人骤然止步，惊恐地向费根看了一眼。

老犹太摇摇头，正欲答话，但陌生人不让他开口。他们这时已走到房屋门前，陌生人指指那所房子，示意费根还是到屋里去谈为好，因为他在这里等了那么久，体内的血都凉了，站在风中好像没穿衣裳似的。

费根面有难色，很想婉言推托，省得在这深更半夜把生客带到家里去。他甚至嘟嘟哝哝说了一通壁炉已经熄火之类的话；但是对方用命令的口吻重申自己的要求后，他只得取出钥匙开了门，请客人轻轻把门关上，他去拿个亮儿来。

“这地方黑得像座坟墓，”客人说着摸黑向前走了几步。“快一点！”

“把门关好，”费根从过道尽头低声说。

正在他说话的当儿，门砰的一声关上了。

“这不是我干的，”客人说，一边在暗中摸索。“是风把它吹关了，或者是门自己关上的，反正不是这样就是那样。你快一点拿亮儿来，否则我非在这个该死的洞里撞得脑浆迸裂不可。”

费根蹑手蹑足下扶梯到厨房里去。不一会他就回来，带着一支点亮的蜡烛以及了解到的情况：托比·克瑞基特在地下室后间，两个少年在前间，都睡着了。他示意来客跟在他后面，自己带路上楼。

“我们要谈的一些话可以在这里谈，亲爱的，”老犹太推开二楼的一扇门说，“窗板上有窟窿，我们从来不让邻居看到这里有灯火，所以还是把蜡烛放在楼梯上。就这样！”

说着，老犹太俯身把蜡烛放在上面一段楼梯正对房门的地方。然后他带领客人走进房间；里边除了一把破圈椅和门背后一张没有套子的旧躺椅或沙发以外，什么家具也没有。来客疲惫地倒在沙发上，老犹太把圈椅拉过来，两人面对面坐着。屋子里不十分暗，因为门半开着，门外蜡烛的微光映在对面墙壁上。

他们窃窃交谈了一段时间，虽然除了不连贯的只言片语听不清他们在谈些什么，但旁人不难察觉费根遭到生客的指责在为自己辩护，而后者好像火气很大。他们这样谈了约莫有一刻多钟，然后蒙克斯（谈话过程中老犹太曾几次用这个名字称呼来客）稍微提高嗓门说：

“我再一次告诉你，这件事计划得很糟糕。为什么不留他在这里跟其他几个放在一起？教他做一个贼头贼脑的拖鼻涕扒手，不就完了？”

“瞧你说得多轻巧！”老犹太不以为然地耸耸肩膀。

“怎么？难道你是想说自己心有余而力不足？”蒙克斯厉声质问。“你用这样的办法对待别的孩子不是干了几十次吗？既然你有耐心至多可以等上一年，你难道不能设法让他给判了罪，稳稳当当逐出国境，甚至终身不得回到英国来？”

“那对谁有好处呢，亲爱的？”老犹太谦恭地问。

“对我，”蒙克斯回答。

“但是对我没有好处，”老犹太卑顺地说。“而他本来可能对我有用。一笔交易有两方面参加，总要兼顾双方的利益才是道理；你说对不对，亲爱的老朋友？”

“那又怎么样？”蒙克斯绷着脸问。

“我发现要训练他干这一行不容易，”老犹太回答。“他和在类似情况下的其他孩子不一样。”

“是不一样，这小杂种！”蒙克斯也咕噜道，“否则他早就成了一名小偷。”

“我抓不住什么把柄可以叫他往坏处变，”老犹太继续说，一面心怀疑惧观察对方的神色。“他始终没有落过水。我没有什么可以吓唬他的手段；照例，我们在开头的时候必须有这么一手，否则我们会白费力气的。你说，我该怎么办？派他跟逮不着和恰利出去？我们一开始就试过了，再也不敢试第二回，亲爱的。当时我为我们大家担心得直发抖。”

“那不关我的事，”蒙克斯说。

“当然，当然，亲爱的！”老犹太应道。“我现在并不是后悔这样做了；如果没有发生这件事，你决不会注意到这个孩子，也不会发现他正是你在寻访的对象。这就不必提了！我通过那个姑娘为你把他找了回来，可是以后她竟怜惜起这孩子来了。”

“把那个姑娘掐死！”蒙克斯不耐烦地说。

“不，现在我们还不能这样干，亲爱的，”老犹太微笑着回答，“再说，这等事也不是我们的本行，或者，有可能某一天我会乐于让别人去干。蒙克斯，这些小娘们的脾性我知道得很清楚。只要那孩子变得老练起来，她再也不会比关心一块木头更关心他。你要他成为一个贼。只要他活着，我总有一天能叫他变成一个贼；万一……万一……”老犹太挪动椅子向客人靠得更近些，“尽管这不大可能，但万一发生最坏的情况，他竟死了……”

“万一他死了，这可不能怪我！”蒙克斯大惊失色地插了一句，并用发抖的手紧紧抓住老犹太的胳膊。“话得讲讲清楚，费根！我可没有插手。我对你有言在先：别的怎么都行，就是不要他死。我不愿意出人命案子；这样做迟早要事发，而且会闹得一个人老是鬼魂附身。万一他被开枪打死，这跟我不相干；你听见没有？啊！这鬼地方真该一把火烧了它！那是什么？”

“怎么啦？”老犹太也跟着叫起来，他双手抱住吓得跳起来的胆小鬼。“在哪儿？”

“那边！”蒙克斯盯着对面的墙壁答道。“一个影子！我看见一个女人的影子，披着斗篷、戴着软帽，像一阵风从护壁板上飘过去！”

老犹太松开手，两个人仓皇失措地冲出房间。被穿堂风吹得泪痕狼藉的蜡烛还放在原来的地方。烛光只照着空落落的楼梯和他们自己煞白的脸。他们紧张地侧耳谛听；唯有一片深沉的寂静笼罩着整幢房屋。

“是你眼岔了，”老犹太把蜡烛拿起来，转脸向他的同谋者说。

“我敢起誓，我真的看见来着！”蒙克斯哆嗦着声称。“那影子在我第一次看见它的时候正向前探出身子；我一叫，它就逃跑了。”

老犹太用鄙夷的目光看看他那位面无人色的同伙，对他说：如果他愿意的话，不妨跟他上楼去。他们把所有的房间都查遍了，每一间都空空如也、冷得要命。他们下扶梯走到过道里，再从那里进入地窖。低矮的墙壁上长出了青苔，蜗牛和蛞蝓爬过的痕迹在烛光下闪闪发亮；然而万籁俱寂，到处死气沉沉。

“现在你还有什么话说？”老犹太在他们回到过道里以后问。“上上下下一个人也没有，除了你我自己，还有托比和两个孩子——对他们可以不用担心。你瞧！”

为了证明自己所言不虚，老犹太从口袋里掏出两把钥匙，并向他解释：他刚回来时第一次下地窖就把他们锁在各自的屋子里，为的是确保谈话不受任何干扰。

这一新添的证据使蒙克斯先生的信心大为动摇。随着他们的搜索一无所获，他对原来一口咬定的说法也愈来愈不坚持了。最后，他发出几声非常可恶的干笑，承认这可能仅仅是他神经过敏所致。不过，他拒绝在这个时候继续会谈，因为忽然想到时间已经过了一点钟。于是这一对亲密的伙伴便分了手。

第二十七章

为前面某一章极不礼貌地把一位太太撂在一旁赔礼补过

一个微不足道的写书人，如果让教区干事这样一位大人物背朝壁炉、撩起外套的下摆夹在腋下老是等着，直到写书人乐意放他自便为止，无疑是不恰当的；至于连带着把干事频频投以一往情深的目光的那位太太也给怠慢了，则更是忘其所以或对女士不礼貌的行为。刚才干事在她耳边低声倾诉的那些甜言蜜语，出自这样一位要人之口，无论属于哪一阶层的太太小姐听了都要胸中小鹿乱撞；而把这些话形诸笔墨的传记作者毕竟有自知之明，对于世上权势显赫的人物理应适当加以尊崇，所以急于向他们表示他们的地位所需要的敬意，急于对他们尽到他们的高贵身份和(随之产生的)伟大德行要求笔者务必尽到的全套礼数。为此，笔者甚至打算在这里发一通有关干事之权神授、阐述干事永远正确的议论，想必通情达理的读者不会不感到既愉快又有益；然而，很遗憾，由于受到时间和篇幅的限制，笔者不得不把这通议论推迟到更适当的时机再发，届时笔者将要论证，一位正式任命的干事——即指派到教区贫民习艺所任职、以公职人员身份参与该区教会事务的教区干事——凭职务拥有人类的一切美德和优点，而一般商号的干事，或法院的干事，甚或附属教堂的干事都完全没有资格染指其中任何一项美德和优点(附属教堂的干事算是例外，他们还有起码的资格)。

班布尔先生把茶匙数了又数，把糖夹子的分量掂了又掂，对牛奶壶加以仔细的考察，精确地估定了全部家具直至椅子的马鬃座子的成色，如此翻来覆去足有六次之多，这才想到考尔尼太太该回来了。一个念头产生出另一个念头；由于还听不见考尔尼太太的脚步声，班布尔先生认为，如果对考尔尼太太的抽屉柜内部浏览一遍，进一步满足自己的好奇心，想必不失为一种无伤大雅和合乎道德的消遣方法。

班布尔先生在锁孔旁听了一会，确信无人向此室走来，便从最底下开始了解三只长抽屉的内容。抽屉里满是式样美观、料子讲究的各种衣着，上下都用旧报纸精心铺衬，还点缀着薰衣草的干花茎，看来使他非常满意。他搜到右手角上的一只抽屉时(上面插着一把钥匙)，发现里边有一只用挂锁锁住的小匣子，经摇动发出像是钱币悦耳的铿锵之声。班布尔先生步态端庄地回到壁炉前，恢复原来的姿势，带着严肃而坚定的神态说："我一定这样办！"在作出这一意义重大的声明之后，他怪可笑地摇头晃脑达十来分钟，似乎在劝说自己不要辜负了这样的好运气；接着他对自己的两条腿从侧面左顾右盼，看样子非常得意，十分欣赏。

他还在那里悠闲地顾影自怜，这时考尔尼太太匆匆走进房间，上气不接下气地倒在炉旁的椅子里，一只手遮住眼睛，另一只手按在心口上，大口大口地喘气。

"考尔尼太太，"班布尔先生俯身向女总管说，"怎么啦，太太？出了什么事，太太？请你回答我；我——我——急得像——像——"班布尔先生心里想说"像热锅上的蚂蚁"，但由于心慌意乱，一时竟想不起来，结果说了"像坛子里的甲鱼"。

"哦，班布尔先生，"那位太太气急败坏地说，"简直把我烦死了！"

"把你烦死，太太？"班布尔先生叫了起来。"哪个胆敢——？我知道了！"班布尔先生摆出固有的庄重气派不让自己发作。"一定是那班混账的穷鬼！”

“这事想起来就可怕，”考尔尼太太哆嗦着说。

“那就不要去想它，太太，”班布尔先生接口说。

“可是我没法不去想它，”考尔尼太太竟抽抽搭搭地哭了起来。

“那就喝点儿什么吧，太太，”班布尔先生用劝慰的口吻说。“来一小杯葡萄酒，好不好？”

“千万不要！”考尔尼太太答道。“我不能……哦！上面第一层右手角落里……哦！”这位可敬的太太如此说着，神思恍惚地指指食橱，发出一阵自内而外的抽搦。班布尔先生一个箭步蹿到橱前，从她胡乱指点的那层搁板上取出一只容量为一品脱的绿色玻璃瓶，把瓶内之物倒了一茶杯递到考尔尼太太的嘴边。

“现在我觉得好些了，”考尔尼太太喝了半杯以后，靠在椅背上说。

班布尔先生虔诚地举目望着天花板感谢上苍，然后又朝下面看看杯子的边沿，把茶杯举到自己鼻子前嗅了一下。

“胡椒薄荷油，”考尔尼太太用微弱的声音说，同时向着干事盈盈倩笑。“你尝尝！里边还加了一点儿……一点儿别的东西。”

班布尔先生带着疑惑的表情尝了尝这种药，咂咂嘴，又尝了一口，最后把空杯子放下。

“这东西安神很灵，”考尔尼太太说。

“的确很灵，太太，”干事说时把椅子挪到女总管身边，亲切地问究竟发生了什么事情这样惹她心烦。

“没什么，”考尔尼太太回答。“我是个傻瓜，神经脆弱，容易激动。”

“并不脆弱，太太，”班布尔先生不以为然，他把椅子又挪近了一点点。“你难道是个脆弱的人吗，考尔尼太太？”

“我们都是脆弱的，”考尔尼太太说，这句话等于定下一条有普遍意义的原理。

“对，我们都是脆弱的，”干事说。

在接下来的一两分钟内，双方都没有说什么。过后，班布尔先生为了给上述论点提供例证，便把原先搁在考尔尼太太的椅背上的左臂从那里移到考尔尼太太的裙带上，并且渐渐地搂住了她的腰。

“我们都是脆弱的，”班布尔先生说。

考尔尼太太发出一声叹息。

“不要叹气，考尔尼太太，”班布尔先生说。

“我实在忍不住，”考尔尼太太说罢，又叹息一声。

“这间屋子挺舒适，太太，”班布尔先生环顾四周说道。“要是另外再有一间，太太，那就十全十美了。”

“一个人住太多，”那位太太喃喃地说。

“不过，两个人住不多，太太，”班布尔先生柔声细气地接口道。“你说呢，考尔尼太太？”

听干事这样一说，考尔尼太太垂下了头。干事也垂下头去瞧着考尔尼太太的脸。考尔尼太太十分得体地把头扭向一边，抽出一只手去取手帕，但是不知不觉地把自己的手放到了班布尔先生的手中。

“理事会供给你煤，是不是，考尔尼太太？”干事深情地握着她的手问。

“还有蜡烛，”考尔尼太太也轻轻地握着他的手回答。

“有煤，有蜡烛，还免收房租，”班布尔先生说。“哦，考尔尼太太，你真是一位天使！”

考尔尼太太面对如此奔放的热情再也无法自持。她倒在班布尔先生的怀抱里；那位先生激动之余，在她贞洁的鼻子上印下一个热烈的吻。

“天造地设的教区良缘！”班布尔先生喜不自胜地叹道。“我的迷人的仙子，你可知道，今晚斯劳特先生的病势加重了？”

“知道，”考尔尼太太羞答答地应道。

“医生说，他顶多再能活一个星期，”班布尔先生继续说。“他是贫民习艺所的所长；他一死，这个位子就出了缺；有缺就得补缺。哦，考尔尼太太，这会带来多么美好的前景啊！把两颗心合成一颗心，把两个家并成一个家，这是再好不过的机会！”

考尔尼太太竟啜泣起来了。

“你同意不？你只要说短短的一句话，”班布尔先生俯身问忸怩作态的美人儿。“只要很简单、很简单的一句话，我的有福的考尔尼太太！”

“同……同……同意！”女总管随着一声叹息吐出这两个字。

“再说一句，”干事趁热打铁，“把你的柔情蜜意集中起来再说一句。这事什么时候办？”

考尔尼太太两次试图启齿，两次都没有成功。最后，她鼓足勇气用两条胳臂搂住班布尔先生的脖子，说他认为什么时候合适就什么时候办，并说他是“一只不能不招人疼的小鸽子”。

事情就这样在相亲相爱和双方满意的气氛中拍了板。作为隆重草签合约的一种仪式，他们又倒了一杯胡椒薄荷油。由于考尔尼太太心跳得厉害，情绪激动之极，这杯药剂倒是大有必要的。她喝了以后，才把老莎利病死一事告诉班布尔先生。

“很好，”那位先生啜饮着他的一杯胡椒薄荷油说，“我回去的时候到索厄伯里家走一趟，叫他明天早晨把棺材送来。就是这件事把你吓坏了吗，我的心肝？”

“也没有什么特别的事情，亲爱的，”考尔尼太太闪烁其词地说。

“一定有什么事情，我的心肝，”班布尔先生坚持说。“你难道不肯告诉属于你的老班？”

“现在不行，”考尔尼太太也不让步，“过几天再说，等我们结了婚，亲爱的。”

“等我们结了婚？”班布尔先生惊呼。“莫非那帮男穷鬼中有人竟敢放肆——”

“不，不，我的宝贝！”考尔尼太太急忙打断他的话。

“如果我认为有这样的事，”班布尔先生继续说，“如果我认为他们中有人胆敢用下流的眼睛看这样可爱的容貌……”

“他们不敢这样做的，我的宝贝，”考尔尼太太说。

“那是他们的造化！”班布尔先生紧握拳头说。“我倒要看看，哪一个男人胆敢这样做，不管是靠教区救济的或不靠教区救济的！我要好好教训教训他，叫他下次再也不敢这样！”

设若没有激昂的手势作陪衬，这番话也许像是对那位太太的美貌给予并不很高的评价。然而班布尔先生在扬言的同时还佐以许多好斗的动作；看到这样忠诚的表现，考尔尼太太深受感动，大为赞赏，宣称他确实是一只招人疼的小鸽子。

于是鸽子竖起外套领子，戴上三角帽，同他未来的伴侣长时间热烈拥抱之后，再次向夜间的寒风挑战。他只在男贫民宿舍里逗留几分钟，把他们骂一顿，目的在于使自己确信：他定能用必要的尖刻来填补习艺所所长之缺①。班布尔先生对自己的水平感到放心，然后心情舒畅地离开贫民习艺所，陶醉在即将得到擢升的光明前景中，一路来到丧事承办人的店门前。

这时，索厄伯里先生和索厄伯里太太外出吃茶点连晚饭去了。诺亚·克雷坡尔除了为方便地发挥吃喝两大职能所必需的动作外，任何时候都无意承担更多的体力消耗；因此店门尚未关闭，虽然已过了通常的打烊时间。班布尔先生用他的藤杖轻轻敲了几下柜台，但没有引起注

① 原文这句话兼有两层意思。一层是：凭着班布尔的尖刻作风，他相信定能接替所长职务。另一层是：班布尔认为自己当了所长以后，有必要比他的前任更尖刻。据此，我们不妨把译文的“缺”字也理解成兼有“空缺”和“缺陷”两层意思。

意。他见店堂后面小客厅的玻璃窗里有灯火，便贸然朝里边张望，想看看那里在干些什么。讵料不看则已，看了以后他这一惊却非同小可。

铺了晚餐台布的桌上放着面包、黄油、盆子、杯子、一瓿子啤酒和一瓶葡萄酒。在餐桌的上首，诺亚·克雷坡尔先生大大咧咧地靠在一张安乐椅里，两条腿搁在一侧的扶手上，一只手拿着打开的折刀，另一只手里是一大块涂了黄油的面包。夏洛特站在他近旁把一只桶里的牡蛎拿出来剖开，克雷坡尔先生则赏脸狼吞虎咽地一一吃掉。这位小绅士的鼻子比平时显然要红些，右眼老盯着某一点眏个不停，这表明他略有几分醉意。还有一个可资佐证的迹象便是：他吃牡蛎的劲头之大，除了他极为赏识牡蛎对于体内的灼热感有清凉作用这一点外，没有其他恰当的解释了。

“诺亚，这一只特别肥嫩，亲爱的！”夏洛特说。“你尝尝，就这一只。”

“牡蛎可真是好东西！”克雷坡尔先生把那只牡蛎吞下去以后感慨地说。“可惜吃到后来总是会觉得不舒服；你说是不是，夏洛特？”

“这太残酷了，”夏洛特说。

“的确是这样，”克雷坡尔先生表示同意。“你喜欢不喜欢牡蛎？”

“不太喜欢，”夏洛特答道。“我喜欢瞧着你吃，亲爱的诺亚，比我自己吃更有意思。”

“我的天！”诺亚若有所思地说。“这太奇怪了！”

“再吃一只，”夏洛特说。“你瞧，这一只牡蛎的须子多美、多嫩哪！”

“我再也吃不下了，”诺亚说。“很抱歉。来，夏洛特，让我亲亲你。”

“什么？”班布尔先生闯进房间大喝一声。“那句话你再说一遍，先生！”

夏洛特发出一声尖叫，用围裙把面孔遮起来；克雷坡尔先生除了两条腿放到地上外，姿势没有其他变动。他面带惊恐的醉态瞪着教区干事

发呆。

“再说一遍，你这个混账、放肆的小子！”班布尔先生说。“你怎敢提这样的事情，先生？而你这个不知羞的小妮子，竟敢撺掇他？亲亲！”班布尔先生怒不可遏地叱喝着。“呸！”

“我并不想这样做！”诺亚哭丧着脸说。“她老是亲我的，不管我喜欢不喜欢。”

“哦，诺亚！”夏洛特用埋怨的口气叫了一声。

“你就是这样；你自己也知道是这样的！”诺亚顶了她一句。“她老是这样做的，班布尔先生；她不是摸摸我的下巴，就是做出种种肉麻的样子！”

“闭嘴！”班布尔先生厉声喝住他。“你滚到下面厨房里去，我的小姐？诺亚，你去把铺子关了。在你的主人回来以前，你要是再敢说一句话，小心你的脑袋！等你的主人回来以后，告诉他，说班布尔先生要他明天上午吃过早饭送一口老太婆的棺材去。听见没有，先生？亲亲！”班布尔先生举起一双手气愤地说。“这个教区里下等人的道德败坏真是惊人！如果议会对他们的可恶行为不闻不问，国家将毁于一旦，农民的本色将永远沦丧！”教区干事一边这样说，一边带着傲岸而阴郁的表情大摇大摆走出丧事承办人的店铺。

班布尔先生回家去了，殡葬老贫妇的一切必要的准备工作也做好了。现在让我们着手去打听一下小雾都孤儿的情况吧。看看托比·克瑞基特把他扔下以后，他是否还躺在沟里。

第二十八章

看看奥立弗究竟怎样了并续叙他的遭遇

“让狼咬断你们的喉管！”赛克斯咬牙切齿地咕哝着。“有朝一日你们落在我的手里，非叫你们一条条嗓门统统喊哑不可！”

赛克斯这句咒骂可谓极尽凶残狠毒之能事；在这同时，他屈着一条腿，把受伤的孩子的身体在他膝上暂时放一放，转过头去向后面的追捕者看了一眼。

天黑雾浓，几乎什么也看不清楚；但是人们的呐喊震荡着夜空，邻近一带的狗被警钟惊醒后的吠声在四面八方激起回响。

“站住，你这个胆小鬼！”赛克斯见托比·克瑞基特撒开两条长腿已经跑在前头，便在后面喊道。“站住！”

托比听到第二声吆喝，顿时停下来一动也不敢动。他对于自己是否在手枪射程之内没有把握，而处在目前心境下的赛克斯可不是好惹的。

“帮我一道来抬这小子，”赛克斯喝道，一边拚命向他的同伙招手。“回来！”

托比做出往回走的姿态，但走得很慢，同时居然敢于表示自己老大不愿意回去——尽管嗓音很低，因为气急而语不成声。

“快一点！”赛克斯喊道，他把孩子放到自己脚下一条没有水的沟里，接着从口袋里掏出手枪。“别在我面前耍花招。”

这时呐喊声更响了。赛克斯再次回头一看，发现自己站在一片田野里，而追捕的人们已经在爬越田野尽头的篱笆门，有两只狗还跑在人们前头几步。

“这下完蛋了，比尔！”托比叫道。“把孩子扔下，自己逃命吧。”说完这句临别赠言，克瑞基特先生宁可冒被朋友开枪打死的危险，也不愿肯定无疑地落到敌人手里，所以拔腿就跑，飞也似地逃之夭夭。赛克斯咬了咬牙，又回头看看，便把刚才匆匆裹住奥立弗的那件斗篷往直挺挺躺在沟里的孩子身上一扔，自己沿着树篱奔跑，似乎想把后面追踪者的注意力从孩子躺着的地点引开。跑到另一道与他行进的方向成正交的树篱前，他站住极短的一会儿工夫，然后把手枪高高地举到空中画了个圆圈，纵身越过这第二道树篱逃走。

“嘀，嘀，快来！”一个颤抖的声音在后面喊着。“品切尔！尼普顿！到这里来，到这里来！”

那两条狗同它们的主人差不多，对自己参与的这场追逐劲头也不大，因而听到把它们叫回去，都欣然从命。此时在这片田野里已跑了一段路的三个男人，就停下来一起商量。

“我看，或者更确切些应该说，我命令，”三人中最胖的一个说，“我们必须立刻回去。”

“凡是翟尔斯先生认为妥当的，我都同意，”身材较矮、但绝非瘦小的一个说；他脸色煞白，彬彬有礼，受惊的人往往如此。

“两位先生，我不愿显得不懂规矩，”那第三个说；狗就是他叫回来的。“翟尔斯先生拿主意就是了。”

“当然，”较矮的一个应道，“翟尔斯先生怎么说，我们决不反对。不，不，我决不会目无尊长！谢天谢地，我始终记住自己所处的地位。”说实在的，这位矮个儿看来确乎没有忘记自己的处境，而且十分清楚地知道这绝不是值得羡慕的处境，因为他说话时牙齿在捉对儿厮打。

“你害怕了，布立特尔斯，”翟尔斯先生说。

“我不怕，”布立特尔斯说。

“你怕的，”翟尔斯说。

“你瞎说，翟尔斯先生，”布立特尔斯说。

“你撒谎，布立特尔斯，”翟尔斯先生说。

这四句你来我往的对白皆因翟尔斯先生奚落别人而起，而翟尔斯先生出言伤人是出于气愤，他知道别人以恭维为幌子实则把回家去的责任推到他身上。结果还是第三位以十足的哲学家风度结束了这场争论。

“二位，依我看，”他说，“我们大家都怕。”

“你只能代表你自己，先生，”三人中最面无人色的翟尔斯先生说。

“我正是说我自己，”那第三位接口道。“在这种情势下害怕是很自然的，没有什么不应该。我确实害怕。”

“我也是，”布立特尔斯说，“但没有必要这样气势汹汹地指责别人害怕。”

这些坦率的自白使翟尔斯先生软了下来，他立即承认自己也害怕。于是三个人完全一致地掉转头来往回跑，直至翟尔斯先生(三人中他的气最短，而且还拖着一柄草叉)极其大度地坚决主张停下来，让他为刚才出言不逊表示歉意。

“不过，想想真是稀奇，”翟尔斯先生解释过后说道，“一个人心火上升时什么事都干得出来。如果这些恶棍有一个给我们逮住了，我一定会杀人；我知道我会这样干的。”

由于另外两位也有类似的感受，而现在他们的心火也跟他一样已告消退，三个人便开始探讨他们这种血气突然涨落的原因何在。

“我知道原因何在，”翟尔斯先生说，“关键在于那道篱笆门。”

“如果确实是这样，我不会觉得奇怪，”布立特尔斯表示同感，他领会这话的意思。

“你们可以相信我的话，”翟尔斯说，“正是那道门刹住了狂热的冲动。我在爬越篱笆门的时候，感觉到我的一股子气突然全泄了。”

也许是一种奇怪的巧合，另外两位在同一时刻也产生过这种不愉快的感觉。可见关键清清楚楚在于那道门；尤其在变化发生的时间上毫无疑义，因为三个人都记得，变化正好发生在他们进入盗贼视域的一刹那。

谈话的三个人有两个是把破门贼吓跑的；第三个是流动的补锅匠，他原先在外面的棚屋里睡觉，后来被叫醒了带着他的两条杂种狗一起参加追捕。翟尔斯先生是那座宅院的老主母所用的仆役长兼管家；布立斯特尔是打杂的，他从小就给这家主母当差，至今仍被当做一个有出息的孩子对待，尽管他年已三十有余。

三个人用这样的话互相壮胆打气，然而谁也不敢远离别人，每当一阵劲风吹过，树枝飒飒作声，就要提心吊胆地四顾张望。刚才他们把灯留在一棵树背后，免得灯光向盗贼指示开枪的目标；现在他们匆匆回到那棵树下。他们把灯提起来，一路跑步赶回家去。他们模糊的轮廓早已不可辨认，然而远远地还能看见那盏灯在眨眼、在跳舞，被提着迅速穿过潮湿而沉闷的空气，像是从这空气中产生的一点磷火。

随着侵晨的渐渐临近，空气愈来愈寒冷，雾像浓密的烟云在地面上滚动。草都被濡湿了，小径上、洼地里全是稀泥，催腐致病的阴风带着仿佛发自空穴的呻吟懒洋洋地吹来一股潮气。奥立弗依旧躺在赛克斯把他扔下的那个地方毫不动弹，人事不省。

天愈来愈亮。微明的曙色与其说是白天的诞生，毋宁说是黑夜的死亡；随着最初的晨曦在空中闪起暗淡的反光，寒气就更加砭骨侵肌。在黑暗中看起来模糊可怖的景物，不断变得清晰可辨，逐渐恢复它们平时的形状。一阵骤雨落在光秃秃的灌木丛中，发出很响的哗哗声。但是奥立弗感觉不到雨打在他身上；他还是孤单无援、神志昏迷地直挺挺躺在他的土床上。

后来，一声痛苦的呻吟划破了周围的沉寂；这孩子在发出呻吟的同时醒了过来。他那支仅用披巾胡乱包扎一下的左臂，现在沉甸甸地垂在身旁不能动弹；披巾已被血浸湿。他虚弱得几乎坐也坐不起来；等到坐起来以后，他有气无力地举目四顾，指望有人来救援，同时又疼得直哼哼。由于寒冷和困顿，他全身每一处关节都在战栗。他试着想让身体站直，但是从头到脚抖得厉害，结果又直挺挺倒在地上。

奥立弗从长时间的昏迷状态中苏醒后不久，在一阵好像有虫子在心上蠕动的呕吐感驱使下站起来试着走了几步，因为这种恶心的感觉似乎在警告他：他躺在这里是必死无疑的。他头晕目眩，脚步踉跄，像个醉汉。但他没有跌倒，尽管脑袋软绵绵地耷拉在胸前，尽管步履蹒跚，还是坚持向前走；至于到底往哪里走，他自己也不知道。

这时，无数纷乱而迷惘的印象一齐涌到他的脑海中来。他仿佛还夹在赛克斯和克瑞基特中间行走，而他们两人对骂的原话还在他耳际回响。当他作了一次惊人的努力使自己免于摔倒时，注意力似乎集中了一下，发现自己原来在跟他们谈话。后来，只有他和赛克斯两个人拖着沉重的步子一路行走，如同昨天那样；每当幽灵似的人影经过他们身旁，他就感觉到赛克斯把他的手腕子紧紧地扼住。忽然，枪声起处，他朝后打了个趔趄；接着人声鼎沸，火光闪闪，周围闹嚷嚷乱成一片，他自己被一只看不见的手带领着匆匆离去。透过这些迅速变换的幻象，一种模模糊糊的疼痛的感觉一刻不停地干扰着他，折磨着他。

他这样跌跌撞撞地继续前进，几乎是下意识地爬过门上栏杆间的空当，钻进挡路的树篱中的缝隙，直至走上大路。到了这里，雨下大了，他方始如梦初醒。

奥立弗看看四周，见不太远的地方有一座房屋，他估计走得到那里。冲他这副狼狈相，人们也许会瞧他可怜；即使人们不为所动，他认为死在附近有人的地方也比死在寂寞的旷野里强。他拚出全部力气接受这最后一场考验，踏着晃晃悠悠的步子朝着那座房屋走去。

当他逐步走近房屋时，开始产生一种似曾相识的感觉。细节他一点也记不起来，但是这座建筑的式样和外观他好像在哪儿见过。

那不是花园的围墙吗？昨天夜里他曾在里边的草地上向那两个汉子下跪求饶。这正是他们企图打劫的那户人家。

奥立弗认出这个地方后，一阵恐惧使他霎时间忘记了创痛，只想逃跑。逃跑！他连站也站不稳；即使他年幼瘦小的身体处在精力最充沛的状态，他又能逃到哪里去？他推了一下花园的门；门没有上锁，一推就开。他跌跌撞撞穿过草地，爬上台阶，有气无力地敲门；这时，他已经筋疲力尽，便靠在小小门廊的一根柱子上瘫倒在地。

翟尔斯先生、布立特尔斯和补锅匠惊慌、劳累了一夜之后，此刻正在厨房里喝茶吃点心提神充饥。平时，对于地位不如自己的仆人，翟尔斯先生并不过于亲近，倒是习惯于保持一种若即若离的态度，使他们既不见怪，又不忘记他在社会上的地位比他们高。但是，丧事、火警和失窃却能把各色人等拉平。因此，翟尔斯先生伸出两条腿坐在厨房炉档前，左臂支在桌上，右手做着各种手势，详详细细地叙述这次窃案发生的经过情形。在场的人(特别是一个厨娘和一个侍女)都聚精会神地听着，连大气也不敢喘。

“大约在两点半左右，”翟尔斯先生说，“也许将近三点钟了，我不敢肯定；反正那时我醒过来，在床上翻了个身，就像现在这样(说到这里，翟尔斯先生在椅子里翻一个身，把台布的一只角拉过来盖在身上当作被子)，忽然我好像听到有响声。”

听到这里，厨娘面色泛白，叫侍女去把门关上；侍女叫布立特尔斯去关，布立特尔斯叫补锅匠去关，补锅匠只做没有听见。

“……听到有响声，”翟尔斯先生往下讲。“最初我对自己说：‘怕是听错了吧？’正想重新睡着，忽然响声又起，这回我听得很清楚。”

“那是什么样的响声？”厨娘问。

“那是一种喀喇喀喇的响声，”翟尔斯先生回答，同时向左右前后张望。

“更像铁棍在肉豆蔻磨碎机上摩擦的响声，”布立特尔斯插了一句。

“在你听见的时候是那样，先生，”翟尔斯先生不以为然，“可是在我听见的当时，那是一种喀喇喀喇的响声。我把被子往下一推，”翟尔斯把台布推开些，“在床上坐起来仔细再听。”

厨娘和侍女同时叫一声“我的天！”，挪动各自的椅子，互相挨得更近。

“现在我听得清清楚楚，”翟尔斯先生继续说。“我对自己说：‘有人在撬门或窗；怎么办？我得叫醒布立特尔斯，免得这个可怜的孩子给杀死在床上；要不然，也许他的脖子从右耳到左耳被割断自己还不知道。’”

这时所有的视线都集中在布立特尔斯身上；他自己则一眼不眨地望着说话者，嘴张得老大，满脸都是最清楚不过的恐怖表情。

“我把被子掀开，”说着，翟尔斯先生把台布一扔，直勾勾地瞪着厨娘和侍女，“轻手轻脚从床上下来，穿上一条……”

“翟尔斯先生，这里有女士们在座，”补锅匠嘟哝着提醒他一句。

“……一双鞋，先生，”翟尔斯先生朝他转过脸去说，在“鞋”字上特别加重语气，“拿起一支实弹手枪（我每天晚上把它连同餐具篮一起带上楼去），踮着脚悄悄地向他的房间那儿走去。我把他叫醒以后，对他说：‘布立特尔斯，你不要害怕！’”

“是的，你是这样说的，”布立特尔斯低声加以肯定。

“我说：‘恐怕我们都活不成了，布立特尔斯；不过你不要惊慌，’”翟尔斯继续讲下去。

“那末他究竟慌了没有？”厨娘问。

“一点儿也不，”翟尔斯先生答道。“他很镇定。对！差不多和我一样镇定。”

“要是换了我，我相信一定会当场给吓死，”侍女插进来说。

“你是妇道人家嘛，”布立特尔斯发表他的看法；他现在胆大了些。

“布立特尔斯的话有道理，”翟尔斯先生点头表示赞同，“除此以外，还能指望一个女人怎么样呢？可我们两个是男子汉，于是我们拿起放在布立特尔斯炉旁保温架上的一盏遮光灯，在一团漆黑中摸索着下楼梯，就像这个样子。”

翟尔斯先生离座起身，闭着眼睛走了两步，给他讲的故事配上相应的动作；这时他忽然同其余在场的人一样吓了一大跳，急忙退回到椅子里，厨娘和侍女尖声叫了起来。

“有人敲门，”翟尔斯先生说，他竭力装作毫不吃惊的样子。“谁去开门？”

谁也不动一动。

“这么一大清早来敲门，看来是有点儿蹊跷，”翟尔斯说着把他周围一张张煞白的脸挨次看过来，他自己也面如土色，“可是门总得有人去开。听见没有，谁去开门？”

翟尔斯先生说时眼睛瞧着布立特尔斯。但这个年轻人生性十分谦逊，也许把自己看得微不足道，所以认为管家的话跟他不可能有关系；反正他没有应声。翟尔斯先生把吁请的目光移向补锅匠；但他竟突然睡着了。两个女仆更是不在话下。

“如果布立特尔斯需要有人看着才去开门，”翟尔斯先生沉默片刻后说，“我愿意做一个证人。”

“也算我一个，”补锅匠说；刚才他突然睡着了，现在又突然醒了过来。

布立特尔斯在这样的条件下方始屈服。他们三个人打开窗板，发现天已大亮，这才比较放心地上扶梯，让狗走在前头；两个女仆不敢待在下面，也跟在他们后头。他们按照翟尔斯先生的主意，大家高声交谈，以便向外面不怀好意之徒显示他们人多势众。按照同一位智多星想出的妙计，他们在前厅里使劲地扯那两条狗的尾巴，让它们拚命狂叫。

采取了这些防范措施之后，翟尔斯先生紧紧扼住补锅匠的胳臂（据他有趣的解释是为了不让他逃跑），这才下令开门。布立特尔斯照办了。于是他们隔着别人的肩膀提心吊胆地朝门外张望，却没有看见任何可怕的东西；只见可怜的小雾都孤儿虚弱得开不了口，勉强抬起沉重的眼皮，默默祈求他们的同情。

“一个男孩！”翟尔斯先生叫了一声；他英勇地把补锅匠推到后边去。“这是怎么回事？喂，布立特尔斯，你瞧，你认得出来不？”

开门时躲在门后的布立特尔斯，现在一见奥立弗，立刻大声呼叫起来。翟尔斯先生抓住那孩子的一条腿和一只手臂（幸而不是受伤的那一只），把他直接拖进前厅，放在那里的地板上。

“逮住了！”翟尔斯极度亢奋地向楼上嚷道。“一个贼给逮住了，太太！一个贼给逮住了，小姐！他受了伤，小姐！是我开的枪，小姐；当时布立特尔斯给我拿着亮儿。”

“——我提着一盏灯，小姐，”布立特尔斯用一只手半罩在口边喊道，好让声音传得清楚些。

两个女仆跑上楼去报告翟尔斯先生逮住了一名窃贼的消息；补锅匠忙于设法使奥立弗恢复知觉，生怕他来不及上绞架就死掉。在这一片喧嚷和纷扰之中，可以听到一个女子甜美悦耳的声音，七嘴八舌的场面顿时静下来。

“翟尔斯！”那声音从楼梯顶口轻轻叫了一声。

“我在这里，小姐，”翟尔斯先生应道。“你不要害怕，小姐；我没有受到什么损伤。他也没有拚命抵抗，小姐。我一下子就把他对付过来了。”

“嘘，小点儿声！”那位小姐说。“我大妈给贼吓得要命，现在你又要把她吓坏了。那个可怜的人伤势重不重？”

“伤得很厉害，小姐，”翟尔斯回答时得意非凡。

“看样子他快咽气了，小姐，”布立特尔斯照旧大声嚷嚷。“你要不要下来看看他，小姐？否则怕来不及了。”

“请你小点儿声，好不好？这才像是男子汉大丈夫！”小姐说。“你们安静地等一会，我去跟大妈说。”

说话的小姐踏着跟她的声音一样轻柔的步子走开去了，旋即带回来老太太的吩咐：把受伤的人小心抬到楼上翟尔斯先生的房间里去；让布立特尔斯骑一匹小马立刻到丘特西去叫警察和大夫尽快到这里来。

“不过你要不要先看一看他，小姐？”翟尔斯先生非常自豪地问，好像奥立弗是一只羽毛瑰丽的什么珍禽，被他使出不凡的身手才打中的。“要不要先看一眼，小姐？”

“要看也绝不是现在，”那位小姐回答说。“那人真可怜！喔！翟尔斯，看在我的分上，可不要难为他！”

老管家仰面看她转身走开，目光充满了骄傲和欣悦，好像那位小姐是他自己的孩子。然后，他俯身向着奥立弗，像女人一般体贴入微地帮着把他抬到楼上去。

第二十九章

介绍一下奥立弗去求援的那户人家

这是一间相当雅致的屋子，里边的陈设与其说是摩登的精美，不如说有老派的安适。摆好早饭的餐桌上布置得宜，一应俱全；桌旁坐着一老一少两位女士。翟尔斯先生一丝不苟地穿着全套黑色礼服在侍候她们。他站的位置约在餐具柜和餐桌之间，身体挺得笔直，头朝后仰着，略略侧向一边；左腿在前，右手插在背心里，下垂的左手拿着托盘。整个神态表明他因自己服务有功受到器重而深感满意。

两位女士之一年事已高；但是她的腰板笔直，可与她坐的一张高背栎木椅子媲美。她穿戴得极其齐整讲究；旧式的服饰奇妙地糅合着对时尚的若干小小让步，非但于格调无损，反而衬托出老派的优美。她端庄地坐着，两只手十指交叉放在自己面前的桌上。一双没有因年老而稍逊明亮的眼睛凝神看着与她同桌的一位小姐。

那位小姐正处在女性含苞待放的青春妙龄；如果真有天使为替上帝做好事而入主凡人躯壳的话，我们可以无须害怕亵渎神圣地料想，他们会选她那样的人作附身的对象。

她还不满十七周岁。她的天赋素质是那样娇嫩、纤弱，那样温和、柔顺，那样纯洁、美丽，看来尘世不像是她的故土，凡间的俗物也不是她的同类。甚至她那深邃的蓝眼睛里闪耀着的、她那高贵的额上展现着的聪慧，也与她的年龄不相称，与这个世界不协调。然而，那仪态万方的温柔贤淑，那照亮了整个面庞而不留丝毫阴影的千道光辉，尤其是那种欣悦、快乐的笑容，却生来就为了缔造和睦的家庭、炉边的安宁和幸福的环境。

她在餐桌上忙于做一些小事情，偶尔举目一看，发现老太太正好注视着她，便把款式很朴素的头发从额前朝后一掠，动作挺调皮；这时，从她明眸的一瞥中流露出来的深情挚爱，甚至天上的神灵瞧着她，也会笑逐颜开。

“布立特尔斯去了有一个多小时了吧？”老太太在一阵沉默之后问。

“一小时又十二分钟，太太，”翟尔斯先生把一条黑色丝带一拉，掏出银壳怀表来看了一下后答道。

“他老是慢慢腾腾的，”老太太说了一句。

“布立特尔斯一向是个慢性子的孩子，太太，”随侍的管家应道。顺便提一下，鉴于布立特尔斯作为一个慢性子的孩子已有三十多年，要他变得利索看来是不大可能的了。

“我看他不是变得利索起来，反而愈变性子愈慢了，”老太太说。

“如果他搁下正事去跟别的孩子玩儿，那是不可原谅的，”年轻的小姐笑盈盈地说。

翟尔斯显然正在考虑他自己作一个恭敬的微笑是否得体；这时一辆轻便双轮马车驶抵花园门前，车上跳下一位胖绅士，他径直奔向正门，并通过某种不可思议的方式很快地进宅入室，差点儿没把翟尔斯先生连同餐桌一起撞翻。

“这是闻所未闻的事情！”胖绅士嚷道。“亲爱的梅里太太——哦，我的上帝！——而且偏偏在更深夜静的时候，这真是闻所未闻的事情！”

胖绅士说着这些表示慰问的话，同两位女士一一握手，然后拖一把椅子过来，问她们受惊后觉得怎样。

“你们一定给吓得魂灵出了窍，这是毫无疑问的，”胖绅士说。“你们为什么不派人来报信？我担保我的仆人马上就能赶到；我也一样。我的助手也一定乐于帮忙；我相信在类似的情况下任何人都愿意出力。我的天哪！事情发生得这样突然！偏偏又在更深夜静的时候！”

看来那位大夫对这起盗窃案的出人意表和发生在夜间这一事实特别感到惊诧，好像梁上君子照例在大白天里行事，而且应该提前一两天花两便士邮资把预定的作案时间通知对方似的。

“露梓小姐，”大夫面向年轻的小姐说，“我想，你大概——”

“哦！确实是这样，”露梓把他的话头打断，“不过，楼上有一个可怜的人，大妈希望你给他看一下。”

“啊！说真的，”大夫应道，“我差点儿忘了。翟尔斯，据我知道，那是你干的，是不是？”

正在紧张地把茶杯重新摆好的翟尔斯先生一下子满脸通红，说他很荣幸地做了那件事。

“荣幸，嗯？”大夫说。“哼，我可吃不准；也许，在后厨房里开枪打中一名小偷和在十二步外打中你的对手一样光荣。你想一想，翟尔斯，人家朝天开了一枪，而你竟像跟谁决斗似的。”

翟尔斯先生认为，大夫看待这件事的轻率态度目的想要不公正地贬低他的光荣；于是便恭敬地回答说，他自己没有资格对此发表意见，不过据他看来，另一方并没有把事情当作儿戏对待。

“天哪，这倒是真的！”大夫说。“他在哪儿？你带我去。梅里太太，回头我下楼的时候再来看你。他就是从那扇小窗里爬进来的吗？哦，我怎么也无法相信！”

他一路说着跟随翟尔斯先生上楼去。趁他尚未走到楼上，让写书人向读者交代一下：洛斯本先生是当地的外科医生，方圆十英里内单说“大夫”即指他；他之所以发胖，与其说是生活优裕，毋宁说是乐天知命；他是一位善良、热心而又古怪的老单身汉，当今任何考察家恐怕要在五倍于此的地域内才能找到这么一个。

大夫到楼上去了很久，大大超过他自己和两位女士的预想。一只很大的扁匣子从轻便双轮马车里取了出来；卧室的铃响过好多次；仆人们上楼下楼奔跑不停。从这些迹象完全可以断定：楼上正在做一件重要的事情。最后他总算从楼上下来；在回答有关病人情况的焦急的询问时，他现出十分神秘的表情，并且谨慎地把门关上。

“这件事情离奇得很，梅里太太，”大夫背靠门站着说，仿佛防止被人推开。

“但愿他没有什么危险吧？”老太太说。

“像这样干法，如果有危险倒不是什么离奇的事情，”大夫回答说，“不过我不认为他有危险。这个贼你们看见了没有？”

“没有，”老太太答道。

“别人也没有把他的情形告诉你们？”

“也没有。”

“请原谅，太太，”翟尔斯插进来说，“我刚想向你报告有关他的情形，正好洛斯本大夫进来了。”

事情是这样的：翟尔斯先生起先没有勇气承认他开枪打中的只是一个孩子。他的勇武行为赢得了这么许多赞扬，致使他无论如何也得推迟几分钟再作解释；因为在这美妙的几分钟内，他临危不惧的短促英名正达到盛极一时的巅峰状态。

“刚才露梓想要去看看那个人，”梅里太太说，“可是我怎么也不让她去。”

“嗯！”大夫接口道。“他的样子一点也不可怕。我陪你们一起去看看，你们不反对吧？”

“如果这是必要的话，”老太太回答说，“当然不反对。”

“我认为这是必要的，”大夫说，“至少，我可以肯定：如果你们迟迟不去的话，将来一定要深悔没有及时去看他。他现在极其平静、十分舒坦。请允许我……露梓小姐，我来扶着你好吗？对那个贼一点儿也不用害怕，我用信誉担保！”

第三十章

叙述奥立弗给新来探望他的人留下什么样的印象

大夫喋喋不休地保证她们见了那名罪犯会感到这是一大愉快的意外，一边让年轻的小姐挽着他的一支胳臂，又伸出另一支胳臂让老太太扶着；就这样彬彬有礼、端庄稳重地带领她们上楼去。

“现在，”大夫轻轻地转动一扇卧室门上的把手，低声说，“你们对他的印象如何，可以说出来让我听听。他虽然已有好些时候没有理发修面，但是没有一丁点儿凶恶的样子。等一下！让我先看看这时候进去探望他是不是合适。”

他走在她们前面，先向房间里张望了一下，接着示意她们跟上来。等她们走进房间，他把门关好，然后轻轻拉开床前的帐子。她们原先以为将看到一个面目狰狞的亡命之徒，不料躺在床上的竟是一个孩子；他被创痛和困乏折磨得筋疲力尽，此时昏昏沉沉地睡着了。他的一支受伤的胳臂已包扎好，并且用夹板固定起来搁在胸前；脑袋斜靠在另一支胳臂上，他的长发从枕头上披散下来，把那支胳臂盖没了一半。

厚道的绅士撩着帐子，默默地看了一分钟左右。当他这样望着病人的时候，年轻的小姐已翩然走了过来，在床畔一把椅子里坐下，用手把覆在奥立弗脸上的头发掠开。她向这孩子俯下身去，眼泪扑簌簌地落到他的额上。

孩子的身体牵动了一下，他从睡梦中现出微笑，仿佛这些怜悯和同情的表示触发了某种美妙的梦境，那里有他从未得到过的爱。有时候，一段优美的音乐，或者一处幽静所在的潺潺水声，或者一朵花的芳香，甚或一句熟悉的话，都会突然唤起对生活中从未出现过的情景的模糊回忆；它们会像一阵轻风飘然消散，但看来总有早已逝去的、比较愉快的往事刹那间出现在脑海中，才能唤起这种回忆，否则单靠凭空臆想，那末，无论怎样绞尽脑汁也决计想不出来。

“这究竟是怎么回事？”老太太感到莫名其妙。“这可怜的小孩决不可能是盗贼的徒弟！”

“邪恶能在很多殿堂里栖身，”大夫叹息着放下帐子，“谁能说端正的外貌就不会包藏祸心？”

“可是他的年纪还那么小！”露梓不以为然。

“我亲爱的小姐，”大夫痛心地摇着头说，“罪恶同死神一样，不是单找到老朽头上。年纪极小、相貌极好而被罪恶选中为牺牲品的太多了。”

“不过，先生，难道你真能相信，这个瘦弱的孩子自愿充当一些最坏的社会败类的同伙？”露梓问。

大夫摇摇头，意思说他担心很有可能是这样；为了避免惊动病人，他把她们带进隔壁一间屋子。

“即使他做过坏事，”露梓继续说，“也该念他年纪还那么小；他可能从未得到过母亲的爱或家庭的温暖；也许是虐待、毒打或饥饿促使他同那些后来逼他犯罪的人混在一起。大妈，亲爱的大妈，看在上帝分上，请你把这件事想一想，不要急于让他们把这个有病的孩子拖进监牢里去；因为那里肯定是埋葬他改邪归正的一切机会的坟墓。哦！你是爱我的；你也知道，多亏你的好心和爱抚，我才从来不感觉到自己失去了父母；要不是这样，我也会尝到做孤儿的滋味，也会像这个可怜的孩子一样无依无靠；所以，趁现在还来得及，请你可怜可怜他吧！”

“我的宝贝，”老太太把泪流满面的少女搂在怀里说，“你以为我会伤害这孩子的一根毫毛吗？”

“哦，不！”露梓热切地回答。

“当然不会，”老太太说时下唇微微发抖。“我留在世上的日子不多了；只有我宽恕别人，自己才能指望得到宽恕！我该怎样做才能救他，先生？”

“让我想一想，太太，”大夫说，“让我想一想。”

洛斯本先生两手插入口袋，在房间里踱了几个来回，几次停下来，脚后跟抬起又放下，双眉紧锁的样子叫人望而生畏。他忽而宣布：“有办法了”；忽而又说：“不，这不是办法”——如此反复多次，踱步和皱眉的次数也不少，后来他终于一动不动地站住，并说了如下的一席话：

“如果你全权委托我去唬住翟尔斯和那个小孩子布立特尔斯，我估计我能把这件事办妥。我知道，翟尔斯是个忠心耿耿的老佣人；不过你可以采取无数种方法对他进行补偿，另外也嘉奖一下他练就这样一手好枪法。你不反对这样做吧？”

“也只得如此，如果没有别的办法救这孩子的话，”梅里夫人答道。

“没有别的办法了，”大夫说，“一点办法也没有，你可以相信我的话。”

“那末我大妈就全权委托你了，”露梓说着破涕为笑，“不过请不要过分难为那两个可怜的人，除非迫不得已。”

“露梓小姐，”大夫说，“你好像认为，除了你自己，如今每一个人都是狠心肠。为正在成长中的全体男性着想，我但愿第一个够格的年轻人吁请你加以垂怜的时候，你也这样面慈心软。可惜我不是年轻人，否则我一定立即利用眼前的大好机会这样做。”

“你跟可怜的布立特尔斯一样是个大小孩，”露梓回答的时候刷地红了脸。

“那倒不是什么太难的事情，”大夫说着放声大笑。“言归正传，还是谈那孩子的事吧。我们这项协议的主要条款还有待讨论。我估计他再过一小时左右醒来。虽然我对楼下那个死脑筋的警察说过，病人不能移动，不能说话，否则有生命危险；但我认为，我们跟他谈话对他没有什么危险。现在我提出一个条件：我将当着你们的面盘问他，如果根据他的话我们可以得出结论，或者说我可以让你们冷静的理性认识到，他是一个地地道道、彻头彻尾的坏东西（这很有可能），那末他只能听天由命，至少我再也不插手这件事了。”

“哦，不能这样，大妈！”露梓央求着。

“哦，只能这样，大妈！”大夫说。“就这样一言为定？”

“他不可能彻底堕落成一个坏蛋，”露梓说，“这是不可能的！”

“很好，”大夫接口道，“那就更没有理由拒绝我的建议。”

最后达成协议；于是双方坐下来，带着几分焦急的心情等待奥立弗醒来。

两位女士的耐性注定了要经受比洛斯本先生向她们预言的为时更长的考验，因为一个钟头接着一个钟头过去了，而奥立弗还是睡得昏昏沉沉。直至傍晚时分，好心的大夫才来告诉她们，说他总算醒了过来，可以跟他谈话了。大夫说，那孩子病得很重，因为流血过多而虚弱得厉害；但他良心上感到很痛苦，急于吐露什么事情，所以大夫认为最好还是给他这样的机会，不必硬要他保持安静等明天早晨再说——在别的情况下，大夫一定坚持要他这样做。

这次谈话持续了很久，因为奥立弗的身世虽然不算太复杂，但他原原本本谈得极其详细，并且经常由于疼痛和乏力而不得不暂停。在遮暗了光线的房间里，听一个病孩用微弱的声音缕述狠心的人们加在他身上的千灾百难，这件事不能不令人为之动容。唉！人们在压迫和折磨自己的同类时，为什么不想一想：人类作恶的罪证像浓密的阴云，尽管升腾缓慢，但是不可避免地会被天公发觉，最后总有恶报倾泻到他们自己头上？为什么不在想象中听一听任何力量也压制不了、任何尊严也封锁

不住的死人声音的悲愤控诉？如果他们能想这么一想，听这么一听的话，每天层出不穷的伤害、不义、磨难、困厄、暴行和冤屈哪里还会发生呢?

这天晚上，奥立弗的枕头由体贴的手加以整理抚平，他睡着以后有秀美和德行的化身在一旁守护。他感到宽慰和幸福，即使就这样死去也毫无怨言。

这次意义重大的谈话刚结束，奥立弗昏昏沉沉地似乎又想入睡，大夫便揉揉自己的眼睛，同时责怪这双眼睛太不中用，接着马上下楼去对付翟尔斯先生。由于在客厅里没找到人，他心想，也许在厨房里着手办这件事效果更好；于是他便向厨房走去。

在那个家宅国会的下议院里集会的有两名女仆、布立特尔斯先生、翟尔斯先生、补锅匠(他因出了不少力而被特别邀请接受一整天的款待)和一名警察。这位警察先生脑袋很大，眉粗眼大，脚上的半高统靴也大，一根警棍更大；看样子他已喝过相当数量的啤酒，事实也是如此。

议题还是昨夜的惊险故事；大夫进去的时候，翟尔斯先生正在大谈他自己如何临危不乱，而布立特尔斯先生拿着一杯啤酒，不等他的上司说完，就对他的每一句话加以证实。

“坐着，不用站起来，”大夫摆一摆手说。

“谢谢你，先生，”翟尔斯先生说。“老太太吩咐让大家喝点儿啤酒，先生；我因为不愿到自己的小房间里去，想跟大伙待在一起，所以也到这里来了。”

布立特尔斯带头，在座的女士先生跟着含含糊糊地讲了几句，大意是感谢翟尔斯先生给他们这样的面子。翟尔斯先生摆出一副保护人的姿态向左右前后看了一周，意思是说：只要他们好自为之，他决不撇下他们不管。

“现在病人的情况怎样，”翟尔斯先生问。

“嗯，还是那样，”大夫回答说。“我担心你恐怕给自己惹麻烦了，翟尔斯先生。”

“你的意思是不是说他快要死了，先生？”翟尔斯先生哆嗦着问。“要真是那样的话，我这辈子再也不会快活了。我不愿意打死一个孩子，包括这个布立特尔斯在内，哪怕把全郡所有的金银餐具都给我也不干，先生。”

“问题不在这一点上，”大夫神秘地说。“翟尔斯先生，你是一个基督教徒吗？”

“是的，先生，我想是的，”翟尔斯先生结结巴巴地答道，面色变得非常苍白。

“那末你呢，孩子？”大夫蓦地转向布立特尔斯问道。

“求上帝保佑，先生！”布立特尔斯给吓了一大跳。“我——我和翟尔斯先生一样，先生。”

“那末，”大夫说，“我要你们两个回答。你们两个都听着！你们敢不敢起誓，肯定楼上那个孩子正是昨天夜里被塞进小窗的那个孩子？说！快说！我等着你们回答！”

这位大夫被一致公认为世上脾气最好的人之一，他居然以这样盛怒的语气大兴问罪之师，把灌足了啤酒和亢奋之余本已晕头转向的翟尔斯和布立特尔斯吓得目瞪口呆、面面相觑。

“警察，注意他们怎样回答，”大夫说，一边极其严肃地扬着食指，并用它轻轻敲着自己的鼻梁，提请那位杰出的人物高度集中明察秋毫的注意力。“不久事情就有眉目了。”

警察尽可能现出悟性很强的样子，并且拿起原先闲置在炉边座位上的警棍。

“你将看到，我提这个问题无非想确定一下是否认错了人，”大夫说。

“说得对，先生，”警察应道；他呛得很厉害，因为仓促中想把啤酒喝完，不料有一部分走错了道进入气管。

“有贼闯进了这幢房屋，”大夫说，“有两个人曾在刹那间瞥见一个孩子，当时心慌意乱，硝烟弥漫，加上一片漆黑。第二天早晨，一个孩子来到发生窃案的这幢房子门前；因为凑巧他的一支胳臂用东西包着，这两个人就恶狠狠地对他动手，从而使他的生命陷于极大的危险之中，可是他们还一口咬定他是贼。现在不禁要问：根据事实，这两个人的做法究竟对不对？如果不对，那末他们又把自己置于何地？”

警察意味深长地点点头。他说，如果这样的提问不算合法合理的话，他倒乐于请教怎样才算合法合理。

“我再次向你们提问，”大夫用雷鸣般的声音说，“你们能不能庄严地起誓没有把那个孩子认错？”

布立特尔斯疑虑重重地望着翟尔斯先生；翟尔斯先生疑虑重重地望着布立特尔斯。警察一只手罩在耳朵后面等着听他们回答；两名女仆和补锅匠探出上半个身体，想听得清楚些；大夫用犀利的目光环顾四周。这时大门口响起了铃声，同时传来车轮的辘辘声。

“警探来了！”布立特尔斯叫了起来；他显然大大地松了一口气。

“什么？”大夫失声惊呼；现在轮到他发呆了。

“鲍大街[1]的警探来了，先生，”布立特尔斯一边回答，一边拿起烛台。“是我和翟尔斯先生今天上午托人去请来的。”

“什么？”大夫再次惊呼。

“是的，”布立特尔斯答道，“我托马车夫捎了个信，我奇怪的倒是他们怎么这时候才来，先生。”

“是你们请来的？你们这些该死的……该死的马车！走得这样慢！我没什么可说的了，”话音未落，大夫已经走开。

---

① 指伦敦鲍大街的违警罪法庭。

第三十一章
紧要关头

“是谁？”布立特尔斯问；他并不拔去防盗链的搭钩，只把门打开一点点，一手遮着烛光朝外面张望。

“开门，”外边一个男人答道，“是鲍大街的探员，你们今天派人来请的。”

经此一说，布立特尔斯放心多了，便把门开直。站在他面前的是个穿大衣的彪形大汉。这人没有再说什么就走进来，在棕毯上擦了擦鞋底，从容得像是住在这里的人。

“年轻人，派一个人出去替换我的伙伴，好不好？”那位探员说。“他在车上照看马儿。你们这里有没有马车房，让车可以停上五分十分钟的？”

布立特尔斯回答说有，并指了一下在外边的车房；于是彪形大汉又走到大门外，帮助他的同伴把一辆双轮轻便马车在车房里停妥，布立特尔斯现出十分钦佩的样子给他们照着亮儿。接着，他们回到屋里；被让进客厅以后，两位探员脱去大衣和帽子，现出了本相。

叫门的是个中等身量的壮实男子，五十上下年纪；乌黑发亮的头发剪得很短，两鬓蓄有半截络腮胡子；一张圆脸盘，眼光很尖利。另外一个长着一头红发，穿一双翻口高统马靴，相貌实在寒碜，一个朝天鼻子看起来怪阴险的。

“通知你家主人，就说勃勒瑟斯和达夫到此，”魁梧的一个说着掠了一下自己的头发，把一副手铐放在桌上。

“哦！晚上好，先生。我想跟你单独谈几句话，可以吗？”

这话是对刚刚出现的洛斯本先生讲的。大夫示意布立特尔斯出去，自己带着两位女士进来，然后把门关上。

“这位就是本宅的女主人，”洛斯本先生指着梅里太太介绍说。

勃勒瑟斯先生鞠了一躬。主人请他坐下，他便把帽子放在地板上，自己坐一把椅子，并示意达夫也这样做。这第二位先生看来比较不习惯与体面人为伍，或者在这种场合比较不自在——两者必居其一；他四肢的肌肉抽风似地牵动了一阵以后这才坐下，一时手足无措，竟把手杖的上端塞在自己口中。

“现在谈谈这里发生的盗窃案，先生，”勃勒瑟斯说。“事情的经过是怎样的？”

洛斯本先生大概想拖延时间，在重新缕述的时候把经过情形拉得很长很长，还穿插了大量题外的话。勃勒瑟斯先生和达夫先生则显得胸有成竹，偶尔互相点点头表示会意。

“当然，在看过现场之前我不能下什么断语，”勃勒瑟斯说，“但眼下据我看来——我可以把话说到这样的程度——这件事不是阿乡干的；你说呢，达夫？”

“当然不是，”达夫表示同意。

“让我把‘阿乡’这个词儿给两位女士翻译一下。据我理解，你的意思是说，企图作案的不是乡下人？”洛斯本先生含笑说。

“对，先生，”勃勒瑟斯应道。“有关盗窃案的情况就是这么一些？”

“是的，”大夫回答。

“那末，佣人们说这里有一个孩子，究竟是怎么回事？”勃勒瑟斯问。

“那是不相干的，”大夫答道。“有一个吓昏了头的佣人忽发奇想，认为那孩子跟这件未遂的盗窃案有关；但这是胡说八道，纯属无稽之谈。”

“如果这样的话，那好办，”达夫说。

“他说得完全正确，”勃勒瑟斯点头加以肯定，一边随意摆弄着手铐，简直把它当作一副响板。“那孩子是谁？他自己说些什么？他是哪里来的？总不见得是从云端里掉下来的吧，先生？”

“当然不是，”大夫答道，同时惴惴不安地向两位女士瞥了一眼。“我了解他的全部经历，不过这个问题我们可以回头再谈。我想，你们二位先要看看窃贼企图作案的现场，是不是？”

“当然，”勃勒瑟斯说。“我们还是先到现场踏勘，回头再向佣人进行调查。这是办公事的老规矩。”

这时灯烛已经准备好，于是勃勒瑟斯和达夫两位先生在本地的警察、布立特尔斯、翟尔斯以及其他所有的人陪同下走进过道尽头的那个小房间，向窗外看看；再经过草地绕到那间屋子外面，向窗内瞧瞧；接下来这两位探员举起从窗口递给他们的烛台察看窗板；接下来又提着马灯寻找脚印；临了还用草叉搜索了矮树丛。然后，其余的人屏住气紧张地注视着他们回到屋里。翟尔斯先生和布立特尔斯被要求现身说法介绍他们昨夜的惊险经历。他们前前后后重复了五六遍：第一遍时互相矛盾的重要情节不多于一处；到最后一遍时也不过十来处。取得这样的结果以后，勃勒瑟斯和达夫从房间里出去秘密而郑重地商量了很久；与之相比，几位大名医就某一最棘手的病例举行的会诊只能算是儿戏。

在这同时，大夫在隔壁房间里心神不定地来回走着；梅里太太和露梓面带焦虑的表情向他望着。

“凭良心讲，”在很快地走了好多个来回以后，他停下来说，“我简直不知道该怎么办。”

“说真的，”露梓说，“要是把那可怜的孩子的故事如实告诉他们，一定可以使他免罪。”

“我表示怀疑，亲爱的小姐，”大夫摇着头说。“我不认为这样可以使他免罪，不管是告诉他们还是告诉更高级的司法官员。他们会问：他到底算什么呢？一个逃跑的孩子。单纯从世俗观念和常情判断，他的故事是很可怀疑的。”

“你不是相信的吗？”露梓插了一句。

“我是相信的，尽管这故事很离奇；我也许会因此而做一个老傻瓜，”大夫说。“但我认为，这故事讲给老资格的警探听毕竟不合适。”

“为什么不合适？”露梓问。

“我的可爱的审讯官，”大夫回答，“因为从他们的角度看来，其中不体面的地方很多；那孩子只能证实对他不利的部分，而不能证实对他有利的部分。那些可恶的家伙一定要问这是什么缘故，那是什么目的，就是不相信别人的话。你也知道，他自己承认过去有一段时间同盗贼在一起；他曾经被指控对一位绅士进行扒窃而上过公堂；后来他从那位绅士的家里出来，被强行带到一个地方，这个地方他既不能描述，又指点不出来，究竟在哪里他连最粗略的概念也没有。以后他又被带到丘特西，带他来的人好像把他当做无价之宝，不管他愿意不愿意；他们把他塞进窗户，准备打劫一家宅院；他正想叫醒屋里的人，正要做这件可以洗刷他全部罪名的事情，这时候偏偏那个败事有余的混蛋仆役长闯进来向他开了枪，好像存心不让他做一件对自己有利的事！现在你该明白了吧？”

“我当然明白，”露梓听了大夫这番感情用事的激烈话语之后含笑回答说，“但我还是看不出其中有哪一点可以把这个可怜的孩子定罪。”

“没有，”大夫说，“当然没有！愿上帝保佑你们女人明亮的眼睛！不论是好是歹，你们的眼睛永远只看到任何问题的一面，而且照例总是最初看到的那一面。”

大夫发表了这一通经验之谈后，两手往口袋里一插，以更快的速度在房间里来回地走着。

“我愈想愈不放心，”大夫说。“如果我们让那些人知道了这孩子的真实故事，麻烦和难题就没有个完。我肯定他们不会相信；即使他们最终不可能拿他怎么样，他们还是可能拖下去，对这件事提出种种疑点并且张扬出去，那末，你们出于一片好心想救他脱离苦海的计划还是会遇到严重的障碍。”

“哦！那怎么办呢？”露梓激动地问。“天哪！天哪！他们把这两个人请来干什么？”

“是啊，请来干什么？”梅里太太也说。“我无论如何不会要他们到这里来。”

“现在只有一个办法，”洛斯本先生最后坐下来说，他似乎已横下一条心，“我们必须硬着头皮把这件事干到底。我们的目的是高尚的，凭这一点就情有可原。那孩子有明显的热病症状，他不能再跟别人谈话；这是一个有利条件，我们必须充分加以利用。要是利用的结果还是无济于事，我们也算尽到人事了。进来！”

“事情清楚了，先生，”勃勒瑟斯走进房间说，后面跟着他的同事；在继续说话之前，他先把房门关严实。“这不是一出接应双簧。”

“‘接应双簧’究竟是什么鬼名堂？”大夫不耐烦地问。

“女士们，”勃勒瑟斯说时转过去面向着她们，似乎觉得她们的无知实在可怜，但对大夫的无知则表示轻蔑，“我们把有佣人充当内线的盗窃案称为‘接应双簧’。”

“在这件事上头没有人怀疑过他们，”梅里太太说。

“显然没有怀疑过，太太，”勃勒瑟斯接着说，“但他们还是可能插手的。”

“正因为不怀疑到他们，他们更可能插手，”达夫说。

“我们发现这件事是伦敦人干的，”勃勒瑟斯继续他的报告，“手艺是第一流的。”

“干净利落，没说的，”达夫低声插话。

“是两个人干的，”勃勒瑟斯往下说，“他们还带着一个小孩；从窗户的大小一看就明白了。目前我们所能说的就是这一些。如果可以的话，我们想立刻去看看在你们楼上的那个孩子。”

“梅里太太，也许应该先请他们喝点儿什么？”大夫说时面色豁然开朗，仿佛想到了一个新主意。

“啊，说得对！”露梓热心地附和道。“二位愿意的话，马上就可以办到。”

“谢谢你，小姐！”勃勒瑟斯说着用大衣袖子抹了抹嘴唇。“干我们这一行很容易口渴。你瞧什么方便就给点儿什么，小姐；请不要过于为我们张罗。”

“你们喜欢喝什么？”大夫问；他跟随年轻的小姐向餐具柜走去。

“只要一点儿烈酒，先生，如果不太麻烦的话，”勃勒瑟斯答道。“从伦敦到这里一路上冷得够呛，太太；我总觉得烈酒对于恢复身上的暖气最有效。”

这番颇有意思的见解是向梅里太太发表的，她很有礼貌地恭听如仪。乘这个机会大夫从房间里溜了出去。

“啊！”勃勒瑟斯并不执持酒杯的高脚，而是用左手的大拇指和食指夹住底部把杯子举到胸前。“太太，小姐，这样的案子我见过许许多多。”

“勃勒瑟斯，还记得埃德蒙顿一条小巷里的那件案子吗？”达夫先生帮助他的同事回忆。

“跟这一回有点儿相像，可不是吗？”勃勒瑟斯接着说，“那件事是大烟囱契克维德干的。”

“你老是把那件事算到他的账上，”达夫说。“我告诉你，那是家猫裴特干的。那件事跟大烟囱就像跟我一样毫无关系。”

“去你的吧！”勃勒瑟斯把他的话打断。“我比你知道得清楚。你可记得大烟囱自己的钱被人偷去的事吗？那才精彩呢！比我看过的哪一本小说都带劲！”

“那是怎么回事？”露梓问；只要发现这两位不受欢迎的客人表现出任何心情愉快的征兆，她就竭力加以鼓励。

“小姐，这是一起本来谁也不会深究的盗窃案，”勃勒瑟斯说。“那个大烟囱契克维德——”

“大烟囱就是大鼻子，小姐，”达夫插了一句。

“小姐当然知道，可不是吗？”勃勒瑟斯先生说。“你干吗老是打断别人的话，伙计？小姐，那个大烟囱契克维德在决战桥大道上开一家酒店；那里有一个地下室，许多公子哥儿常到那里去看斗鸡、捕獾之类的把戏；这些游戏安排得很巧妙，我去看过好多回。当时他还没有加入贼帮。有一天夜里，他放在一只帆布口袋里的三百二十七个畿尼被偷了；据说是一个戴黑眼罩的高个儿夜深时从他卧室里偷走的。那人先躲在床底下，作案以后从二楼的窗户里跳出去。他的动作很快。可是大烟囱的动作也很快；他被响声惊醒，连忙从床上跳起来，用一支大口径的短家伙向他开枪，惊动了街坊。他们立刻发动一场追捕。当他们在附近搜索的时候，发现大烟囱打中了那个贼；因为一路上都有血迹，直到相当远的一道木栅前才消失。不管怎样，那个贼还是带了钱逃跑啦；于是持有卖酒执照的契克维德先生的名字就和别的破产者一起登上了公报。当时为这个倒霉的人募集了各种名目的救济和捐款，我已记不清一共有多少；而他丢了这笔钱以后一直垂头丧气，在街上来回走了三四天，拚命地揪自己的头发，使很多人担心他会寻短见。一天，他急匆匆来到衙门里跟地方法官密谈了半天，谈完以后法官打铃把詹姆·斯派尔斯叫去(詹姆是个能干的探员)，命他去协助契克维德先生拘捕偷他钱的那个人。契克维德说：‘斯派尔斯，昨天上午我看见他打我家门前走过。’斯派尔斯问：‘你为什么不抓住他？’那个倒霉的人说：‘我气得昏头昏脑，任何人用一根牙签就能把我的颅骨打碎；不过我们一定能把他逮住，因为昨天晚上十点到十二点之间他又在我家门前走过。’斯派尔斯听他说完，立刻把几件内衣和一把梳子塞进口袋，因为说不定要待上一两天；然后跟他一起回去。斯派尔斯躲在酒店的一处窗子旁边，用红窗帘作掩护，帽子一直戴在头上，只要一声关照，马上可以冲出去。

夜深了，他坐在那里吸烟斗，忽然听见契克维德没命地叫喊：‘他在这里了！捉贼！救命啊！’詹姆·斯派尔斯急忙跑出去，见契克维德狂叫着在街上飞奔而去。斯派尔斯跟着追上去；契克维德在前面跑。行人纷纷转过头来，每一个人都大喊：‘捉贼！’契克维德自己始终拚命地叫嚷，像个疯子似的。在他转过一处拐角的片刻间，斯派尔斯失去了他的踪影，赶紧冲过街角，只见那里围着一小群人，便钻进去问：‘哪一个是贼？’契克维德说：‘该死的！我又让他跑啦。’这真是件怪事；但既然哪儿也找不到，他们只得回酒店去。第二天早晨，斯派尔斯又坐在老地方，从窗帘后面注意看有没有一个戴黑眼罩的高个儿，直看得他自己两眼疼痛。最后他不得不把眼睛闭上，让它们休息一会；他刚刚合上眼睛，立刻听见契克维德叫喊：‘他在这里了！’斯派尔斯再次冲出去，而契克维德已经跑在他前头有半条街远；他们跑了比昨天多一倍的路，那人又不见了！这样的情况还重复过一两次。最后，一部分街坊认为，契克维德的钱是被魔鬼偷去的，魔鬼偷了钱之后还在跟他恶作剧；另一部分则认为，倒霉的契克维德先生因为伤心过度而发了疯。”

“詹姆·斯派尔斯怎么说呢？”大夫问；他在这故事开始以后不久就回到房间里来了。

“詹姆·斯派尔斯在很长一段时间内什么也不说，”探员继续讲下去，“他留神听着所有的动静，可是别人看不出来；这表明他确实在行。一天早晨，他走到酒吧柜后面，掏出他的鼻烟盒，说：‘契克维德，我已经查出偷东西的人了。’契克维德说：‘真的吗？哦，亲爱的斯派尔斯，只要让我出了这口气，我死也瞑目！亲爱的斯派尔斯，那坏蛋在哪儿？’斯派尔斯向他敬了一撮鼻烟，说：‘够了！别装蒜啦！事情是你自己干的。’确实是他干的；他借此捞了不少钱呢。若不是他那样卖力把假戏真做，这件事永远不会被人识破；他演得过火了！”勃勒瑟斯先生放下酒杯，喀啷一声把手铐锁上。

"真有意思，"大夫说。"现在，如果你们二位方便的话，可以到楼上去了。"

"只要你方便，先生，"勃勒瑟斯先生应道。于是，两名探员紧跟着洛斯本先生上楼到奥立弗的卧室里去。翟尔斯先生手持烛台走在前面给他们一行照路。

奥立弗刚打过一个盹儿，但他的面色却更难看，热度比先前升得更高。他由大夫扶起来勉强在床上略坐片刻，对两位陌生人看看，完全不明白这是怎么一回事——好像一点也想不起自己在什么地方或发生了什么事情。

"这个孩子，"洛斯本先生声音不高、但很激昂地说，"因为顽皮无知，闯到这儿后面某先生的庄园里，被弹簧枪[①]打伤了；今天早晨他到这里来求救，不料这位现在手里拿着烛台的先生立刻把他抓起来，异想天开地当他盗贼对待；作为一个医生，我可以证明，他使这个孩子的生命遭到了严重的危险。"

当翟尔斯先生被这样介绍给他们两位的时候，勃勒瑟斯先生和达夫先生向他瞧了一下。莫名其妙的仆役长睁大眼睛看看他们，又看看奥立弗，再看看洛斯本先生，那种惊慌和困惑兼而有之的表情可笑极了。

"我想，你不准备否认事实吧？"大夫说着，同时小心翼翼地让奥立弗重新躺下。

"我完全是出于——出于一番好意，先生！"翟尔斯答道。"当时我真的以为他就是那个孩子，否则我决不会跟他过不去。我不是冷血动物，先生。"

"你当时以为他是哪一个孩子？"探员中资格较老的一个问。

"我以为他是盗贼带来的孩子，先生！"翟尔斯回答说。"他们肯

---

① 指暗设在私人庄园内的一种火枪装置；当局并不禁止采用这种办法对付偷猎者。

定带着一个孩子。”

“好！那末你现在还以为是这样吗？”勃勒瑟斯问。

“以为怎样？”翟尔斯傻乎乎地望着审讯者问道。

“是不是还以为他就是那个孩子？笨蛋！”勃勒瑟斯先生不耐烦地说。

“我不知道；我真的不知道，”翟尔斯哭丧着脸说。“我不敢起誓作证。”

“你自己是怎么想的呢？”勃勒瑟斯先生问。

“我也不知道该怎么想，”可怜的翟尔斯答道。“我不认为他就是那个孩子；对，我几乎可以肯定他不是。你们知道这是不可能的。”

“这家伙是否喝醉了，先生？”勃勒瑟斯转脸向着大夫问道。

“你啊，真是个十足的糊涂虫！”达夫带着极度的轻蔑冲翟尔斯先生说。

在以上这番简短的对话过程中，洛斯本先生给病人诊了脉；现在他从床畔的椅子里站起来说，如果两位探员对这件事还有什么怀疑的话，不妨到隔壁房间里去把布立特尔斯叫来问一问。

按照这个建议，他们来到隔壁一间屋子。被叫到那里的布立特尔斯，把自己和他那位可敬的上司卷进了比先前更加矛盾百出、更加荒谬绝伦的一团乱麻，除了证明他自己的头脑糊涂透顶这一事实以外，没有使任何一件事情得到澄清。不过他声明，此刻即使把确实是贼的那个孩子放到他面前，他也认不出来；他之所以把奥立弗当作那个孩子，仅仅因为翟尔斯先生如此说；而翟尔斯先生五分钟前已在厨房里承认，他开始感到非常担心——担心自己莽撞了些。

除了其他种种异想天开的臆测外，这时有人提出这样一个问题：翟尔斯先生究竟有没有开枪打中任何人？在检查了与他昨夜用过的那支配对的另一支手枪以后，发现里边除火药和牛皮纸填弹塞外，并未装上具有杀伤力的东西。这一发现使每个人都留下深刻的印象，只有大夫不在此例，因为就是他在大约十分钟之前把弹丸取了出来。[①]但是，受到震动最大的还是翟尔斯先生自己。他由于担心自己可能使一个同类受到致命伤，已经苦恼了好几个小时。现在他急切地抓住这个新的设想不放，简直到了爱不忍释的程度。最后，两名探员不再为奥立弗多伤脑筋，就让丘特西的警察留在宅内，自己到镇上去过夜，说是明天早晨再来。

第二天早晨，传来一个消息，说有两个男人和一个男孩被关在金斯敦的监牢里，他们前天夜里因为形迹可疑而被拘捕。勃勒瑟斯先生与达夫先生于是前往金斯敦。不过，所谓的形迹可疑，经调查可归结为一个事实：他们被发现睡在一个干草垛下。这虽然是一大罪状，却只能处以监禁；根据英国法律的仁慈观点及其对王国全体臣民的博爱精神，在缺乏其他证据的情况下，这一事实不足以判定睡觉的人犯有使用暴力的夜间盗窃罪，也就不应处以极刑。勃勒瑟斯先生与达夫先生只得空手而回。

简而言之，经过进一步审问，费了许多口舌，地方法官才欣然准许梅里太太和洛斯本先生联名保释奥立弗，但必须随传随到。勃勒瑟斯和达夫得了两个畿尼的酬劳返回伦敦，但他们对此案的看法却有分歧：达夫先生对全部情节加以深思熟虑的结果，倾向于相信这一未遂的夜盗案是家猫裴特所为；勃勒瑟斯先生则在同等程度上倾向于把这一功绩完全归于大烟囱——伟大的契克维德先生。

其时，在梅里太太、露梓和心地善良的洛斯本先生齐心合力照料下，奥立弗开始逐步恢复健康。如果说，发自肺腑、充满感激的热烈祈祷会上达天听的话，（否则祈祷还有何用！）那末，这个孤儿为他们祈求的天恩已注入他们的心灵，化为平静和幸福。

---

① 旧式的手枪每发一枪即须另装火药和弹丸，翟尔斯备有两支装上弹药的手枪，一支被用来打中奥立弗后尚未另装弹药。大夫偷偷地把另一支手枪里的弹丸取走，以此证明翟尔斯的两支手枪当时都没有装上弹丸。

第三十二章

奥立弗在好心的朋友们那里开始过幸福的生活

奥立弗的疾患既不轻也不少。除了手臂骨折的伤痛和没有得到及时治疗造成的后果外，由于在潮湿寒冷的户外待了太久，他发烧打颤的现象持续了好几个星期，折腾得他消瘦不堪。但他终于慢慢地有了起色，有时也能热泪盈眶地说几句话，表示铭记不忘两位可亲的女士的一片好心。他热烈地希望，等自己身体重新好起来以后，可以做一点事情聊表谢忱，让她们看到他的心中充满了敬爱；哪怕是做一点点微不足道的小事情，也好向她们证明，全仗她们一片恻隐之心方始从灾难或死亡中得救的苦命孩子，不是忘恩负义之辈，而是切盼着全心全意报答她们。

“可怜的孩子，”露梓说；这一天她听奥立弗好不容易说出了涌到他苍白的唇边的这番感恩的话，“你有的是机会报答我们，只要你愿意。我们打算到乡下去，我大妈有意思带你一起去。那里环境安静，空气新鲜，加上快乐、美丽的春天就要来到，你要不了多少日子身体就会复元；等到可以麻烦你的时候，我们用得着你的地方多着哩。”

“麻烦？”奥立弗叫了起来。“哦！亲爱的小姐，我是多么愿意为你们做事；我是多么愿意给你们浇浇花、养养鸟，或者整天给你们跑腿，只要能让你们快乐高兴；要是能够这样的话，我愿意拿出我所有的一切。”

“你什么也不必拿出来，”露梓小姐微笑着说，“我已经对你说过，我们用得着你的地方多着哩；如果你能做到刚才答应做的一半那么多，就将使我非常幸福。”

“使你幸福？哦，小姐！”奥立弗激动地说。“你这样说太客气了！”

“你将使我得到我无法用言语来表达的幸福，”年轻的小姐说。

“一想到我亲爱的好大妈出过力把一个人从你向我们描述的苦难中救了出来，我已经感到说不出的高兴；如果知道她关怀和同情的对象真心感恩图报，那我的高兴你简直无法想象。你明白我的意思吗？”她注视着奥立弗似在深思的面部表情问。

“哦，我明白，小姐！我明白！”奥立弗连忙答道。“不过我在想，我太对不起人家。”

“对不起谁？”

“对不起那位好心的老先生，还有那位亲爱的老保姆，他们以前对我是那么关心爱护，”奥立弗说。“要是他们知道我现在是多么幸福，我相信他们一定会高兴的。”

“我相信他们会高兴的，”奥立弗的年轻女恩人说，“承洛斯本先生的情，他已经答应，等你恢复到能够出门旅行的时候，他会带你去看他们的。”

“真的吗，小姐？”奥立弗问；他高兴得容光焕发。“我要是能重见他们慈祥的面容，不知道会乐成什么样子。”

不久，奥立弗的健康已经恢复到禁得起这样一番旅途的劳顿；于是，他和洛斯本先生乘坐梅里太太的轻便马车在一天早晨出发。当马车经过丘特西桥时，奥立弗一下子面色煞白，失声惊呼。

“这孩子怎么啦？”大夫照例紧张起来。“你看到什么啦？你听到什么啦？你觉得怎么样？嗯？”

“先生，”奥立弗指着车窗外面叫道。“那所房子！”

“我看到了，房子怎么样？喂，赶车的，在这儿停一下，”大夫喊道。“那座房子怎么样，我的孩子，你说呀？”

“贼……贼正是把我带进那所房子里去的，”奥立弗悄声告诉大夫。

“啊，这帮混蛋！”大夫嚷道。“喂，车夫！让我下车！”

但是，车夫还没有来得及从驭者座上下来，大夫已经自己设法爬出车厢，跑到那所房子的颓垣断壁之前，像一个疯子似地用脚踢门。

“哈啰！”一个矮小丑陋的驼背男子突然把门打开；大夫最后的一脚用力过猛，险些跌进过道。“出了什么事？”

“好哇，还问出了什么事！”大夫不假思索地一把揪住那人的衣领说道。“不得了的事。出了盗窃案子。”

“你要是不松手的话，还会出人命案子呢，”那驼背很沉着地说。“你听见没有？”

“问我听见没有？！”大夫说着把他的俘虏狠狠地抖了一阵。“我问你，那个该死的——他的混账名字叫什么来着？——哦，对了，叫赛克斯。你这个贼，我问你，赛克斯在什么地方？”

驼背瞪出一双眼睛，像是惊愕和气愤过了头。接着，他敏捷地一扭身挣脱大夫的手，咆哮着发出连珠炮似的一串恶毒的咒骂，退回到屋里去了。可是，他还来不及把门关上，大夫不经任何谈判已擅自闯进一间屋子。他急切地环顾：屋里的一切，包括有生命或无生命的，都不符合奥立弗所描述的情形；甚至食橱的位置也不对头！

“喂！”驼背目不转睛地盯着大夫责问。“你这样蛮不讲理闯到我屋里来是什么意思？你打算谋财还是害命？你究竟想干什么？”

“你这个三分像人、七分像鬼的老家伙，你什么时候见过有人坐双驾马车出来谋财或者害命的？”急性子的大夫说。

“那末你究竟想干什么？”驼背厉声问。“你要是再不走，别怪我对你不客气！真是活见鬼！”

“我认为合适的时候会走的，”洛斯本先生说时向另一间屋子里探头张望；同第一间一样，那里也没有任何迹象与奥立弗所说的相符。“总有一天我会揭穿你的底细，老朋友。”

“是吗？”面目可憎的残废者冷笑道。“你什么时候需要找我的话，可以到这里来。我在这里住了二十五年，既没有发疯，也不是孤单单一个人，还怕你？没那么容易，你得为这件事付出代价，你得为这件事付出代价。”说罢，矮小的丑八怪开始大声嚎叫，在地上跌足乱跳，真像气得发了狂。

“这件事实在蠢得可以，”大夫喃喃自语，“那孩子一定弄错了。拿去！把这放进你的口袋，关上门重新躲在你的洞里吧。”言毕，他扔了一枚钱币给那个驼背，然后回到停马车的地方。

驼背跟到车门前，一路发出最粗野的詈骂和诅咒。当洛斯本先生转身向车夫说话时，驼背把头伸进车厢，在刹那间向奥立弗瞪了一眼；他的目光是那么犀利和咄咄逼人，同时又是那么凶狠和充满敌意，使奥立弗在以后几个月内无论醒着还是睡着都忘不了。驼背继续极其恶毒地骂着，直至车夫回到驭者座上。车重新上路以后，他们还可以远远地看到驼背在后面跺脚、扯头发，暴跳如雷。

“我是一匹蠢驴！”大夫在沉默半晌后才说。“你以前知道不知道，奥立弗？”

“不，先生。”

“那你下次可别忘了。”

“真是一匹蠢驴，”大夫在又一阵长达数分钟的沉默之后继续说。“即使地方没有搞错，人也没有认错，我一个人又能做什么呢？就算有人帮忙，我看也得不到什么结果，只能暴露我自己，那时免不了要供认我是怎样把这件事情掩饰过去的。不过，那也是活该。我凭一时的冲动行事，结果总是给自己招来这样那样的烦恼。这一回我该记住教训了。”

事实上，这位卓越的大夫一辈子做任何事情都凭一时的冲动。在这里可以对支配着他的冲动说一句没有恶意的恭维话：他不但从未被卷进任何特别麻烦或倒霉的事情，反而从所有认识他的人那里赢得十分真诚的尊敬和爱戴。实事求是地讲来，大夫在一两分钟内是有点儿恼火，因为他满心指望取得证据，说明奥立弗讲的故事不是捏造，不料第一次遇上这样的机会就大失所望。不过他很快又恢复常态；他发现奥立弗回答他的问题时依然老老实实、前后一致，显然同历来一样坦率诚恳，于是他决意从今以后完全相信他的话。

奥立弗知道布朗劳先生寓所坐落的那条街名，所以他们可以直接驱车前往。当马车折上那条街时，奥立弗的心跳得那么厉害，几乎要把他的呼吸也阻塞了。

“孩子，是哪一座房子？”洛斯本先生问。

“那一座！那一座！”奥立弗急煎煎地指着窗外回答。“是那座白颜色的房子。哦！快一点！求求你，快一点！我觉得自己马上就要死了；我全身都在发抖。”

“别着急，别着急！”好心的大夫拍拍他的肩膀说。“你马上就能见到他们，他们看到你安然无恙，一定喜出望外。”

“哦！我就巴望能这样！”奥立弗激动地说。“那个时候他们待我可好呢！好得不得了！”

马车继续向前。车停下了。不，不是这座房子；是前面的一座。车又前进几步，然后又停下。奥立弗抬头仰望房屋的窗户，幸福的眼泪顺着他的面颊直往下淌。

天哪！那座白颜色的房子竟空无一人；窗上贴着一张告白：“招租”。

“敲隔壁人家的门，”洛斯本先生挽住奥立弗的胳臂嚷道。“喂，你可知道，一向住隔壁那幢房子的布朗劳先生怎样了？”

应门的女仆不知道，但是愿意去问一下。她不久回来说，布朗劳先生在六个星期以前已将动产变卖，前往西印度群岛。奥立弗十指一叉，身体朝后一仰，瘫倒了。

“他的女管家也去了吗？”洛斯本先生略一停顿后问。

“是的，先生，”女仆回答说。“老先生、女管家，还有布朗劳先生的朋友，都是一起去的。”

“那就回家去吧，”洛斯本先生向车夫说，“不要在半道上停下来喂马，直到出了这个该死的伦敦城再说。”

“那个书摊主人，先生！”奥立弗说。“我认识到那里去的路。请你去找一找他，先生！去找一找他吧！”

“可怜的孩子，今天一天倒的霉已经太多，”大夫说，“够我们俩消受的了。如果我们去找书摊主人，一定会发现他死了，或者放火烧了自己的房子，或者逃跑了。还是不去为妙，一直回家吧！”

于是，在大夫的一时冲动之下，他们回家去了。

这次大失所望的旅行尽管发生在奥立弗最幸福的时刻，还是引起了他深切的遗憾和悲哀。因为他在病中曾多次想象布朗劳先生和贝德温太太会对他说些什么，想象自己将告诉他们，多少个白天黑夜他一直在思念他们对他的好处，一直在悲叹自己给生拉硬拽同他们拆开这件事——将来有机会告诉他们该是多么愉快！他曾多次用这样的办法安慰自己。他曾经希望最终能在他们面前洗刷自己，把自己如何被架走的经过解释清楚；这个希望鼓舞着他，支持着他熬过前不久病魔对他的种种折磨。现在，布朗劳先生他们到了那么远的地方去，而且走的时候确信他是一个骗子、一个小偷；对于他们的那种信念，他也许直到自己死去都无法提出反证。想到这一层，奥立弗觉得自己实在背不起这口黑锅。

不过，他的新恩人的态度并未因此发生变化。又过了两个星期，天气已稳定地好转、趋暖，每一棵树都抽出了嫩绿的叶片，每一丛花都吐出了艳丽的新蕊；梅里太太一家正在作离开丘特西的住宅几个月的准备。他们把曾经使老犹太垂涎三尺的金银餐具寄存到银行里，留下翟尔斯和另一个佣人看守住宅，然后前往远离城镇的一所乡间别墅，把奥立弗也带了去。

这个羸弱的孩子在青山茂林环抱中，在内地乡村的清香空气里所感到的欣喜和快乐，所享受的平静和安宁，谁能够描写？这些安闲恬静的景象如何印在苦于困居闹市的人们脑海中，如何把清新的气流深深地注入他们疲惫的心灵，谁能够述说？一生劳碌地住在拥挤狭窄的街巷中的人们，从来不存改换环境的奢望，习惯已经成了他们的第二天性，他们几乎爱上了一天也走不出去的那个小天地里的一砖一石；但即使是这样的人，当死神的手按到他们身上的时候，最终也会渴望对大自然的面貌瞥上一眼；他们一旦远离充满了往日悲欢的环境，好像立刻进入生命的一个新阶段。日复一日，他们缓缓地走向阳光普照的绿草地，只要一看到天空、山丘、平原和潋滟的水光，回忆便纷纷从心底被唤醒，甚至单是预先尝一口这种天国的滋味便可减轻迅速衰朽的苦痛。仅仅在临终前几个小时，他们还在寂寞的卧室里遥望窗外落日的余晖从他们黯淡无神的眼前渐渐消逝，现在他们也能像夕阳西下一般平静地进入自己的窀穸！和平的乡村景色所唤起的回忆，与这个世界以及它的思虑和欲望毫无共同之处。这些回忆的温和的感染力能教我们如何为我们所爱者的坟墓编织鲜艳的花环，能净化我们的思想，压倒一切深仇宿怨；但在这一切的下面，每一颗多少有些反应的心灵中还残留着某种迷离恍惚的意识：很久以前，在非常遥远的某个时期，这样的感受曾占据我们的胸臆，它启示着关于遥远未来的肃穆的思想，使傲慢和俗念无从抬头。

他们正是来到这样一个可爱的去处。奥立弗从小在邋遢的人群中，在喧嚷和吵骂声中长大，现在他仿佛开始了新的一生。蔷薇和忍冬挨着别墅的墙垣，常春藤盘绕着树干，园中散发着花儿的幽香。附近有一座教堂小公墓，那里没有高大难看的墓碑，但遍布着新草和绿苔覆盖的不起眼的坟茔，村里人作古后便在这底下长眠。奥立弗经常在那里徘徊，想到葬着他母亲的荒冢，有时坐下来偷偷地哭泣；但是当他举目仰望头上深邃的穹苍时，就不再想象她还躺在地下；虽然也为她伤心落泪，却不感到痛苦。

这是一段幸福的时光。白天宁谧而安静，夜晚也不会带来恐惧或忧虑：既尝不到幽囚之苦，又无须同坏人周旋；只有愉快和幸福的念头。每天上午，他到住在小教堂附近的一位白发苍苍的老先生那里去，跟他学读书写字；那位老先生说话是那么和气，对他是那么悉心教导，使奥立弗觉得无论怎样努力使他高兴都不算过分。接下来他同梅里太太和露梓一起散步，听她们谈论看过的书；或者在一个荫凉的地方，坐在她们近旁，听年轻的小姐朗读；他会这样一直听下去，直到天色暗得无法辨认字母为止。不过他得准备第二天的功课，所以下午在面朝花园的小房间里埋头用功，直至傍晚渐渐来临。那时两位女士又要出去散步，他照例伴随左右，一边津津有味地听她们交谈；当她们要他攀折一朵花，或者跑去取一件遗忘的东西时，他恨不得插翅飞去照办，并感到无限幸福。天完全黑了，他们才回家。年轻的小姐坐到钢琴旁弹一首可爱的乐曲，或者用柔和的低音唱一支古老的歌谣给她的大妈听。在这样的时刻，通常不点蜡烛；奥立弗就坐在一座窗台旁边，听着美妙的音乐出神。

星期日到了！在这里过星期日同他以前过星期日的方式大不一样，而且过得非常快活，如同那段最幸福的时光里别的日子一样。上午到小教堂去做礼拜，窗外绿叶簌簌作声，鸟儿在枝头歌唱，馥郁的空气潜入低矮的门廊，使这座朴素的教堂充满芳香。穷人们也都衣着整洁，他们跪下祈祷的神态是那么虔诚，仿佛聚集在这里不是履行枯燥无味的义务，而是一种乐趣。虽然唱诗的歌声也许比较粗糙，然而情真意诚，至少在奥立弗耳朵里比他以往在教堂里听到的更加悦耳动人。接下来照例是散步和走访好多劳动人家整洁的住所。晚上，奥立弗把本星期以来精读的几章圣经经文再念一遍；在履行这项义务时，他觉得比当上了牧师更加自豪，更加得意。

早晨六点钟左右，奥立弗已经起了床，在田野里漫游，在树篱中搜索，常常走得很远，到处采集野花带回家。他用精心编成的花束把早膳的餐桌布置得琳琅满目。奥立弗还为梅里小姐的鸟采集新鲜的狗舌草作食料，并用它装饰鸟笼，看起来极其雅致——他在村里一位传授有方的教会文书指导下学过这门手艺。笼鸟给打扮齐整以后，奥立弗通常被差遣到村子里去办一桩小小的善举；要不然，草地上偶尔也玩玩板球；再不然，花园里随时有活儿可干。奥立弗还跟同一位老师——他的本行是园艺——学到了侍弄花木的本领。他这样尽心尽意地工作，直至露梓小姐走到花园里来。那时，她总是对他所做的一切夸奖备至，赞不绝口。

三个月就这样不知不觉地过去了。这三个月即使对于得天独厚的有福之人也算得上称心如意，而对于奥立弗说来更是人间天堂。一方以最纯正、最亲切的态度慷慨相待；另一方以最诚挚、最热烈的心情铭感深恩。无怪乎到这个短短的时期结束时，雾都孤儿同老太太和露梓小姐已亲如一家。炽烈的爱在他幼稚而敏感的心中燃烧，而她们也报以一片深情，并且把他引为骄傲。

第三十三章

奥立弗和他的朋友的幸福在这一章里遭到意外的挫折

春天已飘然逝去，夏天来了；如果说春天的乡村风光旖旎，那末夏天的乡村展示了它的全部丰姿盛装。早几个月显得枯瘦和光秃秃的大树，如今生气勃勃、精力充沛地伸出碧油油的臂膀遮盖焦渴的地面，把裸露的空地变成浓荫诱人的幽僻去处，从那里可以眺望沐浴在阳光下、伸展到远方的广阔空间。大地披上了苍翠欲滴的绿色斗篷，散发着令人陶醉的浓郁芳香。现在正值一年的全盛时期，万物欣欣向荣，一派欢快气象。

小小的乡村别墅里日子照常过得十分安宁，别墅里的人们心情依然愉快而又平静。奥立弗早已养得结实、健壮；但身体的好坏并不影响他对周围的人的深厚感情，而很多人却不是这样。他还是像被病痛耗竭了体力、全仗别人照顾的时候一样依头顺脑，满怀感激。

在一个美丽的晚上，他们作了一次比平日时间更长的散步；因为白天燠热异常，而晚来月光皎洁，清风送凉。露梓兴致很高，他们一路谈笑风生，走到了远远超出平日散步范围的地方。梅里太太觉得累了，他们这才慢慢地回到家里。年轻的小姐解下朴素的软帽，跟往常一样坐到钢琴旁边。她心不在焉地让手指在琴键上滑动了一阵之后，开始弹一支低沉而悲怆的曲调；透过琴声可以听到她在抽抽搭搭地啜泣。

"露梓，亲爱的！"老太太叫了一声。

露梓没有应声，只是弹得稍微快一些，仿佛从痛苦的思绪中被唤醒。

"露梓，我的宝贝！"梅里太太吃惊地说着，急忙站起来俯身到她面前。"你怎么啦？你在哭？我亲爱的孩子，什么事情使你这样伤心？"

"没什么，大妈；没什么，"年轻的小姐回答。"我不知道怎么的……我说不上来……可是我觉得……"

"你病了，是不是，我的宝贝？"梅里太太焦急地问。

"不，不！我没病，"露梓说时打了个寒战，好像有一股阴森森的冷气透过她的全身。"我一会儿就好。请把窗关上！"

奥立弗连忙去关好窗户。年轻的小姐力图恢复她的兴致，试着弹一支比较活泼的曲子，但她的手指软弱无力地落到琴键上；她两手捂住面孔，倒在一张沙发上，让再也遏止不住的眼泪夺眶而出。

"我的孩子！"老太太把她搂在怀里说，"以前我从来没看到你这个样子。"

"我能够不惊动你，决不让你为我操心，"露梓回答，"可是我费了极大的劲，还是做不到。大妈，我恐怕真的病了。"

她确实病了；蜡烛拿来以后，可以看到，他们回到家里才过了短短一段时间，她的脸色已变得大理石一般苍白。美丽的容颜丝毫没有减损，但是表情变了；柔顺的脸上现出一种过去从未有过的焦躁、疲惫的神色。一分钟以后，一阵红潮泛上面颊，温柔的蓝眼睛闪起狂热的光芒。这现象犹如一块浮云的阴影掠过，接下来她又显得死一般惨白。

焦急地注视着老太太的奥立弗，察觉到这些征兆使她大大吃惊；其实奥立弗也很惊慌，但看到老太太装作不甚在意的样子，他也努力这样做。他们做得相当成功，当露梓在大妈的劝说下去就寝的时候，她的情绪略有好转，病容也不那么显著了；她向他们保证，明天早晨起床时一定可以恢复正常。

“但愿这并不要紧，”奥立弗等梅里太太回来后说。“刚才她的脸色很难看，不过……”

老太太示意他不要讲下去；她坐到房间幽暗的一角，半晌没有做声。后来她用发抖的声音说：

“但愿如此，奥立弗。几年来，我跟她在一起一直很幸福，也许太幸福了。说不定现在到了我遇上某种不幸的时候；不过但愿不是这样。”

“不是什么？”奥立弗问。

“不是当头一棒，”老太太说。“我担心失去长期以来给我安慰和幸福的这个姑娘。”

“哦！上帝啊，可千万不能让这样的事发生！”奥立弗急忙叫道。

“但愿天公从你所愿，我的孩子！”老太太扭绞着自己的双手说。

“恐怕不至于发生这样可怕的事情吧？”奥立弗说。“两个钟头以前她还是好好的。”

“她现在病得很厉害，”梅里太太提出不同的看法，“而且我相信病势还会加重。我的亲爱的露梓！哦，我怎么离得开她啊！”

她不再控制无限的忧伤，奥立弗不得不强抑住自己的感情，好言相劝，苦苦哀求，请她为亲爱的小姐着想，千万保持镇静。

“你想一想，太太，”奥立弗说时眼泪不断地往上涌，尽管他竭力强忍着，“哦！想一想她是多么年轻，心地多好，总是给她周围的人带来极大的愉快和安慰。我相信，我敢肯定，完完全全肯定，为了你心地也是那么善良的老太太，为了她自己，为了所有从她那里得到幸福的人，她决不会死。老天决不会让她这么年轻就死的。”

“小点儿声！”梅里太太说；她把一只手放在奥立弗的头上。“你想得太简单了，可怜的孩子！不过你还是提醒了我的责任。我一时把这给忘了，奥立弗；不过我希望自己情有可原，因为我这大把年纪，疾病和死亡见得多了，所以深知与亲爱的人生离死别的痛苦。我也看到过很多例子，知道不一定年纪轻、心地好、有人爱就能幸免。不过，我们在伤心的时候可以从这样的想法得到安慰；因为老天是公正的，这样的想法能提醒我们：还有一个比这个世界光明的世界在，而且很快就能到达那里。听凭上帝安排吧！我爱她；反正上帝也知道我爱得有多深。”

奥立弗惊异地看到，当梅里太太说这些话的时候，似乎一咬牙把悲伤压了下去；她抖擞精神，变得沉着而坚定。他更加惊异地发现，这种坚定还要持续下去；尽管以后照料病人的担子都落到她肩上，梅里太太始终从容自若，在履行这些义务的时候一丝不苟，外表看来甚至精神很振奋。但奥立弗究竟年纪还小，不了解意志坚强的人遇到考验会有多大的能耐。其实也难怪他不了解；具有这种意志的人又何尝都了解他们自己?

接着是令人焦虑的一夜。糟糕的是，当早晨来临时，梅里太太的预料完全被证实了：露梓正处在一场危险的高热病的第一阶段。

“奥立弗，我们必须立刻采取行动，光伤心不起作用，”梅里太太说；她把一个指头按在嘴唇上，眼睛盯着他的面孔，“这封信必须尽快给洛斯本先生寄去。必须把信带到集镇上去(从小路穿过田野到那儿不超过四英里)，从那里派专差骑马直奔丘特西。这事可以交给客店里的人去办；我要你看着他们把信送出，我信得过你。”

奥立弗说不出一句话，只是巴不得马上就走。

“这里还有一封信，”梅里太太考虑了一下说，“不过我拿不定主意：究竟现在就寄，还是等我看一看露梓的病情发展再说。我不愿把它发出去，除非我担心出现最坏的情况。”

“也是寄往丘特西的吧，太太？”急于去执行使命的奥立弗问，他伸出一只哆嗦的手接那封信。

“不，”老太太回答，同时像个木偶似地把信递给他。奥立弗朝信皮上瞥了一眼，看到那是寄给哈里·梅里君的，地址是一位高贵的勋爵的庄园——究竟什么地方，他搞不清楚。

“要不要把这封信发出去，太太？”奥立弗急煎煎地抬头问。

“我想暂时不要发出，”梅里太太又把信收回。“还是等到明天再说。”

说完，她把钱包交给奥立弗。奥立弗毫不耽搁地拔腿就走，尽可能把脚步加快到最高速度。

他飞也似地越过田野，有些地方沿着田间的小径疾行，时而被两旁高大的庄稼几乎完全遮住，时而又出现在农人忙于收割和堆垛的旷野；他一次也没有停留，顶多歇几秒钟喘一喘气，一直来到镇上一个小小的市场，跑得满头大汗、一身尘土。

到了那里，他止步环顾寻找客店。这里的一座白房子是钱庄，一座红房子是酿造啤酒的作坊，一座黄房子是镇公所；角上一座凡是木头部分一律漆成绿色的大房子门前的招牌上有“乔治”的字样。奥立弗一见就急忙往那里走。

他向一个在大门口打盹的信差说明了来意，信差听了以后叫他去找骡马夫；骡马夫听他再次说明来意之后，又叫他去找客店主人。客店主人是一位高个儿的先生，系着蓝色的围巾，戴一顶白帽子，穿一条土黄色的紧身裤和一双同样颜色的翻口高统马靴；他正倚着马厩门前的唧筒在用一根银牙签剔牙。

那位先生不紧不慢地走到酒柜后面去开发票，花了老大一会工夫；等开好票、付了钱，还得把一匹马上鞍，信差还得穿好衣服，这样又足足花了十分钟。奥立弗在这段时间内急得像热锅上的蚂蚁，恨不得自己纵身跳上马背，直奔下一个驿站。最后总算一切准备停当，奥立弗把信交给信差，牢牢叮嘱、再三央求他尽快送到；信差策马经过铺石路面高低不平的市场，两分钟后已出了镇，沿着设有关卡的大路疾驰而去。

看到告急信已及时发出，奥立弗心里才觉得踏实。他怀着多少比较轻松的心情快步穿过客店的院子，刚要从大门口转身走开，不料跟一个裹着斗篷的高身材男人撞了个满怀；那人正好从客店门里出来。

“啊！”那人叫了一声，眼睛盯着奥立弗，突然退后一步。“难道真是见鬼了吗？”

“对不起，先生，”奥立弗说，“我急着回家去，没看见你走过来。”

“该死的！”那人喃喃地自言自语，继续用一双乌黑的大眼睛瞪着奥立弗。“谁想得到会有这种事？应当把他磨骨扬灰！否则他从大理石棺材里也会跳出来跟我作对的！”

“我很抱歉，”奥立弗给陌生人直勾勾的目光看得发了窘，所以结结巴巴地说。“但愿我没有把你撞痛！”

“烂掉他的骨头！”那人怒不可遏、咬牙切齿地咕哝着。“当时只要我有勇气，一句话就可以在一个晚上把他干掉。你这个天打雷劈的，让黑死病钻进你这个小杂种的心里去！你到这儿来干吗？”

那人这样语无伦次地说着，一边扬着拳头，牙齿咬得格格响。他向奥立弗冲上来，像是要打他的样子；不料猝然倒在地上，手脚痉挛，口吐白沫。

奥立弗以为碰上了一个疯子，见他这抽风的情状一时发了呆，接着急忙跑进屋里去呼救。看到他被平安地抬进客店，奥立弗才转身回家，一路上为了把耽搁的时间夺回来而尽可能跑得快，同时怀着十分诧异而又略带惊恐的心情回想，他刚刚离开的那个人举止为何如此乖谬。

不过，这件事没有留在他记忆里很久；他回到别墅以后，那里有够多的事占据他的头脑，一切有关自身的考虑统统给丢在脑后。

露梓·梅里的病情急剧恶化，到午夜前她已开始说胡话。一位当地的医生不离左右地照看着她。他对病人作了第一次诊视以后，就把梅里太太带到一旁，说她的病属于一种极其凶险的类型。“其实，”这位医生说，“如果她能够痊愈康复，那差不多是奇迹了。”

这一夜，奥立弗不知多少次从床上跳起来，蹑手蹑脚地走到楼梯口，听病人的卧室里有没有一点哪怕是最轻微的声息。不知多少次他被突然响起的脚步声吓得浑身发抖，额上冷汗直冒，以为一件可怕得不堪设想的事情到底还是发生了。他声泪俱下地哀求上苍把健康和生命赐给在坟墓的深穴边缘摇摇欲坠的那位好姑娘；相比之下，他过去所做的一切祷告在热切的程度上差得太远了！

当我们热爱的人的生命在天平上晃个不停的时候，我们却在一旁无能为力；这种提心吊胆的状态委实可怕，令人不寒而栗。痛苦的思绪纷纷挤到脑海中来，凭着被它们唤起的想象的魔力，使心脏剧烈跳动，呼吸趋于急促。这时会产生一种不顾一切的渴望，渴望做一点事情去减轻我们没有力量解除的痛苦，缓和我们没有力量消弭的危险。想到自己这样束手无策，我们的心直往下沉，气直往外泄。还有什么刑罚能够同这种心情相比？有什么念头或办法可以在焦虑的高潮时刻使这种心情得到宽慰？

早晨来临时，小小的别墅里一片寂静。人们悄声说话，门口不时出现紧张不安的面孔，妇女和儿童噙着眼泪走开去。整个漫长的白天直到天黑以后的好几个小时，奥立弗老是在花园里轻轻地走来走去，每一分钟都要举目仰望病人的卧室，看到遮暗的窗子里仿佛被死神占据着，就禁不住颤栗。夜深了，洛斯本先生终于赶到。“真叫人痛心，”好心的大夫说着扭过头去，“年纪这样轻，人人都这样爱她；可是看来是没有希望的了。”

又一个早晨来到了。阳光是那么灿烂，仿佛看不到人间有什么愁苦或烦恼；园中树叶繁茂，百花盛开；一切都是生机盎然，精力充沛；周围的声音和景象无不充满了喜悦；可是躺在病床上的好姑娘却如灯之将灭。奥立弗悄悄地溜到古老的教堂公墓去，在一座绿草覆盖的坟茔上坐下，默默地为她祈祷。

这一幅画面是那么恬静和优美，阳光普照的景色是那么明朗欢快，夏天鸟儿的歌声是那么活泼轻快，一只白嘴鸦从头顶上掠过的姿态是那么舒展自如——总之，一切都是那么生气勃勃、其乐融融。因此，当奥立弗抬头用一双哭肿了的眼睛四面环顾时，一个念头在他心中油然而生：这不是死亡的时刻；这些小东西尚且那样快乐逍遥，露梓当然不可能死去；坟墓应当点缀凄凉枯寂的寒冬，而不应在阳光明媚、香气四溢的季节来煞风景。他几乎认为尸衣只裹老朽干瘪的遗骸，从来不把年轻娇嫩的躯体裹在它惨白的皱襞之中。

教堂里传来的一声丧钟粗暴地打断了这些孩子气的冥想。接着又是一声！又是一声！这是宣布葬礼开始的钟声。一群送殡的普通百姓进入公墓大门，他们戴着白色的致哀标记，因为死者还很年轻。他们脱帽站在一个墓穴周围；哭泣的人们中间有一位是母亲——失去了孩子的母亲。但是阳光依然灿烂，鸟儿照样歌唱。

奥立弗在回家的路上想着年轻的小姐对他的千般好处，希望这段时间还能再来，好让他一刻不停地向她表示自己的感激和挚爱。他没有理由责备自己不认真或不关心，他确实凭着一片赤忱为她效劳；然而还是有许许多多细枝末节仿佛在他眼前重现，他想象自己在这些细节上本来可以做得更卖力、更认真，可惜并没有这样做。每当有人死去的时候，总有少数活着的人会这样想：多少事情被忽略了，多少事情还没有来得及做，多少事情给遗忘了，多少事情已无法弥补——可见，平时在如何对待周围的人方面必须十分用心！没有什么比悔之莫及更令人懊恼的了；如果我们希望免受这样的痛苦，让我们趁早记住这一点。

奥立弗回到家里时，梅里太太坐在小客厅里。一看见她，奥立弗的心立刻往下沉；因为老太太从未离开过露梓小姐的床侧。奥立弗哆嗦着不敢去想发生了什么变故才促使她离开病人。他了解到，露梓小姐已陷入沉睡；这一次醒过来，要末开始康复和重生，要末就是与他们永别后死去。

他们坐着留神谛听，几小时不敢说话。开饭了，可是谁也吃不下，饭菜原封未动撤了下去。他们带着心不在焉的神情看太阳愈落愈低，最后把天空和大地镀上绚丽的彩虹作为临去秋波。他们敏锐的耳朵听到了愈来愈近的脚步声；当洛斯本先生进来时，他们俩身不由主地一齐向门口冲去。

“露梓怎样了？”老太太急忙问。“快告诉我！我禁得起的，什么都禁得起，就是这样牵肠挂肚叫人受不了！看在老天分上，快告诉我！”

“你必须保持镇定，”大夫扶着她说。“亲爱的梅里太太，请安静下来。”

“让我去，看在上帝分上！我亲爱的孩子！准是她死了——准是她快要死了！”

“不！”大夫激昂地说。“上帝是善良而仁慈的，所以她还将活好多好多年，为我们大家造福。”

老太太双膝跪下，想要把手掌合在一起；但是，曾经支持她那么久的毅力随同她的第一次感恩祈祷一起飞到天上去了，于是她倒在张开双臂赶紧扶住她的朋友胸前。

第三十四章

本章包含有关一位即将登场的青年绅士的情况介绍以及奥立弗的又一次奇遇

这样的幸福几乎超过了可以承受的限度。奥立弗听到这个出乎意料的喜讯，一时竟目瞪口呆；他流不下泪，开不了口，喘不过气。他简直完全不能理解到底发生了什么事情，直到在傍晚宁静的气氛中徘徊良久之后，痛痛快快地哭了一场，似乎这才恍然大悟所发生的变化带来了多大的欢喜，解除了险些把他的心都压碎的焦虑。

天色很快地暗了下来，于是他带着好多鲜花回家；这些花是他精心采集起来拿去装点病人的卧室的。他沿着大路走得很快，忽然听到后面有马车疾驰的响声。他回头一看，只见一辆驿车正在飞速赶来。由于马跑得极快，路面又不宽，奥立弗就靠在一道门上站住，让马车通过。

他急忙闪开的时候，瞥见一个戴白睡帽的男人好像有些面熟，不过这一瞥实在过于匆促，使他无法确认是谁。过了一会儿，那顶白睡帽从车窗里探出来，接着是一声吩咐停车的响亮吼叫。驾车的立刻勒住缰绳。于是白睡帽再次出现；只听得那个吩咐停车的声音在叫奥立弗的名字。

“喂！”那声音喊道。“奥立弗哥儿，有什么消息吧？露梓小姐怎样了？奥立弗哥儿！”

“是你吗，翟尔斯？”奥立弗叫着跑到驿车门前。

翟尔斯又一次探出戴着白睡帽的脑袋作回答状，但突然被坐在车上另一角的一位青年绅士往后一拉；他急切地问奥立弗有什么消息。

“用一句话回答，”青年绅士大声说，“好转还是恶化？”

“好转，大大好转了！”奥立弗连忙答道。

“谢天谢地！”那位青年绅士高兴得叫了起来。“你可以肯定吗？”

“完全可以肯定，先生，”奥立弗回答。“变化在几小时前刚刚发生；洛斯本先生说，危险已经全都过去了。”

青年绅士没有再说什么，只是打开车门跳出来，匆匆拉着奥立弗的胳膊，把他带到一边。

“你有完全把握吗？你决不会弄错吧，我的小朋友？”青年绅士问话的声音在发抖。“请不要骗我，不要让我空欢喜一场。”

“我决不骗你，先生，”奥立弗回答说。“你确实可以相信我。她还要活好多好多年，为我们大家造福——洛斯本先生就是这样说的。我亲耳听到的。”

奥立弗回想起成为这番大欢喜开端的那个场面，顿时热泪盈眶；青年绅士转过脸去，半晌没有说话。奥立弗好像听到他曾不止一次抽噎出声，但不敢再用什么话去打搅他；奥立弗完全猜得到他的心情，所以站在一旁，装作全神贯注于自己手里的一束鲜花。

在这段时间内，戴着白睡帽的翟尔斯始终坐在驿车的踏阶上，胳膊肘分别支在两个膝盖上，用一方蓝地白点的纱手帕抹着眼睛。这个老实人并不是装腔作势，这一点可以从他一双红肿的眼睛得到充分证明；因为当青年绅士转身跟他说话的时候，翟尔斯就用这双眼睛望着他。

“翟尔斯，我想还是你继续坐车到我母亲那里去比较好，”他说。“我宁可慢慢地走，让我在见到她之前再争取一点时间。你可以告诉她，说我马上就到。”

“请原谅，哈里先生，”翟尔斯说着用手帕把脸上的泪痕抹得干干净净，“如果你让驿差去转告，我将十分感激你。让女佣人看到我这个样子实在不合适，先生；这样会使我在她们眼里威信扫地。”

“好吧，”哈里·梅里微笑着答应了，“你爱怎样就怎样。既然你有这个愿望，就让驿差先把行李送去，你自己跟我们一起步行。不过你先得把睡帽换上比较像样的帽子，否则人家会把我们当作疯子的。”

翟尔斯先生的穿戴有失体面被提醒后，他立刻把睡帽摘下来放进口袋，换上一顶从车上拿出来的式样大方的圆顶帽。然后驿车继续赶路；翟尔斯、梅里先生和奥立弗慢慢地在后面步行。

路上，奥立弗不时向这位陌生人瞥上好奇的一眼。他年纪在二十五岁上下，身量适中，容貌清秀而诚恳，举止落落大方。尽管年龄相差很远，可是他跟老太太极其相像，即使他没有提到梅里太太是他的母亲，奥立弗也不难想象他们之间的关系。

他们到达别墅的时候，梅里太太正在焦急地等候她的儿子。这次会见使母子双方都难免激动万分。

“妈妈！”年轻人压低了嗓门说。“你为什么不早一点写信给我？”

“我写了，”梅里太太答道，“不过在考虑一下后，我决定暂缓发出，等我听了洛斯本先生的意见后再说。”

“可是，”年轻人说，“为什么要冒这样的风险呢？不是差点儿发生了那样的事吗？万一露梓——现在我无法把这两个字说出口来——万一她的病得到另一种结局，你这辈子怎能原谅自己呢？我这辈子又怎能再有幸福呢？”

“哈里，万一真的发生那样的事，”梅里太太说。“我恐怕你的幸福也就彻底破灭了。至于你早一天或晚一天到这里，出入是微乎其微的。”

“妈妈，倘若果真如此，那有什么可奇怪的呢？”年轻人说。“其实，我为什么要说‘倘若’呢？那是肯定的，毫无疑问的；妈妈，这你也知道，你应当知道！”

“我知道，一个男人的心拿出最高尚、最纯洁的爱情奉献给她，她也当之无愧，”梅里太太说。“我知道，她的忠诚和热情的天性需要得到的响应非同一般，必须是深刻而持久的真情。正因为我有这样的感觉，正因为除此以外我还知道，一旦她所爱的人态度起了变化会使她心碎，所以我才举棋不定；否则，我在采取我认为理所当然的做法时，心中不会产生这样激烈的矛盾。”

“这太忍心了，妈妈，”哈里说。“难道你以为我还是个孩子，既不懂得自己头脑里想些什么，又不能正确判断自己心灵的冲动属于何种性质？”

“我亲爱的儿子，我认为，”梅里太太一只手按在他肩上说，“年轻人有不少高尚的冲动往往不能持久；其中有一些冲动一旦得到满足，只会变得更加转瞬即逝。而最重要的是，”老太太说时目不转睛地望着儿子的脸，“我认为，一个有热忱、有激情、有抱负的男子如果同一个名声有污点的女子结婚，——尽管这污点并不是女子自己的过错造成的，可是冷酷而卑劣的人们却可以把惩罚强加于她，还可以强加于他们的孩子；而且，丈夫在事业上越是成功，人们就越发会拿这件事当作笑柄来刺激他——那末，无论他的天性多么善良，胸怀多么豁达，也难免有一天要后悔自己当年结了这门亲。而妻子知道丈夫感到后悔以后，就会痛苦万分。”

“妈妈，”年轻人不耐烦地说，“这样处事的人必定是自私的畜生，他不配称作一个人，也配不上你所描绘的那个女子。”

“这是你现在的想法，哈里，”他母亲说。

“这个想法永远不会改变！”年轻人说。“最近两天我所忍受的精神上的痛苦，迫使我向你毫不掩饰地承认了自己的感情；你知道得很清楚，这种感情并不是昨天才产生，也不是逢场作戏。我的心已经永远属于露梓——我那美好、善良的姑娘！任何男子对女子的情意之坚定都无过于此。我的全部思想、抱负、希望都和她分不开；如果在这件大事上你跟我对立的话，那就等于把我的安宁和幸福抓在你手里当作尘土在风中扬散。妈妈，这件事请你好好想一想，为我想一想；不要把别人的幸福看得一文不值，这件事你好像想得很少。”

“哈里，”梅里太太说，“正因为我替火热而善感的心想得很多，所以我不愿让这样的心受到伤害。不过关于这件事刚才我们已经谈够了，到此为止吧。”

“那就让露梓来决定，”哈里接口道。“难道你要把你那种矫情的见解强加于人，甚至不惜为我制造障碍？我想不至于吧？”

“我不会，”梅里太太说，“不过我希望你考虑——”

“我已经考虑过了！”他不耐烦地回答。“妈妈，我已经考虑过不止一个年头。从我刚能够认真思考的时候起就加以考虑。我的感情没有变化，将来也永远不会改变；为什么我要忍受痛苦不让自己的感情自由奔放？这到底有什么好处呢？不！在我离开这里以前，应当让露梓听一听我的衷曲。”

“她会听的，”梅里太太说。

“妈妈，你的神情似乎表明，她会以冷冰冰的态度听我的自白，”年轻人说。

“不，不会是冷冰冰的，”老太太说，“完全不是那样。”

“那会是怎样呢？”年轻人执拗地问。“她是不是另有所爱？”

“不，当然没有，”他的母亲回答，“如果我没有看错的话，你已经牢牢地抓住了她的心。我有这么几句话要说，”看到儿子想开口，老太太把他拦住，自己往下说。“在你孤注一掷之前，在你让自己飞上希望的云端之前，我亲爱的孩子，你要把露梓的身世仔细想一想。要知道，她本着整个高尚的心地和彻底的自我牺牲精神对我们满怀忠诚；在大大小小的事情上，自我牺牲始终是她的性格特征。既然如此，你应该考虑：她要是知道了自己的身世罩在一团疑云中，这会对她作出决定产生怎样的影响。”

“你的意思指的是什么？”

“我让你自己去体会，”梅里太太这样回答。“我得回到她身边去了。愿上帝赐福与你！”

“今晚我们还见面不？”年轻人急切地问。

“会见面的，要不了多久，”老太太答道，“等我从露梓那里回来。”

“你打算告诉她我在这里？”哈里问。

“当然，”梅里太太回答。

“告诉她，我是多么焦急，我是多么忧心如焚，我是多么渴望见到她。你不会拒绝向她转告吧，妈妈？”

“不，”老太太说，“我会把一切都告诉她。”

她深情地握了一下儿子的手，急忙走出房间。

当这次匆促的谈话进行之际，洛斯本先生和奥立弗待在房间的另一端。现在大夫向哈里·梅里伸出一只手，两人互道诚挚的问候。接着，大夫为了答复他的年轻朋友提出的一连串问题，就他的病人的状况作了翔实的汇报。如同奥立弗介绍的情况曾激起他的希望一样，这番汇报也非常令人宽慰和乐观。翟尔斯先生装作在忙着对付行李，其实他竖起耳朵把所有这些话听得很仔细。

“翟尔斯，最近你有没有开枪命中什么不寻常的目标？”大夫在汇报完毕后问。

“没有命中什么不寻常的目标，先生，”翟尔斯先生回答时脸一直红到耳根。

“也没有抓到任何小偷，或者认出破门作案的盗贼？”大夫问。

“一个也没有，先生，”翟尔斯先生一本正经地回答。

“啊，”大夫说，“真遗憾，因为你干这些事情非常出色。请问，布立特尔斯近况如何？”

“那孩子很好，先生，”翟尔斯先生又同往常一样摆出卖老的姿态，“并要我向你转达他的敬意，先生。”

“很好，”大夫说。“在这里看到你使我想起了一件事，翟尔斯先生。就在我被匆匆叫来之前一天，我应你们好心的女主人的请求，为你办了一项小小的手续。请你到这边来一下好吗？”

翟尔斯先生非常严肃而又略带几分惊异地走到那边角落里，有幸同大夫作了一次简短的低声交谈；谈完以后，他连连鞠了好多次躬，踏着分外庄重的步子退下去。这次密谈的主题没有在客厅里披露，但消息很快就传到厨房；因为翟尔斯先生直接到厨房里去了。他要了一杯啤酒，带着一种给人深刻印象的堂皇仪态宣布：考虑到在发生那次未遂的盗窃案时他的行为英勇可嘉，他的女主人已专门为他把二十五英镑存放在当地储蓄银行里。听到这个消息，两名女仆举起一双手，眼睛往上翻，认为翟尔斯先生今后不知要神气到什么地步。对于这种看法，翟尔斯先生抻一抻他的衬衫的褶边回答说：“不会，不会。”并表示，如果她们发觉他对待下属有什么傲慢的表现，他诚恳地希望她们向他指出来。接着，他还发了好些议论，同样清楚地证明他虚怀若谷；这些宏论同样受到欢迎和赞扬，并且被认为见解独到而又中肯——大人物的言论照例如此。

楼上，晚上余下的时间过得相当愉快。大夫的兴致很高，尽管哈里·梅里起初精神疲乏，或者心事重重，但架不住可敬的洛斯本先生谈笑风生、妙语如珠的影响；大夫回忆着行医生涯中的种种逸事，说了一大堆短小精悍的趣话——全都是奥立弗认为最滑稽不过的，听了以后笑个不停；这显然使大夫大为满意，他自己笑得前仰后合，而且通过共振作用引得哈里也差不多同样放声大笑。总之，在此时此地这可以说是一次令人高兴的聚会；一直到很晚他们才怀着轻松和感恩的心情去安寝；在经历了不久前那种疑虑和悬念之后，他们确实很需要得到休息。

第二天早上，奥立弗一起床就感到精神振奋，他去做每晨的例行工作时怀着的希望和劲头之大，是好多天以来所没有过的。鸟笼又挂到外面来让鸟儿在老地方唱歌；凡是能找到的最美最香的野花又被采集起来，以它们的妩媚和芬芳讨露梓的欢喜。过去几天，在忧心忡忡的孩子的眼里，不管多么美丽的物体都笼罩着一重愁云惨雾，现在得神力的解救已告云消雾散。绿叶上的露珠仿佛更加晶莹光亮，微风在叶丛中奏出的音乐似乎更加优美动听，天空也好像更蓝、更明朗了。我们的心境甚至对外界的物体也会产生这样的影响。有时人们看着自然界和自己的同类，声称一切都是那么暗淡和阴郁，这话并不算错；但这种阴暗的色彩是他们自己有偏见的眼睛和心情的反映。事实上，真正的色调是柔美的，不过需要比较清明的视觉去观察。

有一件事值得提一下，奥立弗当时也注意到了：他每天早晨的田间漫游不再是单独的行动。哈里·梅里自从第一个早晨见奥立弗捧着一大束花回家以后，忽然对花儿发生了强烈的好感，而且在编配组合方面表现出来的审美力把他的小朋友远远抛在后面。虽则奥立弗在这些方面落了后手，不过他知道哪儿能找到最好的花；他们天天早晨一起在田野里搜索，把最娇美的鲜花采回家。露梓小姐卧室的窗子现在打开了，因为她喜欢让夏天芳香的空气流进来沁入她的心脾；就在窗格子里边，总是另外用水养着每天早晨有人精心编配而成的一小束花。奥立弗不可能不注意到，虽然小花瓶里的水经常更换，枯萎的花却从不扔掉；他也不可能不注意到，大夫走到花园里照例要举目朝那个角落望一望，意味深长地点一点头，这才出去作他上午的散步。在奥立弗从事这些观察的过程中，日子飞也似地过去，露梓也在迅速恢复健康。

虽说露梓小姐还没有完全离开她的卧房，除了偶尔同梅里太太作短距离的散步外，晚上也不走远；但奥立弗并不觉得时间无法排遣。他加倍勤奋地向那位白发老先生请教，自己刻苦努力，因而进步之快甚至使他自己也感到惊讶。就在他这样埋头用功的时候，发生了一件万万想不到的事情，引起他极大的恐慌和苦恼。

他通常坐在一个小房间里读书；那个小间在房屋背面的底层。这是一间装有格子窗的典型村舍，窗外一簇簇素馨花和忍冬花爬到窗户上端，为这个地方平添幽香清芬。窗子是朝花园开的，花园的小门通向一片小小的草地，再外面则全是美丽的牧场和树林。在那个方向附近没有别的人家，从这里可以眺望到很远的地方。

在一个可爱的黄昏，薄暮刚刚降临大地，奥立弗坐在窗前，注意力集中在书本上。他已经认真读了许久；由于这一天异常闷热，他用功得也够了，竟渐渐地蒙眬睡去——不管那些书的作者是何许样人，这样讲绝不是败坏他们的名誉。

这是我们有时会不知不觉地进入的一种假寐状态；我们的身体虽不由自主，但心灵并没有失去对周围事物的知觉，照样能够纵情驰骋。如果一种不可抗拒的沉重的感觉、精力的疲惫、对自己的思想和动作完全失去控制的状态可以称作睡眠的话，那末这就是睡眠。然而我们还是能意识到周围所发生的一切；倘若我们在这样的时候做起梦来，此刻确曾

说过的话和确曾发出的声音，便会天衣无缝地和我们的梦境拼凑到一块儿，直至现实和想象的奇妙混合臻于化境，事后几乎不可能把两者区分开来。不过这还不算此种状态下最令人惊异的现象。我们的触觉和视觉当时不起作用，这是没有疑问的；然而某种外界事物*无声的存在本身*，却能对我们睡着时的思想和我们梦见的景象产生影响，甚至产生具体的影响；尽管当我们闭上眼睛时，那种事物可能还没有靠近我们，而醒着的时候我们更没有意识到它就在不远的地方。

奥立弗十分清楚地知道：他在自己的小房间里；他的书放在他面前的桌上；甜蜜的空气在窗外的蔓生植物丛中流动。然而他却睡着了。倏忽间，景象突然改变；空气闷得使人感到窒息；他怀着强烈的恐惧以为自己又到了老犹太的家里。那个面目可憎的老家伙坐在角落里他的老地方，指着奥立弗向另一个侧着脸坐在他旁边的男人耳语。

“嘘，亲爱的！”奥立弗仿佛听见老犹太在说。“果然是他，没错。我们走吧。”

“当然是他！”另一个人好像在说。“难道你以为我会弄错？即使一群魔鬼化成和他一样的形状，而他站在他们中间，我也能凭某种感觉把他认出来。即使你把他埋在五十英尺深的地下，你如果带我从他的坟墓上走过，哪怕上面没有任何标记，我也能知道他被葬在那里；准没错！”

那人说这话时好像怀着刻骨的仇恨，竟使奥立弗蓦地惊醒，从座位上跳起来。

天哪！到底是什么原因使他的血往上涌得心口作痛？到底是什么原因使他既不能开口，又不能动弹？原来老犹太站在那里！就在他面前的窗外，跟他挨得这样近，奥立弗在吓得向后退缩之前几乎能碰到他。老犹太的眼睛向室内张望，跟奥立弗的目光相遇。老犹太旁边有一张凶相毕露的面孔由于愤怒或恐惧（也许两者兼而有之）变得煞白；他正是在客店院子里同奥立弗相撞的那个人！

这现象在他眼前可说是一晃而过，一瞬即逝，一闪旋灭；接着这两个人就消失不见。但他们已认出了奥立弗，奥立弗也认出了他们。他们的相貌牢牢地印在他的记忆里，就好比深深地刻在石头上、从他出生以来就放在他面前一样。有一刹那工夫他站在那里发呆，接着从窗口跳到花园里大声呼救。

第三十五章

本章包含奥立弗这次奇遇不了了之的结果以及哈里·梅里与露梓之间一次重要的谈话

别墅里的人闻声赶到奥立弗呼救的地点时，发现他面如土色、紧张万分地指着屋后牧场的方向，几乎连话也讲不清楚，只是重复叫喊："那个犹太人！那个犹太人！"

翟尔斯先生无法猜透这叫喊的意思，还是哈里·梅里的反应比较快，加上他从母亲那里听到过奥立弗的故事，所以一下子就明白了。

"他朝哪个方向跑啦?"他问道，顺手抓起倚在墙角的一根粗木棍。

"那儿，"奥立弗指着两个人逃跑的方向回答，"我一转眼就看不见他们了。"

"那他们一定躲在沟里，"哈里说。"跟我来，尽量靠近我。"说完，他纵身跳过树篱，以很快的速度冲去，别人要跟上他是非常困难的。

翟尔斯尽自己所能跟上去，奥立弗也跟上；一两分钟后，外出散步刚刚回来的洛斯本先生也继他们之后翻过树篱滚到地上，随即敏捷得出人意表地一骨碌爬起来，以不可小看的速度朝同一方向猛追，同时始终不住口地扯开嗓子大叫，想知道究竟是怎么回事。

他们一路飞奔，一次也不曾停下来歇一口气，直至跑在最前面的一位依着奥立弗所指点的方向折入田野的一角，开始仔细搜索沟渠以及近旁的矮树篱笆；这样，其余的人才有时间赶上来，奥立弗才得以向洛斯本先生介绍这场紧张的追逐是怎样引起的。

搜索一无所获，甚至没有发现什么新近留下的脚印。此时他们站在一座小山顶上，每一个方向的田野都能望到三四英里远。左边的凹地里有一个小村庄；但是，如果那两个人走的是奥立弗所指的一条路，他们必须在开阔地里绕一个圈子才能到达那个村庄，而在那么短的时间内是不可能做到的。在另一个方向，牧场的边缘镶着一片密林；但根据同样的理由，他们也来不及到达那个藏身之所。

"那一定是一场梦，奥立弗，"哈里·梅里说。

"不，肯定不是，先生，"奥立弗答道；他一想起那个老恶棍的面貌就禁不住发抖。"我明明白白看见了他，绝不是做梦。我把他们俩都看清楚了，就像我现在看见你们一样。"

"还有一个是谁？"哈里和洛斯本先生同声问。

"就是我告诉过你们在客店里突然跟我碰上的那个人，"奥立弗说。"刚才他跟我眼睛对眼睛大家都看仔细了，我敢起誓，那一定是他。"

"他们是从这条路逃跑的吗？"哈里问。"你能肯定没有看错？"

"正像我肯定他们在窗前站过一样，"奥立弗答道，一边指着把别墅的花园同牧场隔开的一道树篱。"那高个儿是从那里跳过来的；那个犹太人往右边跑了几步，再从那个空档里钻过来。"

两位绅士听奥立弗说时，注意观察他认真的面部表情，然后又互相看看，似乎确认他说得头头是道。然而，无论哪个方向都没有两个人仓皇逃遁的任何踪迹。草长得相当高，可是除了他们自己的脚踩倒的以外，别处的草都没有遭到践踏。沟渠两侧的泥土是湿润的，但没有一处能找出两个男人的脚印，也没有一点点迹象表明几小时以内有任何人在那里走过。

“这就奇怪了！”哈里说。

“奇怪！”大夫应道。“即使勃勒瑟斯和达夫碰到这种事也没有办法。”

尽管搜索显然不会有结果，他们还是没有放弃这个念头；直到夜色渐浓，再找下去已毫无意义，只好作罢，但也是无可奈何。翟尔斯立刻被派往村里的几家啤酒店里去，根据奥立弗所能提供的最详细特征探访两个如许模样、如许服装的陌生人。这两个人中间至少那个犹太人是相当容易认出来的，如果他在那里喝酒或露脸的话。虽然如此，翟尔斯却没有带着任何足以解开这个谜或多少驱散一些疑云的消息回来。

第二天又继续进行搜索和打听，但同样毫无结果。第三天，奥立弗和梅里先生一起到集镇上去，指望在那里发现或听到那两个人的下落；但此行亦无所获。几天以后，这件事渐渐被淡忘了；同大多数事情一样，奇闻如果得不到新的养料，便会自行消亡。

与此同时，露梓的健康却恢复得很快。她已经可以离开病室出去走走，并且重新和家人待在一起，把欢乐带到每个人的心里。

虽然这一可喜的变化明显地反映在那个小天地的气氛中，虽然别墅里又可以听到愉快的话音和欢畅的笑声，但某些人——甚至包括露梓在内——总流露出一种异样的拘谨，这不能不引起奥立弗的注意。梅里太太和她的儿子经常两人举行长时间的密谈；露梓也曾不止一次脸上带着泪痕出现。在洛斯本先生定下回丘特西的日子以后，这种迹象益发层出不穷；显然有什么事情正在发展中，它搅乱了年轻的小姐以及其他一些人心中的宁静。

终于，某一天早晨，摆着早餐的房间里只有露梓一个人在，哈里·梅里进来带着几分犹豫要求跟她交谈片刻。

“只要几分钟……短短的几分钟就够了，露梓，”年轻人说着拉一把椅子到她跟前。“我要讲的话你已经想象得到；珍藏在我心中最深处的希望你也不是不知道，虽然你还没有听到这话从我的嘴里说出来。”

他一进来，露梓的面色就变得煞白；不过这也许是她大病初愈的反应。她只是行了个礼，然后低头面对身旁的一盆花，默默等待他往下说。

“我……我……本来早就该离开此地，”哈里说。

“是的，你本应该走了，”露梓应道。“请原谅我这样说，但我希望你已经走了。”

“我是被最可怕、最痛苦的忧虑带到这里来的，”年轻人说，“我害怕失去唯一的心上人，因为我的全部希望都寄托在她身上。当时你生命垂危，摇摆在人世与天国之间。我们知道，当年轻、美丽、善良的人被病魔缠住时，他们纯洁的灵魂会不自觉地朝向那个光明的、永久的归宿；我们知道，我们的同类之中最艳丽、最娇美的花朵在盛开时突然凋落的例子太多了——求上帝保佑我们！”

他说这些话的时候，娴静的姑娘眼睛里噙着泪水。一颗泪珠滴在她低头面对的一朵花上，在花冠中闪出晶莹的光华，把花儿衬托得更加娇艳，仿佛从她年轻的心房里涌出来的泪花有资格与自然界最可爱的鲜花交相辉映。

“当时，”年轻人热情奔放地继续说，“一个安琪儿，一个像上帝亲自派来的天使一般纯洁无邪的好姑娘，动摇在生死之间。哦！她所亲近的那个邈远的世界一半已向她显露，谁敢指望她还能回到这个世界的愁苦和灾难中来？露梓，露梓，眼看着你像天上的光芒投在人间的柔和暗影一般悄然逝去，又无法指望老天可怜滞留在世上的人而把你留下，也不知道有什么理由值得你留下来；感觉到你已经属于多少美贤绝伦的人很早就插翅飞去的那片光明乐土；然而，纵使有的是聊以自慰的办法，还是要祈求上苍能把你还给爱你的人——所有这些癫狂迷乱的心情几乎超过了所能忍受的限度。我白天黑夜处在这样的心情之中，与此同时，担心、忧虑和自私的遗憾像山洪暴发似地向我袭来，生怕你死了永远不知道我是多么忠诚地爱着你；这洪水简直要把我的知觉和理性一齐冲走。你总算好起来了。健康一天比一天、甚至一小时比一小时显著地得到恢复，点点滴滴注入你的生命力几乎枯竭的身体，同那里余下的一股循环缓慢的涓涓细流合在一起，重又涨起浩浩荡荡的高潮。我曾用一双被热望和深情濡湿的眼睛看着你死里逃生。难道你忍心对我说，你要使我失去这个希望？要知道，正是这个希望软化了我的心肠，改变了我对全人类的态度。”

“我没有这个意思，”露梓啜泣着说，“我只希望你已经离开此地，希望你重新致力于崇高的目标，致力于值得你追求的目标。”

“对我说来，哪怕是对世间志向最崇高的人说来，没有比赢得像你这样的一颗心更值得追求的目标了，”年轻人拿起她的一只手说。“露梓，属于我的、亲爱的露梓！几年来，多少年来，我一直爱着你；我希望功成名就之后载誉归来对你说，这都是为着与你分享而去争来的；我在自己的白日梦中幻想，到那个幸福的时刻，我将如何提醒你回想我曾经通过许多无语的表示流露一个少年的爱慕，我将如何正式向你求婚，以取代我俩之间早已达成的默契！这个时刻并没有到来；但现在，尽管功名尚未成就，少年时代的梦想尚未实现，我还是要向你呈献一颗其实早就属于你的心，把我的全部希望寄托在你用来回答我的请求的一句话上。”

“你的品行一直是善良而高尚的，”露梓说，她竭力控制着被搅动的感情。“既然你相信我不是麻木不仁或忘恩负义的人，那就请听我的回答。”

“你的回答是：我可以努力争取配得上你；是不是这样，亲爱的露梓？”

“我的回答是，”露梓说，“你必须努力把我忘掉；我不要你忘掉我是你的一个忠贞不渝的老朋友——那将深深地刺伤我的心；我要你忘掉我曾是你所爱的人。放眼看看整个世界；那里有许许多多的心，赢得这样的心将使你感到自豪。当你另外产生了爱情，你如果愿意的话，可以向我透露；我一定做你最信得过、最热心和最忠实的朋友。”

在接着出现的片刻冷场中，露梓一手掩面，禁不住热泪纵横。她的另一只手仍由哈里握着。

“你的理由是什么，露梓？”最后他用低沉的声音问。“你为什么作出这样的决定？”

“你有权知道我的理由，”露梓回答。“但是你的任何言语都不能改变我的决心。这是我必须履行的义务。为自己、为别人着想，我有责任这样做。”

“为你自己着想？”

“是的，哈里。为自己着想，我有责任这样做；因为我既无亲人，又无财产，只有一个不清不白的名声，不应该让你的朋友怀疑我出于卑劣的动机接受了你的第一次爱情，使我自己变成你的希望和抱负的累赘。为你，为你的亲人着想，我有责任阻止你凭着慷慨的天性的一股热情为自己的前途设置这个巨大的障碍。”

“如果你的意愿同你的责任感是一致的话……”哈里的话还没有说完。

“并不一致，”露梓的脸涨得通红。

“那末你也是爱我的了？”哈里说。“只要你说这句话，亲爱的露梓；只要你说这句话，冲淡一下这杯失望的苦酒。”

“如果我能这样做而不致给我所爱的人带来极大的不利，”露梓说，“我就会……”

“就会以完全不同的态度对待我的自白，是不是？”哈里接口说。“至少对我不要隐瞒这一点吧，露梓。”

"是的，"露梓说。"不过，"她把被握住的一只手抽出来，又继续说，"我们何必把这次痛苦的谈话延续下去呢？这次谈话对我是极其痛苦的，尽管如此，由此产生的幸福却来日方长；因为今后我将知道自己曾一度在你心目中据有我现在占据的高位，这就是幸福，而你在生活中取得的每一个胜利都将增添我的毅力，坚定我的意志。别了，哈里！我们以后见面再也不会像今天这样；但是我们可以长期保持另一种关系，而且双方都感到幸福，虽然这不同于今天的谈话可能使我们结成的那种关系。但愿一颗赤诚的心祈使一切真情挚爱的源泉降下的恩福给你带来欢乐和顺遂！"

"让我再讲一句话，露梓，"哈里说。"你用自己的话谈一谈你的理由。我希望听你亲口谈一谈。"

"你有着灿烂的前程，"露梓坚定地回答。"凡是人们依靠杰出的才能和有势力的亲朋能在社会上达到的尊荣都在等待着你。但你的那些亲朋是很傲慢的，我既不愿跟鄙视给了我生命的母亲的那些人打交道，也不愿让代替我母亲的那个人的儿子因我而遭到耻辱或失败。总而言之，"说到这里，露梓小姐转过脸去，因为她一时的坚定发生了动摇，"我的家世有一个污点，而世人却要用它来惩罚无辜。我不愿别人代我受过；所有的指责统统由我一人担当。"

"再讲一句，露梓。最亲爱的露梓！只讲一句！"哈里激动地说着扑倒在她跟前。"假如我没有像世人所谓的生而富贵那么大的福分，假如命中注定我的一生默默无闻地平平而过，假如我出身寒微、体弱多病、孤苦无依，你也会拒绝我吗？还是因为我可能享有荣华富贵的前景使你产生了这些顾虑？"

"不要强迫我回答，"露梓说。"现在不发生这个问题，也永远不会发生这个问题。强人所难不是公正、善意的态度。"

"如果你的回答同我几乎敢于希望得到的回答相符，"哈里说，"那就会在我孤寂的路上投下一线幸福的光明，为我照亮茫茫前途。你只要说短短的几句话，对于爱你超过其余一切的那个人来讲有很大的意义，绝不是可有可无的事情。哦，露梓！看在我炽热和持久的爱情份上，看在我为你已经忍受的和你要我永远忍受的全部痛苦份上，请回答我这唯一的问题！”

“好，假如你的福分不是那么大，”露梓说，“假如你我的身份不是那么悬殊，假如我能够在一个平静和不起眼的环境中帮助你、安慰你，而不是在踌躇满志的名流丛中玷辱你、妨碍你，我就无须受这样的折磨。现在我完全有理由感到幸福，感到很大的幸福；但是，哈里，我承认我本来可以得到更大的幸福。”

当露梓倾诉这番衷情的时候，有关她自己还是个小姑娘时即已形成的夙愿的种种回忆纷纷兜上心头；如同缅怀已经枯萎的希望一样，这些回忆不免伴随着眼泪，眼泪则给她带来宽慰。

“我克制不住这种软弱的表现，但它能坚定我的决心，”露梓说，并向他伸出一只手。“现在我必须跟你分手了。”

“我求你答应一件事，”哈里说。“请允许我就这个题目向你再谈一次，比方说在一年之内，但也可能大大提前；只谈一次，也是最后的一次。”

“可是不要勉强我改变我的正确的决定，”露梓带着忧郁的笑容回答，“这将是徒劳无益的。”

“决不勉强，”哈里说，“我准备听你重申决心；如果你愿意的话，那就重申最后的一次！不管我能获得怎样的地位或财产，我要把它们统统放到你的脚下；要是你仍然坚持现在的决定，我决不试图用言语或行动加以改变。”

“那就这样吧，”露梓答道，“这只会增加一次痛苦，不过到那时我也许更加禁得起。”

她再次伸出一只手。但是青年绅士把她整个儿贴在自己胸前，在她清秀的额上吻了一下，然后匆匆走出房间。

第三十六章

本章极短，在这里看来也许无关紧要，然而还是应该一读，因为它是前一章的继续，也是到时候读者会看到的一章的伏笔

“如此说来，你决定今天上午跟我一起动身，是吗？”大夫问坐到餐桌上来同他和奥立弗一起吃早点的哈里·梅里。“咳，你的情绪或打算在前半个小时跟后半个小时从来没有一样的。”

“有朝一日你将对我作出完全不同的评价，”哈里说时似乎无缘无故地红了脸。

“但愿我有充分的理由这样做，”洛斯本先生表示，“尽管我承认不大有信心。昨天早上，你刚匆匆忙忙决定留在此地，准备恪尽孝道陪你母亲到海边去。中午以前，你宣布给我这样的荣幸——在你去伦敦的路上顺道做我的旅伴。晚上，你极其神秘地力劝我在女士们起身之前出发；结果让奥立弗守在早餐桌上不敢离开，而他这时候应当在牧场上寻找各种奇花异葩。太不像话了，是不是，奥立弗？”

“我想，要是你跟梅里先生动身的时候我不在家，我会非常懊恼的，先生，”奥立弗应道。

“真是个好孩子，”大夫说，“你回去以后要来找我。不过，说正经的，哈里；你这样突然急于离开，是不是因为从大人物那里来了什么消息？”

“据我猜想，你把我那位显赫的尊亲归入所谓大人物之列，”哈里回答。“自从我到了这里，大人物还没有跟我通过任何消息；在这个季节，一般也不会发生什么情况需要我马上随侍在他们左右。”

“你可真是个怪人，”大夫说。“他们肯定打算通过圣诞节前的选举让你当上议员，而你这套动不动改变初衷的作风已经为政界生涯做了不坏的准备。这不是没有道理的。良好的训练任何时候都有利无弊，不

管角逐的目标是职位、奖杯，还是为了赌赛马时中彩。”

哈里·梅里的样子好像无意把这次短促的对话继续下去，否则他只消用一两句话便可叫大夫大吃一惊；他仅仅说了一句“我们走着瞧”，此外没有再续下文。不一会，驿车已到门口，翟尔斯进来取行李，好心的大夫赶紧出去看东西捆扎安放得是否妥当。

“奥立弗，”哈里·梅里低声说，“我有句话要跟你讲。”

奥立弗走到梅里先生示意他去的窗龛里，发觉他的整个神态表现出某种哀愁和亢奋的混合心情，很是诧异。

“你现在字写得不坏了，是不是？”哈里一只手搁在他臂膀上问。

“我希望能写得好，先生，”奥立弗答道。

“我恐怕要有一个时期不回家来。我希望你能给我写信，比方说两星期写一次，每隔一个星期的星期一，寄到伦敦邮政总局。你愿意吗？”

“当然愿意，先生；我会因此而感到自豪，”奥立弗接受这个使命高兴万分。

“我希望了解——了解我母亲和露梓小姐的情况，”年轻人说，“你可以在一页信纸上告诉我：你们到哪里散步去了，谈了些什么，她——她们是不是快乐健康。你明白我的意思不？”

“完全明白！先生，完全明白，”奥立弗回答。

“你最好不要向她们提这件事情，”这几句话哈里说得很快，“因为我母亲知道了，会给我写信写得更勤，这样就会给她添麻烦，也很劳累。就让这件事作为只有你我两人知道的秘密；别忘了把一切都告诉我！这事儿我就托给你了。”

奥立弗因意识到自己的重要性而洋洋得意，觉得很光彩；他诚心诚意地保证守口如瓶和翔实报道。于是梅里先生与他作别，并一再热心地许诺给他关怀和保护。

大夫已坐在车厢里；经安排被留下来的翟尔斯开着车门等在那里；

女仆在花园里看着他们。哈里朝格子窗那边偷偷瞥了一眼，一纵身跳进车厢。

“走吧！”他叫了一声。“使劲，快，全速向前！今天只有飞快车才合我的心意。”

“喂！”大夫急忙放下前窗的玻璃，向骑马驾车的驿差大叫。“飞快车可完全不合我的心意。听见没有？”

驿车沿着蜿蜒曲折的道路前进；铃声叮当，蹄声嘚嘚，直到远得听不清楚，只能目送它奔驰为止。马车几乎被裹在一团烟尘之中，时而完全消失，时而重新出现，取决于视线是否受阻或道路错综复杂的状况。直要到连烟尘也看不见了，目送的人们始告散去。

尽管驿车早已到了好几英里以外，然而有一位目送者还在目不转睛地凝望着车影消失的地方。那是露梓坐在白色的窗帘后面；刚才哈里举目向窗口仰望时，正是这帘儿挡住了他的视线。

“他看来精神振奋，心情愉快，”她终于对自己说。“有一段时间我担心他可能是另一个样子。我估计错了。现在我非常、非常高兴。”

眼泪标志着悲伤，同样也标志着快乐；但是，当露梓坐在窗口、始终盯着同一个方向出神的时候，顺着她的面庞往下淌的眼泪蕴涵的哀愁看来多于欢欣。

第三十七章

读者从这一章里可以看到婚前婚后情况迥异的寻常现象

班布尔先生坐在贫民习艺所的一间屋子里，老大不高兴地眼睛盯着毫无生气的壁炉；因为时值夏令，除了从它冷冰冰、亮闪闪的表面反射出几道微弱的日光外，看不到火焰熊熊燃烧。天花板下吊着一只纸糊的捕蝇笼，他间或在郁郁不乐的愁思中抬头向它望望，看到莽撞的苍蝇在花花绿绿的罗网周围乱转，班布尔先生便会发出深沉的叹息，脸上掠过更加沮丧的阴影。班布尔先生陷入了冥想；也许是苍蝇勾起他对自己生活中一段经历的痛苦回忆。

不光是班布尔先生的郁悒表情在旁观者心中引起一种惬意的伤感。还有其他一些与他的身份有密切联系的迹象表明，他的境况发生了巨大的变化。镶饰边的外套和三角帽到哪里去了？他仍穿着齐膝紧身裤和深色长统纱袜；但紧身裤已经不是原来那一条。外套还是宽裾式的，在这一点上同原来那一件相像，但已不可同日而语！威风凛凛的三角帽已换上一顶不起眼的圆顶帽。班布尔先生再也不是一位教区干事了。

生活中有些高位，撇开它们本身带来的实际好处不谈，其特殊价值和威严却来自与之分不开的衣着。陆军元帅有他的军服，主教有他的绸法衣；律师出庭时有他的绸长袍；教区干事则有他的三角帽。如果把主教的法衣扒去，如果把教区干事的三角帽摘掉，他们是什么呢？人！普普通通的人！有时，一件外套或背心，能在超过人们想象的程度上决定仪表是不是威严，气宇够不够神圣。

班布尔先生已跟考尔尼太太结婚，现在当上了贫民习艺所的所长。教区干事的职务如今由别人接替；三角帽、镶金边的外套和一根藤杖，三大件统统移交了。

“自从做了这件事，到明天才两个月！”班布尔先生喟叹一声说道。“简直像过了整整一辈子。”

班布尔先生的意思也许是指他把毕生的幸福都浓缩在这短短的八个星期里了；但那一声喟叹——那一声喟叹的含义实在无限深广。

“我出卖了自己，”班布尔先生循着原来的思路自言自语，“只换了半打茶匙、一把糖夹子、一只牛奶缸、几件旧家具和二十镑现款。我卖贱了。真是便宜，比垃圾还便宜！”

“便宜？！”一个尖厉的声音在班布尔先生耳际大叫。“什么价钱买你都是贵的；我为你付出的代价够高的了，上帝可以作证！”

班布尔先生转过头来，看到他那位贤德美眷的脸；她不完全明白从班布尔先生的自怨自艾中偶然听到的只言片语，就劈头盖脸给了他如上的一顿抢白。

“班布尔太太！”班布尔先生的语气严厉中带着感伤。

“怎么样？”那位太太大声问。

“劳你驾看看我的脸，”班布尔先生一眼不眨地盯着她说。

“倘若她顶得住这样的目光，”班布尔先生寻思着，“她就是天不怕地不怕的了。我用这样的目光看那些贫民，效力屡试不爽；倘若在她身上不起作用，我的权威也就完了。”

对那些半饥不饱、并非处在良好状态的贫民稍微瞪瞪眼是否就能叫他们噤若寒蝉；原考尔尼先生的遗孀对于严厉的目光是否抵抗力特别强——这是见仁见智的问题。反正女总管丝毫没有被班布尔先生的怒容所慑，相反报之以极大的轻蔑，甚至冲着他发出一阵不大像做作的狂笑。

听到这始料所未及的笑声，班布尔先生先是不敢相信，继而现出愕然的表情。他于是重新陷入沉思，直至他的爱侣的声音再次引起他的注意，才惊醒过来。

“你是不是打算整天坐在这里打呼噜？”班布尔太太问。

“我愿意在这里坐多久就坐多久，太太，”班布尔先生回答，“尽管我没有打呼噜，但只要我高兴，我可以打呼噜，可以打呵欠，可以打喷嚏，可以笑，可以叫；这是我的特权。”

“你的特权？！”班布尔太太带着难以描摹的不屑神情冷笑一声。

“我的确说了这话，太太，”班布尔先生重申。“男人的特权就是下命令。”

“那末女人的特权又是什么呢？看在老天分上请你告诉我！”考尔

尼先生的遗孀嚷着。

“服从，太太，”班布尔先生吼着。“你那位倒霉的前夫应当把这个道理教给你；如果那样的话，他也许至今还活着。我真希望他没有死，这个可怜的人！”

班布尔太太一眼就看出：现在到了决定性的时刻，无论哪一方为夺取控制权使出的杀手锏，将一劳永逸、不可改变地决定究竟谁说了算。因此，她一听到提起泉下的亡魂，立即倒在椅子里，尖声叫骂班布尔先生是心肠狠毒的畜生，并且涕泗滂沱地大哭起来。

然而眼泪这种东西决不能渗入班布尔先生的灵魂；他的心是不透水的。如同可以洗的海狸皮帽子淋了雨反倒更好一样，他的神经经过眼泪的冲洗变得更结实、更有弹性；因为眼泪既是软弱的标志，也就是对他的权威的默认，故而能给他带来愉快和兴奋的感觉。他现出极其满意的表情望着他的好太太，以鼓励的语调请她痛痛快快、毫无保留地哭一场；因为据专家们判断，这项运动对于健康好处极大。

“既能扩大肺活量，洗净面孔，锻炼眼睛，又能平息火气，”班布尔先生说。“所以放声哭吧。”

说完了这番俏皮话，班布尔先生从木钉上拿下他的帽子，洋洋得意地把它歪戴在头上，像一个人意识到自己用适当的手腕确立了支配地位那样两手往兜里一插，悠悠然向门口走去，全副潇洒神态，一派油腔滑调。

然而，前考尔尼太太之所以先用眼泪试探一下，无非因为这个办法比动手省事；但她对于采用后一种解决办法是做好充分准备的，这一点班布尔先生很快就领教了。

他体验到事实果然如此的第一个明证是伴随着打在中空物件上的一声响而来的，紧接着，他的帽子突然飞到房间的另一端去了。老于此道的太太通过这道准备工序先让他光着脑袋，接着便用一只手紧紧掐住他的喉咙，同时以罕见的劲头和敏捷挥动另一只手，使拳头像骤雨一般落到他的头上。此后，她稍稍变换一下战术，用指甲抓他的脸，扯他的头发。在她认为对无礼者施加了一切必要的惩罚之后，便把他向幸而正好在那个地方的椅子里一推，使他连人带椅翻了一个斤斗；问他还敢不敢再谈他的特权。

“起来！”班布尔太太命令道。“从这里滚出去！别把我惹急了，我是什么都干得出来的。”

班布尔先生哭丧着脸站起来，心里直纳闷儿：不知她究竟会干出什么来。他从地上拣起帽子，向门那边转过身去。

“你到底走不走？”班布尔太太问。

“我走，亲爱的，我走，”班布尔先生连声说着向门口走得更快。“刚才我并不想……我这就走，亲爱的！你的火气这样大，说真的，我……”

这时班布尔太太匆匆走过去，其实只是要把扭打时踢歪的地毯复位；可是班布尔先生再也不想把那句话说完，立刻逃出门外，让前考尔尼太太占领整个战场。

班布尔先生吃的这一惊非同小可，挨的这顿打也真够瞧的。他素有恃强凌弱的癖好，而且乐此不疲，所以必然是个胆小鬼(这一点不言自明)。这绝对不是对他的毁谤；事实上，许多深受尊敬和钦佩的官方人士往往有类似的毛病。笔者指出这一点实在对他有利无弊，目的在于让读者对他的办事能力有一个正确的概念。

不过，他出丑还没有出到顶点。他在习艺所里巡视一周，一路上破题儿第一遭想到济贫法对穷人确乎太苛刻了些，那些从老婆身边逃跑、把她们扔给教区赡养的男人按理非但不该受到任何惩罚，倒是应当作为劳苦功高的受害者给予补偿。然后，他来到通常有几个女贫民在那里洗教区所发衣服的一间屋子门口，此时有谈话的声音从里边传出来。

“哼！”班布尔先生准备施出他全部固有的威风。“至少这些娘们该继续尊重我的特权。——喂，里边的人听着！你们这班贱货吵吵嚷嚷做什么？”

班布尔先生说着声势汹汹地推门进去；不过这副神气立刻换成最卑顺、最懦怯的样子，因为想不到他的视线竟会落到他的夫人身上。

“亲爱的，”班布尔先生说，“我不知道你在这里。”

“不知道我在这里？！”班布尔太太把他的话重复一遍。“你上这儿来干吗？”

“我心想：她们话说得太多了，会影响工作，亲爱的，”班布尔先生答道，同时惶惑地望着洗衣盆旁的两个老妇人，她们看到习艺所所长那副低声下气的狼狈相，正在幸灾乐祸地窃窃私议。

“你心想：她们话说得太多了？！”班布尔太太说。“这关你什么事？”

“嗯，亲爱的……”班布尔先生谦恭地支吾着。

“这关你什么事？”班布尔太太再一次问他。

“说得对，亲爱的，你是这里的总管，”班布尔先生只好屈服，“不过我以为这个时候你大概不会在这里。”

“你听着，班布尔先生，”他的太太宣称，“我们不需要你来指手画脚。你太喜欢插手用不着你管的事情，惹得习艺所里每个人等你一转身就在背后笑；你一天到晚在出自己的洋相。出去！快滚开！”

班布尔先生见两个老贫妇非常开心地在一旁窃笑，感到钻心地难受。他犹豫了一眨眼的工夫。班布尔太太的耐性容不得任何延宕，她抓起一把勺子舀了一勺浓肥皂水，指着门命他立刻出去，否则就要把肥皂水泼到他大腹便便的身上去。

班布尔先生有什么办法呢？他气馁地四顾张望，只好灰溜溜地撤退。他刚走到门口，那两个贫妇的窃笑忽然变成乐不可支的刺耳的格格声。想不到竟然落得这样的下场。他在她们众目睽睽之下丢了丑；他当着贫民的面尊严丧尽，威信扫地；他从堂堂教区干事的高位掉进了最为人所不齿的怕老婆丈夫的无底深渊。

“总共才两个月！”班布尔先生无限伤心地说。“两个月！仅仅两个月以前，我不光是我自己的主人，凡是教区贫民习艺所范围内的人都得听我的，可是如今！……”

这太过分了。班布尔先生一路沉思，不觉已走到大门口。他给了为他开门的阍者一下耳光，心烦意乱地走到街上。

他走过一条街道，又折入另一条街道，直至一怀愁绪初步得到宽解；这时，心情的变换使他产生了干渴的感觉。他经过许多家酒店，最后在侧街上一家酒店门前止步；他从窗帘的上端往里边匆匆瞥了一眼，断定那一家的雅座空荡荡的，只有孤零零一名顾客。这时天正好下起大雨来了。于是他下了决心。班布尔先生跨进门去，经过酒吧柜时叫了一点饮料，然后走进他从街上看到的那间雅座。

先坐在那里的一个男人身材颇高，皮肤黝黑，披着一件大斗篷。他不像本地人，从他有些困乏的神色和衣服上的尘土看来，像是远道到此。当班布尔走进去的时候，那人乜斜着眼睛看了看他，对于班布尔先生的招呼，几乎是爱理不理地微微点头作答。

班布尔先生本来就够傲慢的，即使那个陌生人显得较为可亲，他也不会放下架子。所以他默默地喝他的掺水杜松子酒，功架十足地看报。

然而，正如人们在这类场合碰到一起时往往会发生的那样，班布尔先生不时感到一种不可抗拒的强烈愿望，想偷看一下那个陌生人；可是当他这样做的时候，却总是不好意思地把视线缩回来，因为每次都发现陌生人也在偷偷地看他。此人的目光犀利而明亮，但蒙着一层戒心和怀疑的阴影，与班布尔先生所见过的都不一样，给人一种极不愉快的感觉。正是他这双眼睛的颇不寻常的表情使班布尔先生的窘色有增无已。

他们这样互相窥视好几次以后，陌生人用低沉而生硬的声音打破了沉默。

“刚才你从窗外向这里张望的时候，”他问，“你是不是要找我？”

“我没有这个意思，除非你这位先生名叫——”

班布尔先生顿住了，他亟欲知道陌生人的姓名，并焦急地指望对方主动填补这个空白。

“我料想你不是找我，”陌生人说时嘴角露出淡淡的一丝冷笑，“否则你应当知道我的姓名。可是你并不知道。我劝你还是不要打听为好。”

“我并不想冒犯你，年轻人，”班布尔先生庄重地说。

“你也没有冒犯我，”陌生人说。

这番简短的对话之后又是一阵沉默，后来还是陌生人打破了冷场。

“我以前好像看见过你，”他说。“当时你的服装同现在不一样，我只有在街上见过你一面，不过我还是认得出来。你从前当过此地的教区干事，是不是？”

“不错，”班布尔先生说，他多少有些感到惊讶，“我当过教区的干事。”

“那就对了，”对方点头应道。“我看见你的时候你正担任那样的职务。你现在当什么呢？”

“贫民习艺所所长，”班布尔先生说得很慢，力图给人深刻的印象，否则陌生人可能在态度上失于检点。“贫民习艺所所长，年轻人！”

“我相信，你对自己的利益同当年一样看重吧？”陌生人继续说，同时锐利地盯着班布尔先生的眼睛；后者听到这句问话后正举目愕然望着对方。“你可以坦率地回答，不必有什么顾虑，老朋友。你看，我对你了解得很清楚。”

“我认为，”班布尔一边回答，一边用手罩在额前遮光，把陌生人从头到脚打量一番，显然感到难于措辞，“有家室的人跟单身汉一样，并不反对在有机会的时候赚几个清白的子儿。教区的公务员收入有限，所以不会拒绝任何一点点外快，只要方式体面，办法妥当。”

陌生人微笑着又点点头，表示他没有看错人；然后他打了一下铃。

“再来一杯，”他说时把班布尔先生的空酒杯递给进来的掌柜。

“要凶要热。你大概喜欢这样的吧？”

“不要太凶，”班布尔先生回答，并轻轻地咳一声嗽。

“反正你明白这个意思，掌柜的！”陌生人用干巴巴的语调说。

店主人笑着退出去，不一会就端着一大杯热腾腾的酒进来；班布尔先生才喝了一口，眼泪就冒出来。

“现在你听我说，”陌生人把门窗都关好后才说。“我今天来到这个地方，就是要找你。也不知是什么鬼使神差，凑巧在我满心想着你的时候，你自己走进我坐的房间里来了。我需要从你那里打听一件事情。我不想要求你无条件提供情况，尽管这并不是什么大不了的事情。这点小意思先请你收下。”

他说着把两个金镑放在桌上，小心翼翼地推到对方面前，好像不愿让外面的人听到钱币的叮当声。等班布尔先生把两个金币仔仔细细检查过，确信它们不是假的，并且十分满意地放进他的背心口袋以后，陌生人才继续往下说：

“请把你的记忆退回到——让我算一算——退回到十二年前的冬天。”

“那是很远的年代了，”班布尔先生说。“好吧。我已经在想象中照办。”

“地点在贫民习艺所。”

“好！”

“时间是夜里。”

“唔。”

“场景是破旧不堪的一间屋子；在那里，一些不要脸的贱货尽管自己往往被剥夺生命和健康，却把啼啼哭哭的小孩生下来由教区抚养，然后让坟墓把她们的丑事掩盖起来，这些臭婊子！”

“你说的是产房吧？”班布尔先生问；他的想象不能完全跟上陌生人这番感情冲动的描写。

“是的，”陌生人说。“有一个男孩生在那里。”

“男孩子可多着哩，”班布尔先生沮丧地摇摇头说。

“让那些小鬼统统害瘟疫死掉！”陌生人咬牙切齿地说。“我只讲其中一个；那是个样子可怜巴巴、脸上没有血色的男孩，他在此地跟一个棺材店老板当过学徒——可惜那老板没有给他做一口棺材，让他躺在里边，把螺钉拧紧；后来据说他逃到伦敦去了。”

“啊，你指的是奥立弗！小退斯特！”班布尔先生说。“我当然记得。再也没有比他更顽固不化的小流氓了——”

“我不是要打听他的情况；关于他的情况我听得够了，”陌生人制止了班布尔先生长篇大论地历数可怜的奥立弗的劣迹。“我要打听一个女人——当初给他母亲当过看护的一个丑老婆子。她现在什么地方？”

“你问她在什么地方？”掺水杜松子酒下肚以后，班布尔先生变得诙谐起来了。“这就难说了。反正她去的地方是不需要收生婆的，所以我猜想她一定失了业。”

“你这是什么意思？”陌生人声色俱厉地问。

“我的意思是说：她在最近的一个冬天死了。”班布尔先生答道。

听到这个消息，陌生人定睛看着他，虽然半晌没有把视线移开，目光却逐渐趋于空蒙、迷茫，看来陷入了深思。有一会儿工夫，他似乎拿不准获悉这个情况后应该感到宽慰还是失望；最后他舒了一口气，表示这没有多大关系，同时把眼睛转向别处。说完，他起身准备走了。

但是班布尔先生毕竟老奸巨猾；他立刻看出这是一个机会可从他的贤内助所掌握的秘密中捞到好处。他清楚地记得老莎利死的那个夜晚；他有充分的理由把这件事回忆起来，因为正好在那一天他向考尔尼太太求婚；尽管那位太太没有把只有她一个人听到的秘密向班布尔透露，但他风闻这同那个老婆子作为习艺所的看护妇服侍雾都孤儿年轻的母亲时一件事情有关。他迅速回想起这段经过情形，并且带着神秘的表情告诉陌生人说：那个丑老婆子在临死前不久曾经同一位妇女密谈；他有理由相信，那位妇女对于他要打听的事情能够提供一些线索。

“我怎样可以找到她？”陌生人问；他竟忘了保持戒心，从而清楚地暴露出：得悉这一情况后，所有他惧怕的事情（且不管他究竟怕些什么）重新兜上心头。

“只有通过我，”班布尔先生答道。

“什么时候？”陌生人急忙追问。

“明天，”班布尔回答。

“晚上九点，”陌生人说着取出一张纸片，在上面写下靠近河边不知何处的一个地址，从字迹可以看出他激动得厉害，“晚上九点你带她到这个地方去。至于保守秘密，我想不消说得。这样做符合你的利益。”

说完，他走在前头，中途停了一下付去酒账，然后出门；他简短地说了一句他们不同路，并着重把第二天晚上约定的时间再提醒一遍，此外没有作什么客套，便径自离去。

习艺所所长看了看那个地址，发现上面没有姓名。陌生人尚未去远，于是他追上去问。

“你跟我来做什么？”当班布尔碰到他的胳臂时，那人迅即回过头来责问。

“不过想问一个问题，”班布尔指着纸条说。“到那个地方我该找什么人？”

“蒙克斯！”那人答道，然后匆匆走开。

第三十八章

叙述班布尔夫妇和蒙克斯那次夜间会晤的经过

这是夏天里一个阴霾四布、空气沉闷的晚上。整个白天一直摆出威胁性架势的乌云，现在铺成一大片浓密、呆滞的气团，已开始洒下大滴大滴的雨点；看来一场凶猛的雷雨即将来临。就在这个时候，班布尔夫妇走出该镇的大街，前往离镇大约一英里半的一个去处，那里有几所破房子七零八落坐落在河边一片卑湿的洼地里。

他俩都穿着很旧的外衣，这样的打扮也许有双重目的：既防止被雨淋湿，又免得引人注目。丈夫提着一盏风灯（不过尚未点亮），踏着沉重的步伐走在前面，似乎是为了让稍后几步的太太踩着他的脚印前进，因为道路泥泞。他们一路保持深沉的静默。班布尔先生不时放慢步子，侧首回顾，像是要看看他的贤内助是否落后太远；看到她紧紧跟着，随即调整步伐，大大加快速度前往他们的目的地。

那地方的名声远远不是可疑，而是不必存疑的，因为早就众所周知，住在那里的都是下流的亡命之徒；他们打着各种自食其力的幌子，主要靠偷盗和其他犯罪的勾当为生。这一带的棚屋有的用散落的砖头，有的用蛀蚀的旧船木料草草搭成，毫无秩序地胡乱挤在一起，大多距离河岸只有几英尺。乍一看来，几条拖上泥地、拴在岸边矮墙上的破船，还有散见在这里那里的一支桨或一盘绳索，似乎表明这些陋屋中的居民从事某种水上营生；但只要仔细观察一下这些烂得不成样子的工具，过路人便不难料到，它们放在那里无非为了装装门面，而不是实际使用。

在这一簇棚屋的中心，有一座高大的建筑物坐落在岸边，它的楼面俯临着河流。这幢房屋曾经是一家什么工厂，当年也许为附近的居民提供过就业机会，但早已变成废墟。在耗子、蛀虫和潮湿的侵蚀下，屋桩都烂了，建筑物的很大一部分已经塌入下面的水中；剩余的部分摇摇欲坠地悬在浊流上方，似乎在等待适当的时机追随它们的老伙伴，接受同样的命运。

那一对可敬的夫妇就在这座东歪西倒的建筑物前面站住；此时远方的雷声在空中激起第一阵回响，接着大雨如注。

“想必就在这里附近，”班布尔看着手里的一张纸片说。

“喂！”上面有一个声音喊道。

班布尔先生寻声抬起头来，见一个人从二楼的一扇门里探身向下张望。

“稍等一会，”那声音喊道，“我马上就来。”说完，那人缩回脑袋，把门关上。

“就是那个人吗？”班布尔先生的贤德夫人问。

班布尔先生点点头。

“记住我叮嘱你的话，”女总管说，“尽量少开口，要不然你一下子就会让人家摸到我们的底。”

班布尔先生看着这幢房子颇觉沮丧，显然正想表示怀疑这出戏再唱下去是否妥当，但没有来得及开口，因为这时蒙克斯出现了——他打开靠近他们所站的地方的一扇小门，示意他们往里走。

“快进来！”他不耐烦地跺脚叫着。“我可没有那么多闲工夫待在这里！”

班布尔太太起先还有点犹豫，旋即不等再请就大胆走进去。班布尔先生耻于落后，或者害怕落后，也跟着进去，但心中显然忐忑不安。那种非凡的神气通常是他的主要特征，这时候几乎连一点儿影子也没有了。

“真是见鬼，你们站在雨中磨磨蹭蹭的干什么？”蒙克斯把门闩上后转身向班布尔说。

“我们……我们只是想凉快凉快，”班布尔讷讷地回答，同时提心吊胆地向四周环顾。

“凉快？！”蒙克斯说。“无论过去已经下的还是将来还要下的雨，都扑不灭一个人身上的欲望之火，正如扑不灭地狱之火一样。你想凉快凉快，没那么容易；休想！”

说完这一通至理名言，蒙克斯骤然转向女总管，虎视眈眈地盯着她，直至像她这样一个不是轻易吓唬得住的女人也不得不低首垂目。

“就是这个女人吗？”蒙克斯问。

“嗨！就是这个女人，”班布尔先生回答；他记着妻子告诫他的话。

“你大概以为女人都不能保守秘密，是不是？”女总管插进来说，同时用锐利的目光回敬蒙克斯。

“我知道有一种秘密她们守得很牢，直到被揭穿为止，”蒙克斯用鄙夷的口吻说。

“那是什么秘密呢？”女总管用同样的语气问。

“有关她们自己失去名节的秘密，”蒙克斯答道。“根据同样的道理，如果一个女人参与可能使她上绞刑架或者流放到海外的秘密，我不担心她会向任何人泄露；我才不担心呢！我的意思你懂不懂？”

“不懂，”女总管说时略略有些脸红。

“你当然不懂！”蒙克斯说。“你怎么会懂呢！”

他向两个对手现出一种介乎笑容与怒容之间的表情，再次叫他们跟他来，然后匆匆穿过一间相当宽敞、但是很低的屋子。一架很陡的楼梯——或者应该说梯子——通往上面一层曾是货栈的屋子；他正欲上楼，忽见一道雪亮的电光从上面的洞孔里刷地一闪，接着，一声霹雳把这座东歪西斜的建筑物震得连地基都动摇了。

“听！”蒙克斯叫了起来，身体往后一缩。“听！轰隆隆的雷声好像从有魔鬼躲在那里避祸的千万个石洞里滚滚传来。我恨这声音！”

他有一会儿工夫保持沉默，后来突然把捂住面孔的手抽开；看到他的脸大大地改了样、变了色，班布尔先生心慌意乱到了无法形容的程度。

“我的病不时会这样发作，”蒙克斯说，他注意到了班布尔慌乱的神态，“往往是打雷引起的。现在不要管我；这一次已经过去了。”

说着，他领头登上梯子，到了一间屋子里，赶紧把窗板关上，把用绳子和滑轮吊在天花板下一根粗梁上的手提灯放低些，让微弱的亮光落在灯下的一张旧桌子和三把椅子上。

“现在，”他们三个人都坐好以后，蒙克斯说，“我们还是开门见山谈正经事，这样对大家都有好处。这个女人知道不知道要谈什么？”

问题是向班布尔提的；但他的妻子抢先回答，说她已完全了解。

“他说那个丑老婆子死的那天夜里你在她身边，她告诉过你一件事情——”

“这事跟你提到的那个孩子的母亲有关，”女总管不待他说完就回答。“是的，他说的是事实。”

“第一个问题：她对你说的这番话属于何种性质？”

“那是第二个问题，”女总管十分审慎地指出。“第一个问题应该是：这番话值多少钱？”

“那谁知道？在了解它的性质之前谈不上这些，真是活见鬼！”蒙克斯说。

“我相信没有人比你知道得更清楚，”班布尔太太反唇相讥；她并不缺乏胆量，对于这一点她的夫君深有体会。

“哼！”蒙克斯意味深长地说，同时露出急于探听真相的神情。“照你说来，这番话也许是值钱的了？”

“也许是，”回答的口气从容不迫。

“某一件东西从她身上被拿走了，”蒙克斯说。“她本来戴着这件东西，后来——”

“你最好还是出个价钱，”班布尔太太把他的话打断。“根据我所听到的，我可以肯定你正是需要知道真相的人。”

关于这个秘密，班布尔先生至今没有从他的夫人那里获准了解得比他原来知道的更多；他伸长脖子、睁大眼睛听着这席对话，时而看看他的妻子，时而望望蒙克斯，毫不掩饰自己惊愕的表情。当蒙克斯厉声问到要多少钱可以换取这个秘密时，班布尔的惊愕更是有增无已，如果在这以前还没有到顶的话。

“对你说来值多少钱呢？”那妇人问；她还是同刚才一样冷静。

“也许一文不值，也许值二十镑，”蒙克斯回答。“你说了出来，我才能知道值多少钱。”

“在你出的价钱上再加五镑。给我二十五个金镑，”妇人说，“我就把一切都告诉你。先付后说。”

“二十五镑？！”蒙克斯大吃一惊地靠到椅背上。

“我已经讲得再明白不过了，”班布尔太太回答说。“这不算贵。”

“还不算贵？二十五镑买一个微不足道的秘密，它说出来也许一文不值！”蒙克斯急躁地嚷道。“何况十二年来埋在地下一直没有人提起过！”

“这类事情就是久存不烂，而且像好酒一样愈陈愈值钱，”女总管继续保持满不在乎的姿态说。“至于埋在地下，那末，有些人埋在地下一万二千年，甚至一千二百万年，最后还是会讲出离奇的故事来，谁知道！”

“要是我出钱买了个一文不值的秘密，怎么办？”蒙克斯迟疑不决地问。

“你很容易把钱拿回去，”女总管回答。“我是个女流之辈，这里就我一个人，又没人保护。”

“你不是一个人，也不是没人保护，”班布尔先生用吓得发抖的声音顺从地说。“有我在这里，亲爱的。何况，”班布尔先生说时牙齿上下打架，“蒙克斯先生是位君子，决不会对教区公务员使用暴力。亲爱的，蒙克斯先生知道我不是个年轻人，可以说有点儿退火了；但他听说了，亲爱的，我可以肯定蒙克斯先生听说过我办事非常果断，要是把我惹火了，我的力气可不能小看。只要惹我稍微发一点火就够了。”

班布尔先生说着，装出果断得吓人、实在是怪可怜的样子，抓起他带来的一盏风灯，通过满面惊慌的神色清楚地表明，他确实需要惹一惹，狠狠地惹一惹，才有可能显示好斗的姿态；当然，对付贫民或者其他专供吓唬的人不在此例。

“你真是个蠢货，”班布尔太太说，“还是把你的嘴闭上为妙。”

“既然他不会用小一点的嗓门说话，在他到这里来以前，应该先把舌头割去才对，”蒙克斯阴郁地说。“这么说，他是你的丈夫喽，呃？”

“他，我的丈夫！”女总管吃吃地一笑，不作正面回答。

“你们进来的时候我就这样想，”蒙克斯说；他注意到那位太太说话时向她的丈夫恶狠狠地瞪了一眼。“这样更好；跟两个人打交道，如果对方立场完全一致，我的顾虑也少些。我绝不是开玩笑。瞧吧！”

他一只手伸进插兜，取出一只帆布小袋，点着数把二十五个金镑放在桌上，然后一齐推到妇人面前。

“先把钱收起来，”他说。“我觉得这该死的雷简直快要打到屋顶上来了。等这一阵霹雳过去以后，我再听你讲故事。”

雷声确实近多了，几乎就要在他们头顶上炸响；这一阵过去以后，蒙克斯从桌上抬起头来，身体向前倾出，准备听那妇人讲些什么。三个人的面孔差不多碰着了，因为两个男人隔着小桌子伸过头来急煎煎地等着要听，那妇人也把头伸过去使她的低语能被听清楚。吊灯的微光直接落在他们脸上，使之显得益发苍白和紧张；在周围阴森森、黑魆魆的气氛衬托下，这三张面孔活像三个幽灵。

“那个我们管她叫老莎利的女人临死时，”女总管开始讲了，“只有我和她在一起。”

“其他一个人都不在场？”蒙克斯同样悄没声儿地问。“别的床上有没有害病的贱货或者白痴？没有一个人能听见或者能猜到意思吗？”

“一个人也没有，”妇人答道，“只有我和她在一起。死神来临的时候，只有我站在她旁边。”

“好，”蒙克斯说，同时注视着她。“说下去。”

“她跟我谈到一个年轻女子的事，”女总管继续讲，“那女子在若干年前生过一个小孩；不光是在同一间屋子里，而且就在她临死时躺着的那张床上。”

“真的吗？”蒙克斯说时嘴唇在发抖，他掉过头去向背后看了一眼。“见鬼！难道真有这样的事？”

“小孩就是昨天晚上你向他提起的那个男孩子，”女总管说，同时满不在乎地把头向她丈夫那边一摆，“看护妇偷了那孩子母亲的东西。”

“在她还活着的时候偷的？”蒙克斯问。

“在她死了以后，”妇人答道，同时好像打了个寒战。“孩子的母亲在剩下最后一口气的时候，曾恳求看护妇为她的孩子保存一件东西；可是她刚刚咽气，看护妇就从死人身上偷了那件东西。”

“她把东西变卖了？”蒙克斯紧张得失声惊呼。“她把那东西变卖了没有？在哪里？什么时候？卖给谁了？她是多久以前卖掉的？”

“她好不容易告诉我：她把东西变了钱，”女总管说。“接着往后一倒，就死了。”

“没有再说别的？”蒙克斯急急地问；他的声音因为被故意压低而听来更加可怕。“你撒谎！我可不是三岁小孩。她还说了别的话。我一定要弄清楚这件事，哪怕把你们俩都宰了也在所不惜。”

“她没有再说一句话，”妇人说；她显然不为这个怪人的狂暴态度所动（而班布尔先生就差得远了），“她只是用一只握着什么东西的手拚命揪住我的衣裳；我看她已经死了，才把那只手硬掰开来，发现里边紧紧握着一张稀脏的纸。”

“里边包着——”蒙克斯插了一句，身子更加前倾。

“什么也没有，”妇人说。“那是一张当票。”

“当了什么东西？”蒙克斯问。

“你听下去自会知道，”妇人说。“我估计她把那玩意儿保存了一段时间，原先指望得到比较多的好处；后来她把东西当了，一年又一年地想方设法凑了点钱去付当铺的利息，不让过期，以便有机会的时候再把它赎出来。可是一直没有机会，所以就像我说的那样，她手里握着那张又皱又烂的纸咽了气。当时离到期的日子只剩下两天。我考虑到有朝一日也许会有用处，所以把东西赎了出来。”

“现在东西在哪儿？”蒙克斯急忙问。

“在这儿！”妇人回答说。

说罢，她像是很乐于摆脱那东西似的，赶紧把一只顶多只放得下一块法国表的小羊皮袋扔到桌上；蒙克斯立刻猛扑上去，用发颤的手把它扯开。袋里放着一只小金盒儿，盒内藏着两绺头发和一枚没有花纹的金质结婚戒指。

“戒指的里侧刻着‘阿格尼丝’几个字，”妇人说。“旁边留着空白，以便填上姓氏；接下来是日期，离开那小孩出生不到一年以前。那是我后来弄清楚的。”

“还有吗？”蒙克斯问；他对小皮袋里的东西都仔细而急切地检查过了。

“全在这里，”妇人答道。

班布尔先生深深地倒抽了一口气，好像感到欣慰，因为故事已经告终，而对方只字不提索回二十五镑的事；现在他才有勇气抹去刚才整个对话过程中在他鼻子上淌个不停的汗水。

“除了我能够猜到的以外，关于这个故事我一点也不知道，”他的妻子在一阵短暂的冷场后对蒙克斯说，“我也不需要知道任何事情，因为这样最稳当。不过，我能不能向你提两个问题？”

“你可以提，”蒙克斯多少现出惊讶的神色说，“至于我是否回答，那是另一个问题。”

“这样一共就有三个问题，”班布尔先生试图卖弄一下诙谐的才智。

“你指望从我这里得到的是不是这东西？”女总管问。

“是的，”蒙克斯回答。“还有一个问题呢？”

“你打算用它做什么？那东西会不会被用于对我不利的目的？”

“绝对不会，”蒙克斯答道，“也不会对我不利。不过，要留神！你还是到此为止吧，要是再往前一步，你的性命会连一根莎草也不值的！”

说到这里，他蓦地把桌子往边上一推，拉住地板上一个铁环把一块很大的活板翻起来，就在班布尔先生腿旁打开一扇暗门，吓得那位先生连忙倒退几步。

“往下看，”蒙克斯说，一边把吊灯放下去照亮那个暗洞。“不用怕我。刚才你们坐在上面的时候，我完全可以干净利落地把你们弄下去，如果我存心这样做的话。”

经他这样一说，壮了胆的女管家走近暗洞的边沿；甚至班布尔先生也在好奇心的驱使下冒险走近来。大雨后暴涨的河水在下面卷起滚滚浊浪；一切其他的声音都淹没在河水向苔滑的基桩猛冲和打旋的哗哗巨响之中。这里下面曾经是一个水力磨坊；潮水泛着泡沫在腐朽的木桩和残余的机件周围盘旋，等到摆脱了那些无效地试图阻止它乱闯的障碍物之后，仿佛以更大的冲劲向前奔流。

“要是把一个人的尸体扔下去，它明天早晨会在什么地方？”蒙克斯一边说，一边让吊灯在暗洞里左右晃荡。

“在下游十二英里的地方，而且已经扯成碎片，”班布尔答道；他一想到这里，就不寒而栗。

蒙克斯把刚才匆匆塞在怀里的小皮袋掏出来，把它缚在一块从地板上拣起来的铅锤——原先是滑车的零件——一起，向激流中扔下去。它像一颗骰子似地垂直下落，划破水面时发出几乎听不见的噗通一声，然后就不见了，从此永绝后患。

三个人互相看看别人的脸，似乎松了一口气。

“好了！”蒙克斯说着把暗门一关，那块活板砰的一声落回原处。“如果大海真像书上说的那样会把死人吐出来，也一定会把金银财宝给自己留下，包括这无用的东西在内。我们再也没有什么要说的了，让我们结束这次愉快的会见吧。”

“说得对，”班布尔先生十分敏捷地应道。

“你的口紧不紧？”蒙克斯威胁性地瞪了他一眼说。“对于你的太太我倒并不担心。”

“你可以相信我，年轻人，”班布尔先生回答，一边十二分彬彬有礼地鞠着躬渐渐向梯子那边退去。“这对大家都有利，年轻人；对我自己也有利，这一点你是知道的，蒙克斯先生。”

“听你这样讲，我为你高兴，”蒙克斯说。“把你的灯点起来，立刻离开这里，愈快愈好。”

幸亏谈话到此告终，否则在离开梯子不到六英寸处连连鞠躬的班布尔先生势必一个倒栽葱摔到底下一层去。他从蒙克斯先生解去吊绳后提在手里的那盏灯上借火点着了自己带来的风灯，没有再找些什么话说，就默默地顺着梯子下去；他的妻子跟在后面。蒙克斯在梯磴上稍停，先听一听，直至确信除了外面的雨声和河水的哗哗声没有其他动静，这才最后一个下楼。

他们穿过底下的那间屋子，走得很慢，步步留神，因为每一个影子都能把蒙克斯吓一大跳。而班布尔先生把灯提在离地一英尺的高度，不仅走得异常小心，而且像他这样身材的人脚步如此之轻简直不可思议；他神经过敏地环顾周围有没有活板暗门。到了门口，蒙克斯轻轻拔闩开门。班布尔夫妇同他们这位神秘的相识互相点点头，便向外面黑沉沉的雨夜中走去。

他们一走，蒙克斯似乎对于独自留下感到一种难以克制的厌恶，就把藏在楼下某处的一名小厮叫出来，命他走在前头照路，自己跟在后面，回到他才离开的那个房间里去。

第三十九章

先请读者已经认识的几位可敬的人物重新登场，再看蒙克斯和老犹太如何密谋策划

在前一章所述三位贤人做成了他们那笔小小的交易之后的次日傍晚，比尔·赛克斯先生从瞌睡中醒来，迷迷糊糊地咕哝着问现在几点了。

赛克斯先生打盹的那间屋子并不是丘特西之行以前他住过的那些地方之一，不过还在伦敦的那一地区，离他过去的住处不远。看上去，这里不像他的旧居那样合意，房间面积很小，陈设简陋，只有一扇小小的老虎天窗俯临一条狭窄而肮脏的胡同。此外还不乏其他的迹象显示这位君子近来时运不济。家具严重匮乏，舒适完全谈不上，连备换的服装和内衣这样起码的动产也看不见，这些都说明境况已窘到极点。如果认为这些迹象还不够，那末，赛克斯先生本人大大落膘的形象可以提供最有力的佐证。

这个破门盗窃犯躺在床上，把白色的大衣当晨袍裹在身上，死灰色的病容、沾满油污的睡帽以及一星期没刮的黑胡子硬茬儿，当然决不会给他的面貌增添什么风采。狗蹲在床边，时而若有所思地望着他的主人，时而警觉地竖起耳朵发出几声轻吠，如果街上或楼下有什么响声引起它注意的话。靠窗坐着一个女的，正忙于缀补属于那强徒日常衣着组成部分的一件旧背心；她面色苍白，因服侍病人和营养不良而消瘦得厉害，要不是听她回答赛克斯先生问话的声音，很难认出她就是本书中已经出现过的南茜。

“七点刚过，”姑娘说。“今天你觉得怎么样，比尔？”

“浑身软得像棉花，”赛克斯先生回答，附带着一声拿自己的眼睛和手脚出气的诅咒。“来，扶我一把，让我从这张该死的床上爬起来。”

赛克斯先生没有因为生病而脾气变得好一些；当姑娘把他扶起来、

搀着他走到一把椅子那里去的时候，他不住口地骂她动作笨拙，还打了她。

“你在哭鼻子？”赛克斯说。“不许哭！别站在那里抽抽搭搭的。要是你除了淌眼泪流鼻涕别的什么也不会，干脆滚蛋。听见没有？”

“我听得见，”姑娘答道，她把脸侧向一边，勉强迸出一阵笑声。“你又在胡思乱想些什么？”

“哦！这么说，你想通啦？”赛克斯嘟囔着，他注意到泪珠在她眼眶里颤动。“这样对你有好处。”

“比尔，难道你今天还打算对我这样凶？”姑娘把一只手按在他肩上问。

“为什么不？”赛克斯先生大声反问。

“多少个夜晚，”姑娘带着一点女性的温柔说，这样一来，连她的声音听起来也比较悦耳，“多少个夜晚，我耐心侍候你，照看你，把你当作小孩似的，直到今天才第一次看到你有点像原来的样子。要是你想过这些，你就不会像刚才那样对待我了，是不是？说呀，说呀，说你不会那样对待我了。”

“好吧，”赛克斯先生应道，“我不那样了。嗨，该死的，这个小娘们又哭鼻子啦！”

“这没什么，”姑娘说着倒在一把椅子上。“你不用管我。我一下子就会好的。”

“你说什么就会好的？”赛克斯先生恶狠狠地责问。“你又在发什么神经病？站起来，去干你的活，不要用你们女人那套无聊的玩意儿来跟我纠缠。”

在别的时候，这一通申斥以及这样的语调一定可以收到预期的效果；但姑娘确已筋疲力尽，虚弱不堪，所以在赛克斯先生还没有来得及按照他在类似场合的惯例发出几声得体的诅咒给他的威胁加上佐料，她已经把脑袋仰靠在椅背上晕过去了。赛克斯先生不大善于对付这种不寻常的紧急情况，因为南茜小姐的歇斯底里症发作时通常来势甚猛，只能由患者硬顶过来，旁人帮不了多少忙；他尝试了一下詈骂的办法，发现这种治疗手段完全无效，只得叫人帮忙。

“出了什么事，亲爱的？”老犹太探头进来问。

“你快来照看一下这小娘们，听见没有？”赛克斯急躁地说。“别站在那里嚼舌根、对我干瞪眼！”

费根发出一声惊呼，赶紧给姑娘施行急救。这时杰克·道金斯先生（也就是逮不着的机灵鬼）跟在他的恩师之后走进房间，急忙把他带来的一包东西放在地板上，从紧跟在后面的恰利·贝茨哥儿手中夺过一只瓶子，一眨眼就用牙咬去塞子，自己先尝一尝味道以免发生差错，然后把瓶里的液体往病人喉咙里灌了一些下去。

“恰利，你用皮老虎给她扇几口新鲜空气，”道金斯先生说，“费根，你来拍她的手；让比尔把衬裙解去。”

一时忙得不可开交。所有这些急救措施，特别是派给贝茨哥儿的差事（他显然把自己承担的这部分工作看作没有先例的一大乐事），不久就开始显示可喜的效果。姑娘渐渐恢复了知觉；她晃晃悠悠地走到床边一把椅子那里，把脸埋在枕头上，让赛克斯先生带着有些诧异的心情去应付这三位不速之客。

“是什么妖风把你们刮到这里来啦？”赛克斯问费根。

“压根儿不是什么妖风，亲爱的，”老犹太回答，“妖风不会给任何人带来好处，而我给你带来了你乐意看到的一些好东西。逮不着，我的乖乖，你打开那个包裹，把今天早上我们花了所有的钱买来的小意思送给比尔。”

遵照费根先生的吩咐，机灵鬼解开用旧台布打成的一个体积很大的包裹，把里边的东西一件件递给恰利·贝茨；贝茨哥儿再把它们一件件摆到桌上，一边吹嘘这些东西是如何难得，如何精美。

“瞧，比尔，多好的兔肉攀！”那位小绅士说着向他展示一块很大的馅饼。“那些小兔子的腿是那么嫩，比尔，连骨头也入口即化，用不着剔出来。绿茶半磅，每磅七先令六便士，浓得不得了，你要是把它泡在滚水里，保不住茶壶盖子也会给顶飞。一磅半糖是潮的，大概黑人在磨洋工，才会做出这种货色——一定是这样！两磅重的麸皮面包两只；一磅最好的鲜肉；一块双料的格罗斯特干酪；最后，还有你所喝过的一切名酒中最最名贵的一种！”

唱到这最后一句赞美诗时，贝茨哥儿从他的一只其大无比的口袋里掏出塞子塞得很严的一大瓶酒。道金斯先生立刻从瓶子里倒出满满一杯无水酒精；赛克斯毫不迟疑地拿来，一仰脖子就喝了下去。

“啊！”老犹太十分满意地搓着手说。“你垮不了，比尔；现在你垮不了啦。”

“垮不了？！”赛克斯先生气呼呼地说。“我即使垮掉二十回，你也不会来帮我一点儿忙。我落到这般田地，你把我撇下三个多星期不管，这是什么意思，你这个假仁假义的混蛋？”

“孩子们，你们听他说的什么话！”老犹太耸耸肩膀说。“我们还特地给他带来这么多好东西。”

“东西自然不坏，”赛克斯先生说；他向桌上看了一眼以后，气稍微平了一些，“可是，这么多日子我心境很坏，身体不好，钱又不够花，反正一切都糟透了——你把我扔在此地不管，这是为什么？你倒说说看！简直把我看得还不如那条狗！恰利，把它赶开！”

“我从来没见过像这样一条有趣的狗，”贝茨哥儿说着照他的意思办。“它嗅到了好吃的，那模样就像老太太上菜场！让它去登台表演准能发财，这条狗还能使戏剧界起死回生。”

“闭嘴！”赛克斯见狗退到床下还在汪汪乱叫，便向它叱喝一声。“你这个干瘪老鬼，你倒说说看，你有什么理由为自己辩护？”

“我离开伦敦有一个多星期，亲爱的，去办件事儿，”老犹太回答说。

“还有两个星期呢？”赛克斯问。“你让我躺在这里，像一只害病的耗子躺在洞里似的，这两个星期你在干什么？”

“我实在没有别的办法，比尔，”老犹太回答。“当着这么多人我不便详细解释；但我实在没有别的办法，我用人格担保这是真话。”

“你也配讲人格？”赛克斯用极端轻蔑的口吻责问。“喂！你们两个孩子随便哪个给我切一块攀下来，让我解一解口中的腥味，他的话简直把我噎死了。”

“不要发脾气，亲爱的，”老犹太卑顺地说。“我从来没有把你忘记，比尔；一次也没有。”

“没有？我敢打赌你确实没有忘记，”赛克斯带着苦笑说道。“我躺在这里发抖、发烧的每一个小时，你老是在动坏脑筋，想鬼主意：让比尔去做这个，让比尔去做那个；等比尔病一好，样样都叫比尔去做，比什么都便宜，反正比尔穷得非为你卖命不可！要不是这姑娘，我早死在这里了。”

“说得对啊，比尔，”老犹太立刻抓住这句话进行辩解。“‘要不是这姑娘！’要不是可怜的老费根，谁能帮你弄到这样凑手的一个姑娘？”

“他说的倒是实话！”南茜急忙走过来说。“别吵了；随他去吧。”

南茜插进来以后，话题转到另一个方向。两个少年接到谨慎的老犹太递过来的眼色，开始拚命向她劝酒，不过她喝得很有节制。这时费根装作兴高采烈的样子，渐渐地已使赛克斯先生的情绪有所好转。老犹太采用的办法是：把赛克斯的种种威胁故意当作有口无心的戏言；当赛克斯喝了许多酒以后居然赏脸说出几句粗鄙的俏皮话时，费根还故意放声大笑。

“一切都很好，”赛克斯先生说，“不过今天你得给我一点现款。”

“我身边一个子儿也没有，”老犹太答道。

“反正你家里有的是钱，”赛克斯坚持着，“那里的钱你得给我一些。”

“有的是钱？！”老犹太举起两手大声叫屈。“我可没有那么多，不像……”

“我不知道你究竟攒了多少钱，恐怕你自己也不太清楚，因为数起来得花很长时间，”赛克斯说，“反正我今天要钱，废话少说。”

“好，好，”老犹太叹一口气说，“回头我就派机灵鬼给你送来。”

“你决不会做这种事，”赛克斯先生说。“机灵鬼太机灵，谁也逮不着他；他不是忘了送来，就是走错了路，或者为了躲避巡捕来不成，总之任何借口都可以用来搪塞，只要你给他命令。还是让南茜到你的窝里去拿最靠得住。在她回来之前，我躺下打个盹儿。”

经过激烈的讨价还价，老犹太才把贷款数字从对方提出的五镑压到三镑四先令六便士，并赌神发咒地保证：这样将使他只剩下十八个便士维持家用开销。赛克斯先生皱紧眉头表示，如果要不到更多的钱，只得先用这点凑合。于是南茜准备跟费根到家里去，逮不着和贝茨哥儿把食物收拾起来放进食橱。老犹太辞别他的好朋友，由南茜和两个少年陪着回家；其时赛克斯先生倒在床上，定下神来准备睡到姑娘回来。

他们及时到达老犹太的寓所，托比·克瑞基特和契特林先生正在那里专心致志地赌着第十五局克立别集；不用说，这一局又是后者失利，同时把第十五个、也是最后一个六便士银币也输掉，引得他的两位少年朋友乐不可支。克瑞基特先生因被撞见跟一个地位和智力远远不如自己的人在斗牌，显然有些难为情；他打了个呵欠，问了一下赛克斯的近况，然后拿起帽子要走。

“没有人来过吗，托比？”老犹太问。

“鬼也没有一个，”克瑞基特先生答道，一边竖起他的衣领，“真没劲，就像蹩脚啤酒一样淡而无味。费根，我为你看了这么长时间的家，你得好好犒劳犒劳我才对。该死的，我无聊得像个陪审员；要不是我天性随和愿意给这个小伙子解解闷，我早睡着了，一定睡得比在新门监狱里还安稳。简直能憋死人，我要是撒谎，叫我不得好死！”

托比·克瑞基特先生一边发表这些以及其他类似的感想，一边把他赢的钱扒在一起，塞进背心口袋；那神态非常傲慢，似乎这些小小的银币根本不在他这样的大人物眼里。完了以后，他大模大样地从屋子里走出去，气度雍容，姿态优美，使契特林先生向他的两腿和靴子频频投以歆羡的目光，直到它们从视野里消失；契特林向大伙宣称，花十五个六便士银币结识这样一位漂亮人物可谓便宜透顶，他压根儿不把输掉的这点钱放在心上。

“汤姆，你实在是个怪人！”被他这番话大大逗乐的贝茨哥儿说。

“一点儿也不怪，”契特林先生回答。“你说是不是，费根？”

“你是个挺聪明的小伙子，亲爱的，”老犹太拍拍他的肩膀说，同时向他的另外两名徒弟眏眏眼睛。

“克瑞基特先生真有气派，帅极了；你说是不是，费根？”汤姆问。

“毫无疑问是的，亲爱的，”老犹太回答。

“跟他结交是件有面子的事情；你说是不是，费根？”汤姆继续问道。

“的确很有面子，亲爱的，”老犹太回答说。“他们不过是眼红罢了，汤姆，因为托比不跟他们结交。”

“啊！”汤姆得意地叫了起来。“原来是这个道理。他让我输了个精光。不过我可以去赚更多的钱，只要我乐意；你说是不是，费根？”

“当然可以，”老犹太答道，“你愈快去赚愈好，汤姆；马上去把你输掉的钱赚回来，别再耽搁时间了。逮不着！恰利！你们该去上班啦。快走！都快十点了，还什么也没干。”

遵照这个暗示，两个少年向南茜点点头，拿起各自的帽子离开屋子。逮不着和他的乐天派朋友一路走，一路用许多俏皮话拿契特林先生开心。不过，说句公道话，汤姆的行为并没有什么过分出格之处。要知道，伦敦城内有许许多多劲头十足的年轻人，为加入体面人的圈子付出了比契特林先生高得多的代价；也有许许多多组成所谓体面人圈子的漂亮绅士，把他们的名气建立在与花哨郎托比·克瑞基特非常相似的基础之上。

“南茜，”等他们走了以后，老犹太说，“现在我去拿钱给你。这把钥匙不过是开一口小橱的，平时我把孩子们带回来的一些东西放在里面。我的钱从来不锁起来，因为我没有钱要锁起来，哈哈！压根儿用不着上锁。这是一份苦差使，南茜，而且不讨好；不过我喜欢看到年轻人围在我身边，所以什么都愿意忍受，样样都愿意忍受。嘘！”说到这里，他急忙把钥匙藏在怀里。“那是谁？听！”

姑娘双臂交叉坐在桌子旁边，似乎对于有什么人来或去一概不感兴趣。可是，她刚听到一个男人咕咕哝哝的声音，当即以闪电般的速度解下她的软帽和披巾，把它们塞到桌子底下。等到老犹太紧接着回过头来的时候，她又喃喃地抱怨空气闷热，那种懒洋洋的声调与刚才极其迅猛的动作形成非常鲜明的对比。不过费根并没有注意到，因为刚才他背对着南茜。

“哎呀！”老犹太轻声说，似乎感到很不凑巧。“我原先等的那个人来了；他正在下楼梯到地室里来。南茜，当着他的面你一个字也不要提到钱的事情。他不会待久的。顶多十分钟，我的乖乖。”

老犹太用一根瘦嶙嶙的食指在嘴唇上按了一下，拿起烛台向门口走去，这时已经可以听到门外楼梯上有一个人的脚步声。费根与来客同时走到门口；那人匆匆走进屋子，还没有发觉南茜，就已经到了她的面前。

来者是蒙克斯。

“她只是我的一个学生，”老犹太说；他注意到蒙克斯一见有个陌生人在，蓦地倒退一步。“你不要走，南茜。”

姑娘往桌子边上挨近了些，满不在乎地向蒙克斯瞥了一眼，就把视线移开。但是当蒙克斯的脸转向老犹太时，她又偷偷地看了一眼；这一次她的目光是那么专注和犀利，完全不是漫不经心的样子。如果有旁观者注意到这一变化，他几乎不能相信前后两种眼神属于同一个人。

“有什么消息吗？”老犹太问。

“极其重要的消息。”

“是……是不是好消息？”老犹太以犹豫的口气问，似乎唯恐太乐观了会使对方恼火。

“至少不算坏，”蒙克斯微笑着回答。“这一次我干得很利落。我要跟你谈一谈。”

姑娘往桌子边上挨得更近了，没有想离开房间的表示，尽管她看得出蒙克斯正指着她。老犹太也许有顾虑：如果他企图把南茜支开，这姑娘可能大声说出钱的事来。于是，他指指上面，带着蒙克斯一起走出房间。

“不要到我们有一次待过的那个鬼洞里去，”她听到来客在他们上楼的时候说。老犹太哈哈大笑，并回答了一句什么话，她没有听清；根据楼板吱吱嘎嘎的声响判断，他把来客带上三楼去了。

他们的脚步声在房子里激起的回响尚未静下来，姑娘已脱去鞋子，把衣裾翻起来不太严实地盖在头上，胳膊裹在里边，站在门口屏息谛听。响声刚一静下，她便溜出房门，登上楼梯，接着消失在楼上的幽暗中；她走动时脚步轻软，声息全无，简直令人难以置信。

房间里有一刻钟或一刻钟以上空无一人。然后那姑娘仍旧像一缕游魂悄然飘回；紧接着可以听到两个男人下楼的声音。蒙克斯直接出大门走到街上，老犹太再次上楼去取钱。他回来时见姑娘在把披巾和帽子整整好，像是准备走了。

“这是怎么回事，南茜？”老犹太放下烛台，忽然吓了一跳问道。“你的脸色很难看！”

“脸色难看？”姑娘像回声似地跟着他重复一遍，同时用手罩在额上，似乎想仔细看一看他。

“可怕极了，”老犹太说。“你刚才做什么来着，出了什么事？”

“我记得自己什么也没做，一直坐在这个闷热的地方，也不知坐了有多久，”姑娘漫不经心地回答。“好啦！打发我回去吧；这样才够朋友。”

费根点着数把钱放到她手里，数一枚叹一口气。他们没有再交谈，只是互道一声“晚安”后便分了手。

到了街上，姑娘在门口的石阶上坐下，有一会儿工夫完全处于惶惑之中，简直不知道往哪儿走。突然，她站起身来，朝着同赛克斯在等她回去的地方正好相反的方向匆匆走去，一路愈走愈快，终于变成拚命的奔跑。直跑得筋疲力尽，她才停下来喘一口气；她好像恍然大悟地痛感无法实现自己的打算，因而扭绞着双手，泪如泉涌。

也许眼泪使她心头轻松了些，也许她明白了自己完全无能为力，总之，她掉转头来，差不多同样飞快地朝着相反的方向急急而行；一方面是想追回耽搁的时间，另一方面是要让脚步同她汹涌奔流的思潮合拍。不久，她到达了留下破门盗窃犯一个人在那里的住处。

如果说她出现在赛克斯先生面前时神色多少有些慌张，他也没有留意。他只问钱拿来了没有；在得到肯定的回答后，便满意地咕哝了几句，重新把头放到枕上，继续做那被她打断的好梦。

算她运气好，因为赛克斯有了钱，第二天吃喝都忙不过来，加之暴戾的性情也平和了不少，所以既没有时间，也没有心思指责她的举止行为。她显得十分心不在焉，有时又神经过敏，好像准备采取某一大胆而危险的行动，但必须经过非常激烈的斗争才下得了决心。这种神态不难被眼睛像山猫般尖利的老犹太识破，很可能一下子引起他的警觉。然而赛克斯先生缺乏精细的辨别力，要是觉得有什么不对头，就拿出穷凶极恶的态度对待任何人，从来不为更细致复杂的疑虑所苦恼，何况前面已经说过，他正处在少有的好情绪中，所以并没有看出南茜的举措有什么反常的地方。其实，赛克斯根本没把她放在心上；即使南茜的神色慌张表现得比实际上远为明显，恐怕也不大可能引起他的疑心。

白天行将告终时，姑娘的心情更紧张了；到天暗下来以后，她坐在一旁专等那个破门盗窃犯醉倒入睡。她的面颊苍白得异乎寻常，眼睛里却有一团火在燃烧，这神态甚至赛克斯也惊讶地注意到了。

患过热病后身体虚弱的赛克斯先生躺在床上，喝着为减少刺激作用而掺上热水的杜松子酒。他已经是第三次或第四次把自己的酒杯推给南茜让她给斟满；这时，他才第一次发觉南茜有些异样。

"怎么回事，天打雷劈的？"他说时用双手把身体撑起来，眼睛盯着姑娘的面孔。"你的脸色像是一具死后又还魂的僵尸。出了什么事？"

"出了什么事？"姑娘也跟着说了一遍。"什么事也没有。你这样瞪着我干吗？"

"又是什么蠢念头钻进你脑袋里去了？"赛克斯问，同时抓住她的一支胳臂粗暴地摇着。"这是怎么回事？你到底怎么啦？你在想什么？"

"我在想好多事情，比尔，"姑娘哆嗦着回答，并且用两只手捂住眼睛。"可是，我的天！这有什么关系？"

她强作欢笑说最后那句话的声调，看来比在这以前慌乱紧张的神态给赛克斯留下的印象更深。

"我有句话要告诉你，"赛克斯说，"如果你不是得了热病，眼看着马上就要发作，那末，一定有什么事情不对头，而且，我嗅这味儿还有点儿危险呢。难道你想要……不，天打雷劈的！你不会干这种事！"

"干什么事？"姑娘问。

"不，"赛克斯眼睛盯着她，一边喃喃地自言自语，"没有比这小娘们更死心塌地的了，否则三个月以前我早已割破了她的喉管。她一定是得了热病快要发作，不是别的。"

赛克斯这样让自己放了心，把一杯酒喝得干干净净，然后嘟嘟哝哝地连声诅咒着要他的药。姑娘忙不迭跳起来，背朝着他很快地把药倒在杯子里端到他嘴唇边，在他喝药的时候一直拿着杯子。

“现在，”那强徒说，“过来坐在我身边，拿出你平时的模样来；要不然，小心我叫你的面孔完全变样，变得你自己也认不出来。”

姑娘依从照办。赛克斯把她的一只手握在自己手里，自己倒在枕头上，眼睛盯着她的脸。他闭上眼睛又睁开，又闭上，又睁开。他不断变换着身体的姿势，在两三分钟内几次快要睡着，几次都带着惊恐的表情跳将起来，失神地看看自己周围；终于，在一次想要撑起来的时候，竟保持着这样的姿势骤然间沉沉地睡着了。他的手松开了，举起的胳膊软绵绵地垂在自己身旁；他躺在那里，人事不省。

“鸦片酊总算见效，”姑娘喃喃地说着从床边站起来。“不过现在也许已经太晚了。”

她匆匆戴上帽子，系好披巾，一再提心吊胆地四顾张望，似乎随时可能感觉到赛克斯沉重的手按到她的肩上，尽管他已被灌下这一服安眠药。然后，她在床边轻轻地俯身吻了一下那强徒的嘴唇，悄没声儿地把房门打开又关上，急急忙忙离开那座房子。

她得经过一条黑暗的小巷才能走上大街；在小巷里，更夫此刻所报的时间是九点半。

“九点半过了多久啦？”姑娘问。

“再过一刻钟就敲十点，”更夫把风灯提起来照着她的脸说。

“我走到那儿非得花一个钟头不可，也许还要多一点，”南茜嘀咕着打他身旁一闪而过，如飞而去。

她从斯比泰尔菲尔兹赶奔伦敦西区，一路经过的偏僻小街上许多店铺已经开始关门。钟敲十点，使她益发心急如焚。她在狭窄的便道上狂奔，把别的行人都撞到一边；穿越拥挤的马路时几乎是从马头底下冲过去的，而那里有好多人都在巴巴地等马车过去以后再走。

“这个女的准是疯子！”人们说着目送她向前飞跑。

到了伦敦城内比较阔气的地区，街上已不那么拥挤，她这样横冲直撞地从零零落落的行人身边匆匆而过，便引起人们更大的好奇心。有些人加快脚步跟上去，想看看她这样拚命地奔跑要到哪里去；少数人赶到她前面，回过头来，对她毫不放慢的速度感到吃惊。不过他们一个个都落在后面；当她接近目的地时，已没有人跟随她。

那是一座家庭旅馆，坐落在海德公园附近一条幽静而豪华的街道上。当旅馆门前耀眼的灯光把她带到目的地时，钟正好敲十一点。她本来似乎有些犹豫地徘徊了几步，正要下决心进去；经钟声一催，她终于迈进门厅。门房的座位空着。她困惑地四顾张望，接着便往楼梯上走。

"喂，姑娘！"一个衣着漂亮的年轻妇人从她背后一扇门里探头出来说。"你到这儿来找谁？"

"找住在这座旅馆里的一位女士，"姑娘回答。

"一位女士！"对方说的时候用轻蔑的目光扫了她一眼。"哪位女士？"

"梅里小姐，"南茜说。

年轻妇人这时已注意到南茜的模样，便用傲慢的一瞥代替回答，另外叫一个男侍者来跟她打交道。于是南茜把来意向他再说一遍。

"我通报的时候该说什么名字？"侍者问。

"什么名字也不用说，"南茜回答。

"也不要说什么事？"侍者问。

"也不用说，"姑娘答道。"我要见梅里小姐。"

"出去！"侍者说着便把她往门外推。"你给我算了吧，快走！"

"除非你们把我抬出去！"姑娘愤激地说。"那时我能叫你们两个人也对付不了。有没有哪一位愿意替我这样一个可怜的人捎个信儿？"她向周围发出呼吁。

这番呼吁打动了一个面貌和善的厨子，他和另外几个仆役正在闲看，此时便走上前来调解。

“乔，你就给她通报一下吧，”那厨子说。

“那有什么好处？”名字叫乔的侍者说。“你知道梅里小姐愿不愿意见她这样的人？”

这句暗示南茜身份可疑的话，在四个侍女贞洁的胸怀中引起了极大的愤怒；她们激昂地声称，这女的给所有的女人丢脸，并强烈要求毫不客气地把她扔到路旁阴沟里去。

“你们爱把我怎么样就怎么样，”姑娘重又转向男人们说，“只要先答应我的请求；我请求你们看在万能的上帝分上替我捎个信儿。”

软心肠的厨子再次代她说情，结果先前出现的那个男侍者答应为她通报。

“我该怎么说呢？”他一只脚踏在楼梯上问道。

“你就说，有个年轻女子诚恳地请求跟梅里小姐单独谈一谈，”南茜说，“你说，只要梅里小姐听到她要讲的第一句话，就能决定：是听她讲下去呢，还是把她当做一个骗子撵出去。”

“我看你倒是真有两下子！”侍者说。

“你只要给捎这么个信儿，”姑娘坚定地说，“我等着听回音。”

侍者跑上楼去。南茜在楼下等候；她气急败坏，面色煞白，听贞洁的侍女们在一旁滔滔不绝地大声嘲骂，气得她嘴唇发抖。当男侍者下来叫她上去时，她们的嘲骂益发变本加厉。

“这个世道做规矩人没有好处，”女侍甲说。

“废铜比经过火炼的真金还值钱，”女侍乙说。

女侍丙只表示不解：“到底怎样才算有身份的女士？”女侍丁骂了一句：“真丢脸！”她为一首四重唱开了个头，由其余几位守身如玉的贞女用同样的话收尾。

南茜因为心里惦着更要紧的事，对这些冷嘲热讽不加理睬。她手脚哆嗦着跟在男侍者后面走进一间天花板下点着一盏挂灯的小会客室。侍者把她带到这里，然后告退。

第四十章

与前一章紧相衔接的一次奇怪的会见

这姑娘一生都在伦敦的街头和最下流的藏垢纳污之所度过，但她身上还保留着女人的某些天赋本性；她听到轻微的脚步声走近她进来的那扇门对面另一扇门时，想到这个小房间里马上就要出现一幅强烈的对比景象，不禁深深地自惭形秽而缩做一团，几乎不敢同她谋求会见的那位小姐面对面相遇。

然而，与这种良知斗争着的却是自尊，这个毛病在最卑微、最下流的人身上并不稍逊于地位高、自信强的人。她是一个与盗贼、流氓为伍的可怜虫，沦落风尘而不克自拔，只得充当那些在绞刑架阴影下为非作歹的罪犯的同伙；但即使像她这样一个堕落的女子也自尊得不屑流露出一点点女人的感情。她认为这种感情的流露是软弱的表现，实则是她与人性之间仅存的一线联系；从她还是个小孩子的时候起，耗竭天良的生活就把人性的许许多多痕迹给磨灭了。

她的眼睛只抬到一定的程度，适足以看清出现在面前的一位女郎长得苗条而又美丽，旋即把视线移到地上，接着又故意摆出满不在乎的神气昂首说道：

“小姐，要见你可真不容易啊。换了别人早就赌气走了；如果我也这样，有朝一日你要后悔的，而且应当后悔。”

“如果有人对你失礼，我很抱歉。”露梓说。“请不必介意。把你要见我的原因讲给我听吧。我正是你要找的人。”

对方亲切的语调、柔美的声音、落落大方而又不带半点傲慢或嫌恶的态度，完全出乎南茜意料之外，使她顿时涕泪纵横。

“哦，小姐，小姐，”她感动地扭绞着双手说，“世上要是多一些像你这样的人，少一些像我这样的人，该有多好啊，该有多好啊！”

“请坐，”露梓诚心诚意地说，“你叫我太不安了。如果你为贫困或不幸而烦恼，我真诚地乐于尽我所能减轻你的痛苦；我真的愿意。请坐。”

“让我站着吧，小姐，”南茜说，一边还在哭，“在你对我有更清楚的了解之前，不要对我这样客气。时间不早了。这扇门是不是——是不是关好了？”

“是的，”露梓说着倒退了几步，似乎在万一需要求救时便于别人前来接应。“你问这做什么？”

“因为，”南茜说，“我准备把自己的和别人的性命都交到你的手里。我就是把小奥立弗拖回到犹太人老费根那里去的姑娘，事情发生在奥立弗从彭冬维尔一座房子里出来的那天晚上。”

“是你？”露梓·梅里惊问。

“是我，小姐，”南茜答道。“我正是你听说过的那个同盗贼鬼混在一起的下流女子，从我回忆得起自己踏上伦敦街头的一刹那起，我就没有度过一天好日子，没有听到一句出于好心的话，接触的就是我那个圈子；哦，上帝啊，保佑我吧！小姐，你尽管离我远些，我不会见怪的。我实际上比我的样子年纪还轻，可是我对这些已经习惯了。当我在拥挤的便道上走的时候，连最穷的女人见了也不愿近我的身。”

“真可怕！”露梓说着不由自主地从她这位陌生的来客身边退开。

“亲爱的小姐，你应该跪下感谢上帝，”南茜说，“因为你从小就有亲人对你关怀备至，你从来没有挨过饿、受过冻，从来没有看到过胡天胡地喝酒闹事的场面，甚至还有更坏的，而这些都是我在摇篮里便习惯了的。我可以用‘摇篮’这个词儿，因为小胡同和臭水沟就是我的摇篮，将来还会做我的灵床。”

“我很同情你！”露梓说时几不成声。“听你这样说，我的心都碎了。”

“求上帝赐福给你这样的好心人！”南茜说。“你如果知道我有时候落到什么地步，你确实会同情我的。不过，我刚才是偷偷溜出来的，要是他们知道我到这里来把我偷听到的话告诉你，他们一定会把我杀死。你可认识一个名叫蒙克斯的人？”

“不，”露梓说。

“他认识你，”南茜接着说，“也知道你在这里；是我听他说出了这个地点，我才能找到你。”

“我从来没有听见过这个名字，”露梓说。

“那末这一定是他跟我们打交道用的化名，”南茜说，“我本来就料想是这样。在一段时间以前，就在奥立弗被塞到府上打劫的那天夜里以后不久，我因为对这个人起疑，曾经偷听过他跟费根在黑暗中的一次谈话。我从所听到的话里发现，那个蒙克斯——就是我刚才问你是不是认识的那个蒙克斯——他……”

“是的，”露梓说，“我明白。”

“……那个蒙克斯，”南茜继续说，“在偶然的机会下看见了奥立弗和我们的另外两个孩子在一起，也就是我们第一次失去奥立弗的那一回；蒙克斯一下子就认出奥立弗正是他在寻访的那个孩子，不过我不知道究竟为什么要寻访。他同费根谈妥一笔交易：如果能把奥立弗找回来，费根可以得到一笔钱；如果能教奥立弗变成一个贼，费根可以得到更多的钱。蒙克斯出于某种不可告人的目的，千方百计要让奥立弗变成一个贼。”

“究竟为什么呢？”露梓问。

“我正在偷听，希望弄明白其中的道理，可是他从墙上看见了我的影子，”南茜说，“当时换了别人，恐怕很难及时逃脱，不被他们发觉。但是我逃走了；直到昨天晚上，我才第二次看见他。”

“昨天发生了什么事情？”

“让我告诉你，小姐。昨晚他又来了。他们又上楼去，我用衣裳把头蒙起来，免得影子暴露我的形状。我又在门口偷听。我听见蒙克斯说的最初几句话是这样的：‘现在，能确定那孩子身份的仅有的证据已经掉入河底，从他母亲那里得到这东西的穷老婆子也正在棺材里腐烂。’他们哈哈大笑，认为他这件事干得很顺利；蒙克斯在讲到那孩子的时候，怒气冲冲地说，那小鬼的钱现在虽然已稳稳地到了他的手里，但如果能通过另一种方式取得这笔钱，那就更好。他说，如果能让那小鬼在伦敦每一座牢狱都关过，等费根从他身上发了一大笔财以后，再轻而易举地让他犯下一项什么大罪被送上绞刑架，到时候把他父亲遗嘱中吹的牛狠狠地嘲笑一通，那才有意思哩。”

“这到底是怎么回事？”露梓问。

“这是千真万确的事实，小姐，尽管是从我嘴里说出来的，”南茜答道。“接下来他又发出许多我们听惯了的、但会使你大吃一惊的诅咒，说他如果能够要了那孩子的命而自己不冒上绞刑架的风险，他愿意用这样的办法达到报仇的目的。但因为办不到，所以他时时刻刻注意着奥立弗生活中每一个转折关头。只要他能利用那孩子的身世和经历，还是可以害奥立弗的。蒙克斯说：‘总而言之，费根，尽管你是个犹太人；但是像我对我的小弟弟奥立弗所布置的圈套，你无论如何设计不出来。’”

“他的弟弟？”露梓大吃一惊地问。

“这是他的原话，”南茜说时不安地东张西望；从她开始讲述以来，几乎不断这样四顾张望，仿佛赛克斯的影子始终尾随着她。“不但如此，当他谈起你和另一位太太的时候，他说这大概是上帝或魔鬼存心跟他作对，才会让奥立弗成为你们的小听差；他哈哈大笑，说这件事也相当称他的愿，因为你们还不知道你们的两脚巴儿狗是什么人，否则，要你们拿出几千镑、几万镑你们都愿意。”

“难道你要告诉我，”露梓的面色变得非常苍白，“他是认真这样说的？”

“他说得毫不含糊、咬牙切齿，再认真不过了，”南茜晃了晃脑袋答道。“这个人仇恨心发作的时候是绝无戏言的。我认识许多人，他们干的事情也许更坏，但我宁可听他们十回，也不愿听这个蒙克斯说一回。时间已经很晚了，我得回家去，不能让他们疑心我为这件事出来过。我得立刻回去。”

“那末我能做些什么呢？”露梓问。“你走了以后，叫我怎样根据这个消息来采取措施呢？回来！你既然把你的同伙描写得那样可怕，为什么还要回到他们那里去？我可以到隔壁房间里立刻去请一位先生来，如果你把这个消息向他重复一遍，不出半个小时一定可以把你转移到一个安全的地方去。”

“我要回去，”南茜说。“我必须回去，因为——这种事叫我怎么对你这样纯洁的小姐说呢？——因为在我向你提到的那些人中间有一个人，他是这些人中最无法无天的，可是我离不开他；即使能够摆脱我现在过的那种生活，我也离不开他。”

“你曾经为保护那个可爱的孩子挺身而出；”露梓说，“你冒着这么大的危险到这里来把你听到的话告诉我；你的一举一动对我很有说服力，我敢肯定你说的是真话；你明显地感到悔恨和惭愧；这一切无不使我相信：你还可以重新做人。哦！”露梓紧握双手诚恳地说，眼泪顺着她的面颊直淌。“我也是一个女子，我相信我是第一个向你表同情的人；希望你不要拒绝我的请求。听我的话，让我挽救你，你还可以做一些有益的事情。”

“小姐，”南茜哭着双膝跪下，“亲爱的、好心的天使小姐，你确实是用这样的话赐给我幸福的第一个人；如果我在若干年前听到这些话，我也许能够摆脱罪恶和痛苦的生活；但现在已经太迟，来不及了！”

“悔过自新永远不会太迟，”露梓说。

“来不及了！”南茜极其痛心地哀号着。“现在我已离不开他！我不能害他送命！”

“你怎么会害他送命呢？”露梓问。

“因为那时什么也救不了他，”南茜激动地回答。“如果我把对你讲的话告诉别人，让他们都被抓起来，他必死无疑。他是最最胆大包天的，而且是那样残酷！”

“为了这样一个人，”露梓大声说，“你竟宁可放弃未来的一切希望，宁可放弃立即得救的机会，这难道是合乎情理的吗？这是发疯。”

“我不知道这究竟是什么，”南茜回答说，“我只知道事实真的就是这样；不光我一个人如此，还有几百个像我一样堕落、可悲的人也是如此。我必须回去。也许这是上帝对我所作所为施加的惩罚，我不知道，但我不管遭受什么样的痛苦和虐待，总是想回到他身边去；而且，我相信，即使我知道自己最后要死在他手里，也不会改变主意。”

“那末我该怎么办呢？”露梓问。“我不应该就这样让你从我这儿离开。”

“你应该让我走，而且我知道你会让我走的，”南茜说着立起身来。“你不会不让我走，因为我相信你的好意，我也没有强迫你作出什么保证，尽管我可以这样做。”

“那末，你带来的这个消息有什么用呢？”露梓说。“这个谜必须调查清楚，否则你向我讲了这件事情又怎能给你一心要搭救的奥立弗带来好处呢？”

“想必你一定认识某一位好心的先生，他听到了这件事情愿意保守秘密，并且会给你出主意，”南茜回答。

“可是，必要的时候叫我上哪儿去找你呢？”露梓问。“我并不想知道那些可怕的人住在什么地方，可是你能不能从现在起在一个固定的时间和地点散步或者经过？”

“你能不能向我保证，你将严守秘密，而且只有你一个人来，或者仅仅和知道这事的另一个人一起来？能不能保证我不会被监视或盯梢？”南茜问。

“我向你郑重保证，”露梓答道。

“每星期日，夜里十一点至钟敲十二点为止，”南茜毫不犹豫地说，“我只要还活着，一定到伦敦桥去。”

“再等一下，”露梓见南茜向门口匆匆走去，急忙叫住她。“你再考虑一下你自己的处境和得救的机会。你有权向我提出要求，这不仅仅因为你自愿来报告了这个消息，还因为你几乎是一个永远在苦海中沉沦的女子。明明只要一句话就能使你得救，难道你甘心回到这帮盗贼那里去，回到那个人身边去？究竟是什么力量吸引着你重新投入邪恶和苦难的深渊？哦！难道你的心中没有一根弦能够被我触动？难道那里竟没有剩下一点点良知可以被我激发起来克服这种可怕的痴心？”

“像你这样年纪轻、心地好、长得又美的小姐一旦把心交给男人，”南茜坚定地回答。“爱情也会把你们带到海角天涯，即使像你这样有家、有亲友、有另外的崇拜者、心里永远不觉得空虚的人也是一样。而像我这样的人头上除了棺材盖以外没有靠得住的屋顶，生病或临死时除了医院的看护以外没有亲友照应，一旦把烂掉的心交给一个男人，让他占据在我们不幸的一生中始终空着的位置，谁还能指望我们改邪归正？可怜可怜我们吧，小姐，要知道我们身上只剩下这点女人的感情了，而这点本来是值得欣慰和骄傲的感情，也已被无情的天命转变成另一种方式的摧残和苦难。”

“能不能让我给你一点钱？”露梓在沉默片刻后问。“至少到我们下次见面以前你不必过那种不名誉的生活。”

“我决不接受一个铜子儿，”南茜连连摇手。

“请不要拒人于千里之外，”露梓诚恳地跨前几步说。“我是真心实意想帮助你。”

“如果你能立刻结束我的生命，小姐，”南茜扭绞着两手答道，“这将是你给我的最好的帮助。因为今天夜里我比过去任何时候更加痛心地意识到自己是怎么个人；我一直生活在地狱中，倘若死后不进同样的地狱，已经不错了。求上帝保佑你，好心的小姐；我身上有多少耻

辱，就愿上帝赐给你多少幸福！”

这个薄命人一边说，一边大声抽噎着转身离去。这次极不寻常的会见与其说是确曾发生的事实，不如说更像瞬息即逝的一场梦。在它的重压下不胜负担的露梓·梅里颓然倒在一把椅子里，竭力想把纷乱的思想理出个头绪来。

第四十一章

本章包含若干新发现，并表明意想不到的事往往接连发生，正如祸不单行一样

露梓的处境确实是她面临的一次不寻常的考验，也是一道很棘手的难题。一方面，她怀着最急切和焦灼的心情想驱散笼罩着奥立弗的身世的重重迷雾；另一方面，刚才同她谈话的那个苦命女子如此信赖她这样一位年轻而纯洁的女郎，这一点她必须看得十分神圣，不能轻侮。南茜的言语和神态打动了露梓·梅里的心。与露梓对她所保护的孩子的爱交织在一起的，还有一种真诚和热切的程度不亚于此的感情，那就是争取这个可怜虫幡然悔改、重新做人的强烈愿望。

她们本来只打算在伦敦逗留三天，然后前往较远的海滨去住几个星期。现在是第一天的午夜时分。在未来的四十八小时内她该定下什么样的行动方针才能被采纳呢？或者，她该如何推迟这次旅行而又不启人疑窦呢？

洛斯本先生和她们一起来到伦敦，并准备再待两天。但是露梓深知这位品德高尚的绅士性情急躁，十分清楚地预见到，他在暴跳如雷之余，对那个重新劫走奥立弗的傀儡必将深恶而痛绝之，所以露梓绝不敢贸然向他泄露这个秘密，除非她为那个姑娘辩护时得到有经验的人支持。如果要把这件事告诉梅里太太，也必须极其谨慎，考虑得十分周到

才行；因为梅里太太作出的第一个反应必然是去找那位可敬的大夫商量。至于去请教任何法律顾问，即使她知道怎样去请教，根据同样的理由也未必能加以考虑。她一度想去求助于哈里，但这个念头使她回忆起他们上次分手时的情景，觉得她不应当去召唤他回到自己身边；因为这段时间以来哈里也许已经学会如何把她淡忘，如何在和她分离的情况下排遣愁怀——这一连串的想法使她禁不住热泪盈眶。

露梓在千头万绪的困扰下度过了一个充满焦虑的不眠之夜；当各种各样的考虑在她脑海中依次出现的时候，她忽而倾向于一种办法，忽而倒向另一种办法，忽而又统统推翻。第二天，经过反复思量，她终于不顾一切，决定请哈里来相商。

“如果叫他回来对他是痛苦的话，”她寻思着，“难道对我就不痛苦吗？不过，他也许不来，他可以写信；也许他会亲自到这儿来，但是竭力避免同我见面。他离开的时候正是这样做的。当时我没有料到他会这样做；但是这对我们俩都有好处。”想到这里，露梓放下笔把脸扭向一边，仿佛不让为她充当使者的信笺看到她在哭泣。

她把那支笔拿起又放下、放下又拿起达五十次之多，反复考虑她这封信的第一行该如何写，可是始终没有下笔。这时，由翟尔斯保护着上街去散步的奥立弗气急败坏地跑到房间里来，好像预示着又有什么令人担忧的事情发生。

“什么事情使你这样慌张？”露梓迎上前去问他。

“我简直不知道怎么说好；我觉得自己快要喘不过气来了，”奥立弗回答。“我的天哪！真没想到，我总算可以和他见面了，我总算能让你们知道：我对你们说的句句是真话！”

“我从来没有怀疑过你对我们说的任何一句话，”露梓力图使他定下神来。“不过这到底是怎么回事？你说的究竟是谁？”

“我看见了那位先生，”奥立弗激动得几乎没法把话说清楚，“那位待我很好的布朗劳先生，也就是以前我常常向你们提起的那位先生。”

“在哪里？”露梓问。

“他从马车里出来，”奥立弗流着高兴的眼泪回答，“走进一座房子里去。我没有招呼他，我不能跟他说话，因为他没看见我，而且我浑身抖得没法向他走过去。不过，翟尔斯替我去打听了一下，知道他目前住在那里。你瞧，”奥立弗说着展开一张纸条，“瞧，这就是他住的地方，我马上就要到那里去！哦，我的天，我的天哪！当我又能跟他见面，又能听到他说话的时候，我该怎么办哪？”

这些以及其他好些兴奋得语无伦次的感叹大大分散了露梓的注意力。她看到纸条上的地址是：斯特伦德区克雷文街，当即决定抓住这个意外的机会。

“快！”她说，“吩咐他们去雇一辆马车来，你作好准备跟我一起出发。我马上带你到那里去，一分钟也不耽搁。我只要去告诉一下我的大妈，说我们要出去一个小时。你尽快作好准备。”

奥立弗根本不需要催促，只不过五分钟左右，他们已经动身前往克雷文街。到了那里，露梓把奥立弗留在车上，推说让那位老绅士做好接待他的准备。她把自己的名片交给仆人送进去，说有刻不容缓的事情要见布朗劳先生。仆人很快回来请她上楼。梅里小姐由仆人引领来到楼上一间屋子里，见到一位上了年纪、慈眉善目、身穿墨绿外套的绅士。离他不远坐着穿本色布马裤、裹着皮绑腿的另一位老绅士；此人相貌不太和气，他十指交叉按在一根很粗的手杖顶上，托住自己的下巴。

“我的天！”穿墨绿外套的绅士礼貌周全地连忙站起来说，“请原谅，小姐；我还以为是什么人无故前来纠缠，望勿见怪。请坐。”

“是布朗劳先生吧？”露梓问时目光从另一位绅士移向说话的一位。

“正是在下，”老绅士说。“这位是我的朋友格林维格先生。格林维格，你让我们谈几分钟好不好？”

“我想，”梅里小姐插进来说，“在我们此次会见的这个阶段，不必烦劳这位先生回避。如果我所闻属实，我要跟你谈的一件事他是了解的。”

布朗劳先生微微点头。格林维格本已从椅子里站起来，硬撅撅地鞠了一躬；现在又硬撅撅地再鞠一躬，重新坐下。

“我肯定将使你感到非常意外，”露梓觉得难于启齿，这是可以理解的，“但既然你曾经怀着极大的仁慈和善意对待我十分珍爱的一个小朋友，我相信你有兴趣重新听到他的消息。”

“当然！”布朗劳先生说。

“你知道他的名字叫雾都孤儿，”露梓接着说。

她这句话刚一出口，本来假装在专心阅读桌上一本大书的格林维格先生啪的一声把书翻了个身，身体往椅背上一靠，脸上所有的表情顿时消失，只剩下百分之百的惊愕。他茫然瞪着眼睛视而不见地愣住半晌；后来大概对自己这样过分地暴露感情觉得羞愧，便猛地把身子强扭了一下，恢复原先的姿态，眼睛盯着正前方，吹了一声悠长而低回的口哨。这声音最后好像不是飘散在空气中，而是渐渐消失在他的丹田里。

布朗劳先生惊讶的程度也不稍逊，虽然表现的方式不是那样古怪。他把自己的椅子向梅里小姐挪近了些，说：

“亲爱的小姐，我请求你再也不要提起你所说的仁慈和善意，反正别人完全不知道这些事情。如果你能提供什么证据，改变我一度对那个可怜的孩子所形成的坏印象，请看在上帝的分上，把你所知道的告诉我吧。”

“他是个坏东西！如果他不是个坏东西，我愿意把自己的脑袋吃下去，”格林维格先生咕哝道；这话他像是运用某种腹语术说的，脸上的肌肉丝毫也不牵动。

“他是个有着高尚的天性和一副热心肠的孩子，”露梓涨红了脸说，“上帝让他经受的考验与他的年龄很不相称，而上帝在他胸怀里培植的感情之深厚，即使对于年纪比他大五倍的许多人也不失为一种光荣。”

“我才六十一岁，”格林维格先生还是那样绷着脸说，“偏偏那个奥立弗至少也有十二岁了，就像有魔鬼在作怪似的；所以我不明白这话指的是谁。”

“梅里小姐，我这位朋友的话你不要当真，”布朗劳先生说，“他这个人有口无心。”

“不，我是有口有心的，”格林维格先生不以为然。

“不，你是有口无心的，”布朗劳先生说时肝火显然开始上升。

“如果有口无心，我愿意把自己的脑袋吃下去，”格林维格先生宣称。

“如果是这样的话，那末这颗脑袋应当被敲下来，”布朗劳先生说。

“我非常愿意看一看谁敢做这件事情，”格林维格先生顶了一句，并用手杖敲着地板。

至此，两位老绅士各自嗅了几撮鼻烟，然后按照他们始终不变的习惯互相握手。

“梅里小姐，”布朗劳先生说，“现在回到你的仁爱之心极表关切的那个题目上来吧。你能不能告诉我，你知道有关那个可怜的孩子的什么消息？请允许我先说明一下：我为了打听他的下落，凡是我力所能及的办法都用遍了；我原先以为他欺骗了我，以为他在过去的同伙唆使下来打劫我，但这个印象自从我出国以后大大地动摇了。”

这时露梓已有时间理清楚自己的思路，她要言不烦地一下子把奥立弗离开布朗劳先生的住所以后的遭遇全部叙述了一遍，只保留有关南茜报信的一节准备单单告诉布朗劳先生一个人；最后她指出，过去几个月中奥立弗唯一的憾事就是不能同他以前的恩人和朋友见面。

“谢天谢地！”老绅士说。“这对我是极大的幸福，了不起的幸福。但是，梅里小姐，你还没有告诉我，他如今在哪里。你得原谅我指出你的不到之处：你为什么不带他一起来？”

“他在大门外一辆马车上等着，”露梓回答。

“就在大门外面？”老绅士叫了起来。他二话不说，急忙出房门，下楼梯，踏上马车的小梯，冲进车厢。

他走出房间关上门以后，格林维格先生抬起头来，把他所坐的椅子的一条后腿当作枢轴，自己始终坐在椅子里，借助于手杖和桌子，在原地转了三圈。做完了这套动作，他站起来，在房间里尽快地一跷一拐至少走了十二个来回，然后在露梓面前蓦地站停，免去一切开场白吻了她一下。他见那位年轻的小姐被他这一乖谬的举动吓得离开了座位，便说：

“嘘！别害怕！我的年龄足够做你的爷爷。你是个好姑娘；我喜欢你。他们来了！”

果然，他刚以一个箭步蹿到自己原先的座位上，布朗劳先生已经同奥立弗一起回到楼上来；格林维格先生非常热情地迎接了那个孩子。如果此时此刻的喜悦是露梓·梅里为奥立弗焦虑和操心所得到的全部报酬，她觉得也是够丰厚的了。

“对了，还有一个人也不应该忘记，”布朗劳先生说时便去打铃，吩咐仆人去把贝德温太太叫来。

这位老管家闻召迅速赶到，她在门口行了个屈膝礼，听候吩咐。

“贝德温，你的眼神真是一天比一天不济事了，”布朗劳先生颇有点儿恼火地说。

“是的，先生，”老太太回答道。“在我这样的年纪，人的眼睛只会一天天坏下去，先生。”

“我本可以告诉你的，”布朗劳先生说。“不过，你还是把眼镜戴起来，试试你能不能自己弄明白为什么要叫你来，好不好？”

老太太开始在口袋里摸索，找她的眼镜。但是奥立弗的耐性再也经不起这一新的考验，在感情的第一阵冲动下立刻屈服，纵身扑到她的怀里。

“我的老天爷！”老太太惊呼一声把他搂住。“这不是那个无辜的孩子吗？”

“我亲爱的老保姆！”奥立弗喊道。

“他会回来的，我知道他一定会回来的，”老太太说，她还紧紧地抱着奥立弗。“他的气色多好，他的衣着又像好人家的孩子了！这么多日子你到哪里去了？啊！小脸蛋还是那样俊，但不那么苍白了；眼睛还是那样柔顺，但不那么忧郁了。这些我始终没有忘记，包括他温和的微笑。我每天都看到他和我自己的孩子在一起；打从我还是个无忧无虑的年轻女子的时候起，我的那些可爱的孩子一个个都死了。”

这位好心肠的老太太这样滔滔不绝地说着，时而让奥立弗退后一步，看看他是不是长高了；时而又把他紧紧搂在怀里，慈爱地抚弄他的头发；一忽儿笑；一忽儿伏在他颈上哭。

布朗劳先生让她和奥立弗去畅叙重逢之情，自己带领露梓到另一间屋子里去，在那里听她把同南茜会见的经过原原本本复述一遍；这个消息引起了他不小的震惊和惶惑。露梓还解释了没有立刻告诉她家的朋友洛斯本先生的原因。老绅士认为她做得相当谨慎，并自告奋勇去同那位可敬的大夫举行一次严肃的会谈。为了让他能早一些实现这个计划，随即约定当天晚上八点钟由他到旅馆作一次拜访，在八点钟以前必须把所有已经发生的事情小心翼翼地通知梅里太太。这几点预先商洽停当以后，露梓和奥立弗便告辞回去。

对于好心的大夫会愤怒到什么程度，露梓的估计并不过分。南茜述说的情况刚向他转告，警告和诅咒立刻像瓢泼大雨从他口中倾泻出来。他扬言一定要请勃勒瑟斯先生和达夫先生共同运用智谋把她缉捕归案，甚至戴上帽子准备立刻去求助于那两位可敬的探员。在第一阵狂怒的冲动下，他无疑会把这个打算变成行动而对后果不加片刻的考虑；但他总算被拦住了：部分由于布朗劳先生以旗鼓相当的激烈态度强行阻止——他也是个火暴性子；部分则由于大家提出种种争辩论点和反对意见——这些都是他们认为最能打消他轻举妄动的念头而准备好的理由。

“那末到底有什么鬼主意可想呢？”他们回到两位女士那里以后，急躁的大夫问。“难道我们应当通过一项决议向那帮男女流氓致谢，恳请他们每人接受一百镑左右的酬金，因为他们对奥立弗善意相待而聊表我们的一点敬意和感激之情？”

“不完全如此，”布朗劳先生笑道，“但我们必须谨慎从事，不可造次。”

“谨慎从事，不可造次！”大夫嚷着。“我要把他们一个不留地统统送往——”

“送往哪儿都可以，”布朗劳先生打断了他的话。“但要考虑：把他们送往任何地方是否有助于我们达到自己的目的？”

“什么目的？”大夫问。

“无非是查明奥立弗的家世，夺回他应得的遗产；因为我们听到的故事如果并非虚构，那末他是被人用欺诈手段剥夺了这笔遗产。”

“啊！”洛斯本先生说，一边用手帕给自己扇风。“我差点儿把这事忘了。”

“试问，”布朗劳先生继续说，“且不管那个可怜的姑娘命运如何，甚至假定有可能把那些恶棍法办而不致危及她的安全，可是这对我们有什么好处呢？”

“至少其中几个极可能要被绞死，”大夫估计，“其余的流放到海外去服苦役。”

“很好，”布朗劳先生微笑答道，“但是他们迟早总要落得这般下场的；如果我们插手进去叫他们提前灭亡，依我看，我们做的将是十足吉诃德式的行为，与我们自己的利益——至少与奥立弗的利益——却是背道而驰的。说到底，我们的利益也就是奥立弗的利益。”

“此话怎讲？”大夫问。

“是这样的。很明显，要弄清谜底、查明真相，我们会遇到极大的困难，除非我们能使那个蒙克斯就范。这个目标只能智取，必须当他不在那帮人中间的时候下手。因为，假如通过官府把他逮捕，我们能拿出他的什么罪证来呢？据我们所知，或者据我们看来，他甚至没有跟那个贼帮一起作过任何一次盗案。即使不宣告无罪释放，也顶多只能把他当作无赖和流氓关进监狱；而从此以后我们再也别想从他口中掏出一句话来，就像他是一个又聋、又哑、又瞎的白痴一样。”

“既然如此，”大夫愤激地说，“我倒要再次请你考虑：信守对那个姑娘作出的保证究竟是否合乎理智？这项保证是怀着最好、最善良的愿望作出的，但……”

“这一点请不必争论，我亲爱的小姐，”布朗劳先生见露梓想要开口，就抢在她前头说。“这项保证一定要信守。我认为它丝毫不会妨碍我们的行动。不过，在我们决定采取某种明确的行动方针之前，必须同那个姑娘见一次面，向她讲明，如果由我们而不是由司法当局去对付蒙克斯，问她是否愿意把他指出来？如果她不愿或不能这样做，那就让她告诉我们：蒙克斯常去哪些地方，他的外貌有哪些特征，以便我们认出此人。在星期日午夜以前是不可能见到她的，而今天才星期二。依我的愚见，在这段时间内，我们应该十分沉着，严守秘密，这些事情甚至不要让奥立弗知道。”

对于这项必须拖延整整五天时间的建议，洛斯本先生一再扭歪着脸作出不以为然的反应；尽管如此，他不得不承认眼下他也想不出更好的办法。由于露梓和梅里太太竭力支持布朗劳先生，这位绅士的建议得到一致通过。

“我想向我的朋友格林维格求援，”他说。“他是个怪人，但很机敏，也许能为我们提供切实的帮助。应当说明，他学的是法律，因为当了二十年律师只收到过一份案情摘要和诉讼申请，所以不屑再吃法律饭；至于我这番介绍能否起到推荐书的作用，你们必须自己决定。”

“我不反对你向尊友求援，如果我也可以请敝友协助的话，”大夫说。

“我们必须提请大家表决，”布朗劳先生答道，“不知尊友是哪一位？”

“就是这位太太的公子，也是这位小姐的……至交，”大夫说时先指指梅里太太，然后又向露梓小姐瞥了意味深长的一眼。

露梓的脸唰地涨得通红，但她一语不发（也许她感觉到：如果反对这项动议，势必处于无望的少数地位）；于是哈里·梅里和格林维格先生都被接纳加入这个调查委员会。

“不用说，只要这项调查工作有取得成功的一线希望，我们就继续留在伦敦，”梅里太太说。“为着我们大家如此深切地关心的这个目标，不论招来什么麻烦，不论花费多少钱财，我都在所不惜。哪怕要我在这里待上一年，我也愿意，只要你们能使我相信：事情还没有完全绝望。”

“很好！”布朗劳先生表示赞同。“我看诸位的表情都想要了解：我怎么会突然出国去，以致在奥立弗需要证明他讲的故事属实的时候偏偏找不到我。请允许我提出一条：在我认为适当的时候，不待诸位动问，我自会把我自己的故事奉告；在这以前，请不要问我。请你们相信，我有正当的理由提出这个请求，否则我可能无端燃起被注定永远不能实现的希望，徒然增添已经够多的困难和沮丧。走吧！晚饭已经开出，小奥立弗一个人在隔壁房间里也许以为我们对他感到厌倦了，大概在策划什么恶毒的阴谋准备把他撵走。”

说完，老绅士把一只手递给梅里太太，陪同她走到餐室里去。洛斯本先生带领露梓随后跟上；讨论会到此暂时告一段落。

第四十二章

奥立弗的一个老相识显示了明白无误的天才特征，一跃而为首都的要人

就在南茜催眠了赛克斯先生，肩负着自己加于自己的使命，匆匆走访露梓·梅里的那天晚上，有两个人沿着北方大道往伦敦而来。对于这两个人，本书给予一定的注意是恰当的。

来者一个是汉子，一个是妇人，或者单称他们一男一女也许更合适。因为男的属于那种躯干细长、两膝内翻、行动拖沓、瘦骨外露的类型，这类人的年龄很难确定：当他们还是孩子的时候，却像发育不全的成人；到了差不多是大人的时候，却像长得太快的孩子。女的年纪还轻，但体格壮实，仿佛专供承担背在她肩后那个大包裹的重负之用。她的旅伴身上的行李并不多，只有用手帕扎成一个显然很轻的小包从扛在他肩上的一根棒端挂下来。这一点加上他那两条长得出奇的腿，使他得以毫不费力地走在他的旅伴前面五六步路。他间或不耐烦地扭过头来，向女的看看，好像埋怨她磨磨蹭蹭走不快，并催促她拿出更大的劲头来。

他们这样走在尘沙滚滚的大路上，对于视野以内的景物全不在意，除非闪到一旁给自伦敦方向疾驶而来的邮车让路；直到穿过了高门拱道，走在前面的那个才停下来没好气地对他的旅伴说：

“快跟上，你不能把脚步加紧点儿吗？你可真是懒骨头，夏洛特。”

“我背上的包裹实在太重，说真的，”女的走上前来说；她累得上气不接下气。

“太重？亏你说得出口！你生来是做什么用的？”男的说，一边把他扛着的小包换了一次肩。“哦，你又想休息了！真要命，我不知道还有什么比你更叫人沉不住气的！”

“还有好多路吗？”女的倚在拱道壁上坐下来举目问道；汗水从她脸上不断往下淌。

“哪里还有好多路！可以说已经到了，”两腿细长的赶路人指着前方说。“瞧那边！那就是伦敦的灯火。”

“到那边至少还有两英里地，”女的气馁地说。

“别管还有两英里还是二十英里，”男的——他就是诺亚·克雷坡尔——说，“你给我站起来往前走，否则我就踢你；我先警告你。”

鉴于诺亚的红鼻子因为发怒而变得更红；鉴于他一边说一边从路对面走过来，似乎真的要把扬言付诸行动；女的一声不响地站起来，在他身旁拖着沉重的脚步继续前进。

“诺亚，你打算在哪儿过夜？”他们又走了几百码以后，女的问。

“我怎么知道？”诺亚答道；他的情绪因长途跋涉而大大变坏了。

“但愿就在附近，”夏洛特说。

“不，不在附近，”克雷坡尔先生回答。“听见没有？不在附近过夜；你别存这个念头。”

“为什么？”

“我告诉你我不打算做什么事情，这就够了，不用问什么原因、什么缘故，”克雷坡尔先生倨傲地回答。

“你别发那么大的脾气，”他的旅伴说。

“要是我们走到城外，看见第一家客栈就去投宿，让索厄伯里追上来把他的老鼻子伸到那里发现了，用手铐把我们铐起来载上大车抓回去，那时这台戏可好看哩，你说是不是？”克雷坡尔先生用嘲弄的口吻说。“不！我要往前走，挑最狭小的街巷溜进去，在那里消失得无影无踪；在我们走到我所看到的最偏僻的客店之前，决不停留。你应当感谢你的命运，因为我长着一颗好脑袋；要不是我们起初故意走一条错路又穿过田野回来的话，你在一个星期以前早就给牢牢地加上锁关了起来，我的女士。要是那样，也是活该，谁叫你天生那样蠢！”

“我知道我及不上你机灵，”夏洛特承认，“不过你也不要把过失全推到我身上，说我会被关起来。我要是被关起来，你当然也逃不了。”

“是你从账台里拿的钱，你知道这是你干的，”克雷坡尔先生说。

“诺亚，我是为了你才拿的，亲爱的，”夏洛特辩解道。

“钱难道在我身上？”克雷坡尔先生问。

“不，你相信我，所以让我带在身边；你确实是我的宝贝，”那位女士轻轻拍着他的下巴说，并且用自己的一条胳臂挎着他的胳臂。

事实确是这样。不过，鉴于克雷坡尔先生向来没有盲目轻信任何人的习惯，有必要在此为这位先生说句公道话：他之所以对夏洛特信任到这个程度，为的是万一他们被逮住，钱是从她身上搜出来的，这将为他留下一条后路，可以声称自己完全没有参与盗窃，从而大大有利于他逃脱罪责。此刻他当然不会说明自己的动机，所以他们非常亲昵地继续同行。

按照这个谨慎的计划，克雷坡尔先生毫不停留地前进，直到伊兹灵顿的安琪儿酒家附近，他根据行人的密度和车辆的多少作出英明的判断：这里的确已开始进入伦敦地界。他稍停了一会儿，那仅仅是为了看清哪几条街道最热闹因而也最应绕过，然后折上圣约翰路，不久便深入到笼罩着葛雷客店街与斯米思菲尔德之间许多错综复杂的陋巷的一片昏暗之中；这些小巷使那一带成为伦敦市中心经过改建后遗留下来的最见不得人的地区。

诺亚·克雷坡尔把夏洛特拖在后面，穿行于那些陋巷之间，时而靠到路旁对某一家小客栈的整个外貌扫视一番；时而又缓缓向前，大概他凭想象认为那里人一定很多，不合他的要求。最后，他在一家看起来比以前见过的更寒伧、更肮脏的客店门前停步，到马路对面的便道上再加以观察，这才大开隆恩宣布他打算在这里投宿。

“把包裹给我，”诺亚说，一边解开带子，把包裹从女的背上卸下来挎到自己肩后，“除非问到你，否则不要开口。这家客店叫什么名字？三——三什么？”

“跛子，”夏洛特说。

“‘三跛子’，”诺亚跟着重复一遍，“这招牌也挺不错。来吧！紧紧跟在我后面往里走。”

嘱咐已毕，他用肩膀推开一扇嘎嘎作声的门走进客店，他的旅伴跟在后面。

卖酒的地方只有一个年轻的犹太人用两个臂肘支在柜台上看一份稀脏的报纸。他十分专注地把诺亚打量了一下，诺亚也十分专注地把他打量了一下。

如果诺亚身上还是慈善学校学童的打扮，那个犹太人把眼睛睁得那么大也许有点道理。但诺亚已丢弃了制服和标记，并在皮短裤外面套上一件短罩衫，他的外貌似乎没有特别的理由在一家客店里引起如此密切的注意。

“这里是‘三跛子’吗？”诺亚问。

“这正是本店的店名，”犹太人答道。

“我们从乡下来，路上遇见一位先生，他介绍我们到这里来，”诺亚说时用胳膊肘轻轻碰了碰夏洛特，也许是叫她注意这个赢得尊敬的无上妙法，也许是警告她不要大惊小怪。“今晚我们要在这里住宿。”

“这事我不能作主，”巴尼说；本书中好些场合都少不了这个怪物，“不过我可以去问一下。”

“你先带我们到饭堂里去，给我们来一点冷肉和啤酒，然后去问，好不好？”诺亚说。

巴尼带领他们走进一间小小的里屋，把客人要的酒食放到他们面前。过后，他通知两位旅客可以在这里住宿，接着退了出来，让这可爱的一对进餐歇息。

这间里屋就在酒吧柜后往下走几磴梯阶的地方，因此，同这家客店有往来的任何人只要撩开小窗帘，透过上述里屋墙上离地五英尺处唯一的玻璃窗向下张望，不仅可以看见里屋内客人的一举一动，而且不必过于担心自己被发觉(窗子位于墙上的一个暗角，窥视者的身体必须插在墙角与一根笔直的粗梁之间)，如果把耳朵贴在板壁上，还可以相当清楚地听到谈话的内容。店主人的眼睛离开那个窥视哨还不到五分钟，巴尼向客人转告了上面那几句话后也刚回来；这时，晚上出来活动的费根走进酒吧柜来打听他某个徒弟的情况。

“嘘！”巴尼说。“隔壁房间里有陌生人。”

“陌生人？”老犹太悄悄地跟着重复一遍。

“是的！而且形迹可疑得很，”巴尼添了一句。“说是从乡下来，不过照我看，也许对你的胃口。”

费根听了巴尼的话，好像感到很大的兴趣。他站到一张凳上，一只眼睛小心地贴着玻璃窗，从那个秘密窥视哨可以看到克雷坡尔先生在吃盘子里的冷牛肉，喝缸子里的啤酒，而分给夏洛特的牛肉和啤酒都近乎顺势疗法的剂量[①]；那女的却顺从地坐在一旁吃着，喝着。

“嘿！”老犹太掉过头来对巴尼悄悄地说。“我喜欢这小伙子的模样。他对我们会有用的；他已经懂得怎样驯服那个姑娘。你不要做声，哪怕像一只耗子那样一点儿声音也不要发出来，亲爱的，让我听他们讲些什么。”

老犹太重新把眼睛贴在玻璃窗上，耳朵向着板壁留神谛听，脸上的表情之阴险和急切活像一个老恶鬼。

“我打算做一个上等人，”克雷坡尔先生伸出两条腿继续说；费根来得太晚，所以没有听到这席话的开头部分。“再也不跟那些讨厌的棺材打交道，夏洛特，我要像一个上等人那样过日子；你要是愿意，也可

---

① 十八世纪一位德国医生哈内曼认为，给病人服用极少量会在健康人身上引起同样症状的药物，能治百病，并称这种方法为“顺势疗法”。尔后，“顺势疗法的剂量”成了“少得可怜”的同义语。

以做一个上等女人。”

“我太愿意了，亲爱的，”夏洛特应道，“但是不可能天天把账台里的钱掏个精光，也不可能天天掏空了钱再把追上来的人甩掉。”

“去你的账台！”克雷坡尔先生说。“除了账台，可以掏个精光的目标多着哩。”

“你这话怎么讲？”他的旅伴问。

“口袋、女人的网兜、住宅、邮车、银行！”克雷坡尔喝了啤酒愈说愈上劲。

“可是所有这些事情你怎么干得了呢，亲爱的？”夏洛特问。

“反正有人干得了，我要设法入他们的伙，”诺亚回答。“他们有办法给我们找到活儿干。就拿你自己来说，你一个人就顶得上五十个女人；我找不出第二个像你这样诡计多端的人来，只要我允许你干。”

“天哪，听你说这样的话真叫我高兴！”夏洛特受宠若惊地说，并在他丑陋的脸上吻了一下。

“得了，得了；你可不要骨头太轻，小心别惹我发火，”诺亚说着煞有介事地把她推开。“我希望当上一帮人的头脑，把他们收拾得服服帖帖，我还要暗中盯他们的梢，而他们自己一点也不知道。那才合我的口味，如果有很好的进款的话。只要能结识这样几位人物，即使付出你身上带着的那张二十镑的票据也划得来，何况我们自己也不大懂得怎样处置这玩意儿。”

发表了这一通意见后，克雷坡尔先生带着莫测高深的表情朝啤酒缸子里望进去；他把缸子里的啤酒使劲摇了一阵，向夏洛特点点头算是给她面子，然后呷上一口，看来精神顿时振作了许多。他正在盘算着再呷一口，忽然被一个陌生人开门进来打断了思路。

进来的是费根先生。老犹太的态度甚是和蔼；他走上前来一躬到地，在邻近的一张桌旁坐下，吩咐咧嘴怪笑的巴尼给他来一点喝的。

“这是个愉快的夜晚，先生，不过按季节说来稍嫌冷一些，”费根搓着双手说。“是从乡下来吧，先生？”

“你怎么知道的？”诺亚·克雷坡尔问。

“我们伦敦城里没有那么多尘土，”老犹太回答，一边指指诺亚和他的旅伴的鞋，再指指他们的包裹。

“你这个人的眼力真了不起！”诺亚说。“哈哈！夏洛特，你听听。”

“是啊，在伦敦城里非得眼明手快不可哇，亲爱的，”老犹太说时把嗓门压低，作极其秘密的耳语状，“这是千真万确的事实。”

伴随着这番见解，老犹太举起右手的食指在鼻子一侧敲了几下。诺亚想模仿这个动作，但并不十分成功，因为他自己的鼻子不够大。然而，费根先生看来把诺亚的举动当作完全赞同他的意见的一种表示，所以将巴尼端来的酒非常友好地敬向对方。

“真是好酒，”克雷坡尔先生咂嘴称赞。

“亲爱的！”费根说。“一个人要想经常有酒喝，就得不断地把账台里的钱，或者口袋，或者女人的网兜，或者住宅，或者邮车，或者银行里的财物掏个精光。”

克雷坡尔先生一听到从他自己的高论中摘引的这些片段，立刻靠到椅背上，面如死灰、惊恐万状地看看老犹太，又望望夏洛特。

“不用紧张，亲爱的，”费根说，一边把自己坐的椅子挪近些。“哈哈！幸亏只被我一个人偶然听见；幸亏没有让旁人听见。”

“我没有拿，”诺亚讷讷地说，他的两条腿已不再大模大样地伸得老远，而是尽可能缩到椅子下面。“这都是她干的。钱在你身上，夏洛特，你知道在你身上。”

“不管在谁身上，也不管是谁干的，都无所谓，亲爱的！”费根说，眼睛却像鹰隼一样扫视着那姑娘和两个包裹。“我自己也是干这一行的，所以我喜欢你们。”

“哪一行？”惊魂甫定的克雷坡尔问。

“正经的行当，”费根答道，“这店里的人也都是干这一行的。你们来到此地真是巧极了，而且是最安全不过的。全伦敦再也找不到比跛子店更安全的地方，不过全看我是不是愿意让它成为一个安全的地方。我挺喜欢你和这个年轻女人；所以我才这样说，你们尽管把心放宽便是。”

听了这番话，诺亚·克雷坡尔的心倒是可以放宽，但他的身体总觉得不自在；他手足无措，不断扭动身躯，变换着种种奇形怪状的姿势，同时用交织着恐惧和疑虑的目光注视他的新朋友。

老犹太以友好的态度频频点头，还低声鼓励几句，让那个姑娘安下心来；接着又对诺亚说：

“我还可以告诉你。我有一个朋友可以满足你日思夜想的愿望，把你带上正路。在他那里你可以选择开始时对你最合适的门类，其余的将来都能学会。”

“你这话好像是认真的，”诺亚说。

“我要是开玩笑，对我有什么好处？”老犹太耸耸肩膀问。“走！我们到外面去，我有句话要对你讲。”

“有话我们不必外面去谈，这太麻烦了，”诺亚说，他的腿又渐渐地愈伸愈远。“叫她把行李拿到楼上去就行了。夏洛特，你去把包裹放好。”

这道命令发布得可谓威风凛凛，执行得也是诚惶诚恐；夏洛特见诺亚开了门等她出去，连忙拿起包裹走开。

“我把她训练得很听话，你说是不是？”他边问边坐回老地方去，那口气像是个驯服了什么野生动物的饲养员。

“没说的了，”费根拍拍他的肩膀答道。“你真是个天才，亲爱的。”

“是啊，否则我也不会到这里来，”诺亚说。“不过，你有话快说，要不，她快回来了。”

“你觉得怎么样？”老犹太说。“如果你喜欢我的朋友，干脆入他的伙岂不更好？”

“他干的那一行究竟好不好？问题就在这里，”诺亚眏着他的一只小眼睛反问。

“那是拔尖的行当，”老犹太说，“他手下有一大帮人，都是这一行里最出色的好手。”

“都是地道的城里人吗？”克雷坡尔先生问。

“里边一个乡下人也没有。若不是近来他帮手奇缺，即使有我的推荐，恐怕他也不会要你。”

“我是不是应该先送礼？”诺亚拍拍他的裤袋问。

“没有这个是办不到的，”费根用最明确的口气回答。

“二十镑，这可是一大笔钱哪！”

“但如果是一张没法脱手的票据，情况就不同了，”费根表示异议。“号码和日期恐怕都记下来的吧？已通知银行止付了，是不是？啊！这对他就没有多大价值了。这玩意儿得弄到国外去；在市场上卖不到好价钱。”

“我什么时候可以见到他？”诺亚满腹狐疑地问。

“明天上午，”老犹太回答。

“什么地方？”

“此地。”

“唔！”诺亚说。“报酬怎么算？”

“你可以过得和上等人一样体面：膳宿烟酒一律免费供给，你自己挣的钱可得一半；那年轻女子挣的钱也可得一半，”费根先生回答。

设若诺亚·克雷坡尔有充分的自由进行选择，冲他那份绝对不知餍足的贪心，即使像这样诱人的条件他是否会接受还是很成问题的。但他想到，如果加以拒绝，他的新相识可以立刻把他送官究办（比这更不可思议的事情也发生过)；于是他渐渐软了下来，表示这对他也许是合适的。

“不过你要明白，”诺亚指出，“夏洛特干得了好多活，所以我希望做一点非常轻松的事情。”

“做一点小小的、有趣的工作，是不是？”费根故意逗他。

“对！正是这样，”诺亚答道。“你看眼下干什么对我最合适？最好是不太费力气而又没有什么危险的。我就想做这样的事情。”

“刚才我听你讲到对别人盯梢的事，亲爱的，”老犹太说。“我的朋友正需要这样一个能干的人，非常需要。”

“是的，我确实提到这一点，而且有时候我也愿意干一下，”克雷坡尔先生慢悠悠地说，“不过这种事本身是赚不到钱的，你也知道。”

“这倒是事实，”老犹太说，一边反复思考，或者假装在反复思考。“恐怕确实赚不到钱。”

“那末你的想法呢？”诺亚焦急地望着他问。“是不是可以偷偷摸摸干点儿什么，只要事情稳当，风险也不比待在家里更大。”

“你觉得在老太太们身上打主意怎么样？”老犹太问。“把她们的手提包和刚买来的东西抢走，一拐弯就跑，往往可以赚不少钱。”

“可是她们会没命地叫喊，有时候还会在你身上乱抓，难道不是吗？”诺亚问，一边连连摇头。“我看这不合我的意思。难道没有别的路子可走？”

“有了！”老犹太说着把一只手放到诺亚膝盖上。“收娃娃税。”

“那是什么意思？”

“听我说，亲爱的，”老犹太解释道。“娃娃就是母亲差去买东西的小孩，他们总是把六便士或一先令的银币握在手里；收税就是拿走他们的钱，把他们推到水沟里，然后你若无其事地慢悠悠走开去，好像是小孩自己掉到沟里摔疼了似的。哈哈哈！”

“哈哈！”克雷坡尔纵声大笑，两条腿得意忘形地乱踢乱跷。“着哇！这正合我的胃口。”

“当然，”费根说，“我们可以在坎登镇、决战桥周围一带划几块好地盘给你，那里差小孩出去买东西的很多；白天无论什么时候，你爱把多少个娃娃推倒都可以。哈哈哈！”

说到这里，费根用指头在克雷坡尔先生腰间戳了一下，于是两个人一齐爆发出一阵经久不息的高声大笑。

“那就一言为定！”诺亚说；这时他已止了笑，夏洛特也回来了，“明天约定在什么时候？”

“十点钟，好不好？”老犹太问。见克雷坡尔点头表示同意，他又补充一句：“我向我的好朋友介绍的时候，说你叫什么名字呢？”

“鲍尔特先生，”诺亚回答，他对出现这样的局面早有准备。“莫立斯·鲍尔特先生。她是鲍尔特太太。”

“我愿恭顺地为你效劳，鲍尔特太太，”费根一边说，一边礼貌周到得过于夸张地打了一躬。“希望我在不久的将来能进一步熟识鲍尔特太太。”

“这位先生的话你听见没有，夏洛特？”克雷坡尔先生用雷鸣般的声音问。

“听见了，诺亚，亲爱的，”鲍尔特太太答道，并且伸出一只手。

“她叫我诺亚，算是一种亲切的称呼，”以前的克雷坡尔、现在的莫立斯·鲍尔特先生转脸向老犹太解释。“这意思你明白吗？”

“哦，我明白，完全明白，”费根这一回说的倒是真话。“晚安！祝你们晚安！”

费根先生经过一再道别和祝愿以后方才动身。诺亚·克雷坡尔先叫他的太太注意力集中，然后开始向她述说自己与人洽谈的事情；那种自命不凡的神气非但不愧为男子汉大丈夫，而且确乎像一位绅士那样，深知在伦敦及其近郊收娃娃税乃是一项多么体面的特别任命。

第四十三章

这一章要讲逮不着的机灵鬼怎样遇到了麻烦

“你说的那个朋友原来就是你自己？”克雷坡尔——或鲍尔特——问；根据两人之间达成的协议，他第二天搬到老犹太的住所去了。“老实说，昨天晚上我已经料到。”

“每个人都是他自己的朋友，亲爱的，”费根脸上堆满谄媚的笑容回答。“谁也找不到比他自己更好的朋友，哪儿也找不到。”

“有时候也有例外，”莫立斯·鲍尔特摆出一副世故很深的姿态说。“某些人不跟别人作对，可专门同自己过不去，想必你也知道。”

“不要信那些话！”老犹太说。“一个人同自己过不去，那一定因为对自己好过了头，绝不是因为他只关心别人，不关心自己。那些话全是胡言乱语！世上没有这样的事。”

“即使有也是不应该的，”鲍尔特先生应道。

“那才合情理，”老犹太说。“有些巫师说，三号是有魔力的数字；有些说是七号。其实都不对，我的朋友，真正有魔力的数字是一号。”

“哈哈！”鲍尔特先生放声大笑。“永远是第一号。”

“在我们这样的小团体里，亲爱的，”老犹太说；他认为有必要明确地解释一下这个观点，“我们有一个共同的第一号。换句话说，你不能单把自己看作是第一号，除非把我和其余的年轻人统统都看作是第一号。”

“啊，王八羔子！”鲍尔特先生骂了一句。

“你要知道，”老犹太继续说；他装作没有留意这句插话，“我们的关系难解难分，我们的利益完全一致，所以不能不是这样。比方说，你的目标是关心第一号，也就是关心你自己。”

“当然，”鲍尔特先生说。“这才像话。”

"很好！你不能只关心你自己这个第一号，除非也关心我这个第一号。"

"你错了，你应该说第二号，"鲍尔特先生说；他的私心之重可谓得天独厚。

"不，我没有说错！"老犹太重申。"对于你来说，我同你自己一样重要。"

"我认为，"鲍尔特先生不等他说完就插言道，"你是个很有意思的人，我非常喜欢你；但我们的交情还没有达到这样的程度啊。"

"这是什么话？"老犹太耸耸肩膀，两手一摊。"亏你说得出口。你做了一桩非常漂亮的事情，正因为这个缘故，我才喜欢你；但同时你已经在自己的脖子上打了一个领结。这个领结抽紧很容易，解开却很难。说得明白些，你已经给自己套上了绞索！"

鲍尔特先生用一只手按在自己的围脖上，仿佛感到它系得太紧，很不舒服。他咿咿唔唔地通过音调、而不是通过言语表示同意。

"什么是绞架？"费根继续发挥，"绞架是丑恶的路标，亲爱的。它那急转直下的指示箭头不知断送了多少胆大妄为者的远大前程。始终走在平稳的路上，远远地避开绞架，这是你的第一号目标。"

"这是当然的道理，"鲍尔特先生应道。"你讲这些事情做什么？"

"无非让你明白我的意思，"老犹太把眉毛一扬。"你要想做到这一点，就得依靠我。我要想把我的小买卖顺顺当当做下去，就得依靠你。前者是你的第一号目标，后者是我的第一号目标。你愈是重视你的第一号，就愈是应当关心我的第一号；这样，我们可以归结到我一开头就向你说的道理上来了——以第一号为重，才能使我们大家合在一起，而且也应该如此，否则我们只能散伙。"

"这话有理，"鲍尔特先生经过深思后说。"喔！你真是个老滑头！"

费根高兴地看到，这番对他的才能的赞赏不光是一般的恭维话；他看到自己确实在这个新手头脑中留下了诡计多端、狡黠非凡的印象，在他们结识之初就让他形成这个观念是极为重要的。为了加深这个有利无弊的印象，老犹太再接再厉向他详细介绍自己的业务规模和范围，把事实和虚构糅合在一起，以期更便于达到自己的目的，而且把两者运用得如此巧妙，使鲍尔特先生对他的敬意显著增强，同时又在一定程度上掺杂着有益的畏惧，这正是老犹太极其希望在他心中唤起的感觉。

“正是这种相互信任使我在遭到重大损失时获得安慰，”老犹太说。“昨天上午我失去了一个最得力的帮手。”

“你的意思是不是说他死了？”鲍尔特先生惊问。

“不，不，”费根回答，“还没有这样坏，事情还没有糟到这个地步。”

“那末他大概——”

“成了嫌疑犯，”老犹太接口说。“是的，他成了嫌疑犯。”

“问题很严重吗？”鲍尔特先生问。

“不，”老犹太答道，“不怎么严重。他被控企图进行扒窃，人家从他身上搜出一只银质鼻烟盒——这是他自己的，亲爱的，确实是他自己的，因为他非常喜欢嗅鼻烟。他们一直把他拘留到今天，以为可以找到失主。咳！他的价值何止五十只鼻烟盒，要是能把他赎回来，我愿付这笔代价。可惜你不认识逮不着，亲爱的；可惜你不认识逮不着。”

“不要紧，但愿我将来会认识他；你说是不是？”鲍尔特先生问。

“恐怕希望不大，”老犹太叹一口气答道。“如果他们找不到新的罪证，只能在即决裁判限度内定罪，那末过六个星期左右他便能回来；万一发现新的罪证，就有可能把他放洋。他们知道他是多么聪明的小伙子，一定会给他一张永久票。他们起码要给机灵鬼一张永久票。”

“你说的‘放洋’和‘永久票’是什么意思？”鲍尔特先生问。“你用这些切口跟我讲话是一点好处也没有的；为什么不用我能懂的话说呢？”

费根正要把这两个神秘的词儿翻译成普通的语言，这样鲍尔特先生就会明白，它们连在一起原来是“终身放逐”的意思，但这时贝茨哥儿进来，突然打断了这席对话。恰利·贝茨两手插在裤袋里，一副愁眉苦脸的怪相叫人瞧着反而觉得有点可笑。

“这下全完了，费根，”恰利经介绍与他的新伙伴互相认识后说。

“你说什么？”老犹太问时嘴唇在发颤。

“他们找到了鼻烟盒的失主，另外还有两三个人要来确认是不是他干的；这样一来，机灵鬼非放洋不可，”贝茨哥儿回答。“费根，在他动身旅行之前，我一定要穿上全套丧服、戴着有飘带的帽子去探监。想不到杰克·道金斯——了不起的杰克——逮不着——逮不着的机灵鬼——竟为了只值两便士半的普通喷嚏盒子放洋出国！我一直认为，要他放洋的代价决不会低于一块带链子和印章的金表。咳，他干吗不找一位老绅士把他身上值钱的东西掏个精光？那也可以大模大样地出国去，不至于当作一名起码的扒手，既没有气派，又没有光荣！”

贝茨哥儿对他那位倒运的朋友深表惋惜之意，然后神情懊丧地在近旁的一把椅子上坐下。

“你怎么能说他既没有气派，又没有光荣呢？”费根不以为然地说，同时瞋目瞪着他的徒弟。“他在你们中间一直是最高明的，难道不是吗？难道你们有谁在哪一种嗅觉上能和他相比或者接近的吗？嗯？”

“一个也没有，”贝茨哥儿回答；遗憾的心情使他的声音都变哑了，“一个也没有。”

“那你怎么能这样说呢？”老犹太气呼呼地责问。“你为什么这样哭丧着脸发牢骚？”

“因为没有人把这些话记录下来！”恰利说；一肚子的懊恼促使他公开顶撞他的老恩师。“因为起诉书上不会提这些；因为他的能耐永远没有人完全知道。《新门一览》①上他将占有一个什么样的地位呢？也许压根儿连名字也没有。喔，天哪，我的天哪，这个打击太大了！”

---

①《新门一览》，一部记载十八、十九两个世纪内在伦敦新门监狱监禁过的一些著名囚犯的传略汇编，先后出过六卷。

“哈哈！”老犹太伸出右手，面对鲍尔特先生，止不住笑得浑身震颤，像抽风似的。“你瞧，亲爱的，他们把自己的职业看作多大的骄傲！这难道不精彩吗？”

鲍尔特先生点头称是。老犹太对恰利·贝茨的悲哀作了几秒钟仔细的观察，显然感到满意，然后走上前去在这位小绅士肩上轻轻拍了几下。

“别难过，恰利，”费根像哄小孩似地说，“事情埋没不了的，绝对埋没不了。将来人人都能知道他是个多么聪明的小伙子；他自己也会让人家看出来，决不会给他的老伙伴和老师傅们丢脸。你只要想一想，他还多么年轻！恰利，在这样的年龄就被放洋出国，那该多么有面子！”

“对，这是一种光荣，确实是！”恰利说；现在他心头稍感宽慰。

“凡是他需要的，什么也不会短少，”老犹太继续说。“恰利，他关在石瓮里可以过绅士一样的生活。绅士一样的生活！他天天有啤酒喝，有钱花；如果没地方花钱的话，可以跟人家玩‘投和抛’①。”

“他当真都能得到吗？”恰利·贝茨兴奋地问。

“当然能得到，”老犹太答道，“我们要请一位大名鼎鼎、口才最好的律师为他辩护；而且他也可以为自己辩护，只要他愿意。我们从报上将看到这样的报道：‘逮不着的机灵鬼——有人尖声大笑——法官们这时都捧住肚子’——你说怎么样，恰利？”

“哈哈！”贝茨哥儿笑道，“那该多么有趣哇，费根？机灵鬼八成能把他们弄得晕头转向，你说是不是？”

“八成？”老犹太大不以为然。“十成！他一定能！”

“对，他一定能，”恰利搓着手重复了一遍。

“我现在好像看见了他一样！”老犹太说，眼睛注视着他的高足。

---

①“投和抛”，一种掷钱游戏。参加者向一个目标投掷钱币；谁投的钱距目标最近，由他把所有的钱币抛起来，落地后正面朝上的归他所有。

“我也是这样！”恰利·贝茨大声应道。“哈哈哈！我也是这样。这一切好像就在我眼前发生一样，真的，费根。多好玩哪！太好玩了！那些戴假发的大人物一个个竭力做出一本正经的样子，而杰克·道金斯在他们面前显得熟不拘礼，十分自在，好像法官的儿子在宴会上发表演说。哈哈哈！”

贝茨哥儿起初认为身陷囹圄的逮不着是倒霉的牺牲品，但是老犹太针对他这位高足与众不同的性格施加了十分巧妙的影响，所以，现在贝茨哥儿事实上已把逮不着看作是一幕滑稽透顶和妙趣横生的闹剧的主角，巴不得这一天早些来临，好让他的老伙伴有机会大显身手。

“我们得通过一个妥当的办法了解一下他眼下的情况，”费根说。“让我想想看。”

“要不要我去走一趟？”恰利问。

“绝对不行，”老犹太答道。“你发疯了不成，我的乖乖？除非你完完全全发了疯，否则怎么能到那个地方去！……不，恰利，不行。一次损失一个已经够多了。”

“难道你打算亲自出马？”恰利说时做了一个怪有趣的斜眼。

“恐怕也不太合适，”费根摇头作答。

“那你何不派这个新来的伙计去呢？”贝茨哥儿问，同时把一只手搁在诺亚臂膀上。“谁也不认识他。”

“唔，如果他不反对的话……”老犹太说。

“反对？”恰利插进来说。“他有什么可反对的？”

“的确没有什么可反对的，亲爱的，”费根转向鲍尔特先生说，“的确没有。”

“哦，话可不能那么说，”诺亚说着现出有节制的惊恐之状，连连摇头向门口退缩。“不，我不干。这不关我的事，这不是我的分内事。”

“他有什么分内事，费根？”贝茨哥儿问道，同时颇为轻蔑地打量着诺亚细长的身材。“出了问题的时候立刻溜之大吉，太平无事的时候拚命填饱肚子；难道这就是他的分内事？”

“你管不着，”鲍尔特不甘示弱，“不许你这样目无尊长。小心别找错了门户，小老弟。”

贝茨哥儿对于这一气势汹汹的威胁报以不可遏止的狂笑，过了半晌费根才有机会插进来向鲍尔特先生解释：他到违警罪法庭走一趟绝无危险；因为关于他参与的那桩小事的通报或他的形状特征都还没有送到首都来，很可能人家甚至还没有怀疑到他竟在大都会里藏身。只要他适当地换一下打扮，去违警罪法庭对于他说来同去伦敦任何别的处所一样安全；因为那是人家最不可能设想他会自愿前往的一个地方。

鲍尔特先生部分是被这些理由所说服，但在大得多的程度上是怕得罪了老犹太，最后十分勉强地同意去作一次侦察。在费根的指导下，他立刻把自己的服装换上赶车人的上衣、平绒短裤、皮裹腿——这些都是老犹太家里现成的。此外还给他配备了一顶插有好几张过路税票的毡帽和一根车把式的鞭子。有了这身打扮，他便可以像一个离开考文特花园市场[①]的乡下小伙子那样，逛到衙门里去看热闹满足自己的好奇心。由于他本来长得村里村气、瘦骨嶙峋，正好符合要求，费根先生相信他一定能把这个角色演得恰到好处。

准备停当后，他把辨认逮不着的机灵鬼所必须知道的外貌特征记在心里，然后由贝茨哥儿陪着穿过阴暗曲折的小路送到距离鲍大街很近的地方。恰利·贝茨把违警罪法庭所在的位置作了确切的描述，并向他详细交代如何径直地通过甬道，进入院子后如何上楼走到右手一扇门前，如何先脱去帽子再走进房间。交代完毕，贝茨哥儿叫他赶快独自前往，并答应在他们分手的地点等他回来。

---

① 考文特花园市场，伦敦最大的蔬菜、瓜果和鲜花市场。

诺亚·克雷坡尔，或莫立斯·鲍尔特(如何称呼悉听读者自便)，严格遵循所得到的指点行事。因为贝茨哥儿对那个地方的位置非常熟悉，交代得十分准确，所以克雷坡尔没有问一个讯，路上也没有遇到任何阻碍就走到了违警罪法庭。他挤进一间肮脏而闷热的屋子，混在多半是妇女的人群一起；屋子的里端有一座较高的平台，用栏杆同其余部分隔开，左手靠墙是被告席，中间是证人席，右边是法官们坐的审判桌。最后提到的那个令人肃然起敬的地方前面有一道帷幕遮着，不使法官席处在众目睽睽之下，让平民百姓去想象王法的全部天威，如果他们能够想象的话。

被告席上只有两个女人，她们频频向各自的一批崇拜者点头致意，其时书记正在把什么证词念给两名警察和趴在桌上的一个便衣人员听。一名看守倚在被告席的栏杆上，无精打采地用一柄大钥匙轻轻敲着自己的鼻子，除非停下来喝令不识进退地企图高谈阔论的闲人保持肃静，或者严厉地瞪着眼睛叫一个女人“把那个小孩带出去”，如果某个羸弱的婴孩被闷在母亲披巾下发出轻微的哭声干扰了庄严肃穆的法庭重地。屋子里的空气浑浊，墙壁脏得厉害，天花板是黑的。壁炉架上一座胸像年深月久给烟雾熏黄了，被告席上方尘封的时钟看来是在场唯一运行正常的东西；这里的一切有生之物无不被打上堕落、贫困的烙印，或保留着与两者经常接触的痕迹，就令人不快的程度而言，简直不下于皱眉旁观的一切无生之物表面的厚厚一层污垢。

诺亚急切地用目光搜索逮不着；但是，尽管那里有几个妇人大可充当那位赫赫有名的人物的母亲或姐姐，而且面貌与他颇为相似、可以被认作他父亲的男人也不止一个，却看不见一个人的模样符合诺亚概念中道金斯先生的形象。他心神不宁地等着，直到宣布应交上级法庭审讯[①]的几个女人招摇过市地走了出去，而另一个囚犯被押上来以后，他才放

① 违警罪法庭如认为被告所犯罪行越出该法庭审理权限，便交上级刑事法庭审讯。

心；因为他一下子就感觉到，这正是他所要打听的那个人。

来者果然是道金斯先生。他由看守押着走进法庭，肥大的外套袖子照例向上卷起，左手插在口袋里，右手拿着帽子，那种摇摇摆摆、拖拖沓沓的步态真是难以描摹。到了被告席上，他用大家都能听到的声音问，为什么把他置于如此不光彩的地位。

“闭嘴，听见没有？”看守喝道。

“难道我不是英国人吗？”逮不着不甘示弱。“我的权利到哪里去了？”

“你马上就可以得到你的权利，”看守反唇相讥，“外加胡椒。”

“否则我倒要请教，内政大臣打算怎样发落那班喙子，”道金斯先生回答。“喂！这到底是怎么回事？如果诸位法官早一点把这档子小事儿断明，不要坐在那里看报叫我等着，我要谢谢你们。我约好了一位绅士在老城会面，因为我在正经事务上一向守信准时，如果我届时不到，他就会走开。那时，我可要提出控告，要法官先生们赔偿误了我的事所造成的损失。否则决不罢休！”

说到这里，逮不着煞有介事地摆出一副决心接下来打一场官司的架势，要看守告诉他“坐在审判桌旁的那两个滑头叫什么名字”，逗得旁听的群众发出哄堂大笑；贝茨哥儿要是听到他这样问，一定笑痛肚皮。

“肃静！”看守喊道。

“这是什么案子？”一位法官问。

“回老爷的话，是桩扒窃案。”

“这孩子以前来过这里没有？”

“他应当来过好多次了，”看守答道。“别处他都已经到过。我对他非常了解，老爷。”

“哦？你了解我，是吗？”机灵鬼抓住了这句话。“好极了。不管怎么样，你犯了毁谤名誉罪。”

堂上又发出一阵哄笑，接着又是要求肃静的吆喝。

“那末，证人在哪里？”书记问。

“着哇！说得对，”逮不着跟着说。“证人在哪里？我倒要看看他们。”

这一要求立刻得到满足。一名警察走出来说，他曾看见被告在人丛中企图对一位绅士进行扒窃，而且确实从绅士衣袋里取出一方手帕；但因手帕太旧了，被告用它擤了一下鼻子以后，又从容自若地把它放回原处。据此，警察在得到机会挤近逮不着时，立即将他拘留。搜身的结果，在逮不着身上发现银质鼻烟盒一只，盒盖上镌有物主的姓名。通过查阅《朝觐录》[①]，这位绅士被找到了，目前他在此地，并宣誓说鼻烟盒是他的，他昨天从前述人丛里挤出来就发觉东西丢了。当时他曾注意到人丛中有一位小绅士给自己开路特别卖劲，这位小绅士正是目下在他面前的这个在押犯。

“你有什么话要问证人吗，孩子？”法官问。

“我可不愿意降低身份去跟他说话，”逮不着答道。

“你有没有话要说？”

“听见没有，老爷在问你，有没有话要说？”看守见逮不着默不作声，便用胳膊肘捅了他一下。

“请原谅，”逮不着心不在焉地抬头说道。“你是在跟我说话吗，老哥？”

“老爷，我从来没见过像他这样钝皮老脸的小流氓，”那看守苦笑道。“你难道没有话要说吗，小兄弟？”

“我不想说，”逮不着回答，“我不想在这里说，因为这不是秉公而断的地方；何况，我的律师今天上午要同下院副议长共进早餐。不过，我有话要换一个地方去说，我的律师也是这样，还有许许多多可敬

① 登录曾觐见英国君主的人物资料汇编。

的朋友都是这样；到那时管叫那些喙子怨恨爹妈把他们生下来，管叫他们后悔今天早晨出门来跟我作对之前，没有吩咐听差把他们吊死在他们自己的帽钉上。我要——”

“够了！我们完全可以把他交上级法庭审讯了！”书记没让他说完。“把他带下去。”

“走，”看守说。

“走就走，”逮不着应道；他用手掌擦擦自己的帽子。“喂！（他向审判桌转过脸去）你们装出这副吓坏了的可怜相也没有用；我不会饶了你们的，半分也不饶。你们一定得还这笔债，亲爱的朋友们。我绝对不羡慕你们。现在即使你们跪下来求我回家，我也不愿就这样出去。来吧，把我关到监牢里去！带我走！”

说完最后这几句话，逮不着让看守揪住衣领把他带走，一路还在扬言要告到国会去；后来又冲着看守的脸得意洋洋地咧嘴怪笑。

诺亚目睹他被单独关进一间小小的囚室之后，便赶紧回到同贝茨哥儿分手的地方去。诺亚在那里稍等了一会，才见那位小绅士走来；恰利·贝茨谨慎地躲在一个方便而隐蔽的处所，从那里小心翼翼地向外张望，直至断定他的新朋友后面没有讨厌的尾巴，方始露脸。

于是他们俩一起赶回家去，向费根先生报告这个令人鼓舞的消息：逮不着没有辜负老师的栽培，并为自己确立了光荣的名声。

第四十四章

到了南茜该去践约会见露梓·梅里的时候，她却无法前往

南茜耍花招和做假的功夫虽然娴熟，这姑娘毕竟不可能完全掩饰她所采取的步骤在自己精神上产生的影响。她并没有忘记，狡猾的老犹太

也罢，残忍的赛克斯也罢，在她面前都不隐瞒向其余的人只字不提的计划，因为他们认定她是信得过的，无需怀疑的。尽管他们策划的勾当丧心病狂，尽管策划者本人十恶不赦，尽管她切齿痛恨老犹太使她一步一步愈陷愈深地沦入罪恶和苦难的深渊不得脱身；但即便对于他，南茜有时也觉得于心不忍，生怕她泄漏的秘密会使他落入他逃脱了那么久的铁拳，生怕他最后还是栽在她的手里——虽则他得到这样的下场完全应该。

然而这些还只是思想上的动摇：她一方面不能与老伙伴们一刀两断；另一方面还是能够认定一个目标，决不因任何考虑而偏离方向。倒是她为赛克斯感到忧虑这一点可能诱使她在最后一分钟退缩变卦；不过，她已经取得人家为她严守秘密的保证，她也没有透露可能导致他被人发现的线索，为了赛克斯她甚至放弃了从包围着她的一切罪愆和灾难中得救的机会，她还能做什么呢？她已经横下一条心。

她内心的斗争虽则以这样的结果告终，但仍然一而再、再而三地在她身上表现出来并留下痕迹。仅仅在几天之内，她就变得苍白而憔悴。有时她压根儿不知道身边正在发生什么事情，或者不参与旁人的谈话，而过去她在谈话中嗓门儿比谁都大。有时她会发出并不快乐的笑声，或者无缘无故、毫无意义地吵吵嚷嚷。往往在一刹那之后她又坐在那里一声不吭，嗒然若丧，两手支着脑袋沉思默想。如果她想勉强打起精神来的话，那就比上面的迹象更令人确信她心神不宁，确信她头脑里所想的与她的伙伴们正在谈论的完全是两码事。

到了星期日晚上，附近教堂的钟声开始报时。赛克斯和老犹太正在谈话，但他们也停下来听。南茜从她蜷着身子所坐的矮凳上抬起头来也在听。钟敲了十一下。

“离午夜还有一个钟点，”赛克斯说；他推起窗板看看外面，又回到自己的座位上。“天又黑，云又低，今夜正是做买卖的好时光。”

“咳！”老犹太应道。“真可惜，亲爱的比尔，我们连一桩可以做的现成买卖都没有！”

“这一回你总算说对了，”赛克斯粗暴地接口说。“确实可惜得很，因为我也有这个意思。”

老犹太长叹一声，沮丧地摇摇头。

“等我们把事情安排好以后，一定要捞回失去的时间。这就是我所念念不忘的，”赛克斯说。

“说得对，亲爱的，”老犹太附和着，居然敢拍拍他的肩膀。“听你这样说我真高兴。”

“你听了觉得高兴，是不是？”赛克斯大声说。“好，那你就高兴吧。”

“哈哈哈！”老犹太笑了起来，好像这一点小小让步已经使他感到宽慰。“今天你又恢复了自己的本色，比尔，同你平时的性格一模一样。”

“你如果把你那只干瘪老爪子搁在我的肩膀上，我就觉得老大不自在，所以你还是把爪子缩回去的好，”赛克斯一边说，一边把老犹太的手撂开。

“这会使你神经紧张，使你觉得被抓住了，是不是，比尔？”老犹太说；他决定不动气。

“使我觉得被魔鬼抓住了，”赛克斯回答。“绝对没有其他人长着你这样一副嘴脸，除了你的老子；我猜想这时地狱之火正在把他的花白红胡子烤焦。要不然，你一定是直接从魔鬼那里降生的，压根儿没有老子；如果真是这样，我一点儿也不觉得奇怪。”

对于这番恭维话，费根并不作答，只是扯扯赛克斯的衣袖，向南茜那边指指；她乘他们谈话的机会戴上软帽正要从屋里出去。

“喂！”赛克斯叫道。“南茜！你这个姑娘深更半夜要上哪儿去？”

“不远。”

“这算是什么回答？”赛克斯问。“我问的是你要到什么地方去？”

“我说不远嘛。”

“我问你要上哪儿去？”赛克斯盯得很紧。“我的话你听见没有？”

“我不知道上哪儿，”姑娘答道。

“你不知道我知道，”赛克斯主要是出于固执这样说，倒不是真有什么原因不肯放姑娘去她想去的地方。“你哪儿也不要去。坐下。”

“我不大舒服。刚才我对你说过了，”姑娘申辩着。“我要透透空气。”

“把你的头伸到窗外去就得啦，”赛克斯回答。

“这样不解决问题，”姑娘说。“我要到街上去。”

“那你就休想出去，”赛克斯站起来锁上房门，拔出钥匙，把她头上的软帽摘下来扔到一口旧衣橱顶上。“好了，”那盗窃犯说。“老老实实待在老地方，听见没有？”

“扔掉帽子是留不住我的，”姑娘面色变得刷白。“比尔，你这是什么意思？你可知道你在干什么？”

“我可知道我在——？哦！”赛克斯转向费根嚷道，“瞧，她在发神经病，否则她绝不敢这样对我说话。”

“小心不要把我惹急了，”姑娘喃喃地说着两手按在胸前，仿佛想把一腔怒火强抑下去。“放我出去，听见没有？立刻放我出去——马上——”

“不行！”赛克斯说。

“费根，叫他放我出去。还是放我的好。这样对他有利。你听见没有？”南茜一边叫嚷，一边跺脚。

“你问我听见没有？”赛克斯跟着重复一遍，并坐在椅子里转身面对着她。“哼！你要是在半分钟内还不住口，狗就会咬破你的喉管，那时瞧你还能不能这样尖声嚷嚷。是什么鬼附上了你的身，你这个贱货？到底是怎么回事？”

“放我出去，”姑娘极其恳切地说；然后在门口地板上坐下，“比尔，放我出去；你不知道你在干什么。你确实不知道。我只要一个钟点就回来，放我，放我！”

“我敢打赌，”赛克斯粗暴地抓住她的胳膊咆哮着，“要是这个小娘们不在发疯说胡话，可以把我的手脚一只一只斩断。站起来！”

“除非你放我出去，除非你放我出去，否则我不站起来！”姑娘尖叫着。赛克斯看了她一会儿，觑准一个机会猛地把她的两只手反剪，不顾她挣扎反抗，拖着她走进隔壁一个小房间，自己坐在一条板凳上，把她扔在一张椅子里，不让她动弹。她交替地挣扎着，恳求着，直到钟敲十二点，这才筋疲力尽地不再坚持原来的要求。赛克斯连声诅咒着警告她今夜别想出门，然后让她独自慢慢地平静下来，自己回到老犹太那边去。

“嘀！”这个破门盗窃犯说着抹去脸上的汗水。“真是个古怪透顶的小娘们！”

“的确是这样，比尔，”老犹太若有所思地应声说。“的确是这样。”

“照你看起来，她怎么突然会想到今天夜里要出去？”赛克斯问。“你倒说说看，你应该比我更了解她。这究竟是怎么回事？”

“固执！我认为是女人的固执，亲爱的，”老犹太耸耸肩膀答道。

“我也认为是这样，”赛克斯咕哝着。“我本以为已经把她驯服了，可她还是过去那副贱骨头。”

“比过去更坏，”老犹太沉浸在深思中说。“我从来没见过她为了这么一点点小事闹得这样凶。”

“我也没见过，”赛克斯说。“我想她的血液里也许还有一点点热病的根子散发不出来；你看是不是？”

“很有点儿像，”老犹太答道。

“要是她再这样胡闹，我就给她放掉一点儿血，不必麻烦医生，”赛克斯说。

老犹太点点头表示赞成采用这种疗法。

“当我躺在床上不能动弹的时候，她日日夜夜待在我身边；可是你这条黑心狼却躲在一边，”赛克斯说。“而且当时我们穷得要命，我想这多多少少也影响到她的身体和心境；再加她关在此地这么多日子，所以变得烦躁不安，你说是不是？”

“是的，亲爱的，”老犹太轻声回答。“嘘！”

他刚说完，姑娘出来在原先的位子上坐好。她的眼睛红肿，身体左右摇晃，脑袋昂起；过了短短一会儿工夫，忽然纵声大笑。

“瞧，现在她又换了一个花样！”赛克斯说道，并用十分惊讶的目光看看他的同伙。

老犹太点点头，示意赛克斯暂时不要理她；几分钟以后，姑娘才渐渐恢复常态。费根向赛克斯附耳说，现在不必担心她发病了；这才拿起帽子，向他道了晚安。他走到房门口停下，回过头来问有没有人愿意在他下楼的时候给打个亮儿，因为楼梯上一片漆黑。

“给他打个亮儿让他下楼，”赛克斯说着给自己装一袋烟。“要是他摔断了颈骨，旁人错过看这幕好戏的机会，那多可惜。给他打个亮儿。”

南茜拿着烛台跟在老犹太后面下楼。到了过道里，费根把一个指头按在自己嘴唇上，挨到姑娘面前，悄声问道：

“怎么回事，亲爱的南茜？”

“你指的是什么？”姑娘同样悄悄地反问。

“这一切究竟是什么原因？”费根说。“既然他，”老犹太用瘦嶙嶙的食指向楼上指了一下，“对你这样凶（他很残忍，南茜，简直是野兽），你干吗不……？”

“唔？”姑娘等费根停下来的时候问；老犹太的嘴几乎碰到她的耳朵，眼睛逼视着她的眼睛。

“暂且不要理他，”老犹太说，“以后我们再谈这件事。你有我做你的朋友，南茜，一个靠得住的朋友。我有现成的办法，既安全又秘密。他把你当做一条狗，甚至不如一条狗，因为他有时还同狗闹着玩儿。如果你要向这样的人报仇，你可以来找我。我对你说了，你可以来找我。他和你不过是露水之交；而你跟我是老朋友了，南茜。”

“我对你很了解，”姑娘应道，但丝毫不显露自己的感情。“晚安。”

当费根想要跟她握手时，她倒退一步，用坚定的声音再次道了晚安；对于他临别的一瞥，她点点头表示会意，然后把门关上。

费根往自己家里走去，集中注意力考虑在他头脑里活动的那些想法。他怀疑南茜不堪这破门盗窃犯残暴的折磨，想另找新欢。他这个念头是慢慢地逐步形成的，而不是根据刚才那一幕，尽管这给他提供了佐证。南茜近来神态大变，经常独自出门；当初她对同党的利益十分热心，现在比起来似乎不感兴趣；除此以外，今天晚上她焦急得不顾一切地要在特定的时间离家外出；这一切都有力地支持着上述假想，几乎把假想变成确凿无疑的事实，至少在他看来是如此。她的这个新相好并不是费根手下为他卖命的人。有着南茜这样的帮手，他可能成为一株不可多得的摇钱树，因此费根认为必须立即想办法把他弄到手。

他还想达到一个更阴险的目的。赛克斯知道的底细太多了，他的粗野的嘲骂对老犹太造成的伤害尽管隐而不显，但激起的恼怒却不因此而减轻。姑娘应当明白，如果她把赛克斯甩掉，她绝对逃避不了他的狂怒的报复，这口气势必要出到她的新相好头上，结果难免肢体伤残，甚至酿成命案。“只要稍加劝说，”费根忖道，“她十之八九会同意把他毒死。为了达到相同的目的，以前也有女人做过这样的事，甚至比这更辣手的也有。这样一来，那个危险的恶汉——我所痛恨的人——就不见了；他的位置将由另一个人接替；而那个姑娘干的杀人勾当既然被我知道，往后不怕她不听我摆布。”

刚才费根有机会独自一人坐在破门盗窃犯房间里的那短短的几分

钟内，这些念头曾经在他的脑海中掠过。主要是抱着这样的想法，后来他借分别之前的机会，通过闪烁其词的暗示对姑娘进行试探。那姑娘没有现出惊讶的表情，也没有佯装不懂他的意思。她心里一清二楚。这从她临别的眼神看得出来。

但是，谋害赛克斯性命的计划也许会吓得她裹足不前，而这恰恰是必须达到的一个主要目的。"我怎样才能加强我对她的影响？"老犹太在鬼鬼祟祟地走回家去的路上寻思着。"我怎样才能掌握某种新的手段？"

像他这样的脑袋瓜儿里多的是鬼主意。设若费根并不逼她自己说出来，而是通过盯梢发现她的新欢，然后扬言要把这件事统统告诉赛克斯（南茜对他怕得不得了），除非她按费根的计谋行事；这样难道还怕她不干？

"我一定做得到，"费根几乎说出声来。"那时她不敢不听我的话。肯定不敢！绝对不敢！我有充分的把握。办法是现成的，只要着手去做。你反正逃不出我的手掌！"

他向后面比他胆大的恶棍所在的地方瞪了恶狠狠的一眼，做了一个威胁性的手势，又继续走自己的路；一双枯瘦的手把他那件破外衣的皱襞使劲地拧，不停地揉，仿佛他的手指的每一个动作都在把他所痛恨的仇敌碾成齑粉。

第四十五章

诺亚·克雷坡尔受雇为费根执行一项秘密使命

第二天，老犹太一大早就起身，焦急地等待他的新伙计出现。左等右等，过了不知多久，这位新伙计方始露脸，并开始狼吞虎咽地吃他的早饭。

“鲍尔特，”老犹太拉过一把椅子在莫立斯·鲍尔特对面坐下，开始说。

“我在这儿，”诺亚应道。“什么事？在我吃好以前，请不要叫我做任何事情。你们此地这个风气很坏。总是不让人家有充裕的时间吃饭。”

“你不能边吃边谈吗？”费根说，同时却打心底里咒骂他这位亲爱的年轻朋友吃得太多。

“我能。我边谈边吃胃口更好，”诺亚说着切下大得吓人的一块面包。“夏洛特在哪儿？”

“出去了，”费根说。“我一早就把她跟另一个年轻女子一起打发开，因为我需要跟你单独谈谈。”

“哦！”诺亚说。“你应该先叫她做一些黄油吐司。好吧。有话请讲。你不会妨碍我的。”

看来的确无须过分担心什么东西会妨碍他的食欲。因为他坐下的时候分明已拿定主意要大干一场。

“昨天你干得不错，亲爱的，”老犹太说。“很漂亮。第一天出马就有六先令九便士半。收娃娃税定能叫你发财。”

“你不要忘了还有三只一品脱的缸子和一把牛奶壶，”鲍尔特先生说。

“当然，当然，亲爱的，”老犹太应道。“缸子是天才的大手笔，牛奶壶简直是十全十美的杰作。”

“对于一个新手来说，成绩大概很可以了，”鲍尔特先生得意地说。“缸子是我从晾杆上摘下来的，牛奶壶放在一家酒店门外没人管。我想它淋了雨会生锈，或者会着凉，你说对不对？哈哈哈！”

老犹太佯装放声大笑；鲍尔特先生纵情笑过一通以后，连续咬了几大口，从而把第一块黄油面包解决，接着又向第二块发起进攻。

“鲍尔特，”费根隔着桌子探过身去说，“亲爱的，我要你为我做一件需要十分小心谨慎的工作。”

“我声明在前，”鲍尔特说，“你可不要推我去冒风险，或者再派我到违警罪法庭去。我干这等事不合适，很不合适；所以我要声明在前。”

“这件事没有一点风险，哪怕是最小最小的风险也没有，”老犹太说，“只要盯一个女人的梢。”

“是老太婆？”鲍尔特先生问。

“不，年轻的，”费根答道。

“这我在行，”鲍尔特说。“我在学校里就是一个告密的能手。要我盯她的梢做什么？难道——”

“不做什么，”老犹太把他的话打断，“只要告诉我：她到了哪些地方，跟谁见了面，如果可能的话把她说些什么也告诉我；她到了哪条街上，你就把街名记住；进了哪座房子，你就把门牌看清；然后把你收集到的情报统统给我带回来。”

“你给我多少钱？”诺亚放下杯子问，目光紧紧盯着他的雇主。

“如果你干得好，给你一镑，亲爱的。一个金镑，”费根说，心里希望他尽可能对诱饵发生兴趣。“为了办一件没有什么油水可捞的事，我还从来没有出过这样大的价钱。”

“她是谁？”诺亚问。

“我们同道中的。”

“哦，我的天！”诺亚把鼻子一皱叫道。“你怀疑她，是不是？”

“她交上了几个新朋友，亲爱的；我需要知道那些人是谁，”老犹太答道。

“我明白，”诺亚说。“只不过想了解一下那些人体面不体面，是吗？哈哈哈！这事包在我身上。”

“我知道你能行，”费根见自己的主意成功，大为高兴。

“当然行，当然行，”诺亚说。“她在什么地方？我该上哪儿去等她？什么时候走？”

“这些我都会告诉你的，亲爱的。到时候我会把她指给你看，”费根说。“你只要作好准备，其余的交给我办。”

这天晚上、下一天以及再下一天的晚上，这位细作穿好靴子，打扮做车把式的模样坐着，只等费根一声令下立刻出发。六个晚上过去了；在这六个漫长而无聊的夜晚，费根每次回家都带着失望的表情和简短的消息：时间还没有到。第七天，他回来得比较早，兴奋的心情要掩饰也掩饰不住。这天是星期日。

“今天晚上她要外出，”费根说，“我相信一定是去干那件事；今天白天她一直只有一个人在家，她害怕的那个男人要到天亮才回来。跟我走。快！”

诺亚二话不说，起身就走，因为老犹太极度兴奋的心情也感染到他身上。他们悄悄地从家里出来，匆匆穿过许多错综复杂的街巷，最后来到一家客店门前；诺亚认出这正是他到达伦敦的那天晚上投宿的客店。

时间已过了十一点，店门已经关上。老犹太轻轻吹了一下口哨，门无声无息地打开了。他们悄悄然走进去，门又在他们背后关上。

费根和开门的年轻犹太人几乎连低声说话也不敢，而是用哑巴的手势代替语言；他们指指一扇玻璃窗，示意诺亚爬上去看看隔壁房间里那个人。

“就是这个女的？”他问；声音几乎同呼吸一样轻微。

老犹太点点头。

“她的脸我看不清楚，”诺亚低声说。“她低着头，蜡烛在她背后。”

“你待着别动，”费根也低声说。

他向巴尼做了个手势，巴尼走出去，一转眼就到隔壁房间里，以剪烛芯为借口把烛台移到适当的位置，并向姑娘说话，使她抬起头来。

“现在我看见她了！”细作说。

“看清楚没有？”老犹太问。

“即使把她杂在一千人中间，我也认得出来。”

他急忙从窗边下来，因为这时房门打开，姑娘走了出来。费根把他拉到用帷幕隔开的一个角落里，屏住气等她在他们隐蔽的地方几步路外经过，并从他们进来的那扇门里出去。

“嘘！”巴尼开着门招呼他们。“是时候了。”

诺亚先跟费根交换了一个眼色，接着一个箭步蹿出去。

“向左，”年轻的犹太人低声说，“向左拐弯，靠马路的对面走。”

他照计而行，借着路灯光看到姑娘的背影在前面和他相去已有一段距离，快要走远。诺亚在他认为不失谨慎的限度之内尽可能向前靠近，并始终走在马路的对面，这样更便于窥测她的行动。她曾有两三次紧张地掉头回顾，有一次曾让紧跟在她后面的两个男人先走过去。看来她一路走，一路在鼓励自己，而且愈走步子愈坚定。细作一直与她保持这段距离，眼睛盯着她，尾随不舍。

第四十六章
赴　约

教堂钟敲十一点三刻的时候，伦敦桥上先后出现两个人影。匆匆忙忙走在前面的一个是女人，她焦急地四顾张望，像在寻找某个预期的目标；另一个男人的身影尽量隐蔽在最暗处，隔着一段距离使自己的步子与她的保持一致，女的停下男的也停下，女的继续走男的也偷偷跟进，但即使在盯得起劲的时候也不让自己赶到她前头。他们就这样从密德尔塞克斯过桥到色利岸滩，这时女的似乎感到失望，因为她急煎煎地细看来往的行人都不是自己要会见的，于是转身往回走。这个动作非常突然，但是盯她的人并没有因而措手不及；他一闪身躲进桥墩顶上一个凹进的地方，并弯身翻过栏杆把自己更好地隐蔽起来，让她在对面的便道上走过去。等到女的又在前面把距离拉开到同原先差不多时，男的才悄悄地溜出来跟在她后头。将近走到桥中央处，女的停住脚步。男的也停下。

这是一个星月无光的黑夜。整天天气都不好，此时此地走动的人绝少。那些匆匆过路的行人很可能没有看见女人和盯着她的那个男人，即使看见了也不留意。有几个伦敦的穷光蛋这天夜里想找一处阴冷的拱道和无门的破屋权且栖身，偶尔在桥上经过时也没有以过分好奇的目光注意这一男一女的模样。他们一前一后默默地站着，既不同任何路人说话，别人也不同他们交谈。

河上夜雾弥漫，停泊在各处码头附近的小船上灯火的红光因而显得更红，河滨暗沉沉的建筑物也显得更暗、更加朦胧。两岸给煤烟熏黑的货栈笨重而阴郁地矗立在密密麻麻的屋顶和山墙丛中，愠怒地俯视着黑得连它们这样的庞然大物也映不出来的水面。幽暗中隐约可辨古老的救世主教堂钟塔和圣马格努斯教堂尖顶的轮廓，它们像两个巨灵神守卫着这座历史悠久的大桥已不知多少年代。然而，林立于桥下的船桅和密集在岸上的其他教堂的尖顶几乎完全看不出来。

姑娘焦躁不安地走了几个来回，而在暗中盯梢的细作始终密切监视着她；这时，随着圣保罗教堂敲响沉重的钟声，又是一天宣告寿终正寝。午夜已降临到这个人烟稠密的都会，降临到宫殿、地下室酒店、监狱、疯人院，降临到分别被生与死、健康与疾病所占据的寝室，降临到尸首僵硬的脸上，也降临到安睡中的婴儿身上。

十二点敲过以后不到两分钟，一位年轻的小姐由一位头发斑白的绅士陪同，在离桥不远的地方从一辆出租马车上下来，先把马车打发开，然后径向桥上走去。他们刚踏上便道，姑娘全身一震，立即迎上前去。

他们上桥的时候向两旁看看，好像对某一桩实现可能极少的事情只抱着万一的希望，忽然迎面走来这个姑娘。他们倏地止步，一声惊喜交加的呼喊刚刚出口立即被克制住了，因为有一个乡下人装束的男子恰好在这个当儿走近来，与他们擦肩而过。

“这里不行，”南茜急忙说，“我不敢在这里跟你们说话。走，离开大路，到那边石阶下面去。”

她说了这几句话，指指她要他们前往的那个方向；这时那乡下人回过头来，不客气地问他们为什么把便道堵塞，然后自顾走去。

姑娘所指的石阶在色利岸滩，与救世主教堂同在桥南，是上岸下船的梯级。那个乡下人模样的男子神不知鬼不觉地先赶到那里；他在刹那间就察看好地形，顺着石阶走下去。

这道石阶是桥的一部分，由三段梯级组成。从桥上往下走，在第二段梯级的尽头，左边的石壁末端乃是一座面向泰晤士河的装饰性壁柱。从这里再往下，梯级便变宽了。因此，要是有人转到这个壁角后面，任何别人在石阶上哪怕只站高一磴，就必定看不见他。那乡下人走到此地，向四周匆匆看了一眼，估计没有更利于掩身的所在，加上潮水已经退去，那里有的是立足的地方；于是他刺棱一下溜到旁边，背靠壁柱等着，确信他们不会走得比那里更低；即使他听不见他们说些什么，也可以稳稳当当继续盯他们的梢。

时间在这个冷僻的角落里显得如此拖拉，细作又是如此急于探明这次与别人向他介绍的情况迥异的约会究为何因，以致他几次认为这件事情已经告吹，几次劝自己相信：他们或者停在离此很远的高处，或者换另外一个地方举行秘密会谈去了。他正想走出掩身的所在，回到大路上去；这时他听到了脚步声，紧接着，说话的声音几乎已经近在耳边。

他把身子贴着壁柱站得笔直，屏住呼吸留神倾听。

“已经够远了，”显然是那位老绅士的声音说道。“我不愿让这位小姐再往下走。换了别人，决不会跟着你走这么多路；不过，你也可以看到，我对你是很迁就的。”

“迁就我？”这是诺亚·克雷坡尔所尾随的那个姑娘的声音。“你确实能体谅别人，先生。迁就我！好吧，好吧，这没有什么关系。”

“你带我们到这个奇怪的地方来做什么？有什么目的？”老绅士用温和的语调问。“为什么你不让我在上面对你说话，那里有灯光，又有人走动；偏要把我们带到这个阴森森的暗洞里来？”

“我已经告诉过你，”南茜答道，“我不敢在那里跟你们说话。我不知道究竟是什么缘故，”姑娘说时打着寒战，“反正今天晚上我心里怕得紧，简直站也站不稳。”

“怕什么？”老绅士问；他看来很同情那姑娘。

“我自己也不知道怕什么，”姑娘回答。“可是我很愿意知道。可怕的念头把我折磨了一整天，我总是想到死，想到血迹斑斑的尸衣，愈想愈害怕，好像自己被架在火上烧一样。晚上我拿一本书看看，想消磨时间，可是书上也尽是那些劳什子。”

“那是幻觉，”老绅士在安慰她。

“不是幻觉，”姑娘沙哑的声音在说。“我可以起誓，书上每一页都用黑体大写印着‘棺材’两个字；刚才街上果然有人抬着一口棺材在我近旁经过。”

“那有什么稀奇？”老绅士说。“我经常看到棺材从我身旁抬过。”

“那是真的棺材，”姑娘申辩着。“我看到的不是真的。”

她说这句话的语调诡异非常，使躲在一旁偷听的细作毛骨悚然、血液变冷。因此，当他听到那位年轻的小姐柔和的声音时，只感到一种从未有过的快慰；那位小姐请她保持镇静，不要被恐怖的幻象所俘虏。

“请你好好劝劝她，”年轻的小姐对她的同伴说。“真可怜！看来她需要安慰。”

“你们有些道貌岸然的正统基督徒看到我这时的模样，一定会把头昂得高高的，大事宣扬地狱的火焰和上帝的惩罚，”姑娘激动地说。“哦，亲爱的小姐，为什么那些自称上帝子民的人不像你这样好心善意地对待我们这些可怜虫呢？其实你又年轻，又美丽，凡是我们失去了的你都有；你明明可以傲慢一些，为什么偏偏这样谦虚呢？”

“唉！”老绅士说。“土耳其人把脸洗干净以后朝着东方做他们的祈祷；而那些虔诚的基督徒却在与尘世的接触中把自己的脸擦得永远失去笑容，然后同样毫无例外地朝着天国最黑暗的一面。如果要我在异教徒和伪君子之间进行选择的话，我宁可挑选前一种人。”

这些话表面上是对年轻的小姐说的，目的也许是让南茜能够有时间定下神来。随后，老绅士便又向南茜说话：

“上星期日你没有到这里来。”

“我来不成，”南茜答道，“我被关在家里。”

“被谁？”

“我向小姐谈起过的那个人。”

“但愿你没有被怀疑到在跟人家接洽今夜促使我们到此地来的这件事情？”老绅士问。

“没有，”姑娘摇摇头回答。“我要离开他不大容易，除非他知道我去干什么。上一次我本来也见不到这位小姐，是我给他喝了鸦片酊才能抽身走开。”

“他有没有在你回去以前醒过来？”老绅士问。

“没有。他和别的任何人都没有对我产生怀疑。”

“很好，”老绅士说。“现在你听我讲。”

“我听着，”姑娘在他稍停的间歇中应道。

“这位小姐把你在将近两个星期以前告诉她的事情，”老绅士开始说，“对我和另外几个我们信得过的朋友谈了。我可以坦率地告诉你，起初我表示怀疑，认为不能盲目相信你；但现在我坚信你是靠得住的。”

“我是靠得住的，”姑娘热切地说。

“我再次表示：我坚信这一点。为了向你证明我对你的信任，我可以无保留地告诉你：我们打算利用名叫蒙克斯的那个人的恐惧心迫使他道出秘密，不管究竟是什么秘密。但如果——”老绅士说，“如果不能把他逮住，或者逮住了而不能迫使他按我们的意图行事，你就必须告发那个犹太人。”

“费根？”姑娘惊呼着倒退一步。

“你必须告发那个人，”老绅士说。

“我不愿意这样做！我决不愿意这样做！”姑娘答道。“尽管他是个魔鬼，而且他对待我比魔鬼还要可恶，我还是不愿意做那种事。”

“你不愿意？”看来老绅士事先已充分估计到她可能这样回答。

“绝对不愿意！”姑娘回答说。

“把理由告诉我。”

“理由之一小姐是知道的，”姑娘坚定地回答，“而且她愿意支持我。我知道她会支持的，因为我得到过她的保证。另外还有一个理由：虽然他是个坏蛋，我也不是好东西；我们有许多人一起走着同样的道路，我不能出卖他们；他们任何人以前都有机会出卖我，但是没有这样做，尽管他们不是好人。”

“既然如此，”老绅士很快就接口说，好像这正是他指望达到的目的，“那就把蒙克斯交给我处理。”

“如果他把别人供出来怎么办？”

“我向你保证：只要从他口中探明了真相，这件事便算了结。奥立弗简短的身世中肯定有难以告人的隐痛；一旦真相大白，他们也就脱清干系了。”

“万一弄不清楚呢？”姑娘问。

“那末，”老绅士继续说，“我在把那个犹太人送官究办之前，一定先得到你的同意。到那时我向你提出的理由也许能说服你同意这样做。”

“我能不能得到这位小姐的保证？”姑娘问。

“你能得到，”露梓应道，“我真心诚意地向你保证。”

“决不让蒙克斯了解你们是怎样知道这些情况的？”姑娘稍事停顿后提出了条件。

“决不，”老绅士回答。“我们有办法把情况摊在他面前而叫他无论如何怀疑不到你身上。”

“我一贯说谎，我从小就跟说谎的人混在一起，”姑娘在又一阵沉默后说，“但是我相信你的话。”

她从两方面取得可以放心这样做的保证后，开始述说那家客店（就是今天晚上她开始被盯梢的那家客店）叫什么名称，坐落在什么地方；她的声音轻得使偷听者往往连她所说的大意也很难捉摸。根据她时常稍停片刻这一点判断，好像老绅士正在把她述说的情况匆匆忙忙做一些记录。她详详细细介绍了客店的位置，从哪里对它进行监视最方便而又不引人注意，哪几天晚上和几点钟蒙克斯到店里去的可能最大。接着她大概考虑了一会儿工夫，以便回忆他的相貌给她留下印象最深的一些特征。

“他个儿比较高，”姑娘说，“身体挺结实，但并不胖。走路的样子鬼鬼祟祟，经常转过头去往肩后看，先向一边转，再向另一边转。特别要记住，他的眼睛眍得比任何人都深，几乎单凭这一点你们就能认出他来。他的脸是黑的，同他的头发和眼睛一样；虽然他不会超过二十七八岁，可是皮肤已经又枯又皱。他的嘴唇常常是煞白的，带着很深的齿痕；因为他有一种病发作起来非常可怕，有时甚至会把自己的手咬得满是伤痕——你为什么吓一大跳？”姑娘蓦地停下来问。

老绅士急忙回答说，他这是无意识的动作，并且要求她继续往下讲。

“一部分情况我是从住在我已经谈过的那所房子里的其他人那里了解到的，”姑娘说，“因为我只见过他两次，他两次都裹着一件大斗篷。我能提供你们识别这个人的特征大概就是这么多。噢，还有，”她补充道，“当他转过脸去的时候，从他的围巾底下多少可以看到，在他脖子上相当高的地方有一——”

“一道相当宽的红疤，像是水火烫伤的！”老绅士接口道。

“怎么？”姑娘说。“你认识他？”

年轻的小姐也感到意外而失声惊呼。随后的几秒钟他们一句话也不说，偷听者甚至能清楚地听到他们的呼吸。

“我可能认识他，”老绅士首先打破沉默。“根据你的介绍，我能认出他来。结果自会明白。世界上有好多人的相貌像得出奇。也可能那个人不是他。”

他装作不经意地说了这番话以后，向细作隐蔽着的地方走近两步；后者之所以能断定这一点，因为他清楚地听到老绅士在喃喃自语：“这一定是他！”

“姑娘，”老绅士回到先前站的地方说(这也是从声音听出来的)，“你为我们提供了极有价值的帮助，我希望你能因此而有所收获。我能为你做一点什么事吗？”

“不需要，”南茜答道。

“你不要这样固执，”老绅士再次劝说；他的声音和语气是那么和善，即使心肠再硬、再冷酷也不能不感动。“你考虑一下再告诉我。”

“不需要，先生，”姑娘重申道，一边哭了起来。“你怎么也帮不了我。说实在的，我这个人已经没有任何希望了。”

“你不要自暴自弃，”老绅士说。“过去你无谓地浪费了自己的青春活力，这样的无价之宝造物主只给我们一次，决不会再次赏赐。但是你可以把希望寄托在未来。我不敢说我们能给你的心灵带来安宁，因为安宁只有在你自己去追求它的情况下才会到来；不过，为你提供一个僻静的栖身之所，在英国也可以，如果你不敢留在国内，到国外去也可以，这不仅是我们力所能及的事情，也是我们极其殷切的愿望。在天亮以前，在这条河被第一道日光照醒过来以前，你就能到达你以前的同伙所够不到的地方，而且可以不留下任何痕迹，就像你立时从地上消失一般。下决心吧！我但愿你再也不要回去跟任何一个老伙伴交谈一句话，或者向哪一个老巢看上一眼，甚至再也不要吸一口那里的空气，因为那里的空气会给你带来瘟疫和死亡。抛弃这一切吧！趁现在还来得及，不要错过机会！”

“这一下她应该被说服了！”年轻的小姐说。“我相信她已开始动摇。”

“恐怕未必，亲爱的，”老绅士说。

“是的，先生，我没有动摇，”经过短时间的内心斗争之后，姑娘回答说。“我是被一条链子同过去的生活锁在一起了。现在我讨厌它，痛恨它，但是不能抛弃它。想必我已经积重难返，不过我也说不上来。要是在一段时间以前你对我说这些话，我一定会哈哈大笑。但是，”她说着慌忙地四顾张望，“我又怕起来了。我得回家去。”

“回家？”年轻的小姐跟着重复一遍，并且在“家”字上特别加重语气。

“是的，回家，小姐，”姑娘重申道，“回到我用毕生的精力为自己经营起来的家里去。让我们分手吧。我可能被监视或发觉。走吧！走吧！如果我为你们出了点力，我没有别的要求，只求你们不要管我，让我走自己的路。”

“劝也无用，”老绅士喟叹一声说道。“我们待在这里说不定于她的安全不利。可能我们已经把她留住太久，超过了她原来的打算。”

“是的，是的，”姑娘连声应道。“的确是这样。”

“这个可怜的人会得到怎样的结局呢？”年轻的小姐感慨地说。

“怎样的结局？”姑娘跟着重复一遍。“看前面，小姐。看那黑黑的河水。你从书上一定看到过，不知有多少像我这样的人跳进潮水后谁也不管，谁也不哭！这也许会发生在几年以后，也许就在几个月内，反正最后我只能得到这样的结局。”

“请不要这样说，”年轻的小姐已泣不成声。

“亲爱的小姐，我的结局永远不会传到你的耳朵里；求上帝保佑，不要让你听到这种可怕的事情！”姑娘说。“晚安，晚安！”

老绅士把脸转向一边。

“这个钱包，”年轻的小姐激动地说，“请看在我分上把它收下；一旦遇到什么需要和患难，多少对你有点用处。”

“不！”姑娘答道。“我做这件事不是为了钱。让我永远问心无愧吧。不过，你可以把你随身所带的东西给我一件。我想保存一件曾经属于你的东西做个纪念，可爱的小姐。不，不要戒指；只要你的手套或者手绢。行了。祝你幸福！愿上帝赐福与你！晚安，晚安！”

也许因为姑娘激动得厉害，也许因为担心她如果被发觉会遭到毒打，老绅士决定按照她的要求和她分手。石阶上响起一阵渐渐去远的脚步声，谈话声停止了。

桥上旋即出现两个人的轮廓，这是年轻的小姐和她的同伴。他们在石阶顶上站住。

“听！”年轻的小姐紧张地谛听着。“是不是她在呼唤？我好像听到她的声音。”

“不，亲爱的，”布朗劳先生答道；他忧郁地回顾了一下。“她还在老地方站着；在我们走开之前，她是不会移动的。”

露梓·梅里还在犹豫，但老绅士挽起她的手臂，温和而有力地带着她走开。等他们去远以后，姑娘几乎整个身体趴倒在一磴梯级上，让心头的悲苦化作辛酸的眼泪迸流。

过了一会，她站起来，拖着疲软的脚步登上大街而去。惊呆了的偷听者一动不动地在壁柱旁还待了几分钟，经多次小心翼翼地四顾张望，断定又剩下他一个人了，这才慢慢地溜出他的隐蔽地点，同下来的时候一样利用石壁的阴影作掩护，悄悄地回到桥上。

到了石阶顶上，诺亚·克雷坡尔一再向外面窥视，肯定自己没有被人注意；然后撒开两条腿以最快的速度向老犹太家里飞奔。

第四十七章
致命的后果

离破晓大约还有两小时，这个时候在秋天可以名副其实地叫做死寂的深夜：街上阒无一人，仿佛连声音都入了梦乡，纵欲和暴饮也已踉跄回家睡觉去了。就在这个静悄悄的时刻，老犹太还醒着在他的老巢里坐等；他脸色发青，五官变形，眼睛血红，三分像人，七分像丑陋不堪的幽灵被恶鬼缠扰得窀穸不安而逃出阴湿的墓穴。

他弯腰曲背坐在冰冷的壁炉前，身上裹着破旧的床罩，面孔朝着放在他旁边桌上的一支残烛。他沉浸在深思中，啃着举到口边的右手又长又脏的指甲，在几乎无齿的牙床之间露出几颗像狗或老鼠嘴里的尖牙。

诺亚·克雷坡尔躺在地铺上熟睡。老犹太几次把视线移到他身上逗留一瞬间的工夫，随后又缩回来望着蜡烛；烧黑的烛芯长得快要断成两截，滚热的烛泪淌到桌面上凝结成块，这些迹象分明表示他心不在焉。

确实如此。他因自己的如意算盘落空而懊丧；他恨那个姑娘竟敢同外人勾勾搭搭；他完全不相信南茜拒绝告发他的话出于真心；他对失去向赛克斯进行报复的机会而大失所望；他担心东窗事发、贼巢覆灭、性命难保，加上被这一切煽起的一团狂暴的怒火——所有这些愤激的考虑一环紧扣着一环，像旋风一般飞快而又接连不断地在费根头脑里穿过，同时种种阴谋诡计又在他心中滋生。

他这样坐着，姿势纹丝儿未作变动，也没有一点点迹象表明他注意到时间的流逝，直至他灵敏的听觉似乎被街上的一阵脚步声所吸引。

“到底来了！”老犹太喃喃地说着抹了抹枯焦的嘴唇。“到底来了！”

他刚说完，铃声轻轻地响了起来。他蹑步登梯出去开门，旋即带领一个面孔直蒙到颏下、胳肢窝里夹着一包东西的汉子回来。蒙面汉子坐下脱去外衣，现出赛克斯壮实的身躯。

“拿去！”他说着把包裹放到桌上。“小心保管，尽量多卖几个钱。这些东西到手着实费事。我本来指望三个钟头以前就能到这里的。”

费根收起包裹，把它锁在食橱里，然后重新坐下，一言不发，但目光始终不离开那个强徒。现在他们又面对面坐下，他索性定睛注视着赛克斯，嘴唇哆嗦得厉害，主宰着老犹太的感情竟气得他面目全非，致使破门盗窃犯不由自主地把椅子挪后一点，重新打量着费根，眼神流露出并非做作的惊慌。

“喂，怎么啦？”赛克斯大声问。“你这样盯着人家瞧想干什么？”

老犹太举起右手，摇摇发颤的食指；但他实在太激动了，一时竟说不出话来。

“见鬼！”赛克斯说，一边带着紧张的表情在怀中摸索。“他准是疯了。我得留神才是。”

“不，不，”费根好不容易迸出声来。“不是你，不是你把我气成这样的，比尔。我不想找你的岔子。”

“是吗？”赛克斯严厉地瞪着他说，同时故意当他的面把一支手枪换到更凑手的口袋里。“这是我们俩中间一人的造化。至于究竟是你的造化还是我的造化，且不去管它。”

“我有话要告诉你，比尔，”老犹太说时把椅子向他挪近些，“你听了一定比我更不好受。”

“哦？”那强徒似乎不太相信。“那就说吧！不要拖拖拉拉，要不然，南茜还以为我完蛋了呢。”

“完蛋？！”费根忿忿然说。“她心中早已经为你做好了这样的安排。”

赛克斯极其困惑地望着老犹太的脸，但从这张脸上找不到满意的答案，便伸出一只大手揪住费根的衣领，把他狠狠地抖了几下。

“快说！你说不说？”赛克斯喝道。“等到你喘不过气来的时候可就晚了。张开嘴，把你要说的话明明白白说出来。快说，你这条天打雷劈的老狗，快说！”

“假定躺在那里的小伙子——”费根开始说。

赛克斯向诺亚睡的地方转过头去，看来刚才并没有注意到他。“怎么样？”他恢复原来的姿势问。

“假定那个小伙子打算告发我们，把我们统统出卖，”老犹太继续说，“他先找到适当的对象，跟他们在街上接头，把我们的相貌特征一一说明，让他们能够认出我们，还告诉他们在什么地方最容易逮住我们。另外他还要揭发我们大家在不同程度上插过手的一桩事情。假定这一切都是他自己出的主意，既没有给抓去拷问，也没有落进圈套或听了牧师的鬼话，或者被面包和水逼到这一步，而是他自己甘愿如此；晚上溜出去找那些跟我们最过不去的对头，向他们告密。我的话你听见没有？”老犹太眼睛里射出怒火大声问道。“假定他干了这些事情，你打算怎么办？”

“打算怎么办？”赛克斯接着发出一声恶毒的诅咒。“如果他到我来的时候还活着，我要用靴底的铁后跟把他的脑壳碾得粉碎，管叫碎片的块数和他头发的根数一样多。”

“假定我干了这样的事呢？”老犹太几乎号叫起来。“我肚子里知道的事情那么多，除了自己以外，我能把那么多的人送上绞架；假定我干了这样的事，你打算怎么办？”

“我不知道，”赛克斯答道；单是这个设想就已经使他咬牙切齿，脸色铁青。“我也许会在监牢里故意干一桩什么事情让他们给我戴上镣铐；如果我跟你同时过堂，我要在开庭时扑到你身上，当众用镣铐把你砸得脑浆迸裂。我有足够的力气，”那强徒咕哝着举起一支肌肉发达的胳臂来扬了扬，“能把你的脑袋砸得像被一辆满载的大车碾过一样。”

“你真的干得出来？”

“我为什么干不出来？”破门盗窃犯说。“不信你可以试试。”

“假定是恰利干的，或者逮不着，或者蓓特，或者——”

“我不管是谁，”赛克斯不耐烦地说。“无论什么人，我一概同样对待。”

费根又盯着那强徒看了一会，接着示意他不要开口，自己俯下身去把睡在地铺上的人摇醒。赛克斯坐在椅子里，身体前倾，手搁在膝盖上，心里直纳罕：所有这些拐弯抹角、旁敲侧击的问话究竟要引向什么目标？

“鲍尔特，鲍尔特！可怜的小伙子！”费根抬头现出一种魔鬼等着看好戏的表情，话说得很慢，加强语气的地方非常明显，“这小伙子实在累坏了，是因为盯了*她*很长时间累坏的；他在盯*她*的梢啊，比尔。”

“你说什么？”赛克斯问道，身体朝后一仰。

老犹太不答，只是再次蹲下去搀扶睡着的人，让他坐起来。诺亚在他的化名被重复叫了好几次以后，才揉揉眼睛，使劲打一个呵欠，睡眼惺忪地向周围看看。

“把那件事再对我讲一遍，再讲一遍，让他也听一听，”老犹太指着赛克斯说。

“对你讲什么？”被搅乱了好梦的诺亚老大不高兴地晃晃脑袋问。

“讲一讲……*南茜的事*，”老犹太说，一边扼住赛克斯的手腕子，像是为了防止他没听完就从这所房子里冲出去。“你不是盯了她的梢吗？”

“是的。”

“一直盯到伦敦桥？”

“是的。”

“在那里她跟两个人见了面？”

“对。”

“她会见的两个人一个是老绅士，一个是她以前自己去找过一次的小姐。他们要她说出所有的同党，首先是蒙克斯，她照办了；他们要她把蒙克斯的模样说清楚，她照办了；他们要她说出我们在那里接头和常去的那家客店，她照办了；他们要她说出从什么地方对客店进行监视最方便，她照办了；他们要她说出什么人什么时候到那里去，她照办了。她一一照办了。她把什么都告诉他们，毫无保留，也没有人逼她，完全是心甘情愿地这样做的；是不是这样？”老犹太大声问；他几乎气疯了。

“你说的完全正确，”诺亚搔搔头皮答道。“的的确确是这样！”

“关于上一个星期日他们是怎么说的？”老犹太问。

“关于上一个星期日！”诺亚想了一想应道。“我不是告诉过你了吗？”

“再讲一遍，你再讲一遍！”费根说时唾沫四溅，一只手把赛克斯扼得更紧，另一只手不断向上挥舞。

“他们问她，”诺亚说；随着睡意的消失，他似乎逐渐猜到了赛克斯是什么人，“他们问她，上星期日为什么失信不去。她说她去不成。”

“为什么去不成？”老犹太得意洋洋地插了一句。“把原因告诉他。”

“因为她被比尔关在家里；她以前跟他们提起过那个人，”诺亚答道。

“关于他还谈了些什么？”老犹太急切地问。“关于她以前跟他们提起过的那个人，还谈了些什么？你告诉他，告诉他。”

“她说，她要出门不大容易，除非比尔知道她上哪儿去，”诺亚说，“所以，她第一次去找那位小姐的时候(哈哈！我听她说到这件事忍不住要笑出来)，她给比尔喝了鸦片酊。”

“让地狱的火烧死她？”赛克斯吼叫一声，拚命想挣脱老犹太的手。“放我走！”

他甩开老犹太，冲出地下室，怒不可遏地奔上楼梯。

“比尔！比尔！”老犹太急忙跟上去喊道。“听我说一句话。只有一句话。”

这一句话本来是来不及说的，但破门盗窃犯一时不能把门打开；正当他诅咒和使劲都没有结果的时候，老犹太气喘吁吁地追了上来。

“放我出去，”赛克斯说。“不要跟我说话！这是危险的。放我出去，听见没有？”

“听我说一句话，”老犹太用手按在门锁上说。“你不会——”

“怎么？”赛克斯问。

“你不会——太——莽撞吧，比尔？”老犹太像只狗似地呜呜叫着。

天色行将破晓，这时的光线恰恰够他们看得出对方的面孔。他们相互投了短暂的一瞥：双方眼睛里都燃烧着怒火，这是不容置疑的。

“我要说的是，”费根的口气表明：他认为现在任何伪装都已失去作用，“为了安全起见，你不能太莽撞。你要用计谋，比尔，不能太冒失。”

赛克斯并不回答，只是把已被老犹太拧动了锁簧的门拉开，向静悄悄的街上冲出去。

这个强徒一步也没有停留，一秒钟也不加考虑；他既不左顾右盼，也不仰望俯视，而是横下一条心看着正前方；牙齿咬得那样紧，受压的下颌简直要把皮肤戳穿；他不顾一切地往前直闯，没有发出一声嘀咕，没有放松一条筋肉，直到自己家门口。他用钥匙悄悄地开了门，轻轻走上楼去；进了他自己的房间，转两次钥匙把门反锁起来，再用一张很重的桌子堵住，然后掀开帐幔。

姑娘半和衣躺在床上。赛克斯把她从睡梦中唤醒，她吃惊地睁眼一看，慌忙抬起身子。

“起来！”汉子说。

“是你啊，比尔！”姑娘见他回来，显得很高兴。

"是我，"赛克斯应了一声。"起来。"

一支蜡烛还点着，汉子把它从烛台里拔出来扔到炉箅子底下。看到窗外晨光熹微，姑娘想去把窗帘拉开。

"随它去，"赛克斯用一只手把她挡住。"这点光线对于我要干的事情已经够了。"

"比尔，"姑娘惊恐地低声问，"你干吗这样看着我？"

那强徒坐下来对她注视好几秒钟，他的鼻孔张大，胸部起伏加剧；接着，他抓住姑娘的头和脖子，把她拖到房间中央，向门那边瞥了一眼，用一只沉重的大手捂住她的口。

"比尔，比尔！"姑娘喘不过气来，一边拚命挣扎，那是死亡的恐怖给了她力气。"我——我决不叫喊——一声也不叫——听我说——你对我说——告诉我，我做了什么事情？"

"你心里明白，你这个鬼婆娘！"那强徒答道；他竭力不让自己大声喘气。"夜里有人盯了你的梢；你说的每一句话都有人听见了。"

"那末，看在老天分上，饶了我的命吧，就像我饶了你的命一样，"姑娘说着把他紧紧搂住。"比尔，亲爱的比尔，你不至于忍心把我杀死。哦，你就看在我为你放弃的一切份上饶了我——你不知道，单是这一夜我已为你作了多大的牺牲！应该让你有时间考虑一下，免得你犯下大罪。我决不松手，你休想把我甩开。比尔，比尔，看在仁慈的上帝分上，为你自己着想，为我着想，在你的双手沾上我的鲜血之前，你要三思啊！我凭着自己堕落的灵魂起誓，我没有对不起你！"

汉子狂暴地扭动身躯，想抽出自己的手，但是被姑娘的手臂牢牢地搂住不放；他无论怎样使劲，也没法把她甩开。

"比尔，"姑娘说着竭力把头偎在他的胸前，"夜里，那位老绅士和那位好心的小姐对我说，我可以到外国去清静安宁地度过一生。让我再去找他们，跪在地上求他们对你也发同样的慈悲和善心，让我们俩离开这个鬼地方，互相离得远远地各自重新做人，除了祷告时以外永远不再提起我们过去的生活，永远不再见面。悔过自新永远不会太迟。这是他们告诉我的——现在我也体会到了——但是我们需要时间——只要很少的一点点时间！”

破门盗窃犯终于腾出一只手来握住了他的手枪。尽管在这狂怒的火头上，他脑中还是闪过一个念头：他要是开枪的话，事情肯定马上暴露。于是他使出所有的力气，对准姑娘仰着的脸（几乎触到了他自己的脸），用枪柄猛击两下。

她身子一晃倒了下去，从额上一道很深的创口涌出来的鲜血几乎淹瞎了她的眼睛；但她勉强撑起来跪在地上，从怀里掏出一条白手绢——露梓·梅里的手绢——握在十指交叉的手中往上举，尽她微弱的力气所容许的程度高高地朝天举起，向创造了她的上帝低声祷告，祈求宽恕。

这是一幅惨不忍睹的景象。凶手踉踉跄跄退到墙边，用一只手遮断自己的视线，另一只手抓起一根沉重的木棍把她击倒。

第四十八章

赛克斯出逃

偌大一个伦敦城内，自从夜幕降落以来，在黑暗的掩盖下所做的一切坏事中间，这是最坏的。在清晨的空气里散发腥臭的一切惨象中间，这是最臭和最惨的。

太阳，那个不仅给人带来光明，还带来新生、希望和活力的灿烂的太阳，辉煌夺目地照耀在这座人烟稠密的都会上空。它的光芒一视同仁地穿透富丽的彩色玻璃和纸糊的窗格，穿透教堂的圆顶和朽坏的罅隙。它照亮了横陈着一具被杀的女尸的房间。确实照亮了。赛克斯企图把阳光关在窗外，但它还是倾泻进来。如果说，在侵晨的薄明中这已经是一幅惨不忍睹的景象；那末，在耀眼的日光下就更不堪设想了！

他还保持原来的姿势，不敢动弹。被害者曾发出一声呻吟，手牵动了一下；于是他怀着恐怖和狂怒交织的心情再给她一击，又是一击。他曾用一条毯子把尸体盖起来；但是他不敢想象那双眼睛正向着他，宁可看到它们向上瞪着，似乎在看阳光下颤颤晃动的血泊在天花板上的倒影。他又把毯子掀去。那里躺着一具尸体，无非是肉和血；然而那是什么样的肉、何其多的血啊！

他擦亮一根火柴，生起炉子，把木棍塞进炉火。粘在棍子一端的头发烧着了，化成弯曲的轻灰，被气流吸动，盘旋着升入烟囱。甚至这一点也使他害怕，尽管他一向胆大包天；但他还是拿着这件凶器，直到它断掉，才把它扔在煤上，任其在文火上渐渐烧成灰烬。他洗了洗手，把衣裳擦擦干净；有些血迹擦不干净，他就把那几块剪下来烧掉。房间里的血迹就多得不可胜数了，连狗爪子上也都是血。

在整个这段时间内，他一次也没有背向尸体，一秒钟也没有。作好上面那些准备以后，他倒退到门旁，同时牵着那条狗，免得它的爪子重新沾上血迹把罪证带上街去。他轻轻地关门上锁，把钥匙拔出来，离开了那所房子。

他走到街对面，抬头望望那扇窗户，以便确定从外面是否看得出什么迹象。窗帘仍然垂着，她本想把窗帘拉开，让屋里亮一些，可是那亮光她再也看不见了。尸体几乎就躺在窗帘底下。这一点他是清楚的。天哪，阳光怎么偏往那个地方倾泻啊！

这一瞥只是一刹那的工夫。摆脱那间屋子算是松了口气。他向狗打一声唿哨，随即赶紧走开。

他穿过伊兹灵顿，登上高门庄竖着惠廷顿纪念碑[①]的土丘，再到高

---

① 惠廷顿（1358—1423），本是一个布商的学徒，后来三度出任伦敦市长。传说他未发迹时曾想逃出伦敦，中途听到教堂钟声似乎在召唤他回去并预言他要当伦敦市长，于是折回。后人在他听到钟声的地方竖了一块石碑作为纪念。

门山，一路漫无目的地走着，何去何从心中无数。几乎刚开始下高门山，他又向右一拐，沿小径横贯田野，绕过凯茵森林，来到汉普斯铁德沙原。他在康健谷附近跨越凹地到达对面的土坡，穿过连接汉普斯铁德和高门两庄的大路，沿着余下的一段沙原走到北郊的田野。他在一片田野的树篱下躺下来睡了一觉。

不久他又起身赶路——不是深入乡村，而是由大路返回伦敦；随后又往回走；随后又从另一边通过刚才已经穿越的地带；随后在田野里徘徊，躺在沟边休息；又霍地站起来换一个地方躺下；又继续瞎闯乱跑。

最好就近找一个人不太多的地方去弄一点吃的和喝的；上哪儿去呢？亨登。那是个好地方，离此地不远，又不在通衢大道上。他决定到那里去，时而跑得很快，时而又反常地像蜗牛一般缓缓而行，甚至干脆停下来，无所事事地用手杖抽打篱笆的树枝。但是到了亨登以后，他碰到的人——包括家家门口的小孩在内——似乎个个都觉得他形迹可疑。他只得又折回来，没有勇气去买一口吃的或喝的，尽管他已经很久没有东西下肚。他再次踯躅在沙原上，不知往何处去好。

他接连游荡了好多里路，依旧回到原地。上午和中午早已过去，白天正在接近尾声，可是他还在晃来荡去，上坡下冈，转了一圈又一圈，始终在老地方徘徊。最后他离开那里，朝着黑特菲尔德的方向走去。

直到晚上九点钟，这个疲乏不堪的汉子才带着不习惯于如此长途跋涉而累得一跷一拐的狗，打这座安静的小镇教堂旁边走下山冈，拖着沉重的步子沿一条小巷潜入一家小酒店；原来是店中昏暗的灯光给他指点了走到那里去的路。店堂里生着炉子，有几个庄稼人在炉前喝酒。他们腾出地方让这位生客坐；但是赛克斯却坐到最远的角落里独自吃喝；说得确切一点应该是同他的狗一起吃，因为他不时丢一小块食物给它。

在座的顾客谈的是附近的田地和农民。这些话题枯竭以后，他们开始议论上星期日殡葬的一个老汉的年龄：年轻人认为他很老了；老年人认为他还很年轻。一位白发老公公说，死者还不到他的岁数；如果好好保养的话，至少可以再活十年至十五年——如果好好保养的话。

这类谈话没有能引起兴趣或令人担惊的内容。那强徒付了账，不声不响坐在角落里无人注意，差不多快睡着了。忽然，新来一个人的喧哗声把他从瞌睡中惊醒。

来的是个善于逗人发笑的小贩兼江湖骗子。他在各处乡村步行叫卖磨石、磨刀带、剃刀、胰子、马具滑润膏、治狗病和马病的药、廉价香水、化妆品等等，这些商品他都放在一只箱子里扛在背上。他一来就同乡下人熟不拘礼地有说有笑，互相打趣；等到他吃好晚饭，打开他的百宝箱，那时他就把做生意和开玩笑巧妙地结合起来。

“这是什么滑头货？好吃吗，哈利？”一个乡下人扮着鬼脸指指箱子角落里几块形状像糕的合成品问道。

“你问这个？”小贩取出一块来说。“这是一种万试万灵、十全十美的合成肥皂，功能去除丝绸、缎子、亚麻布、麻纱、棉布、绉纱、呢绒、毛毯、混纺织物、平纹细布、毛葛或毛线衣上的各种油迹、锈斑、污垢、霉点。不论啤酒、葡萄酒或水果的污迹，不论水渍、油漆、沥青等一切斑点，只消用这种万试万灵、十全十美的合成肥皂一擦，立刻去除干净。如果一位女士的名节有了污点，她只要吞下一块这样的肥皂，顿时可以一了百了——因为这玩意儿有毒。如果一位绅士要证明自己是清白的，他只要吞下小小的一方块，他的名声便不成问题——因为这玩意儿的效验不比手枪子弹差，而且味道要坏得多，吃下去自然更加光荣。一便士一块！有这么许多好处，只卖一便士一块。”

当即有两个人买了这东西，大多数听众显然也开始动摇。小贩见状，益发努力鼓动他的如簧之舌。

“货色才生产出来，立刻被抢购一空，”他说。“目下十四座水力磨、六台蒸汽机、一个电池组全部开足马力生产这种货色，可还是供不应求。工人们拚命干，累死了立刻给寡妇发抚恤金——每个孩子一年二十镑，双胞胎五十镑。要买的赶快，一便士一块！半便士的铜子儿两个也一样，四分之一便士的四个更欢迎。一便士一块！不论啤酒、葡萄酒或水果的污迹，不论水渍、油漆、沥青、泥浆、血迹！这一位先生的帽子上有一块污迹，我担保他还来不及叫一品脱啤酒请我喝，我已经把它擦掉了。”

“啊！”赛克斯叫着霍地跳起身来。“把帽子还给我！”

“我担保，先生，”小贩一边说，一边向在座的人眏眏眼睛，“你还来不及从那边走过来拿帽子，我已经把它擦掉了。诸位，请看这位先生帽子上一块深色的污迹，不过一个先令那么大，可是比两先令半的银币还厚。不论它是啤酒、葡萄酒或水果的污迹，不论它是水渍、油漆、沥青、泥浆还是血迹——”

小贩没能再往下说，因为赛克斯竟破口大骂，掀翻桌子，从他手中夺过帽子就冲出酒店。

反常的精神状态和内心的举棋不定，不以他的意志为转移，跟他纠缠了一整天，现在这个杀人犯仍在这样的情绪控制下。他发现后面没有人追来，大概他们多半把他当作一个心境不好的醉汉；于是转身仍从小镇上往回走。街上停着一辆马车，他避着强烈的车灯光打旁边走过去；这时他认出那是从伦敦来的邮车停在一所小小的邮局门前。他差不多猜得到接下来会发生什么事情，但还是走到街对面侧耳倾听。

随车的管理员站在门口等候邮袋。此时有一个衣着像猎场看守似的男人走过来，管理员就把已经放在便道上的一只篮子递给他。

“这是给你们家里的，”管理员说。“喂，你们里面的人快一点，好吗？这该死的邮袋，前天晚上也没有准备好。要知道，老是这样可不行哪！”

“城里有什么新闻没有，本？”猎场看守问；他退到窗板那里，这样便于欣赏那几匹马。

“没有什么新闻，”管理员回答，一边戴上手套。“粮价稍涨了一

些。另外，我听人家说，斯比泰尔菲尔兹一带出了一件凶杀案，不过我不大相信。”

“喔，那是千真万确的，”车上一位绅士探身到窗外说。“那是一件很可怕的凶杀案。”

“是吗，先生？”管理员举手到帽檐上敬了个礼问。“请问被杀的是男是女，先生？”

“是个女的，”绅士答道。“据推测——”

“喂，本！”赶车人不耐烦地喊道。

“这该死的邮袋！”随车的管理员说。“里边的人，你们是睡着了还是怎么的？”

“来了！”邮局职员应声跑出来。

“‘来了’，”管理员嘀咕道。“你就像那个有钱的年轻女人一样，说是准备爱上我，可我不知道这话究竟什么时候兑现。递给我，让我抓稳了。行啦！”

号角吹起一支愉快的调子，邮车出发了。

赛克斯仍站在街上，显然不为适才听到的消息所动；现在他只是拿不定主意到什么地方去，除此以外，并没有更强烈的感情刺激着他。最后他又往回走，选择由黑特菲尔德去圣奥尔班斯的那条路。

他固执地朝前走着。但他一出小镇，来到空荡荡、黑魆魆的大路上，就有一种恐怖的感觉悄悄地潜入心头，震撼着他的灵魂。他前面的任何景物，无论是形还是影，无论是静的还是动的，都像这一件或那一件可怕的东西；但这种恐惧怎么也比不上在他头脑里作祟的幻觉——仿佛今晨那幅惨象中的身影步步紧跟在他后面。他能够在黑暗中分辨它的阴影，提供最精确的细节勾勒它的轮廓。他仿佛看得见它身体直僵僵、面孔铁铮铮地行走的模样，听得出它的衣服擦着树叶的窸窣声，几乎每一阵风都送来那最后一声低沉的惨叫。他如果停下，它也停下。他跑步，它也跟上；但它并不跑（跑的话倒还好些），而是像一具装着生命机械的尸体，由一股既不增强、也不停息的阴风在后面不紧不慢地推动。

他几次把心一横转过身来，要把这个幻影赶开，哪怕自己会被它瞪一眼置于死地也在所不惜；但他的头发每次都竖得笔直，血液竟会冷凝，因为幻影也跟着他转过去，重新跟在他的背后。上午它好像始终在他的前面，而现在却一直在他背后，寸步不离。如果他把背脊靠在坡岸上，它就悬在空中，寒冷的夜幕清楚地映出它的轮廓。如果他仰天躺在大路上，它就站在他头上，默默无言、身子挺直、一动不动，活像一座用血写着铭文的墓碑。

奉劝任何人都不要说什么杀人者可以逍遥法外，不要提什么老天没有眼睛。在这样的恐怖折磨下度过漫长的一分钟，大概横死几百次的痛苦也不过如此。

他经过的田野里有一座棚子可以宿夜。有三棵高大的白杨遮在门前，因而棚子里一片漆黑；风在树梢间呻吟、哀鸣。在天明以前，他不能再走；于是他紧靠墙边躺下，然而等着他的却是新的酷刑。

因为现在又有一个幻影出现在他面前，而且同他刚刚逃离的那个一样顽固，但比它更加可怕。那双睁得大大的眼睛黯淡而又呆滞，他宁可硬着头皮看见它们而不愿加以想象；它们出现在黑暗的最浓处，本身发光，却不照亮任何物体。眼睛只有两只，可是无处不在。如果他闭上自己的双目，想象中立刻会出现那间屋子，里边每一件东西都是熟悉的，其中有几件如果叫他凭记忆历数的话，甚至可能被遗漏，现在却一一俱在各自的老地方。尸体也在原来的地方，它的眼睛同他悄悄溜走时所看到的完全一样。他跳起来，逃到外面田野里去。那身影又跟在他后头。他重新走进棚子，躲到角落里。可是他还没有躺下，那双眼睛又出现了。

他就留在那里，怀着其他任何人不能体会的恐惧，身体的每一个部分都在发抖，冷汗从每一个毛孔里沁出来。忽然，夜晚的风传来远处的呼号和杂乱的人声，其中交织着慌乱和惊愕。在这个荒凉冷落的地方听到的任何人声，纵使是真正预兆不祥的，对他也是一种安慰。危险临头的前景促使他抖擞精神跳起身来冲出棚子。

广阔的天穹好像在燃烧。烈焰迸出阵雨似的火花，一片高过一片升入空中，把周围数英里的地方照得通明。滚滚浓烟朝着他所站的方向飘来。随着有人加入这一片呼号，喧嚷声愈来愈响；他听见“失火了！”的喊声与警钟长鸣、重物倒塌、火柱爆裂的声音混成一片；火舌遇到了新的障碍物，先把它团团围住，然后像补充了营养一般猛蹿起来。在他观火的时间内，闹哄哄的声音有增无已。那里男男女女人声鼎沸，火光熊熊，在他看来简直是一种新的生活。他不顾一切地径向那里奔去，闯过荆棘和树丛，跳越栅栏和树篱，同汪汪地高声叫着在他前面飞跑的狗一样像是发了狂。

他奔到火场。衣履不整的人们来回乱跑，有的竭力想把受惊的马匹从厩里牵出来，有的在把牛赶出院子和棚屋，有的冒着火雨和烧红的桁条当头坠落的危险从燃烧的建筑物里抢搬东西。一小时以前有门有窗的洞口现出一片汹涌的火海；墙壁摇晃着向燃烧的楼梯井孔崩塌下去；铅和铁熔成白热的液体流到地上。妇孺尖声哭喊，男人大叫大嚷互相鼓励。救火泵哐啷啷的响声、水喷射在燃烧的木头上发出的刺刺声和震耳欲聋的喧嚷声汇成一片。他也跟着嚷嚷，直到声嘶力竭；为了逃避记忆，逃避自己，他一个劲儿地往人丛里钻。

这一夜，他东冲西闯，一会儿在救火泵边抽水，一会儿往浓烟和烈焰中赶奔，总之不断出现在声音最大、人群最密的地方。他踏着梯子上上下下；爬屋顶，踩楼面；不顾楼板承受不了他的体重而摇摇欲坠，不顾砖头和石块从头顶上倒塌下来；凡是这场大火所到之处，都有他的踪迹。但他的性命似有神怪护佑，身上连一道轻微的伤痕或青肿都没有；他不觉得疲乏，脑袋里空空如也；如此直到东方发白，火场上唯余缕缕黑烟、一片焦土。

这一阵狂热的亢奋过后，他又比原先强烈十倍地意识到自己犯下的可怕的罪行。他疑神疑鬼地东张西望，见人们三五成群在互相交谈，唯恐自己成为他们的话题，于是用手指一招，狗立刻会意服从；于是他俩偷偷地一起溜走。在经过一台救火泵时，有几个男人坐在那里吃点心，他们招呼他共享所有。他吃了一点面包和肉，在喝啤酒的时候，听那些从伦敦来的救火员在谈论新近发生的凶杀案。“据说凶手是往伯明翰逃跑的，”其中一人说，“不过他逃不了，因为侦探已纷纷出动，到明天晚上通缉令将传遍全国。”

他匆匆离去，一直走到两腿发软，几乎摔倒在地上。他在一条小路上躺下来睡了一觉，时间睡得很长，但断断续续很不安稳。他起来继续游荡，但又逡巡不前，疑虑重重，担心又得挨过孤寂的一夜。

突然，他作出孤注一掷的决定：回伦敦去。

“在那里至少可以跟人谈谈，”他心想，“也有可靠的地方藏身。我在乡下留下这些踪迹以后，他们做梦也想不到我会溜回伦敦。我何不在那里避个把星期的风头，然后逼费根拿钱出来让我到法国去？管他妈的，我决定冒险试一试。”

在这个念头驱使下，他毫不迟疑地行动起来，选择最冷落的路径开始踏上归途。他决意在伦敦近郊暂时躲一躲，趁天黑绕道进城，然后径向被他选作目的地的那个地区前进。

狗怎么办？如果当局把他的特征分发各地，决不会忘记那条狗也不见了，估计得到是跟他一起走的。这可能导致他走在街上的时候被捕。他决定把狗溺毙，所以一路走，一路留意寻找池塘，并拣起一块沉重的石头缚在手帕上。

那畜生看着主人作这些准备，不知是本能觉察到势头不妙，还是那强徒斜眼看它的目光比往常更凶，反正它在后面保持着比平时稍远的距离；如果主人放慢脚步，它就畏缩发抖。当赛克斯在一个池子边上站住，回过头来叫它的时候，它干脆不走了。

“我在叫你，你听见没有？过来！”赛克斯喝道。

那畜生纯粹在习惯的推动下走过去；但当赛克斯俯身想把手帕系在它脖子上的时候，它呜呜地叫着往后一跳。

“回来！”强徒跺脚说。

狗摇摇尾巴，但并不移动。赛克斯打了个一勒就紧的套结，又叫它一声。

狗上前几步，又退回去，稍顿了一会，接着转身以最快的速度逃之夭夭。

那汉子一再打着唿哨，并坐下等它回来。但是狗没有回来。最后他继续登程。

第四十九章

蒙克斯与布朗劳先生终于见了面。他们的谈话以及打断了这次谈话的消息

暮色苍茫中，布朗劳先生乘坐出租马车到自己家门口下车，轻轻叩门。屋门开了以后，一个彪形大汉从车厢里出来，站在踏阶的一侧；坐在驭者座上的另一个汉子也下来站到另一边。布朗劳先生做了一个手势，他们把一个人扶出车厢，一左一右夹着他匆匆走进屋去。被夹在中间的是蒙克斯。

他们一句话也不说，就这样把他带到楼上，由布朗劳先生领路进入后间。上楼时就显然老大不愿意的蒙克斯到了房门口站住。两个汉子望着老绅士等候吩咐。

“由他自己选择，”布朗劳先生说。“如果他犹豫不决，或者不服从你们的命令随便动一动，你们就把他拖到街上去报告警察，用我的名义控告他犯有重大罪行。”

"你竟敢这样说我?"蒙克斯问。

"你竟敢迫使我这样说你，年轻人?"布朗劳先生反问道，同时针锋相对地逼视着对方。"难道你发了疯，要离开这座房子？放开他。请便，先生。你可以走，我们可以跟上。不过我警告你，我凭着我心目中最庄严、最神圣的一切起誓，只要你的脚一踏上街头，我立即控告你犯有欺诈和盗窃罪把你抓起来。我的意志是坚定不移的。如果你也决意效法的话，一切后果由你自己负责!"

"谁授权给这两个狗头把我从街上绑架到此地来的?"蒙克斯问，并且交替地向站在他身旁的那两个汉子看看。

"是我授的权，"布朗劳先生答道。"他们的行动由我负责。如果你抱怨被剥夺了自由，你在来这里的途中明明有权利和机会恢复自由；但你还是认为不声不响比较妥当。我再讲一遍：你完全可以请求法律保护你。我也可以请求法律制裁你；但到你走得太远、退不回来的时候，可别求我宽恕，因为那时权不在我手里，得由别人作主，你不要怨我把你推入你自己跳进去的深渊。"

蒙克斯显然非常困惑，而且很惊慌。他迟疑着。

"你必须当机立断，"布朗劳先生十分坚定沉着地说。"如果你一定要我公开提出控告，从而使你受到制裁的话；我再说一遍，你可以自便。尽管我不难预料等待着你的将是怎样的制裁，而且我一想就禁不住发抖，但我也无能为力。如果你不坚持要我公开投诉，并且希望得到我的宽容和深受你伤害的那些人的饶恕；那末，你就乖乖地去坐在椅子上。这个座位已等了你整整两天。"

蒙克斯含含糊糊不知说了些什么，但还在踌躇。

"你必须赶快拿定主意，"布朗劳先生说。"只要我说一句话，选择的机会将一去不返。"

那人还是举棋不定。

"我无意讨价还价，"布朗劳先生说，"再说，由于我维护的是别人的切身利益，我也没有权利这样做。”

“那末，”蒙克斯结结巴巴地问，“那末有没有什么折衷的办法？”

“没有。”

蒙克斯急切地望着老绅士，但是，除了严肃和坚决的神态，从老绅士脸上看不出任何其他的表情；于是他走进房间，耸耸肩膀坐下来。

“你们从外面把门锁上，”布朗劳先生对两名随从说，“我不打铃你们不要进来。”

两个汉子遵命照办，于是房间里只剩下老绅士和蒙克斯两个人。

“先生，”蒙克斯扔下帽子和斗篷说，“从我父亲最好的老朋友那里受到这样的接待，真想不到。”

“年轻人，正因为我是你父亲最好的老朋友，”布朗劳先生答道，“正因为我幸福的青年时代的希望和心愿同你的父亲联系在一起，同那个与他有同胞血缘关系的可爱的姑娘联系在一起，而那位可爱的姑娘年纪轻轻就回到上帝那里去了，撇下我一个人孤单单留在世上；正因为你父亲曾和我一同跪在他唯一的亲姐姐的灵床边，当时你父亲还是个少年，而那天上午本来你的姑妈要成为我的年轻的妻子，奈何老天不从人愿；正因为从那时以后我的心变成了一口枯井，但总是眷注着你的父亲直到他死，尽管他曾历尽种种磨难，犯过种种错误；正因为我的心中充满着昔日的回忆和友情，甚至看到了你就勾起我对他的思念；正因为这种种缘故，直到现在——是的，爱德华·黎福德，直到现在——我还不由自主地对你这样客气，并为你辱没了这个姓氏而感到羞愧。”

“这跟姓氏有什么相干？”被称作爱德华·黎福德的那个人问；在这以前他一直默默地注视老绅士激动的神态，并顽固地表示莫名其妙。“姓氏对我来说有什么意义？”

“毫无意义，”布朗劳先生答道，“对你来说毫无意义。但这也是她的姓氏。即使事隔这么多年，我已经是个老人，然而只要听到一个陌生人提起这个姓氏，我还会像当年一样面热心跳。你改姓换名倒使我非常高兴，非常非常高兴。”

“好极了，”蒙克斯（在此姑且保留他的化名）沉默半晌后说；在这段时间内，他绷着脸摆出满不在乎的姿态不断扭动身体，而布朗劳先生坐在那里，一只手遮在自己面前。“可是你究竟要我怎么样？”

“你有一个弟弟，”布朗劳先生打起精神来说，“我在街上走到你背后，在你耳边轻轻地说出他的名字，可以认为光凭这一着就足以使你怀着惊奇和紧张的心情跟我来到了此地。”

“我没有弟弟，”蒙克斯说。“你知道我是独子。你为什么对我谈论起什么弟弟来？这事情你跟我一样清楚。”

“注意听我把我知道而你也许不知道的事情告诉你，”布朗劳先生说。“稍停我就会引起你的兴趣来。我知道，当你那不幸的父亲还是个少年的时候，就被门第观念和极其卑劣、极其狭隘的虚荣心强迫结下一门倒霉的亲事；而你正是这门亲事唯一的、也是极不自然的结果。”

“你用了许多很难听的字眼，但我不在乎，”蒙克斯发出一阵嘲笑，把他的话打断。“只要你知道这件事实，对我就足够了。”

“可是我还知道，”老绅士继续说，“这一不相称的结合造成了长期的不幸、慢性的折磨、持续的痛苦。我知道，这可怜的一对每个人都像拖着沉重的锁链，勉强打发对双方都毫无乐趣可言的日子。我知道，冷冰冰的表面关系渐渐变成公开的嘲骂，淡漠变成反感，反感变成憎恶，憎恶变成仇恨，最后他们终于把那条哐啷啷的铁索扯断，各奔东西，每人都带着半截只有死亡能够劈开的可恨的锁链，准备换一个环境尽可能强作欢笑把它掩盖起来。你的母亲做到了；她不久便已忘怀。可是另外那半截若干年来一直在你父亲心中生锈、腐烂。”

“是的，他们分居了，”蒙克斯说，“那又怎样？”

“他们分居了一个时期，”布朗劳先生往下说，“你母亲在欧洲大陆纵情逸乐，把足足小她十岁的年轻丈夫抛在九霄云外。而你的父亲仍在国内彷徨，志向抱负都成了泡影，在这样的心情下结识了新朋友。至少关于这一节你已经知道。”

“我不知道，”蒙克斯这样说的时候把眼睛侧向一边，一只脚在地上打着拍子，摆出一副决心什么都不认账的架势。“我不知道。”

“你的姿态和你的所作所为一样使我确信，你非但从未忘记这件事，而且一直对此怀恨在心，”布朗劳先生不以为然地说。“我说的是十五年前的事，当时你才十一岁，你父亲也只有三十一岁；因为，我再重复一遍，他奉父命结婚时，还是个少年。你难道一定要我重提会使你泉下的父亲名声蒙上阴影的那些事情？也许我不必再提，你也愿意吐露真情？”

“我没有什么可吐露的，”蒙克斯继续抵赖。“你得自己说下去，如果你愿意的话。”

“好吧，”布朗劳先生道。“他结识的新朋友是一个退役的海军军官，妻子在半年前死了，留给他两个孩子：本来还有更多，但幸而只剩下两个。那两个都是女儿：一个美丽的姑娘当时十九岁，另一个还只是两三岁的婴孩。”

“这关我什么事？”蒙克斯问。

“他们住在乡下，”布朗劳先生并不理会他的插话，“你父亲在彷徨中也到了那个地方，他就在那里定居下来。他们很快就由结识而接近，由接近而产生友谊。像你父亲这样的天赋是很少有人及得上的。他具有和他姐姐一样的心灵和人品。随着那位老军官对他的了解逐步加深，也就愈来愈喜欢他。如果事情到此为止，倒也罢了。可是老军官的女儿也愈来愈爱上了他。”

老绅士稍顿了一下。蒙克斯咬住嘴唇，眼睛盯着地板。布朗劳先生见此情景，立即说下去：

“到一年将结束时，他同那姑娘订了婚约，订下了庄严的婚约；他赢得了这个纯洁无邪的少女第一次、也是唯一的一次真挚而热烈的爱情。”

“你讲的故事太长了，”蒙克斯在椅子上烦躁地扭动身体说。

“年轻人，这是一个充满悲哀、磨折和辛酸的真实故事，”布朗劳先生说，“而这类故事照例是很长的。如果只有纯粹的快乐和幸福，故事总是很短的。你家有一个豪富的亲戚——当初就是为着巩固他的既得利益和显要地位而牺牲了你父亲的幸福，这等事也寻常得很——这个人终于死了；为了弥补他一手造成的不幸，他给你父亲留下了在他看来能解除一切痛苦的灵丹妙药——金钱。你父亲必须立即前往罗马；因为那个人本想到罗马去养病的，不料竟死在那里，撂下一大堆乱七八糟的事情有待料理。你父亲去了，在那里染上了一种致命的病症；消息传到巴黎，你母亲带了你随后也到罗马。你父亲在你们到达的第二天就去世了，没有留下遗嘱——*没有遗嘱*，所以全部财产都归你母亲和你所有。”

故事讲到这里，蒙克斯始终屏息静气、全神贯注地谛听着，尽管他的眼睛并不向讲故事的人看。当布朗劳先生停下来歇一口气时，蒙克斯改变了一下姿势，抹了抹发烫的面孔和双手，那是一个人骤然间如释重负的神情。

“你父亲出国之前路过伦敦，”布朗劳先生慢慢地说，同时目不转睛地盯住对方的脸，“当时他来找过我。”

“我从来没听说过，”蒙克斯插了一句；他的语调本想表示此话不足信，然而听起来更像这对他是个不愉快的意外。

“他来找过我，还把一些东西留在我家里，其中包括一幅画像，这是他亲自为那个可怜的姑娘画的肖像。他不愿把它留在自己家里，又不能带着它匆匆远行。焦虑和内疚把他折磨得形销骨立。他颠三倒四、语无伦次地谈着他招致的祸灾和耻辱。他告诉我打算把全部财产变卖求现，损失再大也在所不惜；只等办好手续，把就近得到的遗产抽出一部分授予他的妻子和你，从此离开英国(我完全明白他决不会只身离开)，永不回来。我虽是他早年的老朋友，我们的交情深深植根于覆盖着那个对我俩都是最亲爱的人的一抔黄土；但甚至对我，他也没有进一步倾诉衷曲，只答应在信上把一切都告诉我，并表示以后还要来看我一次，作为此生的最后一次会面。唉！想不到那一次本身竟成了最后一次会面。以后我既没有接到他的信，也没有再见到他。”

“等到一切都结束以后，”布朗劳先生稍停后接下去说，“我到那个曾经发生了他那次有罪的爱情的地方去过——我使用了世人通用的字眼，因为世俗的苛责或宽容现在对他并无差别。当时我暗暗打定主意：万一我所担心的情况果真是事实，也要让那位一时迷途的姑娘找到一颗向她表同情的心和一个容她栖身的家。可是，那一家人在一个星期以前已搬走了；他们把所有人欠欠人的未了债务，哪怕是微不足道的账目，一一结清后在一天夜里离开了那个地方。为什么原因，去什么地方，都没有人说得上来。”

蒙克斯更畅快地舒了一口气，面带洋洋得意的笑容悠然环顾。

“后来你的弟弟，”布朗劳先生把椅子向对方挪近些说，“后来你的弟弟——一个衣衫褴褛、无人怜惜的瘦弱孩子——在比机缘更强的力量安排下被我遇见了，我把他从罪恶和不名誉的生活中救了出来……”

“什么？”蒙克斯惊问。

“我把他救了出来，”布朗劳先生说。“刚才我告诉过你：稍停我就会引起你的兴趣来。是的，我把他救了出来。我看得出，你那个狡猾的共谋犯向你隐瞒了我的姓名；他以为反正你听了也不知道是谁。他被我救出来以后，在我家里养病；他长得跟我前面所说那幅画像上的姑娘一模一样，当时使我非常吃惊。甚至当我第一次见到他的时候，尽管他是那么肮脏，那么可怜巴巴，他的面貌还是给我留下一个印象：仿佛在历历如真的梦境中瞥见了一个老朋友。我用不着告诉你，我还没有来得及了解他的身世，他就被拐走了……”

“为什么用不着？”蒙克斯急忙问。

“因为你一清二楚。”

“我？”

“在我面前抵赖是徒劳的，”布朗劳先生说。“你将看到，我所了解的还不止这些。”

“你拿不出任何于我不利的证据，”蒙克斯讷讷地说。“我敢说你绝对拿不出来！”

“我们走着瞧，”老绅士用犀利的目光看了他一眼回答说。“我失去了那个孩子，我的一切努力都无法把他找回来。你母亲已经去世；我知道，如果有人能解开这个谜，那就是你，只有你一个人。关于你的情况我所听到的最新消息是：你在西印度群岛你自己的庄园里。你心中明白，你母亲死后，你是为了逃避自己在此地的种种劣迹的后果而退隐到那里去的。于是我动身前往西印度群岛。到了以后，才知道你离开那里已有好几个月，估计是到了伦敦，但谁也不知道你到底在什么地方。于是我又回来。你的代理人也不知道你的住处。他们说，你的来踪去迹同往常一样神秘：有时连续出现好几天，有时几个月杳无音信；想必仍旧常去那些下流的所在，与那些鸡鸣狗盗之辈为伍，从你还是一个顽劣难教的孩子时起，你就跟这帮人鬼混在一起。我一次又一次去打听，已经使他们感到厌烦。于是我白天黑夜在街上徘徊，但我的全部努力没有得到任何结果，我连一刹那的工夫也没有看见你，直到两小时以前为止。”

“现在你看见我了，”蒙克斯大胆地站起来说，“看见了又怎样？难道你以为，只要凭空说一个小鬼同一个死人从前无聊时乱涂的几笔画有些相似，就能坐实欺诈和盗窃这样耸人听闻的罪名？硬说我有弟弟！你甚至不能肯定那一对多情种子究竟有没有生过孩子；你连这一点也不知道。”

“过去我确实不知道，”布朗劳先生说着也站起来，“但在最近这两个星期内，我全都知道了。你有一个弟弟；你知道这一点，你也认识他。当初有过一份遗嘱，是被你母亲销毁的，后来她自己临终时把这个秘密以及由此得来的一切都传给了你。遗嘱曾提到一个小孩，也就是那一段可悲的姻缘当时还没有结下的果实；后来这个小孩生了下来，并且偶然被你遇见了，当时你的疑心首先是由他相貌酷似他父亲这一点引起的。你到他的出生地点去了。那里保存着有关他的出生情况和父母身份的物证，只是长期被隐瞒着。你把那些物证销毁了，现在，用你自己对你的犹太人共谋犯所说的话来讲：'能确定那孩子身份的仅有的证据已经掉入河底，从他母亲那里得到这东西的穷老婆子也正在棺材里腐烂。'你这个不肖的逆子、卑怯的懦夫、撒谎的小人；你在黑夜里同盗贼和杀人犯策划于密室；你的阴谋诡计使一个强似你们一百万倍的姑娘惨遭横死；你从襁褓时起就是你父亲的心病；一切邪念、罪恶和淫欲在你身上溃烂，直到通过一种可恶的病症发泄出来，致使你的面孔成为你的灵魂的一个缩影；爱德华·黎福德，你还敢不敢跟我顶？"

"不，不，不！"这个懦夫连声答道；他终于被对方历数的罪状压倒。

"你同那个恶棍交谈的每一句话，我都知道！"老绅士申斥道。"墙上的影子听见了你们的窃窃私语，并向我的耳中传送。看到那孩子横遭迫害，甚至一个堕落的姑娘也幡然悔改；不平给了她勇气，激发了近乎美德的品性。如今她已被杀害；这起命案你即使没有直接参与，也逃脱不了道义上的罪责。"

"不，不，"蒙克斯急忙否认，"我一点也不知道。我正要去打听传闻的这件事真相究竟如何，你就把我抓了来。我不知道事情的起因。我只以为是寻常的争吵。"

"以上还只是揭露了你的一部分秘密，"布朗劳先生说。"你愿不愿意自己和盘托出？"

"愿意，我愿意。"

"你愿不愿意写一份说明事实真相的笔据，并在证人面前宣读？"

“这我也答应。”

“你老老实实待在这里，等这样一份笔据写好以后，跟我到我认为最适宜的一个地方去使它在法律上生效。”

“如果你坚持的话，我也可以照办，”蒙克斯答道。

“你必须做的还不止这些，”布朗劳先生说。“你必须把财产归还给那个无辜和无害的孩子；他确实是个好孩子，尽管本身是一段有罪的和极其不幸的爱情之结晶。你该没有忘记遗嘱的条文。凡是涉及你弟弟的部分，你必须一一执行，然后你可以走你的路。在这个世界上你无须乎再同他见面。”

蒙克斯在房间里踱来踱去，带着阴郁、奸险的表情考虑这个建议，同时盘算着有没有可能加以回避，正处在恐惧和仇恨的两面夹攻之中；这时门被急匆匆地打开，一位绅士（洛斯本先生）激动万分地走进房间。

“那个人逃不了啦！”他大声说。“今天晚上就能把他抓住！”

“你是说凶手？”布朗劳先生问。

“是的，是的，”大夫应道。“他的狗被发现在某一个老窝附近转来转去，八成它的主人此刻已在那里，或者等天黑以后到那里去。四面八方都有侦探出动。我同奉命捉拿凶手的那些人谈过，他们对我说，他绝对逃不了。政府今天晚上已经出了一百英镑的赏格。”

“我愿再加五十镑，”布朗劳先生说，“而且要当场亲口宣布，如果我能到那里去的话。梅里先生在什么地方？”

“你是指哈里？哈里看见你的这位朋友跟你一起顺利地乘上马车，他立刻赶往一个地方，在那里听到了这些消息，”大夫答道，“然后骑马到郊区某一个约定的地点去加入第一路兜捕大军。”

“那个犹太人呢？”布朗劳先生问。“他怎么样了？”

“根据我听到的最新消息，他还没有被捕，不过他逃不了，也许此刻已经抓了起来。他们有把握逮住他。”

“你的主意定了没有？”布朗劳先生低声问蒙克斯。

“定了，”他回答说。“你——你——可不可以为我保守秘密？”

“可以。你待在此地，等我回来。这是保全你自己的唯一希望。”

他们离开了房间，门重又被锁上。

“你的成绩如何？”大夫悄悄地问。

“我能指望达到的目的都已达到，甚至超出了预料。我把那个可怜的姑娘提供的情报和我过去了解的情况联系起来，加上我们的好朋友到实地打听的结果，一齐摊在他面前，不给他留下漏网的可乘之隙，并通过这些事实把他的卑劣行径赤裸裸地端了出来。请你写信通知大家，后天晚上七点钟碰头。我们得早去几个小时，不过我们需要休息；特别是那位年轻的小姐，她可能需要表现出很大的坚定性，你我现在还不能预见究竟要多大。但现在我的血液在沸腾，急于为被害的那个可怜的姑娘复仇。他们走的是哪条路？”

“你坐车直接上警察局，正好赶得及，”洛斯本先生答道。“我留在这里。”

两位绅士匆匆分了手，双方都兴奋得完全不能自持。

第五十章
追捕与逃亡

在罗瑟赖思教堂挨着泰晤士河的这一段，运煤船的灰和成堆的矮房子喷出的烟把两岸的建筑染得最脏，把河上的船只染得最黑。靠近这一段，直到如今还存留着伦敦许多隐蔽的地方中最邋遢、最奇怪和最特别的一处地方，有大量伦敦居民连它的名称也完全不知道。

到那个地方去，你必须穿过许许多多狭街陋巷；住在那里的是河滨最下等、最穷的人，他们的谋生手段也是可想而知的。店铺里堆着价格最廉、质量最次的食品，最蹩脚、最不值钱的衣着物件悬挂在商贩的门前，从栏杆和窗口飘出来。你在最低级的失业劳动者、装卸压舱货的搬运夫、卸煤工、不知羞耻的女人、衣衫褴褛的儿童以及河滨的渣滓垃圾之间挤来挤去，行进相当困难；向左右分叉开去的小胡同里种种令人不快的景象和气味纷纷向你袭来，笨重的大车把大堆大堆的货物从设在每个角落的堆栈里运往各处，轰隆隆的响声能把你耳朵震聋。你总算走到比较远和不那么拥挤的街上，但是一路走去，抬头只见：突出在便道上方的骑楼摇摇欲坠；断裂的墙壁仿佛在你经过时晃个不停；烟囱一半已经崩塌，一半尚在犹豫；窗外的铁栅年久生锈，几乎都烂坏了。总之，一切颓败破落的迹象应有尽有。

就在这里附近索思沃克镇的道克黑德后面，有一个雅各岛，该岛周围的浑水沟涨潮时有六至八英尺深，十五至二十英尺宽——它从前名叫磨坊池，但当时大家都管它叫荒唐沟。这是泰晤士河的一条支流或水湾，随时可以把水放满，只要打开李德磨坊那边的闸门，它的老名字即由此而来。开闸的时候，你站在磨坊巷口一条跨越水沟的木桥上，可以看到两岸的居民开了后门和后窗，把吊桶、提桶等形形色色的家用器具放下来打水。当你把视线从这幅汲水图移到房屋本身时，呈现在你眼前的景象会使你大吃一惊。五六所房子屋后合用一条摇摇晃晃的木板走廊，透过木板上的窟窿看得见下面的淤泥；从被打破的和补过的窗子里伸出的晾竿上几乎从来看不见衣服；房间又小又脏，通风极差，所以空气充满恶臭，即使用于藏垢纳污也未免太不卫生；用木料搭建的棚楼悬在浑水沟上方，随时有掉进沟里去的危险，事实上也确曾发生过这样的情况；墙壁污秽不堪，屋基腐朽下沉；怵目惊心的贫困，令人作呕的污垢、腐物和垃圾，装点着荒唐沟的浑水两岸。

雅各岛的堆栈已没有屋顶，里边空空如也；墙壁东倾西圮；窗户已不成其为窗户；门倒在街上；烟囱熏得漆黑，可是不冒烟。三四十年前，这里还没有受到不景气和大法官厅诉讼拉锯战的影响，市面相当繁荣，现在它已是一个十足的荒岛。房屋没有主人，有胆量的人便破门而入，据为己有；他们住在那里，死在那里。他们必定有重大的理由需要找个秘密的住处，或者真是穷得走投无路，否则不会到雅各岛来栖身。

那里有一座相当大的独幢房子，其余部分大都崩坏，但是门窗却还牢固；它的背面就按上述方式濒临水沟。在它楼上一间屋子里聚集着三个男人，他们绷着脸一声不吭地坐在那里已有一段时间，不时带着困惑和期望的表情面面相觑。其中一个是托比·克瑞基特，另一个是契特林先生，第三个也是一名盗贼，五十上下年纪，他的鼻子在从前某一次殴斗中几乎完全被揍扁，脸上一道可怕的疤痕之由来说不定也可以追溯到那场混战。这是一个从海外逃回来的流放犯，他的名字叫凯格斯。

"其实，我的老弟，"托比冲着契特林先生说，"既然那两个老窝都已待不下去，你应当另外找个地方躲一躲，不该到这里来。"

"你为什么不另外找个地方，蠢货？"凯格斯也说。

"我本以为你会以比较热情的态度对待我的，"契特林先生忧郁地回答。

"听着，年轻的君子，"托比说，"如果一个人像我这样独来独往，并且依靠这样的办法才有一个舒适的安身之处，附近也没有人打听窥探；那末，看到一位处境同你相似的年轻君子光临，实在是件很恼火的事情，虽然在适当的时间和场合这可能是一位非常可敬而愉快的玩牌对手。"

"何况这位独来独往的年轻人家中还住着一个朋友，他比预料的日期提前从国外归来，而且十分自谦，不愿去向法官报到，"凯格斯先生在一旁帮腔。

接着出现一阵短暂的冷场，随后托比·克瑞基特对于继续保持大大咧咧的架势看来已经绝望，便放弃了这套一贯作风，向契特林转过脸去问：

"那末，费根是什么时候被抓去的？"

“刚好是午饭时间——今天下午两点钟。我和恰利从洗衣间的烟囱里逃了出来，鲍尔特头朝下钻进一只空的大水桶，可是他的腿实在太长，露在桶外，所以也被抓去了。”

“那末蓓特呢？”

“可怜的蓓特！她去看那具尸首，想跟南茜告别，”契特林回答时脸愈拉愈长，“不料就此发了疯，不停地尖声大叫、说胡话、用脑袋撞板壁；他们给她套上拘束衣送进医院去了。现在她就在那里。”

“贝茨哥儿怎样了？”凯格斯问。

“他在附近转悠，避免在天黑以前到这里来，不过他很快就会来的，”契特林答道。“现在没有地方可去了，因为跛子店里的人已被一网打尽，现在整个酒吧间里全是侦探——我到那里去过，是我亲眼看到的。”

“这是一次大扫荡，”托比咬着嘴唇说。“这次恐怕有好几个人要上西天。”

“现在正是法庭开审期，”凯格斯说，“如果预审结束，鲍尔特招了供(根据他自己说过的话看来，他肯定会招供)，他们可以证明费根为事前从犯[①]并定于星期五举行审判，那末，从今天算起，六天以后他将在空中荡秋千，绝对错不了！”

“你们没有听见，百姓罗唣得可厉害呢！”契特林说，“要不是警察没命地把他们赶开，他非被撕成碎片不可。有一次他被冲倒在地，警察在他四周围成一圈，好不容易才打开一条路。你们没有看见他四顾张望的样子，浑身是泥，满脸淌血，紧紧地挨着警察，好像他们是他最亲爱的朋友。我现在仿佛还可以看到，他们几乎顶不住人群的挤压，把他围在中间拖着他走。我可以看到，百姓们纷纷从别人背后跳起来，像一群野兽龇牙咧嘴地向着他吼叫。我可以看到，他的头发和胡子沾满了鲜

---

①事前从犯——参与预谋的帮凶。

血，我可以听到，女人们叫嚷着挤到街角的人丛中去，发誓要把他的心挖出来！”

被这惊心动魄的场面吓破了胆的目击者，用两只手捂住自己的耳朵，闭着眼睛站起来，发疯似地来回奔走。

当他做出这些举动的时候，另外两个人默默地坐在一旁，眼睛盯着楼板；这时楼梯上传来啪哒啪哒的声音，只见赛克斯的狗闯进了房间。他们急忙扑向窗口，紧接着又下楼梯冲到街上。狗是从一扇开着的窗户跳进来的；它没有跟着他们跑，它的主人也没有出现。

“这是怎么回事？”他们回到楼上后，托比说。“他总不会上这儿来吧。但愿——但愿他不会来。”

“如果他上这儿来，应该和狗一起到达，”凯格斯说；他俯身察看那只躺在楼板上喘个不停的畜生。“喂！我们给它喝点儿水吧；瞧它跑得气也喘不过来的样子。”

“它把水全喝了下去，一滴也不剩，”契特林对狗默默地观察了一阵子以后说。“它身上沾满了泥巴，一跷一拐，眼睛也睁不开，准是跑了很长一段路。”

“它是打哪儿来的呢？”托比颇觉费解。“它一定到另外几个窝里去过，发现那里全是生人，就上这儿来了；以前它来过好多回。可是，它最初是打什么地方出发的呢？为什么它到了这里，而它的主人却没有来？”

“他（三人中谁也不提那个杀人犯的名字）会不会自杀了？ 你们认为怎样？”契特林问。

托比摇摇头。

“要是他死了，”凯格斯说，“狗一定要把我们带到他自杀的地点去。不。我估计他已经逃出英国，把狗撇下了。他一定耍什么花招把狗甩掉了，否则狗不会这样安分。”

这一解释看来可能性最大，所以被认为是正确的；狗钻到一把椅子底下蜷伏着睡觉，不再引起任何人的注意。

天黑以后，他们把窗板关好，点了一支蜡烛放在桌上。最近两天发生的可怕事件给他们三人都留下深刻的印象；由于他们自身的安危还在未定之天，心情更为紧张。他们把椅子挪得紧紧地靠在一起，只要有一点声响就心惊肉跳。他们绝少说话，说时声音也极轻，那种噤若寒蝉的样子就好像被杀害的姑娘的尸骸在隔壁房间里停放。

他们这样坐了一段时间，忽然听到楼下传来一阵急促的叩门声。

“准是贝茨哥儿，”凯格斯说；他故意生气地四顾张望，以抑制自己内心的恐惧。

叩门声又起。不，这不是他。他从来不这样敲门。

克瑞基特走到窗口，全身哆嗦着探头出去。他看见的是什么人，已没有必要告诉另外两个；单凭他面如土色的神情就可明白。狗也立即警觉起来，哀叫着向门口跑去。

“我们只得放他进来，”托比说，一面拿起蜡烛。

“难道没有别的办法吗？”另一个用嘶哑的声音问。

“没有办法。只能让他进来。”

“不要让我们待在黑屋子里，”凯格斯说；他从壁炉架上取下一支蜡烛，等到用颤巍巍的手好不容易把它点亮，叩门声又响了两次。

克瑞基特下楼去开门，回来时后面跟着一个汉子；那人的面孔下半部用一方巾帕遮住，戴着帽子的脑袋用另一方巾帕包扎起来。他慢慢地把巾帕解去。苍白的脸、眍进去的眼睛、深陷的面颊、三天没刮的胡子、消瘦的形容、急促的呼吸——这简直是赛克斯的幽灵。

他一只手搁在房间中央的一把椅子背上，正想坐下去，忽然打了个寒战，又似乎回头看了一眼，然后把椅子拉到尽量靠近墙壁的地方，最后干脆让它抵着墙壁，这才坐下。

谁也没有说一句话。赛克斯默默地把三个人一个个看过来。如果谁偷偷地举目遇上他的视线，立即就把脸转向别处。当他瓮声瓮气打破沉默时，三个人都全身为之一震。他们过去好像从未听到过这样的声音。

“狗怎么到这里来的？”他问。

“它独自来的。来了有三个钟头。”

“今天的晚报说费根被捕了。这是真的还是撒谎？”

“是真的。”

他们又沉默下来。

“你们这班混蛋，”赛克斯抹抹自己的脑门子说，“难道你们就没有什么可以告诉我的？”

三个人的身体不自在地扭动了一阵，但谁也不开口。

“你是这里的主人，”赛克斯面朝着克瑞基特说，“你是打算出卖我，还是让我在这里躲过这场追捕？”

“你可以留在这里，如果你认为安全的话，”被问的对象稍微迟疑了一下回答说。

赛克斯慢慢地举目看看背后的墙壁，主要想试着转动一下脑袋，而不是真的要看墙壁；他说：“那——那尸体——埋葬了没有？”

他们摇摇头。

“为什么不葬掉？”他问，同时又跟刚才一样向背后瞥了一眼。“把这样的丑东西留在地面上现眼做什么？听——谁在敲门？”

克瑞基特走出房间之前，先做了个手势，表示不用害怕；不久他就回来，后面跟着恰利·贝茨。赛克斯坐在门对面，因此，那少年一走进房间，劈面就看见他。

“托比，”当赛克斯把视线转向贝茨哥儿时，少年倒退一步说，“你在楼下为什么不告诉我？”

那三个人吓得魂不附体的模样实在令人吃惊，致使这个穷途末路的汉子甚至愿意讨那少年的好。于是他点点头，做出想要跟恰利握手的姿态。

“让我到另一间屋子里去，”少年说时又退后几步。

“恰利！”赛克斯跨出几步迎上前去说。“难道你不——不认识我了？”

“不许走近我！”少年继续后退，同时惊骇地望着杀人犯的脸。“你这个恶魔！”

汉子走了一半停下，两人四目对视；但赛克斯的视线渐渐地垂向地板。

“你们三个为我作证！”少年扬着拳头大声说，愈说情绪愈激昂。“你们三个为我作证：我不怕他；如果有人来抓他，我要把他交出去；我一定这样做。我现在就向你们讲清楚。要是他乐意，或者说，要是他敢，他可以把我杀死；但是，只要我在这里，我就要把他交出去。即使他会给放在锅里活活地煮，我也不在乎。救命啊！这儿在杀人！如果你们三个还剩下一点点人味的话，你们应当帮我。救命啊！这儿在杀人！把他抓起来！”

少年这样叫喊着，并佐以非常愤激的手势，竟只身扑向那个大汉，趁对方不备用足力气把他撞倒在地。

三个旁观者完全惊呆了。他们谁也不介入，看着少年和汉子扭做一团在地上打滚；少年不顾拳头像雨点一般落在自己身上，两只手死死地揪住杀人犯胸前的衣服，一边不住口地直着嗓子大喊救命。

但是，双方毕竟力量悬殊，所以这场搏斗没有持续多久。赛克斯把恰利按在身下，用膝头压住他的喉咙，这时克瑞基特神色慌张地从后面扯了他一下，指指窗外。下面火光闪烁，有人情绪激昂地在大声交谈，听纷乱的脚步声像是有不计其数的人正在从离此最近的一座木桥上过来。人群中看来有一个人骑着马，因为高低不平的石子路面上传来嘚嘚的马蹄声。火光更亮了，脚步声也愈来愈紧、愈来愈响。接着响起乒乒乓乓的敲门声；随后是无数愤怒的人声汇成闹哄哄的一片罗唣，即使最大胆的人也禁不住发抖。

“救命啊！”少年的尖叫声撕裂着夜空。“他在这里！你们把门撞开！”

“我们奉王命到此捉拿犯人！”有人从外面喊道；同时罗唣再次掀起，而且比刚才更响。

“把门撞开！”少年尖声叫着。“我告诉你们，他们绝不会来开门的。你们直接往有亮光的房间里冲。快把门撞开！”

他才住口，楼下的门上和窗板上立刻响起频繁而沉重的撞击声，人群中爆发出一阵惊天动地的怒吼，使听者第一次对他们的人数之多得到一个比较正确的概念。

“找个地方把门打开，让我把这个乱嚷乱叫的小杂种锁起来，”赛克斯咆哮着来回奔跑，恰利·贝茨像一只空麻袋被他拖来拽去。“把那扇门打开。快。”他把少年扔进去，插上销子，再转动钥匙。“楼下的门牢靠不？”

“钥匙转了两次，再扣上链条搭钩，”克瑞基特应道；他和另外两个人始终处于束手无策和茫然失措的状态。

“门板结实不？”

“有铁皮包着。”

“窗板也是？”

“窗板也是。”

“见你们的鬼去吧！”这个无法无天的恶汉抬起上下开关的窗子，用恫吓的口气向人群吼道。“你们有什么招数统统使出来！我还要让你们空欢喜一场！”

在凡人的耳朵所听到过的一切可怕的大叫大喊中，要数被激怒的群众的咆哮最为惊心动魄。有人向挤在最前面的人高喊，叫他们点火烧房子；有人向警察嚷嚷，要他们开枪把凶手打死。其中怒火冒得最高的是骑在马上的那一个。他翻身下鞍，像分开水流一样分开众人，挤到窗下，用压倒一切罗唣的声音喊道：“谁去拿一架梯子来，给他二十个畿尼！”

最前面的人声响应他的叫喊，紧接着，几百个声音纷纷重复传呼。有人叫拿梯子来，有人叫拿大锤来；有人举着火把到处奔跑，似在找这些工具，随后又回来重新叫喊；有人声嘶力竭地通过无谓的咒骂出气；有人像疯子似地挤到前面碍手碍脚；有几个特别大胆的，企图利用水落管和墙上的裂缝爬上去；所有的人都在下面黑暗中起伏摇晃，犹如一片麦田在狂风怒号下滚滚波动，还不时共同发出凶猛的咆哮。

“我来的时候正是涨潮，”杀人犯说道；他放下窗子，把数不清的面孔关在外面，打着趔趄退到房间里。“给我一条绳子，要长一点的。他们都在房子的正面。我可以跳进荒唐沟游水逃走。给我一条绳子，要不然，我索性再添三条人命，最后杀死我自己。”

那几个惊慌失措的人指指放这类东西的地方。杀人犯匆匆挑了一条最长、最结实的绳子，急忙登上顶楼。

这座房屋所有的后窗很久以前就用砖头堵死了，只有关着恰利·贝茨的那间屋子有一个小小的活动天窗；不过实在太小，连他的身体也钻不出去。但是，那少年始终没有停止从这个洞口向外面的人群叫喊，要他们把守屋后。因此，当杀人犯通过顶楼的门出现在屋顶上的时候，一阵高声的叫喊把这一情况通知了在房屋正面的人们；他们立刻像一股滚滚不绝的洪流争先恐后地包抄过来。

赛克斯将一块特地带上来的木板牢牢地抵在门上，使它极难从里边被推开；然后从瓦顶上爬过去，隔着矮矮的扶墙朝下面看。

潮水已经退去，沟里全是淤泥。

在这短短的几秒钟内，人群一度静下来观察他的行动，拿不准他到底有什么意图；但他们刚一明白他的打算落了空，立刻掀起胜利的欢呼和诅咒的巨浪——与之相比，他们以前的呐喊只能算作耳语。离得太远而不知就里的那些人也跟着助威。声浪一再掀起，回响接连不断；仿佛伦敦的居民倾城而出，纷纷前来咒骂杀人凶犯。

人们不断从房屋正面涌过来，狂怒的面孔汇成一股强大的湍流，各处均有明晃晃的火把照亮那些脸上义愤填膺的表情。群众冲进水沟对岸的房屋，把窗框推起或干脆打破；每一处窗口都重重叠叠挤着许多面孔，每一个顶楼都塞满了人，每一座小桥(在看得见的范围内共有三座)都被站在上面的群众的重量所压弯。人流还在不断地涌来，都想找一个角落或空当可以从那里发出他们的呐喊，看一看那个凶神恶煞的本相，哪怕瞥上一眼也好。

“这下他逃不了啦，”最靠近那里的一座桥上有一个人叫着。“好哇！”

群众纷纷把帽子脱下来拿在手中挥舞，同时声浪再次掀起。

“谁要是能把凶手活捉，”一位老绅士也从那座桥上喊道，“我赏他五十镑。我将在此地恭候领赏的人。”

接着又是一阵罗唣。此时人群中互相传说，正面的门终于撞开了，那个最早要梯子的人已经冲上楼去。于是人流骤然转向；而挤在窗口的人见桥上的人在涌回去，也一哄而散，奔到街上来加入这股乱哄哄折回原处的浪潮。人们你推我挤，迫不及待地挨近门口，以便在警察把罪犯押出来时看个真切。有些人被挤得险些窒息而死，有些人在混乱中被冲倒后遭践踏，他们的尖声哀号委实可怕。狭窄的街道被塞得水泄不通。一方面，大家急于回到房屋的正面去；另一方面，有些人拼命挣扎，徒然想挤出人丛；就在这个当儿，原来集中在凶手身上的注意力却被分散了，尽管大家盼望看到他被捕的急切心情有增无已。

凶犯慑于群众的狂怒，加上原来的脱身之计已告失败，正缩做一团蹲下身来。但他的反应之灵敏不下于情况变化之迅速；他刚一发现人们的注意力突然分散，立刻站起来，决定作逃命的最后一次努力——爬绳下水沟，冒着陷在淤泥中灭顶的危险，利用黑暗和混乱悄悄地溜走。

他顿时抖擞精神，并在表明人们已冲进房屋的喧嚷声的驱策下，一只脚抵住烟囱，把绳子的一端结结实实地绕在烟囱上，随后几乎只花一秒钟的工夫用手和牙齿把绳子的另一端做成一个很牢的活扣。他可以从绳上爬下去到达离地不超过他本人身高的地方，而他一手握着刀子，准备到那时割断绳子掉下去。

他把活扣套在自己头上，打算把它勒到胳肢窝下去，而前面提到的那位老绅士（他紧紧抓住桥栏杆以抵挡人群的压力并坚守自己的位置）也在急切地警告他周围的人，说凶手想要爬下来，——正在这个当儿，赛克斯回头向背后的屋顶上一看，接着把两条胳臂高举过头，发出一声恐怖的绝叫。

“那眼睛又来了！”他尖声喊道，凄厉犹如鬼哭狼嚎。

他像遭了雷殛似地打一个趔趄，身体失去平衡，竟跌出了扶墙。活扣套在他脖子上。经他身体的重量一拉，绳子绷得像弓弦一样紧；他就像从那根弦上射出的箭一样飞快地掉下去大约三十五英尺。只见他的身体被猛地一抽，四肢起了一阵可怕的拘挛；于是他就悬在那里，开始发僵的手中紧握着一把拉开的折刀。

年代已久的烟囱被扯得颤动了几下，但勇敢地顶住了这股拉力。凶犯垂在墙前晃荡，直挺挺地没有一丝生气；恰利 · 贝茨把在半空中摇曳、挡住他视线的尸体推开，呼唤人们看在上帝分上快快放他出来。

到那时为止一直不知躲在什么地方的一条狗，这时哀嗥着在扶墙上来回奔跑，然后定一定神纵身向死人肩膀上跳去。可是它跳偏了目标，在空中翻了个筋斗栽到沟里，狗头在一块石头上碰得脑浆迸裂。

第五十一章

本章要解开好些疑团，还议成一门只字不提财礼的亲事

在前一章所述事件发生之后两天，下午三点钟，一辆旅行马车载着奥立弗向他出生的市镇飞奔。和他同车的有梅里太太、露梓、贝德温太

太和好心的大夫；布朗劳先生和一个隐姓埋名的人坐在后面的一辆驿车里。

他们一路很少交谈，因为兴奋和悬念，使奥立弗思想集中不起来，几乎话也不会讲了；而他的旅伴们受到的影响也不下于他，至少是一样。布朗劳先生已经小心翼翼地向他和两位女士介绍了迫使蒙克斯作出的交代大意；虽然他们知道这次旅行的目的是要让顺利地开了头的工作圆满结束，但整个事情还笼罩着相当多的疑云和迷雾，足够使他们焦急万分。

这位好心的朋友还在洛斯本先生的配合下谨慎地切断了一切消息渠道，不让他们获悉最近发生的那些骇人听闻的事件。“当然，”他说，“他们不久肯定会知道的，但那时也许比现在好，反正不会比现在坏。”所以他们在旅途中沉默寡言，每个人都在思考使他们聚在一起的这件事，然而谁也不愿把萦绕在大家心上的念头说出来。

当马车沿着奥立弗从未见过的一条路向他的出生地进发时，他在那些思绪的影响下还能保持沉默。可是，当马车折上他步行走过的那条路时，想起自己曾是一个无家可归的可怜的流浪儿，既无亲人照应，又无片瓦蔽首，不觉有一大堆感触在胸中被唤醒。

“瞧那里，那里！”奥立弗激动地抓住露梓的手，指着车厢窗外大叫。“那座阻挡牲畜的梯栏是我爬过的；那几道树篱后面就是我边逃边躲的地方，当时我怕有人追上来把我抓回去！那边一条田间的小道可以通到我很小很小的时候住过的老房子！哦，狄克，狄克，我亲爱的老朋友，现在我多么想见到你啊！”

“你很快就可以见到他，”露梓说着把他十指交叉的双手温柔地握在自己手中。“你将告诉他：你现在多么幸福，你变得多么富有；而你最大的幸福莫过于回来使他也得到幸福。”

“对，对，”奥立弗说，“我们——我们要带他离开这个地方，给他换上新衣服，教他读书，还要送他到乡下一个安静的地方去，让他把身体养得强壮健康——你说好不好？”

露梓只是点点头，因为看到奥立弗噙着幸福的眼泪微笑，她简直说不出话来。

“你一定会对他很好、很亲切，因为你对每一个人都是这样，”奥立弗说。“我知道，你听到他讲的故事一定会流眼泪；不过这没什么关系，不要紧的，一切都会过去，想到他将大大变样，你会重新露出笑容——这我也知道，因为当初你对我也是这样。我决定逃走的时候，狄克对我说过：‘求上帝保佑你！’”奥立弗再也抑制不住满腔的深情挚爱，“现在我要去对他说：‘求上帝保佑你！’并向他表明，为了这句话，我是多么爱他。”

到了镇上，当马车终于经过那些狭窄的街道的时候，要使这个孩子不要过于感情冲动竟成了一件非常困难的事情。殡葬承办人索厄伯里的店面还是老样子，只是规模和气派比他记忆中的小些；所有熟悉的铺子和房屋都还在，他跟其中的每一家几乎都有过一点小小的联系；甘菲尔德的驴车——还是那一辆——停在小酒店门口；那是贫民习艺所——他童年时代的凄凉的监狱，它那阴沉沉的窗户像在皱眉蹙额地看着街上；站在大门口的还是那个瘦骨嶙峋的门房，奥立弗一见此人就情不自禁地身体往后一缩，随即笑自己实在蠢得可以，接着又哭起来，然后又笑；门口和窗口有许许多多面孔都是他非常熟悉的；几乎一切都没有变样，仿佛他昨天才离开那个地方，而最近他过的生活不过是春梦一场。

然而这是不折不扣的、愉快的现实。他们驱车直抵镇上首屈一指的旅馆门前（过去奥立弗经常怀着诚惶诚恐的心情仰望那个地方，以为它是一座瑰丽的宫殿，现在不知怎的不如过去堂皇和雄伟了）；格林维格先生已经在这里等候他们。下车后，格林维格先生吻了露梓小姐，也吻了梅里太太，好像他是大伙的老爷爷。他笑容满面，和蔼可亲，并不表示要把自己的脑袋吃下去——一次也没有，甚至当他同一个年纪很大的驿差争论走哪条路去伦敦最近的时候也没有发这个誓；他坚持说他知道得更清楚，尽管这条路他只走过一次，而且那时睡得正熟。晚饭已经开出，卧室收拾停当，一切都安排就绪，简直像借助于魔法一般。

虽然如此，在最初半小时的忙碌结束以后，一路伴随着他们的那种沉默和拘束的气氛重又占了上风。布朗劳先生没有和他们共进晚餐，而是待在他自己的房间里。另外两位绅士不断进进出出，脸上的表情好像心事重重；偶尔逗留片刻，也只见他们在一旁交谈。有一次，梅里太太被叫了去，过了将近一个小时才带着一双哭肿的眼睛回来。所有这一切使不了解新的秘密的露梓和奥立弗神经紧张，很不自在。他们默默地坐着发愣，即使偶尔交谈一两句，也把嗓子压得很低，简直像害怕听到他们自己的声音。

直到九点钟过后，他俩已开始认为今晚人家不可能把什么事情告诉他们；这时，洛斯本先生和格林维格先生才走进房间，后面跟着布朗劳先生和另一个人；一见此人，奥立弗为之愕然，差点儿失声尖叫。原来他就是奥立弗在集镇上撞见、后来又看到和费根一起在他的小房间窗前张望的那个人，而现在奥立弗竟被告知：那人是他的哥哥。甚至到了这个时候，蒙克斯仍怀着掩饰不住的仇恨向惊讶不迭的孩子狠狠地瞪了一眼，然后坐在近门的地方。布朗劳先生手里拿着若干文件走到露梓和奥立弗已坐在那里的一张桌子旁边。

“这是一份不愉快的差事，”他说，“但必须把这些在伦敦当着好几位绅士签了字的声明的要点重申一下。我极不愿意让你再次出丑，但我们必须听你亲口复述一遍，然后才能分手，理由你也知道。”

“讲下去，”布朗劳先生与之说话的那个人应道，一边把脸扭开去。“快一点。我认为我差不多一切都照办了。不要再把我拖住在这里。”

“这个孩子，”布朗劳先生说时把奥立弗拉到自己身边，一只手放在他头上，“是你的异母兄弟；是你的父亲、我的好朋友埃德温·黎福德的非婚生儿子，可怜他的母亲、年轻的阿格尼丝·弗雷明一生下他就死去了。”

“是的，”蒙克斯说，同时向那个战栗不已的孩子怒目而视，大概他听得见那孩子的心在突突地跳。“是的，那是他们的私生子。”

“你用这样的字眼所指责的对象，”布朗劳先生厉声说，“早已到了人间的区区非难不起作用的另一个世界。这样的字眼不会使任何活着的人蒙受耻辱，除了你自己。这些不提也罢。他是在这个镇上出生的，是不是？”

“在本镇的贫民习艺所里，”回答的语调相当阴沉。“那里都已写清楚了。”他不耐烦地指指那些文件。

“我要你在这里再说一遍，”布朗劳先生说时环顾室内的听众。

“那你们就听着！”蒙克斯说。“他的父亲在罗马病倒后，他的早已跟他分居的妻子，也就是我的母亲，带着我从巴黎赶去，那是看在他的财产份上；因为据我所知，我母亲对他并没有感情，他对我母亲也是一样。他根本没有认出我们，因为他的神志已经不清，一直昏昏沉沉，到第二天就死了。他的写字台抽屉里有一些文件；从签署的日期看，其中有两份是他发病的当天晚上写的；文件的封套上写着你的名字，”这时蒙克斯面向布朗劳先生，“写给你的只有短短的几行，封套上附有一条说明，要求等他死后转发。文件之一是给那个叫阿格尼丝的姑娘的信；其二是一份遗嘱。”

“信上写些什么？”布朗劳先生问。

“你问那封信？只有一张纸，上面的字句涂了又涂；里边有忏悔，有祈求上帝保佑她的祷告。他曾编造了一番假话哄骗那姑娘，说他有难言之隐，这个秘密有朝一日会揭开的，但眼下妨碍着他俩正式结婚；姑娘一直耐心等待着，对他深信不疑；直到她信任过了头，终于失去任何人也无法还给她的东西。当时她离分娩只剩不多几个月了。信中，他把自己为保全她的名节打算采取的一切办法全都告诉那姑娘，只要他能够活下来；万一他死去的话，他恳求姑娘不要诅咒他的亡魂，不要以为他们的罪孽必定给她或他们的孩子招来惩罚，因为这都是他一人之过。他提到某一天他曾送给她一个小金盒和一枚戒指，戒指上镌有她的名字，旁边留着的空隙准备刻上他希望有朝一日能奉献给她的姓氏；他恳求她把小金盒保存起来，像以前一样挂在她的心坎上；下面颠三倒四地老是重复这些话，好像神经发生了错乱。我相信他的脑子确实出了毛病。”

“那末遗嘱呢？”布朗劳先生问；而奥立弗此时已经泪如雨下。

蒙克斯不做声。

“遗嘱大致和信的意思相同，”布朗劳先生代他说。“他谈到他的妻子给他带来的不幸；谈到你的顽劣难驯的性格、下流的品行、狠毒的心肠和很早形成的邪恶欲念；你是他的独子，但一贯受到的训练就是恨自己的父亲；他给你和你的母亲每人留下八百镑年金。他把大部分财产分成相等的两份——一份给阿格尼丝·弗雷明，另一份给他们的孩子，如果他能平安生下并到达法定成年期[①]的话。如果生下的是女孩，这笔钱的继承是无条件的；如果是男孩，则必须符合一个条件，即他在到达法定年龄之前不得以任何不名誉的、下流的、卑怯的或违法的行为玷辱他的姓氏。他立下这样的遗嘱，据他自己说是为了表示对孩子的母亲的信任，也是为了重申他自己的信念，这个信念随着死亡的迫近而益发加强了，那就是：他相信孩子一定能继承她温良的心地和高尚的品质。万一他的期望落空，那末这笔钱就归你，因为在那种情况下，也只有在两个儿子是一路货的情况下，他愿意承认你有权优先获得他的财产，虽然你无权获得他的爱，因为你从小就以冷淡和嫌弃拒他于千里之外。”

“我母亲，”蒙克斯提高嗓门说，“做了随便哪个女人都会做的事情——她把这份遗嘱烧毁了。信也始终没有到达收信人手中；但我母

① 英国法律规定满二十一周岁为成年。

亲把它和其他的证据保存了起来，使他们永远休想赖掉这桩丑事。她把事情告诉了那姑娘的父亲，并怀着她自己那份刻骨的仇恨——我直到现在还为此而爱她——极尽火上加油之能事。她父亲遭到这样的羞辱，立即带了他的两个女儿逃往威尔士一个偏僻的角落，甚至改名换姓，使他的朋友们无从知道他的隐居地点；在那里，不久他就被发现死在床上。几个星期以前，姑娘悄悄地离家出走；他用两条腿走遍了附近的市镇乡村去找她；就在他回去的那天夜里，他确信女儿为了掩盖自己的和父亲的耻辱已经自杀，于是他的一颗老人的心也碎了。”

这时出现了片刻的静默，直至布朗劳先生重新拾起话头。

“过了几年，”他说，“这个人——爱德华·黎福德——的母亲来找我。他才十八岁就偷了母亲的珠宝和现款离开她；他嗜赌成性，挥金如土，甚至不惜欺诈伪造，后来逃往伦敦；在那里，他跟最下流的社会渣滓一起鬼混了两年。他母亲害上了一种痛苦的不治之症，身体愈来愈坏，她希望在自己死去以前把儿子找回来。她派人四出打听，仔细寻访。起初一直没有结果，最后总算找到了；于是他跟母亲一起回法国去。”

“她的病拖了很久，”蒙克斯说，“后来她死在法国。临终时她把这些秘密传给了我，连带着还有她对这些秘密所涉及的一切人的仇恨——那种永远发泄不尽的刻骨仇恨，其实她没有必要叮嘱我，因为我早已继承了她的仇恨。她不相信那姑娘寻了短见从而也消灭了那孩子；她认定有一个男孩生了下来，而且活着。我向她发誓，倘若发现他的踪迹，我一定穷追不舍把他找到，一刻也不让他得到安宁；一定要狠狠地收拾他，毫不手软；我要把满腔的仇恨倾泻到他身上；如果办得到的话，我要把他直拖到绞刑架下，这就等于对着那份侮辱性的遗嘱啐一口唾沫，证明上面吹的牛皮一文不值。我母亲没有料错。我终于发现了他的踪迹。我开始时很得手，要不是那婊子胡乱说出去，我一定能把这件事干到底！”

这个恶棍紧紧交叉起双臂，怀着无处发泄的怨毒喃喃地咒骂自己。乘这个机会，布朗劳先生向在座听得大为震惊的其余的人解释：犹太人费根——他的老同伙、知心人——曾得到一笔很大的报酬，条件是把奥立弗保持在他的控制下；如果奥立弗得救，那末必须退还一部分报酬；他们曾就这个问题发生争执，结果就有那次乡村别墅之行，目的在于确定那是不是奥立弗。

“那个小金盒和戒指呢？”布朗劳先生掉转头来问蒙克斯。

“我从我告诉过你的一男一女那里买下了这两件东西；那是他们从一个看护妇那里偷来的；看护妇又是从死人身上偷来的；”蒙克斯回答，头始终不抬起来。“东西到哪里去了，你已经知道。”

布朗劳先生向格林维格先生略微点点头，后者非常敏捷地走出去，旋即带着两个人回来：前面推着班布尔太太，后面拖着她的不肯进来的丈夫。

“莫非我眼花了不成？”班布尔先生以拙劣的演技装出无限欣喜的样子喊道。“那不是小奥立弗吗？哦，奥—立—弗，你不知道我曾为你多么伤心哪——”

“闭嘴，笨蛋，”班布尔太太咕哝了一句。

“这是人情之常嘛，班布尔太太，”贫民习艺所所长不以为然地说。“我受教区的委托把他抚养长大，现在看到他坐在这些最和蔼可亲的女士们、先生们中间，我能不感到高兴吗？我一直疼爱这个孩子，就好像他是我的——我的——我的亲爷爷，”班布尔先生顿了又顿，才算找到一个恰当的比方。“奥立弗哥儿，我亲爱的小少爷，你还记得那位穿白背心的老绅士吗？啊！上星期他升天了，福气真好，棺材是栎木的，还有镀银的把手，奥立弗。”

“好了，先生，”格林维格先生尖刻地说，“克制一下你的感情吧。”

“我一定努力克制，先生，”班布尔先生回答说。“你好吗，先生？但愿你身体健康。”

这是在向布朗劳先生问好，因为他走到了这对可敬的夫妇前面很近的地方。布朗劳先生指着蒙克斯问道：

“你们认识这个人吗？”

“不认识，”班布尔太太断然否认。

“那末你呢？”布朗劳先生向她的丈夫问。

“我一生从来没有见过他，”班布尔先生说。

“也许卖过什么东西给他？”

“没有，”班布尔太太回答。

“也许，你们曾经有过一只小金盒和一枚戒指，还是从来没有过？”布朗劳先生问。

“当然没有，”女总管答道。“为什么要我们到这里来回答这样莫名其妙的问题？”

布朗劳先生再次向格林维格先生点头示意，后者再次一跷一拐地走了出去，动作利索得出奇。不过这一次他带回来的不是一个胖子和他的妻子，而是两个患痛风病的妇人，她们一边走，一边哆嗦、摇晃。

“老莎利死的那天晚上你把门关上了，”走在前面的一个颤颤巍巍地举起一只手说，“可是你关不住声音，也堵不住门缝。”

“说得对，”另一个向周围看看，努着没有牙齿的瘪嘴说。“说得对。”

“我们听见老莎利竭力想把她干的事告诉你，还看到你从她手里接过一张纸；第二天，我们还盯你的梢直到你走进当铺，”老妇人甲说。

“对，”老妇人乙也说，“那是‘一只小金盒和一枚戒指’。我们打听清楚了，还看见东西交到你手里。当时我们躲在旁边。对，就在旁边！”

“我们知道的还不止这些，”妇人甲又说，“很久以前我们听老莎利讲过好多次，那个年轻的产妇觉得自己不行了，曾经告诉老莎利，她正要到孩子的父亲坟前去，准备死在那里，不料在路上病倒了。”

“你们要不要见见当铺老板本人？”格林维格先生问，同时做了个向门外走的姿态。

“不必了，”女总管回答，“既然他——”她指指蒙克斯，“是个胆小鬼，把什么都招了出来(我看他确实是这样)，既然你们向所有那些穷老婆子作了调查，找到了这两个合适的人证，我也没有别的话可说。是我把那两件东西卖了，东西已经到了你们永远找不回来的地方。你们准备怎么样？”

“不怎么样，”布朗劳先生说，“不过有件事情有待于我们关心一下，那就是：再也不让你们任何一个担任负责的工作。你们可以走了。”

“我希望，”等格林维格先生把两个老妇人带出去以后，班布尔先生哭丧着脸看看周围说，“我希望这一不幸的小节不至于导致我被革去在教区担任的职务。”

“革职是肯定的，”布朗劳先生回答说。“我劝你死了这条心吧，这还是便宜了你们的呢。”

“这都是班布尔太太的主意。是她硬要这样做，”班布尔先生竭力为自己辩护，不过他说这话之前先环顾了一下，断定他的夫人已经离开这间屋子。

“这不是理由，”布朗劳先生说。“销毁这两件首饰的时候你在场，从法律的观点来看，你们俩中间你的罪甚至更重，因为法律认为你的妻子是在你的支配下行事的。”

“如果法律认为如此，”班布尔先生说，两只手使劲挼搓他的帽子，“那末法律是头蠢驴，是个白痴。如果法律是用这样的观点看问题的，那末法律想必是个没结过婚的光棍儿；我但愿法律得到最坏的下场——通过切身体验，睁开眼睛，才知道丈夫能不能支配他的妻子。只有通过切身体验才知道。”

班布尔先生加重语气把那句话重复了一遍，然后紧紧地扣上帽子，两手插在口袋里，继他的贤内助之后下楼去了。

“小姐，”布朗劳先生转脸对露梓说，“把你的手给我。不要发抖。你不用害怕，听我把剩下要说的不多几句话说完。”

“如果你要说的话跟我有关，”露梓说，“尽管我不知道这怎么可能，但如果确实跟我有关，请让我在别的时候再听。我现在既没有精力，也没有勇气。”

“不，”老绅士挎着她的胳膊说，“我相信你的毅力绰绰有余。你是不是认识这位小姐，先生？”

“是的，”蒙克斯答道。

“我以前从未见过你，”露梓说，声音极轻。

“我见过你好多次，”蒙克斯说。

“苦命的阿格尼丝的父亲有两个女儿，”布朗劳先生说。“另一个女儿当时还很小，她的命运怎样了呢？”

“她父亲死在异乡客地，”蒙克斯回答，“又改换了姓名，也没有留下一封信、一个本子或一张纸条可以从中发现一点点线索找到他的朋友或亲戚；所以他死后，那个小女孩由一户穷苦的农家领去当作自己的孩子抚养。”

“讲下去，”布朗劳先生说，并且做一个手势示意梅里太太走近些。“讲下去！”

“那户人家后来搬到别处去了，”蒙克斯说，“你如果想找，肯定找不到他们的下落。但是，在友谊无能为力的场合，仇恨却往往有办法。我母亲经过一年费尽心机的搜索，终于找到了那个地方，也找到了那个小女孩。”

“你母亲把她带走了没有？”

“没有。那户人家很穷，他们对自己的善心开始感到腻烦，至少那个男的已有怨言；所以我母亲让她留在他们家，只给了他们维持不了多久的一点儿钱，但答应再寄去，事实上压根儿不打算再寄钱。不过，她还是不太放心，唯恐他们的怨言和贫困不足以保证那小女孩的不幸；于是就把她姐姐的丑事告诉他们，说的时候自己爱怎么编派就怎么编派，要他们留神提防这个孩子，因为她的血统不好；还对他们说，她是非婚生的，迟早必定走上邪路。所有这些话同表面情况对照起来确实很像是真的；那户人家相信了，小女孩就在那里过着悲惨的日子，甚至我们也表示满意。后来，有一位当时住在切斯特的富孀偶然看到这女孩子怪可怜的，便把她领到自己家里去了。我总觉得冥冥之中有一股可恨的魔力在跟我们作对；因为我们虽然想尽了办法，她始终留在那里，日子过得挺快乐。两三年以前，她从我视野中消失了；直到几个月前，我才重新看见她。”

“现在你看见她了吗？”

“是的。她就靠在你臂膀上。”

“但她仍旧是我的孩子，”梅里太太急忙说；她把那个快要晕厥的姑娘抱在怀里，“仍旧是我最亲爱的孩子。现在即使用全世界的珍宝来换，我也决不让她离开我。我的好伙伴，我亲爱的好姑娘！”

“你是我唯一的亲人，”露梓紧紧偎着她说。“你是对我最慈爱、最好的亲人。我的心快要破裂了。我——我实在禁不起这一切。”

“再大的磨难你也顶过来了，尽管如此，你始终是心地最好、待人最和气的姑娘，总是把幸福给你周围的每一个人，”梅里太太温柔地搂着她说。“好了，好了，我的宝贝，你该想一想什么人在等着和你紧紧地拥抱，可怜的孩子！你瞧，他来了，我的宝贝！”

“你不是姨，”奥立弗双臂搂住她的脖子叫道。“我永远不叫你姨；你是姐姐，我最亲爱的亲姐姐，有一股力量从一开始就教我的心深深地爱你！露梓，亲爱的露梓姐姐！”

但愿这两个孤儿在长时间热烈的拥抱中流下的眼泪和互相诉说的不连贯的话语被看作是神圣的。顷刻之间，他们知道了各自失去的父亲、姐姐和母亲是谁。欢乐和悲哀掺和在一杯酒里。但这不是辛酸的眼泪；因为甚至悲哀也已被冲淡，被裹在如此甜蜜和柔美的回忆中，简直变成了庄严的欢欣，完全失去痛苦的特征。

有很长很长一段时间，屋里只剩下他们俩。门上轻轻的剥啄声终于提醒他们外面有人。奥立弗开门后溜了出去，让哈里·梅里取代他的位置。

“我全都知道了，”他说着在心爱的姑娘旁边坐下。“亲爱的露梓，我一切都知道了。”

“我不是偶然到这里来的，”在沉默了好大一会儿工夫后他又说，“这一切我也不是今晚才听到的，我昨天就知道了——不过也只是到昨天才知道。你可猜得到，我是来提醒你答应过的一件事的？”

“等一下，”露梓说。“你确实一切都知道了吗？”

“都知道。你曾经允许我在一年之内的任何时候重提我们上次讨论过的那件事。”

“是的。”

“我不是要勉强你改变你的决定，”年轻人继续说，“而是准备听你重申决心，如果你愿意的话。不管我能获得怎样的地位或财产，我要把它们统统放到你的脚下；要是你仍然坚持原来的决定，我保证不试图用言语或行动加以改变。”

“当时影响了我的那些理由，现在对我并没有失去影响，”露梓坚定地说。“如果说，我对曾经把我从贫穷困苦的生活中救了出来的好心人负有不容玩忽的义务，那末，我的这种感觉还有什么时候能比今天晚上更强烈呢？这是一场斗争，”露梓说，“但我为此而感到骄傲；这是一种痛苦，但我的心甘愿忍受。”

“今晚揭露的真相——”哈里正要开口。

“今晚揭露的真相，”露梓用柔和的语气接过话头，“并没有改变我在对待你的问题上原来所采取的立场。”

“你故意要自己的心肠变硬，跟我过不去，露梓，”她心爱的人在进行劝说。

“哦，哈里，哈里，”年轻的小姐说着，眼泪夺眶而出，“我是多么希望做到这一点，使自己免受这番痛苦，可是我做不到。”

“那你为什么要把痛苦加于自身呢？”哈里拿起她的一只手说。“想一想，亲爱的露梓，想一想今晚你所听到的事情。”

“我听到了什么呢？我听到了什么？”露梓激动地说。“无非是：我父亲因为受不了奇耻大辱而避开所有的人。我们已经谈够了，哈里，我们已经谈够了。”

“还没有，还没有，”年轻人见她站起来，继续握住她的手说。“我的希望，我的志向、抱负、心情以及对生活的每一种想法，除了我对你的爱以外，都发生了变化。现在，我要奉献给你的不是芸芸众生之间显赫的地位，不是同怨毒和诽谤的世界沆瀣一气——在这个世界里，正直的人们常常完全不是因为真正干了丢脸的事而抬不起头来；我要奉献给你的是一颗心和一个家。是的，最亲爱的露梓，这就是我要奉献给你的一切，别的什么都没有。”

“你的意思是？……”她结结巴巴地问。

“我要说的只是：上次我离开你的时候，就下定决心要填平你我之间被想象出来的一切鸿沟；我拿定主意，如果我的天地不能成为你的天地，我就把你的天地作为我的天地；我决不让你遭到门第观念的撇嘴歧视，因为我要抛弃它。这我已经做了。那些因此而远离我的人正是曾经远离你的，这就证明你是对的。当初对我笑容可掬的那些权贵和保护人、那些位高势大的亲戚，现在正对我侧目而视。但是，在英格兰最富饶的一个郡里，有着向阳欢笑的田野和迎风摇曳的树林，而在一座乡村教堂近旁——那是我的教堂，露梓，我自己的教堂！——有一所田家风味的小屋；你能够使我把这个家看作比我抛弃的全部希望更大的骄傲，骄傲一千倍！这就是我现在的身份和地位，我把这些奉献给你！”

*　　　*　　　*

“等相爱的人来共进晚餐真是件不好受的事情，”格林维格先生说；他从瞌睡中醒来，拉去盖在头上的手帕。

说真的，晚餐开出已有很久，耽搁的时间之长确乎越出情理之外。无论梅里太太还是哈里或露梓（他们三人是一起进入餐厅的），都提不出一个字理由说明情有可原。

“我已认真考虑在今天晚上把自己的脑袋吃下去，”格林维格先生说，“因为我估计捞不到其他东西吃了。如果你们允许的话，我要放肆向未来的新娘表示祝贺。”

格林维格先生毫不延宕地把他的话付诸行动，在姑娘涨得通红的脸上吻了一下；在这个榜样的感染下，大夫和布朗劳先生也都起而效法。有人声称刚才看见哈里·梅里在隔壁暗室中首先开了这个例；但更可信的权威人士认为，这是彻头彻尾的污蔑，因为他年纪还轻，又是一位牧师。

“奥立弗，我的孩子，”梅里太太说，“刚才你到哪里去了？你为什么这样悲伤？眼泪正顺着你的脸庞偷偷地淌下来。出了什么事？”

这是一个希望容易破灭的世界，遭到破灭的常常是珍藏在我们心底最殷切的希望，可以给我们的天性增添最大光荣的希望。

可怜的狄克死了！

第五十二章

老犹太活着的最后一夜

法庭从地板到天花板层层叠叠全是人的面孔。无数眼睛从每一英寸的空间射出好奇而急切的视线。从被告席前的栏杆到旁听座最靠边的小角落里，所有的目光都集中在老犹太一人身上。仿佛苍穹布满了亮闪闪的眼睛从左右前后上下各处把他团团围在中央。

他站在众目睽睽之下，一只手放在他前面的木板上，另一只手半罩在耳边，尽可能向前伸长脖子，以便最大限度地听清庭长向陪审团陈述对他提出的控告的每一句话。他偶尔把目光急遽地转向陪审团，观察一下他们对若干有利于他的细枝末节有何反应；当庭长以清晰得可怕的声音历数不利于他的各点事实时，老犹太通过眼神默默地哀求他的律师即使在这样的情况下也要为他辩护几句。除了这些焦虑不安的迹象以外，他的手或脚一动也不动。开庭以来，他几乎没有做过一个动作；现在，庭长说完了，他仍保持原先那种全神贯注的紧张姿态，眼睛盯着庭长，仿佛还在听。

法庭上掀起的一阵小小的骚动使他从出神的状态中恢复过来。他四顾张望，见陪审团凑在一起商议裁决意见。当他的目光扫过旁听座时，只见人们纷纷站起来，争着想看一看他的面貌——有的急忙戴上眼镜或举起望远镜，有的带着厌恶的表情同邻座的人窃窃私议。有少数人好像对他并不在意，只是不耐烦地望着陪审团，对于他们这样拖拖拉拉感到莫名其妙。但是他看不到哪一张脸流露出一丝一毫对他的同情；所有的人，包括在座的许多妇女在内，都怀着一个压倒一切的强烈愿望，那就是听到他被判罪处刑。

他通过惶惑不安的一瞥看到了这一切，此时庭上又恢复一片死寂；他回过头去，见陪审团已面向庭长。嘘，肃静！

陪审团只是要求暂时退席。

当他们退席的时候，他巴巴地把他们的脸一张张看过来，想看出他们大多数倾向于作出怎样的裁决；但是一无所获。看守碰了一下他的肩膀。他机械地跟他走到被告席的末端，在一张椅子上坐下。是看守向他指点了座位，否则他是不会看见的。

他重新抬头看着旁听座。有几个人在吃东西，有几个人在用手绢扇风，因为这个人头挤挤的地方热得厉害。有一个青年在一本拍纸簿上画他的面部速写。他不知自己被画得像不像，所以当铅笔尖断了、画家用刀重削的时候，他就往那里看了一眼，正像任何一个闲看的人可能做的那样。

接下来，他还是那样无所事事地把视线转向庭长，心中开始盘算：庭长的衣服式样如何，价值多少，又是怎样穿上身的。审判桌旁有位肥胖的老绅士大约半小时以前走了出去，现在回来了。他寻思着，这位绅士是不是去吃饭的，吃了些什么，在什么地方吃的；他循着这条思路心不在焉地想下去，直到另一件东西映入他的眼帘，于是就循着另一条路子胡思乱想。

然而，在这段时间内，他的思想甚至一秒钟也不能摆脱那种压得他喘不过气来的感觉——坟墓已在他脚下张开大口。这感觉始终跟着他，但有些恍惚，也比较笼统，他无法把思想集中其上。因此，即使他一面想到自己死在眼前而哆嗦不已或浑身发烫，一面也会开始数他面前有几根尖头朝上的铁栏杆，思量着其中一根的尖头为何折断了，有没有人会加以修理，还是听之任之。接着他想到绞架和绞台的种种恐怖，但旋即搁下这个念头去看一个人往地板上洒水减热；随后他又想出了神。

终于有人喝令肃静，人们纷纷屏息凝神向门那边观看。陪审团议毕回来，打他身旁走过去。他从他们脸上看不出一点端倪，因为一张张都像石雕的一般。接着出现一片绝对的寂静，连一点轻微的窸窣声都没有，谁也不敢喘一口气。被告终于被确认有罪！

惊心动魄的吼声震撼屋宇，而且一再重复，然后得到轰轰然一片罗唣的响应，其声如雷霆万钧，愈来愈响。那是法庭外面的群众在欢呼老犹太将于星期一处决的消息。

喧嚷声静下来以后，他被问及对于被判死刑有何异议。他重又摆出留神倾听的姿态，目不转睛地注视着向他提问的人；但是问话重复了两遍，他好像方始明白；接着他只是喃喃地说他年纪大了——年纪大了——年纪大了——声音愈来愈轻，随后就不做声。

庭长戴上黑帽子，罪犯仍保持原来的神态和姿势站在那里。旁听座上有个女人看到这严肃得可怕的情景，竟发出一声惊叹。费根立即抬头一看，似乎对于这种干扰大为恼怒，并且更加聚精会神地伸长了脖子。庭长的讲话庄重严肃，扣人心弦；判决书听起来令人毛骨悚然。但他站着纹丝儿不动，犹如一座大理石的雕像。他的脖子依旧伸得很长，形容憔悴，下颌松垂，眼睛盯着前方。这时，看守一只手按在他臂上，示意他退席。费根目光呆滞地向周围看了一会儿，然后跟随看守走出去。

费根被押着穿过法庭底下一间地上铺石板的屋子；那里有几名囚犯在等候提审，另外几名隔着栅栏在同亲友谈话；栅栏外面是个院子。没有一个人要跟他谈话；但是，当他经过那里时，囚犯们纷纷闪开，让挤在栅栏前面的人能把他看得清楚些；人们用詈骂、尖叫和嘘声轰他。他扬扬拳头，想要向他们啐上一口；但看守催促他继续向前。通过一条灯光昏暗的甬道，他被带进监狱深处。①

在这里他受到检查，看他身边有没有可用于自杀的东西；搜身完毕，他被带进一间死刑犯的囚室，独自留在那里。

他在门对面一条又当坐椅又当床的石凳上坐下，一双充血的眼睛盯着地面，试图集中思想。过了一会，他开始回忆起庭长的话中不相连贯的若干片段，尽管当时他觉得自己一个字也听不清楚。这些片段逐渐各得其所，然后一点一点显示出比较明白的意思来；不久，他几乎已把庭长的演说全部回忆起来。将他判处绞刑正法——这就是那篇演说的最后一句话。将他判处绞刑正法！

天黑以后，他开始一一回想他所认识的那些死在绞台上的人，其中有一些是他要手段害死的。他们纷纷在他眼前出现，快得使他简直来不及数。他曾看到其中几个人死去，还说过挖苦的话，因为他们是念着祷告就刑的。当时只听见绞台上犯人脚下的活动踏板咔嗒一声落下来，他们立即从身强力壮的汉子变成在半空中晃荡的衣服架子！

① 费根在老寨子伦敦中央刑事法庭受审，然后经由内部甬道被押往与之毗连的新门监狱。

其中几个也许曾经在这间囚室里待过，在这条石凳上坐过。天已经很暗了，为什么不拿个亮儿来？这囚室已造了多年。想必有许多人在此地度过他们最后的一段时光。费根觉得自己好像坐在一个尸横遍地的墓穴里，满眼都是蒙住脑袋的罩帽、套上脖子的绳结、捆绑起来的手臂；那些面孔即使蒙着可怖的罩子他也认得出来。快拿亮儿来，快拿亮儿来！

直到他的手在坚实的门和墙上捶得皮开肉绽，才来了两个人：一个拿来一支蜡烛，并把它插进固定在墙上的烛台；另一个拖来一张垫褥，准备自己躺在这里过夜，因为从现在起已不能让囚犯单独留下。

夜已来临；这是黑暗、凄凉、沉寂的一夜。别的守夜者乐于听到教堂钟响，因为钟声报道着新的一天的生活又将开始。对于老犹太说来，钟声带来的却是绝望。梆！梆！每一下送来的都是一个深沉、空灵的声音——死亡！愉快的早晨的喧嚷声甚至传到他的囚室中来，可是有什么用呢？还不是变相的丧钟？！只是在警告之外再加上嘲弄罢了。

一天过去了。这能算是一天吗？其来也倏，其去也忽；夜又来临——它是那么长，又是那么短；长是因为静得可怕，短是因为一小时一小时过得飞快。他一会儿胡言乱语，咒天骂神；一会儿号哭哀叫，乱扯头发。一些与他同教[①]的长老来到他身边做祈祷，可是他把他们统统赶走，还连声诅咒。他们曾再次努力克尽仁爱之道，他索性把他们打跑。

星期六夜里。他只能再活一夜了。他在考虑这一点的过程中，白天已经来临。到了星期日。

直至这可怕的最后一天晚上，意识到自己濒于绝境的一种幻灭感才达到最强烈的程度，并控制了他发霉的灵魂。倒不是因为他曾抱有明确

---

① 指主要在犹太人中间流行的犹太教。该教以《圣经·旧约》为经典，奉耶和华为唯一的神。

的希望犹图得到宽恕，而是因为到目前为止，很快就要一命呜呼这件事在他心目中顶多只是一种笼统的设想。他很少同轮番看住他的那两个人说话，他们也不企图引起他的注意。他坐在那里醒着做梦。他动不动会跳起来，张口喘着大气，身上皮肤发烫，急匆匆地来回奔跑，克制不住恐惧和暴怒的发作，甚至见惯了这种情景的看守也吓得从他那儿闪开。最后，他在污黑的良心折磨下变得如此可怕，以至看守不敢一个人跟他面对面坐在那里，只得两个人一起看着他。

他蜷卧在石床上回想经过的事情。被捕那天，他被人群中扔过来的什么东西打伤了，所以脑袋用一块布包扎起来。他的红头发垂到他毫无血色的脸上；他的胡须扯得乱蓬蓬的，打着好多结；他的眼睛凶光毕露；他的久未洗澡的皮肤被体内的高热烧得起了皲裂。八点——九点——十点。如果这不是吓唬吓唬他的鬼把戏，如果时间真是这样一个钟点接着一个钟点过去，那末，等到时针再走一圈回来，他将在哪里啊？十一点！钟又敲响了，而前一点钟的余音好像还在回荡。到下一个八点钟，他将在自己出殡的行列中成为唯一的送殡人；到下一个十一点，他——

新门监狱阴森森的墙壁曾经把那么多的痛苦和言语所不能形容的惨相掩盖起来，不仅瞒着人们的眼睛，而且长期以来往往瞒过人们的思想；可是它的墙壁还从未见过像这样可怕的景象。少数人打监狱门前经过时，曾放慢脚步暗暗想道：将在明天绞决的那个人在做些什么？如果他们看到他那副模样的话，这一夜肯定睡不好觉。

从傍晚直到将近午夜时分，人们三三两两来到门房附近，焦急地打听会不会缓期执行死刑。他们得到的回答是否定的，于是向街上聚成一簇簇的人们转告这个好消息。大家指手画脚地互相知照：他将从哪一道门里出来；绞台将搭在什么地方。他们走开的时候，还有些舍不得地频频回头，想象着即将出现的那个场面。人们逐个逐个渐渐散去；一小时后，深夜的街头沉浸在一片阒寂和黑暗之中。

监狱门前腾出一片空地，一些结实的黑漆栅栏已把马路切断，以抵挡预料中的人群的挤压；这时，布朗劳先生带着奥立弗来到边门口，出示由某司法长官签发的探监许可证。他们立刻被让进门房。

“这位哥儿也要进去吗，先生？”负责带领他们的狱警问。“里边的情形儿童看着可不大合适，先生。”

“确实不合适，我的朋友，”布朗劳先生表示同意，“但是我要跟犯人谈的事情同他密切相关；由于这孩子看见过犯人最得意和作恶最起劲时的状态，我想也应该让他见识见识犯人现在的模样；即使受一点痛苦和惊吓也是值得的。”

这几句话是他们走到一旁谈的，没让奥立弗听见。狱警举手触帽行了个礼，带着几分好奇心向奥立弗看了一眼，打开他们进来时走的那扇门对面的另一扇门，带着他们穿过黑暗而曲折的甬道向牢房走去。

“这里，”狱警在一条阴暗的走廊里停下说；那里有两名工人正在一声不吭地做什么准备，“是他将要经过的地方。你们由此前进，就可以看到他将从里边走出来的那扇门。”

他带领他们走进一间石板铺地的厨房，里边安着好几只给犯人做饭的铜锅；狱警指指一扇门。门上开着一个装有格栅的窗口，从那里传来男人的话声，其中杂有锤子的敲击声和木板的掷地声。他们正在搭绞台。

他们从这个地方又走过几重由别的狱警从里边打开的坚固的牢门；到了一个院子里，他们登上一座狭窄的阶梯，走进一条过道，只见靠左手是一排结实的门。狱警示意他们少待，自己用一串钥匙敲了敲那一排门中的一扇。两名看守悄悄地说了几句以后，走到过道里伸伸懒腰，很高兴得到休息片刻的机会；他们示意两个探监人跟随狱警进入囚室。于是布朗劳先生和奥立弗走进去。

死刑犯坐在他的床上左右摇摆，三分像人，七分像一只被捕获的野兽。他的思想显然徘徊在过去的生活中，因为他不住口地喃喃自语，把进来的两个人也当做幻象的一部分。

“好孩子，恰利——干得好——”他咕哝着。“奥立弗也来啦，哈哈哈！奥立弗也来啦——十足是个上等人啦——十足——把那孩子带去睡觉！”

狱警拉住奥立弗空着的一只手，悄悄地叫他不要害怕，自己在一旁静观。

“把那孩子带去睡觉！”老犹太喊道。“难道我的话你们一个也没有听见？他可以——可以说是——所有这些事情的根子。把他栽培成材下的本钱是值得的——比尔，割鲍尔特的喉管——你别理这小娘们——鲍尔特的喉管你尽量往深里割。把他的脑袋干脆锯下来！”

“费根，”狱警说。

“有！”老犹太应道，顿时恢复他在受审时那副留神倾听的姿态。“我年纪大了，老爷；我是个年纪很大很大的老头儿！”

“这里有人要见你，”狱警说，并且用一只手按在他胸前，不让他站起来，“我估计他们要问你几个问题。费根，费根！你是个人吗？”

“我做人的时间不多了，”老犹太抬头答道，脸上看不到任何人类正常的表情，只有狂怒和恐怖。“把他们统统打死！他们凭什么权利要宰我？”

这时他看见了奥立弗和布朗劳先生。他把身体缩到石凳最远的角落里，问他们到这里来做什么。

“别乱动！”狱警依然把他按住不放。“先生，你把要说的话向他说吧，请你快一些，因为他的情形愈来愈不妙了。”

“你那里有一些文件，”布朗劳先生走上前去说，“是一个名叫蒙克斯的人为了稳妥起见交给你保管的。”

“这完全是胡说八道！”老犹太答道。“我什么文件也没有，一份也没有。”

“看在上帝分上，”布朗劳先生庄严地说，“现在你到了死亡的边缘，不要再这样说；还是告诉我，文件在哪里？你知道赛克斯已经死了，蒙克斯已经供认了，从中再也捞不到任何好处。那些文件在什么地方？”

“奥立弗，”老犹太叫他过去。“来，来！让我跟你说句悄悄话。”

“我不怕，”奥立弗低声说着把他原先抓着的布朗劳先生的手放开。

“在顶楼前屋，”老犹太把他拉到身边说，“顺着壁炉烟囱往上摸，很快可以摸到一个洞，文件就在那里的一只帆布袋里。我要跟你谈谈，我的乖乖；我要跟你谈谈。”

“好的，好的，”奥立弗说。“让我做一次祷告。来吧！让我做一次祷告——只做一次；你跟我一起跪下，我们可以直谈到天明。”

“我们到外面去，到外面去，”老犹太把那孩子推向门口，眼睛视而不见地从奥立弗头上望着前方。“就说我已经睡着了，你的话他们相信。只要这样带着我走，你就能把我带出去。走吧，走吧！”

“哦！上帝啊，宽恕这个不幸的人吧！”奥立弗忍不住哭了起来。

“这就对了，这就对了，”老犹太说，“这样对我们有好处。先出这扇门。要是经过绞架的时候我哆嗦起来，你别管我，赶紧往前走。快，快，快！”

“你有没有别的话要问他，先生？”狱警问。

“没有别的问题了，”布朗劳先生回答。“我本来指望能促使他清醒地看到自己的处境——”

“这是没有希望的，先生，”狱警摇摇头说。“你们还是走吧。”

囚室门开了，两名看守重又进来。

“赶紧，赶紧，”老犹太紧张地说。“脚步轻一点，可是不要慢慢腾腾的。快，快！”

人们把他抓住了往回拉，同时帮奥立弗挣脱他的手掌。老犹太拚命挣扎了一会儿，接着发出一声又一声的号叫，声音居然能穿透那里厚实的墙壁，直至他们到了外面院子里，还在他们耳际作响。

他们并没有马上离开监狱。这怵目惊心的一幕差点儿使奥立弗晕倒；约莫一个多钟头他几乎一点力气也没有，步子也迈不开。

他们走到街上时，天正在亮起来。一大群人已经聚集在监狱门前：窗户里挤满了人，有的在抽烟，有的在玩牌打发时间；人们推推搡搡，吵吵闹闹，说说笑笑。一切都显得生气勃勃，只除了处在人群正中心的一堆阴森可怕的景物——黑色的架子、一根横木、一条绳索以及所有令人憎恶的死亡工具。

第五十三章
即最后一章

有关本书登场人物命运的故事几乎都已讲完。笔者还需要交代的只有很简单的几句话。

过了不到三个月，露梓·弗雷明同哈里·梅里在今后就是这位青年牧师工作场所的乡村教堂中结了婚；当天，他们便进入新居，成为一个幸福家庭的主人。

梅里太太同她的儿子和儿媳住在一起，以便在她宁静的余年安享一位年高德劭者所能享有的最大的福气——亲眼看到自己在并未虚度的一生中不断地为之倾注了最热烈的爱和最亲切的关怀的两个孩子日子过得幸福美满。

经过全面仔细的调查，黎福德家的财产无论在蒙克斯还是他母亲掌管下都没有增益；如果蒙克斯挥霍所余的一点钱由他本人与奥立弗平分的话，每人只能得到三千镑多一点。根据他父亲遗嘱上的条文，奥立弗有权取得全部财产；但是布朗劳先生不愿剥夺那个长子弃邪归正的机会，建议对半儿分；他的年纪还小的被保护人对此欣然表示同意。

蒙克斯仍用这个化名，带着他分得的一份财产到新大陆一个僻远的地方去了；在那里，他很快就把这笔钱挥霍一空，重又走上老路，由于犯下另一桩欺诈罪被判徒刑，经长期监禁后在一次旧病发作的时候死于狱中。他的朋友费根的主要余党也都同样客死异乡。

布朗劳先生认奥立弗做了儿子。他带着养子和老管家移居到离他们的好朋友的牧师住宅不到一英里的地方，满足了奥立弗热烈诚挚的心中余下的唯一愿望；这样一来，这一小群人就被连结在一起，他们的幸福几乎达到了这个变幻无常的世上所能达到的最圆满的境地。

这对年轻人结婚以后不久，那位可敬的大夫便回丘特西去。在那里，离开了他的老朋友，他很可能变得郁悒寡欢或暴躁易怒；幸而他完全没有这样的气质。在两三个月内，他只是用暗示的方式透露，这里的空气恐怕变得对他的健康不合适了；随后，他认为这个地方对他说来确实不再同过去一样，便让他的助手接过他的业务，自己在他的年轻朋友当牧师的那个村子外面一所小房子里单身住下，于是所有的不舒服霍然而愈。在这里，他开始从事于种花、植树、钓鱼、木工以及诸如此类的其他活动，对每一件工作都以他固有的急性子全力以赴，在每一个方面后来都成为附近一带大名鼎鼎、最有学问的权威。

还在迁居之前，他已对格林维格先生怀有强烈的好感，而那位脾气怪僻的绅士也以真诚的友情相报。因此，格林维格先生每年都要去拜访他好多次。到了那里，格林维格先生每次都劲头十足地种树、钓鱼、做木工，他干什么都与众不同，有些做法甚至史无前例，但始终坚持只有他的方法是正确的，同时少不了要重申他那句心爱的名言。星期日，他一贯当着青年牧师的面批评他的布道演说，事后又总是极其秘密地告诉洛斯本先生，他认为这次演说非常出色，不过还是不明讲的好。布朗劳先生经常喜欢嘲笑他当初在奥立弗的问题上所发表的预言，提醒他回忆那天晚上他们看着放在两人中间的怀表坐等奥立弗回来的情景。但是格林维格先生争辩说，他的预言基本上是正确的；为了证明这一点，他指出，当时奥立弗毕竟没有回来；接着照例哈哈大笑，脾气也变得更好。

诺亚·克雷坡尔先生由于对老犹太作了揭发而从当局得到赦免。他认为这一行当完全不像他所企望的那样安全，而在一个短时期内又苦于找不到不太费力的谋生手段。经过一番考虑之后，他开始充当一名告发者，并靠着这项职业维持相当不错的生计。他的办法是：偕同夏洛特穿着体面的服装，扮成绅士淑女出去散步，每星期一次，时间总是在教堂做礼拜的时候。那位淑女照例在善心人开设的酒店门口晕厥过去，而那位绅士弄到三便士白兰地把她救醒以后，第二天就去告发，于是罚款的半数落进他的腰包。[①]有几次克雷坡尔先生自己表演昏倒，效果也不逊色。

班布尔先生和班布尔太太被革职后，逐步陷入极其穷困的境地，最后被收容在他们自己一度在那里作威作福的贫民习艺所里。有人听到班布尔先生说过这样的话：他背运和潦倒至此，简直连感谢上帝把他同妻子分开的劲头也提不起来。

翟尔斯先生和布立特尔斯仍旧担任各自原来的职司，尽管前者已经秃顶，而布立特尔斯这个孩子头发也白了。他们睡在牧师先生家中，但对这一家人以及奥立弗、布朗劳先生和洛斯本先生服侍得一样殷勤，以至直到如今，村民们还是无法确定究竟谁是他们的东家。

恰利·贝茨哥儿被赛克斯的罪行吓破了胆，开始认真考虑：老老实实过日子到底是不是最好的生活？他得出的结论是肯定无疑的；于是同过去一刀两断，决定从事某种新的工作以赎前愆。有一个时期他咬紧牙关硬撑，吃了不少苦；但凭着乐天知命的性格和力图上进的决心，终于取得成功：先是给庄户人家打打短工，给搬运夫做做帮手，如今已成为整个北安普敦郡最快活的青年畜牧业主。

---

① 当时法律规定，在教堂礼拜结束之前，酒店不得出售酒类，对违禁者课以罚款，对告发者奖以罚款之半数。

现在，笔者的手由于行将完成使命而激动得有些发颤，很希望拿这个故事的线再多织一会儿布。

我同书中那些人物相处了那么久，跟其中的几个还是依依不舍，很想描绘他们的幸福生活，借以分享他们的快乐。我很想展示露梓·梅里成为少妇以后的全部风采和韵致，使读者看到她如何让柔和的清辉照亮自己与世无争的生活道路，照到所有跟她同路的人身上和他们的心里。我很想刻画她在冬天围炉和长夏小叙的一群中所体现的活力和欣悦；我很想跟着她在中午穿过炎热的田野，在月夜散步时听到她柔婉的低音；我很想观察她在外如何乐善好施，在家如何盈盈含笑、不辞辛劳地尽她的天职；我很想表现她和她死去的姐姐的遗孤如何相亲相爱，如何一连几小时在一起想象他们痛心地失去的亲人是什么模样；我很想再次看看依偎在她膝下的那几张欢乐的小脸蛋儿，听听他们的唧唧喳喳；我很想从回忆中唤起那清脆的笑声，重现感情的交流在温柔的蓝眼睛中闪起的泪花。所有这些以及此外不胜枚举的眼神、笑容、思想和言语——我实在都想一一形诸笔墨。

布朗劳先生一天又一天不断往他的养子头脑里灌输丰富的知识；随着他的禀赋得到发展，一切迹象表明他将成为老绅士希望看到的那样一个人，布朗劳先生对他的钟爱也愈来愈深；他在奥立弗身上不断发现他早年的朋友的种种特征，从而在自己心中唤起久已逝去的回忆——既引动哀愁，也带来甜蜜和慰藉；两个孤儿经受过逆境的考验，都记住了它的教训——对人宽恕、相亲相爱、至诚感谢卫护并保全了他们的上帝；这些都无需赘述。我已经说过，他们真正是幸福的；如果没有强烈的爱，没有仁爱之心，如果对以慈悲为信条、以博爱一切生灵为其伟大特性的上帝不知感恩，绝不可能得到真正的幸福。

在古老的乡村教堂祭坛里边的墙上，嵌着一块白色的大理石板，上面还仅仅刻着一个名字——阿格尼丝！那个墓穴里并没有灵柩：但愿许多许多年后才有另一个名字刻上去！然而坟墓隔不断死者生前的亲友对他们的爱，如果他们身后会重返人间，魂游洋溢着那种绵延不尽的爱的圣地，那末，我相信阿格尼丝的阴魂有时就在这庄严肃穆的一隅盘旋徘徊。虽说这一隅之地是在教堂里，而她又是脆弱和迷途的，我相信她还是会去。

动物农场

[英] 乔治·奥威尔　著

第一章

庄园农场的琼斯先生，过夜前倒是把鸡舍一一上了锁，可实在因为酒喝得太多，还有好些旁门小洞却忘了关上。他打着趔趄走过院子，手里提的一盏灯的环状光影也跟着晃来荡去。一进后门，赶紧甩腿踢掉脚上的靴子，先从洗碗间的啤酒桶里汲取了这天的最后一杯，然后往琼斯太太已经在那儿打呼噜的床上走去。

卧室里的灯光刚一熄灭，一阵轻微的响动顿时席卷农场里所有的圈棚厩舍。日间就已有所传闻，说是老少校——也就是那头曾经获奖的公猪——头天夜里做了个奇怪的梦，想要讲给别的动物听听。此前已经约定，但等拿得稳琼斯先生不会来搅局了，所有的动物马上到大谷仓集合。老少校(大伙一直都这么叫他，虽然昔年他参展时的报名是维林敦帅哥)在农场里真可谓德高望重，每一只动物都不惜少睡个把小时，十分乐意来听听他要讲些什么。

大谷仓的一端有个稍显隆起的平台，少校已然给安置在那儿铺了干草的一张床上，从梁上挂下来的一盏灯就在他上边，挺舒坦。他有一十二岁了，近来颇有些发福，但他仍不失为一头相貌堂堂的猪，俨然一位睿智的忠厚长者，尽管事实上他的犬牙始终没有长出来。过不多久，其余的动物也开始陆续到场，并按各自不同的习惯安顿停当。最先来的是三条狗，分别叫做蓝铃铛、杰茜和钳爪；接着到的几头猪当即在平台前安营扎寨。一些个母鸡栖留在窗台上；有几只鸽子扑棱棱飞上了椽子；牛羊们在猪后面趴下来，开始倒嚼。两匹拉套干重活的马，一匹叫拳击手，一匹叫紫苜蓿，是齐头并进一起来的。他俩走得非常慢，毛茸茸的大蹄子踩到地上时十分小心翼翼，生怕干草里会藏着什么小动物似的。紫苜蓿是一匹母性洋溢的壮实雌马，现在步入其中年期，在生育过四胎之后，她再也没能重塑自己昔日的体态风韵。拳击手则是个庞然大物，几乎有六英尺高，论力气顶得上寻常的马两匹合起来那么大。顺着他鼻梁长就白白的一道毛色，使他的相貌总有那么点儿傻里傻气，而他的智能也确实算不上出类拔萃，不过凭着其坚忍不拔的性格和惊天动地的干劲，他还是到处赢得大家的尊敬。继两匹拉套马之后到达的是白山羊慕莉尔和驴子本杰明。后者在农场里算得上最资深的动物，脾气也是最坏的。他难得说话，一旦开口通常会发表一些冷嘲热讽的怪论，例如他会说上帝赐给他尾巴以便驱赶苍蝇，然而他宁愿尾巴和苍蝇都不要。在农场的动物中，唯独他从来不笑。倘若被问到这是为什么，他会说他看不出来有什么值得一笑。不过，他对拳击手倒是佩服得五体投地，尽管并不公开承认这一点；他俩每每一块儿到果园后面的一小块牧地去共度星期天，互相紧挨着吃草，可就是从不搭话。

现在言归正传，拳击手和紫苜蓿两匹马刚趴下来，便有一窝子失去了母亲的小鸭有气无力地细声叫着鱼贯而入，一边左顾右盼，想找一块他们不至于被踩踏的地方。紫苜蓿用她一条巨大的前腿权当一堵墙，把小鸭子围拢来，于是他们就在这围子里边安身，并且迅即睡着了。临到最后时分，给琼斯先生拉双轮轻便车的莫丽，那匹长得挺俊、却相当愚蠢的白母马，才故作娇媚状扭摆着腰肢进来，嘴里还嚼着一块方糖。她找了块比较靠前的地儿，开始甩她的白色鬃毛卖俏，指望吸引大家注意扎在那上面的红缎带。末了一个来到的是一只猫，她照例环视四周，先看看哪儿最暖和，最后生生地从拳击手和紫苜蓿之间挤了进去；少校讲话时她从头至尾一直在那里发出轻微的呜噜声表示心满意足，少校说些什么她连一句也没在听。

现在所有的动物都已到齐，只除了摩西——那是一只驯化了的乌鸦，在后门背后的横木架上睡觉。少校见大伙都已安顿到位，正打点起精神来等他发言，便清了一下自己的嗓子，开始说：

“同志们，你们已经听说昨夜我做了个奇怪的梦。但是，关于那个梦我待会儿再谈。我有别的事儿要先说。同志们，我恐怕没有好多个月跟你们在一起了，在我去世之前，我觉得自己有义务把我所获得的智慧传给你们。我这辈子活得够长的了，当我独自躺在圈里的时候，曾有很多时间静心思考，我认为自己可以说：我懂得在这片土地上生活而且懂得不比如今活着的任何动物差。我想要对你们讲的就是这档子事儿。

“那么，同志们，我们过的究竟是什么日子呢？我们还是实话实说吧：我们的生命是悲惨的、劳苦的和短促的。我们生了下来，供给我们的食物仅仅够维持我们的躯体里始终有一口气，我们当中那些能活下来的，就被强迫干活，直到筋疲力尽；一旦我们的使用价值到了尽头，我们立马就会遭到骇人听闻的残酷杀戮。在英格兰，动物只要满了一岁，便再也不知道什么叫做快乐或休闲。在英格兰，动物是没有自由的。动物的一生只有受苦受难受奴役的份儿。这是明摆着的事实。

“那么这会不会纯粹是自然条件决定的呢？莫非由于我们这儿地穷土薄，没法让在此居住的生灵过上体面的生活呢？不，同志们，一千个不，一万个不！英格兰的土壤是肥沃的，气候是适宜的，哪怕需要养活的生灵数量远远大于如今在此居住的动物总数，也有能力为他们提供丰饶富足的食物。单单我们这一个农场就养得起十二匹马、二十条牛、几百只羊，并且能让他们全都活得既舒服又有尊严——那简直是我们目前无法想象的。可我们又为什么总是活得这样窝窝囊囊、可怜巴巴呢？那是因为我们的劳动成果几乎全部被人类从我们身边偷走了。同志们，这就是我们所有问题的答案。它可以归结为简简单单的一个字——人。人是我们仅有的真正仇敌。只要把人赶下台，造成食不果腹和过度劳累的根本原因便可永远铲除。

“所有生灵中唯独人是光消费不生产的。人不会产奶，不会下蛋；人力气太小，拉不动犁；人跑得不够快，逮不着兔子。然而人却是所有动物的主子。人使唤动物干活，却只给动物少得不能再少的一点回报，仅仅为了不让他们饿死，而其余的部分悉数被人据为己有。我们的劳作耕耘着土壤，我们的粪便给土壤施肥，然而我们中的任何一个，除了自己身上的一张皮以外，什么也捞不到。我且问问眼前的几条奶牛，过去的一年里头，你们产了几千几万加仑奶呀？这些本该用于哺育健壮牛犊的奶都到哪儿去了？这些奶每一滴都让我们的敌人喝掉了。还有你们这些母鸡，过去一年内你们总共下了多少蛋，这些蛋中间有多少孵成了小鸡？其余的蛋全都卖到市场上去，给琼斯他们带来了钱。还有你，紫苜蓿，你生过四只小马，有了他们你原本可以老有所靠，老有所乐，可是他们都在哪儿啊？他们每一只都是刚满一岁就给卖掉的，从此以后哪一只你都休想再见到啦。你前后生育过四胎，在地里一贯勤劳苦干，可是这一切又换来什么回报？除了你那份紧巴巴的饲料配额和一间马棚，你还得到过什么？

“然而，即便是我们这种悲惨的生命，也不让走到顺乎自然的尽头。就我自己而言，我并不抱怨，因为我的运气算是不错的。我活了一十二年，我的孩子共有四百多。这才是一头猪顺乎自然的一生。可是没有动物最终能逃脱挨残酷一刀的下场。就说眼下坐在我前面的那几只肥小猪吧，不出一年，你们一个个都将在屠宰前没命地惨叫。如此可怕的厄运一定会临到我们大家头上——奶牛也罢，猪也罢，鸡也罢，羊也罢，一只也逃不了。即便是马和狗的命，也好不到哪儿去。以你拳击手为例，一旦你的那些了不起的肌肉失去了原有的膂力，琼斯立刻就把你卖给收老弱病马的贩子，让他先宰了你，再把你煮熟了喂猎狐犬。至于狗么，等他们老掉了牙，琼斯会在他们脖子上拴一块砖，把他们就近沉入随便哪个水塘。

“同志们，可见我们这种生活的万恶之源完全在于人类的专制统治，这不是清清楚楚、明明白白的吗？只要摆脱人的统治，我们的劳动成果就是我们自己的了。几乎一夜之间我们就能变得富足、自由。那么，我们该怎么干呢？毫无疑问，必须白天黑夜连着干，全身心投入工作，为把人类拉下马！同志们，我要传达给你们的信息，那就是：造反！我不知道那场造反运动什么时候来临，可能过一个星期，也可能要过一百年，但我知道，就像看到我脚下踩着干草一样确信无疑，正义迟早必定会得到伸张。同志们，你们的余生已为日无多，这一点要始终铭记在心！最最要紧的是，必须把我带来的这个信息传给你们的后代，这样代代相传就能把斗争继续进行下去，直至赢得胜利。

“要记住，同志们，你们的决心千万不能动摇。切不可让花言巧语把你们引入歧途。要是有谁对你说，人和动物有共同利益，人富即动物富，那都是谎话，绝对听不得。人只为自己谋利益，不为其他任何动物谋利益。我们动物之间在斗争中必须完全团结一致，建立真正的同志情谊。所有的人都是我们的仇敌。所有的动物都是同志。”

就在此刻发生了一阵把大伙吓得够呛的骚动。刚才少校发言的时候，有四只大老鼠从他们的洞里爬了出来，后腿和屁股着地坐在那儿听老公猪讲话。在场的几条狗突然发现了他们，老鼠们全靠一个箭步蹿回洞里才得以保住性命。少校举起一只爪子示意保持安静。

“同志们，”他说，“这儿有档子事儿必须得做个决定。像大老鼠和野兔之类非家养的生灵——他们算是我们的朋友还是仇敌？我们就来进行表决。我把这个问题提交给大会：大老鼠算不算同志？”

表决当即举行，赞成认大老鼠为同志的占压倒多数。反对者只有四票，即三只狗加一只猫。事后发现，猫既投了反对票，又投了赞成票。少校接着说：

“要说的我几乎都说了。我只是再次提醒大家，永远牢记你们肩负的责任，对待人类及其举止行为，必须持敌视态度。凡是两条腿行走的，那就是敌人。凡是四条腿行走或者长翅膀的，那就是朋友。同样必须记住，在反抗人类的斗争进程中，我们切不可落到去仿效人类的地步。即使你们征服了人类，也不得把他们的恶习继承下来。动物任何时候都不准住在房子里，或睡在床上，或身穿衣服，或喝酒，或吸烟，或接触钱币，或参与买卖。人类所有的习惯都是邪恶的。最最重要的是，动物不得欺压自己的同类。不分强弱，无论贤愚，我们都是兄弟。凡动物都不可杀任何别的动物。凡动物一律平等。

“同志们，现在我要把昨夜我做梦的事告诉你们。我没法向你们描述那场梦的情境。那是关于将来人类消亡以后这片土地会是什么情形的一个梦。但它令我想起我久已忘怀的一些事情。好多年以前，那时我还是一头小猪，我母亲和另外几头母猪经常唱一支老歌，她们只会哼那歌的曲调，不会唱词儿，只知道开头的六个字。小时候我也学会了哼那曲调，但它从我记忆中消失已经很久很久了。不料昨夜，它又回到我的梦中来了。可还有更绝的，那支歌的词儿也回来了——我相信那正是很久很久以前动物们所唱的歌词，后来失传已有好多好多年代。同志们，现在我要把那支歌唱给你们听。我老了，嗓子早已沙哑；不过，等我把曲调教给你们以后，你们自己可以更好地唱给自己听。歌的名儿叫《英格兰的生灵》。”

老少校清了一下嗓子，开始唱歌。他说得没错，他的嗓子确实已经沙哑，但能唱成这样，已经够难为他了。那曲调相当煽情，有些介于《克莱门汀》和《拉库库拉恰》之间的那种味道。歌词是这样的：

英格兰的生灵，爱尔兰的生灵，
不论你属于哪方水土，哪儿出生，
都来听我唱一唱
未来黄金时代的美好前景。

这一天总会来的，无非迟或早，
人类的暴政一定要推倒，
英格兰的千里沃野
将全由生灵们驰骋逍遥。

穿透我们鼻孔的铁环必将悄亡，
挽具也要搬离我们的背梁，
让嚼子和马刺永远生锈去吧，
狠毒的鞭子再也不可能抽响。

大麦和小麦，燕麦和草料，
紫苜蓿、糖萝卜，还有豆子嚼，
到那天统统都是我们的，
富得叫你做梦也想不到。

到我们获得自由的那天，

英格兰的田野将满是金灿灿的一片，
大江小溪的水会变得更清澈，
连风儿也吹得你越发心醉酥软。

为了那一天，我们都得拼命干，
哪怕壮志未酬头先断。
无论是牛是马，是鹅还是火鸡，
为了争自由，大家就得多流汗。

英格兰的生灵，爱尔兰的生灵，
不论你属于哪方水土，哪儿出生，
都来听我唱一唱
未来黄金时代的美好前景。

这支歌经如此一唱，把动物们推到了无比兴高采烈的亢奋状态。几乎等不及少校唱完，他们自己便都唱开了。就连其中最笨最笨的动物，也已学会了曲调和少数几句词儿，至于像猪和狗那等聪明的，仅用几分钟就把整首歌全背了下来。于是，经过不多几次起头之后，整个农场就以惊人和谐的音调爆发出《英格兰的生灵》大合唱。母牛唱的是哞哞的低音声部，狗的哀叫适用于长腔，羊的咩咩、马的嘶鸣、鸭子的呷呷叫，统统各得其所。这首歌可把动物们给逗得不亦乐乎，他们竟一连足足唱了五遍。要是不被打断的话，他们会整夜一直唱下去，而不知东方之将白。

遗憾的是，喧闹声吵醒了琼斯先生，他从床上直蹦起来，想搞清楚是不是有狐狸闯进了院子。他抓起随时竖放在他卧室角落里的那杆猎枪，把一发六号铅沙弹向黑暗中射出去。铅丸纷纷嵌入谷仓的墙内，于是这次集会匆匆忙忙作鸟兽散。每一只动物都向着各自的宿处仓皇逃遁。鸟类扑棱棱跃上他们的栖木架，牲畜在干草栏里存身，整个农场顷刻间便入了梦乡。

第二章

过了三个夜晚，老少校在睡眠中平静地死了。他的遗体埋在果园地势最低的一端。

时当三月之初。在接下来的三个月内，那儿的秘密活动愈趋频繁。少校的一番话，给了农场里比较有头脑的动物一种全新的生活观。他们不知道少校所预言的造反将在什么时候发生，他们没有理由认为这会是他们有生之年以内的事情，但是他们清楚地看到应当为之进行准备。教育和组织其他动物的工作，自然就落到被普遍认为动物中最聪明的猪肩上。而猪中尤其出类拔萃的当推名叫雪球和拿破仑的两口年轻公猪，那是琼斯先生养着准备卖的。拿破仑是一头看上去挺吓人的伯克夏大公猪，也是场里唯一的伯克夏种猪，不太爱说话，可是出了名的不达目的死不休。跟拿破仑相比，雪球较为活跃，敏于言，点子也多，但大家认为在性格的深度上差点儿。场里别的公猪都是肉用猪。其中名气最大的要数一只叫吱嘎的小肥猪，他的腮帮子挺圆挺圆的，眼珠子忽闪忽闪的，动作敏捷，嗓子特尖。他的口才十分了得，每当他力图证明某一个很难说清楚的论点时，其习惯性动作就是身子跳来跳去，尾巴摆个不停，不知为什么这一招很有说服力。别的动物谈起吱嘎来，认为他有本领把黑的说成白的。

这三口猪把老少校的教导阐发成为一套完整的思想体系，他们名之曰动物主义。每周有几个夜晚，等琼斯先生入睡后，他们就在谷仓里秘密集会，向其他动物宣讲动物主义的原理。起初他们遭遇的态度颇有些愚顽和冷漠。某些动物居然谈到有义务忠于琼斯先生（他们还称呼他“东家”），或者说出一些极其幼稚的话，诸如“我们是琼斯先生养活的，要是他死了，我们就得饿死”云云。有的动物提出过这样一些问题，例如：“我们为什么要关心我们死后发生的事？”或者“既然造反反正要发生，那么我们为不为它出力又有什么差别？”为了让他们明白凡此种种都有悖于动物主义的精神，三口公猪可费了好大力气。一些最最愚蠢的问题都是那匹白母马莫丽提出来的。她向雪球提的第一个问题是：“造反过后还有没有方糖？”

“没有，”雪球说得毫不含糊。“我们这个场里没有制糖的设备。再说，你并不需要糖。你所需要的燕麦和草料，你都会有的。”

“那么，我还可不可以在我的鬃毛上扎缎带？”莫丽问。

“同志，”雪球说，“你如此念念不忘的那些缎带，其实是当奴隶的标志。你难道不懂得，自由的价值要高于缎带吗？”

莫丽表示同意，但听起来并不十分信服。

公猪们还针对驯化了的乌鸦摩西散布的种种谣言开展了更为艰苦的斗争。摩西是琼斯先生特别钟爱的宠物，专门刺探消息，搬弄是非，但他又有一等巧舌如簧的说嘴功夫。他声称知道有一个叫做糖果山的神秘之乡，所有的动物死后都会到那儿去。据摩西说，它位于天上云层后面一点儿的某个地方。在糖果山，每周有七个星期日，苜蓿一年到头都是当令时鲜。方块儿糖和亚麻籽饼全长在树篱上。动物们厌恶摩西，因为他尽说瞎话不干活，可是有些动物相信真有糖果山，三口公猪不得不费好多好多唇舌去说服他们明白，世上根本没有这样的地方。

三口公猪最忠实的信徒当数那两匹拉套的马——拳击手和紫苜蓿。这二位遇事总要费极大的劲儿琢磨透了才行，不过一旦认定三口公猪是他们的老师，那么，凡是向他们讲解的内容，他俩都能消化吸收，然后再用简单的道理传达到其他动物那儿。两匹马参加谷仓的秘密集会从不缺席，而且每次集会结束时必唱的《英格兰的生灵》，照例由他俩领唱。

不料形势的发展却会是这样：造反竟然实现了，而且比任谁预期的提前了许多，也容易得多。过去好多年里头，琼斯先生虽说是个啬刻的东家，总还算得上一位能干的农场主，可是近来却流年不利。他在一场官司中输了钱以后，变得非常沮丧，而且纵酒无度。有一段日子他会整天懒洋洋地坐在厨房内他那把十八世纪的细骨靠椅里翻翻报纸，喝喝酒，偶尔给摩西喂点儿蘸了啤酒的面包皮。他雇用的员工无所事事，居心不良，田里长满杂草，圈棚厩舍漏雨失修，树篱久疏整剪，动物得不到足够的饲料。

六月来临，秣草差不多可以开镰收割了。在施洗约翰节（6月24日）前夕的仲夏夜，那天是星期六，琼斯先生去了趟维林敦，在红狮酒吧喝得烂醉，直至星期天中午才回来。雇工们大清早给母牛挤了奶，便出外打野兔去了，压根儿没给动物们喂饲料。琼斯先生一回来，马上到起居室沙发上睡觉去了，用一张《世界新闻报》兜脸一盖。所以，直至黄昏时分，动物们尚未有人喂过。最后，他们饿得实在受不了，一头母牛用角顶开了饲料棚的门，于是，所有的牲口开始自行从料箱里取食。恰恰在这个当口儿，琼斯先生醒了。转眼间，他和他的四名雇工已经手持鞭子来到饲料棚，不看左右前后，劈劈啪啪就是一阵胡抽乱打。对于原本一直挨饿的牲口们来说，是可忍，孰不可忍？尽管事先没有制定任何计划，牲口们竟全体一致向施虐的人们猛冲过去。琼斯和他的几名雇工，突然发现自己遭到来自四面八方的头牴脚踹。局面已完全不在琼斯他们的掌控之中。以前他们从未见到动物有过如此行为，他们对牲口的一贯做法就是任意抽鞭子、施虐待，这些牲口此番突如其来的暴动，把他们吓得差点儿神经错乱。仅仅过了一小会儿，琼斯他们就放弃了进行自卫的尝试，溜之大吉。一分钟后，他们五人全都沿着通往大路的马车道拼命奔逃，而牲口们却在后面乘胜追击。

琼斯太太从卧室的窗里望出去，正好看到所发生的这一幕，赶紧把少数几件细软扔进一个毯制手提包，从另一条通道溜出农场。摩西跳离了栖木架，张开翅膀跟在她后面呱呱大声乱叫。与此同时，动物们已把琼斯和他的雇工们撵上了大路，并且把共有五道闩的大门轰然关上。就这样，几乎没等到他们弄清楚究竟是怎么回事，造反就已经大功告成：琼斯被扫地出门，庄园农场是动物们的了。

最初几分钟，动物们简直无法相信他们的运气会这样好。他们的第一个行动是全体出动沿着农场的地界绕场奔跑，仿佛要完全肯定再也没有一个人躲在场内的什么地方；然后他们又跑回农场的居住区，把可恨的琼斯统治遗留下来的一切痕迹统统扫除干净。马厩尽头的挽具房被撞开；马嚼子、鼻环、狗链、琼斯先生过去常用来阉割猪羊的那些凶残的刀子，一股脑儿全给抛到井下去。缰绳、笼头、眼罩、固定在头上套住鼻子的饲料袋（非常有损牲口的尊严），被扔进点燃在院子里的垃圾堆。鞭子的下场也一样。当动物们看到鞭子在火焰中燃烧起来时，全都高兴得又蹦又跳。逢到赶集的日子通常扎在马鬃毛和马尾巴上的缎带，也被雪球扔进了火堆。

“缎带和衣服一样，”他说，“应当被视为人类的标志。所有的动物都应当一丝不挂。”

拳击手一听到这话，便摘下他夏天戴着防苍蝇钻进耳朵的一顶小草帽，把它跟其他东西一样扔到火堆上去。

不多一会儿工夫，动物们已把会令他们想起琼斯先生的一切东西全部消灭。接下来拿破仑带领大家回到饲料棚，给每一头牲口发放双份谷物饲料，给每一条狗两块饼干。于是他们把《英格兰的生灵》从头至尾连唱七遍，然后安定下来准备就寝。这一宿他们睡得真是舒坦，那是以前从来没有过的。

但是他们照例在黎明时分就醒来，突然想起了已经发生的盛大喜事，所有的牲口一齐跑出去奔到牧场上。沿牧场往前不远处有一个小山丘，从那儿能把大半座农场尽收眼底。牲口们冲到山丘顶上，在明净的晨光中环视四周。没错儿，周围他们所能看到的一切——都是他们的了！怀着这个想法带来的狂喜，他们绕着山丘一圈又一圈奔腾雀跃，不时向空中猛蹿猛跳，以宣泄汹涌澎湃的兴奋心潮。他们在朝露中打滚，把夏天甘美的牧草嫩尖咬下来塞满一嘴又一嘴，踢起地上的一块块黑土，狠狠地嗅着那股浓郁的芳香。然后他们把整个农场巡视一遍，满怀无言的深情对耕地、草料田、果园、池塘、小树丛一一加以纵览。好像此前他们从未见过眼前这一切，直到现在还难以相信这些都是他们自己的财产。

接下来他们排成单行返回农场居住区，可是到了农场主的住宅外面，却逡巡不前不做声了。这所房屋也已归他们所有，但是他们害怕到里边去。过了一会儿，雪球和拿破仑还是用肩胛把门顶开，于是动物们一个个成纵行走进去，步子迈得极其小心，生怕惊动什么似的。他们踮着脚从一间屋子走到另一间屋子，说话的声音不敢高过耳语，用敬畏的目光直盯着这些难以置信的奢华排场，包括床上的羽绒被褥、梳妆镜、马鬃沙发、布鲁塞尔地毯、起居室壁炉架上方墙上维多利亚女王的石印画像。他们才下楼梯，便发觉莫丽不见了。有些动物回到楼上去寻找，发现她落在后面最漂亮的一间卧室内。她从琼斯太太的梳妆台上拿了一条蓝色缎带，正把它举到自己肩旁对镜比画着，那副顾影自怜的丑态要多蠢有多蠢。动物们给了她一顿尖厉的抢白之后走了出来。挂在厨房里的几只火腿被拿出去，准备好生埋掉。洗碗间里那桶啤酒让拳击手踢了一蹄子给凿破了。除此以外，宅内的东西连碰也没碰过。一项决议当场就获得一致通过，那就是：农场主的住宅将保留下来作为纪念馆。大家同意任何动物永远不可住在里边。

动物们各自吃了早餐，然后雪球和拿破仑再次把大家召集到一起。

“同志们，”雪球说，“现在才六点半，我们将要干上长长的一整天。今天我们开始收获草料。但是另外有一件事必须首先予以关注。”

此时猪头头们才透露，过去三个月他们通过自学一本旧的拼音课本学会了读和写，那课本原先属于琼斯先生的孩子们，刚才给扔到垃圾堆上烧了。拿破仑打发手下弄来几桶黑漆和白漆，自己领头朝着通向大路的五闩大门走去。于是，由雪球(因为雪球的字写得最棒)用前蹄的两个膝关节夹起一把刷子，把大门最上端一道闩上的“庄园农场”几个字涂掉，改漆为“动物农场”。从今往后，农场就用这个名儿。完了以后，大伙回到农场居住区，雪球和拿破仑派手下去搬来一架梯子，把它靠在大谷仓一端的外墙上。猪头头们解释道，通过过去三个月的学习，他们已成功地把动物主义的原理精简为《七诫》。这七条戒律现在就要题在墙上；它们将构成一部不可变更的法典，动物农场全体动物往后的生活必须永远以这部法典为准绳。雪球颇费了些周折才爬上去(因为一口猪要在一架梯子上保持平衡可不是件容易事儿)，接着开始工作，由吱嘎提着油漆桶扒在稍低几磴处。戒律用白漆大字母写在涂过柏油的墙上，从三十码以外也看得清楚。上面写的是：

七　诫

1. 凡用两条腿行走的都是敌人。

2. 凡用四条腿行走或长翅膀的，都是朋友。

3. 凡动物都不可穿衣服。

4. 凡动物都不可睡床铺。

5. 凡动物都不可饮酒。

6. 凡动物都不可杀任何别的动物。

7. 凡动物一律平等。

全文写得非常工整，只是 friend(朋友)一词写成了 freind,还有一个 S 写反了变成 Ƨ，此外的拼写全部正确。雪球把全文大声朗读一遍，是给其他动物听的。所有动物频频点头表示完全赞同，其中最聪明的几位立即开始默诵《七诫》。

“现在，同志们，”雪球扔下漆刷喊道，“向草料田，出发！我们一定要比琼斯他们收割得更快，这是我们荣誉攸关的一件大事。”

有三头母牛先前一段时间看起来已经很不好受，此刻索性哞哞大叫起来。她们已有二十四小时没挤过奶，她们的乳房都快胀破了。稍加考虑后，猪头头们让手下取几只奶桶来，十分成功地为她们挤了奶——敢情猪爪子干这活儿倒是挺好使。很快，五桶冒着泡沫的高脂牛奶已经放在那儿，好多动物瞅着它们，对之怀有浓厚的兴趣。

“所有这些牛奶会怎么处置？”有一位问。

“琼斯有时候会把它们掺一些到我们的饲料里去，”一只母鸡说。

“同志们，先别管牛奶！”拿破仑喊道，同时挺身而出站到奶桶前面。“这事会得到妥善处置的。眼下收割更重要。由雪球同志先领头出发。我过一会儿就跟上来。同志们，前进！草料正等着呢。”

于是动物们整队前往草料田开始收割。到傍晚他们回来时，发现牛奶已经不见了。

第三章

他们为了把草料收割起来，真不知干得有多辛苦，流了多少汗！但他们的努力还是有了回报，因为收获取得很大成功，甚至大过他们的希望。

有时候工作很是费劲；工具都是为人而不是为动物设计的，动物不会使用要求靠两条后腿站着操作的任何工具，这是一大障碍。不过猪非常聪明，他们总能想出办法来绕过每一道难关。至于说到马，他们对每一寸土地都了如指掌，实际上对割草和耙地这些事儿，远比琼斯和他的雇工们在行。猪其实并不干活，只是指挥和监督其他动物。凭借超群的知识，他们自然会充任领导者的角色。拳击手和紫苜蓿自己套上割草机或马拉耙(嚼子和缰绳如今当然用不着了)，踏着沉稳的步伐在地里绕来绕去，由一头猪在后面一边走，一边视不同情况吆喝“驾，加油，同志！”或者“吁，退后，同志！”每一只动物，包括最不起眼的在内，都参与翻草、捡草之类的活儿。就连鸡和鸭也整天在太阳下来回奔忙，用他们的嘴衔可怜的几小把干草。最终他们完成了这次收割，比琼斯和他的雇工们通常所需的时间少了两天。此外，这还是农场历来取得的最大最大一次丰收。浪费可以说一点儿都没有；鸡和鸭眼尖，哪怕落下一根草也会捡起来。农场的无论哪只动物，甚至没有偷吃过一口草。

整个夏天，农场的工作一直有条不紊，运转有如钟表。动物们都很幸福，他们从来无法想像能过得这样开心。每一口食物都是一份实实在在的快乐，就由于如今这真正是他们自己的食物，而不是由抠门的东家布施给他们的。自从毫无价值、只会当寄生虫的人们给轰走以后，每一只动物都有了更多吃的东西。休闲的时间也更多了，尽管动物们对之还不适应。他们遇到了许多困难——比如到了一年的晚些时候，收获谷物的季节，由于农场没有脱粒机，动物们不得不依老法把谷粒踩下来，靠吹气去壳。不过，猪头头凭借他们的聪明才智，拳击手则仗着其了不起的膂力，总能排除万难。拳击手受到所有动物的爱戴。即使在琼斯时代，他干活就是不怕苦不怕累，而现在他看起来更像是三匹马，而不像一匹马。有一些日子农场所有的活似乎全都落在他孔武有力的肩膀上。从早到晚，他总是推呀拉呀，哪儿的活最苦最累，哪儿一定有他。他跟一只小公鸡约定，让小公鸡早晨比为别的动物报晓早半个小时叫醒他，在一天的常规劳动开始之前，先参加一些义务劳动，只要是最需要出力的地方，干什么都行。不论碰到什么难题，不论遭遇什么挫折，他的回答照例就一句话："我会更加努力工作！"——这已经成了他的格言。

与此同时，每一只动物也都各自在从事力所能及的劳动。就以鸡和鸭为例，他们在收获季节靠捡散落的谷粒减少的损失就有一百八十升之多。没有当小偷的，没有为口粮份额发牢骚的，往日里属于生活中家常便饭的吵架、互咬、妒忌等等，几乎已经看不到了。没有旷工的，或者几乎没有。诚然，莫丽早晨素有赖床的坏习惯，还老是以石子硌脚为理由提前收工。而猫的作风又比较独特。不久大家注意到，每当有活要干的时候，却怎么也找不到这只猫。她往往一连好几个小时踪影全无，及至开饭时间或晚上活都干完了，她又重新现身，好像什么也没有发生过似的。但她每次都准备好凿凿有据的托词，而且呜噜呜噜地说得十分动听，任谁也没法不信她的一片好心。驴子老本杰明看上去打从造反以来毫无变化。他还跟琼斯时代一样慢慢腾腾、倔头倔脑地干他自己的活，从不偷懒，可也从不自愿干分外的活。对于造反及其所产生的结果，他不发表任何意见。当被问到既然如今琼斯跑了他是否比以前快乐时，他只说："驴子的寿命很长。你们中还没有谁见到过一头驴子死掉。"听到如此玄之又玄的回答，别的动物还能说些什么呢？

星期日无须工作。早餐比平日晚开一小时，餐后有一项每周无例外地都要举行的仪式。首先是升旗。雪球在挽具房里找到琼斯太太的一块绿色旧桌布，便在上面用白漆画了一只蹄子和一只头角。每个星期日上午，在农场主宅内园中被扯上旗杆的就是这块布。雪球曾解释说，绿色的旗帜代表英格兰的田野，白色的蹄子和头角标志着未来的动物共和国，这个共和国将在人类最终被推翻后兴起。升旗式之后，所有的动物列队进入大谷仓参加一个叫作碰头会的全体大会。接下来这一周的工作将在此做出安排，提出议案，进行讨论。提决议草案的总是猪。别的动物懂得如何投票，可是从来不考虑提出自己的议案。在讨论中表现最积极的无疑是雪球和拿破仑。不过，大家注意到，这二位的意见从来不一致：他俩中不论由谁提出的建议，另一位定然会加以反对。有件事儿已经定了下来，就是把果园后面的一小片牧草地留作过了劳动年龄的动物养老之家——此事本身谁也不会反对，可是在如何确定每一等级的动物退休年龄问题上，照样发生了一场暴风雨般激烈的辩论。碰头会结束时照例唱《英格兰的生灵》，下午是娱乐活动时间。

猪们把挽具房腾出来作为他们自己的指挥部。每天晚上，他们在这儿照着他们从农场主宅子里拿来的书本子学习打铁、木工以及其他各种必要的手艺。雪球还忙于发动别的动物参加各种他称之为动物委员会的组织。他干这等事可谓百折不挠，乐此不疲。他为鸡们建立产蛋委员会，为母牛成立清洁尾巴联盟，还搞起了野生同志再教育委员会（其宗旨乃是驯服大老鼠和野兔）、羊毛增白运动，还有许多别的名堂，不一而足，至于组织识字班和写字班还不计在内。就总体而言，这些计划完全归于失败。比方说，驯服野生动物的尝试，几乎立刻垮了台。他们的行为和过去一模一样，当他们得到宽厚对待时，反而觉得有机可乘。猫参加了再教育委员会，几天内表现得非常积极。一天，她被看见正蹲在屋顶上向几只麻雀说话（麻雀们所处的位置刚刚在猫够不着的地方）。猫对麻雀说，如今所有的动物都是同志了，随便哪只麻雀只要愿意，都可以走过来待在她的爪子上；然而麻雀们依旧保持着他们的距离。

不过，识字班和写字班却大获成功。到秋天，农场的每一只动物多多少少也算有了些文化。

至于猪，他们已完全掌握了阅读和书写。狗们阅读的成绩也相当不错，只是他们除了《七诫》，对于念任何别的东西一概不感兴趣。母山羊慕莉尔某些东西能念得比狗还好，傍晚时分往往把她从垃圾堆上发现的报纸残片拿来念给其他动物听。本杰明阅读的本领并不比任何一头猪差，但从不进一步锻炼他的才干。他说，据他所知，根本没有什么值得阅读的东西。紫苜蓿认得所有的字母，就是不会把字母拼成单词。拳击手才学到 D，往后就迈不过去了。他会用他的大蹄子在尘土地上勾勒出 A，B，C，D，然后站在那儿直勾勾地盯着它们，两耳往后一抿，时而抖一下他的额毛，拼命在想下面的字母，可是怎么也想不起来。的确，有那么几回，他也学着认 E，F，G，H，但是等到他把那几个字母认下来了，却发现他把 A，B，C，D 给忘了。最后他决定权且先把头四个字母记牢，并且每天总要写上一两遍以期常记常新。莫丽除了构成她自己名字的几个字母以外，拒绝再学习任何东西。她会用一些细枝丫把那几个字母整齐地一一摆出来，再用几朵花儿稍稍加以装饰，然后绕着它们转圈儿欣赏，越看越觉得美。

农场里的其他动物，都没能走得比 A 更远。另外还发现，像羊、鸡、鸭这些比较笨的动物，没法儿把《七诫》全记住。经过深思熟虑，雪球宣布《七诫》其实可以压缩为一句格言："四条腿好，两条腿坏。"他说，这句格言包括了动物主义的精髓实质。无论谁彻底掌握了它，便能保证不受人类的影响。禽类首先提出反对，因为他们好像也是两条腿，但雪球向他们证明并非如此。

"同志们，"他说，"禽类的翅膀是主要起推进作用的器官，而不是主要起操控作用的器官，所以应当被看作是腿。人的区别性标志是手，人正是用它来干一切坏事的。”

禽类听不懂雪球那些冗长拗口的词语，但是接受了他的解释，于是所有那些较卑微的动物下力气背起新格言来。**四条腿好，两条腿坏**，被题写在谷仓一端的外墙上，既高于《七诫》，而且字体更大。绵羊们一旦把这条新格言背下来后，对它激发起一种强烈的爱，往往在牧草地上一躺下，便全都咩咩地叫起来：“四条腿好，两条腿坏！四条腿好，两条腿坏！”一连会叫上好几个小时，丝毫不感到厌烦。

拿破仑对雪球搞起来的各种委员会不感兴趣。他说抓小动物的教育比抓已经长大的动物的任何工作更为重要。偏巧杰茜和蓝铃铛在收割草料后不久便双双生了小狗，她俩共产下九只壮仔。小狗仔刚一断奶，拿破仑就把他们从母亲身边带走，说他要对他们的教育负责。他把小狗们弄到只能从挽具房一架梯子爬上去的一个阁楼里，对外界瞒得紧紧的，使农场的其他动物很快把小狗的存在这一茬给忘了。

牛奶不知去向之谜不久便告澄清。牛奶每天都给掺进了猪食。早苹果这会儿正在成熟，果园草坪上已散落着被风吹下的果实。动物们早就摆出一副这些苹果当然应由大家均分的架势；然而某一天有命令传来，说吹落的苹果必须收集起来送到挽具房去给猪们享用。某些别的动物于是对此做出咕咕哝哝的反应，但不起作用。在这一点上，所有的猪态度完全一致，甚至雪球和拿破仑亦然如此。吱嘎被派去向其他动物作必要的解释工作。

“同志们！”吱嘎尖声喊道。“难道你们认为，我们猪这样做是自私自利和享受特权的一种表现？我希望你们不这样想。我们有许多同志其实讨厌牛奶和苹果。我自己就讨厌它们。我们食用这些东西的唯一目的就是保持我们的身体健康。牛奶和苹果（同志们，这都是经科学证明了的）含有一口猪保持身体健康不可或缺的物质。我们猪是脑力劳动者。本农场的整个管理组织部门全都依靠我们。我们白天黑夜都在守护着你们的福祉。正是为了**你们**，我们才喝那些牛奶，吃那些苹果。

要是我们这些猪无法恪尽厥责，你们可知道会发生什么？琼斯将会回来！是的，琼斯将会回来！同志们，想必……”吱嘎几乎在用恳求的语调呼吁，同时身子跳来跳去，尾巴摇个不停，“……想必你们当中没有谁愿意看到琼斯回来吧？”

如果说在某件事情上动物们的态度毫无争议的话，那就是他们都不愿意琼斯回来。如果问题以这样的角度摆到他们面前，那么，动物们再也无话可说了。让猪们保持良好的健康状态，其重要性是再显而易见不过的了。于是，大家无须继续争论便同意，让牛奶和被风吹落的苹果（再加上成熟苹果收成中的大头），归猪们独享。

第四章

夏天过了一大半时，动物农场发生的事情，已在郡内一半地区传开。雪球和拿破仑每天放飞好几批鸽子，这些鸽子都得到指令与附近各农场的动物混在一起，把造反的故事告诉他们，并且向他们传唱《英格兰的生灵》的曲调。

这些日子琼斯先生大部分时间都消磨在维林敦的红狮酒吧，向每一个愿意听的人诉说自己遭遇的弥天不公，居然被一帮狗屁不如的畜生从自己的农庄里扫地出门。别的农场主从道义上都表示同情，但刚开始时并没有给他太多帮助。他们每个人心中都在盘算，自己也许有可能设法从琼斯的不幸中捞到好处。所幸与动物农场毗邻的两家农场业主彼此间素来不睦。一家名叫狐苑的，是一座老式大农场，长期疏于管理，到处杂树丛生，牧场地力耗尽，树篱无人整修。它的主人皮尔金顿先生是一位逍遥派乡绅，大部分时间都消磨在钓鱼或狩猎上——视季节而定。另一家农场名为撬棍地，面积小些，经营状况却要好些。业主弗雷德里克先生是个凶横而又狡诈的人，接连不断地卷入词讼，以狠宰对手和特别难缠出名。他们二人互相憎恶到这般地步，以致对他们来说想达成任何协议都十分困难，即便事关保护他们双方的利益也同样如此。

不过动物农场造反的消息还是把这二位都吓坏了，急煎煎地只想阻止他们自家的动物获悉太多这方面的情况。一开始，他们还故作镇静，认为动物居然想要自己管理农场这个主意太可笑了。他们说，这场风波顶多闹上两个星期就会过去。据他们估计，庄园农场（他们坚持使用旧称；他们无法容忍“动物农场”这个名称）的牲口必将没完没了地打架互殴，而且很快都会饿死。及至一段时间过去了，那里的动物显然没有饿死，弗雷德里克和皮尔金顿又改腔换调，开始谈论目下在动物农场可怕的兽行妖风甚炽。据称那里的动物已在不折不扣地食同类之肉，用烧红的马蹄铁互相施虐，对雌性配偶实行共有。这是违背自然法则悍然造反带来的必然结果，弗雷德里克和皮尔金顿如是说。

这些离奇的故事说归说，但人们从来没有完全信以为真。至于有一个很不寻常的农场，那里的人都给轰走了，动物自行管理他们自己的事务——这等传闻倒是一直不绝于耳，虽则语焉不详，而且走样得厉害。总之，整整一年里头，一股造反的浪潮已席卷乡村。一向很听使唤的公牛一下子野性勃发；绵羊撞倒树篱，把苜蓿地吃得一片狼藉；母牛踢翻奶桶；行猎马拒绝跃过栅栏，却把骑者甩了过去。最不可思议的是，《英格兰的生灵》的曲调乃至歌词，到处都在传唱，其传播速度之快，着实令人吃惊。人们听了这首歌，尽管表面上嗤之以鼻，其实按捺不住一腔怒火。他们说，简直无法理解这等货色怎么会大行其道，就算是动物也不应该堕落到去唱如此可恶的垃圾。所以，凡是动物唱这首歌给逮住，就得当场挨一顿鞭子。可是这首歌依然压不下去。黑鸟在树篱中打的唿哨是这支歌，鸽子在榆树丛里咕咕地叫着的也是它，它渗透进了铁匠铺的打铁声和教堂钟鸣的音调。人们倾听这歌声，禁不住暗暗打寒颤，似乎从中听到了他们自己在劫难逃的预告。

十月初，谷物已收割完毕，堆成垛，部分已经脱粒，这时，有一群鸽子飞旋着穿空而过，降落到动物农场的院子里，神色万分紧张。原来是琼斯带领他所有的雇工，再加上来自狐苑和撬棍地的另外六名人手，已进入有五道闩的大门，正沿着通农场的马车道走来。他们全都手执棍棒，只有带队的琼斯手中拿着一支猎枪。显然，他们是企图夺回农场而来。

此举早在预料之中，而且一切准备工作也都做好了。雪球研究过从农场主宅内发现的一本旧书，是关于恺撒大帝历次重大战役的，故而防御战事由他来指挥。他迅即发布一道道命令，才几分钟时间，每一只动物都已进入自己的战斗岗位。

当来犯的人们逼近农场居住区时，雪球发动了他的第一次攻击。为数多达三十五羽的一群鸽子倾巢出动，在人们头顶上方飞来飞去，从半空中冲他们劈头盖脸拉下屎来。正当人们在闪躲鸽粪的时候，藏匿在树篱后面的一大群鹅，冲了出来狠啄人们的腿肚子。不过，这仅仅是一次小接触，旨在制造一点小小的混乱，人们用棍棒一阵挥舞就把鹅赶跑了。接下来雪球开始启动他的第二轮攻击。慕莉尔、本杰明加上所有的绵羊，在雪球率领下向前，猛冲，从四面八方用尖角戳、用脑袋撞来犯者，其时本杰明则转过身去用他小小的后蹄尥蹶子。但他们再次不敌人们的棍棒和带钉的靴子；忽然间，随着雪球发出作为撤退信号的一声喊叫，动物们一齐掉过头去从大门口退入院子。

来犯者发出一阵得胜的欢呼。他们按自己的想像一看，见敌方正在溃逃，对己方的人员部署未加调整便贸然追击。这恰恰中了雪球的计谋。来犯者刚进入院子深处，三匹马、三头母牛以及所有的猪原先就埋伏在牛棚里，此刻突然出现在来犯者的后方，正好把敌人的退路切断。雪球这才发出冲锋信号。他自己直扑琼斯。琼斯见他扑上来，举枪就放。铅沙弹擦着雪球的背部划出几道血痕，一只羊却倒下去死了。雪球甚至没有一刹那的犹豫，便把自己这二百多磅直冲琼斯的两条腿猛撞过去。琼斯给抛进一个畜粪堆，他的猎枪也从他手中飞了出去。但是模样最最吓人的要数拳击手，他后腿着地前身竖立起来，像一匹种马挥舞着钉有铁掌的两个大蹄子。他击出的第一拳就打在来自狐苑的一名马倌脑袋上，后者直挺挺倒在泥浆里一动不动。有几个来犯者见势不妙，纷纷扔下棍棒，打算落荒而逃。他们给吓得魂灵出了窍，紧接着，全体动物一起撵着他们在院子里绕着圈儿跑。人们一个个都饱受顶撞、踹踢、齿咬和踩踏。农场的每一只动物无不各显神通向人们进行报复。就连那只猫也一下子纵身离开屋顶跳到一名牛倌肩膀上，把爪子插进他的脖子，疼得那牛倌没命地惨叫。有一眨眼的工夫，并无动物堵在门口，喜出望外的来犯者瞅准时机冲出院子，朝着大路的方向逃之夭夭。就这样，这次入侵没有超过五分钟，人们便从他们来的那条路上很不光彩地仓皇败退，后面还有一群鹅发出嘘声紧追不舍，一路尚且频频啄他们的小腿。

所有的人都走了，只有一个除外。那马倌脸朝下躺在泥浆中，回到院子里的拳击手正用蹄子轻轻触摸着他，尝试着想把他翻过身来。马倌一动也不动。

“他死了，”拳击手悲伤地说。“我没有这样做的本意。我忘了自己穿着铁靴子。谁会相信我不是故意干了这件事？”

“不必伤感，同志！”自己身上有几处伤口还在滴血的雪球说。“战争就是战争。只有一种人是好的，那就是死人。”

“我不愿杀生夺命，甚至不愿伤害人的生命，”拳击手一再重申，两眼噙满了泪水。

“莫丽到哪儿去了？”有动物惊呼。

莫丽确实不见了。一时间动物们大起恐慌；大家担心那帮人也许会用什么手段伤害她，甚或把她掳走。不过最后发现原来她躲在自己厩内，把脑袋埋在马槽的草料之中。刚才枪声一响，她撒腿就逃。及至其他动物找到她以后回到院子里，发现那马倌此前其实只是被打昏了，现已苏醒过来后离去。

动物们重又聚集到一块儿，心情之激奋达于极点，每一位都扯开嗓门一而再、再而三地列举自己在刚才那一仗中的赫赫战功。一场未经筹备的祝捷庆功会说开就开。旗帜升起来了，《英格兰的生灵》一连唱了多遍，给被枪打死的那只羊举行了庄严隆重的葬礼。雪球在墓旁发表简短讲话，强调所有的动物都须作好准备为动物农场献身，如果有此必要。

动物们一致通过决定设立军功勋章。“一级动物英雄”勋章就在彼时彼地颁发给雪球和拳击手。那是一枚铜牌(实际上从挽具房里找到过好几块旧的铜质马饰)，以便在星期天和节假日佩带。另有“二级动物英雄”勋章一枚被追授与牺牲的绵羊。

围绕着这一仗该取个什么名儿，大家议论纷纷。末了它被命名为牛棚战役，因为伏兵正是从那里杀出来的。琼斯先生的猎枪被发现掉在泥浆里，动物们得知农场主宅内还有备用的枪弹。于是决定把那支猎枪架靠在旗杆脚下，就当它一门礼炮，一年鸣放两回：一回在 10 月 12 日，纪念牛棚战役；一回在 6 月 24 日施洗约翰节，纪念动物造反。

第五章

随着冬季的临近，莫丽招惹的麻烦也变得越来越多。每天早上她出工老是迟到，她为自己开脱的理由无非说她睡过了头，还抱怨身上莫名其妙地这儿疼那儿疼，尽管她的胃口奇佳。她会找各种各样的借口逃避劳动，来到饮水池边，站在那儿痴呆兮兮地凝望着水中她自己的倒影。但是另外有些流言涉及的问题更非无足轻重。一天，莫丽摆动着她的长尾巴，口中嚼着一根干草，潇潇洒洒地走进院子时，紫苜蓿把她拉到一旁。

“莫丽，”她说，“我有件非常严肃的事要对你说。今天上午我看到你朝着把动物农场跟狐苑隔开的那道树篱另一边张望。皮尔金顿先生的一名雇工当时正站在树篱的另一边。而且——我离得比较远，但我几乎可以肯定我看见了——他在跟你说话，你还让他抚摩你的鼻子。那究竟是怎么回事，莫丽？”

“他没有！我也没有！这不是真的！”莫丽喊道，并开始连连腾跳，用蹄子刨地。

“莫丽！正面看着我。你敢不敢用名誉做担保那个人没有抚摩过你的鼻子？”

“这不是真的！”莫丽一再重复这句话，但她却不敢正面看紫苜蓿。随后她拔腿就逃到田野里去了。

紫苜蓿想出了一个主意。她什么也没有告诉别的动物，径自走到莫丽厩里，用蹄子把干草全翻过来。藏在干草下面的有一小堆方糖和好几扎各种颜色的缎带。

三天后，莫丽失踪了。好几个星期关于她的行踪音信全无。后来鸽子报告说，他们在维林顿的另一边见到过她。莫丽套着一辆漆成红黑双色的漂亮双轮车，停在一家酒馆外面。一个穿格子短裤、裹着绑腿的红脸胖子，看上去像酒馆老板，正抚摩着莫丽的鼻子，给她喂糖块。她的毛新近刚修剪过，额头上系着一条猩红色的缎带。她看上去挺得意——这是鸽子说的。动物中再也没有谁提到莫丽。

一月份的气候苦寒难熬。土板得像铁块，地里什么活也干不成。大谷仓里已开过好多次会，猪们忙于制定该季节的工作计划。大家都已认同，事关农场方针大计的所有问题，都由显然比其他动物更聪明的猪们去解决，虽然他们的决定必须得到多数票批准。要不是雪球和拿破仑之间老是争论不休，上述安排本可推行得相当顺利。这二位在可能发生分歧的每一点上没有不发生分歧的。如果他俩中的一位提议播种更多面积大麦，另一位肯定要求扩大燕麦的播种面积；如果一位说如此这般的一块地种圆白菜正合适，另一位就会断言那儿除了种胡萝卜之类的根用作物毫无用处。每一位都有自己的追随者，两派之间曾有过几回唇枪舌剑的交锋。在碰头会上，雪球凭其精彩的演说往往赢得多数，但拿破仑有时候更长于为自己拉票争取支持。他在绵羊中间特别吃得开。近来，绵羊们爱上了咩咩地唱“四条腿好，两条腿坏”，却不问是否合乎时宜，他们常使出这一招来打断碰头会。有动物注意到，每当雪球发言到达某些节骨眼时，绵羊们特别偏爱冷不防放声歌唱“四条腿好，两条腿坏”。雪球从农场主宅内找到了一些过期的《农场主与畜牧场主》，对这几本杂志做过仔细研究，脑袋里装满了革新和改进的计划。他谈起农田排水管、青饲料、碱性渣来可谓头头是道，他已设计出一套复杂的系统，让所有的动物把他们的粪便每天从不同的地点直接排入农田，以节约马车装运的劳动。拿破仑从不搞他自己的设计方案，却总是阴阳怪气地说雪球的方案将不会有任何结果。看起来拿破仑在等待时机。但在他俩所有的争议中，最激烈的莫过于围绕风车问题爆发的一场论战。

在离农场居住区不远的长形牧草地那儿，有一座成为农场制高点的小山丘。雪球察看过地形后，认定这恰恰是适宜造一座风车的地方，可以安一台发电机组为农场供电。电除了为厩棚提供照明，冬天又可供暖，还能让圆锯、铡草机、甜菜切片机和电动挤奶机转起来。动物们过去从未听说这等新鲜事(因为这是一家老式农场，只有一些最简陋的机械)，所以当雪球变魔术一般描绘一幅幅来日美景时，他们都听得如醉如痴，在想像中看到各种神奇的机器替代他们干活，他们自己只消在田野里悠闲地吃草，或通过阅读交谈裨益心智。

仅在数星期内，雪球的风车计划已完全搞出来了。机械方面的细节来自原先属于琼斯先生的三本书：《实用家居应知应会一千条》、《自己动手砌墙砖》以及《电工入门》。雪球把一度放孵化器的一间棚屋充当他的工作室，因为那里铺着光滑的木地板，可作绘图之用。他猫在里边往往一呆就是几个小时。他的书一本本打开着放在那儿，靠一块块石头压住，他用前蹄的膝关节夹住一支粉笔，很快地走来走去，一边绘图，一边激动地发出短促的呼哧之声。那些设想逐步变成错综复杂的一大堆杠杆和齿轮，几乎覆盖了大半间棚屋的地板，在别的动物眼里完全不知所云，但显得非常了不起。动物们至少一日一次要来看雪球绘的图。就连鸡鸭也每天必到，只是苦于不让踩那些粉笔印记。唯独拿破仑保持漠然置之的姿态。他从一开始就表明自己反对搞风车。然而有一天，出乎大家意料之外，他竟到那里检查计划去了。他在棚子里挪动沉重的躯体转了几圈，仔细看了平面图的每一处细节，使劲嗅了几下，接着站住片刻，仅用眼梢打量着它们；随后突然抬起一条腿，冲那些平面图撒了一泡尿，便扬长而去，一句话也不说。

整个农场在风车问题上陷入深刻的分裂状态。雪球并不否认建造风车是一项困难重重的工程。需要开采石头，砌墙，做风车的翼板，往后还需要发电机和电缆。（怎样才能搞到这些东西，雪球没有说。）但他坚持认为一切都可以在一年内完成。他断言，到那时大量劳力可以节省下来，动物们每周只须工作三天。相反，拿破仑却辩称，目前的当务之急是增加粮食生产，倘若把时间浪费在风车上头，他们都得饿死。于是动物们在不同的口号下分成两大派：一派的口号是“拥护雪球和每周三天工作制”；另一派的口号是“拥护拿破仑和槽满粮”。本杰明是不属于任何一派的唯一动物。他既不信粮食会更加丰富，也不信风车能节省劳力。他认为，要风车也罢，不要风车也罢，日子一直是怎么过的，往后还得怎么过——也就是说，过得很糟。

除了围绕风车的争论以外，还存在着农场的防卫问题。大家充分认识到，虽然在牛棚战役中人们吃了败仗，但仍有可能发动更坚决的拼死一搏，以图夺回农场，让琼斯先生复辟。那帮人比以前有更多的理由这样做，因为他们吃败仗的消息已传遍十里八乡，令附近各处农场的动物变得从未如此桀骜不驯。雪球和拿破仑照例意见相左。按照拿破仑的看法，动物们该采取的措施是搞到枪支并且学会使用。按照雪球的看法，他们必须放飞更多鸽子，并在其他农场的动物中间煽风点火鼓动造反。前者的论点是：假如动物们不能自卫，他们只有被征服的份儿。后者的论点是：假如到处发生造反，动物们就无须乎进行自卫。动物们先听拿破仑的主张，接着听雪球的见解，却无法断定哪种观点是对的。其实，他们此刻正在听哪一位发言，必定会发现自己认为这一位说的有理。

终于到了那一天，雪球把蓝图搞出来了。要不要开始建造风车的问题，将在次日的星期天碰头会上进行表决。动物们在大谷仓里聚集完毕后，雪球站起来发言，虽然间或被绵羊们的咩咩声所打断，他还是摆出了主张造风车的一条条理由。接着是拿破仑站起来提出反对意见。他胸有成竹地说，风车纯属无稽之谈，他奉劝大家不要投赞成票，旋即重又坐下；他的发言仅仅用时 30 秒，至于效果如何，他好像根本不在乎。雪球一听，立即蹦了起来，他先喝令又咩咩叫起来的绵羊们闭嘴，继而发表一篇充满激情的演说，呼吁与会者投票支持建造风车。此前动物中持赞成和反对态度的数目大致相等，可是转眼间雪球的口才使他们失去了自持。又脏又累的劳动重负从动物背上卸去以后，到那时动物农场将会出现怎样的景象——雪球用神采飞扬的语言描绘的正是这样一幅图画。现在他的想像力已把铡草机、萝卜切片机之类远远甩在后面。他说，电力不但可以让每一个厩栏拥有自己的电力照明、冷热水、电热器，还能够使脱粒机、犁铧、耙子、碾子、收割机、捆草机一一转动起来。到他结束这篇演说的时候，投票的走势已经不存在什么悬念了。但就在这个当口儿，拿破仑站起身来，斜对着雪球瞄了他异乎寻常的一眼，随后发出一声调门极高的嚎叫，以前任谁也从未听到过他发出这样的嚎叫。

会场外面顿时响起一片价惊心动魄的狺狺狂吠声。九条戴着铜钉颈套的庞然大狗向谷仓里冲了进来。他们朝雪球直扑过去，后者全靠及时纵身一跃从所处的位置跳开，才逃过那九副铮铮利牙这一劫。刹那间，雪球已到了门外，九条狗立即追上去。动物们愕然不知所措，全都吓得说不出话来，纷纷挤到门外去看这场追逐。雪球正狂奔着穿过那块通大路的长形牧草地。也只有猪才能如此奔跑，但那些狗紧追不舍。突然间，他滑倒了，看来这下肯定要落入九条狗掌中了。然而猪重新爬起来，跑得比任何时候更快，于是狗们又逼得越来越近，其中一条的钳口几乎已经夹住雪球的尾巴，但雪球死命一甩，总算及时挣脱。紧接着，猪倾全力作出惊险绝伦的最后冲刺，就差那么几英寸，终于钻过树篱的一个豁口侥幸脱身，一下子消失得无影无踪。

惊魂未定的动物们爬回到谷仓里，一个个都默不做声。转眼间，那些狗也都连蹦带跳跑了回来。起初，谁也想像不出这九条狗是哪来的，但这一疑团很快就给解开了：那正是拿破仑从他们的母亲那儿带走并秘密私养的九只小狗。尽管尚未完成长足，可已俨然是九条庞然大犬，且凶相十足，像一群恶狼。他们紧挨在拿破仑身边。有动物注意到，他们朝着拿破仑摇尾巴的神态，跟另一些狗过去惯于向琼斯先生做的姿态一个样。

背后跟着这群狗的拿破仑，这会儿登上了往日少校站着发表演说的那个隆起的平台。他宣布，从今往后星期日上午的碰头会不再举行。他说，开这种会毫无必要，纯属浪费时间。今后，有关农场运作的所有问题，将由一个专门委员会做出决定，其成员均为猪，由他亲自担任主席。猪委员们将秘密开会，以后再把他们的决议向其他动物传达。动物们在星期日上午仍将聚集在一起向农场的场旗致敬，唱《英格兰的生灵》，接受下达给他们的一周工作任务；但不再需要加以讨论。

雪球遭到驱逐一事固然把大家都震蒙了，可动物们听到刚才宣布的这些决定仍感到十分沮丧。某些动物本想提出抗议，偏偏又找不到言之成理的论据。甚至拳击手也隐约感到这事儿麻烦大了。他拢起两只马耳朵，把前额晃了好几下，力图把自己的种种想法理出个头绪来，但末了还是想不出该说些什么。有几口猪自己倒是有一些语言表达能力。坐在前排的四口肉用小猪尖声尖气地做出了不赞成的表示，他们四个霍地一跳全都站将起来，同时开始发言。但坐在拿破仑周围的九条狗蓦地发出低沉而又凶险的吠声，小猪们顿时不敢吱声，重又坐了下来。此时绵羊们以吓人的咩咩声开始大喊“四条腿好，两条腿坏！”——如此持续将近一刻钟之久，导致试图讨论问题的任何努力统统无疾而终。

事后，吱嘎被派往农场各处转了一圈，就新做出的安排向其他动物进行解释。

“同志们，”他说，“拿破仑同志挑起了这副额外的重担，我相信这里的每一只动物都高度评价他所做出的牺牲。同志们，别以为当领袖是件开心事儿！相反，这是一份深层次、沉甸甸的职责。没有谁比拿破仑同志更坚定地相信所有动物一律平等。他巴不得能让你们自己为自己做出决定。但有时候你们可能会做出错误的决定，同志们，那时我们将陷于何种境地？试想，假如你们决定跟着雪球走，去做他的风车白日梦——那么，雪球，这个据我们现在所知比罪犯好不到哪儿去的雪球……”

“他在牛棚战役中作战很勇敢，”有动物说。

“光勇敢是不够的，”吱嘎说。“忠诚和服从更为重要。既然谈到了牛棚战役，我相信总有一天我们会发现雪球在其中所起的作用被夸大得厉害。纪律，同志们，铁的纪律！那才是今天的口号。只要走错一步，我们的敌人又会骑到我们头上来。同志们，你们总不要琼斯回来吧？”

这个问题再次成为一条无可辩驳的硬道理。动物们当然不要琼斯回来；如果说星期天上午的讨论有可能导致琼斯卷土重来的话，那么讨论必须停止。拳击手这会儿已经有时间把一件件事情仔细想过，便说了如下一句代表大家感受的话：“既然拿破仑同志这样说，那肯定错不了。”从此他就一直把“拿破仑永远正确”当作自己的信条，给他个人老挂在嘴上的那句“我会更加努力工作”又添上一句格言。

那时苦寒已告结束，春耕开始了。雪球在那儿为他的风车计划绘制蓝图的一间棚屋已被关闭，并且假装画在地上的平面图也已擦掉。每个星期日上午十点，动物们聚集在大谷仓里接受本周的任务。老少校的那颗已无肌肉剩下的脑壳，从果园里被挖掘出来置于旗杆下一个树桩上，就在猎枪旁边。升旗后，要求动物们必须排成单列纵队恭恭敬敬地从脑壳前边走过去，然后进入谷仓。如今他们已不像过去那样大家坐在一起。拿破仑、吱嘎，加上另一口叫做小不点儿的猪（后者在写诗谱曲方面具有很可观的才能），坐在隆起的平台最前面，九条尚在青少年的猛犬在他们周边围成一个半圆形，别的猪坐在后面。其余的动物面朝他们而坐，要占去谷仓的大部分面积。拿破仑按照大兵的粗线条作风把一周的命令宣读完毕，仅唱了一遍《英格兰的生灵》，所有的动物便统统散去。

在雪球遭罢黜后的第三个星期天，动物们颇感意外地听到拿破仑宣布风车最终还是要造。他并没有提出任何理由说明自己为什么改变主意，只是警告动物们这项额外的任务非常艰巨，甚至有可能必须削减他们的口粮。然而筹备工作直至每一个细节都已安排就绪。过去三周内，由猪组成的专门委员会一直在抓这件事。建造风车加上其他各种改进项目预计需花两年时间。

那天晚上，吱嘎私下向另外一些动物透露，拿破仑其实从来没有反对这风车计划。相反，正是他一开始力主建造风车，而雪球曾经画在孵化器棚内地上的草图实际上是从拿破仑的文档中偷走的。风车确实是拿破仑自己的创造。有动物问道，那他干吗在发言中又如此强烈反对造风车？这时吱嘎的表情显得十分诡异。他说，那恰恰是拿破仑同志的高明之处。他**表面上好像**反对造风车，那纯粹是作为排除雪球的一种迂回战术加以运用，因为雪球是一个危险的角色，又有相当坏的影响力。如今雪球已然失势出局，计划便可以向前推进而不受他的干扰。吱嘎指出，这就是所谓的策略。他接连重复了好几遍："策略，同志们，策略！"同时绕着圈儿跳来蹦去，开心地笑着摆动尾巴。动物们对于"策略”这个词儿还不甚了了，但吱嘎说起来却是那么富有说服力，而碰巧也在吱嘎身边的三条狗叫起来又如此显示其威胁力，于是动物们没有再问什么便认可了他的解释。

第六章

那一年动物们自始至终像奴隶一般在干活。但他们干得舒心；他们舍得出力，不怕牺牲，清楚地意识到自己做的一切无不为了他们自己的福祉，也是为了他们同类及其后代的福祉，而不是为了一帮不劳而获、专事偷盗的人。

整整春夏两季，他们每周都要干60小时，到了八月份，拿破仑宣布以后星期天下午也得照常干活。这种劳动严格遵循自愿原则，但凡是不参加的动物就得减去一半口粮。即便如此，有些任务仍然完不成，不得不留下尾巴。那年的收成略差于上一年，有两块地本应在夏初种上块根植物，却由于未能及时翻耕而无法播种。可以预见，即将到来的冬季日子不会好过。

风车工程遇上种种没有预料到的困难。农场拥有一处不错的石灰石采矿场，在一个棚子里还发现存有大量沙子和水泥，按说造风车所需的材料手头都有。但动物们首先解决不了的问题是怎样把石头砸成尺寸合适的小块。看来除了用镐和撬棍没法干这活，而这些工具动物都不会使，因为动物不能用后腿站立。在白费了几周力气之后，才有动物想到正确的主意——说白了就是利用地心引力的作用。巨大的圆石因体积过于庞大而无法直接利用，都躺在矿床里闲置着。动物们用绳索拴住石头，然后全体出动，牛们，马们，羊们，凡是能抓住绳子的任何动物——有时候在紧要关头连猪也来出把力——他们以简直无法想像的慢速度把石头沿斜坡拖到采矿场坡顶上，从崖边推下去摔成碎块。运输已经摔碎的石块就比较简单了。马一车一车地把碎石拉走，单块儿的羊可以拖，就连母山羊慕莉尔和驴子本杰明也结成轭伴合拉一辆旧的双轮轻便车。到夏末已经累积下够多的石块，建造工程在猪的指挥下于是开始。

但这是一个进度十分缓慢、劳动强度极大的过程。往往耗费一整天的努力仅仅把一块大圆石拖到坡顶，偏偏有时候从崖边推了下去却没有摔碎。拳击手的力气好像有其余所有动物的力气合在一起那么大，要是没有他，那就什么也干不成。每当大圆石开始下滑，动物们发现自己被倒拽着往坡下掉，急得拼命喊叫的时候，总是拳击手使劲儿死死往上拉紧绳子才把大圆石刹住。看到拳击手寸步难移地咬紧牙关努力上坡，呼吸不断加快，蹄尖子牢牢抓住地面，两侧硕大的躯体完全被汗珠覆盖，动物们无不对他满怀钦佩。紫苜蓿有时提醒他多多保重，别太劳累过度，但是拳击手从来不听她的。他的两句口头语——“我会更加努力工作”和“拿破仑永远正确”——他认为用于回答什么问题都合适。他又跟小公鸡有了新的约定，要小公鸡清晨提前三刻钟叫醒他，而不是原先的半小时。他会利用提前起床的这点儿时间（如今这样的余暇已经不多），独自前往采矿场，捡起地上的碎石装满一车，在没有谁帮他一把的情况下拉到选定建造风车的地点去。

整个夏季，动物们的日子过得还不算太坏，尽管他们的活很辛苦。如果说他们得到的食物并不比琼斯时代多，至少不比那时少。因为只须养活自己，无须另外供养五个生活糜费的人——这种优势非常之大，足以抵偿好多挫折和失误。在许多方面，动物办事的方式效率较高，且节省劳力。例如清除杂草之类的活，就能干得彻底干净，那是人类无法比拟的。再者，鉴于动物现在没有偷窃行为，没有必要把草场和耕地隔开，从而省下保养树篱和门户的劳力。不过，随着夏天渐渐过去，各种各样没有预见到的短缺也开始露头。农场需要煤油、钉子、绳子、狗吃的饼干、钉马掌的铁，这些东西农场都不能生产。稍后还将需要种子和化肥，且不说各类工具以及最后需用于建造风车的机械设备。这些物资怎样才能弄到，谁也无法想像。

一个星期天上午，动物们聚集到一起接受任务。拿破仑宣布，他决定实行一项新政策。从今往后，动物农场将同附近别的农场进行贸易往来——当然不是为了达到任何商业上的目的，而只是为了获得某些迫切需要的材料。他说，建造风车的需要必须压倒其他一切需要。为此他打算卖掉一垛干草和部分当年的小麦收成，以后如果还需要花钱，就得靠卖鸡蛋弥补缺口，反正鸡蛋在维林敦一直有销路。拿破仑说，母鸡应当愉快地承受这样的牺牲，作为她们自己对建造风车的贡献。

动物们再次意识到一种不可名状的不自在感觉。永远别跟人类打交道，永远不要参与买卖交易，永远不要使用货币——自从琼斯被驱逐后，在第一次胜利的碰头会上最早通过的一些决议中，不是明明有那几条的嘛？所有的动物都没有忘记当初通过这些决议时的情形，或者说，至少他们认为自己还没有忘记。曾经反对拿破仑取消碰头会的四头青少年猪，此刻怯生生地提高嗓门似有话说，但他们一下子被那些猛犬凶巴巴地喝住，只得噤若寒蝉。正当其时，绵羊们照例开始咩咩地大唱其“四条腿好，两条腿坏”，片刻的尴尬就这样掩盖了过去。最后，拿破仑举起他的一只前蹄示意噤声，并宣布他已经做好一切安排。将来无须任何动物去干这件大家显然最不愿意干的事——跟人类接触。他打算把全副重担都压在自己肩上。住在维林敦的一位律师温珀先生，已同意充当动物农场与外部世界之间的中介，他每星期一上午会到农场来接受指示。拿破仑结束发言时照例喊了一声“动物农场万岁！”，在动物们唱完《英格兰的生灵》后宣布散会。

事后吱嘎到农场各处转了一圈，设法打消动物们的疑虑。他向动物们保证，说什么不得参与贸易、不得使用货币的决议从未获得通过，甚至没有谁提过这样的议案。这纯粹是一种臆想，追起根来可能最初出自雪球散布的谣言。有少数动物仍然感到吃不太准，但诡计多端的吱嘎向他们问道："同志们，你们能肯定这绝不是你们梦中发生的事，后来又信以为真？你们有没有这样一份决议的文字记录？有没有写在什么地方的书面材料？"由于确实不存在这样一类的任何记载，动物们也就承认是他们自己搞错了。

温珀先生按照事先的约定每周一来到农场。他神情诡秘，身材矮小，两鬓蓄有络腮胡子，作为一名律师业务规模很小，但足够精明，能够早于其他任何人认识到动物农场需要一名经纪人，而佣金也并非微不足道。动物们怀着一种类乎忧惧的心理状态观察此人来了又走，走了又来，并且尽可能避开他。虽然如此，动物们看到拿破仑四足着地竟在给用两条腿站立的温珀下命令，一种自豪感便在他们心中油然而生，也使他们对这项新举措的抵触情绪有所缓解。动物与人类的关系现在跟过去已不完全一样。人类对动物农场的敌视并不因后者欣欣向荣而稍有减弱；相反，人类比以往任何时候更加敌视这个农场。每一个人都抱定一种信念：这个农场迟早要破产，而最没有疑问的一件事便是造风车必将以失败告终。人们在酒馆里见面时，每每通过画图表相互论证，风车的垮台早已注定，或者就是造了起来也永远运转不了。然而，动物们正在有效地管理自己的事务这一点，使人们违背自己的意愿对之产生了一定的敬意。这方面的一个迹象，乃是人们提到动物农场时开始使用其正式名称，不再故意强调它原先叫做庄园农场。人们还放弃了支持琼斯的立场，而后者对于夺回他的农场也已不存什么希望，干脆住到本郡内的异地他乡去了。除了通过温珀，目下在动物农场与外界之间尚无接触，但不时有传闻提到，拿破仑即将跟狐苑的皮尔金顿先生或撬棍地的弗雷德里克先生达成一项确定无疑的商务协议——但绝对不是跟这二人同时成交，这一点已经被注意到了。

大概也就在那时候，猪们一下子搬进了农场主的住宅，把那里作为他们的宿舍楼。动物们再次想起早先好像曾通过禁止这种行为的一项决定，而吱嘎又再次有能耐使大家相信问题不在于此。他说，作为农场首脑部门的猪应当有一个安静的工作场所，这是绝对必需的。住楼房比住猪圈也更符合领袖尊贵的身份（近来吱嘎提到拿破仑时已惯于使用“领袖”这一头衔）。话虽如此，某些动物仍然给闹糊涂了，因为他们听说猪们不单单在厨房里用餐，并把起居室当作娱乐室，而且还睡在床上。拳击手对此照例不置可否，只说了一句：“拿破仑永远正确！”但紫苜蓿认为她记得确有明文规定不得睡床这一条，便走到谷仓一端的外墙下冥思苦想，力图破解写在那里的《七诫》之谜。她发现自己顶多只识得个别字母，根本不会拼读，于是去把母山羊慕莉尔找来。

“慕莉尔，”她说，“把第四诫念给我听。上边有没有永远不准在床上睡觉的话？”

慕莉尔费了些劲儿才拼读出来。

“上边说的是‘凡动物都不可睡床**铺被单**’，”她终于郑重宣布。

这就怪了，紫苜蓿居然不记得第四诫提到过被单；但既然都写在墙上了，那一定就是这样的。此刻，吱嘎在两三条狗陪同下恰好经过那里，他有的是从正确的角度透视整个问题的本领。

“同志们，看来，”他指出，“你们已经听说，我们猪现在睡到农场主住宅的床上去了，是不是？干吗不睡？莫非你们以为什么时候有这一条针对**睡床**的禁令不成？床的意思仅仅是睡觉的地方而已。从正确的观点来看，圈棚里的一堆干草同样是床。戒律针对的是**被单**，因为那是人类的发明。我们已经把被单从农场主宅内的床上撤去，睡在上下两条毯子中间。那也是非常舒适的床铺！但是，我可以告诉你们，同志们，考虑到眼下有那么多伤脑筋的工作都得由我们去做，这还够不上我们所需要的舒适程度。你们不至于想要剥夺我们休息的权利吧，同志们？难道你们要把我们累得没法履行我们的职责不成？你们中不会有谁愿意看到琼斯回来吧？”

在这个问题上动物们立刻向他明确表态，要他放心，尔后，关于猪睡农场主宅内的床这件事，就不再有谁谈论了。过了几天，总部宣布从今以后猪每天早晨要比其他动物晚一小时起床，通知下达时，同样没有谁发牢骚。

到了秋天，动物们已经够累了，但心情还算愉快。他们已经辛辛苦苦干了一年，在卖掉部分草料和谷物之后，过冬的粮食储备自然谈不上十分富足，不过风车足以补偿一切。这项工程差不多已建成一半。收割结束后，有很长一段时间天气持续晴朗干燥，动物们干得比以往任何时候更卖力，心想，拖着大块大块的石头终日劳碌，来回奔忙还是值得的，只要他们这么干又可以把墙增高一英尺。拳击手甚至夜里也经常出来，借着秋收满月[①]的清辉，自行其是干上一两个小时。动物们利用难得的余暇围绕建成近半的风车走了一圈又一圈，赞赏那一堵堵墙体如此坚固、笔直，惊叹他们居然有能力建造这般雄伟壮丽的工程。只有老本杰明不愿被风车搅得头脑发热，他一仍旧贯，除了“驴子的寿命很长”这等玄之又玄的隐语外，还是闭口不言。

十一月来临，西南风刮得很猛。工程不得不停下来，因为现在雨水太多，湿度太大，无法搅拌水泥。越变越坏的天气到一天夜里终于导致狂风大作，农场居住区连地基一起摇晃，谷仓屋顶上一些瓦片被刮走。母鸡惊醒过来吓得咯咯直叫，因为她们同时做了个相同的梦，听到远处一声枪响。翌晨，动物们从圈棚里出来，发现旗杆已被风刮倒，果园坡下的一棵榆树像个圆萝卜给连根拔起。他们刚刚目睹此情状，又耳闻一片绝望的哀号发自每一只动物的喉咙。原来是一幅更可怕的景象映入他们的眼帘：风车坍塌成了一片废墟。

他们全体一致冲向出事地点。走路向来不紧不慢、难得超过步行速

---

① 秋收满月，原文 harvest moon 指离秋分最近（通常不超过两周）的一次满月，因一般情况下正值秋收时节，故名，时间与我国传统的中秋月圆往往重合。

度的拿破仑，这回跑在所有动物的最前头。是啊，所有动物的奋斗成果，竟倒在那儿，被夷为平地，他们辛辛苦苦砸开运来的石块散落得满地狼藉。他们起初都说不出话来，站在那儿悲痛地直瞪瞪望着倒塌的大堆乱石。拿破仑默默地来回踱步，偶尔嗅嗅地上的气味。他的尾巴变成僵直的一条，抽筋似地从一边遽然甩到另一边，这在他身上是心理活动高度紧张的标识。他蓦地站住不动，似乎已拿定主意。

“同志们，”他胸有成竹地说，“你们可知道，应该对此负责的是谁？你们可知道，是谁夜里摸黑进来把我们的风车搞塌了？是**雪球！**”他突然发出声如霹雳的咆哮。“是雪球干下了这件事！这个叛徒纯粹出于险恶的用心，妄图使我们的计划开倒车，为他自己可耻地遭到驱逐进行报复，于是在夜幕的掩盖下潜入此地把我们将近一年的劳动成果毁于一旦。同志们，我在此时此地宣布判处雪球死刑。任何动物如能将雪球绳之以法，将被授予‘动物英雄二等勋章’，还可得到十八升苹果。任何动物要是把他活捉了，可得到三十六升苹果！”

动物们获悉连雪球也会犯下如此大罪，那种受震惊的程度已不是用语言所能表达。有动物当场发出愤怒的喊叫，而大家都开始在想办法怎样逮住雪球，如果他胆敢再来的话。相隔几乎不到一分钟，一头猪的脚印已在距小山丘不远的草地里被发现。循着脚印跟踪才几码远，就发现这串脚印的去向是树篱上的一个窟窿。拿破仑深深吸气嗅着那些脚印，宣称它们是雪球留下的。拿破仑表示，据他的看法，雪球可能是从狐苑农场那个方向来的。

“不能再耽搁了，同志们！”在脚印被查看过以后，拿破仑大声说。“工作正需要我们去做。就在今天上午，我们将开始重建风车，而且整个冬季不论雨雪风霜都要投入重建工程。我们要教训教训这个可悲的叛徒，他想要我们耗费的劳动心血统统变成白干一场可没那么容易。记住了，同志们，我们的计划一定不能变更，一定要如期完成。前进，同志们！风车万岁！动物农场万岁！”

第七章

这是一个苦寒的冬季。天气由急风骤雨转为冻雨和多雪，再往后便是天寒地冻，直要到二月过半才开始逐渐消融。动物们尽最大的努力把重建风车的工程继续进行下去，深知外界正注视着他们，倘若风车不能如期竣工的话，幸灾乐祸的人类定然会趾高气扬欢庆胜利。

人们从仇视的立场出发，故意表示不相信风车毁于雪球的暗中破坏。他们说，风车的倒塌是因为墙太薄了。动物们知道这并不是问题的症结所在。虽然如此，但还是决定把墙砌成三英尺厚，而不是原先的一英尺半，足足加厚一倍，这就意味着采集石块的数量必须大大增加。有很长一段时间采矿场里满是被风吹成的雪堆，什么也干不了。在随后出现的干冷日子里工作稍有进展，但这是十分残酷的苦活，动物们对之已不像过去那样充满希望。他们总是觉得很冷，往往还饥寒交迫。只有拳击手和紫苜蓿从不丧失信心。吱嘎发表过多次论奉献之快乐和劳工之神圣的精彩讲演，然而其他动物倒是从拳击手的无穷精力和他一如既往地表示“我会更加努力工作！”的那一声嘶鸣中得到较多鼓舞。

一月份粮食即告短缺。谷物的配给量锐减，场方宣布将发放额外配给的土豆以补不足。不料发现土豆收获量的大部分因窖藏保温覆盖欠厚而被冻坏了。土豆已发软变色，只有一小部分尚可食用。一连几天动物们除了谷糠和糖萝卜就没有东西可吃。看来饥荒已迫在眉睫。

向外界隐瞒这一事实，乃是生死攸关的要务。风车坍塌使人们的腰杆子又硬了出来，他们正在炮制种种新鲜出炉的谎言，都与动物农场有关。外面又在到处谣传，说所有的动物都快饿死、病死，说动物们不断闹窝里斗，甚至发展到互相食肉和残杀幼仔。拿破仑完全明白，要是粮食状况的真相泄露出去，将产生多么糟糕的后果，于是他决定利用温珀先生去传播一种相反的印象。迄今为止，动物们在温珀先生每周一次来访时绝少或者没有跟他发生过接触；然而现在，少数几只经过挑选的动物，多半是绵羊，奉命在不经意间让他听到几句口粮已经增加的谈话。拿破仑吩咐把饲料棚内几乎空空如也的周转箱用沙子填到将近上沿处，然后用仅剩的那点儿谷类食物覆盖表层。在某种合适的托词下，温珀被引领着穿过饲料棚，并有机会瞥见那些周转箱。他上当了，并不断向外界报道，说动物农场并不存在粮食短缺。

尽管如此，将近一月底时情况益趋明显，必须从什么地方再搞到些谷物。那些日子拿破仑很少公开露面，而是整天待在农场主宅内，那里每一扇门都有几条一脸凶相的狗把守着。每当他现身时，都像举行什么典礼似的，有六条狗组成的护卫队紧紧围着他，只要有谁太靠近他，那些狗便会吠声大作。他经常连星期天上午也不露面，只是通过其他猪中的一口——通常是吱嘎——发布命令。

某个星期天上午，吱嘎宣布母鸡（她们恰好进来照例准备产卵）必须上缴她们生下的蛋。拿破仑通过温珀已签下一份每周提供四百枚鸡蛋的合同。出售鸡蛋所得款项将用于购进足够数量的谷类食物，使农场得以维持到夏天来临，那时情况将会好转。

母鸡们一听到这项决定，顿时大起恐慌，叫个不停。她们已预先接受吹风，说可能不得不做出这种牺牲，但她们并不相信这等事真会发生。她们刚刚准备好各自的一窝蛋以便开春孵育，所以纷纷表示抗议，认为现在把蛋取走简直就是谋杀。自打琼斯给撵走以后，还是头一回发生有点儿像一次造反的风波。由三只正当青春的米诺卡小黑鸡[①]带头，母鸡们下定决心要努力不让拿破仑的愿望实现。她们采用的办法是飞到椽子上去在那儿产卵，结果鸡蛋都掉到地上打碎了。拿破仑做出的反应迅捷而又无情。他吩咐停发母鸡们的口粮，并且下令道，任何动物胆敢私自接济母鸡者，即使只给一粒玉米，都将被处死，并由护卫队的猛犬负责执行上述命令。母鸡们共坚持了五天，最后投降并回到她们的巢

---

①米诺卡鸡，或译梅诺卡鸡，得名于西班牙东部米诺卡岛的一种蛋用鸡，像莱亨鸡，但较大。

箱中去。这段时间内共死了九只母鸡。她们的尸体被埋在果园里，公开的说法是她们死于球虫病。温珀对这一事件一无所知，鸡蛋按时交货，一辆带篷的生鲜运货车每周一次来农场把鸡蛋拉走。

这个时期内一直没有谁再见到过雪球的踪影。有传闻说他躲在邻近两家农场之一，非狐苑即撬棍地。拿破仑这阵子跟其他农场的关系比以前略有改善。恰好院子里有一堆木材，还是十年前清理一片山毛榉小树丛时码在那儿的，已经相当干燥适用。温珀建议拿破仑把它卖了，而皮尔金顿先生和弗雷德里克先生都十分想买。拿破仑在两家买主之间犹豫不决。有迹象表明，每当他好像即将与弗雷德里克达成协议时，便有人声称雪球藏在狐苑；而当他倾向于跟皮尔金顿成交时，就有消息说雪球在撬棍地。

开春之初，突然发现一个情况令大家惶恐不安。雪球在夜间经常悄悄潜入农场！动物们紧张得在圈栏里睡不着觉。据说他每晚都在夜幕的掩护下溜进来干种种坏事。他偷吃谷物，倒翻奶桶，打破鸡蛋，践踏苗床，啃去果树皮。不管什么时候什么事情乱了套，大家马上把它归罪于雪球，这已经成为惯例。要是有一扇窗玻璃打破了，或者一根排水管堵塞了，肯定有谁会说那是雪球夜里来干的。当饲料棚的钥匙丢失的时候，全农场众口一词咬定准是雪球把钥匙扔到井里去了。甚至那把搁错了地方的钥匙过了一阵子在一口袋粗磨面底下被找到以后，大家依旧坚信那是雪球所为，这可真够怪的。母牛们不约而同地声称，雪球曾摸进她们的棚栏，趁她们睡着时挤了她们的奶。那个冬季大老鼠为害甚烈，据说他们跟雪球也是同伙。

拿破仑下令要对雪球的活动做全面调查。他在几条护卫犬陪同下前往农场居住区进行一次仔细的巡查，其他动物则保持一定距离跟在后面以示尊敬。拿破仑每走不多几步，就停下来嗅嗅地上有没有雪球脚步留下的痕迹，他说自己凭气味就能探测出来。他嗅遍每一个角落，凡谷仓、牛棚、鸡舍、菜园，几乎到处都发现雪球的踪迹。他把口鼻伸到地上，深深地吸几口气，立刻用一种可怕的声音惊呼：“雪球！他到过此地！他的气味我能够准确无误地分辨出来！”所有的护卫犬一听见“雪球”两个字，马上会发出令你血液凝固的狂吠，露出他们尖利的边牙。

动物们给彻底吓坏了。他们觉得雪球仿佛成了某种无形的影响力，弥漫在他们周围的空气中，制造出各种各样的危险令他们防不胜防。晚上，吱嘎把大家召集拢来，脸上挂着惶惶不可终日的表情告诉他们，他有一条重大新闻要向大家通报。

“同志们！”吱嘎大声说，一边做着神经质的小幅动作跳来跳去，“一件最可怕的事情已被发现。雪球把自己出卖给了撬棍地农场的弗雷德里克，此人至今还在阴谋策划袭击我们，妄图把我们的农场从我们手里夺走！一旦袭击发动起来，将由雪球充当他的向导。但是还有比这更糟的。我们原以为雪球造反的起因仅仅在于他的虚荣心重，狂妄自大。但是我们错了，同志们。你们可知道真正的原因是什么？雪球从一开始就和琼斯穿的是连裆裤！他一直是琼斯的暗藏特务。这一切从他没能带走而且刚刚被我们发现的文件中得到了证实。这些文件在我看来能说明很多问题。他是如何企图使我们在牛棚战役中被打败和被消灭的，难道我们自己未曾看见？幸亏他没有得逞。”

动物们全都惊呆了。此等行径若与雪球破坏风车的事相比，在严重程度上的差别完全不可以道里计，简直是罪不容诛。然而有好几分钟，动物们还无法完全加以消化。他们都还记得，或者自以为记得，他们曾亲眼目睹雪球在牛棚战役中冲锋时身先士卒，在每一个转折关头给大家鼓舞士气，使队伍重新振作起来，而他自己甚至在被琼斯猎枪射出的铅沙弹伤了背部也没有得到片刻喘息。起初，要把记忆中的印象与雪球原来站在琼斯一边扯到一块儿有点儿难办。就连遇事几乎从来不问为什么的拳击手也感到困惑不解。他蹲下身来，把两个前蹄塞到自己身体下面，闭上眼睛，费了好大好大的劲设法明确表达自己的想法。

“我不相信有那种事，”他说。“雪球在牛棚战役中打仗非常勇敢。我亲眼看见他怎样打敌人来着。后来我们不是立刻给了他‘动物英雄一级勋章’吗？”

“那是我们的失误，同志。现在我们搞清楚了，实际上当时他企图把我们引向毁灭——所有这些在我们发现的秘密文件中都写得明明白白。”

“可是他负了伤啊，”拳击手说。“我们都看到他流着血还奔跑来着。”

“那是事先安排好的情节！”吱嘎提高嗓门说。“琼斯开的那一枪不过擦破了他一点儿皮。我可以给你看他亲笔写下的文字，如果你能读懂的话。按照预谋，雪球在关键时刻应当发出撤退信号，把战场拱手让给敌人。他只差一点儿就得逞了——我甚至可以说，同志们，要是没有我们英雄的领袖拿破仑同志，雪球原本**就已经**得逞了。恰恰在琼斯他们冲进院子的一刹那，雪球忽然掉头就逃，好多动物也跟着他跑，你们难道不记得了？还有，当时恐慌情绪正在蔓延，眼看一切都已完蛋，恰恰在那个节骨眼上，拿破仑同志大吼一声‘消灭人类！’扑上前去死死咬住琼斯的一条腿不松口，**那一幕**你们难道也不记得了，同志们？”吱嘎说得声情并茂，同时不断蹦过来跳过去。

听吱嘎把当初的情景描绘得如此活灵活现，动物们好像觉得自己也记起来了。不管怎么说，他们记得在那一仗的危急关头雪球确曾掉头逃跑。但拳击手尚未释然，心里总还是有一点儿小疙瘩。

“我不相信雪球一开始就是叛徒，”他终于说。“他后来的所作所为是另一回事。可是我相信在牛棚战役中他还是一个好同志。”

“我们的领袖拿破仑同志，”吱嘎郑重宣布，语调非常缓慢，语气非常坚定，“已经十分明确地——同志，我再说一遍，十分明确地——指出，雪球从一开始便是琼斯的特务。是的，一开始便是，远在还根本没有谁想到过造反之前很久。”

“啊，那就不同了！”拳击手说。“既然拿破仑同志这样说，那一定错不了。”

“这才是端正的态度，同志！”吱嘎大声说，但有旁观者注意到，他那双亮闪闪的小眼珠子恶狠狠地瞪了拳击手一眼。他转身要走，又顿了一下，意味深长地找补几句：“我奉劝这座农场的每一只动物一定得把眼睛睁大。因为我们有理由认为，雪球的某些暗藏特务此刻正潜伏在我们中间。”

四天后的下午，已是向晚时分，拿破仑命令全体动物到院子里集中。当他们全都集合到场时，拿破仑从农场主宅内现身，两枚勋章都佩在胸前（因为前不久他刚奖给自己一枚“动物英雄一级勋章”和一枚“动物英雄二级勋章”），他那九条高大的护卫犬围着他又蹦又跳，他们发出的狺狺狂吠把一阵阵寒噤注入所有动物的脊髓。动物们畏缩在各自的位子上不吭声，似乎已预先知道将有可怕的事情发生。

拿破仑站在那儿，板着脸把他的听众一一扫视过来，接着发出一声高调的尖叫。猛犬们立刻蹿向前方，咬住四只猪的耳朵把他们拖到拿破仑脚下。那些猪又是疼痛又害怕，拼命叫喊，他们的耳朵鲜血淋淋，而猛犬们尝到了血腥味，顿时好像完全成了疯狗。令每一只动物大为愕然的是，有三条狗竟一齐向拳击手扑去。拳击手见他们直扑过来，当即伸出一只大蹄，在半空中逮住其中一条，把他摁在地上。那条狗哀叫着求饶，另外两条夹着尾巴赶紧逃跑。拳击手望着拿破仑，想知道自己该把那条狗踩死还是放走。拿破仑似乎变了脸，他厉声喝令拳击手把狗放走，拳击手奉命抬起蹄子，那条狗身上青一块紫一块的，伴随着凄厉的悲号溜之大吉。

一场风波旋即平息下来。四口猪哆嗦着尚在听候处置，认罪的字样仿佛就写在他们脸上表情的每一条纹理之中。拿破仑一一点了他们的名，要他们坦白自己的罪行。他们正是曾经抗议拿破仑取消星期日碰头会的那四口猪。无须任何进一步逼供，他们便承认，自从雪球遭罢黜后，他们曾与雪球有过秘密接触，在毁坏风车这件事上他们之间也进行过合作，他们还跟雪球达成协议，准备把动物农场交给弗雷德里克先生。他们补充说，雪球私下曾向他们承认自己多年来一直是琼斯的暗藏特务。他们结束供述后，猛犬们迅即撕裂他们的喉头，然后拿破仑以一种令大家发怵的声音询问其他任何动物，有什么问题需要坦白交代。

曾在鸡蛋事件中领头造反未遂的三只米诺卡小母鸡，站出来供称，雪球曾在同一个梦中向她们现身，并且煽动她们违抗拿破仑的命令。这三只鸡也被处决了。随后是一只鹅出来坦白，去年收割时曾偷偷私藏六株玉米棒子在夜里吃掉了。再后来是一只绵羊坦白曾在饮水池内撒尿——据鹅说是被雪球逼着这样做的。此外另有两只绵羊坦白曾经谋杀一只老公羊——他是对拿破仑特别忠诚的一名追随者，两只绵羊采用的手段是趁老公羊咳嗽不止之际撵着他围绕一堆篝火拼命跑。她俩当场即遭宰杀。就这样，关于坦白和处决的故事还在继续，直至拿破仑脚边的尸骸成了堆，空气中弥漫着强烈的血腥味，自从琼斯被逐以后那里还没有出现过这种情状。

等一切都结束之后，余下的动物除猪和狗以外，全都蹑着脚悄然离去。他们因受惊骇而晕头转向，显得特别可怜，闹不清究竟哪件事带来的震荡更厉害——是那些跟雪球勾结起来的动物的背叛行径呢，还是动物们刚才目击的那一场残酷血洗。要说恐怖程度相埒的流血景象，昔日也时有发生，然而大家觉得如今的情况要糟糕得多，因为这事就发生在他们同类之间。自从琼斯离开农场一直到今天以前，还没有哪一只动物杀过另一只动物。连一只老鼠也不曾被杀。他们一路来到小山丘上（又造到一半的风车就矗立在那儿），不约而同地趴下来，似乎为了获取较多热量而互相挤做一团——紫苜蓿、慕莉尔、本杰明、母牛、绵羊加上一大群鹅和鸡——差不多齐了，只缺一只猫，恰恰在拿破仑命令动物们集合之前，那只猫忽然失踪了。大家半晌都不开口。只有拳击手依旧没有趴下。他焦躁不安地挪动身躯，挥起他那长长的黑尾巴抽打自己的肚皮，偶尔发出一声相当克制的嘶鸣，表示百思不得其解。最后他说：

“我怎么也想不明白。我实在没法相信这等事会发生在我们农场。一定是我们自己在什么地方出了纰漏。据我看来，解决的办法只有一个——更加努力工作。从今以后，每天早晨我要提前整整一小时起身。”

说罢，他踏着沉重的蹄子走了，一路小步慢跑前往采矿场。到了那儿，他连续装了两车石头，把它们拉到风车工地上，然后歇夜。

动物们仍挤在紫苜蓿身旁一言不发。他们趴聚在上面的那个小山丘，给了他们纵目骋怀饱览乡村景色的广阔视野。动物农场的绝大部分他们都可以尽收眼底——一直伸展到大路的长形牧草地、草料田、小树丛、饮水池、翻耕后栽种不久长得又密又绿的小麦地、农场房舍的红屋顶以及从烟囱里袅袅升起的缕缕炊烟。这是一个天朗气清的早春傍晚。来自水平方向的脉脉斜晖在草地和苍翠欲滴的树篱上抹了一层金色。动物们带着几分惊异的心情猛然想起，这是他们自己的农场，每一寸土地都是他们自己拥有的财产。此刻展现在他们眼前的正是大家心向往之的地方。然而这个农场在动物们心目中从来不像这样一片乐土。紫苜蓿顺着山坡朝下望去，她的眼睛噙着泪水。如果她能用语言表达自己的想法，应该说，几年前动物们决心为推翻人类而努力苦干，而现实与当初他们致力的目标完全是两码事。老少校第一次激励他们起来造反的那天夜里，他们开始期盼的也绝非这些恐怖和屠戮的惨状。如果说紫苜蓿在心中为自己设计过什么关于未来的蓝图的话，那幅蓝图上将是一个摆脱了饥饿和鞭子的动物社会，大家一律平等，工作各尽所能，强者卫护弱者，就像在听少校演讲之夜紫苜蓿用她的前腿卫护一窝失恃的小鸭那样。可是，理想的动物社会没有盼到，而他们反倒落入了这样一个时代：谁也不敢说出自己的想法，动辄狂吠不止的恶犬到处横行，你不得不眼睁睁看着你的同志在招认了丑恶罪行后被撕成碎片——她不知道怎么会闹成这样的。她头脑里并没有造反或违命的想法。她知道，即使就目前的状况而言，他们的日子仍然比琼斯时代好得多。她也知道，必须阻止人们卷土重来——这比其他一切更重要。不管发生什么事情，她将保持忠诚，努力工作，完成交给她的任务，接受拿破仑的领导。可是，说到底，她和所有别的动物希望看到并为之埋头苦干的，毕竟不是现在这种局面。他们建造风车，横眉冷对琼斯的猎枪子弹，也不是为了过今天这样的日子。这便是她的想法，尽管她缺乏言语把想法表达出来。

最后，紫苜蓿觉得，既然她找不到表达心中想法的言语，何不用唱歌作为替代，于是就开始唱《英格兰的生灵》。坐在她周围的其他动物也跟着应和，他们一共唱了三遍，唱得非常动听，但是很慢，很忧伤，他们以前从未这样唱过。

他们刚唱完第三遍，吱嘎便在两条狗陪同下来到他们近旁，他的神情似乎有什么重大的事要说。他正式宣布，遵照拿破仑同志的一项特别法令，《英格兰的生灵》已被取缔。从今以后，这首歌不准再唱。

动物们感到如雷轰顶。

“为什么？”慕莉尔叫了起来。

“它不再需要，同志，”吱嘎说，口气和表情都是硬邦邦的。“《英格兰的生灵》是造反之歌。但造反现已完成。今天下午处决一批叛徒是最后一幕。外部和内部的敌对分子都已被打败。过去我们通过《英格兰的生灵》表达的是对于未来一个更美好社会的渴望。但这个社会现在已经建成。很明显，这首歌不再有任何用途。”

动物们虽被吓得够呛，但其中有几只原本还是会提出抗议，不料偏偏在这个当口儿绵羊们照例咩咩地喊起了“四条腿好，两条腿坏”的口号，达数分钟之久，争论只得不了了之。

于是，《英格兰的生灵》再也听不见了。诗人小不点儿谱写了另一首歌取而代之，它的开头是：

动物农场，动物农场，
我决不会让你受伤！

这支歌就在每星期日上午升旗后唱。但不知怎的，动物们总觉得，无论它的歌词还是曲调，怎么也比不上《英格兰的生灵》。

第八章

数天后，成批处决动物造成的恐怖气氛已尘埃落定，某些动物记得——或他们自以为记得——第六条戒律明文规定："凡动物都不可杀任何别的动物。"虽然谁也不愿在猪或狗可能听到的距离内提及此事，但大家还是觉得，已经发生的多起杀戮不符合戒律的精神。紫苜蓿请本杰明把第六条戒律念给她听，可是本杰明照例表示他拒绝掺和到这类事情中去，于是紫苜蓿就把慕莉尔找来。慕莉尔给她念了那条戒律。条文写的是："凡动物都不可杀任何别的动物，如果没有理由的话。"不知怎么搞的，末尾那几个字竟从动物们的记忆中溜走了。但现在他们看到了，没有违反戒律的情况发生；很清楚，处死跟雪球有勾结的叛徒完全有正当理由。

这一整年，动物们干的活甚至比上一年更辛苦。重新建造风车，墙体的厚度比原先增加一倍，并且要在规定期限内完成，而农场的常规工作还得照做，这样的劳动强度可不是闹着玩儿的。有时候动物们觉得他们劳动的时间比琼斯时代更长，吃的却不比那时好。星期天上午，吱嘎总要用蹄子夹着长长一条纸，向动物们宣读大串大串的数字，表明各档粮食的产量分别增长百分之二百，百分之三百或百分之五百，因不同情况而异。动物们认为没有理由不相信他，何况他们再也记不清造反之前究竟是怎么个状况。反正有些日子他们还是感到，他们宁愿少听些数字，多得到些吃的。

所有的命令现在都是通过吱嘎或另外某一口猪发布的。拿破仑自己每两周才公开露一次面，不会更多。每当他出现的时候，不光有他的猛犬护卫队陪同，还有一只黑色小公鸡在他前头开道，并且扮演一个类似吹号手的角色，在拿破仑开口说话之前先大声啼叫一遍“喔喔喔”。即便在农场主宅内，据说拿破仑也住单独套房，与别的猪分开。他总是独自用餐，由两条狗伺候他，而且一贯使用摆在起居室玻璃酒柜内的王冠德比餐具①。在每年拿破仑生日那天，都要鸣枪庆祝，跟另外两个纪念日一样，这也已经正式宣布过了。

如今拿破仑被提到时不能随随便便称为“拿破仑”了。任何时候谈起他，都必须按正规方式称“我们的领袖拿破仑同志”，而猪们则喜欢为他发明创造诸如所有动物之父、人见愁、羊圈守护神、小鸭之友之类的头衔。吱嘎在讲演时总是泪流满面地谈到拿破仑的智慧何等超群，他的心地多么善良，他对任何地方的所有动物怀着深深的爱，甚至而且尤其深爱其他农场至今仍生活在愚昧和被奴役状态的不幸动物。农场每次取得什么成绩，好运无论临到谁的头上，都要归功于拿破仑，这已成为惯例。你时常可以听到一只母鸡在告诉另一只母鸡：“在我们的领袖拿破仑同志指引下，我在六天里头产了五个蛋”；或者两头母牛在池边饮水时会赞叹：“感谢拿破仑同志领导有方，这水的味道真是好极了！”农场一般群众的普遍感受在一首题为《拿破仑同志》的诗中表达得很好，那是小不点儿创作的，全诗如下：

救苦救难的恩公，
您让万物欣欣向荣，
幸福全仗您布施。

① 王冠德比餐具，指 1784—1848 年间产于英国德比郡的瓷器餐具，上有王冠标记。

哦，您像天上的太阳，
每当我仰视您指挥若定的目光，
我心中既温暖又亮堂，
拿破仑同志！

您创造的生灵就爱一天饱餐两顿，
还有松软的干草可以在上面打滚，
这一切无不是您所赐。
所有的生灵大小不论，
都能在圈舍里睡得安稳，
因为有您守护着我们，
拿破仑同志！

我若有一头吃奶的小猪，
不等他离开我的胸脯，
哪怕他才奶瓶般大，长不盈尺，
他就得学会第一件事情
——永远对您老实忠诚，
对，还有他牙牙学语发出的第一声
——“拿破仑同志！”

拿破仑对这首诗表示赞许，并促使把它题在大谷仓的外墙上，和《七诫》遥遥相对。诗的上方用白漆画着拿破仑同志的侧面肖像，它出自吱嘎的手笔。

其间，拿破仑通过温珀从中斡旋，在同弗雷德里克和皮尔金顿进行复杂的谈判。那一堆木材尚未售出。两家农场之一的业主弗雷德里克更想得到这批货，却又不愿出一个合适的价钱。与此同时，又有传闻说弗雷德里克和他手下那帮人正密谋袭击动物农场并捣毁风车，因为建造风车的事已使他妒火中烧濒于疯狂。有消息称雪球仍藏身于攞棍地农场。仲夏前后，动物们大吃一惊地听说，三只母鸡已主动坦白，他们在雪球驱使下，参与了一个谋杀拿破仑的阴谋。三只鸡立刻就被处决，而对拿破仑的安全保卫工作又采取了新的防范举措。四条狗夜晚守卫在他床边，每条狗负责床的一角，而一口名叫粉红眼的小猪领受的任务是：所有给拿破仑享用的食物先得由粉红眼尝过，然后给拿破仑吃，以防有谁下毒。

大概也就在那个时候，有消息发布下来，说拿破仑已打算把那一堆木材卖给皮尔金顿；同时他们也准备在动物农场与狐苑农场之间就某些产品的经常性交易签订一项长期协议。拿破仑与皮尔金顿之间的生意往来虽然都是通过温珀进行的，但双方的关系现在差不多算得上友好了。动物们信不过皮尔金顿，因为他是人，但是，跟那个双方都既怕又恨的弗雷德里克相比，动物农场方面显然更愿意同皮尔金顿打交道。随着长夏之渐行渐远，风车也快接近建成了，有关一次阴险的突袭行将发生的流言声浪越来越高。据说，弗雷德里克打算率领二十名个个带枪的人对付农场的动物，而且他们早已买通地方官员和警察，只要弗雷德里克能把动物农场的产权证书弄到手，官方就会采取不闻不问的态度。更有甚者，从攞棍地农场不断有可怕的传闻渗漏出来，说弗雷德里克一直在他的动物们身上实验种种残忍的虐待手段。他曾鞭打一匹衰老的马致死，他让他的母牛们挨饿，他把一条狗扔进火炉活活烧死，他每天晚上把破损的刀片缚在公鸡后爪上挑动他们互斗取乐。动物们听到竟有人如此荼毒他们的同志，无不义愤填膺，热血沸腾，有几回曾主动请缨，嚷着要求让他们倾巢出动，兵发攞棍地农场，把人们统统赶走，解放那里的所有动物。但是吱嘎劝说他们避免采取过激行动，要充分信任拿破仑同志的策略高明。

尽管如此，反对弗雷德里克的情绪继续高涨。一个星期日的上午，拿破仑出现在谷仓里，向大家解释他任何时候都没有考虑过把那堆木材卖给弗雷德里克；他说，跟那种档次的无赖打交道他认为有损于他的尊严。对仍被放出去散播造反信息的鸽子，已禁止在狐苑农场的任何地方落脚，并且下令他们放弃过去的口号"消灭人类"，改为"消灭弗雷德里克"。到残夏时节，雪球的又一条诡计被揭穿了。收获的小麦里满是杂草，后来发现那是雪球在一次夜访时把草籽掺进了谷种。一只曾经参与此阴谋的天鹅，向吱嘎坦白了自己的罪愆后，当即吞下致命的颠茄浆果自杀身亡。动物们现在也了解到，雪球从来没有像许多群众至今还相信的那样获得过"动物英雄一级勋章"。这纯粹是一个子虚乌有的神话，它是在牛棚战役后不久由雪球自己散播的。这个根本没有被授勋的家伙，曾因在战斗中贪生怕死而受过处分。听了这种说法，某些动物再一次感到有些茫然，但吱嘎很快就能够使他们信服，是他们的记性出了问题。

到秋天，通过大家咬紧牙关、筋疲力尽的拼搏——因为农田的收割不得不几乎与此同时进行——风车终于建成了。当然机器设备还有待安装，温珀正在谈判购置设备事宜，但工程的结构土建部分已经完成。面对遇到的每一个困难，不顾经验缺乏、设备简陋加上运气不佳和雪球的阴谋破坏，工程还是如期完成了，一天也没有延误！疲惫不堪、可是充满自豪的动物们，绕着他们的得意杰作走了一圈又一圈；在他们眼里，风车甚至比第一次建成时更加漂亮。再说，墙体也比过去加厚了一倍。这一回，除非用炸药，否则休想把它搞趴下！是啊，他们投入了不知多少劳动，战胜了不知多少足以令大家气馁的困难和挫折，然而待到风车的翼板转动起来，发电机组开始工作之时，他们的生活将发生多么巨大的变化！——想到这一切，动物们的疲劳顿时烟消云散，他们蹦蹦跳跳绕着风车不停地转圈儿，连连发出胜利的欢呼。由九条狗和一只小公鸡前呼后拥陪伴着，拿破仑亲临现场察看已经完成的工程；他以个人的名义为动物们取得的成就向他们表示祝贺，并宣布风车被命名为拿破仑风车。

两天后，动物们被召集到谷仓里专门开一个会。当拿破仑宣布他已把一堆木材出售给弗雷德里克时，大家惊讶得无异挨了当头一棒。明天弗雷德里克的车队就将到达，开始把木材拉走。在拿破仑表面上与皮尔金顿关系似乎挺友好的整个时期内，拿破仑自始至终实际上是与弗雷德里克串通的，他们之间一直存在着一项不足为外人道的默契。

与狐苑的一切关系均告断绝；语涉侮辱的函件连连给皮尔金顿发去。鸽子们被告知飞经撬棍地农场必须绕道而过，并且把他们的标语口号由“消灭弗雷德里克”改为“消灭皮尔金顿”。与此同时，拿破仑向动物们担保，所谓即将袭击动物农场的消息完全失实，关于弗雷德里克虐待他自己的动物的故事也被无限夸大了。所有这些流言蜚语很可能源自雪球和他的同伙。现在看来，雪球到底还是没有藏在撬棍地农场，事实上他这辈子压根儿就没有到过那里。他住在狐苑，据说生活还挺阔绰，过去那么些年其实一直由皮尔金顿供养着。

猪们对于拿破仑的连环妙计佩服得手舞足蹈。通过表面上跟皮尔金顿友好相处这一招，拿破仑迫使弗雷德里克把报价提高了十二镑。但吱嘎说，真正展示拿破仑英明卓绝的还是这样一个事实：他对谁都不信任，甚至不信任弗雷德里克。弗雷德里克本想用一种叫做支票的东西支付木材款，那玩意儿好像是一张纸，上面写着付款的承诺。可是拿破仑太聪明了，岂会上他的当。他要求弗雷德里克用五镑面额的现钞支付货款，而且必须先交钱，然后把木材拉走。现在弗雷德里克已经付清了货款；他付的款额刚刚够购买风车所需的配套设备。

其间，木材正以极快的速度被拉走。等到全部运完以后，谷仓里又专门召开一次会议，让动物们好好瞧瞧弗雷德里克交来的那些钞票。拿破仑把两枚勋章全都佩在胸前，笑容可掬地卧靠着平台上的一张干草铺，钱整齐地码在他身旁一只从农场主宅内厨房里拿来的瓷盘子上。动物们排成一行缓缓而过，一个个都盯着要看个够。拳击手把鼻子伸过去想嗅嗅钞票是什么味儿，他的鼻息却搅动了那些白色的薄纸片，发出轻微的飒飒声。

三天后掀起了一场轩然大波。温珀脸色煞白，骑着他的自行车沿小道赶来，进了院子就把车一扔，直奔农场主住宅。仅仅过了一小会儿，一声像要背过气去的狂怒的咆哮从拿破仑的套房内传出来。关于所发生之事的消息像一把野火在农场里迅速蔓延开来。钞票竟是假的！木材白送给了弗雷德里克！

拿破仑立即把动物们召集拢来，以威严可怖的声音宣布对弗雷德里克判处死刑。他说，一旦抓住了弗雷德里克，非把他活烹了不可。与此同时，他提醒大家说，发生了这等背信弃义的奸诈行为之后，还有比这更坏的不可不防。弗雷德里克和他手下那帮人随时都有可能发起早在大家意料之中的攻击。农场所有的通道路口都已布下岗哨。此外，四羽鸽子也被放飞前往狐苑，送去一封示和信，希望能与皮尔金顿重建睦邻关系。

翌晨，进攻就开始了。动物们正在吃早餐，观察哨的守望员跑来报告，说弗雷德里克已率领手下通过有五道闩的大门。动物们虽然奋勇出击迎敌，但这一回他们没能像在牛棚战役中那样轻易取胜。来犯者共十五人，有六条枪，他们一进入到五十码以内，马上开火。动物们抵挡不住可怕的火药爆炸声和造成剧痛的铅沙弹，虽然拿破仑和拳击手拼命要大家顶住，还是很快败下阵来。他们中一部分已经负伤。他们只得把居住区的圈棚厩舍当作避难所，从墙缝和木板节孔中小心翼翼向外张望。整个一大片牧草地包括风车在内已经落入敌手。一时间看来连拿破仑也束手无策。他一语不发地来回踱步，他的尾巴僵直作抽风状。苦苦期盼的目光频频送往狐苑农场的方向。要是皮尔金顿能带人前来增援，动物农场也许还有可能反败为胜。但是就在这个当口儿，头天放飞出去的四羽鸽子回来了，其中之一捎来皮尔金顿写的一张纸条，上面只有两个铅笔字：“活该。”

与此同时，弗雷德里克一帮人冲到风车那儿停了下来。动物们望着他们，周遭泛起一阵惊恐绝望的窃窃私语声。两个人取出一根钢钎和一把大锤。他们准备把风车砸烂。

“不可能！”拿破仑喊道。“我们的墙砌得够厚的，他们办不到。即使他们砸上一个星期，风车也塌不下来。别泄气，同志们！”

但是本杰明目不转睛地注视着人们的一举一动。那二人用锤子和钢钎在靠近风车底部的墙上凿孔。本杰明慢慢悠悠地上下微微摆动他的长口鼻作点头状，那神态仿佛觉得眼前的事儿挺有趣似的。

“我就料到会使这一招，”他说。“你们没瞧见他们在干什么？接下来他们就要把炸药塞进孔里去。”

动物们全都吓坏了，此时已不可能冒险从圈舍的隐蔽处冲出去，只得静观其变。过了不多几分钟，可以看到人们正四散奔逃。随之而来的是一声震耳欲聋的巨响。鸽子们盘旋着纷纷飞入空中，除拿破仑外，所有的动物一齐趴倒在地，肚皮朝下，把脸藏起来。他们重新站起来时，只见黑色浓烟聚成的一个巨大云团笼罩在风车原来位置的上空。微风慢慢地把黑烟吹散。风车已不复存在！

看到了这幅景象，动物们的勇气反而又回到他们身上。片刻之前他们感到的恐惧和绝望，已淹没在由敌人可鄙可耻的行径所激起的狂怒之中。一声号召复仇的有力呐喊蓦地响起，动物们无须等待进一步令下，全体一致发起冲锋，直接扑向敌人。此刻他们并不理会无情的铅沙弹像雹子一般在他们头上呼啸而过。这是一场野蛮、惨烈的战斗。人们开了一枪又一枪，当动物们与他们展开肉搏战时，人们便挥舞棍棒乱抽，举起沉重的靴脚猛踹。一头母牛、三只绵羊和两只鹅惨遭杀害，几乎每一只动物都负了伤。就连殿后指挥作战的拿破仑，尾巴尖也被铅沙弹削去了一小片。不过人们也并非毫发无损。其中三人挨了拳击手的重蹄猛击脑袋开了花；另一人的腹部被一头母牛的角牴破；还有一人的裤子差点儿让杰茜和蓝铃铛扯去。作为拿破仑贴身保镖的九条狗，奉首长之命在树篱掩护下进行迂回包抄，当他们凶神恶煞一般狂吠着突然出现在人们的侧翼时，人们吓得魂飞魄散。他们看到自己有被包围的危险。弗雷德里克向他手下的人们大喊，趁退路尚存之际走为上策。紧接着，怕死的敌人便纷纷逃命去了。动物们把他们一直追到坡地脚下，而且当他们强行穿过荆棘树篱夺路出去时，动物们还踢了他们最后几脚。

动物们胜利了，但他们个个精疲力竭，伤口流血不止。他们一瘸一拐地开始慢慢返回农场。看到他们死去的同志们伸展在草地上的惨状，有些动物不禁潸然泪下。有一小会儿他们在风车原先矗立的地方停步默哀。是的，风车不见了；就连他们惨淡经营的最后一点儿痕迹也不见了！甚至地基也有部分被毁。这一回再要重建的话，他们已不能像上一回那样利用坍塌的石头。这一回连石头也消失不见了。爆炸的威力把石头抛到几百码以外。就像此地从来不曾有过风车一样。

当他们快到农场时，在这次战斗中莫名其妙地不知去向的吱嘎，又跳又蹦地迎上前来，一边红光满面洋洋得意地摇着尾巴。与此同时，动物们听到从农场居住区方向传来庄严隆重的鸣枪之声。

“鸣枪干什么？”拳击手问。

“庆祝我们的胜利呀！”吱嘎欢呼道。

“什么胜利？”拳击手不明白。他的膝盖在流血，他掉了一个马蹄铁，他的一个蹄子裂开了一道口子，他的一条后腿嵌进了足足一打铅沙弹丸。

“这还用问吗，同志？难道我们没有把敌人赶出我们的土地——动物农场神圣的土地？”

“可是他们炸毁了我们的风车。我们为它足足干了两年哪！”

“这算什么？我们可以再建一座风车。只要我们愿意，我们可以造它六座风车。同志，你尚未充分认识到我们干了一件多么可歌可泣的大事。我们站于其上的这片土地曾经被敌人占领。而现在，感谢拿破仑同志领导有方，我们寸土不少地又把它夺了回来！”

“我们是把原先属于我们的东西夺了回来，”拳击手说。

“这就是我们的胜利，”吱嘎说。

他们一瘸一拐进了院子。嵌进拳击手一条腿皮肤里去的铅沙弹丸造成剧烈的疼痛。他看到，从打地基开始重建风车的艰苦劳动又摆在他面前，他已经在想像中为拿下这项任务做种种准备。但他头一遭想起自己都满十一岁了，他那些了不起的肌肉恐怕已不复当年。

然而，当动物们看到绿色的旗帜迎风飘扬，听到作为礼炮的猎枪重又鸣响——总共放了七响，并且听到拿破仑祝贺他们勇敢行为的致辞时，毕竟觉得他们赢得了一场伟大的胜利。为在战斗中阵亡的动物们举行了一场隆重的葬礼。拳击手和紫苜蓿拉着充当灵车的四轮运货车，拿破仑亲自走在送葬行列的最前头。整整两天时间花在庆祝活动上。有歌咏、演讲和更多的鸣枪，给每一只动物一份特别的礼物（一只苹果），给每一只家禽两盎司玉米，给每一条狗三块饼干。经正式宣布，这一仗已被命名为风车战役，拿破仑设计了一枚新的勋章绿旗勋章并已颁发给他自己。在一片欢腾声中，不幸的假钞事件已被忘却。

数天后，猪们在农场主宅内的酒窖里发现了一箱威士忌。当初动物们刚入主这栋住宅时，没有注意到那箱酒。这一回，即欢庆活动过后数天的那个夜晚，从宅子里传出来唱得很响的歌声，令每一只动物大为惊讶的是，其中也夹杂着《英格兰的生灵》的曲调。大约在九点半左右，有动物清楚地看见，拿破仑头戴琼斯先生的圆顶旧礼帽从后门出来，绕着院子飞快地奔跑了一圈，又消失在宅子门内。但是次日早晨，农场主的住宅笼罩在一片深深的寂静之中。没见任何一口猪有什么动静。将近九点钟时，吱嘎才露面，步态缓慢，神色沮丧，目光呆滞，尾巴无精打采地耷拉在后边，看样子病得不轻。他把动物们召集拢来，告诉他们他有一则可怕的新闻需要发布。拿破仑同志病危！

一片悲痛的哭声随即响起。农场主宅子门外地上铺了干草，动物们走路都踮着脚。他们含着眼泪彼此相问：万一他们的领袖永远离开了他们，他们该怎么办？有一则小道消息在私下里传播，认为雪球想方设法在拿破仑的食物中下毒终于得手了。十一点钟，吱嘎出来又发布了一条新闻。作为他在尘世的最后一个行动，拿破仑同志宣布了一道庄严的法令：饮酒必须被处死。

不过，到晚上拿破仑的病情似乎有所好转；次日上午，吱嘎已经能够告诉大家，拿破仑正在走向康复。及至那天晚上，拿破仑已恢复工作，而且在下一天据悉他曾指派温珀到维林敦去购买一些酿造和蒸馏技术方面的小册子。一星期后，拿破仑下令，把果园后边原先打算留作退休动物放牧地的一片小围场加以翻耕。上边给的说法是那片草场地力已经耗尽，需要重新播种；但很快大家就知道，拿破仑打算把那块地种上大麦。

大约就在那段时间，发生了一件几乎没有人能够理解的怪事。一天夜里十二点左右，院子里传来哗喇喇一阵很大的响声，动物们纷纷从各自的厩栏里跑出去。那是一个明月夜，在写有《七诫》的大谷仓外墙脚下，横着一把断成两截的梯子。一时摔昏过去的吱嘎趴在梯子旁，掉落在他手边的东西有一盏提灯、一把漆刷和一罐翻倒的白漆。护卫犬马上把吱嘎围起来，等他刚刚可以行走，便护送他回到农场主宅内去。没有哪只动物能悟出个中的道理，只有老本杰明除外——这头驴子上下微微晃动他的长鼻口作点头状，似乎对其中的奥妙心知肚明，但他什么也不会说。

可是没过几天，慕莉尔在把《七诫》念给自己听的时候，注意到其中还有一条动物们也都记错了。大家认为第五条戒律是“凡动物都不可饮酒”，而后面还有两个字他们却给忘了。实际上那条戒律是这样念的：“凡动物都不可饮酒**过量**。”

第九章

拳击手给划开一道口子的前蹄好长时间一直未能完全愈合。在庆祝胜利的活动结束后的次日，动物们已开始重新建造风车。拳击手连一天假也不愿意请，而且决不让谁看出他在带着伤痛干活。晚上他只悄悄告诉紫苜蓿，这蹄子给他造成极大的麻烦。紫苜蓿把药草嚼烂做成膏剂敷在蹄子的创口上，她和本杰明都劝拳击手别那么玩命地干。“长此以往，马的肺肯定受不了，”紫苜蓿对他说。但拳击手听不进去。他说自己只有一个真正的野心尚未实现——在他达到退休年龄之前，亲眼看到风车正常运转起来。

在动物农场的法规刚开始制定时，最早把退休年龄定在马和猪十二岁，母牛十四岁，狗九岁，绵羊七岁，鸡和鹅五岁。退休津贴的发放标准也已一一商定。迄今为止，实际上还没有动物靠退休津贴生活，但近来关于这个话题的议论越来越多。如今果园后边的一小块地已留出来种大麦，又有流言说大草场的一角将用篱笆围起来改作老弱动物的放牧地。据说，一匹马的退休津贴为一天五磅谷物，冬季为十五磅干草，节假日还有一根胡萝卜或一只苹果。到来年夏末，拳击手的十二岁生日就要到了。

那段时间的生活艰苦得很。这一冬跟过去的一冬同样寒冷，而食物的短缺则更甚。所有动物的口粮再次被削减，只有猪和狗的口粮定额不变。吱嘎的解释是，口粮问题上缺乏灵活性的平均主义做法是与动物主义的原则背道而驰的。在任何情况下，他都能轻而易举地向别的动物证明，他们的食物实际上**并不**短缺，不管表面上看起来如何。眼下嘛，当然喽，发现有必要对口粮标准做一些调整(吱嘎永远称这是“调整”，而绝对不说“削减”)，但与琼斯时代相比，还是大有改善。他用高频率的尖嗓音飞快地读出一大串数字，不厌其详地向他们证明，他们比琼斯时代拥有更多燕麦，更多干草，更多圆萝卜，他们的工作时间缩短了，他们饮用水的水质提高了，他们的寿命更长了，他们的后代成活率更高了，他们圈栏里的干草更多了，受跳蚤的滋扰减少了。动物们相信，这些话句句都是事实。说真的，琼斯以及琼斯所代表的一切，几乎已经从动物们的记忆中淡出了。他们知道，当前的生活十分艰苦，简直难以糊口，他们时常感到饥饿，时常感到寒冷，他们通常除了睡觉就是干活。不过往昔的日子更苦，这是毫无疑问的。他们乐于相信这样的说法。此外，在往昔的日子里他们是奴隶，而现在他们是自由的，那才是最根本的区别——吱嘎决不会忘了指出这一点。

如今需要饲养的动物数量大增。秋天，四口母猪差不多同时都下了仔，总共产下三十一只小猪。这些幼仔都是花斑猪，既然拿破仑是农场内唯一的公猪，也就可想而知他们来自谁的血脉。已经宣布，稍迟等买齐了砖头和木料，在农场主宅子的花园内将要盖起一间教室。暂时小猪们由拿破仑在宅子的厨房里亲自施教。他们在花园里做健身运动，不准和别的小动物一起玩。大致也在这个时候，如果一口猪和任何别的动物在小路上相遇，别的动物必须靠边站——这已经作为一条规矩定了下来。同样，所有的猪，不管属于哪一等级，一概享有星期日在他们的尾巴上系绿缎带的特权。

农场这一年的收成相当不错，但仍缺乏资金。盖教室需要购买砖头、沙子和石灰，另外也必须开始积攒资金——还是为了与风车配套的机械设备。还有，宅内需要点灯的油和蜡烛，需要供拿破仑自己享用的食糖(他禁止别的猪吃糖，理由是吃糖会使他们发胖)，需要经常补充的各种易耗品，诸如工具、钉子、绳子、煤、铁丝、铁片和喂狗的硬饼干等等。一个干草垛和土豆收成的一部分已经卖掉，鸡蛋合同规定提供的数量已增至每周六百枚，因而这一年母鸡孵出的小鸡数量仅够使鸡的存栏数保持原来的水平。动物的口粮十二月份已减过一次，二月份再次削减；厩舍里禁止点灯以节省灯油。但是猪们看来过得挺滋润，单从他们实际上都在长膘即可见一斑。二月将尽的一天下午，一股温润、浓郁、开胃的香气，从厨房后面在琼斯时代一直弃用的酿酒小作坊隔着院子飘送过来，这种香味对动物们来说可谓闻所未闻。有动物说这是蒸煮大麦的气味。动物们贪婪地猛吸这股味儿，心想是不是在做一锅又香又热的糊糊给他们当晚餐。但是热糊糊没有盼到，接下来的一个星期天居然宣布从今往后所有的大麦都得留给猪们。果园后面的一块地已经种上大麦。很快又有消息泄露出来，说现在每口猪得到的配额每天一品脱啤酒，单单给拿破仑享用的一份则为半加仑，总是盛在王冠德比带盖汤碗里端给他的。

但是，如果说有这样那样的艰难困苦必须忍受的话，它们也被这样一个事实部分抵消掉了：现今的生活具有比过去较多的尊严。歌声多了，讲演多了，列队游行多了。拿破仑下令每周必须举行一次名为自发性游行的活动，目的在于庆祝动物农场的斗争和胜利。所谓的自发性游行，就是动物们在指定时间放下他们的工作，编成军事化队形绕着农场的地界行进，由猪们领头，随后是马，然后是母牛，其后是绵羊，再后是家禽。狗走在队伍的两侧，而位于所有动物之首的是拿破仑的黑色小公鸡。拳击手和紫苜蓿总是合抬着标有蹄子和头角的绿色旗帜，上面还有“拿破仑同志万岁！”的字样。游行之后是为颂扬拿破仑而作的诗歌朗诵和吱嘎的演说，其中不乏最新的粮食增产数据，有时也来一下鸣枪作伴奏。绵羊们是自发性游行最热心的拥护者，如果有谁发发牢骚(只要猪或狗不在近处，个别动物有时会这样做的)，说这纯粹是浪费时间，让大家在寒风中站上好半天云云，那么绵羊们肯定会以一片价来势汹汹的咩咩大合唱“四条腿好，两条腿坏！”令抱怨者闭嘴。不过，一般说来，动物们还是喜欢这类庆祝活动的。说到底他们乐意听这样的话：他们是自己真正的主人，他们干的活都是为了他们自己的福祉，等等。由于歌声嘹亮，游行队伍浩浩荡荡，吱嘎提供的一大串数字为农场增光，加之猎枪频频鸣响，小公鸡喔喔喔啼得欢畅，旗帜在猎猎声中迎风飘扬——由于身在这一切之中，动物们有可能忘却他们的肚子是空的，至少部分时间可能忘却。

四月，动物农场宣布成立共和国，这样就需要选举一位总统。候选人只有一名，即拿破仑，他自然毫无异议地当选此职。就在同一天，据悉又有新的文件被发现，这些证据揭露了雪球与琼斯互相勾结的更多细节。现在看来，雪球并不如动物们原先想像的那样，仅仅企图通过要阴谋诡计输掉牛棚战役，他还曾站在琼斯那一边公开与我们为敌。事实上，此人正是高呼着“人类万岁！”冲进战役现场的那支人类军队的头头。个别动物一直记得曾见过雪球背上的伤口，其实那是拿破仑的牙齿给咬破的。

夏犹未央，乌鸦摩西在阔别数年之后忽然重又在农场现身。他一点儿没有改变，还是不干活，照旧用那副老腔调讲糖果山的故事。他会蹲在一个树桩上，扑棱着他的黑翅膀，向愿意听的任何一位讲上个把钟点。“在那上面，同志们，”他会用他的大嘴朝空中一努，郑重其事地说，“在那上面，就在你看得见的那块乌云的另一边，有座糖果山，在那片乐土上，我们这些可怜的动物就可以得到休息，永远不用劳动！”他甚至声称在他飞得特别高的一次远程翱翔中到过那里，看见过永远鲜嫩肥美的苜蓿地，还有长在树篱上的亚麻籽饼和方糖。许多动物相信他的故事。他们推理的过程如下：他们现在的生活总是饿得要命，累得要死；而别处存在着一个比这儿好的世界，这有什么不对，有什么不应该？难以做出判断的倒是猪们对待摩西的态度。猪们全都以不屑的口气宣布摩西所讲关于糖果山的故事纯属胡编乱造，然而他们又允许他留在农场，什么活也不干，每天还可得到七分之一升啤酒的津贴。

拳击手在蹄伤痊愈后，干活更比任何时候卖力。其实，那一年所有的动物都像奴隶一般劳动着。除了农场的常规工作和风车重建工程，还要为小猪盖已于三月份动工的教室。有时候在不相称的伙食条件下长时间劳动确实难以忍受，但拳击手从不脚步踉跄。在他的言语和行动中，完全没有任何迹象显示他的力气已不如当年。只是他的形态起了些许变化；他的毛皮的光泽已较过去逊色，他那巨大的胯部似乎收缩了。有动物说：“等春草长出来后，拳击手还会再硬朗起来”；然而，春天来了，拳击手却不见长膘。有几回在把一块大圆石往采矿场坡顶上拉的时候，只见他把全身肌肉绷得紧而又紧，顶住巨石下滑的重量，那时除了咬紧牙关坚持到底的意志力，好像再也没有什么能支持他站直了不趴下。每当这样的时刻，可以看到拳击手的嘴唇在翕动，似欲吐出那句“我会更加努力工作”；他实在没有力气说出声来。紫苜蓿和本杰明再一次告诫他必须注意身体，但拳击手不加理会。他的十二岁生日快要到了。只要在他退休之前能积累起足够多的石头，其余的事情他一概不放在心上。

夏天的一个晚上，突然有流言在农场里传开，说是拳击手出来了。他独自出了马厩到风车那儿去拉一车石头。十之八九，这次传闻不会是谣言。仅过了几分钟，两羽鸽子飞速赶回，带来的消息是：“拳击手倒下了！他侧卧在地上起不来！”

大约农场的半数动物跑了出去，直奔风车所在的小山丘。拳击手躺在那儿，身体卡住在两根辕木之间，脖子向前伸出，头却抬不起来。他的双目呆滞无神，他的腹部已被汗水浸透。一条鲜血的细流从他的口中滴出来。紫苜蓿跪倒在他身旁。

“拳击手！”她呼喊着，“你怎么啦？”

“是我的肺惹的祸，”拳击手的声音很微弱。“没什么大不了。我想，少了我一个，你们照样能把风车建成。石头已经积累了好多。我撑死也不过再干一个月。实话告诉你们，我一直盼着能够退休。本杰明也越来越老了，兴许他们会让他跟我同时退休，好给我做个伴儿。”

“我们必须立刻得到救助，”紫苜蓿说。“快跑，随便哪个去都行，告诉吱嘎这儿出事了。”

其他动物马上全都跑回宅子去给吱嘎报信。只留下紫苜蓿，还有本杰明——他在拳击手身旁靠卧下来，一声不吭，不断甩动他的长尾巴为拳击手轰赶苍蝇。大约一刻钟以后，吱嘎现身了，满脸都是同情和关切。他说，拿破仑同志怀着最深切的悲情获悉，农场最忠诚的员工之一遭遇这样的不幸，他已经在设法把拳击手送到维林敦的医院去接受治疗。动物们听说后，心里有些不自在。除了莫丽和雪球，还没有别的动物离开过农场；他们不愿去想自己一个病倒的同志将落入人类之手。不过，吱嘎有办法轻而易举地使他们相信，维林敦的兽医能把拳击手的病治得比在农场里所能做的更满意。约莫半小时以后，拳击手的状况稍稍有所缓解，大家费了不少劲儿帮他站立起来，然后扶着他一瘸一拐回到他自己的马厩里，紫苜蓿和本杰明在那儿用干草已为他铺就一张很好的床。

接下来的两天拳击手待在自己厩内足不出户。猪们捎来了他们从浴室药箱里找到的一大瓶粉红色药水，由紫苜蓿每日两次饭后喂给拳击手喝。晚上她靠卧在拳击手厩内跟他说说话，本杰明则给他轰苍蝇。拳击手坦言对于所发生的事并不觉得太遗憾。倘若他恢复得好，也许可以指望再活三年，所以他期盼着彼时他将在大草场的角落里安度自己平静的晚年。那将是他第一次有闲暇学文化，益心智。他说自己打算把有生之年用于学认 A， B， C， D 之后余下的二十二个字母。

不过，本杰明和紫苜蓿只能用收工后的时间来陪伴拳击手，而一辆大篷车却在光天化日之下把拳击手拉走了。当时动物们正在一名猪工头的监督下给圆萝卜锄草，蓦地大吃一惊地看到本杰明从农场居住区方向奔跑过来，一边发出把嗓门扯到最高极限的驴叫。这是大家头一回看到本杰明如此激动——也难怪，无论哪一位看到本杰明撒蹄狂奔，肯定都是头一回。“快，快！”本杰明拼命喊叫。“赶快过来！他们要把拳击手拉走！”动物们不等猪工头发令，一齐撂下手上的活跑回居住区。果然，院子里停着一辆由两匹马拉的大篷车，它的车身上不知写着什么字，驭者座上坐着一个头戴低顶圆礼帽、长得贼眉鼠眼的汉子。而拳击手的马厩却是空的。

动物们把大篷车团团围住。“再见，拳击手！”大家齐声喊道。“再见！”

“笨蛋！全是笨蛋！”本杰明怒喝道。同时绕着他们大吵大跳，还连连往地上跺着他的小蹄子。“笨蛋！难道你们没瞧见车身上写的是什么？”

动物们暂时停止嚷嚷，只听到有谁发出示意肃静的嘘声。慕莉尔开始拼读上面的单词。但本杰明把她推到一边，并在一片死一般的寂静中念道：

“‘阿尔弗雷德·西蒙兹，屠马兼熬胶，住维林敦镇。经销兽皮和骨粉。可为养犬客户送货上门。’你们可懂得那是什么意思？他们要把拳击手拉到屠马作坊去！”

所有的动物顿时发出一片恐怖的号叫。就在这个当口儿。驭者座上那个汉子往马身上猛抽一鞭，大篷车驶出院子开始轻快地小跑。动物们一齐跟上去，扯开最大的嗓门竭力呼喊。紫苜蓿从动物堆里挤到最前头。大篷车开始加速。紫苜蓿试图抖擞她粗壮的四肢，把速度提到飞跑，却仅仅达到慢跑。“拳击手！”她大声喊叫！“拳击手！拳击手！拳击手！”直到此刻，拳击手似乎听到了车外的喧哗似的，他鼻梁上抹着一道白色的那张脸，才出现在大篷车背后一扇小窗口。

“拳击手！”紫苜蓿惊恐万分地喊道。“出来！快出来！他们把你拉去是要你的命！”

所有的动物也都跟着紫苜蓿一起喊叫：“出来，拳击手，快出来！”但大篷车已越跑越快，即将把动物们甩掉。不知道拳击手是不是明白了紫苜蓿向他呼喊的意思。但稍过了一会儿，他的脸从窗口消失了，接着可以听到大篷车里边马蹄击鼓一般蹬踏车身的巨响。他在努力为自己踢开一条出路。想当年拳击手的蹄子只消挥上几拳踢上几脚，早就把这辆车拆成只能做火柴杆子的碎片了。然而，唷！他的力气再也不在他的身上；转眼间，马蹄击出的鼓点越来越微弱，终于听不见了。动物们在绝望中开始呼吁拉大篷车的那两匹马停下来。“同志们，同志们！”他们苦苦哀求。“不要把你们自己的兄弟拉去送命！”但是那两头愚蠢的畜生实在太无知，哪里搞得清即将发生什么事情，只见他俩两耳向后一抿，反倒加快了脚步。拳击手的脸再也没有出现在小窗口。倒是有动物想到过赶在马车之前去把有五道闩的大门关上，可是太晚了；才一眨眼的工夫，大篷车已经出了大门，迅即沿着大路去远直至消失。从此再也没有谁见到过拳击手。

三天后，上面宣布拳击手已在维林敦医院里去世，尽管他得到了一匹马所能得到的种种照料。是吱嘎来把这一消息向其他动物宣布的。吱嘎说他在拳击手弥留之际的最后几个小时一直守护在侧。

“这是我所见过的最令我感动的场景！”吱嘎说着举起他的一个蹄子抹去一滴眼泪。“我在他的病床旁边一直守到他咽气。临终前，他虚弱得连说话的力气都没有了，只能对我附耳低语，说他唯一的遗憾就是走在风车竣工之前。‘前进，同志们！’他贴在我耳边说。‘以造反的名义，前进。动物农场万岁！拿破仑同志万岁！拿破仑永远正确！’这是他最后的几句话，同志们。”

说到这里，吱嘎的神态陡然一变。他沉默片刻，两只小眼睛把怀疑的目光从这一边扫到另一边，然后继续发言。

他说，据他了解，在拳击手离开农场时，一个荒唐而又恶毒的谣言曾经得到传播。某些动物注意到，接走拳击手的大篷车标有“屠马”字样，竟然一下子得出拳击手被送到屠马作坊去了的结论。吱嘎说，简直难以置信，无论什么动物怎么可能糊涂到这种程度。“按说，这些动物对他们敬爱的领袖拿破仑同志应该有更深的了解，难道不是吗？”吱嘎气愤地大叫大嚷，同时频频摆动他的尾巴，不断地跳来跳去。他说解释其实再简单不过了。大篷车先前是屠马夫的财产，后来卖给了兽医，而兽医还没来得及把老名字涂掉。误会就是这样引起的。

听了这番话，动物们总算长舒了一口气。及至吱嘎继续讲了更多有关拳击手临终情形的生动细节，他在医院里得到何等无微不至的关怀，好些昂贵的药品都是拿破仑付的账，根本不考虑价格，等等——动物们最后的一些疑虑也都烟消云散，他们对自己同志的死所感到的悲伤，也由于想到他至少死得很幸福而得到缓解。

拿破仑亲自出席了随后的星期日集会，并且发表了一篇悼念拳击手的简短演说。他说，由于种种原因，不能把他们已故同志的遗体运回农场安葬，但他已下令用宅子花园里的月桂枝做一个大花圈，送去放在拳击手的墓上。数日内猪们还准备举行一次怀念拳击手的宴会。拿破仑在结束他的演说时引用了拳击手心爱的两句格言。“‘我会更加努力工作’和‘拿破仑同志永远正确’这两句格言，”他说，“我奉劝每一只动物最好都把它们当成自己的座右铭。”

到了预定举行宴会的那天，一辆生鲜食品商的送货马车从维林敦驶来，把一个大板条箱送到农场主宅内。那个夜晚宅子里唱歌声喧闹异常，随后传来的声音像是一场激烈的吵架，临了在十一时许则是乒乒乓乓砸碎玻璃的可怕声响。第二天中午以前，宅子里毫无动静，谁也没有起身，但有风声传来，说猪们不知打哪儿、通过什么手段搞到钱以后又买了一箱威士忌。

第十章

几年过去了。寒来暑往，时光流逝，寿命不长的动物一生更如白驹过隙。已经到了没有谁还记得造反前是怎么回事的那样一个时代，除了紫苜蓿、本杰明、乌鸦摩西和几口猪。

母山羊慕莉尔死了；蓝铃铛、杰茜和钳爪都死了。琼斯也死了——他死在本郡另一头的酒鬼收容所里。雪球已被遗忘。拳击手也被遗忘了，除非少数认识他的动物才记得。紫苜蓿如今已是一匹发福的老母马，关节僵硬，眼睛动辄分泌黏液。她已超过退休年龄两岁，但实际上从来没有动物真正退休。给超龄动物留出草地一角之议，早就被束之高阁。拿破仑如今是一头重达三百三十磅的成熟公猪。吱嘎胖得几乎睁不开眼睛。唯独老本杰明大体上还是过去的模样，只是鼻口处的毛色稍增灰白，还有就是自打拳击手死后越发孤僻自闭，寡言少语。

如今农场里的动物增加了许多，尽管增长幅度并不像早些年头预期的那么大。对于后来出生的动物，造反仅仅是一个口口相传的模糊的传说，而另一些从别处购进的动物，在来到此地之前压根儿就没听谁提起过这么一档子事。现在农场除紫苜蓿外拥有三匹马。他们都是挺拔健壮的好牲口，勤劳肯干，和睦友好，只是蠢得要命。他们中没有一匹认得 B 以后的字母。他们全盘接受所听到的关于造反和动物主义原则的说法，尤其是出自紫苜蓿之口的，因为他们对紫苜蓿怀有近乎孝心的尊敬；不过，他们对于所听到的究竟能懂得多少，那可要存疑了。

现在的农场比往昔较为富裕，生产组织得也较好；它的面积有所扩大，增加了从皮尔金顿那儿购得的两块地。风车最终还是圆满建成了，农场拥有属于自己的一台脱粒机和一台捆草机，此外还新盖了各种不同的建筑物。温珀给自己购置了一辆双轮轻便马车。不过，风车到头来却并没有用于发电。它被用来碾磨谷物，收益颇丰。动物们正在努力建造另一座风车；据说等这第二座建成后将要安装发电机组。不过，当初雪球教动物们梦想过上的奢华生活——有电灯照明和冷热水齐全的厩舍，一周三天工作制——再也不谈了。拿破仑指责这种想法是与动物主义的精神背道而驰的。他说，真真正正的幸福就在于勤奋的工作和俭朴的生活。

不知怎么的，虽然农场比过去富了，可是动物们自己似乎并没有什么富裕起来的迹象——当然，猪和狗不在此例。也许，部分原因就在于有那么多的猪和那么多的狗。倒不是说这两种动物不劳动——这是他们的做派。问题在于，就像吱嘎从来不厌其烦地解释的那样，在农场的管理和组织方面有干不完的工作。这些工作中有许多属于其他动物过于无知而理解不了的。例如，吱嘎曾告诉他们，猪不得不每天耗费大量劳动在叫做“档案”、“报告”、“议事录”、“备忘录”的神秘事务上头。那都是大张大张的纸，必须在上面密密麻麻地写上字，一旦这些纸写满了字，就会放到炉子里烧掉。这对农场的福祉都是至关重要的，吱嘎说。但迄今为止，猪也罢，狗也罢，都还没有用他们自己的劳动生产过任何食物；而他们的数量却非常之多，他们的胃口又始终非常之好。

至于其他动物，据他们所知，他们的生活还一直是老样子。他们普遍吃不饱，睡干草，喝池塘水，干农活；冬天他们苦于寒冷，夏天受苍蝇骚扰。有时他们中年龄大些的，会去搜索他们模糊的记忆，试图就这样一个问题做出判断：在早先造反的日子里，那会儿琼斯被赶走还不太久，当时的日子是比现在好，还是比现在差。他们记不起来了。他们没有任何东西可以拿来同当前的生活做比较，因为他们没有任何参照的依据，除非以吱嘎的长长一大串一大串数字为准，而这些数字一贯表明任何事物都是越来越好，越来越好。动物们发现这个问题没法儿解决；他们现在没工夫思考这些事情。只有老本杰明表示自己漫长一生的每一个细节他都记得起来，也知道事情从来没有、也永远不会大大好于过去或大大不如过去——反正饥饿、辛苦和失望是生活的不变法则，他如是说。

然则动物们从不放弃希望。非但如此，他们从来不曾，哪怕只是短短的一瞬间也不曾丧失自己作为动物农物成员之一的荣誉感和优越感。他们至今仍是全郡——也是全英格兰！——唯一属动物们所有并由动物们运作的农场。他们中的任何一员，即便是最年轻的，即便是从十英里或二十英里以外买来的，无不始终对这一点感到惊讶。每当他们听到猎枪鸣响，看见绿旗在旗杆顶上迎风飘扬，他们心中总会充盈着不灭的自豪，于是话题必然转向往昔的英雄岁月，转向驱逐琼斯，书写《七诫》，以及入侵的人类被打得落荒而逃的那两次伟大战役。旧时的梦想一个也没有舍弃。老少校曾经预言的动物共和国，动物们仍坚信不疑，到那时英格兰的绿野将不容人类践踏。这个预言总有一天会实现，也许不会很快，也许目前活着的任何动物有生之年谁也盼不到，可那一天还是会到来。甚至《英格兰的生灵》的曲调也有动物在这里或那里偷偷哼唱，至少农场的每一只动物都知道这首歌总是一个事实，尽管谁也不敢大声唱。他们的一生也许过得很苦，他们的希望也许并没有完全实现，但他们意识到自己跟别的动物不一样。如果他们吃不饱，那并非由于必须养活对他们实施暴政的人类；如果他们工作很辛苦，至少他们是为自己工作。他们中没有谁是用两条腿行走的。没有哪只动物称任何别的动物“东家”。凡动物一律平等。

入夏不久的一天，吱嘎命令几只绵羊跟他走，并把他们带到农场另一头一块蔓生着许多桦树苗的荒地上。绵羊们在那儿呆了一整天，在吱嘎的监督下啮食嫩叶。傍晚，吱嘎独自回到宅子，但由于天气暖和，他吩咐绵羊们仍留在荒地上。结果他们在那儿一留就是整整一个星期，这段时期其他动物都不见他们的踪影。吱嘎每天的大部分时间都和绵羊待在一起。他说自己在教他们唱一首新歌，必须不受打扰。

直到绵羊们回去以后，一个惬意的傍晚，动物们已经收工，正在返回农场居住区的路上，这时从院子里传来一匹马受惊的嘶鸣，收工的动物们给吓得在原地站住，一动也不动。那是紫苜蓿的嘶叫声。她再次发出一声长啸，这一回所有的动物全都撒腿飞奔冲进院子。这时他们看到了紫苜蓿所看到的情景。

那是一头猪在用他的后腿行走。

没错，那是吱嘎。他正从院子的一头向另一头踱去，稍稍显得有点儿笨拙，仿佛还不太习惯按这样的姿势支撑自己硕大的身躯，但平衡保持得十分完美。仅仅过了片刻，从农场主宅子门内走出一长列猪，全都用他们的两条后腿行走。一些猪走得比另一些较好，有一两头甚至步态略显不稳，看样子他们最好能有一根拐棍作支持，但他们每一头都成功地绕院子走了一圈。临了是一片惊心动魄的狗叫和黑色小公鸡喔喔喔的尖声啼鸣，于是拿破仑亲自驾临，气宇轩昂，目光傲慢地从这一边扫向另一边，他的狗保镖们在他周围又蹦又跳。

他的前蹄夹着一条鞭子。

这时出现了一片死一般的寂静。

惊愕、恐惧的动物们互相挤做一团，瞧着猪们排成长列绕院子缓慢行进。这光景就像是世界给倒了过儿似的。当最初的震悚已经消逝，尽管他们仍然慑于狗们的淫威，尽管经年累月养成的习惯就是不管发生什么事情概不抱怨，概不批评，尽管这一切并没有改变，但现在已到了这样的时刻，动物们可以置以上的一切于不顾，说出一两句表示抗议的话了。但是，恰恰在这个当口儿，所有的绵羊像接到一个信号似的，一下子爆发出声势汹汹的咩咩大合唱——

“四条腿好，两条腿更好！四条腿好，两条腿更好！四条腿好，两条腿更好！”

如是者共持续达五分钟之久，没有停顿。及至绵羊们完全静下来，表示任何抗议的机会已经成为过去，因为猪们的队伍回到宅内去了。

本杰明感到有一个鼻子挤压着他的肩膀。他转过头去一看。是紫苜蓿。她的老眼似乎比以往任何时候更加昏花。她什么也不说，只是轻轻拽住本杰明的鬃毛把他带到写着《七诫》的大谷仓尽头外墙跟前。他俩站住脚，盯着涂了柏油写上白字的那堵墙约莫有一两分钟。

“我的眼神越来越不济了，”紫苜蓿终于说。“即使在我年轻时我也念不了那上面写的什么。可是我总觉得那堵墙看上去跟以前不一样。这《七诫》还是往常的《七诫》吗，本杰明？”

本杰明只此一遭同意打破他自己的规矩，把写在墙上的字念给紫苜蓿听。如今墙上只有一条戒律，其余什么都没有。那唯一的一诫是：

凡动物一律平等

但是有些动物比别的动物更加平等

明乎此，第二天农场里的监工猪一个个都用蹄子夹着皮鞭就不足为怪了。之后，据悉猪们又给自己购置了无线电收音机，并准备安装电话，还订阅了《约翰牛》、《花边新闻》和《每日镜报》，当然也不足为怪。同样不足为怪的还有拿破仑被看见叼着一支烟斗在农场主宅内花园里散步——不，不，甚至还有猪们把琼斯先生衣柜里的服装取出来穿在自己身上；拿破仑自己公然身穿黑上衣、猎装裤，绑着皮裹腿招摇过市；而深得他宠爱的一头母猪身上则是过去琼斯太太星期日才穿的一袭波纹绸连衣裙。

一周后的下午，一溜儿好几辆双轮小马车来到农场。由附近几位农场主组成一个代表团应邀前来考察。来宾们被领到农场各处参观，他们对所看到的一切，特别对风车表示高度赞扬。动物们正在萝卜地里锄草。他们干得很勤勉，眼睛一直看着地上，几乎连头也不抬，不知道他们更害怕猪还是人。

那天晚上，从农场主宅内传来喧闹异常的欢笑声和唱歌声。忽然间，动物们被混杂在一起的各种声音激起了好奇之心。既然动物和人头一回平起平坐聚在一起，倒要瞅瞅究竟会发生什么事情？于是他们不约而同地尽可能放轻脚步开始向农场主宅子的花园里溜进去。

到门口他们停了下来，不太敢再往前走，但紫苜蓿带头走进去。他们踮着脚挨到宅子跟前，某些个子够高的动物通过餐厅的窗户朝里张望。那里，在一张长桌周围坐着六个农场主和六头地位较高的猪。拿破仑自己占着餐桌一端的荣誉席位。猪们坐在椅子上的姿态相当自在。宾主们原先在打牌散心来着，后来放下纸牌暂停片刻，显然为了举杯祝酒。一把大酒壶不断传来递去，带把儿的大杯子一再斟满啤酒。谁也没有注意到，动物们一张张神情讶异的脸正从窗外一眼不眨地往里凝视。

狐苑农场的皮尔金顿先生手执酒杯站起身来。他说，此刻他想请在座的诸位干上一杯。但在举杯之前，他觉得自己有义务先说几句话。

皮尔金顿先生说，能感到很长一个时期以来的不信任和误会现已告终，这对他来说是皆大欢喜的缘由——他相信对在座的其他各位来说亦然如此。曾经有一段时间——虽然他或在座的任何一位都不认同这种态度——但确实曾有一段时间，尊敬的动物农场几位业主遭到来自他们的人类邻居的……他不愿说敌视，但或许可以说是某种程度的猜疑。不幸的事件时有发生，错误的观念被普遍接受。当时觉得，一家由猪当业主和经营管理的农场的存在，总有些不太正常，会对周边邻居产生一种不安定的影响。为数极多的农场主未做调查研究便认定，这样的农场里主宰一切的必然是无法无天、恣意胡为的歪风邪气。这些农场主十分忧虑他们自己的动物乃至他们的人类雇员会受到影响。但所有这一切疑虑如今均已消除。今天他和他的几位朋友一起来动物农场参观访问，亲眼考察了这里的每一寸土地，他们发现了什么呢？不光操作规程是最现代的，而且工作纪律严明，到处井然有序，这些对于任何地方的农场主都堪为楷模。动物农场的低等动物比郡内任何动物干的活更多，而消耗的饲料却更少——他相信自己这样说没错。确实，他和他的同行参观者们今天看到的很多东西，他们打算马上引进到自己的农场里去。

他说，在发表自己这番感想的末尾，他要再一次强调，过去存在于动物农场与它邻居之间的友好感情应该继续留存下去。猪与人之间过去没有，也没有必要产生任何利害冲突。他们努力奋斗的目标和面临的困难是相同的。劳工问题在任何地方不都是一样的吗？说到这里，皮尔金顿先生显然有意向大家抛出一句精心准备好的俏皮话，然而有一瞬间他自己越想越觉得可笑，以致话也说不出来。他呛了好一阵子，在这期间他那呈多级台阶状的下巴转成了紫色，呛过以后，他总算说出了口：“你们有你们的低等动物需要对付，”他说，“我们有我们的下层阶级需要摆平！”这句妙语一出，举座为之笑得前俯后仰；于是皮尔金顿先生就他在动物农场观察到的食品定量低、工作时间长以及绝无纪律松弛现象再一次向猪们表示祝贺。

皮尔金顿先生最后请在座各位全体起立，先把各自的酒杯斟满。“先生们，”皮尔金顿说，“先生们，我建议大家一起举杯：祝动物农场财运亨通！”

这时响起一片兴高采烈的欢呼声和跺足声。拿破仑心里简直乐开了花，竟然离开自己的席位，绕到桌子另一端去跟皮尔金顿先生先碰过杯，然后再一饮而尽。这一轮的祝酒和欢呼平静下来后，依然用两条后腿站着的拿破仑表示他也有几句话要说。

和拿破仑所有的发言一样，这次讲话也很短，而且直奔主题。他说，他对于误会误解的时期终于结束也感到很高兴。在一个长时期内有流言在传播——他有理由认为是敌人恶意散播的——说他自己以及他的同事们的观点含有某种颠覆性，甚至革命性的内容。外界认为他们图谋煽动附近几家农场的动物起来造反。没有比这种谣言离事实真相更远的了！拿破仑和他的同事们的唯一愿望，现在和过去都是同他们的邻居和睦共处，保持正常的商务关系。他补充说，他有幸负责监管的这个农场，是一个合作社性质的企业。由他亲自保管的产权证书属于猪们共有。

他说他不信旧的猜疑还会残存下来，但前不久农场在规章制度方面还是做了若干变更，这些举措应该会收到进一步推动互信的效果。到目前为止，农场的动物们有一个颇为愚蠢的惯例，就是互相称呼“同志”。这个称呼必须禁止使用。另外还有一条非常奇怪的旧规，其起因已无从查考，那就是每星期日早晨必须列队走过钉在花园内木柱上的一个公猪头颅。这一陋规也将取消，那个骷髅头已经被掩埋。来宾们可能已经看到有一面绿色旗帜飘扬在旗杆顶上。如果看到了，他们或许会留意原先标在旗帜上面的白色蹄角现在已被撤去。今后它将是一面素色的绿旗。

他说，对于皮尔金顿先生刚才那一席洋溢着睦邻友情的精彩讲话，他只有一点批评意见。皮尔金顿先生始终称本农场为“动物农场”。皮尔金顿先生当然不可能知道——因为他，拿破仑，现在才第一次正式宣布此事：“动物农场”这个名称已经废除。今后农场将被称为“庄园农场”——他相信这才是农场正确的原名。

“先生们，”拿破仑如此结束他的发言，“我也要像刚才那样建议大家一齐举杯，但要换一种方式。请把你们的酒杯斟满。先生们，我的祝酒词是：祝庄园农场财运亨通！”

又是和先前同样尽兴尽情的欢呼，酒杯里全都点滴不剩。但是，就在动物们从窗外注视着这幅景象时，他们觉得好像有什么事情快要发生了。猪们的脸上究竟什么起了变化？紫苜蓿的老眼把昏花的视线从一张脸移到另一张脸。其中一张有五个下巴颏儿，一张有四个，一张有三个。但究竟是什么似乎在漫漶和变化？这时，掌声停息，宾主拿起纸牌继续玩刚才被打断的牌戏，窗外的动物们悄无声息地离开那儿。

但是他们走开还没有超过二十码距离，又骤然站住。好多条嗓子大吵大嚷的喧哗声从农场主宅内传来。动物们赶回去重又朝窗内张望。没错儿，一场激烈的争吵正在进行中。那里边有破口大骂的，有拍桌子的，有犀利的目光怀疑对方作弊的，有气急败坏矢口否认的。翻脸的缘起好像是拿破仑和皮尔金顿先生同时都打出一张黑桃A。

十二条嗓门暴跳如雷地吼叫，声音全都一个样。这下弄明白了，猪们的脸究竟出了什么问题。敢情动物们从窗外朝里望，目光从猪移到人，再从人移到猪，又重新从猪移到人，要分清哪张脸是猪的，哪张脸是人的，已经不可能了。